눈먼 암살자 1

The Blind Assassin

THE BLIND ASSASSIN
by Margaret Atwood

세계문학전집 260

눈먼 암살자 1

The Blind Assassin

마거릿 애트우드

차은정 옮김

민음사

단 한 사람의 예외도 없이, 케르만 시의 주민 모두를 살육하거나 눈멀게 만들도록 명령한 아가모하메드 칸, 그의 왕조를 상상해 보라. 그의 집정관들은 단호하게 임무를 수행한다. 그들은 거주민들을 줄 세우고, 어른들의 목을 자르고, 아이들의 눈을 도려낸다……. 그 후 눈먼 아이들의 행렬이 도시를 떠난다. 일부는 지방을 헤매고 다니다가 사막에서 길을 잃고 목마름 때문에 목숨을 잃는다. 다른 일부는…… 케르만 시민의 종말에 대한 노래를 부르며…… 다른 정착지에 다다른다……. ─리샤드 카푸친스키

나는 헤엄을 쳤다, 바다는 끝이 없었다, 나는 해안을 볼 수 없었다. 타니트는 자비를 베풀지 않았고, 내 기도는 응답을 받았다. 오 사랑에 빠져 죽은 자들이여, 나를 기억하라. ─카르타고의 장례 항아리에 새겨진 비문

언어는 어두운 거울 속에서 타오르는 불꽃이다. ─실라 왓슨

차례

2권 차례

1부

다리

전쟁이 끝난 지 열흘째 되던 날, 내 동생 로라는 차를 몰던 중 다리 아래로 추락했다. 그 다리는 수리 공사 중이었다. 로라는 위험 표지판을 그대로 지나쳐 간 것이다. 차는 새로 난 잎사귀가 깃털같이 덮여 있는 나무 꼭대기를 강타하며 30미터 아래 협곡으로 추락했고, 이내 화염에 휩싸여서 골짜기 바닥의 얕은 샛강으로 곤두박질쳤다. 부서진 다리 한 부분이 차 위에 떨어졌다. 불탄 파편 외에는 그녀의 자취를 거의 찾을 수 없었다.

나는 경찰관으로부터 사건에 대해 통보받았다 ── 그 차는 내 명의로 되어 있었고, 그들은 차 번호판을 조회했던 것이다. 경찰관의 목소리는 정중했다. 분명 그는 리처드의 이름을 알아보았을 것이다. 그는 타이어가 전차의 선로에 걸렸거나 브레이크가 고장 났을 수도 있다고 말했다. 하지만 그는 또한 믿을 만한 증인 두 명, 즉 은퇴한 변호사와 은행 금전 출납 계원이 사건의 전모를 목격했다고 주장하고 있다는 사실을 내게 알려 주었다. 그들은 로라가 차를 고의적으로 급격히 틀었으며, 마치 인도의 가장자리에서 발걸음을 내려딛는 것처럼 거리낌 없이 돌진해 다리에서 추락했다고 말했다. 그들은 로라가 운전할 때 끼고 있던 하얀 장갑 때문에 운전대 위에 놓여 있는 그녀의 손을 알아볼 수 있었던 것이다.

브레이크 때문이 아니었을 거야. 나는 생각했다. 그녀에게는 나름대로의 이유가 있었다. 그러나 그것은 여타 다른 사람들은 결코 이해할 수 없는 것이었다. 그런 면에서 그녀는 철저히 비정했다.

"신원을 확인해 줄 사람이 필요하시겠군요. 제가 되도록 빨리 내려가도록 하겠습니다." 나는 마치 먼 곳에서 들려오는 것인 양 고요한 내 목소리를 들을 수 있었다. 사실 나는 거의 아무 말도 할 수 없었다. 입은 마비된 것 같았고 얼굴 전체는 고통으로 굳어졌다. 마치 치과 의사에게 진료를 받는 느낌이었다. 나는 로라가 한 일에 대해 그녀에게 분노를 느꼈을 뿐만 아니라, 그녀가 그런 일을 저질렀다는 것을 암시하는 경찰관에 대해서도 화가 치밀었다. 뜨거운 바람이 내 머리 주변에 불고 있었고, 머리카락은 물에 떨어진 잉크처럼 바람 속에 날리며 소용돌이쳤다.

"검시가 있을 겁니다, 그리픈 부인." 그는 말했다.

"물론이죠. 하지만 이건 사고였어요. 동생은 운전에 익숙하지 않았거든요." 나는 말했다.

나는 로라의 부드러운 타원형 얼굴을, 그녀의 단정하게 쪽 찐 머리를, 그녀가 입고 있었을 옷을 떠올릴 수 있었다. 작은 깃이 달린 블라우스. 짙은 청색이나 금속성 회색 또는 병원 복도에 칠해진 녹색 같은 수수한 색깔의 옷. 회개의 색깔. 자신이 선택해서 입은 것이라기보다는 마치 그녀를 감금하고 있는 듯한 그런 색. 엄숙한 희미한 미소. 마치 눈앞의 풍경에 감탄하듯 놀란 모습으로 치올라간 눈썹.

하얀 장갑, 본디오 빌라도*와 같은 몸짓. 그녀는 내게서 손을 뗀 것이다. 우리 모두로부터.

차가 다리에서 떨어지고, 이내 오후의 햇살이 퍼지는 공중에서 추락 직전 숨을 죽인 한순간, 차의 몸체가 마치 잠자리처럼 반짝 빛났을 때 로라는 무슨 생각을 했을까? 알렉스에 대해, 리처드에 대해, 배신에 대해, 아버지에 대해, 그리고 아버지의 파멸에 대해 생각하고 있었을까. 어쩌면 신에 대해서, 그리고 자신이 맺은 치명적인 삼각 계약에 대해 생각하고 있었을지도. 혹은 내가 스타킹을 넣어 두는 장롱 서랍에 그녀가 바로 그날 아침 감추어 두었을 싸구려 공책 더미를 생각하고 있었을지도. 내가 그것을 발견하게 되리라는 것을 그녀는 알고 있었을 것이다.

경찰관이 돌아가고 난 후 나는 옷을 갈아입기 위해 위층으로 올라갔다. 시체 보관소에 가기 위해서는 베일이 달린 모자와 장갑이 필요할 것이다. 눈을 가릴 수 있는 무엇이 필요했다. 아마도 기자들이 있을 것이다. 나는 택시를 불러야 했다. 또 리처드의 사무실에 연락해 그에게 경고를 해야 했다. 그는 조사(弔詞)를 준비해야 할 것이다. 나는 옷 갈아입는 방으로 갔다. 검은 옷이, 그리고 손수건이 필요했다.

---

* 로마 티베리우스 황제 때의 총독으로 예수를 십자가형에 처했다. 그는 판결을 내린 직후에 손을 씻으면서 자신은 죄가 없다고 주장했는데, 이러한 손 씻는 행위를 통해 예수의 죽음과 자신이 무관함을 나타내려 한 것이다.(신약 성경 「마태복음」 27장 24절 참조)

나는 서랍을 열었고, 공책 더미를 보았다. 그것을 한데 묶고 있는 요리용 끈을 풀었다. 이가 덜덜 떨렸고 전신에 한기가 돌았다. 충격 때문일 거야, 하고 나는 생각했다.

　나는 그때 유년 시절의 리니를 떠올렸다. 긁힌 곳이나 베인 곳, 작은 상처가 있을 때 붕대를 감아 준 것이 바로 리니였다. 어머니는 휴식을 취하고 있거나 다른 곳에서 자선 사업에 참여하고 있었을 것이다. 하지만 리니는 한결같이 그곳에 있어 주었다. 그녀는 우리를 안아 일으켜서, 자신이 파이 반죽을 밀고 있거나 닭을 자르고 있거나 생선 내장을 다듬고 있던 하얀 에나멜 식탁에 앉혔다. 그리고 우리가 울음을 그치고 입을 다물도록 흑설탕 한 조각을 주었다. "어디가 아픈지 얘기해 봐. 그만 울부짖으렴. 진정하고 어디가 아픈지만 말해 보렴." 그녀는 말하곤 했다.

　하지만 어떤 이들은 어디가 아픈지 말하지 못한다. 그들은 진정할 수 없다. 그들은 결코 울부짖음을 멈출 수 없다.

《토론토 스타》*, 1945년 5월 26일

시내 사망 사건에 제기된 의문
스타지(紙) 특보

지난주 세인트클레어 애버뉴 사망 사건은 검시 결과 사고사로 판정되었다. 25세의 로라 체이스 양이 5월 18일 오후 서쪽으로 운전하던 중 차가 다리 위 공사지를 보호하고 있던 방벽 사이로 빗나가 다리 아래 협곡으로 추락한 후 불길에 휩싸였다. 체이스 양은 즉사했다. 그녀의 언니이자 명망 높은 제조업자 리처드 E. 그리폰 씨의 아내인 그리폰 부인은 체이스 양이 시력에 영향을 미치는 심한 두통을 앓아 왔다고 증언했다. 질의응답 시 그녀는 체이스 양이 술을 마시지 않는다는 이유를 들어 음주 운전에 대한 모든 가능성을 배제했다.

전차의 노상 선로에 타이어가 걸린 것이 주된 원인이었을 것으로 경찰은 보고 있다. 시 당국에서 적절한 안전 조치를 취했는가에 대한 의구심이 제기되었지만, 도시 기술자 고든 퍼킨스 씨가 전문가 입장에서 증언한 후 이러한 견해는 부정되었다.

본 사건은 이 도로 구간의 전차 선로 상태에 대한 불만을 다시금 야기했다. 허브 T. 졸리프 씨는 지방세 납부자를 대표하여, 방치된 선로로 인해 일어난 사건은 이번뿐만이 아니라고 《스타》지 기자에게 말했다.

---

* 캐나다에서 가장 발행 부수가 많은 일간지로, 광역 토론토 시에만 배포된다.

눈먼 암살자. 로라 체이스 저(著)

레인골드, 제임스 앤드 모로 출판사, 뉴욕, 1947

서문 ─ 암석정원용 다년생 식물

　그녀는 그의 사진을 단 한 장 가지고 있다. 그녀는 그것을 "기사 모음"이라고 써 놓은 갈색 봉투 안에 넣어서 어느 누구도 펼쳐 보지 않을 『암석정원용 다년생 식물』 책갈피에 끼워 두었다.

　그녀는 이 사진을 조심스럽게 보관해 왔다. 그녀가 지닌 그와 관련된 유품은 이것이 거의 유일하기 때문이다. 이 사진은 전쟁 이전부터 사용되던 상자 모양의 무거운 플래시 카메라로 찍은 흑백 사진이었다. 그 카메라에는 아코디언 주름 모양의 노즐과 입마개처럼 보이는 고급 가죽 케이스, 그리고 가죽 끈과 복잡한 장식 버클이 딸려 있었다. 그것은 피크닉을 즐기고 있는 그녀와 그 남자, 두 사람이 함께 있는 사진이다. 뒷면에는 연필로 '피크닉'이라고 쓰여 있다. 그의 이름도, 그녀의 이름도 아닌 그냥 '피크닉.' 그녀는 이미 이름을 알고 있고, 그래서 적을 필요가 없다.

　그들은 나무 아래 앉아 있다. 아마 사과나무였을 것이다. 당시 그녀는 나무에 별 관심을 두지 않았다. 그녀는 하얀 블라우스 소매를 팔꿈치까지 말아 올리고 넓은 치맛자락으로 무릎 부근을 감싸고 있다. 치마가 그녀 쪽으로 부풀어 올라간 모양새로 미루어 보건대 산들바람이 불고 있었던 것 같다. 어쩌면 부풀어 올라간 것이 아니라 달라붙어 있는 것인지도 모른다. 어쩌면 날씨가 무척 더웠을 수도 있다. 더운 날이었다. 사진 위로 손을 갖다 대면 마치 태양에 달궈진 돌멩이에서 한밤중에도 여전히 열기가 발산되듯 사진에서 뿜어져 나오는 열기를 아직도 감지할 수 있다.

그 남자는 옅은 색 모자를 쓰고 있는데, 그것은 비스듬히 머리에 걸쳐져 그의 얼굴에 부분적으로 그늘을 드리우고 있다. 그의 얼굴은 그녀보다 조금 더 검게 그은 듯 보인다. 그녀는 반쯤 그를 향한 채로, 그 이후로는 어느 누구에게도 지어 본 기억이 없는 그런 미소를 짓고 있다. 사진 속의 그녀는 너무나 앳되어 보인다. 비록 그 당시에는 결코 자신이 어리다고 생각하지 않았지만. 그 또한 그은 성냥이 불타오르듯 치아를 하얗게 드러내며 웃고 있지만, 그녀를 장난스럽게 밀어내듯 혹은 카메라로부터, 그곳에 서서 사진을 찍고 있었을 사람으로부터 스스로를 보호하듯, 손을 치켜들고 있다. 어쩌면 미래에 그를 보고 있을 누군가로부터, 이 정방형의 유광지(油光紙)로 된 빛나는 창을 통해 그를 보고 있을 누군가로부터 자신을 보호하기 위한 것이었는지도. 마치 그녀로부터 그 스스로를 방어하듯. 그녀를 방어하듯. 방어하는 듯 내뻗은 그의 손에는 담배꽁초가 끼워져 있다.

혼자 있을 때 그녀는 갈색 봉투를 다시 꺼낸다. 그리고 신문 기사 조각 사이에서 그 사진을 끄집어낸다. 그것을 탁자 위에 뉘어 두고 우물이나 물웅덩이 속을 들여다보듯 사진을 물끄러미 응시한다. 그 속에 비친 자신의 모습 너머 그 무언가를 찾듯이, 자신이 떨어뜨렸거나 잃어버린 것, 손으로 잡을 수는 없지만 아직 눈으로 볼 수 있는 무엇, 모래 위의 보석처럼 반짝이는 그 무엇을 찾으려고 하듯이. 그녀는 세세한 부분들을 모두 살펴본다.

플래시 혹은 태양빛에 하얗게 바랜 그의 손가락, 그들 옷의 구김, 나무의 이파리들, 그리고 나무에 달려 있는 작고 둥근 모양들을. 이것이 정말 사과나무였던가? 전경의 거친 풀밭. 그때 날이 가물었기 때문에 풀밭은 누렇게 바랬다.

한쪽 구석에는, 처음에는 미처 발견하기 힘든 손 하나가 놓여 있다. 사진 가장자리에서 절단된, 손목 부근이 가위로 잘려 나간, 마치 버려진 것처럼 풀밭 위에 놓여 있는 손. 제멋대로 혼자 남겨진 손.

빛나는 하늘에 남아 있는 부풀어 오른 구름의 흔적. 마치 크롬 금속판 위에 문질러진 아이스크림 자국 같은 그 모양새. 담배에 찌든 그의 손가락. 먼 곳에서 반사되는 물빛. 이제 모두 물에 잠겨 버린 것들.

물에 잠겼지만, 아직 빛나는 것들.

2부

눈먼 암살자
완숙 달걀

그럼 어떻게 되는 거지? 그는 말한다. 야회복과 연애 사건, 아니면 황량한 해안 위의 난파선인가? 당신이 골라 봐. 정글, 열대 섬들, 산. 또는 우주의 다른 차원, 그게 내 주특기야.

우주의 다른 차원이라고요? 아, 그래요!

비웃지 마. 이건 아주 유용한 공간이야. 당신이 원하는 건 무슨 일이든 일어날 수 있지. 우주선과 몸에 꽉 맞는 유니폼, 광선총, 거대한 오징어의 몸을 가진 화성인, 그런 것들 말이지.

당신이 택해요, 하고 그녀는 말한다. 당신 전문이잖아요. 사막은 어때요? 늘 사막에 한번 가 보고 싶었어요. 물론 오아시스가 있는 곳으로요. 대추야자 나무가 몇 그루 있는 것도 좋겠죠. 그녀는 샌드위치 가장자리를 뜯어낸다. 그녀는 빵 껍질을 좋아하지 않는다.

사막을 소재로 해서는 상상의 여지가 거의 없어. 별다른 특징이 없단 말이야. 무덤 몇 개를 더하지 않는 한 말이지. 그렇게 되면 3000년 전에 죽은 여인들 한 무리에 대해 이야기할 수 있겠지. 그들은 나긋나긋하고 부드러운 곡선의 몸매, 루비같이 붉은 입술, 포말같이 드리워진 푸른 고수머리, 그리고 뱀이 도사리고 있는 심연과 같은 눈을 가지고 있지. 하지만 내가 그따위 이야기들을 당신에게 날조할 수 있을 것 같지 않군. 지나치게 자극적인 건 당신 취향이 아니잖아.

모르죠. 혹시 내가 좋아할지도.

별로 그럴 것 같지 않은데. 그런 여자들은 어중이떠중이들을 위한 거라고. 잡지 표지 기사로는 인기가 좋겠지만. 그 여자들은 사내 위에 몸을 굴려 대지. 모두 소총 개머리판으로 얻어맞아야 해.

우주의 다른 차원과 무덤, 그리고 죽은 여인에 대해 이야기해 주시겠어요?

아주 어려운 요청인걸. 하지만 어떤 걸 지어낼 수 있을지 한번 해 보자고. 금속 가슴받이와 은제 발찌, 그리고 투명한 옷을 입은 희생 제물 처녀도 이야기에 보탤 수 있어. 그리고 약탈하는 늑대도 가외로 넣고.

절대로 그만두지 않을 기세로군요.

그 대신 야회복 이야기를 듣고 싶어? 호화 유람선, 흰색 아마포 제품, 손목 키스 그리고 위선적 싸구려 감상에 대해서?

아니요. 좋아요. 당신 생각에 가장 좋은 길로 해요.

담배 피우겠어?

그녀는 아니라는 표시로 머리를 가로젓는다. 그는 엄지손가락 손톱에 성냥을 그어 담뱃불을 붙인다.

그러다 당신 자신을 불태우고 말겠어요, 하고 그녀는 말한다.

지금까지는 그런 적이 없어.

그녀는 하얗게 혹은 푸르스름하게 보이는 그의 걷어 올린 소매를, 손목을, 손의 갈색 피부를 바라본다. 그는 환하게 빛을 발하고 있다. 아마도 반사된 햇빛 때문일 것이다. 왜 다른 사람들은 그를 쳐다보지 않는 것일까? 여전히 그는 이곳, 이 야외에서는 너무 두드러진다. 주위에는 사람들이 잔디에 앉거나 팔꿈치를 대고 비스듬히 기대 누워 있다. 엷은 여름옷을 입고 피크닉을 즐기는 다른 사람들. 모든 것이 조화로운 모습이다. 그럼에도 마치 그들 두 사람만 거기에 있는 것 같은 생각이 든다. 마치 그들이 앉아 있는 자리 위로 드리워진 사과나무가 나무가 아니라 텐트인 것처럼. 마치 그들이 앉아 있는 주위에 분필로 선이 그어진 것처럼. 그 선 안에서 그들은 눈에 보이지 않는 존재가 된다.

그럼 우주 공간으로 하지. 무덤과 처녀와 늑대들이 있는 공간. 하지만 할부로 하는 거야. 동의하지? 그는 말한다.

할부라니요?

그거 있잖아, 가구 구입하는 것처럼.

그녀는 웃는다.

아니, 나는 심각하게 말하는 거야. 대강 해 버려서는 안 된다고. 며칠이 걸릴 거야. 우리는 다시 만나야 해.

그녀는 주저한다. 좋아요. 만약에 그렇게 할 수 있다면요. 그렇게 조정할 수 있다면요.

좋아. 이제 나는 생각을 짜내야겠군. 그는 스스럼없는 목소리로 말한다. 지나치게 서두르면 그녀가 더 주저할지도 몰라.

무슨 행성으로 할까 — 어디 보자. 토성은 아니야, 이건 너무 가깝거든. 우주의 다른 차원에 위치한 행성 자이크론에는 자갈이 흩어져 있는 평원이 있어. 북쪽에는 보라색 바다가 있지. 서쪽에는 산줄기가 있는데, 해가 지면 그곳의 허물어져 가는 무덤에 살고 있는, 아직 죽지 않은 사나운 여인들이 돌아다닌다고 해. 이것 봐. 나는 이야기를 시작하자마자 무덤에 대한 부분을 넣었잖아.

참 세심하군요, 하고 그녀는 말한다.

나는 거래에 충실하지. 서쪽에는 뜨거운 모래 황무지가 있어. 그리고 동쪽에는 한때 강이었던 것으로 보이는 매우 가파른 계곡이 여러 개 있지.

그곳엔 운하도 있겠지요? 화성처럼 말이에요.

아, 운하, 그리고 온갖 것들이 다 있지. 오래되고 한때 아주 번성했던 문명의 풍부한 흔적을 포함해서 말이지. 비록 지금은 이곳에 원시적 유목민 무리만이 드문드문 살고 있지만. 평원의 한가운데에는 커다란 돌 더미가 있어. 그 주변의 땅은 건조하고 볼품없는 덤불만 자라고 있지. 정확히 말해 사막은 아니지만 사막에 가깝다고 볼 수 있지. 치즈 샌드위치 남은 거 있어?

그녀는 종이봉투를 뒤적인다. 아니요, 하지만 완숙 달걀이 하나 있어요. 그녀가 이토록 행복했던 적은 없다. 모든 것이 다시 새롭게 생동하고 있으며 앞으로 그렇게 펼쳐질 것이다.

내가 꼭 바라던 것이로군, 하고 그는 말한다. 레모네이드 한 병, 완숙 달걀 하나, 그리고 그대. 그는 달걀을 양 손바닥 사이에 놓고 비벼 껍데기를 깬 후 벗겨 낸다. 그녀는 그의 입을, 턱을, 치아를 바라본다.

내 곁, 공원에서 노래를 불러 주는.* 그녀는 말한다. 여기 소금 있어요.

고마워. 당신은 모든 걸 생각해 뒀군.

그 건조한 평원은 어느 누구에게도 속하지 않았어. 그는 이야기를 계속한다. 아니, 다섯 부족들이 그 평원에 대한 소유권을 주장하고 있다고 말하는 것이 더 정확하겠지. 이들 중 어느 부족도 다른 부족들을 제거해 버릴 만큼 강하지 못해. 그 부족들은 유랑하는 동안 이따금 이 돌 더미를 지나치지. 그들은 "털크"라 불리는, 푸른 양 같은 생김새에 사악한 성질을 지닌 동물을 치거나, 일종의 세 눈을 가진 낙타라고 할 수 있는 그들의 짐 운반용 동물로 별 값어치 없는 상품을 실어 나르지.

그 돌 더미는 그들의 다양한 언어로 각각 "날아다니는 뱀의 소굴", "돌무더기", "울부짖는 어머니의 거처", "망각의 문", 그리고 "부식된 뼈의 구덩이"라고 불리고 있어. 각각의 부족은 이에 대해 비슷한 일화를 들려주지. 그들에 따르면 돌 아래에는 이름 없는 왕이 묻혀 있다는 거야. 왕뿐만 아니라 그 왕이 한때 다스렸던 장엄한 도시의 유물도 함께. 도시는 전투 중에 파괴되었고, 왕은 승리의 표시로 붙잡혀 대추야자 나무에 목매달렸어. 달이 뜰 무렵 그의 몸은 절단되어 매장되었는데, 그 장소를 표시하기 위해 침략자들이 돌멩이를 쌓아 둔 것이지. 도시의 거주자들 역시 모두 죽임을 당했어. 전부 학살당한 거야. 남자, 여자, 어린이,

---

* 영국 작가인 에드워드 피츠제럴드(1809~1883)의 번역으로 널리 알려지게 된 12세기 페르시아 시인 오마르 하이얌의 시집 『루바이야트』 한 대목을 패러디한 것.

아기, 심지어 동물들까지도. 칼로 베인 후 조각조각 난도질당했어. 생명을 가진 어떤 것도 죽음을 모면할 수 없었지.

정말 끔찍하군요.

이 주위의 어떤 곳이든 일단 한번 파 보기만 하면 이런저런 끔찍한 이야기가 드러나지. 돈벌이에 좋은 일이지. 우리는 죽은 뼈 위에서 번성하는 거야. 그들이 아니었다면 어떤 얘깃거리도 없을 것 아니겠어. 레모네이드 좀 더 있어?

아니요. 다 마셔 버렸어요. 계속 얘기해 봐요.

도시의 진짜 이름은 침략자들에 의해 기억에서 지워져 버렸어. 이야기꾼들에 의하면, 바로 그 이유로 이 장소는 그곳의 파괴와 몰락을 나타내는 이름으로만 알려져 있다는 거야. 그러니까 그 돌 더미는 고의적인 기억의 행위이자 고의적인 망각의 행위이기도 하지. 그 지역 사람들은 역설을 매우 좋아하거든. 다섯 부족은 서로 자신들이 승리를 거둔 침략자라고 주장하고 있어. 그들은 학살의 기억을 감미롭게 회고하지. 각 부족은 이 도시에서 행해진 부정한 관례에 대한 정당한 복수로써 그들 각자의 신이 자신들에게 학살을 명한 것이라고 믿고 있어. 악은 피로 정화되어야 한다, 그들은 그렇게 말하지. 그날에는 피가 물처럼 흘렀고, 그래서 이후 이곳은 아주 결백한 곳이 되었겠지.

이곳을 지나가는 모든 목동과 상인 들은 돌 더미에 돌멩이를 하나씩 더 얹어 놓곤 해. 이건 아주 오래된 풍속이야. 사람들은 죽은 이를 기념하여, 자신이 알고 있는 죽은 이를 기념하여 돌을 쌓지. 하지만 돌 더미 아래 묻혀 있는 죽은 자가 누구인지 아무도 알 수 없기 때문에 사람들은 행여나 하고 돌을 쌓는 거야. 그들은 이 주변에서 무슨 일이 일어났든 그건 신의 뜻이었을 뿐이라고, 그리고 돌을 쌓음으로써 신의 뜻을 기리는 것이라고 둘러대면서 교묘하게 피해 버리지.

또 다른 일설에 따르면 도시가 파괴된 것이 아니라고 해. 그 대신 오직 왕만이 알고 있는 마법으로 도시와 그 거주민들이 사라지고 그들의 유령들로 대치되어 버렸다는 거야. 그리고 실제로 죽임을 당하고 불태워진 것은 이 유령들이라는 거지. 실제 도시는 아주 작은 크기로 축소되어 그 커다란 돌 더미 아래 위치한 동굴에 숨겨져 있다고 하는군. 한때 그 도시에 있던 모든 것들이 아직도 축소된 도시에 존재한다고 해. 궁전도, 나무와 꽃들로 가득 찬 정원들도. 그곳에 살던 사람들까지 모두. 그들은 이제 개미만 한 크기지만, 이전과 똑같은 삶을 영위하고 있어. 조그마한 의상을 걸치고, 조그마한 연회를 열고, 조그마한 이야기를 들려주고, 조그마한 노래를 부르고.

왕은 무슨 일이 일어났는지 사건의 전모를 알고 있고, 그것 때문에 악몽을 꾸곤 하지. 하지만 나머지 사람들은 아무것도 몰라. 자신들이 그렇게 조그마한 부족이 되었다는 것을 모르고 있어. 자신들이 죽은 자들로 취급되고 있다는 것도 모르지. 죽음의 문턱에서 건져졌다는 것조차도 모르고 있어. 그들은 바위로 된 천장을 하늘이라고 여기지. 빛은 돌 더미 사이의 바늘구멍 같은 틈으로 들어오고, 그들은 그 빛이 태양이라고 생각해.

사과나무 잎사귀가 바스락거린다. 그녀는 하늘을 바라보고, 이내 시계를 본다. 추워요. 늦기도 했고요. 우리가 앉았던 자리 좀 치워 줄래요? 그녀는 말한다. 그녀는 달걀 껍데기를 모으고 파라핀 종이봉투를 찌그러뜨린다.

서두를 것 없잖아, 안 그래? 여긴 춥지 않은데.

호수 쪽에서 미풍이 불어오고 있어요. 바람 부는 방향이 바뀌었나 봐요. 그녀는 말한다. 그녀는 일어서기 위해 움직이며 앞으로 몸을 굽힌다.

아직 가지 마. 너무 갑작스럽게. 그는 말한다.

가야 해요. 그들은 나를 찾을 거예요. 너무 늦으면 내가 어디 있었는지 알아내려고 할걸요.

그녀는 치마의 구김을 펴고 팔로 몸을 감싼 채 돌아선다. 파란 사과가 마치 눈인 양 그녀를 바라본다.

《글로브 앤드 메일》*, 1947년 6월 4일

그리픈 씨 범선에서 발견되다
글로브 앤드 메일 특보

　며칠 간 행방이 묘연했던 실업가 리처드 E. 그리픈 씨의 시신이 그가 휴가를 보내고 있던 여름 별장 포트 타이콘드로가**의 '아빌리온' 부근에서 발견되었다. 그는 토론토 시 세인트데이비스 구(區)의 진보 공화당 후보로 유력시되고 있었다. 그리픈 씨는 조그 강변에 있는 개인용 선창에 매여 있던 자신의 범선인 '워터 닉시'*** 호에서 발견되었다. 그는 뇌출혈을 일으켰던 것으로 보인다. 경찰은 어떤 불미스러운 사건의 흔적도 발견할 수 없었다고 보고했다.

　그리픈 씨는 섬유, 의류, 경공업 등을 포함한 상업 왕국의 총재로 뛰어난 이력을 보여 왔다. 또한 전쟁 중 연합군에게 유니폼 일부와 무기 재료를 공급한 공로를 인정받았다. 그는 실업가 사이러스 이튼의 퍼그워시 집에서 열리곤 하는 영향력 있는 모임에 자주 참석했으며, 엠파이어 클럽과 그래니트 클럽****에서 요직을 맡고 있었

---

* 캐나다 전역에서 발간되는 주요 일간지.
** '타이콘드로가'는 뉴욕 주에 살았던 아메리칸 인디언인 이로쿼이족의 언어로 '두 개의 강 사이'라는 뜻이다.
*** 「워터 닉시(The Water Nixie)」는 독일의 그림 형제가 수집한 민담 중 하나로, 물의 요정인 닉시가 우물에 빠진 아이들을 착취하자 아이들이 닉시의 손아귀에서 빠져나오기 위해 도망치는 내용이다.
**** 엠파이어 클럽은 1903년에 창설된 캐나다의 가장 크고 오래된 연설 클럽

다. 그는 골프를 즐겨 쳤으며, 로열 캐나다 요트 클럽*에서도 잘 알려진 인물이었다. 수상은 사택인 '킹스미어**'에서 전화 통화 인터뷰를 통해 "그리폰 씨는 우리나라에서 가장 유능한 인물 중의 한 사람이었다. 그의 죽음에 깊은 애도를 표한다."라고 말했다.

그리폰 씨는 이번 봄에 소설가로 사후 데뷔한 고(故) 로라 체이스 양의 형부이며, 유족으로는 사교계 명사인 여동생 위니프리드 (그리폰) 프라이어 여사, 부인인 아이리스 (체이스) 그리폰, 그리고 열 살 난 딸 에이미가 있다. 장례식은 수요일 토론토의 세인트 사이먼 사도 교회에서 거행될 예정이다.

이다. 그래니트 클럽은 1875년에 토론토 상류층 인사들의 컬링 클럽으로 시작해서, 현재는 유명한 운동선수와 인사들이 모이는 사교 클럽이 되었다.
* 여가로 요트를 즐기는 영국 전통에 따라 1852년에 설립된 사교 여가 단체.
** 캐나다 최장 집권 수상이었던 윌리엄 라이언 매켄지 킹(1874~1950)은 퀘벡 주에 킹스미어라는 사택을 소유하고 있었다.

눈먼 암살자

공원 벤치

그곳에, 자이크론 행성에 어째서 사람들이 살았죠? 그러니까 우리 같은 사람들이 말이에요. 우주의 다른 차원이라면, 그곳에 사는 존재들은 도마뱀같이 이야기하거나 뭐 그래야 하는 것 아닌가요?

싸구려 잡지에서나 그렇지, 하고 그는 말한다. 그건 다 꾸며낸 거라고. 실제로는 이런 거야. 지구는 자이크론인들에 의해 식민화되었지. 그들은 우리가 지금 이야기하고 있는 시대로부터 수천 년 후 우주의 한 차원에서 다른 차원으로 여행할 수 있는 기술을 개발해 냈어. 그들은 8000년 전 이 지구에 도착했지. 그때 그들은 많은 식물 씨앗을 가져왔고, 그렇기 때문에 우리가 사과와 오렌지를 먹을 수 있는 거야. 물론 바나나는 말할 것도 없고. 그건 한눈에도 외계로부터 온 것이라는 것을 알 수 있잖아. 그들은 동물도 들여왔어. 말과 개, 염소 등등. 그들이 바로 아틀란티스를 건설한 사람들이지. 그러다 그들은 스스로의 탁월한 지혜 때문에 자멸하게 되었어. 우리는 낙오자들의 후예인 셈이지.

아. 이제 알겠어요. 모든 걸 당신에게 편리한 대로 설명하는군요.

필요에 따라선 그럴 수 있지. 자이크론의 다른 특징들을 말하자면, 그곳에는 일곱 개의 바다와 다섯 개의 달이 있고, 각각 강도와 색채가 다른 세 개의 태양이 있지.

어떤 색깔인데요? 초콜릿색, 바닐라색, 아니면 딸기색?

당신은 내 이야기를 진지하게 여기지 않는군.

미안해요. 그녀는 그를 향해 머리를 기울인다. 이제 귀 기울여 듣고 있어요. 보이죠?

그는 이야기한다. 그 도시가 멸망하기 전, 그곳은(이전에 사용되던 이름대로 '사키얼−논'이라고 부르기로 하지. 대강 번역하자면 운명의 여신의 진주라는 뜻이야.) 세계의 불가사의라 불렸어. 자신의 조상들이 이 도시를 말살해 버렸다고 주장하는 이들조차 그곳의 아름다움을 묘사하는 것에 대단한 즐거움을 느끼곤 했으니까. 수많은 궁전의 타일이 깔린 안뜰과 정원에는 조각된 분수대가 있었는데, 그곳에서 천연 샘물이 흘러나왔지. 꽃들은 풍성했고, 대기는 새들의 노래 소리로 가득 차 있었어. 가까운 곳에는 살찐 냐르 떼가 풀을 뜯는 푸른 들판이 있었고, 아직까지 상인들이 베어 버리거나 악한들이 불태워 버린 직이 없는 과수원과 잔나무 밭, 그리고 큰 나무 숲이 있었지. 메마른 골짜기는 그 당시에는 강이었지. 그곳에서 시작되는 운하는 도시 주변의 평야에 물을 대 주었고, 토지는 너무나 비옥해서 곡식 알갱이가 직경 8센티미터나 되었다고 해.

사키얼-논의 귀족들은 스닐파드라고 불렸지. 그들은 금속 공예에 능했고, 정교한 기계적 도구를 발명한 사람들이었어. 그 기술의 비밀을 조심스럽게 감추어 두었지. 이 시대에 그들은 시계, 석궁, 그리고 수동 펌프를 발명했어. 비록 내부 연소 엔진을 발명할 정도로 발전한 것은 아니었고, 또 교통수단으로 여전히 동물들을 사용하고 있었지만 말이야.

남자 스닐파드는 백금으로 짠 가면을 쓰고 다녔어. 그 가면은 얼굴 피부가 움직이는 대로 움직였지만, 실제 감정은 감추어 주었지. 여자들은 차즈라고 불리는, 나방의 고치에서 나온 비단과 같은 천으로 만든 베일로 얼굴을 가리고 다녔어. 만약 스닐파드가 아닌데 얼굴을 가리고 다닌 것이 발각된다면 사형에 처해질 수도 있었어. 방어와 속임수는 오직 귀족들만을 위한 것이었으니까. 스닐파드들은 화려한 옷을 입고 다녔고, 음악에 높은 감식안을 가지고 있었으며, 자신들의 취향과 기교를 내보이기 위해 다양한 악기를 연주하곤 했지. 그들은 궁중에서 일어나는 음모를 즐겼고, 훌륭한 연회를 베풀었으며, 다른 사람의 아내들과 아주 복잡한 연애 사건을 벌이기도 했어. 연루된 부부들이 연애 사건을 두고 다투는 일도 있었지만, 사실 남편이 모르는 체해 주는 것이 관례였지.

소지주, 농노, 그리고 노예들은 이그니로드라 불렸지. 그들은 허름한 회색 튜닉을 입고 한쪽 어깨는 드러내 놓았어. 물론 여자의 경우에는 한쪽 가슴을 드러내고 다녔고. 그리고 그 계층의 여자들이 스닐파드 남자들에게 더할 나위 없이 좋은 노리개 감이었다는 것은 말할 필요도 없겠지. 이그니로드들은 자신들 삶의 운명에 대해 분개했지만, 그 분노를 우둔함으로 가장해서 은

폐했어. 이따금 반란을 일으키곤 했지만, 이내 무자비하게 탄압되었지. 그들 중 가장 하층민은 노예들이었어. 그들을 마음대로 사거나 교환하거나 죽일 수도 있었지. 그들이 독서하는 것은 법적으로 금지되어 있었지만, 그들은 땅 위에 돌로 그어 만든 비밀 암호를 가지고 있었어. 스닐파드들은 그들에게 쟁기를 메여 끌도록 했지.

스닐파드가 파산할 경우, 이그니로드로 강등되기도 했어. 아내나 아이를 팔아 빚을 청산해서 그런 운명을 피할 수도 있었고. 이그니로드가 스닐파드의 위치를 차지하게 되는 것은 훨씬 드문 일이었어. 지위 상승은 하강보다 훨씬 더 힘겨운 일이니까. 비록 충분한 돈을 모아 두고 자신 혹은 자신의 아들을 위해 스닐파드 출신의 신부를 얻는다 하더라도, 상당한 금액의 뇌물이 요구되었을 뿐만 아니라 그가 스닐파드 사교계에 받아들여지기까지는 어느 정도 시간이 필요했지.

당신의 볼셰비즘이 다시 불거져 나오는군요. 당신이 조만간 그 주제를 끄집어낼 줄 알았죠. 그녀는 말한다.

정반대인걸. 내가 지금 묘사하고 있는 것은 고대 메소포타미아 문화야. 이건 함무라비 법전*, 히타이트 법** 등등에 나와 있는 거라고. 적어도 일부는. 베일에 관한 부분, 그리고 아내를 파는 부분 등이 그렇지. 몇 장 몇 절에 나와 있는 것인지 말해 줄 수도 있어.

지금은 몇 장 몇 절인지 말하지 마요, 제발. 그걸 들을 기운이

---

* 함무라비 왕이 제정한 고대 바빌로니아의 법. 메소포타미아에서 천 년에 걸쳐 시행되었다. 형법에서는 '눈에는 눈으로'의 원칙이 지배적이다.
** 고대 히타이트 왕국의 법. 판례법 형식으로 되어 있다.

없어요. 너무나 힘이 없어 축 늘어질 것 같아요.

지금은 8월, 너무나 무덥다. 습기는 보이지 않는 안개가 되어 그들 위에 흘러내린다. 오후 4시, 녹아내린 버터 같은 햇빛. 그들은 서로 약간 떨어져 공원 벤치에 앉아 있다. 지친 이파리를 그들 위에 드리우고 서 있는 단풍나무, 발아래 쩍쩍 갈라진 땅, 주변의 시든 풀밭. 참새들이 쪼아 먹고 있는 빵 껍질, 찌그러진 종이 봉지. 좋은 곳이라고 부르기는 힘든 지역이다. 물이 똑똑 떨어지는 음수대. 세 명의 지저분한 아이들, 여름옷을 입은 계집아이 하나와 반바지를 입은 사내아이 둘이 그 옆에서 장난을 치고 있다.

그녀의 옷은 연한 황록색이다. 팔꿈치 아래로 드러난 그녀의 팔에는 색이 옅은 솜털이 돋아 있다. 그녀는 면으로 된 장갑을 벗어 긴장된 손길로 둥그렇게 뭉쳐 놓는다. 그는 그녀가 긴장하고 있다는 사실에 개의치 않는다. 그녀가 자신을 위하여 무엇인가 대가를 치루고 있다는 생각을 즐기는 것이다. 그녀는 여학생 모자와 같은 둥근 밀짚모자를 쓰고 있다. 머리는 뒤쪽으로 핀을 찔러 고정했는데, 젖은 머리칼 한 가닥이 흘려 내려와 있다. 사람들은 머리칼을 잘라서 보관해 두었다가 로켓*에 넣어 목에 걸고 다녔다. 남자의 경우에는 그것을 심장 옆에 품고 다녔다. 그렇게 하는 이유를 그는 결코 이해하지 못했다. 예전에는.

지금 당신이 어디에 있는 걸로 되어 있지? 그는 묻는다.

쇼핑하는 곳이에요. 내 쇼핑백을 보세요. 스타킹을 좀 샀어요.

---

* 사진이나 기념품, 머리카락 따위를 넣어 목걸이에 다는 작은 갑.

아주 좋은 상품이에요. 최고급 실크죠. 마치 아무것도 신지 않은 것 같아요. 그녀는 살짝 미소를 짓는다. 이제 십오 분밖에 남지 않았어요.

그녀가 장갑 한 짝을 떨어뜨리고, 그것은 발 옆에 떨어진다. 그는 그것을 바라본다. 만일 그녀가 그냥 잊어버리고 가 버린다면, 그는 그것을 자기 것으로 삼을 것이다. 그리고 그녀가 곁에 없을 때, 그녀의 체취를 들이켤 것이다.

언제 또 볼 수 있지? 그가 묻는다. 뜨거운 바람은 잎사귀를 흔들고, 태양은 잎사귀 사이로 내리꽂히고, 그녀 주위에는 꽃가루가 떠돈다. 황금색의 구름 같은. 아니, 사실은 먼지에 불과한.

지금 보고 있잖아요.

그러지 마. 언제가 될지 말해 줘. 그는 말한다. 그녀가 입고 있는 드레스의 목선이 파인 곳에 드러난 피부가 물기로 촉촉하다. 땀의 엷은 막.

아직 알 수 없어요, 하고 그녀는 말한다. 그녀는 어깨 너머로 고개를 돌려 공원을 바라본다.

여기엔 아무도 없어. 당신이 아는 어느 누구도. 그는 말한다.

언제 아는 사람이 나타날지 알 수 없는 노릇이죠. 우리가 누구를 알고 있는지도 모를 일이에요. 그녀는 말한다.

당신은 개를 키워야 해, 하고 그는 말한다.

그녀는 웃는다. 개라고요? 왜죠?

그러면 변명거리가 생기잖아. 개를 산책시켜야 하니까. 나와 개를 함께 산책시킬 수 있겠지.

개가 당신을 질투할 거예요. 그리고 당신은 내가 개를 더 좋아한다고 생각할 거고요.

개를 더 좋아하게 되는 건 아니겠지. 그럴 거야? 그는 말한다.

그녀는 눈을 크게 뜬다. 그러면 왜 안 되죠?

그는 말한다. 개는 말을 못 하잖아.

소설가의 조카, 추락사의 희생자 되다
스타지 특보

저명한 실업가 고(故) 리처드 E. 그리픈 씨의 딸이자 주목받는 여류작가 로라 체이스의 조카인 38세의 에이미 그리픈 씨는 수요일 처치 스트리트의 아파트 지하층에서 사망한 채 발견되었다. 그녀는 추락으로 목이 부러졌으며, 적어도 하루 전에 사망한 것으로 판명되었다. 이웃인 조스 켈리 씨와 베아트리스 켈리 씨 부부는 그리픈 씨의 네 살배기 딸 사브리나 때문에 사고에 대해 알게 되었다. 사브리나는 어머니를 찾을 수 없을 때마다 그들 부부에게 종종 음식을 얻으러 오곤 했다.

그리픈 씨는 약물과 알코올 중독으로 장기간 투병해 왔으며, 수차례 입원도 했던 것으로 알려져 있다. 조사가 진행되는 동안 그녀의 딸은 대고모인 위니프리드 프라이어 부인이 돌보고 있다. 프라이어 부인과 포트 타이콘드로가에 거주하고 있는 에이미 그리픈 씨의 어머니 아이리스 그리픈 부인은 논평 요구에 응하지 않았다.

이 불행한 사건은 현재 우리 사회 복지 체계의 느슨함을 보여 주는 또 하나의 예가 될 것이다. 또한 위험에 처한 아동을 보다 효율적으로 보호할 수 있는 개선된 법률 제정이 필요하다는 것을 보여 준다.

눈먼 암살자

카펫

전화에 혼탁한 잡음이 섞여 들린다. 천둥 때문일 것이다. 아니면 누군가가 엿듣고 있는 것일까? 하지만 이것은 공중전화다. 그들은 그를 추적할 수 없다.

지금 어디죠? 그녀는 묻는다. 여기로 전화하면 안 돼요.

그는 그녀가 숨 쉬는 것을, 그녀의 숨소리를 들을 수 없다. 그녀에게 송화기를 목에 대 보라고 부탁하고 싶은 충동을 느낀다. 그러나 그런 부탁은 하지 않을 것이다. 적어도 아직은. 지금 근처에 와 있어. 그는 말한다. 두 골목쯤 떨어진 곳에. 공원에서 기다릴게. 저기 작은, 해시계가 있는 그 공원에서.

지금은 안…….

그냥 빠져나와. 바람을 쐬고 싶다고 말해. 그는 기다린다.

시도해 볼게요.

공원 입구에는 윗부분을 경사지게 깎아 놓은 이집트 풍의 사면체 돌기둥 두 개가 서 있다. 하지만 승전의 비문도, 속박된 적군을 새긴 그림 같은 것도 없다. "이 근처에서 배회하시 마시오." "개는 줄에 묶어 다니시오." 단지 이 두 문구만 적혀 있을 뿐.

여기로 와, 거리 불빛을 피해서. 그는 말한다.

오래 있을 수는 없어요.

나도 알아. 이쪽 뒤로 와. 그는 그녀의 팔을 붙잡아 인도한다. 그녀는 강한 바람에 노출된 전선처럼 떤다.

여기야, 하고 그는 말한다. 아무도 우리를 볼 수 없어. 푸들을 산책시키는 노인네 하나도 없어.

야경용 곤봉을 든 경찰도 없죠. 그녀는 잠시 웃는다. 가로등 불빛이 이파리를 통해 희미하게 비친다. 그 불빛 아래서 그녀의 흰자위가 빛난다. 여기 있으면 안 되는데. 너무 위험한 일이에요. 그녀는 말한다.

그곳에는 덤불에 둘러싸인 돌 벤치가 하나 있다. 그는 자신의 재킷을 그녀의 어깨 위에 둘러 준다. 오래된 트위드 재킷, 오래된 담배, 그을린 냄새. 은근한 소금 냄새. 그의 피부가 여기 놓여 있었다, 이 옷 안에. 그리고 이제 그녀의 피부가 놓여 있는 것이다.

좀 따뜻해질 거야. 이제 우리는 규율을 무시할 거야. 여기를 배회할 거라고.

개를 줄에 묶어 다니라는 건 어떻게 하고요?

그것도 무시하지. 그는 팔로 그녀를 감싸지 않는다. 그렇게 해 주기를 그녀가 바라고 있다는 것을 그는 안다. 그녀는 그것을 기대한다. 그녀는 그의 손길을 미리 느낀다. 새가 그림자를 느끼듯이. 그는 담배에 불을 붙이고 그녀에게 담배를 내민다. 그녀는 이번에는 받아 든다. 모아 쥔 그들의 손 안에서 잠시 타오르는 성냥 불빛. 붉게 물든 손가락 끝.

그녀는 생각한다. 불꽃이 좀 더 타오른다면 우리는 뼈까지 볼수 있을 거야. 마치 엑스레이처럼. 우리는 단지 엷은 안개, 채색된 물일 뿐이야. 물은 언제나 하고 싶은 대로 행동하지. 물은 항상 아래쪽으로만 흘러. 그녀의 목구멍이 연기로 가득 찬다.

그는 말한다. 이제 아이들에 대해 이야기해 주지.

아이들이라니요? 무슨 아이들 말인가요?

다음 연재분 말이야. 자이크론 행성에 대해서, 사키얼-논에 대해서.

아, 그래요.

그 행성에는 아이들이 있어.

우리는 아이들에 대해 아무것도 언급하지 않았잖아요.

그들은 노예 아이들이야. 그건 필수 요소지. 아이들 없이는 이야기를 이어 나갈 수 없어.

이야기 속에 아이들은 나오지 않으면 좋겠는데, 하고 그녀는 말한다.

언제든지 그만두라고 말하면 돼. 어느 누구도 당신에게 강요하지 않아. 당신은 가도 좋아. 운이 좋을 경우에 경찰이 말하는 것처럼 말이야. 그는 차분한 목소리로 말한다. 그녀는 떠나지 않는다.

그는 말한다, 현재 사키얼-논은 돌무더기에 지나지 않지만, 한때는 무역과 통상이 번성하는 중심지였어. 이곳은 동쪽, 서쪽, 남쪽에서 뻗어 나온 세 육로가 만나는 곳이었거든. 북쪽은 넓은 운하를 통해 바다와 연결되어 있었고, 그 바다에는 공고히 방어

된 항구가 있었어. 이 모든 공사와 방어벽의 흔적은 다 사라졌어. 도시가 멸망한 후 채석된 돌들은 적이나 외지인이 탈취해서 동물 우리, 물통, 엉성한 성채를 만드는 데 사용했지. 혹은 물결과 바람에 휩쓸려 유사(流砂) 아래 묻히기도 했지.

운하와 항구는 노예들이 건축한 것인데, 그건 별로 놀라운 일이 아니야. 바로 노예들의 노동을 통해 사키얼-논이 그 웅대함과 권력을 성취하게 된 것이니까. 이 도시는 또 한편 수공예, 특히 직조로 유명했지. 직공들이 사용한 염색의 비법은 조심스럽게 보존되었어. 이곳에서 생산된 옷감은 흐르는 꿀처럼, 짓이긴 자주색 포도처럼, 태양 아래 쏟아지는 황소의 피처럼 빛났지. 섬세한 베일은 거미줄처럼 가벼웠고, 카펫은 너무나 부드럽고 고와서 마치 공기 위를, 꽃과 흐르는 물같이 보이도록 만들어진 공기 위를 걷는 것 같았어.

정말 시적이로군요. 놀라운걸요. 그녀는 말한다.

백화점이라고 가정해 봐. 생각해 보면, 이건 결국 호화스러운 상품들이라고. 그럼 그렇게 시적이지만은 않을걸. 그는 말한다.

카펫은 한결같이 어린 노예들에 의해 만들어졌어. 아이들의 손가락같이 작은 손만이 그렇게 정교한 상품을 생산하는 데 적합했기 때문이지. 하지만 끊임없이 부과된 정밀한 노동 때문에 아이들은 여덟아홉 살 정도가 되면 모두 시력을 잃게 되었어. 그리고 그들의 실명은 카펫 상인들이 자신들의 상품 가치를 매기고 선전하는 기준이 되었지. "이 카펫은 열 명의 아이들을 실명하게 만든 겁니다." 그들은 이렇게 떠벌렸지. "이건 열다섯 명, 이건 스무 명까지 실명하게 했습죠." 가격은 숫자에 비례해서 비싸졌기 때문에 그들은 언제나 과장해서 말하곤 했어. 그래서 구매자들은 늘 상인들이 주장하는 것에 대해 코웃음치곤 했지. "분명히 일곱 명짜리, 아니면 열두 명짜리, 기껏해야 열여섯 명짜리에 불과한걸." 카펫을 만지작거리며 그들은 말했지. "이건 행주처럼 거칠잖아. 그건 거지의 담요로나 쓰겠는걸. 이건 냐르로 만들어졌어."

아이들이 실명을 하게 되면, 여자애나 남자애 할 것 없이 모두 포주들에게 팔렸어. 이런 식으로 눈이 멀게 된 아이들의 서비스는 높은 가격에 팔렸어. 그들의 손길은 너무나 부드럽고 능숙해서 그들이 손가락을 대면 마치 피부에서 꽃들이 피어나고 물이 흘러나오는 것 같은 느낌을 받을 수 있었다고 사람들은 말했지.

그들은 또한 자물쇠를 비집어 여는 데 뛰어난 기술을 가지고 있었어. 매음굴을 탈출한 아이들은 비밀스러운 살인에 종사하게 되었고, 고용 암살자로 인기가 높았지. 그들은 청각이 매우 예민했어. 소리 없이 걸을 수 있었고, 가장 작은 틈으로도 빠져나갈 수 있었어. 깊이 잠든 사람과 뒤척이며 꿈을 꾸는 사람을 구별할 수도 있었지. 마치 나방이 목을 스치고 지나가는 것처럼 부드럽게 죽일 수 있었어. 그들에게 연민 따위는 없다고 사람들은 생각했지. 그들은 두려움의 대상이었어.

아이들이 앉아서 끊임없이 카펫을 짜고 있는 동안, 아직 그들의 시력이 온전할 동안, 서로에게 귓속말로 속삭이던 이야기들은 모두 미래의 삶에 관한 것들이었어. 그들 사이에는, 눈먼 자만이 자유롭다, 라는 속담이 떠돌고 있었지.

정말 슬픈 이야기예요, 하고 그녀는 속삭인다. 왜 이런 슬픈 이야기를 들려주는 거죠?

그들은 이제 더 깊어진 어둠 아래 앉아 있다. 그는 마침내 팔로 그녀를 감싸 안는다.

천천히 해야지. 그는 생각한다. 갑작스레 움직이지 말아야 해. 그는 호흡에 집중한다.

내가 잘할 수 있는 이야기를 하는 거야. 그리고 당신이 믿을 만한 이야기. 당신은 감미로우면서 내용도 없는 그런 건 믿지 않을 거야. 그렇지? 그는 말한다.

그래요. 그런 이야기는 믿지 않아요.

게다가 이건 완전히 슬프기만 한 이야기는 아니야. 그들 중 일부는 도망쳤어.

하지만 그들은 살인자가 되잖아요.

별다른 선택의 여지가 없잖아. 카펫 상인이나 포주가 될 수는 없지. 밑천이 없었기 때문에 싫어하는 일을 할 수 밖에 별다른 도리가 없었어. 고달픈 운명이지.

그만해요. 그건 내 잘못이 아니에요. 그녀는 말한다.

내 잘못도 아니야. 우리가 조상들의 죄를 지고 있는 거라고 해 두지.

그건 불필요하게 잔인해요. 그녀는 차갑게 말한다.

잔인함이 필요한 건 도대체 언제지? 그리고 얼마나? 그는 묻는다. 신문을 읽어 봐. 나는 세상을 창조하지 않았어. 어쨌든 나는 살인자들 편이야. 만일 당신이 사람들의 목을 베거나 굶어 죽어야 한다면, 어떤 쪽을 택하겠어? 혹은 생계를 위해 매우 인색하게 굴어야 한다면.

이번에는 그가 너무 지나치게 굴었다. 분노를 내보인 것이다.

그녀는 그로부터 떨어져 앉는다. 이제 됐어요. 돌아가야 해요. 그녀는 말한다. 주위의 잎사귀들이 갑작스럽게 흔들린다. 그녀는 손바닥을 위로 하고 손을 내밀어 본다 ── 빗방울 몇 개가 떨어진다. 천둥소리가 가깝게 들려온다. 그녀는 그의 재킷을 어깨에서 밀어낸다. 그는 아직 그녀에게 키스하지 않았다. 그는 키스하지 않을 것이다, 오늘 밤에는. 그녀에게는 이것이 마치 집행 유예처럼 느껴진다.

창문에 서 있어 줘. 당신의 침실 창문에. 불을 켠 채로. 그냥 서 있기만 해 줘. 그는 말한다.

그녀는 그의 말에 놀란다. 왜? 도대체 무엇 때문에?

그렇게 해 줬으면 좋겠어. 당신이 안전하다는 걸 확인하고 싶어서 그래, 하고 그는 덧붙인다. 이건 당신의 안전과 아무런 상관이 없지만.

노력해 볼게요. 아주 잠시 동안만이에요. 당신은 어디에 있을 건가요?

나무 아래, 밤나무 아래. 나를 볼 수 없을 거야. 하지만 거기에 서 있을게.

그녀는 생각한다. 그는 창문이 어디에 있는지 알고 있다. 그 주위의 나무 종류도 알고 있다. 분명 그녀 주위를 배회하고 다녔을 것이다. 그녀를 보면서. 그녀는 약간의 전율을 느낀다.

비가 내려요. 이제 쏟아지기 시작할 거예요. 비를 맞게 될 텐데. 그녀는 말한다.

날씨는 춥지 않잖아, 하고 그는 말한다. 기다릴게.

《글로브 앤드 메일》, 1998년 2월 19일

위니프리드 그리픈 프라이어 부인, 로즈데일의 자택에서 오랜 병환 끝에 향년 92세로 사망하다. 유명한 자선 사업가인 프라이어 부인의 사망으로 토론토 시는 가장 성실하고 오래된 후원자 한 사람을 잃게 되었다. 고인이 된 실업가 리처드 그리픈 씨의 여동생이며 저명한 소설가 로라 체이스 양의 사돈인 프라이어 부인은 토론토 심포니 오케스트라 초기 위원회에서 봉직했으며, 근래에는 온타리오 미술관과 캐나다 암 협회의 자원봉사자 위원회에서 활동했다. 그녀는 또한 그래니트 클럽, 헬리코니아 클럽*, 주니어 리그**, 그리고 도미니언 연극 축제***에서 활발하게 역할을 수행해 왔다. 유족으로는 현재 인도 여행 중인 조카 손녀 사브리나 그리픈 양이 있다.

장례식은 화요일 아침 세인트 사이먼 사도 교회에서 있을 예정이며, 뒤이어 마운트 플레즌트 묘지에서 매장식이 거행될 것이다. 조화(弔花)를 보내는 대신 프린세스 마거릿 병원에 기부금을 내 주시기 바란다.

---

* 토론토 음악 학교(Toronto Conservatory of Music)의 음악 선생인 메리 휴잇 스마트에 의해 1909년에 창설된 문화 단체. 예술과 문학에 종사하는 여성 단체이다.
** 1901년 뉴욕 시립대학교 학생이었던 메리 해리먼이 여성의 자원봉사 활동을 증진하기 위해 주창한 단체. 멕시코, 미국, 영국, 캐나다에 지부가 있다.
*** 1932년에 시작되어 2차 세계대전 당시를 제외하고 1978년까지 매년 봄 캐나다 전역의 도시를 돌며 활발하게 진행된 아마추어 극단 연극 축제.

눈먼 암살자

립스틱으로 그려진 하트

시간이 얼마나 있지? 그는 묻는다.

아주 많아요. 두세 시간 정도. 그들 모두 어디론가 나갔어요. 그녀는 대답한다.

뭘 하느라고?

나는 몰라요. 돈을 벌거나 쇼핑을 하거나 자선 사업을 하고 있겠죠. 무엇이든 그들이 늘 하는 일을. 그녀는 머리칼을 귀 뒤로 쓸어 넘기며 똑바로 앉는다. 그녀는 누군가의 명령에 대기하고 있는 듯한, 호출을 받은 듯한 느낌이 든다. 싸구려가 된 느낌. 이건 누구 차죠? 그녀는 묻는다.

친구 차야. 나는 중요한 인물이지. 차를 가진 친구도 있고.

나를 놀리고 있군요, 하고 그녀는 말한다. 그는 대답하지 않는다. 그녀는 장갑의 손가락을 잡아당긴다. 누군가 우리를 보면 어떻게 해요?

사람들은 차만 볼 거야. 이 차는 거의 폐기물이야. 가난한 사람들이 타는 차라고. 설혹 당신을 정면으로 보게 된다 하더라도 알아보지는 못할 거야. 당신 같은 여자는 살해되어 이런 차에 감금될 일이 없어.

당신은 어떨 땐 날 별로 좋아하지 않는군요, 하고 그녀는 말한다.

요즘 다른 것에 대해서는 생각할 수가 없어. 하지만 좋아한다는 건 달라. 좋아하는 데는 시간이 들지. 나는 당신을 좋아할 시간이 없어. 그런 감정에 집중할 수가 없는 거지.

그곳이 아니에요. 표지판을 보세요. 그녀는 말한다.

표지판은 다른 사람들이나 보라고 해. 여기, 이 아래쪽에. 그는 말한다.

그 길은 고랑에 불과하다. 버려진 화장지, 껌 종이, 물고기 방광 같은 헌 금고. 병과 자갈. 바짝 말라 갈라지고 바퀴 자국이 난 진흙. 그녀는 신발을, 구두를 잘못 선택했다. 그는 그녀의 팔을 잡아 균형을 잡아 준다. 그녀는 그로부터 손을 거둔다.

이건 야외나 마찬가지예요. 누군가 볼 거예요.

누가 본다는 거야. 우리는 지금 다리 아래에 있어.

경찰이요. 이러지 마요. 아직은.

경찰은 훤한 대낮에 기웃거리며 다니지 않아. 밤에만 손전등을 들고 불경스러운 배교자를 찾아다니지. 그는 말한다.

그럼 부랑자들. 정신병자들이요. 그녀는 말한다.

여기야. 이곳 아래. 그늘진 곳. 그는 말한다.

혹시 덩굴옻나무가 있나요?

전혀. 내가 보장해. 나를 제외하면 부랑자나 정신병자도 없어.

어떻게 알아요? 덩굴옻나무 말이에요. 이곳에 와 본 적이 있나요?

그렇게 걱정하지 마. 누워.

이러지 마요. 이러다 옷을 찢겠어요. 잠시만 기다려요.

그녀는 자신의 목소리를 듣는다. 이것은 그녀의 목소리가 아니다. 너무 숨 가쁜 소리다.

시멘트 바닥에 쓰인 네 개의 이니셜 둘레에 립스틱으로 하트 모양이 그려져 있다. 알파벳 엘(L) 자 모양이 그 네 개의 이니셜을 연결해 주고 있다. 사랑(love)을 의미하는 엘. 그것이 무엇의 이니셜인지는 관련된 사람들만이 알 것이다. 그들이 여기에 왔었다는 것을, 그들이 이것을 했다는 것을.

하트 모양 외곽에는 네 개의 다른 알파벳이 쓰여 있다. 마치 나침반의 네 방향처럼.

F   U

C   K

갈래갈래 찢어져 펼쳐져 있는 단어. 섹스의 무자비한 지형학.

그의 입에서 느껴지는 담배 냄새와 그녀 자신의 입에서 느껴지는 소금기. 주변의 짓이겨진 잡초와 고양이 냄새, 제멋대로 내버려진 장소의 악취. 축축함과 생장, 무릎 위에 묻은 흙, 더럽고 무성하게 우거진 곳. 빛을 향하여 뻗어 난 긴 줄기의 민들레.

그들이 누워 있는 곳 아래쪽에서 살랑거리는 시내. 그들 위에 드리워진 잎이 무성한 가지들과 자주색 꽃을 달고 있는 가느다란 덩굴들. 다리를 받치고 있는 높은 기둥들, 철로 된 대들보, 그 위를 달리는 자동차 바퀴들. 다리 양쪽으로 갈라져 보이는 푸른 하늘. 등 아래 느껴지는 딱딱한 땅.

그는 그녀의 이마를 쓰다듬고, 손가락으로 그녀의 볼 윤곽을 더듬는다. 당신은 나를 숭배해서는 안 돼. 내가 세상에서 유일하게 성기를 가진 사내는 아니라고. 언젠간 그걸 알게 될 거야. 그는 말한다.

이건 그런 문제가 아니에요. 어쨌든 나는 당신을 숭배하지 않아요. 그녀가 말한다. 그는 이미 그녀를 밀어내고 있다, 미래 속으로.

글쎄, 그게 무엇이든 간에 일단 내가 당신을 더 이상 귀찮게 하지 않게 되면, 당신은 그걸 더 가지게 될 거야.

그게 정확히 뭘 말하는 거죠? 당신은 나를 성가시게 하지 않는걸요.

삶 이후에 다른 삶이 있다는 뜻이야. 우리의 현재 삶 이후에. 그는 말한다.

우리 다른 것에 대해 얘기해요.

좋아. 다시 누워 봐. 머리를 이곳에 두고. 그는 젖은 셔츠를 걷어 내고 한쪽 손으로 그녀를 감싸고 다른 손으로 호주머니를 더듬어 담배를 꺼낸 후 엄지손가락에 성냥을 긋는다. 그녀는 그의 어깨의 우묵하게 들어간 곳에 귀를 가져다 댄다.

그가 말한다. 어디서 얘기를 끝냈더라.

카펫 짜는 이들 부분에서요. 눈이 멀게 된 아이들.

아, 그래, 기억이 나는군.

그는 이야기를 시작한다, 사키얼-논의 부(富)는 노예들, 특히 이 유명한 카펫을 짜는 어린 노예들 덕분에 가능한 것이었어. 하지만 사람들은 그 사실을 말하면 불운이 닥쳐온다고 믿었지. 스닐파드들은 자신들의 부가 노예들이 아니라 자신들의 미덕과 올바른 생각에 달린 것이라고 주장했어. 다시 말해 신들에게 바치는 적절한 희생제 덕분이라는 거지.

그곳에는 많은 신들이 있었어. 신은 항상 쓸모 있는 존재들이지. 그들은 거의 모든 것들을 정당화해 주거든. 사키얼-논의 신들도 예외는 아니었어. 그들은 모두 육식을 즐겼어. 동물 제물도 좋아했지만, 인간의 피야말로 그들이 가장 귀하게 여긴 것이었지. 이 도시가 건설되던 때, 너무 오랜 옛날이라 이제는 전설이 되어 버린 그때, 아홉 명의 헌신적인 아버지들이 자기 아이들을 제물로 바쳐서 도시의 아홉 성문 아래 성스러운 수호자로 매장했다고 해.

사방으로 각각 두 개의 문이 있었는데, 하나는 출구로 다른 하나는 입구로 사용되었어. 들어온 문으로 다시 나가면 요절한다는 속설이 있었지. 아홉 번째 문은 도시 중앙의 언덕 위에 수평으로 놓인 대리석 판이었어. 이 문은 움직이지 않은 채 열렸고, 삶과 죽음 사이 그리고 육신과 영혼 사이에서 흔들렸어. 신들은 이 문을 통하여 출입했어. 그들은 두 개의 문을 필요로 하지 않았어. 유한한 인간들과는 달리 그들은 문의 양쪽에 동시에 존재할 수 있었거든. 사키얼-논의 예언자들은 이런 속담을 가지고 있었어. "인간의 진정한 숨은 무엇인가? 들숨인가, 아니면 날숨인가?" 신들의 본성이란 바로 그런 것이었지.

이 아홉 번째 문은 또한 제물의 피가 뿌려지는 제단이기도 했어. 남자아이들은 세 태양의 신에게 바쳐졌지. 그는 낮, 밝은 빛, 궁전, 연회, 용광로, 전쟁, 술, 입구, 그리고 언어의 신이었어. 여자아이들은 다섯 달의 여신에게 바쳐졌어. 그녀는 밤과 안개, 그림자, 기근과 동굴, 출산, 출구, 그리고 침묵의 후원자였지. 남자아이들은 제단 위에서 곤봉으로 머리를 맞아 살해된 후 불길이 이는 용광로와 연결된 신의 입에 던져졌어. 여자아이들의 경우 목을 자른 다음 그들의 몸에서 피를 다 짜냈어. 저무는 다섯 개의 달이 희미해지거나 영원히 사라지지 않도록 하기 위해서였지.

도시 성문에 묻힌 아홉 소녀를 기려 매년 아홉 소녀가 제물로 바쳐졌지. 사람들은 희생된 소녀들을 "여신의 처녀들"이라고 불렀고, 그들이 살아 있는 자들을 대신하여 신에게 탄원해 주도록 꽃과 향료를 바쳤어. 일 년 중 마지막 세 달은 "얼굴 없는 달"이라고 불렀어. 이 세 달 동안에는 곡식도 전혀 자라지 않았고, 여신은 금식을 했다고 해. 이 기간에는 전쟁과 용광로의 형상을 한 태양의 신이 휩쓸고 다녔어. 그리고 아들을 둔 어머니들은 자식들을 보호하기 위해 여자 옷을 입혔지.

가장 지체 높은 스닐파드 가족들은 계율상 자신의 딸을 적어도 한 명은 제물로 바쳐야 했어. 흠이나 결점이 있는 소녀를 바치는 것은 여신을 모독하는 일이었어. 그리고 세월이 흐르자, 스닐파드들은 딸들의 목숨을 살리기 위해 일부러 그들의 신체 일부를 절단하기 시작했지. 손가락이나 귓바퀴, 혹은 다른 작은 부분을 잘라 냈어. 이내 절단 행위는 그냥 상징적인 것에 불과한 행위로 바뀌었어. 예를 들자면, 쇄골의 움푹한 부근에 타원형의 푸른색 분신을 그려 넣는 식이. 스닐파드가 아닌 여자가 이런 특권 계급의 표시를 하는 것은 중대한 죄로 간주되었어. 하지만 항상 돈벌이에 급급했던 포주들은 귀족적 위엄을 가장할 수 있는 문신을 어린 창녀들 몸에 잉크로 그려 넣곤 했지. 이것은 명문가의 스닐파드 공주를 범하고 있다는 기분을 느끼고 싶어 하는 고객들에게 큰 인기를 끌었어.

한편으로, 스닐파드들은 버려진 아이들을 입양하기 시작했어. 여자 노예와 주인 사이에서 태어난 여자아이들을 말이야. 그리고 그 아이들을 자신의 합법적인 딸 대신 제물로 바쳤지. 이건 속임수였지만, 귀족들이 막강한 권력을 가지고 있었기 때문에 높은 사람들이 이러한 관행을 눈감아 주는 상태에서 지속되었지.

이후 귀족들은 더욱더 게을러졌어. 심지어 딸들을 키우는 수고조차 감당하고 싶지 않았던 거야. 그래서 아주 간단하게 소녀들을 여신의 신전에 넘겨주고 양육비로 많은 돈을 지불했지. 소녀가 가족 이름을 지니고 있었기 때문에 희생 제물을 바친 것으로 간주되었어. 이건 경주마를 소유하는 것과 비슷한 일이지. 이러한 관행은 고상한 원래의 의식을 저질로 만드는 것이었지만, 당시 사키얼-논에서는 모든 것이 매매 대상이 되었으니까.

바쳐진 소녀들은 신전의 실내에 갇혀 지냈어. 윤기 나는 외모와 건강을 유지하기 위해 최상의 음식을 먹었고, 중요한 그날에 대비하여 엄격한 훈련을 받았지. 의무를 고상하게, 그리고 두려움 없이 수행할 수 있도록 말이야. 이상적인 제물은 춤과 같아야 한다는 것이 그들의 이론이었지. 품위 있고 서정적이며 조화롭고 우아한 소녀. 그들은 아무렇게나 죽임을 당하는 동물과는 달랐어. 자신들의 삶을 자유의지에 따라 내어놓는 것이었으니까. 많은 소녀들은 가르침 받은 대로 믿었어. 즉, 전체 왕국의 행복이 자신들의 사리사욕을 포기하는 것에 달려 있다고 말이야. 그들은 올바른 마음 자세를 가지기 위해 기도로 많은 시간을 보냈어. 눈을 내리깔고 걸으며, 부드러운 애수를 띠고 미소를 짓도록 교육받았어. 또 여신의 노래를 부르는 것을 배웠는데, 그 노래들은 부재와 침묵, 이루지 못한 사랑과 표현하지 못한 회한, 그리고 무언(無言)에 관한 것이었어. 즉, 노래의 불가능성에 대한 노래들이었던 셈이지.

더 많은 세월이 흘렀어. 이제는 오직 소수의 사람들만이 신들을 중요하게 생각했고, 눈에 띄게 경건하거나 종교적인 사람은 미치광이로 취급을 받게 되었지. 시민들은 그저 이전부터 그렇게 해 왔다는 이유로 과거의 의례들을 지속해서 이행하기는 했지만, 그건 이 도시에서 진정 중요한 일로 여겨지지는 않았어.

일부 소녀들은 고립되어 지내면서도 자신들이 낡은 사고방식에 대한 허례 때문에 죽임을 당한다는 것을 알아차리게 되었어. 어떤 소녀들은 칼을 보면 도망치려고 시도했어. 또 어떤 소녀들은 제단 위에서 누군가가 머리채를 잡아끌어 몸을 뒤쪽으로 당기면 비명을 질렀지. 다른 이들은 이런 모든 행사에서 대제사장으로 섬김 받는 왕을 저주했어. 심지어 어떤 소녀는 그를 물어뜯기까지 했지. 이런 식으로 소녀들이 공포와 분노를 간헐적으로 공공연하게 드러내 보이는 것을 대중들은 매우 싫어했어. 가장 끔찍한 사태가 그에 뒤따르게 되어 있었으니까. 아니, 그런 일이 일어날 수도 있었으니까. 만일 여신이 존재한다면 말이야. 어쨌든 그러한 돌발 상황은 축제 기분을 망쳐 놓았어. 모든 이들이, 심지어 이그니로드와 노예들까지도 희생제를 즐겼어. 그 하루는 일을 쉬고 술에 취할 수 있었기 때문이었지.

그래서 소녀들을 제물로 바치기 세 달 전 그들의 혀를 자르는 것이 관례가 되었어. 제사장들은 이것이 소녀들을 불구로 만드는 것이 아니라 더 나은 상태로 향상시키는 것이라고 주장했어.

침묵의 여신에게 그 이상 적합한 것이 있을 수 있겠어?

그렇게 해서, 혀가 잘린 채로, 다시는 발화하지 못할 말들을 가득 안고서, 베일을 쓰고 화환으로 장식한 소녀들은 장엄한 음악 소리에 맞추어 행렬을 지어 도시의 아홉 번째 문으로 향하는 나선형 계단을 올라갔지. 오늘날 같았으면 그 소녀들은 애지중지 키운 사교계의 신부처럼 보였을 거야.

그녀는 일어나 앉으며 말한다. 그건 정말 불필요한 부분이에요. 나를 조롱하고 싶은 거군요. 당신은 신부 베일을 쓰고 있는 가련한 소녀들을 죽이는 상상을 즐기는 거예요. 장담컨대 그들은 모두 금발이었겠죠.

당신을 조롱하는 건 아니야, 하고 그는 말한다. 당신을 겨냥한 건 아니지. 어쨌든 이 모든 것은 그냥 지어낸 것이 아니라, 역사에 확고한 기반을 가진 이야기라고. 히타이트인*들은…….

분명 그렇겠죠. 하지만 당신은 여전히 이 부분을 음미하고 있잖아요. 당신은 복수심에 가득 차 있어요. 아니, 질투하는 거라고요. 비록 왜 그런지는 아무도 모를 노릇이지만. 나는 히타이트인들이든 역사든 뭐든 상관 안 해요. 그건 모두 변명에 지나지 않아요.

잠시만 기다려 봐. 당신도 희생 제물 처녀에 동의했잖아. 그들을 메뉴에 넣은 건 당신이라고. 나는 주문을 따를 뿐이야. 반대하는 이유가 뭐야. 그들이 입고 있는 옷 때문인가? 베일용 망사가 너무 많이 나와서?

---

* 기원전 18세기 경 현재 터키 북부에 해당하는 고대 하투샤 지역에 제국을 건설한 이들.

싸움 걸지 마요, 하고 그녀는 말한다. 곧 울음을 터뜨릴 것 같아서, 눈물을 참기 위해 주먹을 그러쥔다.

당신 기분을 상하게 할 의도는 없었어. 이리 와.

그녀는 그의 팔을 물리친다. 당신은 내 기분을 상하게 하려고 작정한 거예요. 당신이 그럴 수 있는지 알고 싶은 거죠.

당신이 재미있어할 거라고 생각했어. 내 창작을 듣는 것, 형용사를 가지고 재주 부리는 것을 보는 것, 당신을 위해 어릿광대짓을 하는 것을.

그녀는 치마를 끌어내리고, 블라우스 끝을 허리춤에 밀어 넣는다. 신부 베일을 쓴 죽은 소녀, 내가 왜 그런 것을 즐기겠어요? 혀가 잘려 버린 소녀들 이야기를. 당신은 나를 잔혹한 사람이라고 생각하는군요.

이야기를 도로 거두도록 하지. 내용을 바꾸도록 할게. 당신을 위해 역사를 다시 쓰겠어. 그건 어때?

그럴 수 없어요. 말은 이미 내뱉어졌어요. 단 반 줄도 취소할 수 없다고요. 나 이제 가요. 그녀는 이제 무릎을 꿇고 앉아 곧 일어설 자세를 취한다.

시간은 충분해. 다시 누워 봐. 그는 그녀의 손목을 잡는다.

아니요. 이제 가야 해요. 해가 어디쯤 떠 있는지 봐요. 그들은 이제 돌아올 거예요. 이러다 곤란한 상황에 처하게 될 수도 있어요. 비록 이따위 것은 당신에겐 곤경도 아니겠지만. 이건 중요하지 않겠죠. 당신은 상관도 안 하죠. 당신이 원하는 건 그저 빠른, 빠른……

계속 해 봐. 말해 보라고.

내가 무슨 말을 하고 있는지 알잖아요. 그녀는 피곤한 목소리로 말한다.

그건 사실이 아니야. 미안해. 잔혹한 인간은 바로 나야. 너무 흥분해서 실수했어. 어찌 되었건 이건 그냥 이야기일 뿐이라고.

그녀는 이마를 무릎에 가져다 댄다. 잠시 후 그녀는 말한다. 나는 뭘 하고 있을까요? 이후에, 당신이 이곳에 더 이상 없을 때 말이에요.

당신은 극복할 거야. 당신은 계속 살아갈 거라고. 여기, 털어 줄게.

이건 턴다고 없어지지 않아요.

단추를 채워, 하고 그는 말한다. 슬퍼하지 마.

《헨리 파크먼 대령 고등학교 가정 학교 동창회 회보》, 포트 타이콘드로가, 1998년 5월

로라 체이스 기념상 시상 예정
—— 동창회 부회장 마이라 스터제스

헨리 파크먼 대령 고등학교는 토론토의 고(故) 위니프리드 그리픈 프라이어 부인의 관대한 유산으로 귀중한 새로운 상을 시상할 수 있게 되었습니다. 우리는 그녀의 오빠인 저명한 리처드 E. 그리픈 씨 역시 기릴 것입니다. 그는 이곳 포트 타이콘드로가에서 자주 휴가를 보내곤 했으며, 우리 강에서 뱃놀이를 즐기기도 했습니다. 새로운 상은 창작 부문에 주어지는 로라 체이스 기념상으로, 수상 금액은 200달러가 될 것입니다. 이 상은 졸업생 중 최고의 단편 소설을 쓴 학생에게 수여될 것이며, 수상자는 작품의 문학적이고 도덕적인 가치를 고려하여 동창회 회원 세 명이 결정할 것입니다. 에프 에번스 교장 선생님은 다음과 같이 말씀하셨습니다. "여타 많은 것을 희사해 주신 것과 더불어 우리를 기억해 준 것에 대해 프라이어 부인에게 감사드립니다."

이 지역 출신의 여류 작가 로라 체이스를 기려 명명된 이 상은 6월 졸업식에서 처음으로 시상될 예정입니다. 지난 시절 우리 고장에 지대한 공헌을 한 체이스 가(家) 출신의 그녀의 언니 아이리스 그리픈 부인이 감사하게도 행운의 수상자에게 상을 수여하기로 승낙하셨습니다. 앞으로도 여러 주가 남아 있으니, 아이들에게 창작의 소매를 걷어붙이고 당장 글쓰기를 시작하라

고 독려하십시오!

　동창회는 졸업식이 끝난 직후 체육관에서 차를 제공하도록 후원할 것이며, 표는 '진저브레드 하우스'의 마이라 스터제스에게서 구하실 수 있습니다. 이익금은 꼭 필요한 축구 팀 유니폼을 구입하는 데 사용될 예정입니다. 빵, 과자류를 기부하는 것은 기꺼이 받겠으며, 견과류가 들어간 것은 확실하게 표시해 주시기 바랍니다.

3부

시상식

오늘 아침 나는 공포감에 휩싸여 잠에서 깨어났다. 처음에는 내가 어디에 있는지 알아차리지 못하다가, 잠시 후에야 기억해 냈다. 오늘이 바로 그 행사일인 것이다.

태양은 높이 솟아 있었고, 방은 이미 더운 공기로 가득 차 있었다. 그물 커튼 사이를 통과해 들어오는 빛은 공중에 걸린 채로 연못 바닥의 침전물 같은 무늬를 벽에 만들어 내고 있었다. 내 머리는 마치 흐물흐물한 과육을 담은 자루처럼 느껴졌다. 나뭇잎을 밀쳐 내듯 한쪽으로 밀어낸 공포감 때문에 흘린 식은땀으로 축축해진 잠옷을 입은 채 이불이 엉켜 있는 침대에서 빠져나와 일상적인 새벽 의식, 즉 타인들에게 온건하고 무던하게 보이기 위한 치장 작업을 억지로 시작했다. 밤사이 어떤 유령이 쭈뼛 서도록 만든 것같이 곤두선 머리칼을 다시 부드럽게 내려 빗어야 하고, 눈에 담긴 불신 서린 표정을 씻어 없애야 한다. 이는 그대로 그냥 닦으면 된다. 자는 동안 내가 어느 부위의 뼈를 갉고 있었는지 아무도 모를 일이다.

그런 다음, 마이라가 강요해서 설치한 손잡이를 붙들고 비누를 떨어뜨리지 않도록 주의하면서 샤워실에 들어섰다. 미끄러질까 봐 불안하지만, 피부에서 풍기는 밤의 어두움의 냄새를 없애기 위해 물을 끼얹어 씻어 내야 한다. 스스로는 더 이상 맡을 수 없는 냄새를 내가 풍기고 있는 것은 아닌지 염려스럽다. 지친 피부와 탁하고 오래된 오줌 냄새 같은 것을.

곰팡이처럼 물기를 말리고, 로션과 분을 바르고, 스프레이를 뿌리고 나자 어느 정도 제 모습으로 되돌아왔다. 단, 무중력감 같은 것, 아니, 마치 절벽에서 금방이라도 추락할 것 같은 느낌이 여전히 남아 있다. 발을 내디딜 때마다 방바닥이 발아래서 무너져 버릴 듯이 조심스러웠다. 오직 표면장력만이 나를 붙들어 주고 있었다.

옷을 차려 입으니 좀 나았다. 발판 없이는 최선의 상태를 유지하기 힘들다.(그런데 진짜 내 옷은 어떻게 된 것인가? 이 모양새 없는 파스텔 색조의 옷과 정형외과용 신발은 분명 다른 누군가의 것일 텐데. 그러나 그것은 내 것이다. 더 끔찍한 사실은, 그 옷과 신발이 이제 내게 잘 맞는다는 것이다.)

다음은 계단 차례였다. 계단에서 굴러 떨어지지 않을까, 그리고 목이 부러지고, 속옷을 드러낸 채 널브러지게 되지 않을까, 그래서 결국 누군가가 나를 찾으러 오기 전 썩어 가는 웅덩이 속으로 녹아들어 가 버리는 것은 아닐까 하는 두려움이 내 마음속에 도사리고 있다. 그것은 참으로 몰골사나운 죽음이 될 것이다. 계단 난간을 부여잡고 한 걸음에 한 계단씩 돌파했다. 그런 다음 부엌으로 향하는 복도를 따라 고양이 수염처럼 왼손의 손가락으로 벽을 더듬으며 걸었다.(나는 아직도 대부분의 사물들을 육안으로 볼 수 있으며, 아직도 걸을 수 있다. "작은 행운들에 대해 감사해야 해." 리니는 말하곤 했다. "우리는 왜 감사해야 하는 거죠?"로라는 되물었다. "왜 행운들은 다 작은 거죠?")

아침은 먹고 싶지 않았다. 물 한 컵을 마신 후 안절부절못하는 상태에서 시간을 보냈다. 9시 30분이 되자 월터가 나를 데리러 왔다. "많이 덥죠?" 그는 예의 그 인사를 던졌다. 그 인사말은 겨울이 되면 "많이 춥죠?"로 바뀌었다. 그리고 봄과 가을에는 '습하다'와 '건조하다'로 대치되었다.

"월터, 자네는 어떤가?" 나 역시 늘 하는 인사말을 건넸다.

"그럭저럭 꾸려 가고 있습지요." 그는 이번에도 늘 하는 인사말로 대답했다.

"우리에겐 그게 최고 아닌가." 나는 말했다. 그는 말라 가는 진흙의 균열 같은 특유의 미소를 지으며 차 문을 열고 승객 좌석에 나를 앉혔다. "아주 중대한 날이죠, 그렇죠?" 그는 말했다. "안전벨트를 매세요. 안 그랬다간 내가 체포당할지도 몰라요." 그는 안전벨트를 매라는 경고를 농담을 건네듯 말했다. 그는 이전 시대, 근심으로부터 보다 자유로웠던 시절을 알고 있을 만큼 나이가 든 사람이다. 아마도 그는 한쪽 팔꿈치를 창밖으로 내밀고, 다른 한 손은 여자 친구 무릎 위에 얹어 놓고 운전하는 젊은 이였을 것이다. 생각해 보니 놀랍게도 그 여자 친구는 바로 마이라가 아닌가.

그는 차를 정교하게 도로 가장자리에서 빼냈고 우리는 침묵속에서 출발했다. 월터는 거구다. 몸은 마치 건물 토대같이 네모로 각이 졌고, 목은 목이라기보다는 여분의 어깨처럼 보인다. 그는 그리 나쁘지 않은 낡은 가죽 냄새와 가솔린 냄새를 풍긴다. 체크무늬 셔츠와 야구 모자 차림으로 미루어 보건대 그는 졸업식에 참석하지 않을 것 같았다. 그는 책을 읽지 않으며, 그 덕분에 우리는 편안한 관계를 유지할 수 있다. 그에게 있어서 로라는 내 동생이며, 그녀가 죽은 것은 무척 안타까운 일이라는 것 그뿐이다.

나는 월터 같은 남자와 결혼했어야 했다. 손재주가 뛰어난 이런 사람과.

아니, 나는 어느 누구와도 결혼하지 않았어야 했다. 그랬다면 많은 재앙을 모면할 수 있었을 텐데.

월터는 고등학교 앞에 차를 멈추었다. 이것은 전후 현대적 양식으로 지어진 건물이다. 오십 년이 되었지만 내겐 여전히 낯설다. 그 납작하고 매끈한 모습에 익숙해질 수 없는 것이다. 그것은 포장용 나무 상자를 연상시킨다. 각양각색의 여름옷을 차려입은 어린 학생들과 부모들이 인도와 잔디와 앞문 통로를 가득 채우고 있었다. 마이라는 커다랗고 붉은 장미 무늬가 박힌 흰 드레스를 차려입고 계단에서 우리를 향해 소리치며 기다리고 있었다. 저렇게 엉덩이가 큰 여자는 커다란 꽃무늬 옷을 입어선 안 된다. 거들은 나름대로의 효용 가치가 있다. 물론 그런 것이 다시 유행하기를 바라는 것은 아니지만 말이다. 마이라는 머리 손질을 받은 상태였다. 영국 변호사의 가발같이 단단하게 말려 올라간 은발의 고수머리.

"늦게 왔군요." 그녀는 월터에게 말했다

"아니, 늦지 않았어. 만일 내가 늦은 거라면 다른 사람들이 너무 일찍 온 것뿐이야. 그녀가 쓸데없이 일찍 와서 지루하게 앉아서 기다릴 필요는 없잖아." 그들은 내가 아이 혹은 애완동물이라도 되는 것처럼 항상 나를 삼인칭으로 부르며 말하는 습관이 있다.

월터는 내 팔을 마이라에게 넘겨주었고, 우리는 이인삼각을 하는 것처럼 앞 계단을 함께 올라갔다. 나는 마이라가 붙들고 있는 내 팔이 그녀에게 어떤 식으로 감촉되고 있는지 느낄 수 있었다. 죽처럼 물렁물렁한 피부와 실 같은 핏줄이 느슨하게 감싸고 있는 부서질 듯한 손목뼈. 지팡이를 가져오는 것이 나았을지도 모르겠지만, 그것을 단상 위까지 끌고 가는 것을 상상할 수 없었다. 분명 누군가가 그것에 걸려 넘어질 것이다.

마이라는 나를 무대 뒤로 데려가서는 화장실을 사용하고 싶으냐고 물었다. 그녀는 그런 세심한 일에 주의를 잘 기울인다. 그런 후 분장실에 나를 앉혀 두고 말했다. "이제 여기 앉아 계세요." 그런 다음 모든 것이 제대로 되어 가는지 확인하기 위해 궁둥이를 어기적거리며 서둘러 내려갔다.

분장실 거울 가장자리에 설치된 불빛은 극장에 있는 것과 같은 작고 둥근 전구였다. 인물을 돋보이게 만드는 불빛을 발하고 있었지만, 내게는 아무런 효력을 미치지 못했다. 나는 아파 보였고, 피부는 물속에 담긴 고기처럼 핏기가 없었다. 공포감 때문일까, 아니면 정말 병에 걸린 걸까? 100퍼센트 확신할 수 없었다.

나는 빗을 찾아서 기계적으로 머리에 갖다 댔다. 마이라는 이른바 미용실이라는 곳에 있는(그곳의 정식 이름은 '헤어 포트'였고, 남녀 공용이라는 것이 부가적인 광곳거리였다.) "자기 전담 여자"에게 나를 데려가야겠다고 계속해서 어르고 있었지만, 나는 계속

해서 거부하고 있던 터였다. 비록 전기 사형을 당한 사람마냥 꼬불꼬불 뻐쳐 올라갔을망정 적어도 아직까지는 내 머리칼을 내 것이라고 부를 수 있는 것이다. 그 머리카락 아래로는 쥐의 회색기 어린 분홍색 발과 색깔이 흡사한 머리 가죽이 슬쩍 보인다. 혹시라도 강한 바람과 맞닥뜨리게 된다면 내 머리는 민들레 씨처럼 날아가 버리고, 마마 자국이 남은 작은 덩어리 같은 대머리만 남을 것이다.

마이라는 동창회 차 모임을 위해 급히 만든 특별한 브라우니, 그러니까 초콜릿 범벅이 된 끈적끈적한 덩어리와 직접 만든 형편없는 커피를 마개가 달린 플라스틱 통에 담아다 주었다. 나는 먹을 수도 마실 수도 없었다. 그러나 신이 화장실을 왜 창조했겠는가? 나는 정말 먹은 것처럼 보이기 위해 브라우니 부스러기를 좀 남겨 두었다.

잠시 후 마이라는 부산스럽게 들어와 나를 일으켜 세워서 앞으로 끌고 갔다. 그러자 학교장이 다가와 내 손을 잡고 흔들며, 내가 이곳에 와서 무척 기쁘다는 인사말을 건넸다. 그런 후 나는 차례로 부교장, 동창회장, 바지 정장을 입은 여자인 영문과 주임, 청년 상공 회의소 대표, 그리고 지역 의회 의원과 악수를 했다. 그런 부류의 인간들은 사소한 기회도 놓치지 않는다. 리처드가 정치 활동을 하던 때 이후로는 번쩍거리는 치아들이 이렇게 많이 진열되어 있는 것을 본 적이 없었다.

마이라는 의자까지 나를 부축해 준 후, 이렇게 소곤거렸다. "무대 바로 옆쪽에 있을게요." 학교 오케스트라단은 끽끽거리는 변음을 내며 연주를 시작했고, 우리는 국가인 「오 캐나다!」를 불렀다. 가사가 수도 없이 바뀌는 바람에 제대로 기억할 수가 없다. 요즘은 불어로 하기도 하는데, 예전엔 상상할 수도 없는 일이었다. 자리에 앉기 전 우리는 발음조차 제대로 하기 힘든 무엇인가에 대한 공동의 맹세 같은 것을 했다.

그런 다음 학교 교목은 기도를 하며, 오늘날 젊은이들이 맞닥뜨리고 있는 유례없는 많은 도전에 대한 강연을 신에게 한바탕 늘어놓았다. 신은 분명 이런 유의 이야기를 들어 보았을 것이기 때문에 아마 우리들과 마찬가지로 싫증이 났을 것이다. 다른 사람들도 돌아가면서 한마디씩 했다 ── 20세기의 종말, 낡은 것을 버리라, 종을 울려 새로운 것을 맞이하라*, 미래의 시민들이여, 쇠약한 손으로 네게** 등등. 내 마음은 정처 없이 몽상 속을 헤매고 있었다. 적어도 사람들이 내게 기대하는 것은 단 한 가지, 즉 채신없이 행동하지 않는 것이라는 것 정도는 알고 있었다. 연단 옆, 혹은 끝이 없이 진행되는 저녁 식사 자리에서 리처드 곁에 앉아 입을 꾹 다물고 있던 과거로 돌아간 기분이었다. 만일 드물게 누군가가 내게 무슨 질문을 해 오면, 취미는 정원 가꾸기라고 말하곤 했다. 비록 사실과는 좀 거리가 있었지만, 무난히 넘어갈 수 있는 대답이었다.

다음은 졸업자들이 졸업장을 받는 순서였다. 각각 다른 키와 생김새의 학생들은 엄숙하고 환한 모습으로 앞으로 나아왔다. 그들은 모두 아름다웠다. 오직 젊은이만이 아름다울 수 있기에. 못생긴 이들도, 심술궂은 이들도, 뚱뚱한 이들도, 여드름투성이

---

* 19세기 영국 시인 앨프리드 테니슨 경(1809~1892)의 장시 『인 메모리엄(In Memoriam)』의 한 구절.
** 1차 세계대전에 참전한 캐나다의 시인 존 매크레이(1872~1918)가 지은 시 「플랜더스 평원에서(In Flanders Fields)」의 11행에 나오는 구절.

인 이들조차도, 모두 아름다웠다. 그들은 이해하지 못한다, 자신이 얼마나 아름다운지. 하지만 그럼에도 그들은, 젊은이들은, 성가신 존재들이다. 그들의 자세는 언제나 끔찍하고, 그들이 좋아하는 노래를 보면 항상 슬픔을 쥐어짜거나 쾌락을 탐닉한다. '미소를 지으며 견디는' 태도는 유행 지난 폭스트롯처럼 사라져 버렸다. 그들은 자신들이 가진 행운을 알아차리지 못한다.

그들은 나를 거의 쳐다보지 않았다. 그들에게 나는 괴상하게 보였을 것이다. 하지만 누구든 자신보다 젊은 사람들에 의해 괴상한 존재로 취급될 수밖에 없는 것 같다. 물론 피를 흘리고 있다면 다르겠지만. 전쟁, 역질, 살인, 어떤 종류의 고난이나 폭력, 그것이 바로 그들이 존중하는 것이다. 피를 흘렸다는 것은 우리가 심각한 존재라는 것을 의미한다.

그다음은 시상식 순서였다 — 컴퓨터 과학, 물리, 웅얼거림, 사업 기술, 영문학, 내가 알아듣지 못한 과목. 그 후 동창회에서 나온 남자가 목소리를 가다듬은 다음, 위니프리드 그리픈 프라이어를 지상의 성인이라고 부르며 경건한 연설을 했다. 돈이 관련된 일이라면 어쩌면 그렇게 모든 사람들이 능숙하게 거짓말을 해 대는지! 아마도 그 늙은 계집은 그 쥐꼬리만 한 기부를 할 때 모든 것을 머릿속에 그려 놓고 있었을 것이다. 내가 초대받으리라는 것을 알았을 것이고, 그녀의 관대함이 칭송되는 동안 읍내 사람들의 차가운 시선 아래서 내가 고통으로 몸부림치기를 바랐을 것이다. '이 돈을 쓰며 나를 기념하라.'* 나는 그녀를 만족시키기 싫었지만, 두려움이나 죄책감을 드러내지 않은 채 회피

---

* 예수가 십자가에 못 박히기 전날 제자들과 성만찬을 하며 "이것을 행하여 나를 기념하라."(신약 성경 「고린도 전서」 11장 24절)라고 명한 것을 패러디하고 있다.

해 버릴 수는 없었다. 그렇지 않다면 무관심하게 보였을 것이다. 더 심하게는 망각해 버린 것으로 비쳤을 것이다.

다음은 로라 차례였다. 정치가가 그 영예를 자임했다. 로라를 소개하기 위해서는 요령이 필요했다. 그는 로라의 출신 지역에 대해, 그리고 그녀의 용기에 대해 말했고, 또 "선택한 목표에 대한 그녀의 헌신"에 대해 이야기했다. 그것이 무엇을 의미하는지 모를 일이지만. 검시 판정 결과에도 불구하고 주민들 모두가 분명히 자살이라고 믿고 있는 로라의 죽음에 대해서는 단 한 마디도 언급하지 않았다. 또한 읍 주민 대부분이 잊히는 것이 낫다고 생각하고 있는 그녀의 저작에 대해서도 일언반구가 없었다. 그럼에도 그 책은 잊히지 않았다. 적어도 이곳에서는. 오십 년이 지난 지금도 그 책은 지옥의 유황불과 금기라는 영기를 여전히 간직하고 있다. 내 견해로는 정말 이해하기 힘든 것이다. 음탕함은 이제 한물간 것이 되었고, 저질스러운 언어는 거리 어느 한구석에서나 들을 수 있는 것이고, 섹스는 나체 부채춤 무용수처럼 기품 있고 가터벨트처럼 기발한 것으로까지 받아들여지는 세상이 아닌가.

물론 당시에는 상황이 전혀 달랐다. 사람들이 기억하는 것은 책 자체가 아니라 그것이 불러일으킨 분노다. 곳곳의 교회 목사들은 그 책을 외설적이라고 비난했다. 공공 도서관에서는 서가에서 그 책을 치워 버려야 했고, 읍에 있는 유일한 서점에서는 그 책을 들여놓지 않았다. 그 책이 검열 대상이 되었다는 소문이 돌았다. 사람들은 당시 콘돔을 취급하던 것처럼 스트래트퍼드나 런던, 심지어는 토론토까지 몰래 나가 은밀히 그 책을 구해 왔다. 집으로 돌아와서 커튼을 닫아 놓고 비난하며, 혹은 음미하며, 혹은 탐욕적으로, 혹은 환희를 느끼며, 그 책을 읽었다. 심지어는 소설 따위에 손을 대지 않던 사람들까지도. 독서를 독려하는 방법으로 한 무더기 추문보다 더 효과적인 것은 없다.

(분명 호의적인 감상을 표하는 이들도 몇 있었다. "책을 도저히 끝낼 수가 없었어요. 내 취향에는 좀 가벼운 작품이더군요. 하지만 그 가련한 작가는 너무나 젊었어요. 그렇게 죽지 않았다면 다른 책을 더 잘 쓸 수 있었을 텐데." 그것이 그들이 할 수 있는 최대의 찬사일 것이다.)

그들은 그 책에서 무엇을 기대했던 것일까? 욕정, 음담패설, 자신들이 품어 온 최악의 의혹을 확인하는 것. 하지만 어쩌면 그들 중 일부는, 본의는 아니었겠지만, 유혹당하기를 바랐던 것인지도 모른다. 열정을 찾고 있었던 것인지도. 아마 그들은 신비로운 소포를 뜯어 보듯 이 책을 탐닉했을 것이다. 그들이 늘 갈구해 오던, 그러나 결코 잡을 수 없었던 무엇이 바스락거리는 얇은 종이 겹 아래 바닥에 놓여 있는 선물 상자를 들여다보듯이.

또한 동시에 그들은 그 책 안에서 로라 이외의 실제 인물을 식별해 내고 싶어 했다. 책 속의 인물이 로라라는 것은 당연시되었다. 사람들은 언어로 구현된 인물들을 실제 인물과 맞추어 보고 싶어 했다. 실제 욕망을 보고 싶었던 것이다. 무엇보다도 그들이 알고 싶어 했던 것은 바로 이것이었다. '상대 남자는 누구였는가.' 이 젊고 사랑스러웠던, 이제는 고인이 된 여자 로라와 동침했던 남자는 누구인가. 물론 일부 사람들은 답을 알고 있다고 확신했다. 풍문이 돌기도 했다. 다른 사람들을 쌍쌍으로 짝지어 놓기 좋아하는 이들 눈에는 모든 것이 맞아떨어졌던 것이다. "눈보라처럼 순수한 척 행동해 놓고는 말이야. 내숭을 떨었군. 정말 겉장만 보고는 책 내용을 알 수 없다는 말이 맞아."

그러나 이미 로라는 그들이 미칠 수 없는 존재가 되어 버렸다. 그들이 접촉할 수 있는 이는 바로 나였다. 익명의 편지가 도착하기 시작했다. 왜 나는 이런 더러운 글 나부랭이를 출판하도록 결정했는가? 더구나 뉴욕, 거대한 소돔과 같은 도시에서, 그런 쓰레기를! 나는 수치심도 없는가? 나는 그렇게 존경받던 가족의 명예를 더럽혔고, 그와 함께 읍 전체의 명예까지 저버렸다. 로라는 정신이 온전하지 않은 사람이었고, 모든 사람들이 그런 의혹을 품고 있었다. 이 책은 그것이 사실이라는 것을 증명한 셈이다. 나는 그녀에 대한 추억을 잘 보존했어야 했다. 그녀의 원고를 불살라 버렸어야 했다. 저 아래 청중석에 몽롱하게 번져 보이는 여러 개의 머리, 늙은이들의 머리를 바라보면서, 그들로부터 오랜 앙심이, 오랜 질투가, 오랜 비난의 독기가, 기온이 하강하는 늪지에서처럼 올라오는 것을 상상할 수 있었다.

로라의 책 자체에 대해서는 아무런 언급도 되지 않았다. 그것은 마치 형편없고 창피스러운 친척처럼 눈에 띄지 않게 뒤쪽으로 밀쳐져 있었다. 그토록 얇고 무기력한 책. 이 괴상한 잔치의 초청받지 않은 손님으로서, 그 책은 무력한 나방과 같이 무대의 언저리를 퍼덕거리며 맴돌았다.

내가 몽상에 빠져든 사이, 누군가가 내 팔을 붙잡아 자리에서 일으켰고, 금색 리본이 달린 봉투에 든 수표를 내 손에 디밀었다. 수상자의 이름이 발표되었지만, 나는 알아듣지 못했다.

수상자는 무대를 가로질러 구두 굽 소리를 내며 내 쪽으로 걸어왔다. 그녀는 키가 컸다. 요즘 젊은 여자애들은 모두 키가 크다. 먹는 것이 달라서 그럴 것이다. 그녀는 화려한 여름 색채들 가운데서 수수하게 보이는 검은색 드레스를 입고 있었다. 드레스에는 은색 실 혹은 구슬같이 반짝이는 것이 붙어 있었다. 그녀의 머리는 길고 검었다. 타원형 얼굴과 연분홍빛으로 바른 입술. 살짝 찌푸린, 또렷하고 강렬한 인상. 연한 노란색 혹은 옅은 갈색이 도는 피부. 인도계 출신일까, 아니면 아랍계, 혹은 중국계? 포트 타이콘드로가에서조차 그런 일이 가능했다 — 이제는 모든 사람들이 모든 곳에 퍼져 산다.

심장이 급격히 뛰기 시작했다. 그리움이 경련처럼 타고 내려갔다. 아마도 내 손녀도, 사브리나도 이제 저 정도로 보이겠지. 나는 생각했다. 어쩌면, 어쩌면 아닐지도 모른다. 내가 어떻게 알겠는가? 그녀를 알아보는 것조차 불가능할지도 모른다. 그녀는 내게서 너무나 오랫동안 격리되어 있었다. 지금도 멀리 떨어져 있다. 내가 무엇을 할 수 있겠는가?

"그리폰 부인." 정치인은 소곤거렸다.

나는 몸을 움직여 균형을 다시 잡았다. 무슨 말을 하려고 했던가?

"내 동생 로라는 무척 기뻐했을 것입니다." 나는 마이크에 대고 숨 가쁘게 말했다. 내 목소리는 피리 소리처럼 가늘었다. 실신할 것만 같았다. "그녀는 사람들을 도와주는 것을 좋아했습니다." 이것은 사실이다. 나는 사실이 아닌 것은 말하지 않겠다고 맹세했다. "그녀는 독서와 책을 무척 좋아했습니다." 이것 역시, 어느 정도는 사실이다. "그녀가 있었다면 학생의 미래에 최고의 행운을 기원해 주었을 것입니다." 이것도 사실이다.

나는 가까스로 봉투를 건네주었다. 수상자 소녀는 몸을 굽혀야 했다. 나는 그녀에게 속삭였다. 아니, 속삭이려고 했다. "신의 축복이 있기를. 조심하기를." 언어를 다루고자 하는 사람들은 누구나 그런 축복과 주의를 필요로 한다. 내가 말을 실제로 입밖에 냈던가, 아니면 그냥 물고기처럼 입을 열었다가 닫았던가?

그녀는 미소를 지었고, 작고 빛나는 금속 조각이 그녀의 얼굴과 머리 전체에서 번득이고 반짝였다. 내 눈의 착각과 지나치게 밝은 무대 조명 때문이었다. 엷은 색안경을 썼더라면 나았을 터인데, 나는 눈을 깜박이며 그곳에 계속 서 있었다. 그러자 그녀는 전혀 예상치 못한 행동을 했다. 몸을 앞으로 굽혀 내 뺨에 키스를 했던 것이다. 내 뺨에 가져다 댄 그녀의 입술을 통해서 나는 내 피부의 결을 느낄 수 있었다 — 염소 가죽 장갑처럼 부드럽고, 주름지고, 가루같이 푸석푸석한 늙은 피부.

이번에는 그녀가 무슨 말을 속삭였지만, 내가 알아듣지 못했다. 단순한 감사의 말이었을까, 아니면 다른 어떤 뜻이 담긴 외국어였을까?

그녀는 돌아섰다. 그녀로부터 흘러나오는 빛이 너무나 강렬해서 나는 눈을 감아야만 했다. 나는 들을 수도, 볼 수도 없었다. 어두움이 더 가까이 다가왔다. 갈채 소리가 빠르게 움직이는 날개처럼 내 귀를 난타했다. 나는 비틀거렸고, 거의 쓰러질 뻔했다.

민첩한 직원이 내 팔을 잡아 의자에 나를 다시 앉혀 놓았다. 무명의 상태로, 로라가 던져 놓은 긴 그림자 아래로, 다시 돌아온 것이다. 위험에서 벗어났다.

하지만 오래된 상처는 찢어져 벌어졌으며, 눈에 보이지 않는 피가 흘러나온다. 내 존재는 이제 곧 공허하게 텅 비어 버릴 것이다.

은제 상자

전쟁에서 돌아오는 군대의 낙오병같이 구김살 가고 누추한 모습의 주황색 튤립이 피기 시작한다. 나는 안도감으로, 마치 공습으로 텅 빈 건물에서 손을 흔드는 듯한 심정으로, 꽃들을 맞이한다. 더욱더 아름다운 모습을 갖추기 위해 꽃들은 더 많은 과정을 거쳐야 하고, 이를 위해 내가 할 수 있는 일이란 별로 없다. 때때로 아무렇게나 내버려 둔 뒤뜰을 쑤시고 다니며 마른 가지와 낙엽을 치우기도 했지만, 그게 내가 할 수 있는 전부다. 더 이상 무릎을 꿇기도 힘들고, 땅속에 손을 디밀어 흙을 만질 수도 없다.

어제 나는 이 어지럼증에 대해 물어보기 위해 의사를 찾아갔다. 그는 내 증세가 예전에 사람들이 "심장"이라고 불렀던 병이라는 것을 알려 주었다. 마치 건강한 사람들은 심장이 없다는 듯한 이름. 결국 나는 병 속에 든 시빌*처럼 점점 더 작아지고,

---

* 시빌(Sibyl)은 고대 그리스 신화에 나오는 여자 예언자이다. 아폴로가 그녀에게 소원을 물었을 때 그녀는 모래를 한 줌 손에 쥐고 그 모래알 수만큼 해를 살

흰머리가 늘어나고, 먼지투성이가 된 채로 영원히 살 운명은 아닌 것 같다. "죽고 싶다."라는 소원을 말한 지 오랜 시간이 지난 후, 이제야 나는 이 소망이 진정으로 성취될 것임을 알게 된 것이다. 그것도 머지않은 미래에. 내가 그에 대한 결심을 바꾼 것과는 아무 상관없이.

나는 바깥에 앉아 있기 위해 숄을 둘렀다. 뒤편 베란다 아래, 월터를 시켜 차고에서 가져다놓은 흠이 있는 나무 탁자 앞에 자리를 잡고 앉았다. 이 탁자에는 자질구레한 물건들, 이전 주인들이 버리고 간 잡동사니들이 들어 있었다. 말라빠진 페인트 깡통, 아스팔트로 된 기와 더미, 녹슨 못이 반쯤 들어 있는 병, 액자에 매는 철사 한 사리. 박제된 제비, 쥐 둥지가 된 매트리스 속감. 월터가 표백제로 탁자 전체를 씻어 내기는 했지만 여전히 쥐 냄새가 난다.

내 앞에는 차 한 잔, 네 조각으로 잘라 놓은 사과 하나, 그리고 옛날 남자 잠옷 무늬같이 푸른 줄이 그어진 종이 한 매가 놓여 있다. 새로운 펜도 하나 샀다. 싸구려 까만 플라스틱 볼펜. 나는 내 첫 만년필을 기억한다. 그 촉감이 얼마나 매끄러웠는지, 잉크가 손을 얼마나 푸르게 물들였는지를. 그것은 베이클라이트 합성수지로 만들어진 것이었고 은색 테두리가 둘려 있었다. 그때는 1929년이었다. 나는 열세 살이었다. 로라는 물건을 빌려 갈 때면 늘 그랬듯이 내게 물어보지도 않고 이 만년필을 빌려 가서는 너무나 쉽게 망가뜨려 버렸다. 물론 나는 그녀를 용서해

게 해 달라고 말했다. 그러나 그녀는 영원히 지속되는 젊음을 달라고 요청하는 것을 잊었기 때문에 결국 극도로 늙고 쪼그라들어 사람들의 조롱거리가 되었고, 병에 담겨 천장에 매달린 채 죽기를 소원했다고 한다.

주었다. 나는 언제나 그녀를 용서했다, 우리 둘 외에는 아무도 없었기 때문에 그렇게 해야만 했다. 가시 울타리가 쳐진 섬에 우리 단 둘만이 남아 구조를 기다리고 있었다. 그리고 다른 모든 이들은 섬 건너편 육지에 있었다.

나는 누구를 위해 이 글을 쓰고 있는가? 나 자신을 위해서? 그건 아니다. 나중에 이것을 읽고 있는 내 모습을 상상할 수 없다. '나중'이라는 시간 자체가 불확실한 상황이니까. 미래에, 내가 죽은 이후, 어떤 낯선 사람을 위하여 쓰는 것인가? 내겐 그런 야심, 그런 소망이 없다.

어쩌면 누군가를 위해 이것을 쓰고 있는 것은 아닐지도 모른다. 아이들이 눈 위에 자신의 이름을 갈겨 쓸 때처럼.

나는 예전처럼 민첩하지 못하다. 손가락은 뻣뻣하고 서투르며, 펜은 흔들리면서 두서없이 흘러가고, 글자를 쓰는 데 오랜 시간이 걸린다. 그러나 나는 달빛 아래서 바느질을 하는 것처럼 구부린 자세로 앉아서 계속해서 쓴다.

거울을 들여다볼 때마다 나는 늙은 여자를 본다. 아니, 늙은 것이 아니라 노숙한 여자. 요새 세상에선 어느 누구도 늙은 것이 아니니까. 때때로 거울 속에서 내가 한 번도 본 적이 없는 우리 할머니와 비슷하게 생겼을지도 모를, 혹은 우리 어머니가 이 나이까지 살았다면 되었음 직한, 노숙한 여자를 본다. 하지만 어떤 때에는 그런 모습 대신 내가 한때 오랜 시간을 들여 다듬거나 한탄하곤 했던 어린 소녀의 얼굴을 본다. 현재의 내 얼굴 바로 밑에 가라앉아 표류하는 그 얼굴을. 지금의 내 얼굴은 너무나 느슨하고 투명해 보여서(특히 사선으로 들어오는 오후의 빛 아래서는 더욱더) 스타킹처럼 벗겨 버릴 수 있을 것만 같다.

의사는 매일 산책을 나가는 것이 심장에 좋다고 권고한다. 하지만 나는 별로 그러고 싶지 않다. 걷는 것은 문제가 아니다. 내가 싫어하는 것은 밖에 나가는 일이다. 마치 진열장에 놓인 것 같은 기분이 들곤 한다. 사람들의 시선, 소곤거리는 소리, 이 모든 것이 내 상상에 불과한 것인가? 어쩌면 그럴 수도, 그렇지 않을 수도 있다. 결국 나는 이 지역의 붙박이인 것이다. 한때는 중요한 건물이 서 있던, 이제는 벽돌들이 굴러다니는 공터와 같은 존재.

하고 싶은 대로 하자면 나는 그냥 집 안에 틀어박혀 있을 것이다. 이웃의 아이들이 조롱하면서도 약간 두려워하는 은둔자로 잠적하여, 울타리와 잡초가 제멋대로 자라도록 내버려 두고, 문은 닫힌 채 녹이 슬도록 놔둘 것이다. 그리고 가운 모양의 옷을 입고 침대에 누워 머리가 길게 자라 베개 위로 늘어지도록 하고 손톱은 짐승의 발톱처럼 자라도록 할 것이다. 그러는 사이 촛농은 카펫 위에 떨어질 것이다. 하지만 나는 오래전 고전주의와 낭만주의 가운데 한 가지를 택했다. 나는 올곧고 단정하고 싶다. 밝은 빛 아래 서 있는 항아리.

어쩌면 다시 여기로 이사 오지 말아야 했던 것인지도 모르겠다. 그렇지만 그 당시에는 다른 곳으로 갈 생각을 하지 못했다. 리니가 항상 얘기했듯이 "이미 알고 있는 악마와 맞닥뜨리는 게 더 나은 것이다."

오늘 나는 그런대로 노력을 했다. 밖으로 나가 산책을 했던 것이다. 나는 공동묘지까지 걸었다. 무의미하게 서성거리지 않으려면 목표를 정해야 한다. 나는 햇빛을 피하기 위해 챙이 넓은 밀짚모자를 쓰고, 색안경을 썼다. 그리고 길 가장자리 턱을 감지하기 위한 지팡이와 비닐 쇼핑백도 가지고 나섰다.

이리 스트리트를 따라 걸으며 드라이클리닝 가게, 인물 사진관, 그리고 읍의 변두리에 생긴 대형 쇼핑몰 때문에 고객이 줄었음에도 살아남은 상점 몇 개를 거쳐 지나갔다. 그리고 또 주인이 바뀐 '베티네 간이식당'까지 걸었다 — 이 식당을 경영하는 사람들은 얼마 되지 않아 사업에 싫증을 내거나, 죽거나, 플로리다로 이사를 가 버리곤 한다. 이제 이곳에는 관광객들이 햇빛 아래 앉아 파삭하게 익도록 일광욕을 할 수 있는 패티오 정원이 마련되어 있다. 가게 뒤쪽에 있는 그 정원은 원래 예전에 쓰레기통을 놔두던 갈라진 시멘트 바닥의 정방형 땅이었다. 창문에는 토르텔리니*와 카푸치노를 판다고 크게 써 붙여 놓았다. 마치 읍내 사람들 모두가 그 음식들이 무엇인지 당연히 알고 있다는 듯이 말이다. 하긴, 이제는 모두 그 메뉴가 무엇인지 알 것이다. 사람들은 적어도 코웃음 칠 수 있는 권리를 얻기 위해서라도 한 번씩은 시도해 보았을 것이다. "내 커피엔 그런 솜털 같은 거품은 필요 없어. 마치 면도 크림 같잖아. 입을 한 번 댔다가는 입이 거품투성이가 되고 말지."

한때는 닭고기 포트 파이**가 특별 메뉴였시만, 이세는 사라진 지 오래다. 햄버거도 팔지만, 그것은 피하라고 마이라가 충고

---

* 동그란 모양의 이탈리아식 만두 파스타.
** 닭고기와 야채를 볶아 그릇에 담고, 그릇 입구를 파이 껍질로 봉한 후 구워 내는 요리.

해 주었다. 햄버거에는 고기 먼지로 만들어진 냉동 패티가 사용된다고 한다. 고기 먼지란 냉동된 소를 전기톱으로 자른 후 바닥에서 긁어모은 고기 부스러기라고 마이라는 설명했다. 그녀는 미용실에서 온갖 종류의 잡지를 읽는다.

공동묘지 입구에는 정교한 당초무늬의 아치가 달린 철문이 있었고, 거기에는 이런 글귀가 새겨져 있었다. "내가 사망의 음침한 골짜기로 다닐지라도 해(害)를 두려워하지 않을 것은 그대가 나와 함께 있기 때문입니다."* 그렇지, 두 사람이 있으면 공연히 안전하게 느껴지지. 하지만 '그대'라는 것은 도대체 신뢰할 수 없는 인물이다. 내가 알아온 모든 '그대'들은 어디론가 사라져 버렸다. 읍을 떠나 버리든가, 배신을 하든가, 아니면 파리 목숨이 되어 버렸다. 그렇다면 너는 어디 있는가?

바로 여기에.

체이스 가(家) 기념비는 항상 눈에 띈다. 그것은 다른 어떤 것보다 높이 우뚝 서 있다. 사변에 소용돌이 모양의 장식이 올라간 커다란 육모 석상 위에는 하얀 대리석으로 된 두 천사상이 놓여 있다. 빅토리아 시대풍의 감상적인 조각이지만 그 나름대로 꽤 잘 만들어진 것이다. 첫 번째 천사는 머리를 옆으로 숙인 애도의 자세로 서 있으며, 한 손을 두 번째 천사의 어깨에 부드럽게 올려놓고 있다. 두 번째 천사는 첫 번째 천사의 허벅지에 기대어 무릎을 꿇은 자세로 백합 한 다발을 품에 안고 정면을 응시하고 있다. 그들의 몸은 기품이 있으며, 몸의 윤곽은 부드럽

---

* 구약 성경 「시편」 23편 4절.

게 드리워진 불투명한 돌의 휘장에 둘러싸여 있다. 하지만 그들이 여자라는 것은 알아볼 수 있다. 이제 그 조각상은 산성비 때문에 많이 손상되었다. 한때 총기가 서렸던 눈은 흐릿해졌으며, 마치 백내장에 걸린 것처럼 유약해지고 구멍투성이가 되었다. 내 눈이 나빠져서 그렇게 보이는 것일 수도 있다.

로라와 나는 여기에 자주 오곤 했다. 어릴 때는 가족 묘소를 찾는 것이 어린이 교육에 좋다고 생각해서 리니가 데려왔고, 나중에는 우리끼리 왔다 — 이것은 우리끼리 집을 벗어나기 위한 경건한, 그러므로 용납될 만한 좋은 구실을 마련해 주었던 것이다. 로라는 어렸을 때 이 두 천사가 우리 둘을 나타내는 거라고 말하곤 했다. 나는 이 천사상이 우리가 태어나기 이전 할머니의 뜻에 따라 세워진 것이라는 이유를 들어 그녀의 의견을 반박했다. 하지만 로라는 그런 추론에 결코 관심을 기울이지 않았다. 그녀는 실제로 보이는 형태, 즉 사물의 주변 사항이 아니라 그것 자체에 관심을 가졌다. 그녀는 본질을 원했다.

나는 수년 동안 일 년에 적어도 두 번은 이곳을 방문해 왔다. 아무런 이유가 없으면 청소를 하기 위해서라도 왔다. 예전에는 차를 몰고 왔지만, 이젠 눈이 너무 나빠져 그렇게 할 수 없다. 나는 힘겹게 몸을 굽혀 로라를 흠모하는 익명의 독자들이 갖다 놓은, 이제는 시들어 버린 꽃 무더기를 주워 비닐 쇼핑백 속에 쑤셔 넣었다. 이렇게 꽃을 가져오는 경우는 예전에 비하면 줄어들기는 했지만 그래도 여전히 많다. 오늘은 꽃 몇 송이가 아주 싱싱했다. 어떤 때는 로라의 영혼을 불러내려고 한 듯 향과 촛불이 놓여 있는 것을 볼 수도 있었다.

나는 꽃다발을 치운 후 육모 석상의 한편에 새겨진 체이스 가의 고인 명단을 읽으며 기념비 주변을 거닐었다. "벤저민 체이스와 그의 사랑하는 아내 애들리아." "노벌 체이스와 그의 사랑하는 아내 릴리아나." "에드거와 퍼시벌. 그들은 남아 있는 우리와 달리 늙음을 경험하지 않으리."

그리고 로라, 여기뿐만 아니라 모든 곳에 퍼져 있는 그녀의 존재. 그녀의 본질.

고기 먼지.

지난주 지역 신문에는 시상식에 대한 기사와 함께 로라의 사진이 실렸다. 그것은 그녀의 책 표지에 인쇄된 규격 사진이었다. 내가 그들에게 유일하게 주었던, 그래서 그들이 유일하게 인쇄할 수 있었던 사진이기도 했다. 스튜디오에서 찍은 사진이었는데, 상반신은 사진사와 반대 방향으로 돌린 채 목의 우아한 선을 보여 줄 수 있도록 머리만 다시 사진사 쪽을 바라보고 있었다. "약간만 더, 이제 나를 향해 고개를 들어 보세요, 그래, 바로 그거야, 이제 미소를 지어 보세요." 사진 속 그녀의 긴 머리는 그당시 내 머리처럼 금발이다. 창백해서 거의 하얗게 보이는 머리. 철분, 구리, 모든 강한 금속의 불그스름한 색조가 다 씻겨 나간 듯한 색깔. 곧은 코. 하트 모양의 얼굴. 크고 빛나며 꾸밈없는 눈. 당황한 것처럼 안쪽 가장자리에서 위로 치켜 올라간 초승달 모양의 눈썹. 아는 사람만 알아볼 수 있는, 턱에 서린 완강함. 화장을 하지 않았기 때문에, 그녀의 얼굴은 야릇하게 벌거벗은 듯한 인상을 준다 ── 사진 속 그녀의 입술을 보고 있으면, 육체를 바라보고 있다는 사실을 의식하게 될 것이다.

예쁘다. 아름답기까지 하다. 감동적일 정도로 꾸밈이 없는 얼굴. 천연 재료로 만들어진 비누 광고. 그녀의 얼굴은 무심하게 보인다. 당시 고이 자란 소녀들 특유의 공허하고 가식적인 무감각함이 서려 있는 것이다. 스스로 무언가 쓰기를 기다리기보다는 쓰이기를 기다리는 깨끗한 백지.

이제 그녀를 기억하게 하는 것은 그 책밖에 없다.

로라는 담배 상자 같은 은제 상자에 담겨 돌아왔다. 나는 읍내 사람들이 무슨 말을 수군대는지 그들의 대화를 엿듣기라도 한 것처럼 다 예상할 수 있었다. "당연히 이건 진짜 그녀가 아니라 재에 불과해. 체이스 가 사람들이 화장을 하게 되리라고는 전혀 생각하지 못했겠지. 한창 때의 그들이라면 절대 그렇지 하지 않았을 거야. 하지만 사고가 났을 때 시신이 이미 타 버렸기 때문에 그렇게 해서 일을 빨리 처리해 버리는 게 낫다고 한 것 같아. 그래도 그녀가 가족들과 함께 묻혀야 한다고 생각한 모양이지. 두 천사가 서 있는 저 커다란 기념탑에 그녀가 묻히길 바랐겠지. 조각상을 두 개씩이나 갖고 있는 가족은 없잖아. 하지만 그것도 그 집안에 돈이 넘쳐흐르던 시절 얘기지. 당시에는 그런 식으로 자랑해서 주목 끌기를 좋아했으니까. 선두 격이었다고 할 수 있겠지. 우두머리 역할을 맡는 것. 정말로 한때 세력이 엄청났지."

나는 항상 리니를 통해 그런 이야기를 듣곤 했다. 그녀는 나와 로라에게 읍에서 일어나는 일을 통역해 주는 사람이었다. 우리가 어느 누구에게 기댈 수 있었겠는가?

기념비 뒤쪽에는 빈 공간이 있다. 나는 이것이 내 예약석 같은 곳이라고 생각한다. 리처드가 로열 알렉산드라 극장*에 마련해 두었던 것과 같은 종신 예약석. 그곳이 내 자리다. 내가 땅으로 돌아갈 자리.

가엾은 에이미는 그리폰 가문 사람들과 함께 토론토의 마운트 프레즌트 공동묘지에 묻혀 있다. 리처드, 위니프리드, 그리고 그들의 번쩍거리는 거대한 화강암 비석과 함께. 위니프리드가 그 모든 것을 준비했다. 그녀는 즉시 행동에 착수해 리처드와 에이미의 관을 주문함으로써 그들에 대한 자신의 권리를 주장했다. 장의사에게 돈을 지불한 사람이 자기 마음대로 장례식을 거행할 수 있는 것이다. 할 수 있었다면 내가 장례식에 참석하지 못하도록 막았을 것이다.

하지만 로라가 그들 중 가장 먼저 죽었기 때문에 위니프리드는 시신을 빼돌릴 수법을 완전히 습득하지 못한 상태였다. 나는 "고향으로 시신을 가져가는 거예요." 하고 말했고, 그건 사실이었다. 재는 땅에 뿌렸지만, 은제 상자는 계속 보관했다. 다행히도 그것까지 매장하지는 않았다 ─ 그렇게 했더라면 벌써 어떤 열렬한 독자가 훔쳐 가 버렸을 것이다. 그런 종류의 인간들은 닥치는 대로 훔쳐 간다. 일 년 전, 그런 사람 하나가 잼 담는 병과 모종삽을 가져와 무덤의 흙을 파내고 있는 것을 붙잡은 적이 있다.

사브리나는 어떻게 될지 궁금하다. 그녀가 결국 어떤 삶을 살게 될 것인지. 그녀는 우리들 중 마지막으로 남은 사람이다. 아마도 아직 이 지상에 살아 있겠지. 다른 소식은 들은 바가 없다. 어떤 쪽의 가족과 함께 묻히는 것을 선택할지, 혹은 우리 모두에

---

* 토론토에 위치한 유서 깊은 극장.

게서 떨어진 어떤 한구석을 택할지 두고 볼 일이다. 어떤 선택을 하든지 나는 그녀를 비난하지 않겠다.

그녀가 열세 살 나이로 처음 가출을 했을 때, 위니프리드는 분노에 가득 찬 차가운 목소리로 전화를 걸어 사브리나의 가출을 도와주고 부추겼다며 나를 비난했다. 그래도 '유괴했다.'라는 말까지는 하지 않았다. 그녀는 사브리나가 내게 왔는지 알아내려고 했다.

"당신에게 대답을 해야 할 의무가 있다고 생각되지 않는군요." 나는 그녀를 괴롭히기 위해 이렇게 대답했다. 이건 정당한 복수다. 괴롭힐 수 있는 기회는 언제나 그녀의 몫이었으므로. 그녀는 사브리나에게 보내는 내 카드와 편지, 그리고 생일 선물에다 굵고 잔인무도한 필체로 "발신자에게 돌려보낼 것"이라고 갈겨써서 내게 되돌려 보내곤 했다. "어쨌든 나는 그 아이의 할머니잖아요. 걔가 원한다면 언제든 내게 올 수 있죠. 항상 환영이니까요."

"내가 그 애의 법적 보호자라는 걸 굳이 상기시킬 필요는 없겠지."

"상기시킬 필요가 없다면서 왜 말해 주는 거죠?"

하지만 사브리나는 내게 오지 않았다. 단 한 번도. 그 이유를 추측하는 것은 어렵지 않다. 그녀가 나에 대해 어떤 이야기를 들었을지. 좋은 소리는 하나도 없었을 것이다.

단추 공장

본격적으로 시작된 여름 열기가 읍 전체에 크림수프처럼 무겁게 내려앉았다. 한때는 이런 더위를 말라리아 날씨, 혹은 콜레라 날씨라고 불렀다. 내가 산책하는 거리에 드리워진 나무들은 축 늘어진 우산 같고, 손 아래 놓인 종이는 축축하고 그 위에 글자를 쓰면 늙은이의 입술에 그려진 립스틱처럼 가장자리가 번져 나간다. 계단만 올라가도 입가에 땀이 송골송골 맺힌다.

이런 더운 날에는 산책을 나가선 안 된다. 심장에 무리가 가기 때문이다. 그것이 감지될 때마다 나는 강한 증오심을 느낀다. 심장 검진을 받지 말았어야 했다. 이제 내가 지닌 이 불완전함을 알게 된 것이다. 그러면서도 한편으로는 변태적인 즐거움을 느낀다. 마치 나는 폭한이고, 내 병은 내가 경멸하는 약한 울보 아이인 것처럼.

저녁마다 천둥이 치고, 신이 음울한 잔치를 벌이는 듯 먼 곳에서 쿵쾅거리는 소리가 들려온다. 나는 일어나 오줌을 누고, 침대로 다시 돌아가, 축축한 이불 속에 몸을 꼬고 누워 선풍기가 단조롭게 윙윙거리며 돌아가는 소리를 듣는다. 마이라는 에어컨을 사라고 권하지만, 나는 그러고 싶지 않다. 게다가 그 가격을 감당할 돈도 없다. "누가 그런 걸 사는 데 돈을 쓰겠어?" 나는 그녀에게 말한다. 그녀는 내가 동화 속의 두꺼비처럼 이마 속에 다이아몬드를 숨기고 있다고 믿는 것 같다.

오늘 산책의 목적지는 단추 공장이었다. 그곳에서 커피를 마실 작정이었다. 의사는 커피 마시는 것에 대해 경고를 했지만, 그는 겨우 쉰 살밖에 되지 않았다. 그는 털투성이 다리를 드러내 놓고 반바지 차림으로 조깅을 하러 가곤 한다. 그는 모든 것을 다 아는 만물박사가 아니다. 물론 그 자신은 그렇게 생각하지 않겠지만. 커피가 아니라 해도 다른 어떤 것 때문에 나는 결국 죽게 될 것이다.

이리 스트리트는 관광객들 때문에 몸살을 앓고 있었다. 대부분 중년인 관광객들은 점심 식사 후, 가까운 여름 연극 축제에 가서 몇 시간 동안 편안하게 배반과 사디즘, 간통과 살인의 광경을 즐기기 이전, 시간을 보내기 위해 이리저리 흩어져 기념품 상점을 기웃거리거나 서점을 서성거렸다. 일부는 내가 가고 있는 단추 공장으로 향하고 있었다. 20세기 문명으로부터 과거로 돌아온 하룻밤 휴가를 기념할 만한 싸구려 골동품을 찾을 수 있을까 기대하고 있었던 것이다. 리니는 그런 골동품들을 "먼지잡이"라고 불렀을 것이다. 그녀는 관광객들도 그런 것과 똑같이 취급했을 것이다.

나는 이리 스트리트에서 밀 스트리트로 바뀌고 루브토 강을 따라 이어지는 길을 화사한 관광객 무리와 함께 걸었다. 포트 타이콘드로가에는 조그(Jogues) 강과 루브토(Louveteau) 강, 두 개의 강이 있다. 그 이름들은 한때 두 강이 만나는 곳에 위치해 있었던 프랑스인 통상 거류지에서 유래된 것이다. 우리가 그 부근에서만 프랑스어를 사용해서 그런 이름을 쓰는 것은 물론 아니다. 우리는 영어로 조그스(Jogs) 강과 러브토(Lovetow) 강이라고 부른다. 루브토 강에는 급한 물살이 흘러 초기 제분소들을 세우는 데 최적지였으며, 이후에는 전기 발전소가 세워졌다. 다른 한편 조그 강은 깊고 느리게 흘러, 이리 호수 위쪽 48킬로 지점까지 항행할 수 있었다. 강 하구에서는 석회암을 선적했다. 내륙 바다(그게 페름기였던가, 아니면 쥐라기였던가? 예전엔 알았는데.)가 육지에서 물러나면서 남겨 놓은 거대한 석회암 퇴적물 덕분에 석회암 수송은 이 읍의 첫 번째 산업이 되었다. 내가 사는 집을 포함한 읍내 대부분 집들은 이 석회암으로 지어졌다.

유기된 채석장은 읍 외곽에 여전히 남아 있다. 마치 건물들 전체가 텅 빈 흔적만 남겨 놓고 바위에서 통째로 깎여 나온 것처럼, 기반암에는 깊은 사각형과 타원형의 채석 자국이 있었다. 때때로 나는 말미잘이 펼쳐지듯, 혹은 고무장갑을 불었을 때 손가락들이 튀어 나오듯 얕은 선사 시대 바다에서 읍 전체가 솟아오르는 모습을 상상하곤 한다. 예전(그게 언제였던가?) 영화관에서 장편 영화 개막 전 보여 주던 갈색의 화질 나쁜 영화 속에서 꽃들이 갑작스럽게 피어나는 것처럼. 화석 채집자들은 멸종한 물고기, 오래된 엽상체, 산호 무리를 찾아 이곳 주변을 쑤시며 다닌다. 그리고 십 대 아이들이 술잔치를 벌일 때도 이곳을 찾는다. 그들은 모닥불을 피우고, 술을 진탕 마시고, 마약을 복용하며 애무라는 행위를 자신들이 막 발명해 낸 듯 서로의 옷 속을 더듬는다. 그리고 읍내로 돌아오는 길에 부모들의 차를 박살 내 버린다.

내 뒤뜰은 강이 좁아지며 급강하하는 루브토 골짜기와 맞닿 아 있다. 강물은 상당히 가파르게 떨어져 물안개를 만들어 내고 약간의 공포감을 일으킨다. 여름 주말이면 관광객들이 절벽 옆 보도를 따라 걷거나 절벽 가장자리에 서서 사진을 찍곤 한다. 그들의 무해한, 그러나 신경에 거슬리는 흰색 캔버스 모자가 지 나가는 것을 볼 수 있다. 그 절벽은 조금씩 부서져 내려 위험했 지만, 읍에서는 울타리를 만들기 위한 돈을 투자하지 않는다. 바 보짓을 했다면 그 결과를 당연히 받아들여야 한다고 이곳 사람 들은 여전히 믿고 있다. 도넛 가게의 종이컵들이 절벽 아래 소용 돌이치는 물에 떠다니고, 간간히 시체가 발견되기도 한다. 유서 가 발견되지 않는 한, 추락한 것인지 누가 떠민 것인지 뛰어내린 것인지 알 수 없는 노릇이다.

단추 공장은 루브토 강의 동쪽 강변, 골짜기에서 강 상류 쪽 으로 4분의 1킬로 정도 올라간 곳에 있다. 유리창이 깨어지고 지붕은 비가 새고 쥐와 술주정뱅이의 거주지가 된 상태로 수십 년간 내버려져 있었다. 그 후 열성적인 시민 위원회 덕분에 철거 되지 않고 부티크로 전환되었다. 꽃밭이 다시 조성되었고, 건물 외벽은 모래 분사 작업으로 말끔하게 씻겼고, 시간의 황폐한 자 취와 파괴 행위는 보수되었다. 하지만 육십 년 전 화재로 인해 생긴 어두운 날개 모양의 그을음은 아래층 창문 주변에 여전히 남아 있다.

단추 공장은 갈색이 도는 붉은 벽돌 건물이고, 과거에 공장에서 조명 비용을 아끼기 위해 사용하던 창유리가 많이 달린 커다란 창이 있다. 공장 건물 치고는 상당히 우아하다 ― 돌로 된 장미가 중심에 놓인 꽃줄 장식과, 박공이 있는 창문, 녹색과 자주색 기와로 덮인 두 단 경사 지붕. 그 옆에는 깨끗한 주차장이 있다. 표지판에는 구식 글씨체로 "단추 공장 방문객 환영"이라고 쓰여 있다. 그리고 더 작은 글씨로 "밤새 주차 금지"라고 쓰여 있다. 그리고 그 아래에는 검정색 굵은 펜으로 성난 듯이 갈겨쓴 글이 있다. "너는 염병할 신도 아니고 지구는 너의 염병할 차도 아니다." 이 읍 특유의 손길.

정문은 확장되었고, 휠체어가 다닐 수 있는 경사로가 만들어졌으며, 원래 있던 무거운 문은 판유리 문으로 교체되었다. 출구, 입구, 미시오, 당기시오, 20세기 특유의 명령적인 네 문구. 안쪽에서는 음악이 흘러나온다. 시골길에서 들을 수 있는 바이올린 소리, 하나 둘 셋 하는 박자에 맞춘 경쾌한, 혹은 비탄에 잠긴 듯한 왈츠 소리. 가짜 자갈이 바닥에 깔려 있고 새로 페인트칠이 된 공원 벤치와 풀 죽은 덤불이 담긴 화분이 배치되어 있는 중앙 공간 위로는 채광창이 뚫려 있다. 다양한 부티크가 그 주위에 서 있어 마치 쇼핑몰에 온 듯한 느낌을 준다.

휑뎅그렁한 벽돌 벽에는 읍내 문서 보관소에 있는 옛날 사진들의 확대본이 붙어 있다. 첫 번째 것은 1899년의 신문(우리 지역이 아닌 몬트리올의 신문) 기사의 한 부분이다.

고대 영국의 어두운 악마와 같은 방앗간을 상상해서는 안 된다. 포트 타이콘드로가의 공장들은 화사한 꽃들로 덮인 무성한 푸른 나무들 사이에 위치해 있으며, 마음을 달래 주는 세찬 강물 소리도 가까이서 들려온다. 깨끗하고 통풍 시설이 잘 되어 있으며, 노동자들은 활기차고 유능하다. 저물녘 루브토 강의 힘찬 폭포 위에 연철 레이스로 만들어진 무지개 모양의 우아한 새 주빌리 다리 위에서 바라보면, 체이스 단추 공장의 불빛이 하나씩 켜지고 그 불빛이 반짝이는 물 위에 반사되면서 만들어 내는 매혹적인 동화의 세계를 만나게 된다.

이 기사가 작성될 당시만 해도 이것이 전적으로 거짓말은 아니었을 것이다. 적어도 단기간 동안은 이곳도 상당히 번성했고 모든 사람들이 그 혜택을 누릴 수 있었다.

그다음에 걸려 있는 것은 우리 할아버지의 사진이다. 프록코트와 실크해트 차림에 하얀 구레나룻을 기른 모습으로 비슷하게 정장 차림을 한 일단의 신사들과 함께 1901년 캐나다 전역을 방문한 듀크 오브 요크 경*을 환영하기 위해 기다리는 중이다. 그다음은 전쟁 기념비 헌정식을 할 때 그 앞에서 화환을 들고 있는 우리 아버지의 사진이다. 키가 크고 콧수염을 기르고 안대를 한 엄숙한 얼굴의 아버지. 바짝 다가가 보면 검은 점 무더기로만 보인다. 나는 아버지 모습을 선명하게 보기 위해 뒤로 약간 물러선다. 아버지의 성한 한쪽 눈을 보기 위해서다. 하지만 사진 속의 아버지는 나를 쳐다보지 않는다. 마치 총살대를 바라보듯, 등을 곧게 펴고 어깨를 뒤로 젖힌 채로 수평선을 향해 시선을

---

* 통상적으로 왕의 둘째 아들에게 주어지는 영국의 작위. 당시 듀크 오브 요크는 훗날 조지 5세가 되는 조지 왕자로, 그는 빅토리아 여왕의 손자이자 에드워드 7세의 둘째 아들이었다.

던지고 있다. 건장해 보이는 모습.

　다음 사진에는 1911년 당시 단추 공장의 모습이라는 설명이 쓰여 있다. 메뚜기 다리같이 생긴 쩔꺽거리는 팔이 달린 기계와 철로 된 톱니바퀴, 그리고 톱날로 뒤덮인 바퀴, 그리고 위아래를 오고 가며 모양을 찍어 내는 압단(壓斷) 피스톤. 노동자들이 열 지어 서서 몸을 앞으로 구부리고 수작업을 하고 있는 긴 탁자. 보안용 챙과 조끼 차림으로 소매를 걷어 올린 사람들이 기계를 작동하고 있다. 탁자에서 일하는 노동자들은 모두 머리를 위로 빗어 올리고 앞치마를 입은 여자들이었다. 단추 수를 세어 포장 하거나, 체이스 가 이름이 가로로 인쇄되어 있는 두꺼운 종이 위에 여섯 개, 여덟 개, 또는 열두 개 단위로 단추를 꿰매어 다는 일을 한 것은 바로 이 여자들이었다.

　자갈이 깔린 공터가 끝나는 부근에는 '홀 엔칠라다'라는 이 름의 술집이 있다. 토요일에는 생음악 공연이 벌어지고, 읍내의 조그만 양조장에서 생산된 맥주를 파는 곳이라고 한다. 실내 장 식을 보면, 나무 술통 위에 나무 탁자 판이 올려져 있고 한쪽에 는 어린 소나무로 된 칸막이 좌석들이 있다. 창문에 내걸린 메 뉴는 (나는 한 번도 들어가 본 적이 없다.) 패티 멜트*, 포테이토 스 킨**, 나초 등 이국적으로 보이는 음식들이다. 그런 것은 하류층 젊은이들이 즐겨 먹는, 기름에 전 음식이라고 마이라가 말해 주 었다. 그녀는 그곳이 잘 보이는 바로 옆집에 자리 잡고 있기 때 문에 '홀 엔칠라다'에서 무슨 일이 일어나면 놓치는 법이 없다. 포주와 마약 밀매업자가, 그것도 훤한 대낮에 그곳에 가서 식사

---

* 속에 치즈를 넣어 녹을 때까지 그릴에 구워 내는 미국식 샌드위치.
** 삶은 감자 속을 파내고 남은 껍질 위에 치즈를 얹어 오븐에 구운 영국 요리.

를 한다고 그녀는 말하곤 하는데, 내게 그들을 가리켜 보이며 흥분된 목소리로 속닥거렸다. 포주는 스리피스 정장을 입고 있었고 주식 중매인처럼 보였다. 마약 밀매업자는 옛날 노동조합 주창자처럼 희끗희끗한 콧수염을 기르고 데님으로 된 옷을 입고 있었다.

마이라의 가게는 '진저 브레드 하우스, 선물과 수집품 상회'이다. 그곳에는 계피 향 방향제 같은 달콤하고 향긋한 냄새가 나고, 갖가지 물건이 구비되어 있다. 면 프린트 천 마개가 달린 잼 단지, 건초 냄새가 나는 말린 허브로 속을 채운 하트 모양 베개, '전통적인 장인'들이 새겼다는 아귀가 잘 맞지 않는 상자, 메노파* 교인들이 만들었다는 퀼트, 웃고 있는 오리 머리 장식이 달린 화장실 청소용 솔. 도시 사람들이 상상할 법한 시골 생활, 즉 그들의 조상이 살았던 전원적 시골 생활을 이런 식으로 상상할 것이라고 마이라가 상상한 것. 이 상품들이 도시에서 온 관광객들이 집으로 가져갈 수 있는 역사의 한 파편이라고 마이라는 생각하는 것이다. 내가 기억하는 한 역사란 그렇게 매력적인 것이 아니었고, 특히 이렇게 깔끔한 것은 결코 아니었다. 하지만 진짜는 결코 팔리지 않을 것이다. 대부분의 사람들은 아무런 악취도 풍기지 않는 그런 과거를 선호한다.

마이라는 이런 귀중품을 내게 선물하는 것을 즐긴다. 바꿔 말하자면, 다른 고객들이 절대 사지 않을 물건들을 내게 떠넘기는 것이다. 나는 한쪽으로 기울어진 잔가지 화환, 파인애플 장식

---

* 16세기에 네덜란드의 신학자 메노 시몬스가 창시한 재세례과 교회의 한 교파. 유아 세례를 부정하고, 신약 성경에 기초를 둔 평화주의와 무저항, 이웃에 대한 헌신을 강조하였다.

이 달린, 짝이 맞지 않는 나무로 된 냅킨 고리, 등유 냄새가 나는 커다란 양초를 가지고 있다. 그녀는 내 생일 선물로 갯가재 앞발 모양의 오븐 장갑 한 세트를 주었다. 나름대로 성의를 표시한 것이라고 나는 생각한다.

어쩌면 그것은 나를 구슬리기 위한 수단인지도 모른다. 그녀는 침례교 신자고, 너무 늦기 전에 내가 예수 그리스도를 찾거나 혹은 그 반대로 예수 그리스도가 나를 찾기를 바라고 있는 것이다. 그런 열성적 신앙은 그녀 가족의 내력이 아니다. 그녀의 어머니인 리니는 단 한 번도 신에게 열심을 보인 적이 없었다. 우리와 신 상호 간에 존경심이 있어야 하며, 우리가 곤경에 처하게 되면 변호사를 부르듯 자연스럽게 신에게 의지하게 된다는 것이 그녀의 생각이었다. 하지만 변호사의 경우와 마찬가지로, 우리를 신에게 의지하게 만드는 것은 극심한 고난이어야 한다. 그런 경우가 아니라면 굳이 그와 지나치게 얽힐 필요가 없는 것이다. 분명 리니는 부엌에서는 신을 바라지 않았을 것이다. 이미 할 일이 너무 많았던 것이다.

나는 약간 고민하다가 '쿠키 그렘린'에서 오트밀 초콜릿 칩 쿠키 하나와 일회용 컵에 든 커피를 샀다. 그리고 공원 벤치에 앉아 커피를 홀짝이고 손가락을 빨면서 쿠키를 먹었다. 그리고 지친 발을 내려놓고, 녹음테이프에서 흘러나오는 경쾌하면서도 애조가 도는 현악 연주곡을 들었다.

1870년대 초에 단추 공장을 세운 것은 벤저민 할아버지였다. 북미 대륙의 인구가 급격한 속도로 늘어나고 있었기 때문에 의복과 그에 관련된 것들에 달기 위한 단추 수요가 무척 높았다.

단추는 싼 가격에 생산되고 또 싼 가격에 팔릴 수 있었기 때문에, 이것이야말로 할아버지에게 안성맞춤이었다.(라고 리니는 말했다.) 그는 기회를 포착하고 신이 준 두뇌를 사용했던 것이다.

할아버지의 조상들은 1820년대에 값싼 땅과 건축 기회의 이점을 보기 위해 펜실베이니아에서 이곳으로 올라왔다. 이 읍은 1812년 미영 전쟁 중에 불타 버렸고, 상당한 재건축이 필요했던 것이다. 그들은 독일계 이민자였고, 또 제7세대 청교도들의 피가 약간 섞인 분리파 교회 교인들이었다. 그들의 특징적인 근면함과 열정이 합쳐진 결과, 이 집안에는 (어느 집안에나 있기 마련인 일단의 선량하거나 게으른 농민들, 세 명의 감리교 순회 목사, 두 명의 무자격 땅 투기가, 그리고 한 명의 형편없는 횡령자 외에) 몽상가 기질을 가진, 그러면서도 항상 미래의 일을 계획하는 모험가들이 태어났다. 우리 할아버지의 경우, 이런 특성은 도박가의 기질로 나타났다. 그리고 그가 도박을 건 대상은 다름 아닌 바로 자기 자신이었다.

증조할아버지는 포트 타이콘드로가에 처음 세워진 제분소 중 하나를 소유하고 있었다. 모든 것이 수력으로 이루어지던 그 당시, 증조할아버지의 제분소는 제법 상당한 규모였다. 증조할아버지가 당시 용어로 "졸도"라고 불리던 병으로 죽었을 때, 할아버지는 스물여섯 살이었다. 그는 제분소를 상속받고 돈을 빌려 미국에서 단추 생산 기계를 수입해 왔다. 초창기 단추는 나무와 뼈로 만들어졌으며, 좀 더 비싼 것들은 소뿔로 만들어졌다. 뼈나 소뿔은 인근에 있는 여러 도살장에서 아주 헐값에 구할 수 있었고, 나무는 아무 곳에나 마구 쓰러져 있었다. 사람들은 길을 막고 자리를 차지하는 나무를 없애기 위해 불을 놓곤 했다. 값싼 재료와 값싼 노동력, 그리고 계속 확장되는 시장, 이런 조건 속에서 어떻게 성공하지 않을 수 있었겠는가?

할아버지의 공장에서 생산된 단추들은 소녀인 내 취향에는 맞지 않았다. 조그마한 자개단추도, 섬세한 흑옥 단추도, 숙녀용 장갑에 다는 하얀 가죽 단추도 없었다. 가족용 단추란 비유적으로 말하자면 신발을 보호하기 위해 겹쳐 신는 고무용 덧신 같은 것이다. 겨울 코트나 겉옷, 작업복에 달기 위한 둔하고 실용적인 단추들이었다. 그것은 강하고 심지어는 거칠게 보이기도 했다. 긴 속옷 뒤에 늘어진 부분을 붙잡아 주는 단추, 그리고 남자용 바지 앞섶에 붙어 있는 단추들을 상상해 보면 된다. 그 단추들이 감추어 주는 것은 늘어진 것들, 약한 것들, 수치스러운 것들, 하지만 불가피한 것들, 즉 세상이 필요로 하지만 경멸하는 그런 것들이었다.

그런 단추를 생산하는 사람의 손녀들에게서 돈 외에 별다른 매력을 찾는 것은 힘든 일이었다. 하지만 돈이라는 것은, 아니, 돈에 대한 막연한 풍문조차도 어떤 눈부신 빛 같은 것을 던져 주기 마련이어서, 로라와 나는 특별한 기운 같은 것에 둘러싸여 성장했다. 그리고 포트 타이콘드로가에서는 어느 누구도 가족용 단추가 우스운 것이라거나 경멸할 만한 것이라고 생각하지 않았다. 그곳에서 단추는 중요한 것으로 여겨졌다. 너무나 많은 사람들의 직업이 그것에 달려 있었던 것이다.

수년에 걸쳐 할아버지는 다른 제분소를 사들여 공장으로 전환했다. 그는 속셔츠와 내리닫이 속옷을 만드는 편물 공장과 양말을 만드는 공장, 그리고 재떨이같이 작은 물건을 만드는 도자기 공장을 소유했다. 그는 공장의 작업 환경에 대해 자부심을 가지고 있었다. 누군가가 불만 사항을 늘어놓으면(혹시라도 그럴 만큼 대담한 누군가가 있다면) 귀를 기울였고, 누군가가 다치면(부상 사실을 혹시라도 알게 되는 경우) 안타까워했다. 기계상의 발전, 아니 사실상 온갖 종류의 발전에 뒤떨어지지 않고 따라갔다. 그는 읍에서 처음으로 전깃불을 도입한 공장주였다. 그는 노동자들의 사기를 진작하는 데 꽃밭이 효과적일 것이라고 생각했다. 백일초와 금어초는 비싸지 않으면서도 눈에 잘 띄고 오래 갔기 때문에 항상 재배되었다. 자신이 고용한 여자 노동자들이 일하는 곳은 응접실만큼이나 안전하다고 단언했다.(그는 노동자들이 모두 응접실을 가지고 있고, 또 그 응접실은 안전한 곳일 것이라고 생각했던 것이다. 그는 모든 사람들을 호의적으로 생각하고 싶어 했다.) 작업실에서는 음주나 험한 말, 방종한 행동이 용납되지 않았다.

아니, 할아버지가 1903년 자비 출판한 『체이스 가의 산업 — 역사책』이라는 책에는 그렇게 서술되어 있었다. 이 책의 녹색 가죽 표지에는 책 제목과 함께 할아버지의 자연스럽고 육중한 서명이 금색으로 새겨져 있다. 그는 이 쓸데없는 역사책을 사업 동료들에게 선물하곤 했다. 그들은 책을 받고 분명 놀랐을 것이다. 하긴 그렇지 않을 수도 있다. 책 출판은 그런대로 용납되는 일이었을 것이다. 만일 그렇지 않았다면 할아버지가 그렇게 하는 것을 애들리아 할머니가 방관했을 리가 없다.

나는 쿠키를 갉아 먹으며 공원 벤치에 앉아 있었다. 쿠키는 젖소 발자국처럼 컸다. 요새 사람들은 과자를 이렇게 크고 맛없고 푸석푸석하고 기름지게 만든다. 도저히 다 먹지는 못할 것 같았다. 이렇게 더운 날에 적합한 음식은 아니었다. 약간 어지럽

기도 했다. 커피 때문이었을 수도 있다.

커피 컵을 옆에 내려놓는 사이 지팡이가 벤치에서 땅바닥으로 소리를 내며 떨어졌다. 옆으로 몸을 숙였지만 지팡이를 잡을 수 없었다. 그러면서 균형을 잃고 커피를 쏟고 말았다. 미지근하게 젖은 치마 천을 통해 커피가 쏟아진 것을 알 수 있었다. 일어서면 마치 참지 못하고 싸 버린 오줌 같은 갈색 자국이 보일 것이다. 사람들은 그렇게 생각할 것이다.

왜 그런 순간에 우리는 항상 다른 모든 사람들이 우리를 주시하고 있으리라고 생각하는 것일까? 대부분의 경우, 아무도 쳐다보지 않는다. 하지만 마이라는 나를 보고 있었다. 내가 이곳으로 오는 것을 보고 계속 지켜보고 있었을 것이다. 그녀는 가게에서 서둘러 나오며 외쳤다. "얼굴이 백지장처럼 창백해요! 기진맥진한 것 같아요. 빨리 닦아 내야겠어요! 맙소사, 여기까지 걸어온 거예요? 돌아갈 땐 걸어가면 안 돼요! 월터에게 전화를 할게요. 집까지 모셔 드릴 거예요."

"나도 할 수 있어. 나는 아무 문제도 없어." 나는 그녀에게 말했다. 하지만 그녀가 하는 대로 내버려 두었다.

아빌리온

뼈가 다시 욱신거리기 시작했다. 습한 날에는 종종 그렇다. 뼈의 통증은 역사와 비슷하다. 오래전 끝나 버렸지만 고통으로 반향이 되어 울리는 것. 통증이 심할 때면 잠을 이룰 수 없다. 매일 밤 나는 잠들기를 열망하고, 잠들기 위해 노력한다. 하지만 잠은 검댕투성이 커튼처럼 내 앞에서 펄럭거릴 뿐이다. 물론 수면제를 사용할 수도 있지만, 의사는 위험하다고 경고했다.

어젯밤 나는 몇 시간 동안 습한 공기 속에서 잠들기 위해 애쓰다가 일어나서 슬리퍼도 신지 않고 계단 옆 창문 밖에서 희미하게 들어오는 거리의 빛에 의지하여 더듬거리며 아래층으로 내려갔다. 아래층에 무사히 도착해서는 휘청거리며 부엌으로 들어가 찬 공기가 빛을 뿌옇게 가리고 있는 냉장고 안을 들여다보았다. 먹고 싶은 것은 아무것도 없었다. 오래된 셀러리 한 단, 푸른곰팡이 기가 도는 빵 조각, 물렁물렁해지기 시작한 레몬, 그리고 기름종이에 싸여 있는, 발톱처럼 딱딱하고 반투명한 치즈 토막, 그것뿐이었다. 이제 나는 혼자 사는 사람의 전형적인 식사 습관을 가지게 되었다. 허겁지겁 아무렇게나 먹는 것이다. 몰래 하는 식사와 몰래 먹는 간식, 그리고 밖에서 먹는 음식. 나는 땅콩버터를 통째 들고 집게손가락으로 퍼 먹으며 허기를 달랬다. 숟가락을 더럽힐 이유가 없지 않은가?

한 손에는 땅콩버터 통을 들고 다른 한 손의 손가락은 입에 넣고 빨면서 그곳에 서 있는 동안 누군가가, 그러니까 다른 어떤 여자, 눈에 보이지 않는 이 집의 진짜 주인이 갑자기 들어와서 도대체 자기 부엌에서 무슨 짓을 하고 있느냐고 추궁할 것만 것은 느낌에 사로잡혔다. 전에도 이런 느낌을 경험한 적이 있다. 바나나 껍질을 벗기거나 이를 닦는 것과 같이 가장 합리적이고 일상적인 행동을 하는 가운데서도 남의 영역을 침범하고 있는 듯한 착각이 드는 것이다.

특히 밤에는 이곳이 더욱더 남의 집처럼 느껴진다. 나는 균형을 잡기 위해 벽을 짚고 앞 방, 식사하는 방, 응접실을 돌아다녔다. 갖가지 내 물건들은 그림자 속에서 떠다니며 나와 동떨어진 채 나의 소유권을 부정하는 듯 보였다. 무엇을 훔치고 무엇을 남겨 두는 것이 좋을지 궁리하는 강도의 입장에서 그 물건들을 쳐다보았다. 도둑들은 두드러져 보이는 물건을 훔쳐갈 것이다. 할머니 소유였던 은제 찻주전자, 그리고 아마도 수공예 도자기, 모노그램이 새겨진 숟가락, 텔레비전. 그 어느 것도 내가 정말 원하는 물건은 아니다.

내가 죽으면 누군가 이 물건들을 둘러본 뒤 처리해 버릴 것이다. 분명 마이라가 그 일에 한 몫을 거들게 될 것이다. 그녀는 자신의 어머니인 리니로부터 나를 유업으로 받았다고 생각한다.

그녀는 신뢰받는 가신(家臣) 역할을 즐길 것이다. 그녀가 부럽지는 않다. 모든 이의 삶은 지속되는 동안조차도 쓰레기 더미에 불과하며, 죽은 후에는 더욱더 그러하다. 하지만 쓰레기 더미 치고는 참으로 작은 것이다. 죽은 자의 유품을 정리해 보면, 우리 자신이 죽을 때 비닐 쓰레기봉투가 기껏해야 몇 개나 필요한지 알게 될 것이다.

악어 모양 호두 까기 도구, 한 짝만 남은 자개 커프스단추, 이가 빠진 거북이 등껍질 빗. 고장 난 은제 라이터, 밑받침 접시가 없는 잔, 식초가 들어 있지 않은 양념 통 선반. '가정'의 흩어진 뼈들, 누더기, 유품. 난파된 후 해안으로 쓸려 온 배의 파편들.

오늘 마이라는 전기 선풍기를 사도록 나를 설득했다. 내가 사용해 오던 소리 나는 작은 것보다 더 좋은, 긴 받침대가 달린 것으로 말이다. 마이라가 점찍어 둔 것을 조그 강 다리 건너에 있는 새로운 쇼핑센터에서 할인 판매하고 있었다. 그녀는 나를 차에 태워 그곳에 데려갈 것이다 — 그녀는 어쨌든 쇼핑을 갈 예정이었고, 나를 데려가는 것은 아무 문제가 없을 것이라고 했다. 그녀가 핑계를 대는 방식은 정말 마음에 들지 않는다.

우리가 가는 길에는 아빌리온이, 아니, 한때 아빌리온이었던, 그러나 이제는 슬프게도 변해 버린 그 건물이 서 있다. 이제 그것은 "발할라"*라고 불린다. 어떤 바보 같은 관료가 그것이 양로원 건물에 적합한 이름이라고 생각했단 말인가? 내가 기억하는

---

* 중세 스칸디나비아 전설에서 최고 신 오딘(Odin)이 거주하는 곳. 지붕이 방패로 덮인 아름다운 궁전으로 묘사되어 있다. 오딘의 사자들은 싸움터에서 전사한 군인들을 이곳으로 데려와 다음 전쟁을 위해 다시 훈련시킨다고 한다.

바로는 발할라는 죽은 후에 가는 곳이지 죽기 직전에 가는 곳이 아니다. 하지만 그들이 의도한 바가 있었을 것이다.

아빌리온의 위치는 더할 나위 없이 좋다. 그곳은 루브토 강이 조그 강과 만나는 곳의 동쪽 강변으로, 골짜기의 낭만적인 경치와 범선을 위한 안전한 정박지가 결합된 곳이다. 규모가 큰 집이지만, 이제는 전쟁 후 우후죽순처럼 생겨난 단층 주택에 둘러싸여 복잡해 보인다. 휠체어에 앉은 한 사람을 비롯해 노파 세 명이 바깥 현관에 앉아서 못된 십 대들이 화장실에서 하듯 몰래 담배를 피우고 있었다. 조만간 저들은 이 집에 불을 내고 말 것이다.

아빌리온이 양로원으로 바뀐 이후로는 그곳에 가 보지 않았다. 분명 베이비파우더와 시큼한 오줌, 그리고 오래된 삶은 감자 냄새 등 악취가 진동할 것이다. 그냥 예전 내가 알고 있던 모습, 이미 쇠락의 기미가 조금씩 보이기 시작하던 그때의 모습만을 기억하고 싶다. 서늘하고 넓은 홀들, 윤기가 반짝이는 넓은 부엌, 중앙 현관의 작고 둥근 벚나무 테이블 위에 놓여 있던 세브르 도자기* 볼과 그 안에 담긴 말린 꽃잎. 위층 로라의 방에는 이가 나간 벽난로 선반이 있다. 그녀가 거기에 장작 받침쇠를 떨어뜨렸던 것이다. 로라다운 행동이었다. 그 사실을 알고 있는 것은 이제 나뿐이다. 투명한 피부와 유순한 표정, 발레리나 같은 긴 목 등 생김새만 보고, 사람들은 그녀가 우아할 것이라고 생각했다.

아빌리온은 이곳에서 흔한 자재인 석회암으로 지어지지 않았

---

* 프랑스 세브르 지방의 왕립 공장에서 생산된 고급 도자기.

다. 건축가는 좀 더 색다른 재료를 사용하고 싶어 했고, 그래서 강가의 동글동글한 조약돌을 시멘트로 붙여 이 건물을 지었다. 먼 곳에서 보면 공룡의 피부나 그림책에 나오는 소원의 우물처럼 거칠어 보인다. 이것은 야망의 거대한 무덤이라고, 이제 나는 생각한다.

특별히 우아한 집은 아니지만, 그래도 한때는 나름대로 웅장하다고 여겨졌다. 상인의 궁전. 그곳까지 굽이져 이어진 진입 차도와 땅딸막한 고딕식 작은 탑, 그리고 두 강이 내려다보이는 반원형의 넓은 베란다가 있었고, 세기말 무렵 나른한 여름 오후에는 그 베란다에서 꽃무늬 모자를 쓴 숙녀들이 모여 차를 마시곤 했다. 한때는 정원 파티를 위해 현악 사중주단이 배치되기도 했다. 할머니와 그녀의 친구들은 어둑해지면 이곳 주변에 횃불을 밝혀두고 아마추어 연극인들을 위한 무대로 사용했다. 로라와 나는 그 아래 숨어 있곤 했다. 그 베란다는 중간이 함몰되기 시작했다. 새로 페인트칠을 해야 한다.

한때는 정자와 울타리를 친 채마밭, 그리고 여러 개의 관상 식물용 꽃밭, 금붕어가 헤엄치는 수련 연못, 그리고 스팀으로 온도가 조절되는 유리 온실이 있었다. 이제는 철거된 유리 온실에서는 양치식물과 수령초가 재배되었고, 이따금 길쭉한 레몬과 신 오렌지가 자라기도 했다. 그곳에는 당구장과 응접실, 주간용 거실, 그리고 벽난로 위에 대리석으로 만든 메두사가 있는 도서실이 있었다. 19세기 양식의 메두사는 아름답고 무심한 눈을 가지고 있었고, 머리에서는 고통스러운 생각인 양 뱀들이 몸부림치며 나오고 있었다. 벽난로 선반은 프랑스산(産)으로, 원래는 디오니소스와 포도 가지 모양의 다른 선반을 주문했는데 메두

사 모양이 대신 도착했다. 프랑스까지 되돌려 보내기엔 너무 먼 길이었기 때문에, 그냥 메두사를 그대로 사용했던 것이다.

침침하고 널찍한 식당도 있었다. 그곳은 윌리엄 모리스*의 '딸기 도둑' 문양** 벽지로 도배되었고, 청동 수련이 얽혀 있는 샹들리에와 영국에서 수입된 긴 스테인드글라스 창 세 개가 있었다. 스테인드글라스의 문양은 트리스탄과 이졸데 이야기***를 형상화한 것이었다.(루비처럼 붉은 잔에 사랑의 묘약을 제공하는 모습. 한쪽 무릎을 꿇은 트리스탄과 그를 향해 몸을 굽힌 이졸데의 모습, 그리고 폭포같이 흘러내리는 그녀의 금발 — 그것은 유리에 새기기 다소 어려운 것이라서, 머리가 아니라 녹아내린 빗자루같이 보였다. 버림받은 이졸데가 주름 잡힌 자주색 옷을 입고 하프를 가까이 두고서 혼자 앉아 있는 모습.)

이 집의 설계와 장식은 애들리아 할머니의 감독하에 이루어진 것이다. 할머니는 내가 태어나기 전에 작고했다. 전해 들은 바

---

* 1834~1896. 영국의 수공예가, 디자이너, 작가, 사회 개혁가. 존 러스킨과 라파엘 전파(前派)의 주창자인 단테 가브리엘 로제티의 영향을 받아 작품에 중세적 모티브를 자주 사용하였다. 예술과 수공예 운동(Arts and Crafts Movement)을 주도하며 많은 실내 장식 도구를 디자인하였다.
** 모리스가 디자인한 가장 유명한 문양 중 하나. 새가 딸기를 따 먹고 있는 이 문양은 모리스가 여름 별장으로 사용하던 켐스콧 장원의 정원에서 지빠귀가 딸기를 먹는 모습을 보고 아이디어를 얻었다고 한다.
*** 고대 켈트인의 옛 전설을 바탕으로 트리스탄과 이졸데의 비련을 그린 중세 유럽의 전설. 원탁의 기사이자 콘월 왕 마크의 조카인 트리스탄은 마크의 예비 신부이자 아일랜드의 공주인 이졸데를 데리러 아일랜드로 간다. 콘월로 돌아오는 배 안에서 둘은 이졸데의 어머니가 이졸데와 마크가 결혼 후 마시도록 시녀에게 맡긴 사랑의 묘약을 우연히 함께 마시고 사랑에 빠지게 된다. 이후 천상과 지상의 법률에 거스르는 사랑 때문에 그들은 많은 고난에 처하게 되고 결국 비극적인 죽음을 맞이하게 된다.

에 의하면 그녀는 실크처럼 부드럽고 오이처럼 차갑고 뼈 자르는 톱처럼 의지가 강한 사람이었다고 한다. 또한 그녀가 지닌 문화적 취향은 그녀에게 일종의 도덕적 권위를 부여해 주었다. 지금은 그렇지 않지만, 그 당시에는 문화가 사람을 발전시킬 것이라고, 더 나은 사람으로 만들어 줄 것이라고 믿었던 것이다. 문화가 사람을 고양한다고 생각했다. 아니, 적어도 여자들은 그렇게 믿었다. 오페라 극장에 가는 히틀러를 아직 보지 못했던 것이다.

애들리아 할머니의 처녀 시절 성은 몬트포트였다. 적어도 캐나다에서는 유래가 깊은 가문 출신이었다. 그 가문은 위그노교도 프랑스인 피가 섞인 몬트리올 영국계 집안 2세대였다. 몬트포트 집안은 철도 공사를 통해 한때 무척 번창했지만, 위험한 투기와 타성에 젖은 사업 전개로 빠르게 몰락하기 시작했다. 그래서 적당한 남편감을 찾을 길이 보이지 않는 가운데 결혼 적령기가 다가오자, 애들리아 할머니는 돈을 보고 결혼했다. 다듬어지지 않은 돈, 단추를 팔아 번 돈. 사람들은 그녀가 이 돈을 세련되게 정제해 줄 것이라고 기대했다. 마치 기름을 정제하듯.

(그녀는 결혼한 것이 아니라, 결혼당한 거야. 리니는 생강 과자 반죽을 밀며 이렇게 말했다. 가문에서 중매한 거지. 그런 가문에선 그렇게들 했어. 그게 배우자를 직접 구하는 것보다 나은 건지 못한 건지 누가 알겠어? 어쨌든 애들리아 몬트포트는 의무를 다한 거고, 또 운 좋게도 기회를 잡은 거야. 그때 이미 상당히 나이가 찬 상태였거든. 아마 스물세 살쯤 됐을걸. 그때 기준으론 이미 적령기를 넘긴 거였지.)

나는 아직도 조부모의 사진을 간직하고 있다. 그들의 결혼식 직후에 찍은 사진으로, 메꽃 무늬가 있는 은제 사진틀에 들어 있다. 배경에는 술이 달린 벨벳 커튼이 드리워져 있고, 양치식물 두 개가 단 위에 세워져 있다. 애들리아 할머니는 긴 의자에 기대고 있다. 눈꺼풀이 두껍고 용모가 수려한 여성. 그녀는 주름이 많이 잡힌 옷을 입고, 두 겹으로 된 긴 진주 목걸이를 하고 있다. 깊게 파인 목선에는 레이스가 달려 있으며, 하얀 팔은 뼈가 드러나지 않게 통통해서 둥그렇게 말아 놓은 닭고기같이 보인다. 벤저민 할아버지는 정장 차림을 하고 할머니 뒤에 서 있다. 건장하지만 당황한 듯한 모습으로, 마치 이 행사를 위해 특별히 차려입은 것처럼. 두 사람 모두 엄격히 통제된 듯한 모습이다.

열서너 살 즈음, 그럴 만한 나이가 되었을 때, 나는 할머니에 대한 낭만적인 상상의 나래를 펼치곤 했다. 밤에 창문 밖 잔디밭과 은빛 달에 물든 장식 꽃밭을 내다보며, 그녀가 흰 레이스 달린 다회복을 길게 끌며 생각에 잠겨 걸어가는 것을 상상했다. 나는 그녀에게 우울하고 지친 듯한, 그러면서 약간 조롱하는 듯한 미소를 부여했다. 곧 연인도 덧붙였다. 그녀는 온실 밖에서 그 연인과 밀회를 가졌다. 내가 공상을 하던 당시 온실은 이미 방치된 채였다. 아버지는 증기 열로 자란 오렌지에는 전혀 관심이 없었다. 그러나 나는 마음속으로 그것을 복원하여 온실 꽃들이 자라도록 했다. 난초, 아니면 동백꽃이 피는 거야 하고 나는 생각했다.(그때는 동백꽃이 무엇인지 몰랐지만, 책에서 읽은 적은 있었다.) 할머니와 그 연인은 온실 안으로 사라져 버리곤 했다. 그러고는 무엇을 했단 말인가? 그 부분은 잘 알 수 없었다.

현실 속에서 애들리아 할머니가 연인을 가졌을 가능성은 없었다. 읍은 너무나 작았고, 그곳의 도덕 기준은 편협했으며, 애들리아 할머니의 사회적 위치에서는 타락으로 잃게 될 것이 너무나 많았다. 그녀는 모험을 할 만큼 바보가 아니었던 것이다. 게다가 사적으로 소유한 돈도 없었다.

집안의 여주인이자 가사 책임자로서, 애들리아 할머니는 벤저민 체이스의 내조를 잘해 냈다. 그녀는 자신의 취향에 자부심을 가졌으며, 할아버지는 그런 분야의 일을 할머니에게 일임했다. 그녀의 취향이야말로 그가 그녀와 결혼한 이유였던 것이다. 그 당시 그는 마흔 살이었다. 열심히 일해서 큰 재산을 모았으며, 이제 돈의 진가를 맛보고자 했다. 그것은 옷에 대해 새 신부에게 간섭을 받고, 식사 예절에 대해 비판받게 되는 것을 의미했다. 그는 나름대로 문화적인 생활을 원했다. 아니, 적어도 그것이 구체적으로 드러나는 예를 원했다. 그는 제대로 된 자기 식기류를 갖추고 싶어 했다.

그는 자기 식기류를 갖추게 되었을 뿐만 아니라, 거기에 담겨 나오는 열두 코스 저녁도 함께 맛보게 되었다 — 셀러리와 짭짤한 견과류로 시작해서 초콜릿으로 끝나는 식사. 콩소메*, 리졸**, 탱발***, 생선 요리, 구이 요리, 치즈, 과일, 조각이 새겨진 유리로 된 중앙 장식 쟁반에 걸쳐져 있는 온실 포도. 이제 생각해 보면 고급 호텔, 호화 여객선에서 제공되는 음식과 흡사했을 것이다. 수상들은 포트 타이콘드로가에 올 때마다 아빌리온에 머물렀다. 그 즈음 읍에는 명성 높은 제조업자들이 다수 있었고, 그들의 정치적 후원이 중요했던 것이다. 벤지민 할아버지가 존 스패로 톰슨 경, 매켄지 보월 경, 찰스 터퍼 경, 이

---

* 맑은 스프.
** 파이 껍질에 고기, 생선 등을 다져 넣어 뭉쳐서 튀긴 프랑스식 고기만두.
*** 닭고기나 생선을 갈아 달걀 흰자, 크림 등을 넣고 틀에 구운 요리.

렇게 세 수상*과 차례로 찍은 사진들은 금색 틀 속에 끼워져 도서실에 걸려 있었다. 그들은 아빌리온에서 다른 무엇보다도 음식을 가장 좋아했을 것이다.

애들리아 할머니의 역할은 이런 저녁 식사를 계획하고 명령을 내리고, 그러면서도 자신이 음식을 먹는 모습은 아무에게도 보여 주지 않는 것이었을 터이다. 다른 사람이 있는 곳에서는 음식을 집어 들기만 하는 것이 관습이었던 것이다. 씹고 삼키는 것은 뻔뻔할 정도로 육욕을 드러내는 행위로 간주되었다. 아마 그녀는 나중에 음식 담은 쟁반을 자기 방으로 올려 보냈을 것이다. 그리고 열 손가락으로 마구 퍼먹었을 것이다.

아빌리온은 1889년에 완공되었고 애들리아 할머니가 명명했다. 테니슨의 시에서 따온 이름이었다.

섬 계곡 아빌리온.

우박도, 비도, 눈도 내리지 않는 곳,

바람도 소리 내며 불지 않는 곳; 그저

깊은 목초지에 놓여 있는 행복한 곳, 과수원 풀밭과

여름 바다의 관을 쓴 푸른 골짜기로 아름다운 그곳……**

* 이들은 모두 1890년대 보수당 출신의 캐나다 수상이다. 톰슨 경이 1892년부터 1894년까지, 보월 경이 1894년부터 1896년까지 재직했고, 터퍼 경은 1896년에 69일간 재직하여 현재까지 가장 짧은 기간 동안 재직한 수상으로 남았다.
** 앨프리드 테니슨 경의 서사시 『왕의 목가(The Idylls of the King)』 중 아서 왕이 죽는 마지막 부분에서 인용한 구절. 켈트족 신화에서 아빌리온(애벌론, Avalon)은 축복받은 영혼들의 섬, 서쪽 바다에 위치한 지상 낙원이며, 아서 왕이 잠든 곳이기도 하다.

그녀는 이 인용구를 크리스마스카드 속지 왼쪽에 새기도록 했다. 테니슨은 영국의 기준으로 보자면 다소 시대에 뒤떨어지는 인물이었다. 그 당시에는 오스카 와일드*가 한창 떠오르는 인물이었다. 적어도 젊은 세대에서는. 하긴, 그때 포트 타이콘드로가의 모든 것은 시대에 뒤떨어진 것뿐이었다.

사람들, 그러니까 읍내 사람들은 이 인용구를 두고 그녀를 비웃었을 것이다. 사교적인 허례로 그녀를 "귀족 부인"이라거나 "백작 부인"이라고 부르던 사람들조차도. 그러나 그들은 그녀의 초청 손님 목록에서 이름이 빠지면 자존심에 상처를 입었다. 그 크리스마스카드를 놓고 그들은 이런 이야기를 주고받았을 것이다. "글쎄, 그녀는 우박과 눈에 관한 한 운이 없군. 아마 이걸 두고 신과 설전을 좀 벌이겠는걸." 또 공장에서는 이런 대화가 들려왔을 것이다. "이 주변에서 푸른 골짜기를 본 적이 있어? 그 여자 드레스 앞에 그려진 무늬 말고 말이야." 그들은 그런 식이었고, 그 이후에도 많이 바뀌지 않았다.

애들리아 할머니는 크리스마스카드를 통해 잘난 체를 하고 있었던 것이지만, 그 이상의 다른 뜻이 있었을 것이라고 나는 믿는다. 아빌리온은 아서 왕이 죽음을 맞이하기 위해 찾아간 곳이다. 애들리아 할머니가 이 이름을 택한 것은 분명 자신의 삶을 희망 없는 유배 생활이라고 생각하고 있었다는 것을 의미하는 것이다. 물론 그녀는 엄청난 의지력으로 행복한 섬의 번드르르한 모사품을 만들어 낼 수 있었다. 하지만 그것은 결코 진짜가 될 수 없었다. 그녀는 상류 사회의 모임을 원했고, 예술가, 시인,

---

* 1854~1900. 아일랜드의 시인, 소설가, 극작가.

작곡가와 과학적 사상가 등등을 원했다. 그녀의 집안이 부유하던 당시, 영국에 있는 친척을 방문하는 동안 보았던 것처럼. 넓은 풀밭이 있는 황금빛 인생.

그러나 포트 타이콘드로가에서는 그런 인물을 찾을 수 없었다. 그리고 벤저민 할아버지는 여행하기를 싫어했다. 그는 공장 가까운 곳에 있어야 한다고 말했다. 아마도 단추 제조 사업을 두고 그를 조롱할 사람들 속으로, 어떤 걸 먼저 들어야 하는지 알 수 없는 포크와 나이프가 놓여 있는 곳으로, 그리고 애들리아 할머니가 자신 때문에 부끄러움을 느낄 그런 곳으로 끌려 들어가고 싶지 않았을 것이다.

애들리아 할머니는 할아버지와 함께 가는 것이 아니라면 유럽, 혹은 그 어느 곳이라도 여행하지 않겠다고 했다. 어쩌면 유혹이 너무나 커서 두려웠는지도 모른다. 이곳으로 영원히 돌아오고 싶지 않은 유혹. 되는 대로 유랑하고, 공기가 빠지는 소형 비행선처럼 조금씩 돈을 흩뿌리고 다니고, 악한들과 유쾌한 졸부들의 노리개가 되고, 입에 감히 올릴 수 없는 타락에 빠지는 유혹. 그런 아름다운 목선을 가진 그녀에게 타락은 아주 쉬운 일이었을 것이다.

애들리아 할머니는 다른 무엇보다도 특히 조각에 심취했다. 온실을 지키고 있는 돌 스핑크스상 두 개가 있었고(로라와 나는 그 등에 올라타곤 했다.) 돌 벤치 뒤에서 곁눈질하고 있는, 뛰어다니는 폰*상이 있었다. 폰은 뾰족한 귀를 갖고 있었고 은밀한 부위에는 관직 배지처럼 포도 잎사귀가 돌돌 말려 있었다. 수련

---

* 폰(Faun)은 로마 신화에 나오는 숲과 목축의 신으로, 반인반양(半人半羊)의 모습을 하고 있다.

연못 옆에는 님프*가 앉아 있었다. 사춘기 소녀의 발육이 덜 된 가슴과 한쪽 어깨 위로 늘어진 대리석 머리 타래를 가지고 있고, 한쪽 발은 망설이는 듯 물속에 약간 담그고 있는, 그리 크지 않은 소녀상이었다. 우리는 그 옆에서 사과를 먹으며 금붕어가 그녀의 발에 접근하는 것을 바라보곤 했다.

(사람들은 이 조각상들을 두고 "진짜"라고 말했다. 그런데 '진짜' 무엇이란 말인가? 그리고 애들리아 할머니는 그것을 어떻게 손에 넣게 되었는가? 수차례에 걸친 장물 놀이 덕분이었을 것으로 짐작된다. 수상쩍은 유럽의 거간꾼이 그것을 헐값에 사들여 출처를 위조한 뒤, 먼 곳에 있는 애들리아 할머니를 속여 팔아 치우고 차액을 챙겼을 것이다. 그러면서 역시 부자 미국인은, 즉 애들리아 할머니는 아무것도 모른다고 생각했을 것이다.)

애들리아 할머니는 천사상 두 개가 있는 가족 묘소 기념비도 도안했다. 그녀는 왕조와 같은 인상을 줄 수 있도록 할아버지가 조상 묘소를 그곳으로 이장하기를 바랐다. 그러나 그는 결코 그렇게 하지 않았다. 결국 할머니가 그곳에 가장 먼저 묻혔다.

벤저민 할아버지는 애들리아 할머니가 죽었을 때 안도의 한숨을 내쉬었을까? 자신이 그녀의 엄격한 기준에 결코 도달할 수 없다는 사실을 확인하는 일에 지쳤을지도 모른다. 비록 그가 두려움에 가까울 정도로 할머니를 존경했다는 것은 너무나 분명한 일이지만. 예를 들자면, 그는 아빌리온의 그 어떤 것도 바꾸지 못하도록 했다 ── 그림을 재배치하는 것도, 가구를 교체하는 것도 절대 허용하지 않았다. 어쩌면 그는 그 집 자체가 애들

---

* 바다, 산, 강, 목장 등에 사는 아름다운 정령.

리아 할머니의 진정한 기념비라고 생각했는지도 모른다.

그렇게 해서 로라와 나는 그녀에 의해 양육되었다. 우리는 그녀의 집에서 자랐다. 다시 말하자면, 그녀가 만들어 놓은 그녀 자신에 대한 개념 속에서 자란 것이다. 그리고 우리가 어떠해야 하는지에 대한 그녀의 개념 속에서. 그러나 실제로 우리는 그 개념에 부합하지 못했다. 그때 이미 그녀는 죽은 후였기 때문에 우리는 따질 수도 없었다.

우리 아버지는 세 아들 중 맏이였다. 그 세 아들은 애들리아 할머니가 고상하다고 여겼던 이름들을 부여받았다. 노벌과 에드거, 그리고 퍼시벌. 바그너의 색채가 깃든 아서 왕의 전설을 연상하게 하는 이름들이었다.* 아마도 그들은 우서, 지그문트, 또는 울릭이라는 이름이 아닌 것만으로도 감지덕지해야 했을 것이다. 벤저민 할아버지는 아들들을 지극히 사랑했으며, 그들이 단추 사업을 배우기를 바랐다. 그러나 애들리아 할머니는 더 높은 목표를 가지고 있었다. 그녀는 포트 호프에 있는 트리니티 칼리지 스쿨**로 세 아들들을 보내 버렸다. 그들이 그곳에 있으면 벤저민 할아버지와 공장 기계 때문에 비천해지는 것을 걱정할 필요가 없었던 것이다. 그녀는 벤저민 할아버지의 재산을 사용하는 것은 좋아했지만, 그 돈이 나오는 출처에 대해서는 그럴

---

* 독일의 작곡가이자 음악 이론가인 리하르트 바그너(1813~1883)는 교향악적 오페라의 대가로, 특히 「트리스탄과 이졸데」, 「파르치팔」같이 아서 왕 전설에 바탕을 둔 작품들로 유명하다.
** 토론토 동쪽의 포트호프에 위치한 사립 학교. 1865년에 설립된 이 학교는 캐나다에서 가장 유서 깊은 학교 중 하나다.

싸하게 꾸미고 싶어 했다.

여름 방학이 되면 아들들이 집으로 돌아왔다. 그들이 기숙학
교와 대학에서 배운 것은 자신들처럼 서툴게나마 라틴어도 읽
지 못하는 아버지에 대한 깊은 경멸감이었다. 그들은 아버지가
알지 못하는 사람들에 대해 이야기했고, 그가 한 번도 들어 보
지 못한 노래를 불렀고, 그가 이해할 수 없는 농담을 지껄였다.
그들은 달빛이 비추면 아버지의 작은 범선, '워터 닉시 호'를 탔
다. 그 이름은 애들리아 할머니가 지은 것으로, 그녀의 고딕 양
식에 대한 동경을 보여 주는 또 하나의 예이다. 그들은 만돌린
(에드거), 밴조(퍼시벌)를 연주하고, 몰래 맥주를 마시고, 낚시 도
구를 망가뜨린 후, 벤저민 할아버지가 뒤처리를 하도록 만들었
다. 주변 도로 사정이 나빠서(한 해의 절반 정도는 눈과 진흙과 먼
지가 번갈아 쌓여 있었다.) 운전할 곳이 마땅치 않았음에도, 그들
은 할아버지의 새 자동차 두 대 중 한 대를 몰고 다니곤 했다. 적
어도 두 명의 아들들과 관련된 헤픈 여자들에 대한 소문, 그리
고 돈이 건네진 것에 대한 소문이 돌았다. 이 여자들에게 돈을
지불해서 조용히 일을 처리해 버리도록 하는 것이 가장 점잖은
방법이었다. 체이스 가의 사생아들이 온 사방에 기어 다니는 것
을 누가 원하겠는가? 하지만 그 소녀들은 읍내 출신이 아니었기
때문에 청년들은 불리한 입장에 처하지 않았다. 남자들 사이에
서는 오히려 정반대였다. 사람들이 조금 비웃기는 했지만 심한
정도는 아니었다 — 그들은 견실하고 성격이 좋다는 평을 들었
다. 사람들은 에드거와 퍼시벌을 편하게 줄여서 에디와 퍼시로
불렀다. 우리 아버지는 보다 숫기가 없고 좀 더 점잖아서 항상
그대로 노벌이라고 불렸다. 그들은 잘생기고, 청년들이라면 으레

그렇듯이 약간은 방종했다. '방종하다'라는 게 정확히 무슨 뜻이었을까?

"악동들이었지. 하지만 절대로 깡패는 아니었단다." 리니는 내게 말했다.

"그 차이가 뭔데요?" 나는 물었다.

그녀는 한숨을 쉬고는 말했다. "그저 네가 그걸 모르고 살길 바랄 뿐이다."

애들리아 할머니는 1913년에 암으로 죽었다. 무슨 암이었는지 밝히지 않은 것으로 보아 부인병에 관련된 것이었을 가능성이 높다. 애들리아 할머니의 투병 생활이 한 달 남았을 때, 리니의 어머니가 모자라는 부엌 일손을 돕기 위해 고용되었다. 그리고 리니는 어머니를 따라왔다. 당시 그녀는 열세 살이었고, 이 모든 것에 깊은 인상을 받았다. "고통이 너무 심해서 네 시간마다 모르핀 주사를 맞아야 했어. 그리고 간호사들이 항시 대기하고 있어야 했지. 하지만 그녀는 침대에 누워 있지 않았어. 반쯤은 제정신이 아니라는 것이 명백했는데도 이를 악물고 견디면서 언제나 일어나서 평상시처럼 아름답게 차려 입었지. 나는 그녀가 창백한 얼굴로 큰 모자에 베일을 쓰고 정원을 거니는 것을 보곤 했단다. 그녀는 아름다운 자세와 남자들보다 강한 정신력을 갖고 있었지. 마지막에는 그녀를 침대에 묶어 둘 수밖에 없었어. 모두 그녀를 위해서였지. 네 할아버지는 비탄에 잠겼지. 낙심한 것이 확연했어." 이후 내가 그녀의 이야기에 별로 감명을 받지 않자, 리니는 이 이야기에 억누른 비명 소리와 흐느낌, 그리고 임종 맹세를 덧붙였다. 하지만 나는 그녀가 그렇게 하는 의도를 알 수 없었다. 나도 그런 강함을, 고통에 대한 도전과 의무 의식을 보여 주어야 한다는 뜻일까, 아니면 단지 그런 비참한 이야기를 세세하게 늘어놓는 것을 즐기는 것일까? 물론 그 둘 다였을 것이다.

애들리아 할머니가 죽었을 때, 세 아들은 거의 성인이었다. 그들은 어머니를 그리워하고, 죽음을 슬퍼했을까? 물론 그랬다. 자신들에 대한 그녀의 헌신에 어떻게 감사하지 않을 수 있겠는가? 그렇지만 그녀는 할 수 있는 한 강하게 그들을 속박해 왔다. 그녀가 묘소에 안치된 이후에는 그 속박이 조금씩 풀려 나갔을 것이다.

세 아들 중 어느 누구도 단추 공장 일에 관여하고 싶어 하지 않았다. 그것에 관한 한 자신들 어머니의 경멸을 물려받았지만, 그녀의 현실 감각은 이어받지 못했다. 그들은 돈이 나무에서 자라는 것이 아니라는 것은 알고 있었지만, 그 대신 다른 어떤 곳에서 자라는지에 대해서는 잘 알지 못했다. 우리 아버지인 노벌은 법률을 공부해서 나중에는 정치에 관여하고자 했다. 그는 나라를 개선할 계획을 가지고 있었던 것이다. 다른 두 아들은 여행을 하고 싶어 했다 — 퍼시가 대학을 졸업하고 나면, 둘이서 금을 찾아 남아메리카로 유망한 탐험을 떠날 생각이었다. 열린 길이 그들을 향해 손짓을 하는 듯했다.

그렇다면 누가 체이스 가의 사업을 이어받을 것인가? '체이스와 그 아들'이라는 회사는 불가능한 것인가? 만일 그렇다면 벤저민 할아버지는 무엇을 위해 이제까지 그렇게 악착같이 일을 해 왔던 말인가? 이즈음에 이르러 벤저민은 자신의 사업이 스스로의 야망과 욕망을 채우는 것 이상의 무엇, 고귀한 목표를 위한 것이었다고 생각하게 되었다. 그는 유산을 일구었고, 그것을 여러 세대에 걸쳐 물려주고 싶어 했다.

저녁 식탁에서 포트와인을 나누며 이루어진 수차례의 토론에서 그는 비난 어린 목소리로 이런 요지의 말을 했을 것이다. 하지만 아들들은 완강했다. 원하지 않는 젊은 청년에게 단추를 만드는 데 평생을 헌신하라고 강요할 수는 없는 일이었다. 그들은 의도적으로 아버지를 실망시키려 든 것은 아니었지만, 세상사의 묵직하고 맥 빠지는 짐을 지고 싶지도 않았던 것이다.

혼수

이제 새 선풍기를 구입했다. 커다란 상자에 각 부품이 담겨 배달되었고, 월터가 공구 상자를 가져와서 그것을 조합해 주었다. 일을 다 끝내자 그는 이렇게 말했다. "이거면 그녀의 문제가 해결되겠지."

월터는 보트나 고장 난 차 엔진, 부서진 램프와 라디오 같은 것을 여성적인 것으로 간주한다. 공구를 다루는 데 능숙한 남자가 만지작거려서 새것과 다름없는 상태로 복원할 수 있는 그런 종류의 물건들을. 나는 왜 그것을 보고 안도감을 느끼는가? 월터가 집게와 톱니바퀴 도구를 가지고 내게도 그렇게 해 줄 것이라는 믿음이 신앙심과 농심으로 가득 찬 마음 한구석 어딘가에 존재하는 것일지도 모른다.

키 큰 선풍기는 침실에 놓아두었다. 나는 낡은 선풍기를 아래층 현관으로 끌고 내려와 목 뒤편으로 바람이 불어오도록 해 두었다. 선풍기 바람을 쐬는 것은 상쾌하지만 동시에 섬뜩하기도

하다. 마치 차가운 공기의 손이 내 어깨에 가만히 놓여 있는 것처럼. 그렇게 바람을 쐬면서 나무 탁상 앞에 앉아 펜을 끼적이기 시작한다. 아니, 나는 더 이상 펜을 끼적이지 않는다. 단어들은 부드럽게, 그리고 소리 없이 종이 위를 굴러다닌다. 그 단어들이 팔을 타고 흘러내리도록 하는 것, 그리고 손가락을 통해 그것을 짜내는 것, 그렇게 하는 것이 너무 힘들다.

이제 거의 어스름 녘이다. 바람은 전혀 불지 않는다. 정원을 휩쓸고 가는 급류의 소리는 긴 호흡같이 들린다. 푸른 꽃들은 공중으로 섞여 들어가고, 붉은 꽃은 검은색으로 변해 버리고, 하얀 꽃들은 형광색으로 빛난다. 튤립 꽃잎은 벌거벗은 암술만 남겨 놓고 져 버렸다. 까맣고 주둥이같이 생겼으며 성적인 연상을 불러일으키는 암술. 작약은 거의 시들어 지저분하고 젖은 티슈처럼 힘이 없지만, 백합과 풀협죽도는 이제 막 피어났다. 마지막으로 남아 있던 오렌지 나무는 잔디 위에 하얀 장식 종이 같은 꽃잎들을 떨어뜨린다.

1914년 7월, 우리 어머니와 아버지는 결혼했다. 모든 것을 고려해 볼 때 여기에 대한 설명이 필요할 것 같다.

내가 가장 신뢰할 수 있던 사람은 리니였다. 그런 일에 관심을 가지게 되던 나이(열, 열하나, 열둘, 열세 살)가 되었을 때 나는 부엌 탁자에 앉아 자물쇠를 비집어 열 듯 그녀를 추궁했다.

그녀는 열일곱 살이 채 되지 않았을 때 공장 노동자들이 살던 조그 강 남동쪽 강둑의 연립 주택에서 살다가 아빌리온에 상근으로 취직되어 오게 되었다. 자신이 스코틀랜드인과 아일랜드인의 피를 물려받았지만, 자기 할머니들과 같은 가톨릭 신자 아일랜드인은 아니라고 말했다. 그녀는 내 유모로 일을 시작했지만, 교체와 마찰을 거친 끝에 이제 우리 가사를 책임지는 사람이 되었다. 그녀는 몇 살이었을까? "네가 알 바 아니야. 너보다는 세상을 많이 알고 있단다. 그거면 충분하지." 그녀는 자신의 삶에 대해 추궁을 하기 시작하면 조개처럼 입을 꼭 다물었다. "나에 관한 것은 나만 간직할 거야." 그녀는 그렇게 말하곤 했다. 한때는 그런 말이 얼마나 현명하게 들렸던가. 지금은 얼마나 인색하게 느껴지는지.

하지만 그녀는 우리 가족의 역사에 대해서, 아니, 적어도 우리 가족에 대해 어느 정도 알고 있었다. 그녀가 해 주는 이야기는 내 나이에 따라, 그리고 이야기할 때 그녀가 다른 일에 얼마나 정신이 팔려 있는가에 따라 달라졌다. 그럼에도 나는 그것을 통해 과거를 재구성할 수 있을 만큼 충분한 파편들을 모을 수 있었다. 내가 재구성한 과거란 실물을 모사한 모자이크 초상화 같은 것이었다. 어차피 내가 사실적인 것을 원한 것은 아니었으니까. 나는 모든 것이 총천연색이고 선이 단순하며 모호한 구석이 없는 그림을 원했다. 아마 모든 아이들은 자신의 부모에 관한 이야기에서 그런 것을 바랄 것이다. 엽서의 그림을 원하는 것이다.

우리 아버지는 스케이트 파티에서 결혼 신청을 했다.(라고 리니는 말했다.) 폭포에서 흘러나온 지류인 오래된 물방아용 저수지가 있었고, 그곳에서는 물이 좀 더 천천히 흘렀다. 겨울 추위가 심해지면 그곳에는 스케이트를 타기에 충분할 정도로 얼음이 얼었다. 이곳에서 교회 청년부가 스케이트 파티를 열곤 했던 것이다. 물론 그때는 파티가 아니라 소풍이라고 불렀다.

어머니는 감리교 신자였고, 아버지는 영국 국교도였다. 즉, 어머니가 아버지보다 사회적으로 낮은 위치에 있었던 것이다. 당시에는 그런 일들이 중요하게 여겨졌다.(만일 애들리아 할머니가 살아 있었다면, 절대로 결혼을 허락하지 않았을 것이다. 아니, 그랬을 것이라고 나는 나중에 판단했다. 할머니가 보기에 어머니는 사회적 지위가 너무 낮았던 것이다. 게다가 너무 새침하고, 너무 정직하고, 너무 촌스럽다고 생각했을 것이다. 애들리아 할머니는 아버지를 몬트리올로 끌고 가서 하다 못해 사교계에 막 발을 들여놓은 여자라도 만나도록 했을 것이다. 좀 더 세련되게 차려 입은 여자를.)

어머니는 열여덟 살 밖에 되지 않았지만, 실없고 경솔한 소녀는 아니었다고 리니는 말했다. 그때 어머니는 학교에서 가르치는 일을 하고 있었다. 당시에는 스무 살이 되기 전에도 선생이 될 수 있었던 것이다. 어머니가 '꼭' 일을 해야만 했던 것은 아니었다. 외할아버지는 '체이스 산업'의 선임 변호사였고, 그들은 '편안히 지낼 정도'는 되었다. 그러나 어머니가 아홉 살 때 작고한 외할머니처럼 어머니는 종교를 진지하게 받아들였다. 그녀는 자신보다 더 불행한 처지에 있는 사람들을 도와야 한다고 믿었다. 그녀가 가난한 사람을 가르치는 일을 일종의 선교 사업으로 여겼다고 리니는 존경하는 태도로 말했다.(리니는 자신이 직접 한다면 바보 같은 짓이라고 여겼을 법한 어머니의 행적들을 존경했다. 가난한 사람들에 대한 태도를 예로 들자면, 리니는 가난한 사람들 사이에서 자랐났고 그들을 무기력한 존재들이라고 여겼다. 얼굴이 붉으락푸르락해질 때까지 가르쳐 봤자 대부분 사람들은 하나도 알아듣지 못하고, 그저 절망감에 머리를 벽에 박고 싶어질 것이라고 리니는 말하곤 했다. "하지만 너희 어머니는, 그 착한 심성이 축복받기를, 그걸 전혀 알아차리지 못했단다.")

온타리오 주의 런던에 있는 '사범학교'에서 어머니가 다른 두소녀와 함께 찍은 사진이 있다. 소녀 세 명이 기숙사 앞의 계단에서 웃는 얼굴로 서로 팔짱을 끼고 서 있다. 겨울 눈이 양쪽에쌓여 있고, 지붕에는 고드름이 매달려 있다. 어머니는 물개 가죽 코트를 입고 있고, 모자 아래로는 가느다란 머리카락의 끝이갈라져 있다. 그때 어머니는 내가 기억하는 올빼미 안경을 쓰기전에 착용했던 코안경을 가지고 있었겠지만(어머니는 유년 시절근시가 되었다.) 사진 속에서는 안경을 쓰고 있지 않다. 발에는털 달린 부츠를 신었고 발목은 요염한 자세로 살짝 돌리고 있다. 어머니는 활발한 해적처럼 용감하게, 심지어는 위풍당당하게 보인다.

졸업 후 어머니는 북서쪽으로 더 떨어진, 당시에는 후미진 시골이라고 불리던 곳의 교실이 하나밖에 없는 학교 교사직을 수락했다. 그곳에서의 경험은 충격적인 것이었다. 가난, 무지, 머릿니. 부모들은 가을이면 아이들을 내복에 싸서 꿰매어 버린 후이듬해 봄이 돌아오면 비로소 꿰맨 실을 풀어 내복을 벗게 했다. 그 묘사는 유난히 지저분했던 것으로 내 마음속에 남아 있다. 리니는 말했다. "물론, 너희 어머니 같은 숙녀에게 적합한 곳은절대 아니었지."

하지만 어머니는 사신이 적어도 이 몇 명의 불쌍한 아이들을 위해 무언가를 이뤄 내고, 무언가를 하고 있다고 느꼈다. 아니, 그럴 수 있기를 바랐다. 그런 다음 크리스마스 휴가를 위해집으로 돌아왔다. 사람들은 어머니의 창백한 안색과 마른 몸에대해 이런저런 말을 했다. 혈색을 되찾아야 했다. 그래서 그녀는 얼음이 언 저수지로 아버지와 함께 스케이트 파티에 간 것이다. 아버지는 먼저 무릎을 꿇고 앉아 어머니의 스케이트 끈을 매 주었다.

그들은 상당 기간 각자의 아버지를 통해서 서로를 알아 왔다. 그들은 이전에 보다 격식을 갖춘 자리에서 만난 적이 있었다. 애들리아 할머니의 마지막 정원 연극에서 함께 공연했던 것이다. 성적 묘사와 캘리밴의 역할이 최소화된 삭제판 「템페스트」 공연에서 아버지는 퍼디낸드 역을, 어머니는 미란다 역을 맡았다.* 어머니는 조개껍데기 분홍색 드레스와 장미 화환 차림을 하고 천사처럼 완벽하게 대사를 읊었다고 리니는 말했다. "오, 그런 사람들이 살고 있는, 멋진 신세계!" 그리고 그녀의 빛나고 깨끗한 근시안의 초점 없는 시선. 이 모든 일이 어떻게 일어나게 되었는지 짐작할 만하다.

아버지는 돈 많은 아내를 얻기 위해 다른 곳을 알아볼 수도 있었을 것이다. 하지만 절대적으로 신뢰할 수 있는 사람, 의지할 수 있는 누군가를 원했던 것임에 틀림없다. 자유분방하지만(아버지는 한때 자유분방한 삶을 영위했다.) 진지한 청년이었던 것이다. 만일 그렇지 않았더라면 어머니가 청혼을 거절했을 것이라는 뜻을 넌지시 비치며 리니는 말했다. 그 두 사람 모두 각자 나름대로의 방식으로 진지했다 ― 그들은 가치 있는 목표를 이루고자 했으며, 세상을 더 나은 곳으로 바꾸고자 하는 이상을 품

---

* 『템페스트(The Tempest)』는 윌리엄 셰익스피어의 희곡으로, '거센 태풍, 폭풍우'라는 뜻이다. 이 작품에서 캘리밴은 괴물에 가까운 인간인데, 그의 대사에는 음탕한 언어가 많이 사용되었다. 미란다와 퍼디낸드는 마법에 걸려 서로 사랑에 빠지게 된다.

고 있었다. 그렇게 매혹적이고, 또 그렇게 위험한 이상들을!

스케이트를 타고 저수지를 몇 바퀴 돌고 난 후, 아버지는 어머니에게 청혼을 했다. 아마도 아버지는 매우 서툴렀을 것이다. 하지만 그 당시 남자들의 서투름이란 신실함을 나타내는 것으로 간주되었다. 지금껏 스케이트를 타는 동안 서로의 어깨와 엉덩이를 접촉했으면서도, 바로 이 순간, 그들은 서로를 바라보지 않았다. 옆으로 나란히 서서, 오른손은 앞쪽에서, 왼손은 뒤쪽에서 맞잡고 있었다.(어머니는 그때 어떤 옷을 입고 있었을까? 리니는 그것도 알고 있었다. 그녀는 푸른색 손뜨개 목도리를 두르고, 두건 모양의 큰 모자를 쓰고, 같은 색깔의 손뜨개 장갑을 끼고 있었다. 손수뜨개질을 한 것이었다. 그리고 긴 녹색 코트를 입고 있었고, 소매에는 손수건을 접어 넣었다. 리니의 말에 따르면, 어머니는 어떤 이들처럼 손수건 챙기는 것을 잊어버리는 일이 결코 없었다고 한다.)

이 중대한 순간, 어머니는 무엇을 하고 있었을까? 얼음을 물끄러미 바라보고 있었다. 어머니는 즉시 대답하지 않았다. 그것은 승낙을 의미하는 것이었다.

그들 주위에는 온통 눈에 덮인 바위와 하얀 고드름뿐이었다. 모든 것이 하얀색이었다. 그들 발아래에는 역시 하얀색 얼음이 있었고, 그 얼음 아래로는 어두운, 그러나 보이지 않는 강물이 소용돌이와 낮은 파도를 치며 흐르고 있었다. 이 시기, 그러니까 로라와 내가 태어나기 이전의 때를 나는 이렇게 상상했다. 완전히 비어 있고, 너무나 순수하고, 모든 것이 견고해 보이는, 하지만 동시에 약한 얼음으로 뒤덮인 풍경. 사물의 표면 아래에서는 발화되지 않은 것이 천천히 끓어오르고 있다.

그다음에는 약혼반지가 건네졌고, 그다음에는 신문에 약혼이 공고되었다. 그다음에는, 일단 어머니가 의무적으로 수행해야 할 수업 연수를 마친 후 정식 다과회가 열렸다. 모든 것이 아름답게 차려졌다. 동그랗게 만 아스파라거스 샌드위치와 양갓냉이 샌드위치, 그리고 연한 색, 진한 색, 과일이 든 것, 이렇게 세 가지 종류의 케이크. 차는 은제 다기 세트에 대접되었고, 테이블 위에는 하얀색, 분홍색, 그리고 연노란색 장미가 놓였다. 하지만 붉은 장미는 없었다. 약혼식에는 붉은 장미를 쓰는 것이 관례가 아니었기 때문이다. 왜 그런가? "나중에 알게 될 거야." 리니는 말했다.

그다음은 혼수 차례였다. 리니는 그 모든 것을 세세하게 묘사하는 것을 즐겼다. 잠옷, 실내복, 그 위에 장식되어 있는 레이스의 종류, 모노그램이 수놓인 베갯잇, 침대보와 부인복. 찬장과 옷장 서랍, 수건 보관 장롱에 대해서, 그리고 그 가구들 속에 단정히 개켜져 들어갈 온갖 물건들에 대해 이야기를 늘어놓았다. 하지만 그 모든 섬유 제품들이 감싸게 될 육체에 대해서는 아무런 언급을 하지 않았다. 리니가 생각하기에 결혼에서 가장 중요한 것은 옷감과 섬유 제품이었다. 적어도 표면적으로는.

그다음 순서는 결혼식까지 초대 손님 목록을 정리하는 일, 초청장을 쓰는 일, 꽃을 고르는 일 따위였다.

그리고 나서 결혼식 후에는 전쟁이 일어났다. 사랑, 그다음은 결혼, 그다음은 재앙. 리니의 이야기 속에서 그것은 불가피한 것처럼 보였다.

전쟁은 1914년 8월, 부모님의 결혼식 직후에 발발했다. 물어볼 것도 없이 형제 세 명이 모두 군에 지원했다. 아무도 의문을 제기하지 않다니, 지금 생각해 보면 놀라운 일이다. 잘생긴 세 형제가 군복을 입고 찍은 사진이 있다. 이제 군인이 되고자 하는 그들의 진지하고 순진한 이마와 부드러운 콧수염, 냉담한 미소와 결의에 가득 찬 눈. 세 형제 중 아버지가 가장 키가 크다. 아버지는 항상 이 사진을 책상 위에 놓아두었다.

그들은 포트 타이콘드로가 출신이라면 가입하게 되어 있는 왕립 캐나다 연대에 입대했다. 입대하자마자 버뮤다에 주둔하고 있는 영국 연대를 지원하기 위해 그곳으로 배치되었다. 그래서 전쟁이 발발한 첫해, 그들은 군대 행진에 참가하거나 크리켓 경기를 하며 시간을 보냈다. 또한 약간 안달을 부리기도 했다. 적어도 그들이 보낸 편지에는 그렇게 쓰여 있었다.

벤저민 할아버지는 이 모든 편지들을 열심히 읽었다. 어느 편도 승리하지 않은 채 전쟁이 계속되자 그는 점점 더 신경질적이고 변덕스럽게 변해 갔다. 생각했던 대로 사태가 흘러가지 않았던 것이다. 역설적인 것은 그의 사업은 점점 더 번창해 갔다는 점이다. 그는 단추에 사용할 셀룰로이드와 고무를 다루는 일로 사업을 확장했고, 그로 인해 대량 생산이 가능하게 되었다. 그리고 애들리아 할머니의 도움으로 관계를 맺게 된 정치인들과의 연줄 덕분에 그의 공장은 군대 보급품 생산 주문을 많이 받았다. 항상 그래왔던 것처럼 그는 정직하게 일했고 불량품을 전달하는 일이 없었다. 그런 면에서 볼 때 그는 전쟁으로 떼돈을 번 사람은 아니다. 그렇다고 해서 전쟁의 혜택을 입지 않았다고 말할 수도 없다.

전쟁은 단추 사업에 유익하다. 전쟁 중에는 수많은 단추가 없어지고 또 떨어진 단추를 대신할 새로운 단추가 필요한 것이다.

상자 한 가득, 트럭 한 가득의 단추들이 한꺼번에 필요하다. 그 단추들은 산산조각 나고, 땅에 떨어지고, 불에 타 버리기도 한다. 속옷도 마찬가지다. 재정적 관점에서 본다면 전쟁은 기적적인 불과도 같았다, 거대한, 연금술적 불. 거기에서 솟아나는 연기는 돈으로 변모했다. 적어도 할아버지의 경우에는. 하지만 이런 사실은 예전, 보다 자족적인 시기에 그랬던 것처럼 더 이상 그의 마음을 즐겁게 하지도 못했고, 정직함에 대한 자부심을 받쳐 주지도 못했다. 그는 아들들이 돌아오기를 바랐다. 그들이 위험한 곳에 있어서 그런 것은 아니었다. 그들은 여전히 버뮤다에서 햇빛 속을 거닐고 있었다.

뉴욕 주의 핑거 호수로 신혼여행을 다녀온 후, 우리 부모님은 신접살림을 차릴 때까지 아빌리온에서 지냈고, 어머니는 그곳에 남아서 할아버지의 살림을 돌보았다. 그곳에는 일손이 부족했는데, 많은 일꾼들이 공장이나 군대로 차출되었기 때문이기도 했고, 다른 한편으로는 아빌리온이 전쟁 중의 절약 생활에 있어 본을 보여야 했기 때문이기도 했다. 어머니는 수요일에는 냄비에 볶은 고기, 일요일 저녁에는 오븐에 구운 콩 하는 식으로 검소한 식탁을 고집했고, 그것은 할아버지 입맛에도 잘 맞았다. 그는 애들리아 할머니의 고급스러운 식단이 항상 부담스러웠다.

1915년 8월, 왕립 캐나다 연대는 프랑스로 파병될 준비를 하기 위해 핼리팩스*로 소환되었다. 그들은 보급품과 신병을 인계받고, 열대 지방용 군복을 방한 군복으로 바꾸느라 항구에서 일

* 캐나다 남동부 대서양 연안에 있는 항구 도시로 노바스코샤 주의 주도(州都)이다. 양차 세계대전 중에는 캐나다에서 가장 중요하고 규모가 큰 해군 기지였다.

주일 넘게 머물렀다. 군인들은 로스 라이플총을 지급받았다. 나중에 결국 진흙 속에 처박혀 자신들을 무기력하게 남겨 둘 총.

어머니는 아버지를 배웅하기 위해 핼리팩스행 기차를 탔다. 기차는 전선으로 가는 남자들로 꽉 차 있었다. 침대 자리를 구할 수 없었기 때문에 어머니는 내내 앉아서 여행해야 했다. 기차 복도는 여러 사람의 발과 짐 꾸러미, 타구 등으로 어지러웠다. 그리고 기침 소리와 코고는 소리(물론 술 취한 사람들의 코고는 소리)가 들려왔다. 어머니는 주위의 소년티를 벗지 못한 얼굴들을 둘러보면서 비로소 막연한 개념이 아닌 물리적인 실재로서 전쟁을 실감하게 되었다. 그녀의 젊은 남편이 전사자가 될 수도 있었다. 그의 육체가 소멸되거나 갈가리 찢겨 버릴 수도 있었다. 그의 몸이 불가피한 희생의 일부가 될 수도 있다는 사실이 점점 더 명확하게 다가왔다. 이러한 깨달음과 함께 절망감과 오싹한 공포감이 몰려왔다. 하지만, 분명 어느 정도의 황량한 자부심도 동시에 느꼈을 것이다.

부모님이 핼리팩스의 어느 곳에서 머물렀는지, 얼마나 오래 머물렀는지 나는 알지 못한다. 품위 있는 호텔에 묵었을까, 아니면 방을 구할 수 없어 싸구려 지하실, 항구 주변의 간이 숙박소에 머물렀을까? 며칠 간, 아니면 하룻밤, 아니, 단지 몇 시간을 함께 보낸 것일까? 무슨 대화를 나누었으며 어떤 말을 했을까? 아마도 통상적인 이야기를 나누었을 것이다. 그런데 구체적으로 무슨 내용이었을까? 이제 그걸 알아내는 것은 불가능하다. 이내 연대를 실은 '칼레도니아 기선'이라는 이름의 배가 항해에 오르고 어머니는 다른 부인들과 함께 손을 흔들고 흐느끼며 부두에 서 있었을 것이다. 어쩌면 흐느끼지 않았을 수도 있다. 어머니는 우는 것을 자기만족적인 행동이라고 여겼기 때문이다.

아버지는 편지에 이렇게 썼다.

"프랑스 어느 지점에 있소. 여기서 일어나는 일들을 도저히 묘사할 수 없소. 그래서 묘사하려고 시도하지도 않겠소. 우리는 단지 이 전쟁이 최선을 위한 것이며, 이것으로 말미암아 문명이 보존되고 발전될 것이라고 믿을 뿐이오. 부상자는 (단어가 지워진 흔적) 다수요. 이전에는 인간의 능력이 얼마나 되는지 알지 못했소. 우리가 인내해야 하는 것들은 정말 (단어가 지워진 흔적) 밖이오. 나는 매일 고향에 있는 모든 사람들을 생각하오. 특히 당신, 사랑하는 나의 릴리아나를."

아빌리온에서 어머니는 자신의 의지를 행동으로 옮기기 시작했다. 어머니는 공공 봉사의 중요성을 믿었으며, 소매를 걷고 나서 전쟁 지원을 위해 무엇인가 유용한 일을 해야 한다고 믿었다. 그녀는 자선 경매를 통해 모금을 하는 '위안 단체'를 조직했다. 모금한 돈은 참호로 보내는 담배나 캔디를 구입하는 데 사용되었다. 그녀는 그런 행사들을 위해 아빌리온을 개방했고, 그 때문에 아빌리온의 마룻바닥이 엉망이 되었다고 리니는 말했다. 그 단체 회원들은 자선 경매 말고도 매주 화요일 응접실에 모여 군대에 보낼 물품을 뜨개질했다. 신병을 위해서는 세수수건을, 좀 더 오래된 군인을 위해서는 목도리를, 고참병을 위해서는 얼굴 전체를 가리는 모자와 장갑을 떴다. 곧 많은 지원자들이 목요일마다 몰려들었다. 그들은 조그 강의 남쪽에 사는 나이가 지긋하고 교육을 별로 받지 못한 여자들이었는데, 자면서도 뜨개질을 할 수 있을 정도였다. 그들은 굶어 죽어 간다는 아르메니안 사람들과 '외국 난민'이라는 단체를 위해 아기 옷을 만들었다. 두 시간 동안 뜨개질을 하고 나면, 트리스탄과 이졸데가 지친 듯 내려다보고 있는 식당에서 간단한 다과가 마련되었다.

인근 읍의 거리와 병원에(포트 타이콘드로가에는 아직 병원이 없었다.) 불구가 된 병사들이 나타나기 시작하자, 어머니는 그들을 문병했다. 어머니는 중환자들, (리니의 말을 빌리자면) 어떤 미인 대회에서도 결코 수상하지 못할 남자들을 선택해 찾아갔고, 문병이 끝나고 나면 기진맥진하고 동요된 상태에서 집으로 돌아왔다. 때로는 부엌에서 리니가 기운을 돋우기 위해 만들어 준 코코아를 마시며 울기도 했다. 어머니는 자기 몸을 사리지 않았다고 리니는 말했다. 어머니는 건강을 해쳤다. 당시 몸 상태를 고려해 볼 때 견딜 수 있는 한계 이상으로 밀어붙였던 것이다.

힘의 한계 이상으로 밀어붙이는 것, 몸을 사리지 않는 것, 그래서 건강을 해치는 것, 한때 이런 관념에 어떤 미덕이 부과되었던가! 그런 식의 자기 부정을 타고나는 사람은 아무도 없다. 가장 가혹한 훈련을 거치고 본성적 경향을 눌러 없앰으로써 겨우 획득되는 것이다. 그리고 내 세대에 이르러서는 그것을 성취하는 기교, 비결 같은 것은 사라져 버렸다. 아니, 어쩌면 나는 그것이 어머니에게 야기한 결과로 고통을 받았기 때문에 시도조차 하지 않았는지도 모른다.

로라로 말하자면, 그녀는 자기를 부정하지 않았다. 그 대신 자신을 완전히 드러내 보였다. 그것은 전혀 다른 것이다.

나는 1916년 6월에 태어났다. 그 후 얼마 지나지 않아, 퍼시가 이프르 요새*에서 맹렬한 폭격으로 전사했다. 그리고 7월에 에디가 솜 전투**에서 죽었다. 아니, 죽은 것으로 추정되었다 —
그가 마지막으로 목격된 곳에 커다란 포탄 구멍이 있었다고 한
다. 이 모든 사건들은 어머니에게도 힘겨운 일이었지만, 할아버
지에게는 더욱더 견디기 힘든 일이었다. 8월에 그는 심한 뇌일혈
을 일으켰고, 그로 인해 언어 능력과 기억 능력이 감퇴되었다.

어머니는 비공식적으로 공장을 경영하는 일을 떠맡게 되었
다. 그녀는 회복기에 들어선 것으로 되어 있는 할아버지와 다른
모든 사람들 사이를 중재했다. 그리고 남자 비서와 여러 공장 감
독들을 매일 만났다. 할아버지가 말하는 것을 알아들을 수 있
는 유일한 사람이 어머니였기 때문에, 아니, 어머니가 그렇게 주
장했기 때문에, 할아버지의 통역사가 되었다. 그리고 할아버지
의 손을 잡도록 허락된 유일한 사람 역시 어머니였기 때문에 할
아버지의 서명을 도와주었다. 그런 상황에서 어머니가 때때로
스스로의 판단력을 사용하지 않았다고 누가 말할 수 있겠는가?

문제가 없었던 것은 아니다. 전쟁이 발발하였을 때는 공장 노
동자 6분의 1만이 여자였다. 전쟁이 끝날 즈음에는 여자 노동자
가 전체의 3분의 2를 차지하게 되었다. 나머지 남자들은 늙거나
약간 다리를 절거나 여타 다른 면에서 참전할 수 없는 사람들이
었다. 그 남자들은 여자들의 지위가 올라간 것을 혐오하고, 그들
에 대해 불평을 늘어놓거나 상스러운 농담을 했다. 그러면 여자

---

* 1차 세계대전 때 영국군이 서부 전선 쪽으로 진을 친 중요한 돌출부로, 여기
서 세 차례 주요 전투가 벌어졌다. 연이은 전투에서 25만 명 이상의 영국군과 다
른 연합군 군사들이 생명을 잃었다.
** 1916년 7월 1일 아라스와 알메르트 사이의 솜 강 북쪽 30킬로미터에 걸친
서부 전선에서 시작되어 11월 18일까지 계속된 전투. 첫날 영국군 사상자가 6만
명에 육박한 것으로 유명하다.

들은 그 남자들을 약해 빠진 놈들 내지는 병역 기피자로 여기며 그들에 대한 경멸을 감추지 않았다. 모든 자연적인 질서, 즉 어머니가 생각하는 자연적인 질서는 뒤집어졌다. 그래도 벌이가 좋았기 때문에 돈이 모든 것을 굴러가게 만들었다. 전체적인 면을 두고 볼 때 어머니는 순조롭게 경영했다.

나는 할아버지가 한밤중 도서실에 앉아 있는 모습을 상상해 본다. 마호가니 책상을 앞에 두고 녹색 가죽과 놋쇠 못으로 마감된 의자 위에 앉아 있는 모습을. 그는 손가락을 깍지 끼고 있다. 촉각이 남아 있는 손의 손가락과 무감각한 손의 손가락 모두. 그는 누군가의 소리에 귀를 기울이고 있다. 문은 반쯤 열려 있다. 그는 문 밖의 그림자를 본다. 그는 말한다. "들어와." 아니, 그렇게 말하려고 한다. 하지만. 어느 누구도 들어오지도, 대답하지도 않는다.

무뚝뚝한 간호사가 도착한다. 그녀는 어둠 속에 그렇게 혼자 앉아서 무슨 생각을 하느냐고 묻는다. 그는 어떤 소리를 듣는다. 하지만 그것은 단어가 아니라 까마귀 소리같이 들린다. 그는 대답하지 않는다. 그녀는 그의 팔을 잡고 의자에서 거뜬히 일으켜 침대로 천천히 데려간다. 그녀의 하얀 치마가 살랑인다. 그는 잡초만 남은 가을 들판에서 부는 마른 바람 소리를 듣는다. 그는 속삭임 같은 눈 내리는 소리를 듣는다.

그는 자신의 두 아들들이 전사했다는 것을 알았을까? 그들이 살아서 안전하게 집으로 돌아오기를 바라고 있었을까? 만일 그의 소원이 이루어졌다면 더 슬픈 결말이 되었을까? 어쩌면 그랬을지도 모르지만, (종종 그렇듯이) 그런 생각은 위안이 되지 않는다.

축음기

어젯밤 나는 습관처럼 텔레비전 날씨 방송을 봤다. 세계의 다른 곳에서는 홍수가 났다. 넘실거리는 흙탕물, 물에 불어 떠내려가는 소떼, 지붕 위로 대피하는 생존자들. 수천 명이 익사했다. 지구 온난화 때문이라고 한다. 가솔린, 기름. 숲 전체를 태워 버리는 일을 그만해야 한다고 한다. 하지만 사람들은 절대 멈추지 않을 것이다. 언제나 그렇듯이 탐욕과 굶주림이 그들을 몰아갈 것이다.

무슨 얘기를 하고 있었던가? 나는 이전 페이지를 들춰 본다. 전쟁은 여전히 맹위를 떨치고 있다. 전쟁을 묘사할 때면 늘 '맹위를 떨친다.'라고 표현하곤 했다. 내가 알기로는 아직도 그런 표현을 쓴다. 하지만, 이 페이지에서, 이 새롭고 깨끗한 페이지에서, 나는 전쟁을 끝내겠다. 나 혼자서, 내 검은색 플라스틱 펜으로. 이렇게 쓰기만 하면 된다. 1918년. 11월 11일. 정전 기념일.

보라. 이제 전쟁은 끝났다. 총성이 그쳤다. 살아남은 자들은 하늘을 바라본다. 때 묻은 얼굴에 젖은 옷을 걸치고서. 그들은 개인 참호와 더러운 굴에서 기어 나온다. 양편 모두 패배했다고 느낀다. 도시에서, 시골에서, 이곳과 바다 건너 저편에서, 교회 종들이 울리기 시작한다.(나는 그것을 기억한다. 종 울리는 소리를. 내가 최초로 기억하는 일 중 하나다. 참으로 이상한 체험이었다. 공중은 소리로 가득 차 있었지만, 동시에 텅 비어 있었다. 리니는 종소리를 듣기 위해 나를 데리고 밖으로 나갔다. 그녀의 얼굴에는 눈물이 흐르고 있었다. "감사합니다, 하느님." 그녀는 말했다. 날씨는 쌀쌀했다. 낙엽 위에는 서리가 내렸고, 수련 호수 위에는 살얼음이 얼어 있었다. 나는 막대기로 그 얼음을 깨뜨렸다. 어머니는 어디에 있었던가?)

아버지는 솜에서 부상을 당했지만 곧 회복하고 소위가 되었다. 아버지는 비미 능선*에서 다시 경상을 입었고 대위로 승진되었다. 부를롱 숲**에서 또 부상을 당했는데, 이번에는 훨씬 정도가 심했다. 아버지가 영국에서 회복기를 거치는 동안 전쟁이 끝났다.

아버지는 핼리팩스에서 있었던 열렬한 귀향 군인 환영식, 승리 행진 등등의 행사에 참여하지 못했다. 하지만 포트 타이콘드로가에서 아버지만을 위한 특별한 환영회가 열렸다. 기차가 멈췄다. 환호가 터져 나왔다. 아버지가 기차에서 내리는 것을 도와주기 위해 누군가가 손을 내밀다가 잠시 주춤거렸다. 아버지가

---

* 프랑스 북부 파드칼레 지역의 능선. 1차 세계대전 중이던 1917년 4월, 이곳에서 캐나다군과 독일군 간에 전투가 벌어졌는데, 이를 '비미 능선 전투'라고 한다.
** 프랑스 북부에 있는 숲으로, 1차 세계대전 막바지에 이곳에서 캐나다군과 독일군 사이에 전투가 벌어졌다.

모습을 드러냈다. 아버지는 온전한 한쪽 눈과 온전한 한쪽 다리를 가지고 있었다. 얼굴은 수척하고 흉터로 뒤덮여 있고 광기가 서린 것처럼 보였다.

작별은 마음을 뒤흔들어 놓는 일이지만, 재회는 분명 더 힘든 일이다. 실제 육체는 그것의 부재가 드리우는 선명한 그림자를 결코 따라잡을 수 없다. 시간과 거리는 실제 선명함을 차츰 감소시킨다 ── 그러다 갑자기 사랑하는 사람이 도착한다. 인정사정없는 정오의 빛 아래서 모든 점과 땀구멍, 주름과 거센 털이 한눈에 드러난다.

그렇게 어머니와 아버지는 재회했다. 상대방이 그토록 많이 변한 것에 대해 어떻게 서로를 용서할 수 있었겠는가? 기대를 충족하지 못한 것에 대해. 어떻게 원망이 없을 수 있었겠는가? 그들은 말없이 서로를 원망했다. 그 원망은 부당한 것이었다. 어느 누구를 비난할 수도, 어느 누구를 지적을 할 수도 없었기 때문이다. 전쟁은 사람이 아니었다. 허리케인을 탓해 본들 무슨 소용이 있겠는가?

그들은 그렇게 그곳에, 기차 플랫폼 위에 서 있다. 금관 악기가 주를 이루는 읍내 밴드가 연주를 한다. 아버지는 군복을 입고 있다 ── 아버지가 걸고 있는 메달은 마치 천에 난 총알 자국처럼 보인다. 그 구멍을 통해 금속으로 된 진짜 몸이 내뿜는 흐릿한 빛이 보인다. 눈에 보이지 않지만, 그 옆에는 아버지 동생들이 서 있다. 죽은 두 명의 청년들, 아버지가 잃은 동생들. 어머니는 제일 좋은 옷을 입고 서 있다. 깃이 달리고 벨트가 있는 옷, 빳빳한 리본이 달린 모자. 그녀는 전율하는 듯한 미소를 짓는다. 두 사람 다 어찌할 바를 모른다. 신문 카메라가 플래시를 터뜨리며 그들을 포착한다. 그들은 마치 범죄를 짓다 놀란 것 같은 표정으로 렌즈를 바라본다. 아버지는 오른쪽 눈 위에 검은색 안대를 대고 있다. 왼쪽 눈은 사악하게 번들거린다. 아직 드러나지 않았지만 안대 아래에는 거미줄같이 상처 난 육체가, 그리고 그 중심에 도사린 거미 같은 그의 소실된 눈이 놓여 있다.

"체이스 가의 상속인 영웅 돌아오다." 신문에서는 이렇게 떠들어 댈 것이다. 그건 또 다른 설명이 필요한 이야기다. 그는 이제 상속인이다. 즉, 아버지도 형제도 없이 혼자 남겨진 것이다. 왕조는 이제 그의 손에 남겨졌다. 그것은 진흙처럼 느껴진다.

어머니는 울었을까? 아마도 그랬을 것이다. 그들은 마치 표를 잘못 사서 오게 된 도시락 기금 파티에서처럼 어색하게 키스를 했을 것이다. 이 여자는 그가 기억하던 그 사람이 아니다. 노처녀 이모의 것같이 보이는 빛나는 코안경을 목에 걸린 은색 체인에 달고 있는, 유능하고 초췌한 이 여자는. 이제 그들은 서로에게 낯선 존재가 되었다. 그리고 사실 언제나 그래왔다는 것을 이제야 깨달았을 것이다. 햇빛은 얼마나 잔인했던가. 그들은 갑자기 나이가 들어 버렸다. 한때 그녀의 스케이트 끈을 매 주기 위해 공손하게 얼음 위에 무릎 꿇고 있던 소년, 그리고 이 경의에 찬 행동을 사랑스럽게 받아들였던 소녀는 흔적도 없이 사라져 버렸다.

다른 무엇인가가 그들 사이에 날카로운 칼저럼 생겨났다. 그동안 그는 당연히 다른 여자들을 경험했다. 전장 주위를 맴돌면서 이익을 챙겨 먹는 그런 부류의 여자들을. 어머니가 절대 입에 담지 않을 말을 단도직입적으로 한다면, 바로 창녀들을. 어머니는 아버지와 잠자리에 든 순간 그 사실을 알아차렸을 것이다. 수

줌음, 존중 따위는 사라져 버렸다. 아마 아버지는 버뮤다와 영국에 머무는 동안, 그리고 에디와 퍼시가 죽고 자신이 부상을 당하던 시기까지 유혹을 견뎠을 것이다. 그 후 그는 삶을, 손에 잡히는 것이라면 무엇이든 한 줌이라도, 악착같이 그러쥐었을 것이다. 그런 상황에서 그럴 필요가 있다는 것을 어머니가 어찌 이해하지 못했겠는가?

그녀는 이해했다. 아니, 적어도 자신이 이해해야 한다는 사실을 이해했다. 그녀는 이해했고, 그것에 대해 일언반구도 하지 않았다. 그리고 용서할 수 있는 힘을 기도로 간구했고, 용서했다. 하지만 아버지에게 있어 어머니의 용서와 더불어 살아가는 것이 항상 쉬운 것은 아니었다. 용서의 엷은 안개 속에서 먹는 아침 식사. 용서와 더불어 마시는 커피, 용서와 함께 먹는 죽, 버터 바른 토스트 위에 놓여 있는 용서. 그는 아마 그것에 대해 무기력했을 것이다. 단 한 번도 발화되지 않은 것에 대해서 반박하는 것은 불가능한 일이다. 또한 어머니는 각 곳의 병원에서 아버지를 돌보아 주었던 간호사들을 증오했다. 그녀는 전적으로 자신의 간호로 아버지가 회복될 수 있기를 바랐다. 그녀의 돌봄, 그녀의 지침 없는 헌신만으로. 독재, 그것이 바로 자기 부정의 이면이다.

하지만 아버지는 그만큼 건강하지 못했다. 사실 그는 약해질 대로 약해진 가련한 환자였다. 어둠 속에서 들려오는 비명, 악몽, 갑작스러운 분노, 벽이나 마룻바닥에 내던져진 대접이나 유리컵이 증명해 주듯이. 비록 어머니에게 내던진 적은 없었지만 말이다. 그는 깨지고 다쳤으며, 치유가 필요했다. 그렇기 때문에 어머니는 아직 그에게 필요한 사람이었다. 그녀는 주변을 고요한 분위기로 만들어 줄 것이고, 그를 안락하게 해 주고, 달래 줄 것이다. 아침 식탁에 꽃을 꽂아 주고 그가 가장 좋아하는 저녁 식사를 차려 줄 것이다. 적어도 그는 몹쓸 병에 걸리지는 않았던 것이다.

하지만 더 나쁜 일이 일어났다. 아버지는 이제 무신론자가 되었다. 참호 위에서 신은 풍선같이 터져 버렸고, 그에게 남겨진 것은 구더기가 들끓는 위선의 찌꺼기밖에 없었다. 종교는 군인들을 두드려 패는 막대기에 지나지 않았고, 그렇지 않다고 말하는 사람은 경건한 헛소리만 지껄이는 자일 따름이었다. 퍼시와 에디의 용맹함, 그들의 용기와 소름 끼치는 죽음은 무엇을 위한 것이었는가? 무엇이 성취되었는가? 그들은 무능력한 늙은 범죄자들 한 무리의 실수로 죽을 수도 있었을 것이다. 어쩌면 그들이 퍼시와 에디의 목을 자르고 칼레도니아 기선 한쪽으로 내던져 버렸더라면 더 나았을지도 모른다. 신과 문명을 위한 전투라는 따위의 이야기는 그에게 구역질만 일으켰다.

어머니는 경악했다. 그는 지금 퍼시와 에디가 더 큰 목적을 위해 죽은 것이 아니라고 말하고 있는 것인가? 그 모든 가련한 사람들이 헛되이 죽은 것이라고? 신이 아니라면, 어느 누가 이 시련과 고통의 시간 동안 그들을 돌보아 주었던 말인가? 어머니는 무신론을 아무에게도 드러내지 말아 달라고 아버지에게 간청했다. 자신에게 가장 중요한 것은 아버지의 살아 있는 영혼이 지녔던 신과의 관계가 아니라 이웃들의 이목이라도 되는 것처럼 그런 부탁을 한 것에 대해 어머니는 이내 심한 수치감을 느꼈다.

그렇지만 아버지는 어머니의 바람을 존중했다. 그럴 필요가 있다고 판단했던 것이다. 어쨌든 술을 마실 때만 그런 얘기를 꺼냈다. 전쟁 전에는 결코 정기적으로, 작정하고 술을 마시는 일이 없었다. 하지만 이제는 그렇게 했다. 술을 마시고는 말을 듣지 않는 한쪽 다리를 질질 끌면서 마루 위를 걸어 다녔다. 그런 후에는 몸을 떨곤 했다. 어머니는 아버지를 진정시키려고 했지만, 아버지는 진정하기를 거부했다. 그는 담배를 피우고 싶다고 말하며 아빌리온에 딸린 땅딸막한 작은 탑으로 올라가곤 했다. 사실 그건 혼자 있기 위한 변명에 불과했다. 그곳에서 혼잣말을 하고 벽에 쾅쾅 부딪치고, 무감각해질 때까지 술을 퍼 마시곤 했다. 어머니가 없는 곳에서만 이런 행동을 했는데, 그것은 그가 여전히 스스로를 신사로 여기고 있었기 때문에, 여전히 예전 관습의 일부를 고수하고 있었기 때문에 그런 것이었다. 어머니를 놀라게 하고 싶지 않았던 것이다. 또한 어머니의 선의의 봉사 활동이 자신의 감정을 거슬리게 한다는 사실에 미안함을 느꼈던 것 같다.

약한 발걸음, 무거운 발걸음, 약한 발걸음, 무거운 발걸음. 한쪽 발이 덫에 걸린 짐승의 발소리와 흡사한 그 발걸음. 신음과 억눌린 비명. 깨진 유리. 나는 이런 소리에 잠에서 깨곤 했다. 작은 탑 아래 내 방이 있었던 것이다.

그런 다음에는 계단을 내려오는 소리가 들렸고, 그 후에는 침묵이 흘렀다. 닫힌 내 침실의 직사각형 문 밖으로 어렴풋이 보이는 검은 윤곽. 나는 그곳에 서 있는 아버지를 볼 수는 없었지만 느낄 수 있었다. 슬픔에 가득 차 휘청거리는 외눈박이 괴물. 나는 그 소음에 익숙해졌고, 아버지가 결코 나를 해하지 않으리라는 것을 알았다. 하지만 항상 조심스럽게 대했다.

아버지가 매일 밤 이랬던 것은 아니다. 게다가 이런 주사(아마 발작이라고도 할 수 있을 것이다.)는 시간이 흐름에 따라 점점 더

횟수가 줄어들고 뜸해졌다. 하지만 어머니의 입 모양이 긴장되는 것을 보면 아버지의 다음 발작이 곧 시작될 것이라는 것을 알 수 있었다. 어머니는 일종의 레이더 같은 것을 가지고 있어서 점진적으로 쌓여 가는 아버지의 분노의 파장을 감지할 수 있었던 것이다.

아버지가 어머니를 사랑하지 않았다고 말하려는 것은 절대 아니다. 아버지는 어머니를 사랑했다. 어떤 면에서 어머니에게 헌신적이었다. 하지만 아버지는 어머니에게 도달할 수 없었고, 그것은 어머니 편에서도 마찬가지였다. 마치 그들은 영원히 서로를 갈라놓는 치명적인 묘약을 마신 것 같았다. 같은 집에서 살고, 같은 식탁에서 먹고, 같은 침대에서 잠을 잤음에도.

하루 또 하루, 자신의 바로 눈앞에 있는 누군가를 그리워하고, 열망하는 것, 그것은 도대체 어떤 것일까? 나로서는 결코 알 수 없을 것이다.

몇 달 후 아버지는 남부끄러운 외출을 하기 시작했다. 처음에는 적어도 읍내에서는 하지 않았다. '사업차' 토론토로 기차를 타고 가서, 술을 마시고, 그 당시 표현을 쓰자면, "수고양이 짓"을 하고 다녔다. 추문이 항상 그렇듯이 소문은 너무나도 빨리 퍼졌다. 참 이상한 것은 어머니와 아버지 두 사람 모두 읍에서는 그것 때문에 더욱더 존경을 받았다. 상황을 고려해 볼 때 누가 아버지를 비난할 수 있겠는가? 어머니로 말하자면, 그 모든 일을 견뎌 내야 했음에도, 불평 한 마디 하지 않았다. 그것은 마땅한 행동이었다.

(나는 이 모든 일을 어떻게 알고 있는가? 사실 통상적인 의미에서 알고 있는 것은 아니다. 하지만 우리 집 같은 가정에서는 종종 실제로

말해지는 것보다 침묵 속에 더 많은 것이 들어 있는 법이다. 꽉 다문 입술에, 한쪽으로 외면하는 머리에, 비스듬하게 던지는 빠른 눈짓에. 무거운 짐을 운반하는 것처럼 끌려 올라간 어깨에. 당연히 로라와 나는 문 밖에서 몰래 엿듣는 것을 즐겼다.)

아버지는 상아, 은, 흑단으로 된 특별한 손잡이가 달린 지팡이를 여러 개 가지고 있었다. 그는 항상 깔끔하게 옷을 차려 입었다. 가족 사업을 이어가게 되리라고는 한 번도 생각한 적이 없었지만, 일단 맡은 이상 잘해 보고자 했다. 사업체를 팔 수도 있었겠지만, 그 당시에는 그 가격에 살 만한 사람이 없었다. 또한 비록 할아버지의 명성은 아니라 해도, 죽은 형제들의 명성에 책임을 느꼈다. 아버지는 편지지 등에 인쇄된 회사명을 '체이스와 아들들'로 바꾸었다. 비록 이제는 아들 한 명밖에 남지 않았지만. 그는 체이스의 죽은 아들들을 대신해 자신의 아들들을, 이왕이면 두 아들을 가지고 싶어 했다. 굴하지 않고 목적을 이루어 낼 수 있기를 바랐다.

공장에 고용된 남자들은 처음에는 그를 존경했다. 단순히 그가 훈장을 받았기 때문은 아니었다. 전쟁이 끝나자마자 공장에서 일하던 여자들은 일을 포기하거나 해고되었고, 그 자리는 돌아온 남자들로 채워졌다. 그러니까, 아직까지 일을 할 수 있는 남자들로 말이다. 하지만 모두에게 골고루 돌아갈 만큼 일자리가 넉넉하지는 않았다. 전시의 수요는 이미 지난 것이다. 전국 곳곳에서 회사가 문을 닫고 사람들을 해고했다. 하지만 아버지 공장에서는 그런 일이 없었다. 그는 사람들을 그냥 고용하는 것에 그치지 않고 과다 고용했다. 그는 참전병들을 고용했다. 정부가 그들에게 감사하는 자세를 보이지 않는 것은 경멸할 만한 행동이라고 그는 말했다. 그리고 사업가들은 이제 빚진 것을 갚아야 한다고 주장했다. 하지만 극소수만이 그렇게 하고 있었다. 그들은 자신들의 채무가 보이지 않는 척했다. 하지만 실제로 눈이 먼 우리 아버지는 그렇게 하지 못했다. 그렇게 해서 배반자이자 약간 모자란 사람이라는 아버지의 명성이 시작된 것이다.

외모의 모든 부분에서 나는 아버지의 딸이었다. 나는 그를 더 많이 닮았다. 나는 찌푸린 표정과 집요한 회의적 태도를 물려받았다.(또한 결국은 훈장까지. 그는 훈장들을 내게 물려주었다.) 내가 고집을 부릴 때면, 내가 거친 본성을 가졌으며 그걸 어디서 물려받은 것인지 알겠다고 리니는 말하곤 했다. 반대로 로라는 어머니의 딸이었다. 그녀는 어떤 면에서는 경건함을 가지고 있었다. 또 높고 깨끗한 이마를 가지고 있었다.

하지만 외모는 믿을 수 없는 것이다. 나라면 차를 몰아 다리 아래로 추락하는 일은 절대로 하지 않았을 것이다. 아버지라면 그랬을 수도 있다. 어머니는 절대 그러지 않았을 것이다.

이제 1919년 가을의 한 장면으로 돌아가 보면, 아버지와 어머니, 나, 이렇게 우리 셋은 각자 무언가를 하고 있다. 때는 11월, 거의 잠자리에 들 시간이다. 우리는 아빌리온의 거실에 앉아 있다. 날씨가 쌀쌀해졌기 때문에 벽난로에는 불이 지펴져 있다. 어머니는 신경에 관련된 것이라는 알 수 없는 병에서 회복되는 중이다. 그녀는 옷을 수선하고 있다. 그런 일을 할 필요가 없는데도, 고용인을 둘 수 있는데도, 손수 하고 싶어 했다. 무슨 일이든 바쁘게 손을 놀리는 것을 좋아했다. 지금은 내 옷에 떨어진 단추를 꿰매고 있다 — 나는 항상 옷을 험하게 입는다는 핀잔을 듣는다. 그녀가 팔꿈치를 대고 있는 둥근 탁자 위에는 향모(香茅)로 가장자리를 댄 반짇고리가 놓여 있다. 인디언이 만들었다는 이 반짇고리 안에는 가위와 실패와 짜깁기를 위한 계란 모양의 나무가 들어 있다. 어머니의 둥근 새 안경도 경계하는 듯한 모습으로 놓여 있다. 어머니가 눈을 가까이 대고 일할 때면 안경이 필요 없다.

어머니는 흰색의 넓은 칼라와 넓은 소맷부리가 달린 하늘색 드레스를 입고 있다. 벌써부터 머리가 하얗게 세기 시작했다. 그녀는 손을 잘라 버리겠다는 생각을 하지 않는 것만큼이나 머리를 염색하는 것에 전혀 관심이 없기 때문에, 엉겅퀴 관모 같은 머리에 둘러싸인 젊은 여인의 얼굴을 하고 있다. 그녀는 중간 가르마를 탔는데, 등 뒤로 넓게 흘러내리는 용수철 같은 웨이브 머리를 뒤통수에서 복잡하게 꼬아 동여맸다.(오 년 후 작고할 때에는 이보다 현대적이고 덜 억압적으로 보이는 단발머리를 하고 있었다.) 눈꺼풀은 내리깔고 있고 뺨은 그녀의 배처럼 둥글다. 희미한 미소는 온화하다. 노란빛이 도는 분홍색 전등갓을 씌운 전기 램프는 그녀의 얼굴에 부드러운 빛을 던져 준다.

맞은편에는 아버지가 앉아 있다. 쿠션에 몸을 기대고 있지만 계속 몸을 들썩인다. 그는 나쁜 다리 쪽 무릎 위에 손을 얹고 있는데, 그 다리는 위아래로 흔들린다.(좋은 다리, 나쁜 다리, 이런 이름은 내 흥미를 끈다. 나쁜 다리는 어떤 짓을 했기에 나쁘다는 말을 듣는 것일까? 처벌을 받아서 저렇게 은폐되고 잘린 모습을 하고 있는 것일까?)

나는 아버지 옆에, 약간 떨어져 앉아 있다. 아버지는 팔을 내게 닿지 않게 내가 앉은 소파 뒤쪽에 걸쳐 놓았다. 나는 알파벳 책을 들고 있다. 읽을 수 있다는 것을 보여 주기 위해 아버지에게 책을 읽어 주는 중이다. 사실 나는 글을 읽지 못한다. 그저 글자의 형태와 그림에 동반되는 글을 외웠을 뿐이다. 작은 탁자 위에는 축음기가 놓여 있고, 거대한 금속 꽃과 같은 스피커가 거기 달려 있다. 내 목소리는 그 축음기에서 어쩌다 흘러나오는 목소리처럼 들린다 — 작고 가늘고 아득하게 들리는 목소리. 손가락으로 꺼 버릴 수 있는 소리.

에이(A)로 시작되는 것은 사과 파이(Apple Pie).
이제 막 신선하고 뜨겁게 구워 냈어요.
어떤 이들은 조금만 먹고,
어떤 이들은 아주 많이 먹어요.

아버지가 주목하고 있는지 확인하기 위해 나는 올려다본다. 아버지는 말을 걸어도 귀를 기울이지 않는 경우가 종종 있기 때문이다. 내가 올려다보고 있다는 것을 알아차리자 아버지는 희미한 미소를 지어 보인다.

비(B)로 시작되는 것은 아기(Baby).
분홍색 피부의 사랑스러운 아기,
작은 두 손과
작은 두 발이 있지요.

아버지는 다시 창밖을 내다보고 있다.(창밖에 서서 안을 들여다보고 있는 자신을 상상했던가? 영원히 쫓겨난 고아, 밤의 방랑자인 자신의 모습을? 그는 바로 이것을 위해 싸웠다. 난롯가의 목가, 슈레디드 위트 시리얼 선전에 나오는 듯한 안락한 장면. 통통하고 장밋빛 뺨을 가진 너무나 다정하고 선한 아내, 순종적이고 존경심에 가득 찬 아이. 이 단조로움, 이 지루함을 위해. 악취와 살육의 무의미함에도 불구하고 그는 전쟁에 대해 어떤 향수를 느끼는 것일까? 질문의 여지가 없는 본능적 삶에 대해서?)

에프(F)로 시작되는 것은 불(Fire).
좋은 하인이자, 나쁜 하인이기도 하지요.
혼자 남겨지면,
이것은 점점 더 빨리 타오르지요.

책에 나온 그림은 불꽃에 뒤덮여 뛰어오르는 한 남자의 모습이다. 불의 날개가 뒤꿈치와 어깨에서 뻗어 나오고 작은 불꽃 같은 뿔이 머리에서 솟아나고 있다. 그는 짓궂고도 유혹적인 미소를 지으며 어깨 너머로 바라보고 있고, 아무런 옷도 입지 않았다. 불은 그를 해할 수 없다. 그 어떤 것도 그를 해칠 수 없다. 바로 그 때문에 나는 그를 사랑한다. 나는 크레용으로 불꽃을 더 그려 넣었다.

어머니는 단추 사이로 바늘을 찔러 넣고는 실을 자른다. 나는 점점 더 불안한 목소리로 온화한 엠(M)과 엔(N)을 거쳐 기발한 큐(Q)와 어려운 아르(R), 그리고 쉬 하며 위협하는 듯한 소리가 나는 에스(S)를 읽는다. 아버지는 불꽃 속을 응시하며 들판과 숲과 집과 읍과 남자와 형제들이 먼지로 화하는 것과 자신의 나쁜 다리가 꿈속에서 뛰어다니는 개처럼 제멋대로 움직이는 것을 본다. 이곳은 그의 집이다. 이 포위된 성은. 그는 늑대 인간이다. 창밖의 차가운 레몬색 석양은 잿빛으로 스러진다. 나는 아직 모르고 있지만, 곧 로라가 태어날 것이다.

빵 굽는 날

비가 부족하다고 농부들은 말한다. 매미들의 날카로운 단조의 울음소리가 공중을 찌른다. 먼지가 길을 가로질러 소용돌이 친다. 길 가장자리의 잡초가 돋아난 곳에서는 메뚜기들이 윙윙 소리를 낸다. 단풍나무 잎사귀들은 축 늘어진 장갑처럼 가지에 매달려 있다. 보도 위에 드리워진 내 그림자에는 균열이 져 있다.

해가 중천에 떠올라 너무 더워지기 전에 나는 일찍 산책을 한다. 의사는 나를 부추긴다. 그는 상태가 진전을 보이고 있다고 말한다. 하지만 무엇을 향한 진전이란 말인가? 내 심장과 나는 함께 끈으로 묶인 채 전혀 실마리를 잡을 수 없는 어떤 계략이나 술책에 대해 내키지 않지만 공모해야 하는 끝없는 강행군 속의 동반자다. 우리는 어디로 가고 있는가? 다음 날을 향하여. 나를 계속 살아 있게 하는 바로 그 목표가 나를 죽게 만들 것이라는 사실을 나는 잊지 않았다. 이런 면에서 이것은 사랑과 같다. 특정한 종류의 사랑.

오늘 나는 다시 공동묘지에 갔다. 누군가가 로라 무덤에 오렌지와 백일초 꽃다발을 놓아두었다. 마음을 달래 주는 것과는 거리가 먼 강렬한 색의 꽃. 내가 그곳에 도착했을 때는 여전히 후추 같은 냄새를 풍기고 있기는 했지만 이미 시들어 있었다. 어떤 인색한 추종자 혹은 약간 미친 사람이 단추 공장 앞 꽃밭에서 이 꽃을 훔쳐 낸 것이 아닐까 의구심이 들기도 한다. 하긴, 생각해 보면 로라도 그런 일을 했을 법하다. 그녀는 소유권에 대한 관념이 아주 희박했다.

돌아오는 길에 도넛 가게에 들렀다. 밖이 너무 더워서 그늘진 곳이 필요했다. 이곳은 상당히 낡았다. 연한 노란색 타일, 바닥에 고정된 하얀 플라스틱 탁자, 거기 딸린, 틀에 찍어 낸 의자 등 말쑥한 현대식인데도 뭔가 허름하게 보인다. 무슨 협회의 건물을 연상시킨다. 빈민가에 있는 유치원, 혹은 지적장애인들을 들러서 맡겨 둘 수 있는 시설. 이곳에는 던지거나 사람을 찌를 도구로 쓸 만한 물건이 별로 없다, 심지어 수저도 플라스틱으로 되어 있다. 튀김 기름 냄새와 소나무 향 소독제 냄새가 한데 섞여 나고, 미지근한 커피 냄새가 엷게 풍긴다.

나는 작은 아이스티와 올드패션드 글레이즈드 도넛을 샀다. 도넛은 내 잇새에서 스티로폼처럼 삐걱거렸다. 반 정도를 가까스로 먹은 후 미끄러운 바닥을 가로질러 여성용 화장실로 향했다. 신책을 하면서 포트 타이콘드로가에서 쉽게 들어갈 수 있는 화장실 지도를 머릿속에 차곡차곡 쌓아 왔다. 이것은 갑자기 뒤가 마려울 때 매우 유용하다. 도넛 가게 화장실은 현재 내가 가장 좋아하는 곳이다. 다른 화장실보다 더 깨끗하다거나 화장지가 비치되어 있을 가능성이 높아서가 아니라 벽에 낙서가 있기 때문이다. 모든 화장실에 낙서가 있지만 대부분 잦은 페인트칠로 지워져 버린다. 그러나 도넛 가게의 낙서는 좀 더 오래 남아 있다. 그래서 낙서 원문뿐만 아니라 그에 대한 주석까지 읽을 수 있다.

현재 남아 있는 최고의 낙서 연재물은 가운데 칸에 있는 것이다. 첫 문장은 고대 로마의 무덤 속 글씨처럼 둥근 자체(字體)를 페인트칠 위에 연필로 깊이 새겨 놓은 것이다. "네가 죽일 각오가 되어 있지 않은 것은 어떤 것도 먹지 마라."

그다음 줄에는 초록색 마커 펜으로 이렇게 쓰여 있다. "네가 먹을 각오가 되어 있지 않은 것은 어떤 것도 죽이지 마라."

다음 줄에는 볼펜으로 쓴 글씨. "죽이지 마라."

그다음에는 자주색 마커 펜. "먹지 마라."

그리고 그 아래에 지금으로서는 가장 최신의 문장이 검은색의 굵은 글씨로 쓰여 있다. "씹할 채식주의자들 ── '모든 신들은 육식성이다.' ── 로라 체이스."

이렇게 로라는 계속 살아 있다.

리니는 말했다.

"로라가 태어날 때 정말 오래 걸렸어. 마치 이 세상에 나오는 것이 정말 현명한 생각인지 결정을 하지 못한 것처럼 보였단다. 그리고 처음부터 앓기 시작했지. 거의 목숨을 잃을 뻔했어. 아마 계속해서 결정을 내리던 중이었던 것 같아. 하지만 결국 한 번 시도해 보기로 결정하고는 삶을 움켜쥐었고 차차 나아졌지."

사람들은 스스로 죽을 때를 결정한다고 리니는 믿고 있었다. 태어날지 여부에 대해서 역시 발언권을 가지고 있다고 생각했다. 말대답을 할 정도로 자랐을 때, 나는 이렇게 말하곤 했다. "태어나게 해 달라고 부탁한 적 없어요." 마치 그것이 상대방을 꼼짝 못하게 만드는 주장이라도 되는 것처럼. 그러면 리니는 이렇게 되받아쳤다. "분명히 네가 그렇게 부탁한 거야. 다른 모든 사람들처럼 말이지." 일단 삶을 선택하고 하면 그것을 계속 붙들 수밖에 없다는 것이 리니의 생각이었다.

로라가 태어난 이후 어머니는 이전보다 더 쇠약해졌다. 한창 때 같지 않았고 회복이 더뎠다. 어머니의 의지력은 꺾여 버렸다. 하루하루가 간신히 흘러가는 것처럼 느껴졌다. 휴식을 더 취해야 한다고 의사가 말했다. 리니는 빨래를 도와주러 온 힐코트 부인에게 어머니가 병약해졌다고 말했다. 이전의 어머니는 장난꾸러기 요정이 채어 가 버리고 그 대신 다른 어머니, 더 늙고 머리가 더 희게 세고 더 기운이 없고 더 풀이 죽은 이 어머니가 뒤에 남겨진 것 같았다. 당시 나는 네 살밖에 되지 않았기 때문에 어머니의 변화에 공포감을 느꼈다. 누군가가 나를 안아 주고 안심시켜 주기를 바랐다. 그러나 어머니는 더 이상 그렇게 할 힘이 없었다.(왜 나는 "더 이상"이라고 말하는가? 어머니로서 그녀의 태도는 언제나 자애롭기보다는 훈육적이었다. 본질적으로 그녀는 언제나 선생이었던 것이다.)

조용히 행동하고 주의를 끌기 위해 소란을 피우지 않으면, 그리고 무엇보다도 일손을 도우면 — 특히 아기인 로라와 관련된 일들, 그녀 옆에서 지켜보고 그녀가 잠들도록 요람을 흔들어 주는 일 따위였다. 그녀는 쉽게 잠들지도, 긴 시간동안 자지도 않았다. — 어머니와 같은 방에 머물러 있도록 허락받을 수 있다는 사실을 나는 이내 알아차리게 되었다. 그렇게 하지 않을 경우, 다른 곳으로 쫓겨났다. 그런 이유로 나는 침묵을 지키는 일과 일손을 돕는 것에 익숙해졌다.

차라리 내가 소리를 지르고 역정을 부렸더라면. 리니가 늘 말했듯이 삐걱거리는 바퀴에 기름칠을 하게 되는 법이다.

(어머니의 침대 옆 탁자 위에 놓인 은색 사진틀 속에서 나는 하얀 깃이 달린 검은 드레스를 입고 앉아 있었다. 드러난 손은 코바늘로 뜬 하얀 아기용 담요를 어색하고 난폭하게 움켜쥐고 있고, 눈은 카메라를, 혹은 카메라를 들고 있는 사람을 비난하고 있다. 이 사진에서 로라는 거의 보이지 않는다. 솜털이 덮인 머리, 그리고 조그만 손 하나, 내 엄지손가락을 감아쥔 손가락 외에는. 아기를 안고 있으라는 지시를 받았기 때문에 내가 화가 났던 것인가, 아니면 정말로 아기를 보호하고 있었던가? 아기를 방어했던가, 그래서 놓아 보내기를 주저했던가?)

로라는 다루기 힘든 아기였다. 잘 보챘다기보다는 겁이 많았다고 하는 것이 정확할 것이다. 소녀일 때 역시 다루기 힘든 대상이었다. 그녀는 벽장문과 책장 서랍을 두려워했다. 항상 먼 곳이나 바닥 아래에 있는 무엇인가에 귀를 기울이고 있는 것 같았다. 바람으로 된 기차처럼 소리 없이 다가오는 그 무엇. 그녀는 불가해한 위기에 맞닥뜨리곤 했다. 죽은 까마귀, 차에 치인 고양이, 맑은 하늘에 떠 있는 구름을 보면서 눈물을 흘렸다. 다른 한편, 신체적 고통에 대해서는 불가사의할 정도로 저항력을 지니고 있었다. 입안이 데거나 상처를 입어도 대개 울지 않았다. 그녀를 괴롭혔던 것은 악의, 이 우주의 악의였다.

그녀는 무엇보다도 길목에서 마주치는, 불구가 된 퇴역 군인들의 모습에 질겁했다. 빈둥거리는 이들, 연필을 파는 이들, 구걸

하는 이들, 아무것도 할 수 없을 정도로 신체가 손상되어 버린 이들. 노여움으로 얼굴이 붉어진 사람이 험악한 표정으로 양 다리가 없는 몸을 평평한 수레에 싣고 주위를 배회하는 모습을 볼 때면 로라는 언제나 울음을 터뜨렸다. 아마도 그의 눈에 담긴 분노 때문이었을 것이다.

대부분의 어린아이들이 그렇듯이 로라는 언어의 의미를 액면 그대로 믿었다. 그러나 그녀는 정도가 지나쳤다. "꺼져 버려."라든가 "호수에 빠져 버려." 같은 말을 그녀에게 함부로 내뱉고 나서 아무 일도 일어나지 않으리라고 기대하는 것은 오산이었다. "로라에게 왜 그런 말을 했니? 아직도 모르겠어?" 리니는 이렇게 야단을 치곤 했다. 그러나 리니조차도 로라를 완전히 파악하지 못했다. 리니는 언젠가 로라에게 질문을 그만하도록 혀를 꽉 물고 있으라고 한 적이 있다. 그리고 그 후 며칠 동안 로라는 음식을 씹지 못했다.

이제 어머니의 죽음에 대해 쓸 차례다. 이 사건이 모든 것을 바꾸어 놓았다고 말하는 것은 진부한 표현일 것이다. 하지만 이것은 사실이기도 하다. 그래서 나는 이렇게 쓴다.

"이 사건은 모든 것을 바꾸어 놓았다."

그 사건은 화요일에 일어났다. 빵 굽는 날. 아빌리온의 부엌에서 우리가 한 주 동안 먹을 분량의 빵을 구웠다. 그 즈음에는 포트 타이콘드로가에도 작은 제과점이 생겼지만, 리니는 가게에서 파는 빵은 게으른 자들을 위한 것이며 제과업자들은 밀가루를 아끼기 위해 분필 가루를 섞고 빵을 부풀리기 위해 이스트를 과다하게 써서 실제보다 더 큰 빵을 산다고 착각하게 하는 것이라고 주장했다. 그래서 그녀는 직접 빵을 구웠다.

아빌리온의 부엌은 빅토리아 시대풍의 검댕이 가득한 동굴 같던 삼십여 년 전의 모습과 달리 침침하지 않았다. 이제는 모든 것이 하얀색이었다. 하얀 벽, 하얀 에나멜이 칠해진 탁자, 나무 장작을 때는 하얀 화덕, 검고 흰 타일이 깔린 바닥. 그리고 새롭게 확장된 창문에는 수선화같이 노란 커튼이 걸려 있었다.(이것은 전쟁이 끝난 후 아버지가 어머니의 비위를 맞추기 위해 한 수줍은 선물 중 하나였다.) 리니는 이 부엌을 최신식이라고 생각했다. 그리고 세균과 그 폐해, 잠복지에 대해 어머니에게 배웠기 때문에 이곳을 티 하나 없이 깨끗하게 관리했다.

빵 굽는 날이면 리니는 사람 모양 빵을 만들기 위한 밀가루 반죽 약간과 눈과 단추를 박아 넣기 위한 건포도를 우리에게 주었다. 그런 다음 우리가 만든 것을 구워 주었다. 나는 내가 만든 사람을 먹어 치우곤 했지만 로라는 자신의 것을 모아 두었다. 언젠가 리니는 로라의 첫 번째 서랍에서 바위처럼 단단하게 굳은 사람 모양 빵 덩어리가 작은 빵 얼굴을 가진 미라처럼 손수건에 싸여 있는 것을 발견한 적이 있었다. 리니는 쥐가 꼬이기 때문에 당장 쓰레기통에 버려야 한다고 말했지만, 로라는 부엌 정원의 장군풀 덤불 뒤쪽에서 집단 장례를 치렀다. 그녀는 기도를 올려야 한다고, 그렇지 않으면 저녁을 먹지 않겠다고 버텼다. 그녀는 일단 마음을 먹은 일에 대해서는 여간해서 타협을 하지 않으려 들었다.

리니는 구덩이를 팠다. 그날은 정원사가 쉬는 날이었기 때문에 그녀는 정원사의 삽을 사용했다. 정원사 외에는 아무도 손을 대서는 안 되는 것이었지만 비상 상황이었던 것이다. "하느님이 저 애의 남편을 불쌍히 여기시길." 로라가 빵으로 된 사람들을 단정하게 한 줄로 늘어놓는 동안 리니는 말했다. "저 애는 돼지처럼 고집이 세군."

"어차피 나는 남편 없이 살 거예요. 차고에서 혼자 살 거라고요." 로라는 말했다.

"나도 남편 없이 살 거예요." 나도 지지 않기 위해 말했다.

"그럴 가능성은 별로 없는 것 같구나. 너는 따뜻하고 부드러운 침대를 좋아하잖니. 시멘트 바닥에서 자야 하는데 그러면 온통 윤활유와 기름투성이가 되고 말 거야." 리니는 말했다.

"온실에서 살 거예요." 내가 말했다.

"그곳은 이제 난방이 되지 않는단다. 겨울이면 얼어 죽을 거야." 리니가 말했다.

"나는 모터 자동차 안에서 잘 거예요." 로라는 말했다.

그 끔찍했던 화요일, 우리는 부엌에서 리니와 함께 아침을 먹었다. 오트밀 죽과 마멀레이드를 바른 토스트였다. 때로는 어머니와 함께 아침을 먹기도 했지만 그날 어머니는 너무 기운이 없었다. 어머니는 한층 더 엄격해졌고, 우리에게 자세를 바로 하고 빵 가장자리를 먹으라고 했다. "굶주리는 아르메니아 사람들을 기억해라." 어머니는 말하곤 했다.

아마 그 즈음 아르메니아 사람들은 더 이상 굶주림에 시달리지 않았을 것이다. 전쟁은 오래전에 끝났고 질서가 회복되었다. 그러나 어머니의 마음속에 그들의 역경은 일종의 표어처럼 남아 있었던 것 같다. 표어, 기원, 기도문, 주문. 그 아르메니아 사람들이 누가 되었든 간에, 그들을 기억하며 토스트 빵 가장자리를 먹어야 했다. 빵 가장자리를 먹지 않는 것은 신성 모독이었다. 어머니의 말을 절대 거역하지 않았던 것으로 보아 로라와 나는 이주문의 위력을 이해했던 듯하다.

그날 어머니는 빵 가장자리를 먹지 않았다. 나는 그것을 기억한다. 로라는 그것을 두고 어머니에게 계속 따지고 들었다. "빵 가장자리는요, 굶주리는 아르메니아 사람들은요?" 결국 어머니는 몸이 좋지 않다고 고백했다. 어머니가 그 말을 했을 때, 나는 차가운 전기가 몸을 관통하는 것을 느꼈다. 나는 그 사실을 알고 있었던 것이다. 처음부터 알고 있었다.

리니는 자기가 빵을 만드는 것과 같은 방법으로 하느님이 사람들을 만들었다고, 그렇기 때문에 어머니들이 아기를 가지면 배가 뚱뚱해지는 거라고 말했다. 반죽이 부풀어 오르기 때문이라는 것이다. 자신의 보조개는 하느님의 엄지손가락 자국이라고 말했다. 자신은 보조개가 세 개지만 어떤 이들은 하나도 없다고 말했다. 그건 하느님이 모든 사람이 똑같은 모습으로 만들지 않기 때문이라고, 그렇지 않다면 하느님은 싫증을 느낄 수 있기 때문에 모든 것을 똑같이 나누어 주지 않는 것이라고 말했다. 그건 공정하지 않게 느껴질지 모르지만 결국 모든 것이 공평무사하게 돌아간다는 것이다.

내가 지금 회고하고 있는 그때 로라는 여섯 살이었다. 나는 아홉 살이었다. 아기가 밀가루 반죽으로 만들어진 것이 아니라는 것을 나는 알고 있었다. 그런 이야기는 로라같이 어린 아이들에게나 적합한 것이었다. 하지만 구체적인 설명은 들은 바가 없었다.

오후에 어머니는 발코니에 앉아서 뜨개질을 하고 있었다. 작은 스웨터를 뜨는 중이었다. 해외 난민을 위해 짜던 것과 같은 스웨터. 이것도 난민들을 위한 것인가? 나는 알고 싶었다. "아마도." 어머니는 이렇게 말하며 미소 짓곤 했다. 잠시 후 그녀는 졸기 시작했다. 눈이 무겁게 내려 감기고 둥근 안경이 미끄러졌다. 자기 머리 뒤쪽에는 눈이 달려 있기 때문에 우리가 잘못을 저지르면 알 수 있다고 어머니는 말했다. 나는 그 눈들이 안경알처럼 납작하고 빛나고 색깔이 없을 것이라고 상상했다.

오후에 그렇게 잠을 오래 자는 것은 어머니답지 않은 일이었다. 사실 그녀답지 않은 일들이 너무나 많이 일어났다. 로라는 걱정하지 않았지만 나는 걱정이 되었다. 지시받은 것과 엿들을 것을 한데 모아 이야기의 아귀를 맞춰 보았다. 내가 지시받은 것은 이랬다. "네 어머니는 쉬셔야 하니까 로라가 어머니를 귀찮게 굴지 못하도록 해라." 내가 엿들은 것(리니가 힐코트 부인에게 하는 말)은 이것이었다. "의사가 우려하고 있어요. 가까스로 해낼 수 있을지도 몰라요. 물론 그녀는 아무 말도 하지 않았죠. 하지만 그녀는 건강이 좋지 않아요. 어떤 남자들은 그냥 내버려 두질 못하죠." 그 말을 듣고 어머니가 자신의 건강과 아버지와 관련된 어떤 위험에 처해 있다는 것을 알게 되었다. 그러나 그 위험이 무엇인지는 확실히 알 수 없었다.

나는 앞서 로라가 걱정하지 않았다고 말했지만, 그녀는 평소보다 어머니에게 더 매달렸다. 어머니가 휴식을 취하고 있을 때면 정자 아래의 서늘한 곳에 다리를 꼬고 앉아 있었고, 어머니가 편지를 쓸 때면 어머니가 앉은 의자 뒤에 있기도 했다. 어머니가 부엌에 있을 때면 로라는 부엌 탁자 아래 앉아 있는 것을 즐겼다. 그곳에 쿠션과 원래 내 것이던 알파벳 책을 가지고 들어가곤 했다. 그녀는 예전 내 것이던 물건들을 많이 갖고 있었다.

그 즈음 로라는 글을 읽을 수 있었다. 아니, 적어도 알파벳 책은 읽을 수 있었다. 그녀가 가장 좋아하는 문자는 엘(L)이었다. 그것은 그녀의 문자, 그녀의 이름이 시작되는 문자였던 것이다. 엘로 시작되는 것은 로라(Laura). 나는 내 이름이 시작되는 문자를 좋아한 적이 한 번도 없었다. "아이(I)로 시작되는 것은 아이리스(Iris)." 아이는 모든 사람을 위한 글자였기 때문이다.*

엘(L)로 시작되는 것은 백합(Lily).
너무나 순결하고 너무나 하얗죠.
백합은 낮에 피어나고
밤에 지지요.

책에 나온 그림은 발가벗은 몸에 반짝이는 얇은 날개를 지닌 요정이 수련위에 앉아 있고, 그 옆에 구식 밀짚 보닛 모자를 쓴 두 아이가 있는 모습이었다. 리니는 만일 이런 요정 같은 것을 보게 된다면 파리채를 갖고 쫓아가겠다고 말하곤 했다. 내게는 이런 농담을 했지만 로라에게는 절대 하지 않았다. 로라는 그 말을 진담으로 받아들이고 슬퍼했을 것이다.

로라는 "달랐다." '다르다'라는 것은 '이상하다'라는 의미라는 것을 이미 알고 있었으면서도 나는 리니를 난처하게 만드는 질

---

* 영어에서 아이(I)는 '나'를 지칭하기 때문에 모든 사람을 위한 글자라고 한 것.

문을 계속 하곤 했다. "다르다니, 무슨 뜻이에요?"

"다른 사람들과 같지 않다는 거지." 리니는 이렇게 대답했다.

하지만 로라가 다른 사람들과 그렇게 많이 다른 것은 아니었을지도 모른다. 어쩌면 그녀도 똑같았는지도 모른다. 우리 안에 있는 똑같은 기이하고 비뚤어진 요소들. 대부분의 사람들은 그것을 감춘 채 살아가지만 로라는 그렇지 않았기 때문에 사람들이 그녀에게 경악한 것은 아니었을까. 그녀가 그들을 정말로 경악하게 만들었기 때문에. 경악까지는 아니라 하더라도 어떤 식으로든 놀라움을 안겨 주었다. 그리고, 당연히, 그녀가 나이를 먹을수록 정도는 더 심해졌다.

그러면 화요일 부엌으로 돌아가 보자. 리니와 어머니는 빵을 만들고 있었다. 아니다. 리니는 빵을 만들고 있었고 어머니는 차를 마시고 있었다. 리니는 그날 오후에 천둥이 칠 것 같은 조짐이 보인다고, 공기가 너무나 무겁다고, 어머니더러 바깥 그늘진 곳에 있거나 누워 있어야 하는 것 아니냐고 말했다. 그러나 어머니는 아무것도 하지 않고 있는 것이 너무나 싫다고 말했다. 그럴 때마다 무용한 존재가 된 느낌이라고 말했다. 리니 곁에 있고 싶다고 말했다.

리니는 어머니가 물 위를 걸을 수도 있을 것이라고 믿는 사람이었다. 그리고 어찌 되었든 간에 그녀가 어머니에게 이러서러한 명령을 내릴 권한은 없었다. 그래서 리니가 탁자 앞에 서서 빵 반죽 더미를 양손으로 돌리고, 눌러 대고, 여러 겹으로 접고, 돌리고, 다시 누르는 동안, 어머니는 앉아서 차를 마시고 있었다. 리니의 손은 밀가루투성이여서, 마치 하얀 밀가루로 된 장갑을 끼고 있는 것 같았다. 앞치마 가슴판에도 밀가루가 묻어 있었다. 겨드랑이에서는 반원 모양으로 땀이 배어 나와 실내복의 노란 데이지 문양에 어두운 색조를 드리워 놓았다. 몇 개의 빵 덩어리는 이미 제 모습을 갖추고 빵틀 속에 들어가 있었고 각각의 틀 위에는 깨끗하고 축축한 천이 덮여 있었다. 습한 버섯 냄새가 부엌을 가득 채웠다.

부엌은 더웠다. 오븐에 석탄을 많이 깔아야 했던 것이다. 또 열파(熱波) 때문이기도 했다. 창문이 열려 있었고 그곳을 통해 더운 공기가 밀려들어 왔다. 빵의 재료가 되는 밀가루는 식품 저장실에 있는 큰 통에서 가져온 것이었다. 밀가루 통에 올라가는 것은 금지된 일이었다. 밀가루가 코와 입에 들어가 질식할 수 있기 때문이었다. 리니는 누나와 형들에게 잡혀 밀가루 통에 거꾸로 처박혀 거의 죽을 뻔한 아기에 대해 알고 있었다.

로라와 나는 부엌 탁자 아래 있었다. 나는 『위대한 사람들의 역사』라는 아동용 그림책을 읽고 있었다. 나폴레옹은 세인트헬레나 섬에 망명 중이었고 손을 코트 안에 집어넣은 채 절벽 위에 서 있었다. 나는 그가 배가 아픈 모양이라고 생각했다. 로라는 가만히 있지 못했다. 그녀는 물을 마시기 위해 탁자 아래에서 기어 나갔다. "사람 모양 빵을 만들게 반죽을 좀 줄까?" 리니는 물었다.

"아니요." 로라는 말했다.

"아니요. '감사합니다.' 해야지." 어머니는 말했다.

로라는 탁자 밑으로 다시 기어 들어왔다. 우리는 두 쌍의 발을 볼 수 있었다. 어머니의 가는 발과 튼튼한 신발 속에 있는 리니의 좀 더 넓적한 발, 그리고 어머니의 가는 다리와 분홍 갈색

스타킹을 신은 리니의 통통한 다리. 우리는 빵 반죽을 뒤집고 두드리는 아득한 소리를 들을 수 있었다. 그때 갑자기 찻잔이 흔들리고 어머니가 바닥에 쓰러졌다. 그리고 리니는 어머니 옆에 무릎을 꿇고 말했다. "오, 이런 맙소사. 아이리스, 가서 아버지를 모시고 오너라."

나는 도서실로 달려갔다. 전화가 울리고 있었다. 그러나 아버지는 그곳에 없었다. 나는 보통 때에는 금지된 장소인 아버지의 작은 탑으로 이어진 계단을 올라갔다. 문은 잠겨 있지 않았고, 의자와 여러 개의 재떨이를 제외하면 방에는 아무것도 없었다. 아버지는 앞쪽 응접실에도 없었고, 거실에도 없었고, 차고에도 없었다. 아마 공장에 계실 거야, 나는 생각했다. 그러나 나는 길을 확실히 몰랐고 더군다나 그곳은 너무 멀었다. 어떤 곳을 더 찾아봐야 할지 알 수 없었다.

나는 부엌으로 되돌아가 로라가 무릎을 끌어 앉고 있는 탁자 아래로 기어 들어갔다. 그녀는 울지 않았다. 바닥에는 피같이 보이는 것이 있었다. 하얀 타일 위에 길게 난 검붉은 자국. 나는 그것을 손가락으로 찍어 혀로 핥아 보았다. 피였다. 나는 천을 가져와 닦아 냈다. "보지 마." 나는 로라에게 말했다.

잠시 후 리니는 뒤 층계에서 내려와 전화를 걸어서 의사를 불렀다. 물론 그는 부재중이었다. 여느 때와 마찬가지로 다른 어딘가를 나다니는 중이었다. 그런 다음 그녀는 공장에 전화를 해서 아버지를 바꿔 달라고 했다. 아버지는 행방이 묘연했다. "할 수 있다면 좀 찾아보세요. 위급 상황이라고 말씀해 주세요." 그녀는 말했다. 그런 다음 다시 계단 위로 황급히 올라갔다. 그녀는 빵에 대해서는 까맣게 잊어버렸다. 빵 반죽은 지나치게 부풀어

올랐다가 다시 꺼져 못쓰게 되었다.

"이렇게 더운 부엌에 있으면 안 되는 거였는데." 리니는 힐코트 부인에게 말했다, "천둥이 오기 직전의 이런 날씨에 말이에요. 하지만 그분은 몸을 사리지 않아요. 그분한텐 아무런 말도 할 수 없다고요."

"많이 아파하던가요?" 동정과 관심이 담긴 목소리로 힐코트 부인은 물었다.

"나는 지금보다 더 나쁜 상황도 본 적이 있어요. 하느님이 작은 자비를 베풀어 주었죠. 작은 새끼 고양이처럼 빠져 버렸어요. 하지만 피를 얼마나 많이 쏟아 냈는지. 매트리스를 태워야 해요. 깨끗하게 빨 수 있을 것 같지 않군요." 리니는 말했다.

"오 저런, 음, 그녀는 언제든 또다시 가질 수 있을 거예요. 아마 그럴 운명이었을 거예요. 뭔가 잘못된 것이 있었겠죠." 힐코트 부인은 말했다.

"내가 들은 바로는 앞으로는 그럴 수 없다더군요. 의사가 이번이 마지막이 되는 것이 나을 거라고 했어요. 또다시 그랬다간 목숨을 잃을 수도 있대요. 이번에도 거의 그럴 뻔했고요." 리니는 말했다.

"결혼을 하면 안 되는 여자들이 있어요. 그런 일에 적합하지 않은 사람들이죠. 강해야 한다고요. 우리 어머니는 열 명을 가졌지만 눈 하나 깜짝 안 했어요. 뭐 그들이 다 생존한 것은 아니었지만." 힐코트 부인이 말했다.

"우리 어머니는 열한 명을 가졌어요. 그 때문에 몸이 엄청나게 상했죠." 리니는 말했다.

나는 과거의 경험으로 미루어 이것이 자기 어머니들의 삶이 얼마나 고되었는지에 대한 경쟁의 서곡이라는 것, 그리고 이내 화제가 빨래로 옮겨 갈 것이라는 것을 알고 있었다. 나는 로라의 손을 잡고 까치발을 하고 뒤 층계를 올라갔다. 우리는 걱정도 되었지만 호기심이 생기기도 했다. 어머니에게 무슨 일이 일어났는지 알고 싶기도 했고, 또 새끼 고양이를 보고 싶기도 했던 것이다. 어머니의 방 바깥쪽 마룻바닥에 놓인, 피에 흠뻑 젖은 침대보 더미 옆, 에나멜 대야 속, 바로 거기에 그것이 들어 있었다. 하지만 그것은 새끼 고양이가 아니었다. 지나치게 큰 머리가 달린 그것은, 오래된 삶은 감자 같은 회색이었다. 그것은 잔뜩 웅크리고 있었다. 빛이 아프게 느껴지는 듯이 눈을 찡그려 감고 있었다.

"이게 뭐야? 이건 새끼 고양이가 아니잖아." 로라는 속삭였다. 그녀는 웅크리고 앉아 들여다보았다.

"아래층으로 내려가자." 나는 말했다. 의사는 아직 방 안에 있었다. 그의 발소리가 들려왔다. 그에게 들키고 싶지 않았다. 이 기이한 생물이 우리에게 금지된 것임을, 우리가 이걸 봐서는 안 된다는 것을 알고 있었기 때문이었다. 특히 로라는 더욱더. 깔려 죽은 동물의 모습처럼 그녀가 보게 되면 비명을 지르곤 하는 그런 광경이었던 것이다. 그러면 내가 꾸중을 듣게 될 것이다.

"이건 아기야. 아직 죽지 않았어." 로라는 말했다. 그녀는 놀랄 정도로 침착했다. "불쌍한 것. 태어나고 싶지 않았던 거야."

오후에 리니는 우리를 어머니에게 데려갔다. 어머니는 베개 두 개를 겹쳐 놓고 머리를 받친 채 침대에 누워 있었다. 가느다란 팔은 침대보 밖으로 나와 있었다. 센 머리칼은 투명하게 보였다. 결혼반지는 왼손에서 빛나고 있었고, 주먹은 침대보를 한쪽으로 움켜쥐고 있었다. 입은 무엇에 대해 골똘히 생각하는 것처럼 양옆으로 단단히 맞물려 있었는데, 그것은 그녀가 목록을 만들 때 짓는 표정이었다. 눈은 감겨 있었다. 굴곡진 눈꺼풀이 아래로 내려와 있어 눈을 뜨고 있을 때보다 더 커 보였다. 안경은 물병이 놓인 작은 탁자 위에 놓여 있었다. 안경의 동그란 눈알은 빛나고 공허해 보였다.

"어머니는 주무신단다. 건드리지 마라." 리니는 속삭였다.

어머니는 눈을 스르르 떴다. 입이 조금씩 움직였다. 가까운 쪽에 놓인 손의 손가락을 펼쳤다. "어머니를 안아도 좋아. 단, 너무 세게는 안지 마라." 리니는 말했다. 나는 시키는 대로 했다. 로라는 어머니의 팔 아래, 옆구리 쪽을 거칠게 파고들었다. 풀을 먹인 침대보에서 창백한 푸른색 라벤더 냄새가 났고, 어머니의 비누 냄새가 났다. 그리고 그 아래로 녹의 뜨거운 냄새가 축축하지만 연기를 내며 타고 있는 나뭇잎의 향기롭게 매캐한 냄새와 섞여 풍겨 왔다.

어머니는 그날로부터 닷새 후 죽었다. 열병으로 죽은 것이다. 허약한 몸 때문이기도 했다. 원기를 회복하지 못했던 것이라고 리니는 말했다. 그 기간 동안 의사가 왔다 갔고, 퉁명스럽고 냉정한 간호사 여러 명이 차례로 침실 안의 안락의자에 앉아 있었다. 리니는 대야와 타월과 고깃국물이 든 그릇을 들고 계단을 부산스럽게 오르락내리락했다. 아버지는 불안하게 공장을 오갔고, 거지같이 초췌한 모습으로 저녁 식탁에 나타났다. 아버지를 찾을 수 없던 그날 오후, 그는 어디 있었던 것인가? 어느 누구도 그것을 입에 올리지 않았다.

로라는 위층의 복도에 웅크리고 있었다. 나는 로라가 다치지 않도록 데리고 놀라는 지시를 받았지만, 그녀는 놀고 싶어 하지 않았다. 그녀는 팔로 자신의 무릎을 감싸고 턱을 무릎 위에 대고 사탕을 빨고 있는 것처럼 골똘하고 비밀스러운 표정을 짓고 있었다. 사탕을 먹는 것은 허용되지 않은 일이었다. 나중에 알고 보니 그것은 희고 둥근 돌멩이였다.

그 마지막 주 동안 나는 어머니를 매일 아침 볼 수 있었다. 그러나 단 몇 분밖에 허락되지 않았다. 어머니에게 말을 거는 것은 금지되었다. 왜냐하면 (리니의 말에 따르면) 어머니가 두서없이 헛소리를 했기 때문이었다. 그것은 어머니가 자신이 다른 곳에 있다고 착각한다는 의미였다. 매일 어머니는 더 야위어 갔다. 광대뼈가 더 두드러져 보였다. 어머니는 우유 냄새, 뭔가 익히지 않은 것, 뭔가 부패한 것의 냄새를 풍겼다. 고기를 싸는 갈색 종이처럼.

나는 어머니를 만나는 동안 실쭉해 있었다. 어머니가 얼마나 아픈지 볼 수 있었고, 바로 그 사실 때문에 그녀를 증오했다. 어떤 의미에서 어머니가 나를 배반하고 있다고 느꼈다. 그녀가 의무를 피하고 있으며, 자신이 할 일을 포기하고 있다고. 어머니가 죽을 것이라는 생각은 하지 못했다. 이전에는 그럴 가능성에 대해 두려워했지만, 이제는 너무나 두려워 그 생각을 마음속에서 몰아내 버렸던 것이다.

마지막이 되리라는 것을 몰랐던 마지막 날 아침, 어머니는 원래 모습을 약간 되찾은 것 같았다. 더 쇠약했지만 그와 동시에 보다 다부져 보였다. 더 꽉 찬 모습. 어머니는 정말로 나를 알아

보는 것처럼 나를 바라보았다. "여긴 너무 밝구나. 커튼을 좀 쳐 주겠니?" 어머니는 속삭였다. 나는 시키는 대로 한 뒤 되돌아가 어머니의 침대 가장자리에 서서 내가 울 경우에 대비해 리니가 쥐어 준 손수건을 비틀고 있었다. 어머니는 내 손을 쥐었다. 어머니의 손은 뜨겁고 건조했고 손가락은 말랑한 철사 같았다.

"착한 아이가 되어라. 네가 로라에게 좋은 언니가 되어 주길 바라마. 네가 그렇게 노력할 것이라는 걸 알고 있단다." 어머니는 말했다.

나는 고개를 끄덕였다. 무슨 말을 해야 할지 몰랐다. 내가 부당한 희생자라고 느꼈다 ─ 왜 항상 내가 로라에게 잘 대해 줘야 하고, 그 반대는 아니란 말인가? 분명 어머니는 나보다 로라를 더 사랑했던 것이다.

아마도 그건 아닐 것이다. 아마 어머니는 우리 둘을 똑같이 사랑했을 것이다. 아니면 어느 누구도 더 이상 사랑할 힘이 없었던 것인지도 모르겠다. 그 영역 밖으로, 사랑의 따스하고 농후한 자기장을 훨씬 벗어나 얼음같이 차가운 성층권으로 나아갔던 것일지도. 그러나 나는 그런 것을 상상할 수 없었다. 우리에게 베푸는 어머니의 사랑은 당연한 것이었다. 케이크처럼 구체적이고 실재하는 것. 단 하나의 의문은 우리 둘 중 누가 더 큰 조각을 가질 것인지 여부였다.

(어머니들, 그들은 무엇으로 만들어졌는가. 허수아비, 핀을 찔러 넣는 밀랍 인형, 허술한 도표. 우리는 그들의 독자적인 존재를 부정한다. 우리는 자신의 필요에 적합하도록 그들을 만들어 낸다. 우리들의 배고픔, 우리들의 소망, 우리들의 결핍에 따라. 나도 어머니가 되어 보았기 때문에 이제 그것을 알고 있다.)

어머니는 하늘색의 푸른 시선으로 나를 계속 응시했다. 그렇게 계속 눈을 뜨고 있는 것이 그녀에게 얼마나 힘겨운 일이었을지. 내가 얼마나 멀어 보였을지. 아득하게 흔들리는 분홍색의 얼룩. 나에게 집중하는 것이 얼마나 힘든 일이었을까! 그러나 나는 어머니의 그러한 극진한 노력을 전혀 알아채지 못했다.

나는 어머니가 나를, 나의 의도를 잘못 판단했다고 말하고 싶었다. 내가 항상 좋은 언니가 되기 위해 노력했던 것은 아니었다 — 오히려 그 반대였다. 때로 로라를 귀찮은 녀석이라고 부르며 나를 성가시게 하지 말라고 말하기도 했다. 그리고 바로 그 전주에 나는 그녀가 봉투(감사 카드를 위한 내 특별한 봉투)에 침을 바르고 있는 것을 발견하고는, 봉투에 발린 풀은 삶은 말로 만들어진 것이며 그것에 입을 대었기 때문에 구역질을 하고 코를 훌쩍이게 될 것이라고 말했다. 어떤 때는 그녀를 피해 온실 옆, 속이 텅 빈 라일락 덤불 속에 숨기도 했다. 그녀가 나를 찾아 돌아다니며 헛되이 내 이름을 부르는 동안 그곳에서 손가락으로 귀를 막고 책을 읽곤 했다. 그렇게 자주 최소한의 의무도 피하려고 했던 것이다.

그러나 이런 것을, 어머니가 생각하는 것과 일치하지 않는 나의 다른 모습을 표현할 말을 찾을 수 없었다. 어머니가 생각하는 나의 모습을 짊어져야 한다는 사실을 알지 못했다. 어머니가 생각하는 나의 선함을 배지처럼 꽂은 채로 살아가야 하며, 그것을 다시 그녀에게 던져 줄 기회도 갖지 못할 것이라는 것을.(정상적인 어머니와 딸의 관계였다면, 내가 자라는 동안 어머니가 살아 있었다면 가능했겠지만.)

검은 리본

오늘 밤에는 불타는 듯한 저녁노을이 지고 있다. 붉은 색조가 사라지기까지 오랜 시간이 걸린다. 동녘에서는 낮게 드리워진 하늘 위로 번개가 번득이더니 이내 갑작스레 천둥이 치고 문이 돌연히 쾅 하고 닫힌다. 새로 산 선풍기가 있는데도 집은 오븐처럼 뜨겁다. 나는 램프를 바깥에 내놓았다. 때로는 어둠 속에서 더 잘 볼 수 있다.

지난주 나는 아무것도 쓰지 않았다. 글을 쓸 용기를 잃었던 것이다. 왜 그토록 침울한 사건에 대해 기록한단 말인가? 하지만 다시 글을 쓰기 시작했다. 다시 검은 휘갈김에 착수한 것이다. 그것은 종이 전체를 가로질러 길고 검은 잉크의 선으로 풀려나간다. 엉켜 있지만 읽을 만한. 결국 나는 내 서명을 남기고자 하는 것인가? 그것을 거부하기 위해 온갖 노력을 기울여 왔으면서. "아이리스, 그녀의 흔적." 비록 불완전하지만. 보도 위에 분필로 쓰인 머리글자, 혹은 보물이 매장된 해안을 가리키기 위해

해적들이 지도 위에 해 놓은 표시.

왜 우리는 그토록 간절히 스스로를 기념하고자 하는가? 살아 있는 동안조차도 말이다. 방화 급수전 위에 오줌을 싸는 개처럼 우리 존재를 내세우고 싶어 한다. 사진틀에 든 자기 사진, 양피지 졸업장, 은으로 두른 컵을 진열해 둔다. 식탁보와 침대보에 모노그램을 수놓고, 나무에 이름을 새기고, 화장실 벽에 이름을 갈겨쓴다. 그것은 모두 동일한 충동이다. 우리는 그것에서 무엇을 바라는 것인가? 갈채, 질투, 존경? 아니면 종류를 불문하고 우리가 받을 수 있는 단순한 주목?

우리는 최소한 증거물을 원한다. 건전지가 다 된 라디오처럼 우리 목소리가 결국 침묵 속으로 빠져들 것이라는 사실을 견디지 못한다.

어머니 장례식 다음날 나는 로라와 함께 정원으로 나갔다. 리니가 우리를 내보냈다. 그녀는 하루 종일 바쁘게 쫓아다녔기 때문에 이제 발을 올리고 편안히 쉬어야겠다고 말했다. "정말 더 이상은 못 하겠어." 그녀는 말했다. 그녀의 눈 아래쪽에는 자주색 얼룩이 번져 있었다. 그녀가 다른 사람들을 방해하지 않기 위해 몰래 울고 있었다는 것, 그리고 우리가 나가고 나면 한 차례 더 울 것이라는 것을 짐작할 수 있었다.

"조용히 할게요." 나는 말했다. 나는 밖으로 나가고 싶지 않았다. 바깥은 너무나 밝고 눈부신 것 같았다. 그리고 내 눈두덩은 벌겋게 부어올랐다. 그러나 리니는 우리가 나가야 한다고 말했고, 어쨌든 신선한 공기를 쐬면 좋을 듯했다. 나가 놀라는 지시는 아니었다. 어머니의 죽음이 얼마 되지 않았는데 노는 것은 불경한 짓이었기 때문이다. 그냥 밖으로 나가라는 말이었다.

장례식 문상은 아빌리온에서 있었다. 그것은 경야(經夜)*가 아니었다. 경야는 조그 강 맞은편의 관습이었고, 술판이 함께 벌어져 소란스럽고 악평이 높았다. 우리 쪽 관습은 문상이었다. 장례식은 문상객으로 가득 찼다. 공장 노동자들, 그들의 아내들, 아이들이 참석했으며, 물론 읍의 저명인사들도 왔다. 은행가들, 성직자들, 변호사들, 의사들. 문상에 모든 사람이 초대된 것은 아니었지만, 사실상 그렇게 된 것이나 다름없었다. 리니는 그날 일손을 돕기 위해 고용된 힐코트 부인에게 예수님은 빵과 물고기를 늘리는 기적을 베풀었지만 체이스 대위는 예수가 아니며 이 많은 군중들을 다 대접할 수는 없을 것이라고, 하지만 언제나 그랬듯이 그는 어디서 선을 그어야 할지 알지 못했으며, 자신은 그저 아무도 깔려 죽는 사태가 일어나지 않기만 바랄 뿐이라고 말했다.

초대된 사람들은 정중하게 애도를 표하고 강한 호기심을 드러내면서 집 안을 빼곡히 채웠다. 리니는 손님을 대접하기 전과 후 숟가락 수를 두 번 세어 보았다. 그러면서 고정되어 있지 않은 물건들을 기념품 삼아 훔쳐 가 버리곤 하는 사람이 있기 때문에 최상품 숟가락을 사용하지 말았어야 했다고, 그들이 음식을 먹어 치우는 모습으로 보건대 숟가락보다는 삽을 놓아두는 데 더 나을 뻔했다고 말했다.

그랬는데도 음식이 약간 남았다. 햄 반쪽, 쿠키 조금, 마구 먹어 치운 여러 가지 케이크 찌꺼기. 그리고 로라와 나는 식료품

---

* 죽은 사람을 장사 지내기 전에 가까운 친척이나 친구들이 관 옆에서 밤을 새워 지키는 일. 시끄러운 축제와 음주가 동반되기도 한다.

보관실을 몰래 들락거렸다. 리니는 그걸 알고 있었지만, 그때는 우리를 말리거나("저녁 입맛 없을 거다."라든가 "식료품 보관실에서 갉아 먹는 짓을 그만두지 않으면 너희는 쥐로 변하고 말 거야." 혹은 "조금만 더 먹으면 배가 터질 거다." 따위의 말을 하는 것이다.) 내게 항상 비밀스러운 위안을 안겨 주던 위협 또는 예언 조의 말을 입 밖에 낼 기운이 없었다.

우리는 이번 한 번만은 아무런 제재를 받지 않고 마음껏 배를 채울 수 있었다. 나는 쿠키와 햄 조각을 너무 많이 먹어 치웠다. 과일 케이크 한 조각을 모두 먹어 버렸다. 우리는 아직도 검은색 드레스를 입고 있었는데, 그것은 너무 더웠다. 리니는 우리 머리를 단단히 땋아서 뒤로 잡아당겼고, 땋은 머리 각각의 위쪽과 아래쪽에는 검은색 그로그랭* 리본을 달아 주었다 — 우리는 각각 엄숙한 검은 나비 네 개를 달고 있었다.

집 밖에는 눈부신 햇살이 내리쬐고 있었다. 나는 잎사귀의 강렬한 녹색, 꽃들의 강렬한 노란색과 붉은색을 혐오했다, 그 당당함, 마치 무슨 권리라도 지닌 양 나부끼며 스스로를 드러내고 있는 모습을. 그것들을 꺾어 버릴까, 아니면 마구 훼손해 버릴까 생각했다. 비참한 기분이 들었고, 또 언짢고 부은 것 같은 느낌도 들었다. 당분으로 머리가 어지러웠다.

로라가 온실 옆에 놓인 스핑크스 위에 올라가자고 졸랐지만 나는 싫다고 말했다. 그러자 님프 석상 옆에 앉아서 금붕어를 보고 싶다고 했다. 그건 나쁘지 않을 것 같았다. 로라는 앞장서서 잔디밭 위에서 깡충깡충 뛰었다. 그녀는 밉살스러울 정도로

---

* 올이 조밀하고 뚜렷한 가로무늬가 있는 견직물의 일종.

쾌활했다. 세상 근심이 전혀 없는 것처럼. 어머니의 장례식이 진행되는 내내 계속 그랬다. 주위 사람들이 슬퍼하는 것을 보고 어리둥절해하는 것 같았다. 무엇보다도 내 마음을 상하게 했던 것은 바로 그런 이유 때문에 사람들은 나보다 그녀에게 더 큰 연민을 느끼는 것 같다는 사실이었다.

"가련한 어린 양 같으니. 얘는 너무나 어려서 알아차리지 못하는 거야." 그들은 말했다.

"어머니는 하느님과 함께 있어요." 로라는 말했다. 사실이었다. 그것이 공식적인 대답이었으며, 이제까지 드려진 모든 기도가 함축하는 의미였다. 그러나 로라는 그런 것들을 정말로 믿었다. 다른 이들이 하는 것처럼 이중적 태도로 믿는 것이 아니라 침착하게 한결같은 마음으로 믿었다. 그것 때문에 나는 그녀를 마구 흔들어 버리고 싶은 충동을 느끼곤 했다.

우리는 수련 연못 주변의 평평한 암반에 앉았다. 각각의 수련 잎사귀는 햇빛 속에서 젖은 초록색 고무처럼 빛났다. 나는 로라를 일으켜야만 했다. 그녀는 님프 석상에 기대어 다리를 흔들고 손가락을 물속에 집어넣으며 혼자 흥얼거렸다.

"노래를 해서는 안 돼. 어머니가 돌아가셨단 말이야." 나는 그녀에게 말했다.

"아니야, 어머니는 돌아가시지 않았어. 어머니는 정말로 돌아가신 게 아니야. 어머니는 작은 아기와 천국에 있어." 로라는 무심하게 말했다.

나는 그녀를 암반에서 밀쳐 버렸다. 하지만 연못 속으로 빠뜨리지는 않았다. 그래도 어느 정도 사리 판단은 하고 있었던 것이다. 풀밭 위로 밀어 버렸다. 그다지 심하게 떨어진 것도 아니었고, 바닥도 부드러웠다. 심하게 다칠 만한 곳이 아니었다. 그녀는 정면으로 팔을 활짝 벌리고 눕더니 다시 몸을 돌려 커다랗게 눈을 뜨고 나를 바라보았다. 내가 방금 무슨 짓을 했을지 믿을 수 없다는 듯이. 그녀의 입술은 완벽한 장미 봉오리처럼 동그랗게, 그림책에 나오는 생일 촛불을 끄는 아이의 입술처럼 벌어져 있었다. 이내 그녀는 울기 시작했다.

(로라가 우는 것을 보며 내가 만족감을 느꼈다는 사실을 고백해야겠다. 나는 내가 괴로워하는 만큼 그녀 또한 괴로워하기 바랐다. 그녀가 어리다는 이유로 모든 것에서 면제되는 것에 신물이 났던 것이다.)

로라는 풀밭에서 몸을 일으키더니 칼에 찔린 것처럼 울부짖으면서 부엌을 향해 난 뒷길을 따라 뛰어갔다. 나는 그녀의 뒤를 쫓았다. 그녀가 어른에게 가서 고자질을 할 경우 나 역시 그 자리에 있는 편이 유리하기 때문이었다. 그녀는 서투르게 뛰었다. 팔을 괴상하게 뻗치고 가냘픈 작은 다리를 양옆으로 던지듯 찼다. 딱딱한 리본은 땋은 머리 끝부분에서 퍼덕거렸고, 검은 치마는 위아래로 흔들거렸다. 그녀는 뛰어가다가 넘어졌고 이번에는 정말로 다쳤다. 손의 피부가 까진 것이다. 그것을 보았을 때 나는 안도감을 느꼈다. 그녀의 실수로 피가 약간 나면 나의 짓궂은 행동이 은폐될 수 있었던 것이다.

청량음료

언제였는지 정확하게 기억할 수는 없지만, 어머니가 작고한 그 달의 어느 날 아버지는 나를 읍내로 데려가겠다고 말했다. 아버지가 나나 로라에게 관심을 기울인 적이 한 번도 없었기 때문에 나는 이 제안에 무척 놀랐다. 아버지는 우리를 돌보는 책임을 어머니에게, 그리고 리니에게 맡겨 두었던 것이다.

로라는 데려가지 않았다. 그런 제안조차 하지 않았다.

아버지는 아침 식탁에서 이 산책에 대해 말을 꺼냈다. 아버지는 로라와 내가 예전처럼 부엌에서 리니와 아침 식사를 하지 말고 자신과 함께 해야 한다고 고집하기 시작했다. 우리는 긴 식탁의 한쪽 끝에 앉았고 아버지는 맞은편에 앉았다. 아버지는 우리에게 말을 건네는 법이 거의 없었다. 그 대신 신문을 읽었고 우리는 그를 너무나 두려워한 나머지 절대 방해하지 않았다.(물론 우리는 아버지를 숭배했다. 아버지에 대한 감정은 숭배 아니면 미움 둘 중의 하나였다. 그 양 극단 사이의 온건한 감정을 가지는 것은 힘든 일이었다.)

스테인드글라스 창문을 통해 들어오는 햇빛이 아버지에게 갖가지 색의 빛을 흩뿌렸다. 마치 누군가가 아버지를 그림용 잉크 속에 담갔다 건진 것 같았다. 나는 아직도 아버지의 암청색 뺨, 타는 듯한 넌출월귤색 손가락을 기억할 수 있다. 로라와 나 역시 그 빛깔들을 마음껏 즐겼다. 죽 그릇을 왼쪽으로 약간, 오른쪽으로 약간씩 기울여 흐릿한 재색의 오트밀이 초록색이나 파란색, 혹은 빨간색이나 자주색으로 변하도록 만들었다. 그것은 나의 변덕이나 로라의 기분에 따라 마력을 지닌 음식이 되거나 독이 든 음식이 되는 마술 음식이었다. 그런 다음 죽을 먹으며 서로에게 밉살스러운 표정을 지어 보이곤 했다. 그러나 언제나 모든 일을 소리 없이, 조용히 했다. 우리의 목표는 아버지에게 들키지 않으면서 그런 짓을 하는 것이었다. 어쨌든 심심하지 않도록 뭔가 했어야 했다.

평소와 달랐던 그날, 아버지는 공장에서 일찍 퇴근했고 우리는 읍내로 걸어갔다. 그곳은 그리 멀지 않았는데, 당시 읍의 모든 것은 지척 거리에 있었다. 아버지는 직접 운전하는 것보다 걷거나 남이 운전을 해 주는 것을 더 좋아했다. 아마도 나쁜 다리 때문에 그랬던 것 같다. 자신이 걸을 수 있다는 것을 보여 주고 싶었던 것이다. 아버지는 읍내를 활보하는 것을 즐겼고, 실제로 절뚝거리는 발걸음으로도 활보를 하며 다녔다. 나는 아버지의 고르지 못한 걸음걸이에 맞추려고 노력하며 옆에서 허둥지둥 걸었다.

"베티네 간이식당으로 가자. 청량음료를 사 주마." 아버지는 말했다. 베티네 간이식당과 청량음료, 이 두 가지 모두 전에는 꿈도 꿀 수 없는 일이었다. 베티네 간이식당은 읍내 사람들에게 걸맞은 곳이지 로라와 내게는 적합하지 않은 곳이라고 리니는 말했다. 우리 수준을 낮춘다는 것은 안 될 일이었다. 게다가 청량음료는 터무니없이 비싼 탐닉이고 이를 썩게 만드는 것이었다. 그렇게 금지된 두 가지가 한꺼번에, 너무나 스스럼없이 주어졌다는 사실에 나는 거의 공포심마저 느꼈다.

포트 타이콘드로가의 중심가에는 교회 다섯 개와 은행 네 개가 서 있었다. 모두 돌로 지어진 육중한 건물들이었다. 비록 은행에는 첨탑이 달려 있지 않았지만, 그래도 교회와 은행을 구분하기 위해서 간판을 읽어야 할 때도 있었다. 베티네 간이식당은 어느 은행 옆에 있었다. 식당에는 초록색과 흰색 줄무늬 차양이 달려 있었고, 창문에는 페이스트리 반죽에 가장자리로 주름 장식을 단, 아기 모자처럼 생긴 닭고기 포트 파이 사진이 붙어 있었다. 내부로 들어가면 침침한 노란 조명이 있었고, 바닐라와 커피와 녹은 치즈가 뒤섞인 냄새가 났다. 천장은 무늬가 찍힌 주석으로 되어 있었고, 비행기 프로펠러처럼 생긴 날개가 있는 선풍기가 매달려 있었다. 모자를 쓴 여자들 여럿이 야단스러운 장식이 달린 작고 흰 탁자에 앉아 있었다. 아버지가 그들에게 고개를 끄덕이자 그들은 고개를 끄덕여 답했다.

한쪽 벽에는 짙은 나무로 된 칸막이 좌석이 여럿 있었다. 아버지는 그중 한 곳에 자리를 잡았고 나는 아버지 맞은편 좌석으로 미끄러지듯 들어가 앉았다. 아버지는 내게 어떤 청량음료를 마실 것인지 물었다. 하지만 나는 집 밖에서 아버지와 단 둘이 있는 것에 익숙하지 않았기 때문에 상당히 쑥스러웠다. 또한 어떤 종류의 청량음료가 있는지도 몰랐다. 아버지는 내가 마실 딸기 음료수와 자신이 마실 커피 한 잔을 주문했다.

　종업원은 검은 드레스를 입고 하얀 모자를 쓰고 있었고 가느다란 곡선 모양이 되도록 뽑아 다듬은 눈썹과 잼처럼 번들거리는 붉은 입술을 가지고 있었다. 그녀는 아버지를 체이스 대위라고 불렀고 아버지는 그녀를 애그니스라고 불렀다. 그것을 보며, 그리고 아버지가 탁자 위에 팔꿈치를 기대는 모습을 보며 아버지가 이 장소에 이미 익숙하다는 사실을 알아차렸다.

　이 아이가 딸인가요, 정말 예쁘네요, 하고 애그니스는 말했다. 그녀는 내게 반감 섞인 눈길을 던졌다. 높은 굽 때문에 약간 비틀거리며 아버지의 커피를 즉시 내왔고, 커피를 내려놓으며 아버지의 손을 가볍게 만졌다.(나는 그 손놀림에 주목했다. 비록 그 손길의 의미를 파악하지는 못했지만.) 그런 후 바보 고깔모자를 거꾸로 세운 것 같은 원추 모양의 유리잔에 내 청량음료를 가져왔다. 거기에는 빨대 두 개가 딸려 나왔다. 거품이 코로 들어가 눈물이 찔끔 났다.

　아버지는 커피에 각설탕을 넣고 저은 후 숟가락을 컵 옆에 놓았다. 나는 청량음료 유리잔 가장자리 너머로 아버지를 살펴보았다. 아버지가 갑자기 달라 보였다. 마치 이전에 한 번도 본 적이 없는 사람인 것처럼. 더 빈약하고 왠지 견실해 보이지 않는 사람. 그런 가운데 아버지의 구체적인 모습은 더 세세히 눈에 들어왔다. 아버지의 머리는 뒤로 똑바로 빗어 넘겨져 있었고 양 옆 머리는 짧게 깎여 있었다. 그리고 관자 머리 부근의 머리는 조금씩 빠지고 있었다. 성한 눈은 푸른 종이처럼 새파란 색깔이었다. 수척하지만 여전히 잘생긴 편에 속하는 얼굴은 아침 식사 식탁에서 종종 보이곤 하는 바로 그 멍한 표정을 짓고 있었다. 마치 어떤 노래나 먼 곳의 폭발음을 듣는 듯한 표정. 콧수염은 이전에 내가 알아차렸던 것보다 더 많이 세어 있었다. 그리고 남자들은 얼굴에 그렇게 뻣뻣한 털이 나는데 여자들은 그렇지 않다는 사실이 그제야 이상하게 느껴졌다. 심지어 아버지의 평범한 옷조차 그 희미한 바닐라 냄새가 풍기는 빛 아래서는 불가사의한 것으로 바뀌었다. 마치 그 옷이 다른 사람 것이고 아버지는 그저 빌려 입은 것에 불과한 것처럼. 그 옷이 아버지에게 너무 크다는 것, 그것 때문이었다. 아버지는 왜소해진 것이다. 그러나 동시에 키가 더 커 보였다.

아버지는 내게 미소를 지어 보이더니 청량음료가 맛있느냐고 물었다. 그 질문 후 조용히 생각에 잠겼다. 이내 항상 가지고 다니는 은제 상자에서 담배를 꺼내어 불을 붙인 후 연기를 뿜어냈다. 아버지는 마침내 입을 열었다. "만일 무슨 일이 생기거든 로라를 돌보겠다고 약속해라."

나는 엄숙하게 고개를 끄덕였다. "무슨 일"이라는 게 도대체 무엇일까? 어떤 일이 일어날 수 있다는 것인가? 구체적으로 언급할 수는 없었지만 무언가 나쁜 소식일 것 같았다. 어쩌면 아버지가 멀리, 외국으로 떠나는 것일지도 모른다. 전쟁의 기억은 아직 내게 남아 있었다. 하지만 아버지는 더 이상 어떤 설명도 덧붙이지 않았다.

"손을 잡고 맹세할 수 있지?" 아버지는 말했다. 우리는 탁자 너머로 손을 뻗어 악수를 했다. 아버지의 손은 여행용 가죽 가방의 손잡이처럼 단단하고 건조했다. 아버지의 푸른 외눈은 마치 내가 믿을 만한 사람인지 숙고하는 것처럼 나를 평가하고 있었다. 나는 턱을 들고 어깨를 폈다. 아버지의 좋은 평가에 부응할 수 있기를 간절히 바랐다.

"5센트로 뭘 살 수 있겠니?" 이내 아버지가 물었다. 뜻밖의 질문에 나는 아무 말도 하지 못했다. 답을 몰랐던 것이다. 로라와 나는 용돈을 받은 적이 한 번도 없었다. 우리가 1달러의 가치를 배워야 한다고 리니는 말했던 것이다.

아버지는 짙은 양복 안주머니에서 돼지가죽 겉장이 달린 비망록을 꺼내더니 종이 한 장을 찢었다. 그런 다음 단추에 대해 이야기하기 시작했다. 지금 경제학의 간단한 원리를 배우기에 결코 이르지 않다고, 커서 책임감 있게 행동하기 위해서는 알아두어야 할 것이라고 아버지는 말했다.

"단추 두 개로 시작한다고 가정해 보자." 아버지는 말했다. 비용이란 단추를 만드는 데 들어가는 돈이고, 총수입이란 단추를 팔아 벌어들일 수 있는 돈이며, 순수익은 일정 시간 동안 총수입에서 비용을 뺀 금액이라고 아버지는 말했다. 순수익 일부를 남겨 둔 후 나머지를 단추 네 개를 만드는 데 투자할 수 있다. 그다음에는 그 네 개를 팔고 여덟 개를 만들 수 있다. 아버지는 은색 연필로 작은 도표를 그려 보였다 — 단추 두 개, 그다음에는 네 개, 그다음에는 여덟 개. 종이쪽지 위에서 단추들이 황당하게 불어나고 있었고, 그 옆의 칸에는 돈이 쌓여 갔다. 마치 콩 껍질 벗기는 것과 비슷했다. 콩은 이 대접에 담고, 콩 꼬투리는 저 대접에 담고. 아버지는 이해가 되느냐고 내게 물었다.

나는 아버지가 진지한 태도로 말하는 것인지 가려내기 위해 아버지의 얼굴을 살폈다. 아버지가 단추 공장을 덫이라느니, 유사(流沙)라느니, 징크스라느니, 걱정거리라느니 하며 나쁘게 말하는 것을 종종 들은 적이 있었다. 하지만 그것은 아버지가 술에 취했을 때였다. 지금은 말짱한 상태였다. 아버지는 설명을 하는 것이 아니라 사과를 하고 있는 것처럼 보였다. 질문에 대답하는 것 이상의 무엇을 내가 해 주기를 기대하는 것 같았다. 마치 아버지를 용서해 주기를, 어떤 범죄를 사면해 주기를 바라는 것 같았다. 하지만 아버지가 내게 무슨 짓을 했단 말인가? 나는 어떤 것도 생각해 낼 수 없었다.

나는 혼란스러웠고 또한 내가 부족하다고 느꼈다. 아버지가 원하는, 혹은 요구하는 것이 무엇이든 간에, 그것은 내 능력 밖의 일이었던 것이다. 그것은 한 남자가 내가 줄 수 있는 이상을 바랐던 첫 번째 경우였다. 그러나 그것이 마지막은 아니었다.

"네." 나는 대답했다.

운명하기 전 주, 그 끔찍했던 아침 식사 시간에 어머니는 이상한 말을 했다. "속마음 깊은 곳에서는 너희 아버지는 너희를 사랑하신단다." 그때는 그 말이 이상하다고 생각하지 않았다.

어머니는 우리에게 감정 같은 것에 대해 이야기하는 사람이 아니었고, 특히 사랑에 대해서는 절대 입에 올리지 않았다. 오직 신의 사랑에 대해서만 언급할 뿐, 자기 자신이나 다른 사람들의 사랑에 관해서는 절대 말하지 않았다. 하지만 부모란 자녀들을 사랑하기 마련인지라 나는 어머니의 말을 일종의 확인 정도로 받아들였다. 표면으로 드러나 보이는 것과는 달리 아버지는 다른 아버지들, 혹은 이상적인 아버지와 같다는 것으로.

이제 생각해 보건대 어머니의 말은 그것보다 더 복잡한 의미를 품고 있었던 것 같다. 그것은 일종의 경고였을 수도 있다. 또한 하나의 짐이었을 수도 있다. 아무리 사랑이 "깊은 곳"에 있다 하더라도 그 위에는 엄청나게 많은 무엇이 쌓여 있는 것이다. 그리고 그 모든 것을 파헤치고 들어갔을 때 과연 나는 무엇을 발견하게 될 것인가? 순금색으로 빛나는 단순한 선물은 아닐 것이다. 그 대신, 오래된 뼈 무더기 사이에서 녹슬어 가고 있던 쇠 부적처럼, 아주 낡고 치명적일 수도 있는 무엇을 발견하게 될 것이다. 이 사랑은 일종의 액막이다. 하지만 아주 무거운 것이다. 내 목에 걸린 쇠사슬에 달려 있어서 지니고 다니기에는 너무나 무거운 그것.

4부

눈먼 암살자

카페

정오부터 비가 가늘게, 그러나 끊임없이 내리고 있다. 나무에서, 차도에서 안개가 올라온다. 그녀는 채색된 커피 잔이 그려진 앞창을 지나 걸어온다. 하얀색 바탕에 녹색 줄무늬가 있는 커피 잔. 그리고 마치 세 손가락으로 젖은 유리창에 그어 놓은 듯한 김 세 자락이 잔에서 피어오른다. 문 앞에는 표면이 벗어지기 시작한 금색 글씨로 '카페'라고 쓰여 있다. 그리고 그녀는 그 문을 열고 안으로 들어선 후 우산을 흔든다. 그것은 그녀의 포플린 비옷과 같은 크림색이다. 그녀는 후드를 뒤로 젖힌다.

그는 말했던 대로 부엌으로 향하는 자동문 옆, 가장 끝 칸막이 자리에 앉아 있다. 벽은 연기로 누렇게 변색되었고, 코트를 걸 수 있는 갈고리가 달린 육중한 칸막이는 둔탁한 갈색 페인트칠이 되어 있다. 남자들, 오직 남자들만이 칸막이 좌석에 앉아 있다. 낡은 담요와 같은 헐렁한 재킷에 넥타이를 매지 않고, 들쭉날쭉한 머리를 하고, 다리를 쫙 벌리고 장화 신은 발을 바닥에 딱 붙이고 앉은 남자들. 나무 밑동 같은 손. 그 손은 우리를 구해 줄 수도, 흠씬 패 줄 수도 있는 손이며, 그 둘 중 어떤 일을 하든 언제나 똑같은 모습일 것이다. 무딘 도구. 그리고 그들의 눈 또한 마찬가지다. 이곳에서는 어떤 냄새가 난다. 썩은 판자와 엎질러진 식초와 쉰내 나는 모직 바지와 오래된 고기와 일주일에 샤워를 한 번밖에 안 하는 이들의 냄새, 그리고 인색함과 속임수와 증오의 냄새. 그 냄새를 알아차리지 못하는 척하는 것이 중요하다는 것을 그녀는 알고 있다.

그가 손을 들어올리고, 그녀가 그를 향해 나무 바닥에 구두 굽을 달각거리며 서둘러 걸어가는 동안 다른 남자들은 의심과 경멸이 섞인 눈초리로 바라본다. 그녀는 안도의 미소를 지으며 그의 맞은편에 앉는다. 그가 여기 있다. 그가 아직도 여기 있다.

맙소사, 하고 그는 말한다. 차라리 밍크코트를 입지 그랬어.

내가 무슨 짓을 했는데요? 뭐가 문제죠?

당신 코트 말이야.

그냥 코트일 뿐이에요. 평범한 비옷이라고요. 이게 뭐가 잘못됐다는 거죠? 그녀는 더듬거리며 말한다.

제기랄. 자신을 한번 바라봐. 주위를 한번 둘러보라고. 너무 깨끗하잖아.

나는 정말 당신의 입맛에 맞추지 못하는군요, 그렇죠? 정말 절대로 맞출 수 없을 거예요. 그녀는 말한다.

아니야. 당신은 어떻게 하는지 알고 있어. 하지만 깊이 생각해 보지 않는 거지. 그는 말한다.

내게 말해 주지 않았잖아요. 나는 이곳에 한 번도 와 본 적이 없어요. 이런 곳에는. 그리고 청소부처럼 차려입고는 문 밖으로 나갈 수도 없어요. 그런 건 생각해 봤어요?

스카프나 뭐 그런 거라도 있었다면. 머리를 가릴 수 있도록 말이야.

내 머리라고요? 그다음은 뭐죠? 내 머리가 어떻다는 거예요? 그녀는 자포자기한 듯 말한다.

너무 연한 금발이야. 눈에 띄잖아. 금발 머리는 흰쥐 같은 거야. 우리 속에서나 발견할 수 있지. 자연 그대로의 상태에서는 오랫동안 살 수 없어. 너무 두드러지거든.

당신 정말 친절하지 못하군요.

나는 친절한 거 싫어. 친절하다는 것에 자부심을 느끼는 사람들을 증오해. 콧물 찔찔 짜면서 일이십 전짜리 자선을 하며 친절함을 찔끔찔끔 나누어 주는 선행가들. 정말 경멸스러워. 그는 말한다.

나는 친절해요. 적어도 당신에게는 말이죠. 그녀는 미소를 지으려고 노력하며 말한다.

만약 뜨뜻미지근한 우유에 물을 탄 것 같은 친절이 전부라고 생각했다면 이미 떠나 버렸을 거야. 자정 기차를 타고 지옥에서 벗어나는 거지. 위험을 무릅쓰겠어. 나는 자선 대상이 아냐. 동냥을 얻으려는 게 아니라고.

그는 상당히 난폭하게 굴고 있다. 그녀는 왜 그런 것일까 궁금해한다. 일주일 동안 그를 만나지 못했다. 어쩌면 비 때문일 수도 있다.

그럼 친절함 때문이 아니겠군요. 어쩌면 이기심 때문인지도 모르겠네요. 어쩌면 나는 인정머리 없이 이기적일지도 모르죠. 그녀는 말한다.

그게 더 낫군. 당신이 탐욕스러운 게 더 마음에 들어. 그는 담배를 비벼 불을 끄고, 다른 한 개비를 향해 손을 뻗으며 기분을 고쳐먹는다. 그는 여전히 공산품 담배를 피우고 있다. 그것은 그에게 있어 상당한 사치다. 아마도 아껴 가며 피우고 있을 것이다. 그녀는 그가 돈이 충분한지 궁금해한다. 하지만 그것을 물어볼 수는 없다.

당신이 그렇게 맞은편에 앉아 있는 것이 마음에 들지 않는군. 너무 멀잖아.

알아요. 하지만 다른 곳이 없잖아요. 온통 비에 젖어 있어요. 그녀는 말한다.

내가 우리가 있을 곳을 찾아볼게. 눈이 오지 않는 곳.

지금 눈은 내리지 않아요.

하지만 머지 않아 내릴 거야. 북풍이 불기 시작할 거라고. 그는 말한다.

그리고 눈이 오겠죠. 그러면 강도들은, 그 불쌍한 이들은 어떻게 하죠? 적어도 그녀는 그를 미소 짓게 만들었다. 비록 찡그림에 가까운 것이었지만. 그동안 어디에서 잠을 잤어요? 그녀는 묻는다.

신경 쓰지 마. 알 필요 없어. 그러면 만일 그놈들이 당신을 잡아서 질문을 할 경우에도 당신은 거짓말을 안 해도 되잖아.

거짓말하는 데 그렇게 서툴지는 않아요. 그녀는 미소를 지으려고 애쓰며 말한다.

비전문가에게는 그렇겠지. 하지만 전문가들, 그들은 문제없이 찾아낼 거야. 그들은 당신을 포장지 뜯듯이 파헤쳐 낼 거라고. 그는 말한다.

그들은 아직도 당신을 찾고 있어요? 포기하지 않았나요?

아직은 아냐. 적어도 내가 들은 바로는.

끔찍하군요. 정말 끔찍해요. 그래도 우리는 운이 좋은 거예요. 그렇죠? 그녀는 말한다.

우리가 왜 운이 좋은 거지? 그는 다시 우울한 상태로 되돌아간다.

적어도 우리 둘 다 이곳에 있고, 적어도 우리는······.

종업원이 칸막이 옆에 서 있다. 그는 셔츠 소매를 걷어 올리고, 오래된 오물이 묻은 긴 앞치마를 두르고, 기름진 리본 같은 머리칼이 머리 위로 가로지르도록 단정히 빗어 올렸다. 그의 손가락은 마치 발가락처럼 보인다.

커피 드시겠어요?

네. 블랙커피로요. 설탕은 필요 없어요. 그녀는 말한다.

그녀는 종업원이 떠날 때까지 기다린다. 안전한 건가요?

커피 말이야? 그 안에 세균이 들어 있느냐고 묻는 거야? 그럴 리가 없을걸. 몇 시간 동안 끓인 거잖아. 그는 비아냥거리고 있지만 그녀는 알아차리지 못한 척한다.

아니요, 내 말은, 이곳이 안전하냐고요.

그는 내 친구의 친구야. 아무튼 나는 문을 주시하고 있어. 뒷문을 통해서 밖으로 나갈 수 있어. 뒷골목이 있거든.

그렇게 한 적은 없죠, 그렇죠?

내가 말했잖아. 그럴 뻔하기는 했지만. 거기 있었거든. 어쨌든 그건 문제가 되지 않아. 나는 그들이 원하는 모든 조건에 잘 맞아떨어지니까. 그들은 내가 벽에 못 박히는 꼴을 무척 보고 싶어 할 거야. 나와 나의 나쁜 사상이.

당신은 도망가야 해요. 그녀는 절망적으로 말한다. 그녀는 '끌어안다'라는 단어를 떠올린다. 얼마나 진부한 말인가. 하지만 그것이 바로 그녀가 원하는 것이다. 그를 팔 안에 끌어안는 것.

아직은 아냐. 아직은 가면 안 돼. 기차를 타서도 안 되고 국경을 넘어서도 안 돼. 소문에 의하면 그들은 그런 곳을 감시하고 있다고 해. 그는 말한다.

당신이 걱정돼요. 그것에 대한 꿈을 꿔요. 항상 걱정해요.

걱정하지 마. 그러다가 너무 야위겠어. 그러면 당신의 사랑스러운 젖가슴과 엉덩이가 쓸데없는 것 때문에 소진되고 말 거야. 그렇게 되면 당신은 아무 짝에도 쓸모없는 사람이 되겠지.

그녀는 마치 그가 따귀를 때린 것처럼 뺨에 손을 얹는다. 그런 식으로 말하지 말았으면 좋겠어요.

당신이 그걸 싫어한다는 거 나도 알아. 그런 코트를 입은 여자들은 그렇지.

《포트 타이콘드로가 헤럴드 앤드 배너》, 1933년 3월 16일

체이스 씨, 구제 사업을 돕다

—— 편집장 엘우드 R. 머리

체이스 산업의 대표인 노벌 체이스 대위는 본 읍이 필요로 하는 공공 봉사의 정신에 입각하여 국내에서 불황으로 가장 타격을 많이 받은 지역들을 위한 구호 사역에 체이스 산업이 유개 화차 세 개 분량의 공장 '2급 생산품'을 기부하겠다고 발표했다. 기부 품목에는 아기용 담요, 아동용 스웨터, 그리고 실용적인 남성용과 여성용 속옷 일습이 포함되어 있다.

체이스 대위는 국가적 위기 상황에서는 전쟁 시에 그러했던 것처럼 모두가 협력해야 하며, 특히 다른 지역보다 비교적 운이 좋은 편인 온타리오 주민들은 더욱더 그러해야 한다고 《헤럴드 앤드 배너》지에 말했다. 경쟁자들, 특히 토론토에 위치한 로열 클래식 니트웨어의 리처드 그리폰 씨로부터 자사의 초과 생산물을 무료 증정품으로 시장에 투매함으로써 노동자들이 돈을 벌 기회를 박탈해 버린다는 비난을 받자, 체이스 대위는 자사의 물품을 수령하는 이들은 구매 능력이 없는 사람들이기 때문에 다른 이들의 판매에 훼방을 놓는 것은 아니라고 말했다.

그는 국가 전반이 경기 부진으로 어려움을 겪고 있으며 체이스 산업도 현재 감소된 수요로 인해 공정을 감소해야 하는 입장에 직면해 있다고 덧붙였다. 공장을 계속 가동하기 위해 모든 노력을 다 하겠지만, 머지않아 직원 해고 혹은 노동 시간 및 임금

분할을 시행해야 할지도 모른다고 말했다.

우리는 자신이 한 약속을 지키는 체이스 대위의 노력에 그저 경의를 표할 뿐이다. 위니펙과 몬트리올 등의 사업장에서 사용되는 파업 파괴 행위와 공장 폐쇄와 같은 전략과는 차별되는 그의 노력으로, 포트 타이콘드로가는 준법 질서가 지켜지는 고장으로 남아 있으며, 생명 손실은 물론이고 상당한 재산 피해와 부상으로 다른 도시들에 손상을 가져온 노동조합의 폭동, 잔인한 폭력, 그리고 공산주의에 의해 고무된 유혈 참사와 같은 광경은 볼 수 없다.

눈먼 암살자

모충사 침대 덮개

여기가 당신이 살고 있는 곳인가요? 그녀는 묻는다. 그녀는 장갑을 손에 쥐고 비틀어 댄다. 마치 그것이 젖어서 물기를 짜내기라도 하듯이.

내가 머물고 있는 곳이지. 그건 다른 거야. 그는 말한다.

그곳은 검댕으로 거무스름하게 된 붉은 벽돌 소재의 연립 주택 가운데 하나다. 좁고 긴 형태이며 가파르게 각이 진 지붕이 있다. 정면에는 타원형의 칙칙한 풀밭이 있고 보도 측면에는 시든 잡초 몇 줄기가 자라고 있다. 갈색 종이봉투가 찢겨 열려 있다.

현관에 이르는 네 계단. 앞쪽 유리창에 매달린 레이스 커튼. 그는 열쇠를 꺼낸다.

그녀는 집 안으로 들어서며 어깨 너머로 흘끗 돌아본다. 걱정 마. 아무도 안 봐. 어쨌든 여긴 내 친구 집일 뿐이야. 오늘만 여기 있다가 내일이면 떠날 거야. 그는 말한다.

당신은 친구도 많군요, 하고 그녀는 말한다.

많지는 않지. 좋은 놈들만 있다면 친구가 많을 필요가 없지. 그는 말한다.

코트를 걸어 놓는 놋 갈고리가 일렬로 달린 현관, 갈색과 노란색 정방형 무늬 장판이 깔린 바닥, 백로 혹은 두루미 문양이 새겨진 젖빛 유리가 달린 안쪽 문이 있다. 갈대와 백합 사이에서 뱀같이 길고 우아한 목을 구부리고 있는 긴 다리의 새들, 이전 시대의 잔여물. 가스 불빛. 그가 두 번째 열쇠로 문을 열고 그들은 어두침침한 실내 복도로 들어선다. 그런 다음 그는 전등 스위치를 켠다. 천장에는 세 송이 분홍색 꽃 모양의 유리 전등이 달려 있다. 꽃 두 송이에는 전구가 없다.

그렇게 겁먹은 표정 하지 마. 이곳 물건들이 당신에게 묻어나지는 않을 테니. 그저 아무것도 손대지만 말아 줘.

어쩌면 그럴지도 모르죠. 그녀는 숨 죽인 미소를 작게 머금으며 말한다. 나는 당신에게 손을 대야 하는데. 당신이 내게 묻어날 거예요.

그는 등 뒤로 유리문을 닫는다. 왼쪽에는 광택이 나는 색이 짙은 문이 또 하나 있다. 그녀는 검열관이 문 안쪽에서 한 발씩 바꾸어 가며 앙감질하듯 삐걱거리는 소리를 내면서 문에 귀를 바짝 갖다 대고 있는 모습을 상상한다. 사악한 백발의 늙은 할멈. 레이스 커튼과 정말 잘 맞아떨어지지 않는가? 디딤판에 카펫이 못으로 고정되어 있고 난간 기둥 몇 개가 나간 마멸된 긴 계단이 위층으로 연결되어 있다. 포도 넝쿨과 장미가 얽혀 있는 격자 문양의 벽지는 한때는 분홍색이었지만 이제는 우유를 탄 차 같은 엷은 갈색으로 변해 버렸다. 그는 조심스럽게 그녀를 안고, 입술로 그녀의 목덜미 옆과 목을 가볍게 스친다. 입술에는 하지 마요, 그녀는 가볍게 떤다.

내 흔적은 지워 버리기 쉬워. 그는 귓속말로 말한다. 그냥 집에 가서 샤워를 하면 돼.

그렇게 말하지 마요. 그녀 역시 속삭인다. 나를 놀리는 거죠. 당신은 내가 진지하게 말하는 것을 절대로 믿지 않아요.

이건 진지하게 한 말인걸, 하고 그는 말한다. 그녀는 손으로 그의 허리를 부드럽게 감싸고, 그들은 약간 서투르게, 약간 굼뜨게 계단을 올라간다. 그들의 몸은 그들이 원하는 만큼 빨리 움직이지 못한다. 계단 중간쯤 올라간 곳에는 채색된 둥근 창이 있다. 암청색 하늘, 싸구려 가게의 포도 같은 자주색, 머리가 지끈거리도록 붉은 꽃, 그들의 얼굴을 물들이며 빛이 쏟아진다. 2층 층계참에서 그는 다시 한 번, 더 강하게, 그녀에게 키스를 한다. 그리고 그녀의 부드러운 다리를 따라 스타킹의 위쪽까지 치마를 걷어 올리고, 그곳에 있는 작고 단단한 고무 단추를 만지작거리며 벽 쪽으로 그녀를 밀쳐 세운다. 그녀는 항상 거들을 입는다. 그걸 벗기는 것은 바다표범의 가죽을 벗기는 것처럼 어렵다.

그녀의 모자가 굴러 떨어진다. 그녀의 팔은 그의 목을 두르고 있고, 그녀의 몸은 마치 누군가가 머리를 잡아챈 것처럼 등 쪽으로 휘어져 있다. 머리핀이 빠지고 그녀의 머리칼이 풀린다. 그는 손으로 그녀의 머릿결을 따라 쓰다듬으며, 폭이 점점 가늘어지는, 엷은 색 머리카락을 만지면서, 불꽃을 떠올린다. 거꾸로 놓인 하얀 양초의 홀로 아른거리는 불꽃. 그러나 불꽃은 아래쪽으로 타지 않는다.

방은 3층에 있다. 한때 하인들의 숙소였던 곳. 방으로 들어가자 그는 문에 사슬을 건다. 방은 작고 답답하고 어둡다. 몇 센티

밖에 열리지 않는 유일한 창문에는 거의 전부 블라인드가 쳐져 있고, 하얀색 그물 커튼이 양쪽에 고리로 묶여 있다. 오후의 햇빛은 블라인드에 부딪혀 그것을 금빛으로 물들인다. 공기 중에는 말라빠진 부패물 냄새와 비누 냄새가 뒤섞여 있다. 한쪽 구석에는 삼각형 모양의 작은 개수대가 놓여 있고, 황갈색으로 변한 거울이 그 위에 걸려 있다. 그 아래에는 그의 타자기가 든, 각진 검은색 상자가 처박혀 있다. 에나멜을 칠한 주석 컵에 담긴 그의 칫솔. 새 칫솔이 아니다. 이건 지나치게 내밀한 광경이다. 그녀는 눈길을 돌린다. 담뱃불에 탄 흔적과 젖은 유리잔 자국이 남은, 짙은 색 유성을 칠한 책상도 있다. 그러나 침대가 대부분의 공간을 차지하고 있다. 그것은 유행이 지난 소녀용처럼 보이는 놋쇠 침대로, 손잡이 부분을 제외하고는 모두 하얀색으로 칠해져 있다. 이 침대는 아마도 삐걱거릴 것이다. 그녀는 그 생각을 하고 얼굴을 붉힌다.

그가 이 침대에 상당히 공을 들였다는 것을 그녀는 알아차린다. 침대보를 바꾸었거나 적어도 베갯잇을 바꾸었을 것이고, 색이 바랜 담녹색 모충사 침대 덮개의 구김살을 폈을 것이다. 그녀는 그가 그렇게 하지 않았더라면 하는 마음마저 든다. 그걸 보면 연민과 같은 고통이 느껴지기 때문이다. 마치 굶주린 농부가 마지막 남은 빵 조각을 그녀에게 건네주는 것처럼. 그녀는 연민을 느끼고 싶지 않다. 그가 어떤 면으로든 유약하다는 것을 느끼고 싶지 않은 것이다. 오직 그녀만이 유약할 권리를 가지고 있다. 그녀는 책상 위에 지갑과 장갑을 놓는다. 문득 그녀는 이것이 사교계 모임에서 맞닥뜨리게 되는 상황과 비슷하다는 것을 깨닫는다. 사교계 상황치고는 상당히 어색하다.

집사가 없어서 미안해. 한잔할 거야? 싸구려 스카치위스키가 있는데. 그는 말한다.

그래요, 한 잔 줘요, 하고 그녀는 말한다. 그는 책상의 맨 위 서랍에 술병을 보관한다. 술병과 잔을 두 개 꺼내 따른다. 얼마만큼 원하는지 말해.

그만큼이면 됐어요.

얼음은 없어. 하지만 물을 탈 수는 있어. 그는 말한다.

괜찮아요. 그녀는 위스키를 한 번에 삼키고, 기침을 약간 하고, 그를 보며 미소를 지으며, 책상에 등을 기대고 선다.

물을 타지 않고 독하게 단 한 번에 마시는 것, 당신이 좋아하는 식이지. 그는 잔을 들고 침대에 앉는다. 당신이 사랑하는 술을 위하여. 그는 잔을 높이 든다. 그는 미소로 답하지 않는다.

오늘 당신은 이상할 정도로 심술궂군요.

자기 방어야, 하고 그는 말한다.

나는 술을 사랑하는 게 아니에요, 당신을 사랑한다고요. 그 둘 사이의 차이 정도는 알고 있어요. 그녀는 말한다.

어느 정도는 그렇겠지, 하고 그는 말한다. 혹은 그렇게 생각하는 것이겠지. 체면을 차릴 수 있으니까.

내가 당장 여기를 박차고 나가지 말아야 할 이유 한 가지만 대 봐요.

그는 히죽 웃는다. 그럼 이리로 와.

사랑한다고 말해 주는 것을 그녀가 원한다는 것을 알고 있지만 그는 그런 말을 하지 않을 것이다. 그 말을 하게 되면 방어 수단을 잃게 될지도 모른다. 범죄를 고백한 것처럼.

먼저 스타킹을 벗을게요. 이 스타킹은 당신이 보는 순간 올이

나가 버릴 거예요.

당신처럼 말이지. 거기 놔둬. 이제 이리 와. 그는 말한다.

해가 움직였다. 이제 드리워진 블라인드의 왼쪽에 쐐기 모양 정도의 빛만 남아 있다. 밖에서는 전차가 신호음을 내면서 덜컹거리며 지나간다. 전차는 이 시간을 넘어서도 계속 다니고 있었던 것이다. 그렇다면 왜 이제까지 정적이 깔려 있던 것일까? 정적과 그의 숨소리, 그들의 숨소리, 소리를 내지 않기 위해, 아니, 지나치게 많은 소리를 내기 않기 위해 억누른 육체적 고투. 왜 쾌락의 소리는 고통의 그것과 그토록 비슷한 것인가? 마치 상처를 입은 이처럼. 그는 손으로 그녀의 입을 막는다.

이제 방은 더 어두워졌다. 그러나 그녀는 더 선명하게 볼 수 있다. 바닥에 뭉쳐 있는 침대 덮개, 두꺼운 천 넝쿨인 양 꼬인 채 그들 주변과 위에 놓여 있는 얇은 이불. 갓이 달리지 않은 유일한 전등, 작고 시시한 푸른색 제비꽃이 그려진 크림색 벽지, 지붕이 새는 곳에는 베이지색 얼룩이 져 있다. 문을 잠근 사슬. 그것은 너무나 허술하다. 난폭하게 한 번 밀어젖힌다면, 장화 신은 발로 한 번 차 버린다면. 만약 그런 일이 일어난다면, 그녀는 어떻게 할 것인가? 벽이 얇아지면서 얼음으로 변해 버리는 것 같다. 그들은 어항 속에 든 물고기다.

그는 담배 두 개비에 불을 붙여 그녀에게 한 개비를 건네준다. 그들은 함께 담배 연기를 들이마신다. 그는 남은 손으로 그녀를 쓰다듬고, 또다시 손가락 사이로 그녀를 느낀다. 시간이 얼마나 남았는지 궁금하지만 묻지 않는다. 대신 그녀의 손목을 잡는다. 그녀는 작은 금시계를 차고 있다. 그는 시계를 가려 버린다.

그래. 잠들기 전에 이야기 들려줄까? 그는 말한다.

네, 그래요.

어디까지 했더라?

신부 베일을 쓴 그 가련한 소녀들의 혀를 베어 버렸죠.

아, 그래. 그리고 당신이 항의했지. 이야기가 마음에 들지 않는다면 다른 이야기를 해 줄 수도 있어. 하지만 그게 더 고상한 얘기가 될 거라고 보장할 수는 없는걸. 더 끔찍한 얘기일 수도 있어. 현대적일 수도 있지. 죽은 자이크론 사람들 몇 명 대신, 냄새 고약한 넓은 진흙탕과 수많은⋯⋯.

그냥 이 얘기를 계속 들을래요. 그녀는 재빨리 말한다. 어쨌든 당신이 들려주고 싶은 얘기는 바로 이거잖아요.

그녀는 담배를 갈색 유리 재떨이에 문질러 끈 다음 그의 가슴에 귀를 대고 그에게 기대어 눕는다. 그녀는 이런 식으로 그의 목소리 듣는 것을 좋아한다. 목에서 시작되는 것이 아니라 몸에서 시작되는 것처럼 들리는 목소리. 웅얼거림 혹은 으르렁거림 같은, 혹은 깊은 땅속에서 들려오는 것 같은 목소리. 그녀 자신의 심장 속을 흐르는 피 같은 ─ 말, 말, 말.

《메일 앤드 엠파이어》, 1934년 12월 5일

베닛 수상*에게 보내는 갈채
메일 앤드 엠파이어지 특보

토론토의 금융업자이자 로열 클래식 니트웨어의 사장이며, 기탄없이 자신의 의견을 피력해 온 리처드 E. 그리픈 씨는 어제저녁 엠파이어 클럽에서 행한 연설에서 R. B. 베닛 수상에 대한 온건한 찬사와 그의 비판자들에 대한 신랄한 비평을 늘어놓았다.

반란 음모로 킹스턴의 포츠머스 교도소에 수감되어 있다가 토요일에 가석방된 팀 벅**을 1만 5000명의 공산주의자들이 광란적으로 환영하였던 일요일 토론토 메이플 리프 가든에서의 떠들썩한 집회에 대해 언급하며, 그리픈 씨는 20만 명의 "현혹된 피 흘리는 가슴들"이 서명한 청원서라는 형태의 압력에 정부가 "굴복"한 것에 위기감을 느꼈다고 말했다. "비정함의 강철 굽"이라는 베닛 수상의 정책은 옳은 것이며, 국민 투표로 선출된 정부를 무너뜨리고 사유 재산을 몰수하려는 음모를 꾸미는 자들을 감금하는 것이야말로 체제 전복 행위를 다루는 유일한

* 경제 대공황 시기인 1930년부터 1935년까지 재직한 캐나다 수상. 전직 변호사이자 백만장자 사업가 출신인 베닛의 보수당 정책은 대공황의 경제 상황을 타개하는 데 별다른 도움이 되지 못했다는 비판을 받고 있다.
** 팀 벅(1891~1973)은 캐나다 공산당의 지도자였다. 경제 공황이 시작되자 베닛 정부는 좌파들의 행동과 선동에 민감하게 반응했으며, 1931년 공산당 사무실을 습격하여 벅을 비롯한 공산당 지도자들을 체포했다. 복역 중이던 벅은 1934년 시민 운동의 청원 결과로 석방되었다.

방법이라고 말했다.

법규 98항에 근거하여 추방된 수만 명의 이민자들, 특히 강제 이송된 자들을 수용소에 감금하는 독일이나 이탈리아로 추방된 이들에 관해서는, 독재 정치를 옹호했던 그들이 이제 그것을 직접 맛보게 될 것이라고 그리폰 씨는 말했다.

경제 분야로 화제를 옮겨, 비록 실업률이 높은 상태로 지속된 결과로 사회적 동요가 일어나고 공산주의자 및 그 추종자들이 그로 인한 이익을 보고 있기는 하지만, 고무적인 지표들이 보이고 있으며 봄까지는 불황이 극복될 것으로 믿는다고 그리폰 씨는 말했다. 그때까지는 현재 방침을 고수하고 체재가 자가 수정을 하도록 내버려 두어야 한다. 루스벨트 대통령이 취한 것과 같은 연성 사회주의의 방향으로 기울어지는 일은 없어야 할 것이다. 그러한 노력은 신음하고 있는 경제를 더욱 악화시킬 것이다. 비록 실업으로 인한 곤경은 유감스러운 것이지만, 다수의 사람들은 스스로 원해서 일을 하지 않는 것이며, 불법 파업자와 외부 소요자들에게 신속하고 효과적으로 완력을 행사해야 한다고 말했다.

그리폰 씨의 발언은 힘찬 박수를 받았다.

눈먼 암살자

전령

자, 그럼. 이제 어두워졌다고 해 두지. 세 개의 태양은 모두 저물었어. 두 개의 달이 떠올랐고. 구릉에는 온통 늑대들이 어슬렁거리고 있어. 선택된 소녀는 희생될 차례를 기다리고 있지. 사람들은 그녀에게 진수성찬으로 차린 마지막 식사를 먹이고, 향수와 성유(聖油)를 발라 주고, 그녀를 찬양하는 노래를 부르며 기도를 했지. 이제 그녀는 신전의 가장 안쪽 방에 갇혀서 붉은색과 금색으로 짠 양단 침대 위에 누워 있어. 그 방에서는 죽은 자들의 관가(棺架)에 관례적으로 뿌리는 꽃잎과 향료와 으깬 방향(芳香) 신미료가 뒤섞인 냄새가 나고 있어. 그 침대는 "하룻밤의 침대"라고 불리지. 어떤 소녀도 그 침대에서 이틀 밤을 보낸적이 없기 때문이야. 아직 혀가 잘리기 전, 소녀들은 그것을 "목소리 없는 눈물의 침대"라고 부르지.

자정이 되면 녹슨 갑옷을 입고 있다는 지하 세계의 지배자가 소녀를 찾아온다고 해. 지하 세계는 찢김과 분열의 장소야. 신들의 나라로 가는 모든 영혼들은 이곳을 지나가야 해. 그리고 일부 영혼들, 즉 가장 사악한 이들은 그곳에 남아야 하지. 헌납된 신전의 모든 처녀들은 희생되기 전날 밤 녹슨 지배자의 방문을 받아야 해. 그렇지 않다면, 그녀의 영혼은 욕구가 충족되지 못한 상태에서 신들의 나라로 여행하는 대신 아름다운 나신의 죽은 여인들의 무리에 억지로 합류하게 돼. 그들은 푸른 머리칼과 부드러운 곡선의 몸매, 루비같이 붉은 입술, 그리고 뱀이 도사리고 있는 심연과 같은 눈을 가지고 있고, 서쪽의 황량한 산에 있는 오래된 황폐한 무덤들 사이를 배회하지. 이것 봐, 나는 무덤들에 대해 잊지 않았다고.

당신이 사려 깊다는 거 알고 있어요.

당신은 어떤 것에도 만족하지 못하는군. 덧붙이고 싶은 세부 사항이 있으면 말해. 어쨌든. 고금의 많은 종족들처럼, 자이크론인들은 처녀들, 특히 죽은 처녀들을 두려워했어. 사랑에 배반당해서 결혼하지 않고 죽은 여자들은 살아 있는 동안 아쉽게 놓친 것들을 추구하려고 들거든. 그들은 낮 동안 황폐한 무덤 사이에서 잠을 자고, 밤이면 경솔한 여행자들, 특히 무모하게 그곳으로 가는 젊은 남자들을 희생물로 삼지. 그 젊은 남자들을 덮쳐 그들의 정수를 빨아들인 후, 벌거벗은 죽은 여인들이 원할 때마다 그녀들의 변태적인 욕구를 만족시켜 줘야 하는 순종적인 강시로 만들어 버리지.

그 젊은 남자들에겐 정말 불행한 일이네요. 그 사악한 존재들에 대항하는 방법은 없나요? 그녀는 말한다.

창으로 찌르거나 돌로 곤죽이 되도록 패 주는 방법이 있지. 하지만 그들은 수가 너무 많아. 문어와 싸우는 것과 비슷하다고 할 수 있지. 상대가 알아차리기도 전에 완전히 포위해 버리거든. 아무튼, 그들은 상대에게 최면을 걸어서 의지력을 파괴해 버리지. 그게 그들이 가장 먼저 하는 일이야. 그들을 보는 순간 그 자리에서 꼼짝달싹할 수 없이 굳어 버리지.

정말 상상이 되는군요. 스카치위스키 더 할래요?

더 마실 수 있을 것 같군. 고마워. 그 소녀, 어떤 이름이 적합할 것 같아?

모르겠어요. 당신이 골라요. 당신이 잘 알잖아요.

생각해 보겠어. 어쨌든, 그녀는 이러저러한 예측에 사로잡힌 채 하룻밤의 침대 위에 누워 있어. 목이 잘리는 것과 앞으로 펼쳐진 몇 시간 중 어떤 것이 더 끔찍할지 알 수 없지. 지하 세계의 지배자가 실제 인물이 아니라 단순히 변장한 조신(朝臣) 중 하나라는 것은 신전에서 통용되는 비밀 중 하나야. 사키얼-논의 다른 모든 것과 마찬가지로 이 직위 또한 살 수 있는 거야. 그리고 이 특권을 위해 수많은 돈이 오간다고 해. 물론 몰래 이루어지는 일이지. 뇌물을 받는 이는 여대제사장이야. 그 여자는 뇌물에 더할 나위 없이 잘 넘어가고, 특히 사파이어를 좋아한다고 알려져 있지. 자기가 자선하는 데 돈을 쓴다고 맹세하면서 변명하곤 해. 그리고 실제로 생각이 날 때면 어느 정도의 돈은 그렇게 쓰기도 해. 기억이 날 때뿐이긴 하지만. 혀도 잃었고 글을 쓸 도구도 없기 때문에 소녀들은 이 시련에 대해 불평을 할 수 없어. 그리고 어찌 되었건 다음 날이면 죽임을 당하는걸, 뭐. "하늘로부터 내려온 돈이야." 여대제사장은 돈을 세면서 혼잣말로 중얼거리지.

한편, 저 먼 곳에서는 누추한 차림의 커다란 야만인 무리가 명성이 자자한 도시인 사키얼-논을 점령해서 약탈하고 불태워 없애 버리기 위해 진격해 오고 있어. 그들은 서편의 다른 여러 도시들에서 이미 이와 비슷한 짓을 저질렀지. 어느 누구도, 그러니까 문명화된 나라의 그 어느 누구도 그들이 어떻게 성공을 거두는지 설명하지 못하고 있어. 갑옷이나 무기를 제대로 옷을 갖추지도 않았고, 글도 읽지도 못하고 정교한 금속 장치를 가진 것도 아니거든.

뿐만 아니라 그들에게는 왕도 없어. 우두머리밖에 없지. 이 우두머리에게는 이렇다 할 이름도 없어. 그는 우두머리가 되었을 때 이름을 포기하고 직함을 받았거든. 그의 직함은 '환희의 시종'이야. 그의 추종자들은 그를 "전능의 회초리", "무적의 정의로운 주먹", "부정의 정화자", 그리고 "미덕과 정의의 수호자"라고 부르기도 해. 그 야만인들이 원래 어디 출신인지 알려지지 않았지만, 사악한 바람이 발생하는 북서부에서 왔다는 것이 중론이야. 적들은 그들을 "황폐함의 족속"이라고 부르지만 그들 자신은 스스로를 "기쁨의 민족"이라고 부르지.

그들의 현재 우두머리는 신이 내려 준 총애의 표적을 갖고 있어. 그는 큰그물막을 쓰고 태어났고, 발에는 부상을 입었고, 이마에는 별 모양의 표적을 가지고 있지. 다음 단계에 무엇을 해야 좋을지 모를 때마다 신들린 상태에서 다른 세계와 소통을 할 수 있어. 신들이 보낸 전령에게서 명령을 받고 사키얼-논을 파괴하러 가는 중이야.

이 전령은 수많은 눈과 불을 내뿜는 날개를 가진 불꽃의 형상으로 나타났어. 그런 전령들은 비비 꼬인 비유를 들어 말하고 많은 형태를 취한다고 알려져 있지. 불타는 털크나 말하는 돌,

혹은 걷는 꽃, 또는 새의 머리에 인간의 몸을 가진 모습. 그도 저도 아니면 그냥 보통 사람으로 나타나기도 해. 홀로, 혹은 둘씩 짝을 지어 여행하는 사람들, 도둑이나 마술사라는 소문이 따라다니는 이들, 여러 언어를 말할 수 있는 외국인, 길 한쪽에 서 있는 거지들이 그런 전령일 가능성이 가장 높다고 황폐함의 족속은 말하지. 그렇기 때문에 이 모든 사람들을 아주 신중하게 다루어야 해. 적어도 본모습이 밝혀질 때까지는 말이야.

만일 그들이 신이 보낸 사절이라는 것이 밝혀지면, 음식과 술을 주고, 필요하다면 여자도 제공하고, 전언에 공손히 귀를 기울인 후, 갈 길을 가도록 보내 주는 것이 최상의 방법이야. 전령이 아니라는 것이 드러나면, 그들은 돌에 맞아 죽게 되고 소유한 물건들은 모두 압수당하지. 황폐함의 족속 주변을 지나는 여행자, 마술사, 타지인 혹은 거지들은 "구름의 언어" 혹은 "얽힌 실크"라고 불리는 모호한 비유를 준비할 필요가 있어. 그 비유들은 상황에 따라 다양한 경우에 사용될 수 있도록 불가사의해야 해. 수수께끼나 종잡을 수 없는 운문을 소지하지 않은 채 기쁨의 민족 사이를 여행하는 것은 죽음을 자초하는 짓이라고 할 수 있어.

눈 달린 불꽃의 말에 따르면, 사키얼-논이라는 도시가 파괴의 대상으로 지목된 이유는 사치, 가짜 신에 대한 숭배, 그리고 무엇보다도 혐오스러운 아동 희생 풍습 때문이라고 해. 그 풍습 때문에 노예와 아이들과 희생 제물로 예정되어 있는 처녀들을 포함한 도시의 모든 사람들이 학살될 거야. 처녀들을 희생 제물로 바치려는 계획 때문에 이런 학살이 야기된 것인데, 바로 그 처녀들까지 죽이는 것은 정당하지 않다고 여겨지겠지. 그러나 기쁨의 민족에게 있어 그런 일을 결정하는 것은 유죄냐 혹은 무죄냐 여부가 아니라 상대가 부패했는가의 여부에 달려 있어. 그리고 기쁨의 민족의 의견에 따르자면, 부패한 도시에 사는 모든 이들은 부패했다는 거지.

그들 무리는 검은 먼지구름을 일으키며 전진하고 있어. 이 먼지구름은 무리 위에 깃발처럼 휘날리지. 그러나 사키얼-논의 성벽에 배치된 파수병들의 눈에 띌 정도로 근접하지는 않았어. 도시에 미리 경고를 해 줄 만한 다른 이들, 즉 외부의 목자, 지나가는 상인 등등이 보이면, 신의 전령으로 추정되는 이들을 제외하고는 모두 무자비하게 붙잡아 갈가리 난도질했지.

환희의 시종은 앞장서서 말을 달리고 있어. 그의 가슴은 순수하고, 이마에는 굵은 주름이 패어 있으며, 눈은 이글이글 불타고 있지. 어깨에는 거친 가죽 망토를 두르고 있고, 머리에는 직무의 증표인 붉은 원뿔 모자를 쓰고 있어. 뒤에는 추종자들이 송곳니를 드러낸 채 달려오지. 초식 동물들은 그들을 피해 도망가고, 맹금류들은 그들 뒤를 따르고, 늑대들은 그 옆에서 달리고 있어.

그러는 사이, 무슨 일이 일어나고 있는지 전혀 낌새를 채지 못하고 있는 도시에서는 왕을 권좌에서 끌어내리기 위한 음모가 진행되고 있어. 그 음모는 (언제나 그렇듯이) 높은 신임을 받는 여러 명의 조신들에 의해 시작되었지. 그들은 눈먼 암살자 가운데 가장 솜씨가 뛰어난 자를 고용했어. 한때 카펫 직공이었다가 이후 매춘 소년으로 일했지만, 도망을 친 후로는 소리 없이, 은밀히, 그리고 무자비하게 칼을 다루는 것으로 명성을 떨치게 된 청년이지. 그의 이름은 엑스(X)야.

왜 엑스예요?

그런 남자들은 항상 엑스라고 불려. 그런 이들에게 이름이란 아무 소용이 없지. 이름은 그들을 속박할 뿐이거든. 어쨌든, 여기서는 엑스레이의 엑스와 같은 거야. 당신이 엑스라고 한다면, 견고한 벽을 통과할 수 있고 여자들의 옷을 투시할 수 있어.

하지만 엑스는 눈먼 사람이잖아요.

그러니까 더 좋은 거야. 그는 고독의 축복이라 할 수 있는 내면의 눈*으로 여자들의 옷을 투시할 수 있지.

가련한 워즈워스! 그를 불손하게 모독하지 마요! 그녀는 즐거워하며 말한다.

어쩔 수 없어. 나는 어릴 때부터 불손했거든.

엑스는 다섯 달의 신전 건물에 숨어들어 가서 다음 날 희생될 처녀가 갇혀 있는 방의 문을 찾은 후, 보초의 목을 베어야 해. 그런 다음 소녀도 죽여 버리고 전설적인 하룻밤의 침대 아래 시체를 감춘 후, 소녀가 입고 있던 의식용 베일을 써야 하지. 그는 지하 세계의 지배자 역을 맡은 조신이(그 조신이란 사실 다름 아닌 임박한 왕궁 쿠데타의 통솔자야.) 와서 미리 돈을 지불하고 얻은 것을 취하고 사라질 때까지 기다려야 해. 그 조신은 상당히 많은 돈을 지불했고 돈을 들인 만큼 가치 있는 것을 가지게 되기를 원하고 있어. 그러니까 아무리 이제 막 죽었다 하더라도, 시체는 그에 해당하지 않겠지. 그는 여전히 고동치는 심장을 원하는 거야.

하지만 그들이 짜 놓은 전략에 차질이 생겼어. 시간을 맞추는

---

* 영국 시인인 월리엄 워즈워스(1770~1850)의 시 「나는 구름처럼 외롭게 방랑했네(I Wandered Lonely As a Cloud)」에 나오는 구절을 인용한 것.

것에 오해가 생겼거든. 지금 상황으로 보자면 눈먼 암살자가 그 곳에 가장 먼저 도착하게 되어 있어.

정말 소름 끼치는군요. 당신은 마음이 뒤틀린 사람이에요. 그녀는 말한다.

그는 그녀의 드러난 팔을 손가락으로 쓰다듬는다. 계속할까? 보통 나는 돈을 받고 하는데. 당신은 공짜로 듣는 거야. 감사해야 한다고. 어쨌든, 앞으로 어떻게 전개될지 모르잖아. 나는 단지 줄거리를 복잡하게 만들고 있을 뿐이야.

줄거리는 이미 상당히 복잡했어요.

복잡한 줄거리는 내 전문이지. 단순한 얘기를 원한다면 다른 곳에 가 봐.

그럼 좋아요. 계속하세요.

죽임을 당한 소녀의 옷으로 가장한 채, 암살자는 아침까지 기다린 후 제단으로 연결되는 계단으로 인도되어야 해. 그리고, 희생 제물로 바쳐지는 순간, 왕을 찔러 죽여야 하지. 왕은 그러니까 여신에게 찔려 죽은 것처럼 보일 것이고, 왕의 죽음은 신중하게 조직된 반란의 신호가 될 거야.

뇌물을 받은 몇몇의 거친 분대가 폭동을 연출해 낼 거야. 그 다음에는 역사적으로 늘 행해진 방식으로 상황이 펼쳐지지. 신전의 여사제들은 감금될 거야. 그들의 안전을 위해서라고 말하지만, 사실은 음모 계획자들이 종교적 권위를 주장하는 것을 지지하도록 강요하기 위한 것이지. 왕에게 충실한 귀족들은 바로 그곳에서 창에 찔려 죽을 것이고, 이후의 복수를 방지하기 위해 그 아들들 또한 살해될 거야. 딸들은 가족 재산을 탈취하는 것을 합법화하기 위해 승리자들과 정략결혼을 당하게 될 거고. 그리고 간통을 즐기고 방자하게 행동하던 아내들은 군중들에게 넘겨지게 될 거야. 일단 세력 있는 자들이 몰락한 다음 그들을 신바닥 흙먼지 닦개로 쓸 수 있게 되는 것은 특별한 즐거움이지.

눈먼 암살자는 이후에 벌어질 혼란을 이용하여 도망간 뒤, 나중에 돌아와 후한 사례금의 나머지 절반을 달라고 요청할 계획이야. 사실 공모자들은 그를 즉시 죽여 버릴 생각을 하고 있어. 혹시 음모가 수포로 돌아갈 경우 그가 잡혀서 자백을 강요당하는 일이 있어서는 안 되기 때문이지. 그의 시체는 감쪽같이 감추어질 거야. 왜냐하면 눈먼 암살자가 보수를 받는 경우에만 활동한다는 사실을 모든 이들이 알고 있고, 그렇다면 조만간 사람들은 누가 그를 고용했는지 의문을 품기 시작할 테니까. 왕의 죽음을 계획하는 것과 그 사실이 발각되는 것은 별개의 일이잖아.

아직까지 이야기 속에서 무명으로 남아 있는 소녀는 붉은 양단 침대에 누워서 가짜 지하 세계의 지배자를 기다리며 이승의 삶에 말 없는 고별인사를 하고 있어. 눈먼 암살자는 신전 시종의 회색 긴 옷을 입고 복도를 따라 슬그머니 내려가고 있어. 그는 문에 다다랐어. 보초는 여자야. 남자들은 신전 건물 안에서 일을 할 수 없게 되어 있기 때문이지. 암살자는 회색 베일로 위장한 채 여대제사장을 위한, 그녀만이 들어야 할 전언을 가지고 왔다고 속삭여. 보초가 몸을 숙이자, 칼이 단숨에 움직이고, 신의 번갯불이 자애롭게 번득이지. 보지 못하는 그의 손이 열쇠가 쩽그랑거리는 쪽으로 잽싸게 향하지.

열쇠가 자물쇠를 돌리고 있어. 방 안에서 소녀는 그 소리를 들어. 소녀는 일어나 앉아.

그의 목소리가 끊긴다. 그는 길가에서 들려오는 어떤 소리에 귀를 기울이고 있다.

그녀는 팔꿈치로 몸을 받치고 일어나 앉는다. 뭐예요? 그냥 차 문 소리잖아요. 그녀가 말한다.

부탁이 하나 있어. 슬립을 입고 창문 밖을 좀 내다봐. 그는 말한다.

누가 나를 보기라도 하면 어쩌려고요? 환한 대낮이잖아요. 그녀는 말한다.

괜찮아. 그들은 당신이 누군지 알아보지 못할 거야. 그저 슬립을 걸친 여자만 보게 될 거야. 그건 이 주변에서 흔한 광경이야. 그들은 그저 당신이……

거리의 여자라고 생각할 거라고요? 그녀는 가볍게 말한다. 당신도 그렇게 생각하는 거예요?

영락한 처녀라고 생각하겠지. 그건 다른 거야.

당신 참 정중하군요.

때로는 내가 자신의 가장 나쁜 적이야.

당신이 아니었다면 나는 훨씬 더 몰락했을 거예요, 하고 그녀는 말한다. 이제 그녀는 창가에 서 있다. 그녀는 블라인드를 올린다. 그녀가 입은 슬립은 호숫가 얼음과 같은 서늘한 녹색이다. 깨진 얼음. 그는 그녀에게 오랫동안 매달릴 수는 없을 것이다. 그녀는 녹아 버릴 것이다. 떠내려가 버릴 것이다. 그의 손에서 미끄러져 나가 버릴 것이다.

밖에 뭐가 있어? 그는 묻는다.

특별한 건 없어요.

침대로 돌아와.

그러나 그녀는 개수대 위에 걸린 거울을 쳐다보았고, 자신의 모습을 보았다. 맨 얼굴, 헝클어진 머리. 그녀는 금색 시계를 들여다본다. 이런, 큰일 났네. 가야 해요.

《메일 앤드 엠파이어》, 1934년 12월 15일

군이 파업 폭력을 진압하다
포트 타이콘드로가, 온타리오

어제 포트 타이콘드로가에서 새로운 폭력 사태가 발생했다. 이는 체이스와 아들들 유한 회사의 폐쇄, 파업 그리고 대량 해고와 관련하여 일주일 내내 지속되었던 소요의 연장 선상에 있는 사건이다. 경찰력이 수에서 압도당해 주 국회에서 증원을 요청하자, 수상은 공공 안전을 위해 왕립 캐나다 연대 파견을 통한 개입을 승인했다. 연대는 오후 2시에 도착했다. 현재 상황은 안정적이라고 보고되었다.

질서가 회복되기 전, 파업 집회는 통제가 불가능한 상황이었다. 읍내 주요 거리의 상가 진열창이 깨졌고, 대규모의 약탈 행위가 이루어졌다. 자산을 보호하려던 여러 상가 소유주들은 병원에 입원하여 타박상에서 회복하는 중이다. 경찰관 한 명은 벽돌로 머리를 맞아 뇌진탕에 걸려 심각한 상태에 있다고 한다. 초기에 제1공장에서 화재가 발생했지만 지역 소방관들에 의해 진화되었다. 현재 조사가 진행되고 있으며, 방화에 의한 것이라는 추측이 제기되고 있다. 야간 경비원인 앨 데이비슨 씨는 불길이 번지는 곳에서 안전한 곳으로 구출되었지만, 머리에 구타를 당하고 연기에 질식해 사망한 것으로 밝혀졌다. 이런 무도한 행위를 한 범인을 찾아내기 위해 노력하는 중이며, 이미 몇몇의 혐의자가 확인되고 있다.

포트 타이콘드로가 신문의 편집자인 엘우드 R. 머리 씨는 이 난동은 여러 외부 소요자들이 군중에게 들여온 술 때문에 야기된 것이라고 말했다. 이 지역의 노동자들은 준법적인 사람들이며, 선동이 없었다면 폭동을 일으키지 않았을 것이라고 그는 단언했다.

체이스와 아들들 산업의 사장인 노벌 체이스 씨는 언급을 회피했다.

눈먼 암살자

밤의 말

이번 주에는 다른 집, 다른 방이다. 적어도 문과 침대 사이에 몸을 돌릴 수 있는 공간이 있다. 커튼은 노란색과 파란색, 그리고 빨간색 줄무늬가 있는 멕시코풍이다. 침대에는 새눈 무늬 단풍나무로 된 머리판이 붙어 있다. 마룻바닥에는 선홍색의 껄끄러운 허드슨 베이 담요가 내팽개쳐져 있다. 벽에 붙은 스페인의 투우사 포스터. 적갈색 가죽 안락의자. 훈증한 떡갈나무 책상. 깔끔하게 깎인 연필이 꽂혀 있는 항아리. 선반에 놓인 파이프. 담배 분진이 공기를 탁하게 채우고 있다.

책장 가득히 꽂힌 책들. 오든, 베블런, 슈펭글러, 스타인벡, 더스패서스,* 잘 보이는 곳에 꽂힌 『북회귀선』**, 아마도 밀수입된 것이리라. 『살람보』, 『이상한 도주자』, 『우상의 황혼』, 『무기여 잘 있거라』.*** 바르뷔스, 몽테를랑.*** 『함무라비 법전`──`법적 주해』****. 이 새로운 친구는 지적 관심사를 갖고 있군, 그녀는 생각한다. 그리고 돈도 있고. 그러니까 그다지 신뢰할 수 없는 사람일 것이다. 그는 나무를 구부려 만든 코트 걸이 위쪽에 다른 종류의 모자 세 개를 걸어 놓았고, 순 캐시미어로 된 체크무늬 실내복도 걸어 놓았다.

이 중에 읽은 책이 있나요? 실내로 들어와 그가 문을 잠근 후, 그녀는 모자와 장갑을 벗으며 물었다.

---

* 오든(1907~1973)은 영국 태생의 미국 시인으로, 사회주의를 적극적으로 옹호했으며 스페인 내전에 참전했다. 베블런(1857~1929)은 『유한계급론』을 쓴 미국의 사회 비평가이자 경제학자이고, 슈펭글러(1880~1936)는 『서구의 몰락』을 쓴 독일의 역사학자이자 철학자, 스타인벡(1902~1968)은 『분노의 포도』를 쓴 미국 소설가이다. 더스패서스(1896~1970)는 미국 소설가로, 사회 혁명주의자였으며 오든과 마찬가지로 스페인 내전에 참여했다.

** 초현실주의의 영향을 받은 전위적인 문체로 대담한 성(性) 묘사를 보여 준 미국 작가 헨리 밀러(1891~1967)의 대표 소설.

*** 『살람보』는 프랑스 소설가 플로베르(1821~1880)가 지은 역사 소설로, 포에니 전쟁을 무대로 하여, 카르타고 용장의 딸 살람보와 반란군 지휘자의 비극적 사랑을 그렸다. 『이상한 도주자』는 캐나다 작가 몰리 캘러헌(1903~1990)의 소설이며, 『우상의 황혼』은 독일 철학자 니체(1844~1900)의 대표 저작 중 하나이다. 『무기여 잘 있거라』는 미국 작가 헤밍웨이가 쓴 장편 소설로, 1차 세계대전 중의 이탈리아를 배경으로 하여, 이탈리아군에 지원 입대한 미국인 청년 헨리 중위와 간호사인 영국인 캐서린의 비극적 사랑을 그렸다.

**** 바르뷔스(1873~1935)는 프랑스의 소설가이자 언론인으로, 열렬한 공산주의자로서 평화와 인간 해방을 지향하는 '클라르테(clarté) 운동'을 지도하였고, 인도주의의 입장에서 비참한 민중의 생활이나 전쟁의 비극을 묘사하였다. 몽테를랑(1896~1972)은 프랑스의 소설가이자 극작가로, 남성적인 행동주의 작가였으며, 전쟁의 경험을 엮은 소설 『아침의 교대』로 인정받은 후 전쟁, 스포츠, 연애 따위에서 왜곡된 인간상을 추구하면서도 높은 예술성을 보이는 작품을 발표하였다.

***** Hammurabis Gesetz: Juristische Erläuterung. 독일 학자 요제프 콜러, 펠릭스 파이저, 아서 웅나드, 파울 코샤커가 독일어로 번역하고 주해를 단 함무라비 법전을 1902년에서 1923년에 걸쳐 다섯 권으로 출간한 것 중 일부.

몇 권은, 하고 그가 대답했다. 그는 더 이상 자세히 설명하지 않았다. 머리를 돌려 봐. 그는 그녀의 머리카락에서 나뭇잎을 떼어냈다.

벌써 낙엽이 지고 있다.

그녀는 친구가 알고 있는지 궁금해한다. 여자가 있다는 사실뿐만 아니라(친구가 집에 갑자기 들어오지 않도록 그들은 서로 뭔가 계획을 세웠을 것이다. 남자들은 으레 그렇게 한다.) 그녀의 정체를 알고 있는지. 그녀의 이름 같은 것. 그렇지 않기를 바란다. 그곳에 있는 책, 그리고 무엇보다 투우사 포스터로 미루어 보건대 이 친구가 신념상 그녀에게 적대적이리라는 것을 알 수 있다.

오늘 그는 덜 성급하고 더 조용했다. 천천히 움직이고 행동을 자제하고 싶어 했다. 꼼꼼히 살피고 싶어 했다.

왜 나를 그런 식으로 쳐다보는 거죠?

당신을 기억하는 중이야.

왜요? 그녀는 손으로 그의 눈을 가리며 물었다. 그녀는 그런 식으로 점검당하는 것이 싫었다. 지적당하는 것.

나중에 당신을 간직하기 위해서. 내가 사라진 후에. 그는 말했다.

그러지 마요. 오늘이라는 시간을 망치지 마요.

쇠뿔도 단김에 빼라, 그게 당신 좌우명인가? 그는 말했다.

낭비하지 않으면 부족함이 없다는 게 더 적합할걸요, 하고 그녀가 말했다. 그러자 그는 웃었다.

이제 그녀는 침대보로 몸을 감싸고 가슴 부근을 둘러 휘감았다. 길고 구불구불한 물고기 꼬리지느러미 모양으로 말린 흰 면 속에 다리를 감춘 채 그에게 기대어 누워 있다. 그는 손을 뒷머리에 받치고 천장을 바라보고 있다. 그녀는 그에게 자신의 음료를 한 모금씩 준다. 이번에는 물을 탄 호밀 위스키다. 그녀는 뭔가 괜찮은 것, 마실 만한 것을 가져와야겠다고 생각하고 있었지만 이제까지 매번 잊어버렸다.

계속해 봐요, 하고 그녀는 말한다.

영감을 받아야 해, 하고 그는 말한다.

당신에게 영감을 불어넣으려면 어떻게 하면 되죠? 5시까지 돌아가지 않아도 돼요.

다음에 진정한 영감을 받도록 하지, 하고 그는 말한다. 힘을 끌어모아야 해. 삼십 분만 줘 봐.

"오 렌테, 렌테 쿠리테 녹티스 에퀴!"*

뭐라고?

천천히, 천천히 달려라, 밤의 말이여. 오비디우스에게서 나온 문구예요. 라틴어로는 이 문구가 느린 운으로 나가죠. 그녀는 말한다. 괜한 말을 한 것 같다. 그는 그녀가 잘난 체하고 있다고 생각할 것이다. 그가 무엇을 알고 있는지 모르고 있는지 구분하기 어렵다. 때로 그는 아무것도 모르는 척하다가, 그녀가 설명을 해준 후에 다 알고 있다고, 예전부터 계속 알고 있었다고 밝히기도 한다. 그녀가 속내를 드러내도록 만든 후 말문을 막아 버리는 것이다.

---

* O lente, lente currite noctis equi! 로마 시인 오비디우스의 첫 시집 『사랑도 가지가지(Amores)』에서 인용한 구절.

당신은 별난 여인네야, 하고 그는 말한다. 그것들은 왜 밤의 말이지?

시간의 전차를 끌거든요. 그는 정부(情婦)와 함께 있어요. 밤이 길어지기를, 그래서 그녀와 더 오랜 시간을 보낼 수 있기를 바란다는 뜻이에요.

무엇 때문에? 오 분으로 충분치 않다는 거야? 뭐 더 할 게 있다는 건가? 그는 심드렁하게 말한다.

그녀는 일어나 앉는다. 피곤해요? 나 때문에 지루한가요? 떠날까요?

다시 누워. 가긴 어딜 간다고.

그가 이렇게 하지 않았으면, 영화 속 카우보이처럼 말하지 않았으면 하고 그녀는 바란다. 그녀의 입장을 불리하게 만들기 위해 그는 이렇게 행동하는 것이다. 그럼에도 그녀는 몸을 길게 뻗고 팔을 매끄럽게 그의 몸을 가로질러 놓는다.

손을 여기 놓으세요, 부인. 그러시면 되겠습니다. 그는 눈을 감는다. 정부라. 정말 구식 단어로군. 중기 빅토리아 시대풍이야. 당신의 우아한 신발에 키스하거나 당신에게 초콜릿을 권해야 할 것 같은데. 그는 말한다.

그럼 나는 아마도 구식인가 봐요. 중기 빅토리아 시대풍의 사람인가 보죠. 그럼, '연인'이라고 해요. '깔치'는 어때요. 그건 좀 더 신식으로 보이나요? 이렇게 말하면 좀 더 당신과 평등해지는 건가요?

물론이지. 하지만 나는 '정부'라는 말이 좋아. 세상은 평등하지 않으니까. 그렇지 않아?

그래요. 평등하지 않죠. 어쨌든, 얘기 계속해 봐요.

그는 이야기한다, 날이 저물자 기쁨의 민족은 도시에서 하루 치 행군 거리 정도 떨어진 곳에서 야영을 했어. 이전의 정복지에서 포로로 잡혀 온 여자 노예들은 가죽 술병 속에서 발효가 된 선홍색 '흐랑'주(酒)를 따르고, 굴종하는 태도로 굽실거리며 시중을 들면서 훔친 털크로 대강 끓여 만든 끔찍한 고깃국을 대접에 담아 나르고 있어. 본처들은 그늘에 앉아 타원형의 검은 머릿수건 속에서 눈을 빛내면서 노예들이 주제넘은 행동을 하는지 감시하고 있어. 그들은 오늘밤 홀로 잠자리에 들어야 한다는 것을 알고 있지만, 나중에 서투른 행동이나 무례함을 빌미로 포로 소녀들에게 매질을 할 수 있거든. 그리고 실제로 그렇게 할 거야.

　남자들은 가죽 망토로 몸을 감싼 채 작은 모닥불 주변에 웅크리고 앉아서 저녁을 먹으며 낮은 소리로 말을 주고받고 있지. 지금은 유쾌한 분위기가 아니야. 자신들의 전진 속도와 적의 경계 태세에 따라 내일, 혹은 그다음 날이면 전투에 임해야 하고, 이번에는 이기지 못할 수도 있어. 맞아, 만약 그들이 계속해서 신앙심을 지키고 순종적이고 용감하고 약삭빠르게 행동한다면 승리가 주어질 것이라고, 무적의 주먹에게 전언을 건넨 불타는 눈의 전령은 약속했지. 하지만 이런 일에는 언제나 만약이란 조건이 너무나 많이 붙어 있어.

　만약 진다면, 그들은 죽임을 당할 것이고 그들의 여자와 아이들 역시 죽게 될 거야. 그들은 자비를 기대하지 않아. 만약 이긴다면, 그들 자신이 살육을 하게 되겠지. 그건 사람들이 생각하는 것처럼 그렇게 즐거운 일만은 아니야. 그들은 도시에 있는 모든 사람들을 죽여야 해. 그게 명령이야. 어떤 소년도 살아남아서 살육당한 아버지에 대한 복수를 갈망하며 성장해서는 안 되고, 어떤 소녀도 사악한 방법으로 기쁨의 민족을 타락시켜서는 안 되니까. 그들은 이전에 정복했던 여러 도시에서 젊은 여자들을 살려 두었다가, 역량과 공적에 따라 군인들에게 하나, 둘 혹은 셋씩 분배해 주곤 했어. 하지만 그만큼 해 먹었으면 이제 됐다고 신의 전령이 말했거든.

이 모든 살육은 매우 피곤하고 떠들썩한 일이 될 거야. 그런 대규모의 학살은 대단히 격렬하고 불결한 일이기 때문에, 철저하게 하지 않는다면 기쁨의 민족은 심각한 곤경에 처하게 될 거야. 전능자는 율법을 틀림없이 지킬 것을 요구하거든.

말은 따로 매어 놓았어. 말은 몇 마리 되지 않아, 오직 족장들만이 탈 수 있지 — 굳은 입과 비탄에 잠긴 듯 보이는 긴 얼굴과 부드럽고 겁 많아 보이는 눈을 가진 빈약하고 수선스러운 말들. 이건 말들의 잘못이 아니야. 그 지경이 되도록 억지로 끌려 왔을 뿐이니까.

말을 소유하고 있다면 그걸 차거나 때리는 것은 괜찮지만, 죽이고 먹어서는 안 돼. 오래전 전능자의 사자가 최초의 말의 형상으로 나타났기 때문이야. 말들은 그 사실을 기억하고 자랑스러워한다고 해. 오직 지도자들만이 말을 탈 수 있는 건 바로 그 때문이야. 아니, 그런 이유를 둘러대곤 하지.

《메이페어》, 1935년 5월

토론토 정오 한담

— 요크

올해 4월 고용 운전사가 딸린 리무진들의 멋진 행렬로 예고된 봄은 유쾌하게 다가왔다. 저명한 내빈들이 이 계절의 가장 흥미로운 피로연에 모여든 것이다. 이 피로연은 4월 6일 위니프리드 그리폰 프라이어 부인이 온타리오 주 포트 타이콘드로가의 아이리스 체이스 양을 위하여 로즈데일 지역에 위치한 자신의 웅장한 튜더 양식 저택에서 개최한 행사였다. 체이스 양은 노벌 체이스 대위의 딸이며, 몬트리올 출신인 고(故) 벤저민 몬트포트 체이스 부인의 손녀이다. 그녀는 그리폰 프라이어 부인의 오빠이자 오랫동안 우리 주에서 가장 선호되는 신랑감 중 한 사람으로 간주되어 왔던 리처드 그리폰 씨와 화려한 결혼식을 올릴 예정이다. 이 예식은 신부용 달력에서 절대 놓치지 말아야 할 행사가 될 것이다.

지난 계절 사교계에 데뷔한 소녀들과 그 어머니들은 이 생기발랄한 예비 신부를 보기를 열망했다. 그녀는 스키아파렐리*가 디자인한, 올록볼록한 황갈색 크레이프 소재로 된 얌전한 의상을 입고 나타났다. 폭이 좁은 치마와 페플럼**이 붙은 옷에 까만 벨벳과 흑옥으로 특징을 준 장식이 달려 있었다. 하얀 수선

---

* 이탈리아 출신의 파리 디자이너로, 코코 샤넬 이후 1920~1930년대를 주도했다.

** 허리만 두르도록 웃옷이나 블라우스에 붙은 짧은 스커트 모양의 주름 장식.

화 꽃꽂이 장식과 하얀 격자 세공 내실, 그리고 나선형 은색 리본으로 장식한 검은 모조 머스카딘 포도송이가 감긴 은색 돌출 촛대에 양초를 밝혀 놓은 저택에서 프라이어 부인은 치마에 아름다운 주름이 잡히고 몸체에 얌전한 작은 진주 장식이 있는 우아한 샤넬 드레스를 입고 하객들을 맞았다. 체이스 양의 동생이자 결혼식 들러리인 로라 체이스 양은 탁한 황록색의 무명 벨벳에 수박색 공단으로 특징을 준 옷을 입고 참석했다.

저명한 참석자들 가운데는 다음과 같은 이들이 있었다. 총독 대리와 그의 부인, 허버트 A. 브루스 씨와 그 부인, R. Y. 이튼 대령과 그 부인, 그리고 그들의 딸인 마거릿 이튼 양, W. D. 각하와 로스 부인, 그리고 그들의 딸들인 수전 로스 양과 이소벨 로스 양, A. L. 엘스워스 부인과 그녀의 두 딸인 베벌리 발머 부인과 일레인 엘스워스 양, 자슬린 분 양과 대프니 분 양, 그리고 그랜트 페플러 부부.

눈먼 암살자

청동 종

이제 자정이야. 사키얼-논 시에서는 세 태양신의 밤의 화신인 '파멸한 신'이 어둠 속에서 가장 낮은 곳으로 임하여, 맹렬한 전투 후 그곳에 살고 있는 지하 세계의 지배자와 죽은 전사들 무리에 의해 갈가리 찢긴 순간을 표시하기 위해 유일한 청동 종이 울리지. 그는 여신에게 구조되어 생명을 되찾고 건강과 원기를 회복하도록 보살핌을 받은 후 새벽이면 평상시와 마찬가지로 갱생하여 빛으로 가득 찬 모습으로 나타날 거야.

비록 파멸한 신의 인기가 높기는 하지만, 이 도시에 사는 어느 누구도 그에 관한 이 이야기를 진심으로 믿지 않아. 그래도 각 가정의 여자들은 진흙으로 그의 상을 만들고 남자들은 한 해 중 밤이 가장 긴 날 그의 상을 부수어 버려. 그러면 여자들은 다음 날 그의 상을 다시 만들지. 아이들용으로는 먹을 수 있는 달달한 빵으로 된 작은 신들이 있어. 탐욕스러운 입을 가진 아이들은 미래를 상징하지. 미래는 시간과 마찬가지로 현재 살아 있는 모든 것을 삼켜 버리니까.

왕은 사치스러운 궁전의 가장 높은 탑에 혼자 앉아서 별을 관찰하고 다음주의 전조와 조짐을 해석하고 있어. 주변에 아무도 없어서 감정을 은폐해야 할 이유가 없기 때문에 백금으로 짠 가면을 벗어 놓았지. 평범한 이그니로드처럼 원하는 대로 웃거나 찌푸릴 수 있는 거야. 기분 전환하는 데는 최고지.

바로 지금 그는 미소를 짓고 있어. 수심 어린 미소를. 하급 공무원의 통통한 아내와 가졌던 정사에 대해 생각하는 중이거든. 그녀는 털크처럼 멍청하지만, 물에 흠뻑 젖은 쿠션처럼 부드럽고 농후한 입술과 물고기처럼 능숙한 끝이 가는 손가락, 그리고 간교한 가는 눈, 그리고 숙달된 요령을 지니고 있어. 그렇지만 점점 요구하는 것이 많아졌고 또 경솔해졌어. 겉멋을 부리는 궁정의 연인들이 하는 것처럼 자신의 목덜미, 혹은 신체의 다른 부위들에 관한 시를 지어 달라고 계속 조르고 있지. 하지만 왕은 그 방면으로 재능이 없어. 왜 여자들은 그토록 기념물 모으기를 좋아하는 것일까, 왜 그들은 유품을 원하는 거지? 아니면 그녀는 스스로의 힘을 과시하기 위해 그가 바보짓 하기를 바라는 것일까?

유감스러운 일이기는 하지만, 왕은 그녀를 제거해야 해. 그녀의 남편을 금전적으로 파멸시킬 거야. 그의 집에서 그가 가장 신뢰하는 조신들과 함께 만찬을 나누는 영광을 베푸는 거지. 그 가련한 멍청이의 돈이 바닥날 때까지 말이야. 그러면 그 여자는 빚을 갚기 위해 노예로 팔려 가겠지. 그런 편이 그녀에게 더 나을지도 몰라. 근육이 단련될 테니까. 그녀가 베일을 벗어 모든 행인들의 시선 아래 얼굴을 드러내고, 새로운 여주인의 발판이

나 푸른 부리를 가진 애완조 '위뷸라'를 들고서 내내 얼굴을 찌푸린 채 지나가는 것을 상상하는 것은 참으로 유쾌한 일이야. 그녀를 암살해 버릴 수도 있지만, 그건 조금 가혹하다는 생각이 들어. 그녀의 죄가 있다면 미숙한 시를 갈구했던 것뿐이니까. 그는 독재자가 아니거든.

창자가 밖으로 나온 '우름'이 그의 앞에 놓여 있어. 그는 멍하니 깃털을 쩔러 보지. 그는 별에는 관심이 없지만 ── 더 이상 그 헛소리를 믿지 않거든. ── 그래도 눈을 가늘게 뜨고 한동안 별을 쳐다보고 나서 공표할 말을 생각해 내야 해. 부가 증대하고 풍성한 추수를 하게 되면 단기간은 먹혀들어 갈 거야. 그리고 사람들은 예언이 맞아떨어지지 않는 한 그 내용을 잊어버리기 마련이지.

비밀 정보원인 이발사에게서 받은 정보, 즉 그에 대한 또 다른 음모가 꾸며지고 있다는 정보가 사실일지 그는 궁금해하고 있어. 사람들을 체포하고, 고문과 처형이라는 수단을 또 써야 하는 걸까? 당연하지. 공공질서를 잡는 데 있어 유약하게 보이는 것은 실제로 유약한 것만큼이나 나쁘거든. 세력을 단단히 장악하는 것이 바람직한 거야. 땅에 떨어져 뒹굴게 될 머리가 자기 것이어서는 안 되지. 스스로를 보호하기 위해 억지로라도 손을 써야 해. 그런데도 그는 이상한 무기력감을 느끼고 있어. 왕국을 지배하는 것은 끊임없는 긴장의 연속이야. 단 한 순간이라도 경계를 늦추면 누군가가 그를 전복하려 할 거야.

멀리 북쪽에서 뭔가 불타는 것처럼 어른거리는 빛이 보이는 듯하더니 이내 사라져 버려. 번개인 듯해. 그는 눈앞에 손을 휘저어 보지.

그는 정말 가련하군요. 내가 보기엔 그가 최선을 다하고 있는 것 같은걸요.

술을 한 잔 더 해야 할 것 같아. 어때?

당신은 분명 그를 죽게 만들 거예요. 눈빛을 보면 알아요.

공정하게 말해서 그는 죽는 것이 당연해. 개인적으로 나는 그가 나쁜 놈이라고 생각해. 하지만 왕이란 나쁜 놈이어야 해, 안 그래? 적자생존 같은 거 말이야. 약한 자는 패배하는 거지.

정말 그걸 믿는 건 아니겠죠.

좀 더 있어? 술병을 끝까지 비워 봐. 정말 목이 마르거든.

알겠어요. 그녀는 침대보를 뒤로 늘어뜨리며 일어선다. 술병은 책상 위에 있다. 둘둘 감을 필요 없어. 보기 좋은걸. 그는 말한다.

그녀는 어깨 너머로 그를 돌아보며 말한다. 이렇게 하면 신비감이 더해지죠. 잔을 던져요. 이런 질 나쁜 술은 그만 사도록 해요.

내 수중의 돈으로 살 수 있는 건 이런 것뿐이야. 어쨌든 내 취향은 저질이니까. 고아라서 그래. 고아원에서 장로교 교인들이 나를 완전히 망쳐 놓았지. 내가 이렇게 침울하고 음침한 건 그것 때문이야.

그 구질구질한 고아원 카드는 꺼내지 말아요. 그것 때문에 내가 심장에서 피를 쏟듯 가슴 아파하지는 않아요.

그래도 피가 쏟아지는걸. 내가 의지하는 건 바로 그거야. 당신의 다리와 정말 멋진 엉덩이를 제외하면. 그게 당신의 가장 훌륭한 점이지. 피비린내 나는 잔인한 당신의 심장.

잔인한 건 내 심장이 아니라, 내 마음이에요. 나는 잔인한 마음의 소유자예요. 적어도 사람들은 내게 그렇게 말하죠.

그는 웃는다. 그럼 당신의 잔인한 마음을 위하여. 건배.

그녀는 술을 마시고 얼굴을 찌푸린다.

입으로 들어갈 때나 밑으로 나올 때나 맛이 똑같지. 그는 명랑하게 말한다. 그 말을 하다 보니 화장실 생각이 나는군, 개를 끌고 지나가는 남자나 한번 맞춰 봐야겠다. 그는 일어나 창가로 가서 창틀을 약간 올린다.

그러지 마요!

이건 골목길로 난 사유 차도야. 아무도 맞지 않을 거야.

그럼 적어도 커튼 뒤로 숨기라도 해요! 나는 어쩌고요?

당신이 어쨌다는 거지? 전에도 벌거벗은 남자를 본 적이 있잖아. 항상 눈을 감는 것도 아니면서.

내 말은 그게 아니에요. 나는 창밖으로 오줌을 눌 수 없잖아요. 쌀 것 같아요.

내 친구의 실내 가운, 그는 말한다. 보여? 저 작은 탁자 위에 놓인 체크무늬 물건. 복도에 아무도 없는지만 확인해 봐. 집주인은 시끄러운 늙은 년이지만 체크무늬 옷만 입고 있으면 당신을 보지 못할 거야. 온통 체크무늬투성이인 이곳에 융화되어 보이지 않을 거야.

그럼 좋아. 어디까지 했더라? 그는 말한다.

자정이에요. 유일한 청동 종이 울려요. 그녀는 말한다.

아 그래. 자정이지. 유일한 청동 종이 울려. 종소리가 사그라진 후, 눈먼 암살자는 문 열쇠를 돌리지. 그런 순간에 늘 그렇듯이 그의 심장은 세차게 뛰고 있어. 상당히 위험한 순간이거든. 만일 잡힌다면, 그에게 예비된 죽음은 매우 길고 고통스러운 것이 될 거야.

그는 이제 자신이 가하려고 하는 죽음에 대해 아무것도 느끼지 않으며, 그 죽음의 이유에 대해 알려고 하지도 않아. 누가, 왜 암살을 당하는가는 부유하고 권력 있는 자들의 문제일 뿐이고, 그는 그들 모두를 증오하고 있거든. 그들이야말로 그의 시력을 빼앗아 가고, 자신이 너무 어려서 무기력할 때 자신의 몸에 수십 번씩 완력으로 들어왔던 사람들이기 때문이지. 그리고 그들 하나하나를 잔인하게 죽일 수 있는 기회를 그는 기꺼이 받아들일 거야. 그들, 그리고 이 소녀처럼 그들이 하는 일에 연관된 모든 이들을. 그녀가 화장을 하고 보석을 단 죄수와 다름없다는 사실은 그에게 아무런 의미가 없어. 자신의 눈을 멀게 만든 사람들이 이 소녀를 벙어리로 만들었다는 사실 역시 아무런 의미가 없어. 그는 맡은 일을 하고 돈을 받을 거고 그걸로 끝이니까.

어쨌든 그가 오늘밤 그녀를 죽이지 않는다 하더라도 그녀는 내일 죽게 될 텐데, 뭐. 그는 더 신속하고 솜씨도 더 좋거든. 그녀에게 호의를 베푸는 셈이지. 희생제를 치를 때 실수가 자주 일어나곤 해. 왕들이 칼을 다루는 데 능숙하지 않기 때문이야.

그는 소녀가 너무 소란을 피우지 않기를 바라고 있어. 그녀가 소리를 지를 수 없다고 들었어. 그녀의 혀 없는, 상처 난 입으로 낼 수 있는 최대한의 소리란 자루 속에 담긴 고양이처럼 질식할 듯 높은 야옹거림에 불과할 거야. 그 정도면 괜찮아. 그래도 그는 신중하게 행동할 거야.

그는 보초의 시체를 방 안으로 끌고 들어가. 아무도 그 시체에 걸려 넘어지지 않도록. 그런 다음 그 역시 맨발로 소리 없이 방 안으로 들어가서 방문을 잠그지.

5부

모피 코트

오늘 아침 날씨 방송을 보니 폭풍우 경계경보가 발령되었고, 오후가 반 정도 지나자 하늘이 불길한 녹색 음영을 드러내고 나뭇가지들이 마구 휘둘리기 시작했다. 마치 거대하고 성난 동물이 가지 사이를 애써 빠져나가는 것처럼. 머리 바로 위에서 폭풍이 휘몰아친다. 잽싸게 움직이는 뱀의 혀와 같은 하얀 빛, 주석으로 된 파이 접시 더미가 무너지는 듯한 소리. "천하나까지 세어 봐라. 다 세었을 때면 천둥은 멀리 지나갔을 거다." 리니는 우리에게 말하곤 했다. 그녀는 뇌우가 지나는 동안 절대로 전화를 사용하지 않았다. 그렇게 하면 번개가 귓속으로 바로 들어와 귀머거리가 될 것이라고 믿었던 것이다. 또 번개가 물처럼 수도꼭지에서 나올 수도 있다고 하면서 목욕도 하지 말라고 했다. 목덜미의 털이 곤두서거든 공중으로 펄쩍 뛰라고 말했다. 그것만이 목숨을 살릴 수 있는 유일한 길이라는 것이다.

밤이 다가오자 폭풍은 지나갔다. 그러나 세상은 아직도 배수

구처럼 눅눅했다. 나는 엉망진창인 침대 위에 누워 침대 스프링 소리를 배경음 삼아 내 심장이 절뚝거리듯 뛰는 소리를 들으며 좀 더 편안해지려고 애쓰면서 뒹굴었다. 결국 나는 잠들기를 포기하고 잠옷 위에 긴 스웨터를 뒤집어쓴 채 가까스로 계단을 내려왔다. 그런 다음 후드가 달린 방수 우비를 입고 고무장화 속에 발을 집어넣고 밖으로 나갔다. 현관의 축축한 나무 계단은 불안정했다. 계단의 페인트칠이 벗겨져서 썩고 있는 것일지도 모른다.

희미한 빛 속에서 모든 것이 단색으로 보였다. 공기는 습하고 고요했다. 앞쪽 잔디밭에 핀 국화는 빛나는 물방울로 반짝이고 있었다. 민달팽이 무리가 몇 개 남지 않은 루핀 잎사귀를 먹어 치우고 있었다. 민달팽이는 맥주를 좋아한다고 한다. 그 녀석들을 위해 맥주를 좀 내놓아야겠다고 계속 생각하던 중이었다. 내가 마시는 것보다는 그놈들이 마시는 편이 나을 것이다. 나는 맥주를 좋아해 본 적이 없다. 빨리 취해 버리고 싶었기 때문이다.

나는 젖은 보도를 따라 천천히 걸었다. 창백한 달무리가 진 보름달이 떠 있었다. 가로등 아래서 내 키보다 짤막한 그림자가 마귀처럼 앞에서 미끄러지고 있었다. 내가 대담한 짓을 하고 있다는 생각이 들었다. 늙은 여자 혼자서 밤에 산책을 하고 있는 것이다. 모르는 사람이 보았다면 내가 무방비 상태라고 생각했을 것이다. 그리고 실제로 나는 약간 겁이 나기도 했다. 아니, 적어도 심장이 빠르게 뛸 만큼 불안하기는 했다. 마이라가 그토록 친절하게 거듭해서 말해 주듯이, 늙은 여자들은 노상강도들에게 최적의 표적인 것이다. 다른 모든 나쁜 일들이 그렇듯이 이 노상강도들은 토론토에서 오는 것이라고 한다. 아마도 그들은 강도질 무기를 우산이나 골프채로 가장하고 버스로 이곳에 오는 것일 게다. 마이라는 그들의 발길이 미치지 않는 곳은 없다고 우울하게 말했다.

나는 읍을 관통하는 주요 도로를 따라 세 구획을 걷다가, 반질반질하게 젖은 포장도로를 가로질러 월터의 자동차 수리 공장 쪽을 바라보고는 멈춰 섰다. 월터가 잉크 색깔의 평평한 웅덩이 같은 텅 빈 아스팔트 가운데 있는 등대 같은 작은 유리방에 앉아 있었다. 빨간 모자를 쓴 채 앞으로 몸을 구부리고 있는 그는 눈에 보이지 않는 말을 탄 나이 든 기수, 혹은 으스스한 배를 타고 외계를 항해하는 자기 운명의 선장처럼 보였다. 사실 그는 소형 텔레비전으로 스포츠 방송을 보는 중이었다. 마이라가 그것에 대해 이야기를 해 줘서 알고 있었다. 나는 그에게 다가가 말을 걸지 않았다. 미친 팔십 대 스토커처럼 고무장화와 잠옷 차림으로 어둠 속에서 불쑥 나타난 내 모습을 보았다면 그는 무척 놀랐을 것이다. 어쨌든, 이런 늦은 밤에 적어도 한 명의 다른 사람이 깨어 있는 것을 보고 나는 안도감을 느꼈다.

돌아오는 길에 뒤쪽에서 발소리가 들려왔다. 이제 나는 끝장났구나, 여기 노상강도가 다가오고 있군, 하고 중얼거렸다. 그러나 그것은 검은 우비를 입고 가방, 혹은 작은 여행 가방을 든 젊은 여자였을 뿐이다. 그녀는 머리를 앞쪽으로 숙이고 빠른 속도로 나를 스쳐갔다.

사브리나구나, 하고 생각했다. 결국 그녀가 되돌아왔구나. 바로 그 순간, 용서받은 기분이 들었다. 얼마나 행복하고, 얼마나 감사했는지. 마치 시간이 거꾸로 흘러 내 메마르고 낡은 나무 지팡이에서 가극처럼 꽃이 피어난 것처럼. 그러나 두 번째로, 아니, 세 번째로 돌아보았을 때, 그 여자가 사브리나와 전혀 다른 사람이라는 것을 알아차릴 수 있었다. 그저 낯선 사람이었을 뿐. 나 같은 사람이 어떻게 그런 기적 같은 결과를 바랄 수 있단 말인가? 어떻게 그것을 기대할 수 있겠는가?

하지만 나는 계속 기대한다. 모든 이성적 판단에 어긋나는 일이지만.

하지만 그 이야기는 그만두도록 하자. 흔한 시구를 빌려 말하자면, 나는 내 이야기의 짐을 짊어지겠다. 아빌리온 이야기로 되돌아가자.

어머니가 죽었다. "삶은 결코 이전과 같지 않을 것이다." 사람들은 내게 윗입술을 단호하게 펴고 슬픔을 드러내지 말라고 말했다. 누가 그랬던가? 분명 리니가 그랬을 것이고, 아버지 역시 그랬는지도 모르겠다. 우습게도 그들은 아랫입술에 대해서는 아무런 말도 하지 않았다. 아랫입술은 꽉 깨물기 위한 것이다. 하나의 고통을 다른 종류의 고통으로 대치하기 위하여.

처음에 로라는 어머니의 모피 코트 안에 들어가 많은 시간을 보내곤 했다. 물개 가죽으로 만들어진 그 코트 호주머니에는 아직도 어머니의 손수건이 들어 있었다. 로라는 그 안에 들어가 단추를 위로 채우려고 노력했다. 그러다가 이내 단추를 먼저채운 후 그 밑으로 기어 들어가는 방법을 터득했다. 나는 그녀가 그 안에서 기도를 하거나 혹은 주문을 외우고 있었을 것이라고 생각한다. 어머니가 돌아오도록 하는 주문. 그것이 무엇이었는지는 모르겠지만, 아무튼 아무 효력이 없었다. 이후 코트는 자선 단체에 기부되었다.

로라는 곧 아기가 어디로 갔는지, 고양이처럼 생기지 않았던 그 아기가 어디로 갔는지 묻기 시작했다. 그녀는 "천국으로"라는 대답에 더 이상 만족하지 못했다. 그녀가 알고 싶어한 것은 개수대에 담겨 있던 아기가 어디로 갔는지였던 것이다. 리니는 의사가 아기를 데려갔다고 말했다. 그럼 왜 장례식을 치르지 않은 거죠? 너무 작을 때 태어났기 때문이지, 리니는 대답했다. 그렇게 작은 애가 어떻게 엄마를 죽일 수 있었죠? 리니는 말했다, "그만해라. 네가 크면 알게 될 거야." 그녀는 이렇게도 말했다, "모르는 게 약이란다." 그것은 모호한 금언이다 ── 때로는 모르는 것이 치명적일 수도 있다.

밤이 되면 로라는 내 방으로 슬그머니 들어와 나를 흔들어 깨운 뒤 나와 함께 잠자리에 들었다. 그녀는 잠을 잘 수 없었다. 그것은 신 때문이었다. 장례식이 있기 전까지 그녀와 신은 좋은 관계를 유지했다. 어머니가, 그리고 그에 이어 리니가 관습적으로 우리를 보냈던 감리교 교회의 주일학교 선생은 이렇게 말했다. "하느님은 너희들을 사랑하셔." 그리고 로라는 그 말을 믿었다. 그러나 이제 그녀는 더 이상 확신할 수 없게 되었다.

그녀는 신이 정확히 어디 있는지에 대해 안달하기 시작했다. 그것은 주일학교 선생의 실수였다. "하느님은 모든 곳에 계신단다." 그녀는 말했다. 그리고 로라는 알고 싶어 했다. 신은 태양 속에 있는 것일까, 달 속에 있는 것일까, 부엌에, 화장실에, 침대 밑에 있는 것일까?("그 여자 목을 비틀어 버리고 싶어." 리니는 말했다.) 로라는 신이 예상치 않게 튀어나오는 것을 원하지 않았다. 신이 최근에 했던 행동으로 미루어 보건대 그것은 이해할 만한 것이었다. "입을 열고 눈을 감아 봐. 깜짝 놀래 줄게." 리니는 과자를 등 뒤에 감추고 이렇게 말하곤 했다. 그러나 로라는 더 이상 그런 놀이를 하지 않았다. 그녀는 항상 눈을 뜨고 있으려 했다. 리니를 믿지 못해서 그런 것이 아니라 깜짝 놀라게 되는 것이 두려웠기 때문이었다.

아마도 신은 빗자루를 보관하는 벽장에 있을 것이라고 로라는 생각했다. 그곳이 가장 그럴듯한 장소로 보였다. 그는 기이하고 어쩌면 위험할 수도 있는 삼촌처럼 그곳에 숨어 있을 것이다. 그러나 그녀는 문을 여는 것을 두려워했기 때문에 주어진 어떤 순간에 신이 그곳에 있는지 확신할 수 없었다. "하느님은 너희들 마음속에 계신단다." 주일학교 선생님은 말했다. 그리고 그것은 더 끔찍했다. 만약 빗자루를 보관하는 벽장에 있다면, 그나마 문을 걸어 잠그는 것과 같은 어떤 행동을 취하는 것이 가능한 것이다.

하느님은 잠드시지 않네, 라고 찬송가에 나와 있었다. "무관심한 잠으로 그의 눈이 감기는 일은 없다네." 잠을 자는 대신 그는 밤에 집 안을 배회하고 다니며 사람들을 감시하는 것이다. 그들이 착하게 행동했는지 살펴보기 위해, 혹은 그들을 죽이려고 전염병을 풀어 놓기 위해, 혹은 어떤 다른 변덕스러운 욕망을 채우기 위해. 조만간 그는 성경에 자주 나오는 것처럼 무언가 불쾌한 짓을 저지르고 말 것이다. "들어 봐, 하느님이야." 로라는 말하곤 했다. 가벼운 발소리, 묵직한 발소리.

"하느님이 아니야. 아버지라고. 아버지는 작은 탑에 계셔."

"뭘 하고 계신데?"

"담배를 피우셔." 나는 "술을 마시는 중"이라고 말하고 싶지 않았다. 그렇게 말하는 건 일종의 배신행위라고 느꼈던 것이다.

로라는 잠들어 있을 때가 가장 사랑스러웠다. 입을 약간 벌리고 속눈썹은 여전히 젖은 상태로 잠든 모습. 그러나 그녀는 잠을 험하게 자는 편이었다. 신음 소리를 내고 발길질을 해 댔으며, 때로는 코를 골기도 했고, 내가 잠드는 것을 방해했다. 나는 침대에서 내려와 까치발을 하고 마루를 가로질러 나와서 발돋움을 하여 침실 창문 밖을 내다보았다. 달이 떠 있을 때면 꽃밭은 마치 모든 색채가 빨려 나간 것처럼 은회색으로 보였다. 나는 실제보다 크기가 작아 보이는 님프 석상을 볼 수 있었다. 달빛은 그녀의 수련 연못에 반사되었고, 그녀는 발가락을 차가운 빛 속에 담그고 있었다. 나는 떨면서 침대로 되돌아가 누운 채로 움직이는 커튼 그림자를 바라보며, 집이 움직이면서 그르렁, 탁 하는 소리를 내는 것을 듣곤 했다. 내가 무슨 잘못을 저질렀는지를 생각하면서.

무슨 영문에서인지 아이들은 모든 나쁜 일이 일어나는 것이 자기 탓이라고 믿기 마련이고, 그런 점에서 나 역시 예외가 아니었다. 그러나 동시에 아이들은 불행하게 될 모든 징후를 보고도 행복한 결말을 믿는다. 그 점에서 나 역시 예외가 아니었다. 나는 오직 행복한 결말이 빨리 다가오기만을 바랐다. 너무 쓸쓸했던 것이다. 특히 한밤중에, 로라가 잠들어 있고 그녀의 기운을 돋우어 줄 필요가 없을 때는 더욱더.

아침이면 나는 로라가 옷을 입도록 도와주었고(어머니가 살아 있을 때도 내가 맡았던 일이었다.) 그녀가 이를 닦고 얼굴을 씻는지 확인했다. 점심때가 되면 리니는 때때로 피크닉을 할 수 있도록 해 주었다. 우리는 버터를 바른 하얀 빵에 셀로판지처럼 반투명한 포도 젤리를 바른 것, 날당근, 그리고 사과 자른 것을 먹었다.

깡통을 그대로 엎어서 빼낸 아즈텍 신전 모양의 콘드비프*를 먹기도 했다. 완숙 달걀도 먹었다. 이런 음식을 접시에 담아 밖으로 나가 여기저기서 먹었다. 작은 못 옆에서, 온실에서. 비가 내리면 실내에서 먹기도 했다.

"굶주리는 아르메니아 사람들을 기억해야 해." 로라는 양손을 모으고 눈을 감고 젤리 샌드위치 빵 껍질 위로 머리를 숙이며 말했다. 로라가 이렇게 말하는 것은 어머니가 항상 그 말을 하곤 했기 때문이라는 것을 나는 알고 있었고, 그래서 그걸 들을 때마다 울고 싶어졌다. "굶주리는 아르메니아 사람들이란 없어, 그냥 지어낸 얘기일 뿐이야." 언젠가 그녀에게 이렇게 말했지만, 그녀는 믿지 않았다.

그 당시 우리는 주로 단 둘이서 시간을 보냈다. 우리는 아빌리온의 안팎을 탐지했다 —— 그곳의 틈새, 굴, 지하도. 우리는 뒤층계 아래 있는 은신처를 눈여겨보았는데, 그곳에는 버려진 덧신과 한 짝만 남은 벙어리장갑, 그리고 살이 부러진 우산 같은 것이 뒤섞여 보관되어 있었다. 지하 저장실의 다양한 부분을 탐색하기도 했다. 석탄을 보관하는 석탄 저장실. 양배추와 호박 종류가 선반에 놓여 있고, 가는 뿌리가 자란 사탕무와 당근이 모래 상자에 보관되어 있고, 게 다리 같은 눈먼 백색종 촉수를 가진 감자가 있는 근채류 저장소. 중배 부른 통에 사과가 담겨 있고, 선반 가득 절임 음식이 있는 냉장 저장실 —— 그곳에는 먼지 앉은 잼과 가공되지 않은 보석처럼 반짝이는 젤리, 처트니**와

---

* 소금, 향신료 따위를 섞어 절인 쇠고기. 통조림으로 나오기도 한다.
** 과일, 채소, 식초, 향신료 등을 넣고 섞어 버무린 인도식 조미료.

피클과 딸기와 껍질 벗긴 토마토와 사과 소스가 모두 크라운 밀봉 단지에 보관되어 있었다. 포도주 저장실도 있었지만, 그곳은 문이 잠겨 있었다. 아버지만이 그곳 열쇠를 가지고 있었다.

우리는 접시꽃 사이로 기어 들어가 베란다 아래에서 축축하고 바닥에 먼지가 쌓인 동굴을 발견했다. 그곳에는 거미줄 같은 민들레만이 자라고 있었고, 크리핑 찰리*의 으깬 민트 향이 고양이 방지용 스프레이와 섞인 냄새가 풍겼다. 그리고 (한번은) 놀란 누룩뱀의 짜릿하고 구역질나는 악취가 난 적도 있었다. 오래된 책이 든 상자 여러 개와 보관된 퀼트, 텅 빈 트렁크 세 개, 그리고 부서진 하모늄**, 그리고 애들리아 할머니의 머리 없는 드레스폼***, 창백하고 곰팡내 나는 토르소가 있는 다락방도 발견했다.

숨을 죽인 채, 우리는 그림자의 미로 속으로 남몰래 들어가곤 했다. 이것에서, 즉 우리의 내밀함, 숨겨진 오솔길에 대한 지식, 아무도 우리를 볼 수 없다는 믿음에서 위안을 얻었다.

"시계가 할딱이는 소리를 들어 봐." 나는 말했다. 그것은 추시계였다. 하얀색과 금색 도자기로 된 골동품. 할아버지 소유였던 그 시계는 도서실의 벽난로 선반 위에 놓여 있었다. 로라는 내가 "할짝거리는" 소리라고 말한 것이라고 생각했다. 그리고 정말로, 황동 추는 마치 혀와 같이, 보이지 않는 입의 입술을 핥는 것처럼 앞뒤로 흔들리고 있었다. 시간을 먹어 치우며.

---

* 꿀풀과의 여러해살이 덩굴 식물로, 독이 있어 고양이가 먹으면 위험하다.
** 풀무로 바람을 내보내어 소리를 내는 건반 악기.
*** 목에서 허리까지 사람 몸집 모양으로 만든 틀. 시침바느질을 한 양복을 입혀 놓고 모양을 잡는 데 쓴다.

가을이 되었다. 로라와 나는 흰 유액이 나오는 잡초 깍지를 주워서 물고기 비늘 모양의 씨앗이 용의 거죽처럼 서로 겹치는 모습을 느껴 보려고 그 속을 벌렸다. 우리는 씨앗을 끄집어내서 팔꿈치 안쪽처럼 부드러운, 가죽 같은 황갈색 혀 모양의 깍지만 남긴 채 고치솜 같은 풍산 종자(風散種子) 위에 흩뿌렸다. 그런 다음 주빌리 다리로 가서 깍지를 강 속으로 던진 후 그것이 뒤집어지거나 물살에 휘말려 가기 전 얼마나 오랫동안 떠내려갈 수 있는지 살펴보았다. 그 안에 여러 사람이 타고 있다고 상상했던가, 아니면 한 사람만 타고 있다고 상상했던가? 잘 기억나지 않는다. 그러나 그것이 가라앉는 것을 바라보며 일종의 만족감을 느꼈다.

겨울이 되었다. 하늘은 뿌연 회색이었고 해는 마치 물고기 피와 같은 파리한 분홍색을 띠고서 하늘에 낮게 걸려 있었다. 무겁고 불투명하고 손목처럼 굵은 고드름이 떨어지다가 멈춘 듯한 형상으로 지붕과 창턱에 달려 있었다. 우리는 그것을 떼어내 끝부분을 빨아 먹었다. 그런 짓을 하면 혀가 검게 변해서 떨어질 것이라고 리니가 말했지만, 이미 그렇게 해 본 적이 있는 나는 그것이 거짓말이라는 것을 알고 있었다.

그 당시 아빌리온에는 저 아래 선창 옆에 배 창고와 얼음 저장실이 있었다. 배 창고에는 이제 아버지의 것이 된 할아버지의 오래된 범선, '워터 닉시' 호가 뭍에서 잘 건조되어 겨울을 나기 위해 보관되어 있었다. 얼음 저장실에는 얼음이 있었다. 얼음은 조그 강에서 절단되어 덩어리째 말로 운반된 다음, 얼음이 귀해지는 여름까지 톱밥에 싸여 보관되었다.

로라와 나는 미끄러운 선창으로 나갔다. 그것은 금지된 일이었다. 만일 미끄러져 빠진다면 물이 죽음처럼 차갑기 때문에 단한 순간도 견디지 못할 것이라고 리니는 말했다. 장화에 물이 가득 차고 우리는 돌처럼 가라앉을 것이라고 했다. 우리는 어떤 일이 일어나는지 보기 위해 진짜 돌을 던져 보았다. 돌은 얼음 위를 스쳐 미끄러지더니 우리 눈에 보이는 곳에 멈췄다. 숨을 내쉬면 하얀 연기가 나왔다. 우리는 기차처럼 입김을 한 번씩 내뿜으면서 차가운 발을 번갈아 들었다. 장화 밑창 아래서 눈이 뽀드득거렸다. 우리는 양손을 맞잡고 있었고 벙어리장갑은 한데 뭉쳐서 얼어 버렸다. 장갑을 손에서 빼자 속이 빈 푸른색의 양모손 두 개가 서로 맞잡고 있었다.

루브토 급류의 바닥에는 들쭉날쭉한 얼음 조각이 서로 기대어 쌓여 있었다. 얼음은 정오에는 하얀색으로 보였고, 황혼녘에는 연한 녹색으로 보였는데, 작은 얼음 조각들은 종처럼 딸랑거리는 소리를 냈다. 강의 가운데 부분에서는 검은 강물이 광활하게 흐르고 있었다. 아이들은 맞은 편 강변의 언덕 나무들사이에서 우리를 불렀다. 그들의 목소리는 차가운 공기 속에서높고 가늘고 행복하게 울려 퍼졌다. 그들은 눈썰매를 타고 있었는데, 그건 우리에게는 금지된 일이었다. 나는 뾰족한 강변의 얼음이 얼마나 단단한지 알아보기 위해 그 위로 걸어가 볼까 생각했다.

봄이 되었다. 버드나무 가지는 노란색으로 바뀌었고, 층층나무는 붉은색으로 바뀌었다. 루브토 강은 범람하고 있었다. 뿌리째 뽑혀 버린 덤불과 나무들은 소용돌이치고 마구 엉켰다. 어떤여자가 주빌리 다리에서 급류로 뛰어내렸고 이틀 동안 사체가발견되지 않았다. 그것은 하류에서 인양되었는데, 매우 끔찍한 모습이었다. 급류를 타고 내려가는 것은 고기 분쇄기를 지나가는 것과 마찬가지였던 것이다. 이 세상을 하직하는 방법으로 그다지 좋은 것은 못 된다고 리니는 말했다. 외양에 신경을 쓴다면 말이다. 하긴 죽을 때에는 신경도 쓰지 않겠지만.

힐코트 부인은 수년에 걸쳐 그런 투신 자살자를 대여섯 명 보아 왔다. 보통 그런 것은 신문에서 읽게 되기 마련이다. 그중 한 사람은 힐코트 부인과 같은 학교를 다녔고 철도 노동자와 결혼한 여자였다. 그는 집을 자주 비웠다고, 그러니 무엇을 바랄 수 있었겠느냐고, 그녀는 말했다. "부풀어 오르니까.* 변명의 여지가 없지요." 리니는 그것으로 모든 것이 설명되었다는 듯이 고개를 끄덕였다.

"남자가 아무리 멍청하더라도 대부분 수는 셀 수 있잖아요. 적어도 손가락을 이용해서라도. 아마 주먹 싸움이 벌어졌을 거예요. 하지만 소 잃고 외양간 고쳐 봤자 뭐 하겠어요." 그녀는 말했다.

"어떤 소요?" 로라가 물었다.

"그 여자는 다른 문제도 있었던 것 같아요. 불운은 한꺼번에 몰려오기 마련이죠." 힐코트 부인은 말했다.

"뭐가 부풀어 오르는 거야? 뭐가?" 로라는 내게 귓속말로 물었다. 하지만 나 역시 몰랐다.

그런 여자들은 투신자살을 할 뿐만 아니라, 강의 상류로 걸어 들어가 젖은 옷의 무게 때문에 수면 아래로 빨려 들어간다고, 그래서 자신들이 원해도 헤엄을 쳐서 안전하게 빠져 나오지 못

---

* up the spout. 임신한 상태를 뜻하는 속어이다.

하는 지경에 이르게 된다고 리니는 말했다. 남자들은 보다 신중하기 마련이다. 그들은 헛간의 대들보에 목을 매거나 권총으로 스스로의 머리를 날려 버린다. 혹은 빠져 죽을 심산이라면 바위나 도끼머리, 못 자루 같은 다른 무거운 물체를 붙들어 맨다. 그들은 그렇게 심각한 일을 운에 맡기는 것을 싫어한다. 하지만 여자들은 그냥 걸어 들어가 스스로를 져버리고 강물에 몸을 맡겨 버린다고 리니는 말했다. 리니가 그런 차이점을 좋게 생각하는 것인지 어조로 미루어서는 구분하기 힘들었다.

나는 6월에 열 살이 되었다. 리니는 케이크를 만들어 주었다. 비록 처음에는 어머니가 죽은 지 얼마 되지 않았기 때문에 이런 것을 하지 말아야 한다고 했지만, 이내 삶은 지속되는 것이고, 케이크 하나쯤이 해롭지는 않을 것이라고 그녀는 말했다. "무엇에 해롭단 말이에요?" 로라는 물었다. "어머니의 감정을 상하게 한다는 거지." 나는 말했다. 그럼 어머니는 하늘에서 우리를 보고 계신 거야? 그러나 나는 완강하고 독선적인 마음이 들어 아무 말도 해 주지 않았다. 로라는 어머니의 감정에 대한 말을 들은 후 케이크를 먹으려 하지 않았다. 그래서 내가 두 조각을 다 먹어 버렸다.

이제 내 슬픔의 자세한 부분들을, 그 슬픔이 어떤 형태를 하고 있었는지를 기억하는 것은 힘겨운 일이 되었다. 마음만 먹으면, 지하실에 갇혀 애처롭게 우는 작은 개 같은 그것의 메아리를 불러낼 수는 있었지만. 어머니가 죽은 날 나는 무엇을 했던가? 기억이 잘 나지 않았다. 어머니가 정말 어떻게 생겼는지도. 이제 어머니는 사진처럼 생겼을 뿐이다. 갑자기 어머니가 없는 침대를 보았을 때 뭔가 잘못되었다고 느꼈던 것은 기억났다. 그 침대가 얼마나 비어 보였던가. 오후의 햇빛이 창을 통해 비스듬하게 들어와 마룻바닥에 그토록 고요하게 내려앉던 모습, 햇살 속에서 먼지 티끌이 안개처럼 부유하던 모습. 가구용 밀랍 광택제의 냄새, 그리고 시든 국화 향기, 그리고 계속 남아 있던 환자용 변기와 소독약 냄새. 이제 나는 어머니의 부재를 더 잘 기억할 수 있었다. 어머니의 존재보다 한층 더.

지상의 천사라는 것이 존재한다면 바로 그 현신이라 할 수 있는 체이스 부인을 어느 누구도 대신할 수는 없겠지만, 그녀 자신은 할 수 있는 만큼 최선을 다했으며, 우리를 위해서 명랑한 체했다고, 왜냐하면 말을 하지 않을수록 상처는 빨리 아물게 마련이기 때문이라고, 그리고 비록 생각이 깊은 사람은 말이 없게 마련이고 내가 지나치게 조용하기는 하지만 우리는 차차 극복하고 있는 것 같아 다행이라고 리니는 힐코트 부인에게 말했다. 나는 생각이 많은 타입이라고, 어떻게든 분출을 하고 말 거라고 그녀는 말했다. 로라로 말하자면, 누가 알겠는가, 그녀는 항상 괴상한 아이였으니까.

우리가 함께 지내는 시간이 지나치게 많다고 리니는 말했다. 로라는 어린 나이에 맞지 않는 것을 배우고 있으며 나는 어린 상태에 머물러 있다고 말했다. 우리들 각각은 제 또래 아이들과 놀아야 하는데, 우리가 어울릴 만한 읍내의 몇몇 아이들은 이미 학교, 즉 우리들 역시 다녀야 할 사립학교에 다니고 있다고, 그러나 체이스 대위는 그런 조처를 할 생각을 하지 못하는 것 같다고, 그리고 어쨌건 그렇게 되면 한꺼번에 너무 많은 변화가 일어나게 되는 것이라고, 비록 나는 침착해서 그런 변화를 감당할 수 있겠지만, 로라는 나이에 비해서도 어린 편이고, 사실 나이가 아직 한참 어리다고 말했다. 또한 그녀는 신경과민이라고, 15센티미터가 겨우 넘는 깊이의 물에서도 허둥대고 몸부림치면서도 머리를 들지 않아 빠져 죽게 될 타입이라고 리니는 말했다.

　로라와 나는 문을 약간 열어 놓은 채로 웃지 않기 위해 입을 손으로 가리고 뒤 층계에 앉아 있었다. 우리는 스파이 행위를 하는 즐거움을 만끽했다. 그러나 우리에 관한 그런 말을 엿듣는 것은 별로 이로울 것이 없었다.

지친 병사

오늘 나는 이른 시간에 은행까지 걸어갔다. 가장 더운 시간을 피하기 위해서, 또 은행이 문을 여는 시간에 맞춰 그곳에 도착하기 위해서였다. 그렇게 하면 은행 직원들이 신경을 써 주기 때문이다. 내 은행 계좌 통지서에 또 오류가 생겼기 때문에 누군가가 손봐주어야 했다. 당신들이 가진 기계와는 달리 나는 아직까지 덧셈과 뺄셈을 할 수 있다고 나는 그들에게 말한다. 그러면 그들은 웨이터와 같은 미소를 지어 보인다. 부엌에서 내 스프에 침을 뱉는 그런 부류의 웨이터. 나는 언제나 지점장을 만나게 해달라고 요청하고, 지점장은 언제나 "회의 중"이다. 그리고 언제나 나는 아이 티를 겨우 벗은 주제에 자신을 미래의 재벌로 생각하는 아니꼬운 웃음을 머금은 거만한 녀석에게로 넘겨진다.

그곳에서 나는 돈이 별로 없다는 이유로 무시를 당하는 느낌을 받는다. 특히 한때 그토록 돈을 많이 가졌던 사람이라서 더욱 그런 것 같다. 물론 내가 실제로 돈을 가진 적은 없었다. 그건 아버지의 돈이었고 그다음은 리처드의 돈이었다. 그러나 돈은 내게 전가되었다. 사건 현장에 있었던 사람들에게 범죄가 전가되듯이.

은행에는 로마식 기둥이 있다. 가이사의 것은 가이사에게 돌려주어야 한다*는 것을 우리에게 상기시켜 주는 것이다. 그 말도 안 되는 서비스 비용 같은 것 말이다. 2센트를 내느니 내 돈을 전부 양말 안에 넣어 매트리스 아래에 보관함으로써 그들에게 복수를 할 수도 있을 것이다. 그러나 아마도 소문이 퍼질 것이다. 내가 수백 개의 텅 빈 고양이 사료 통조림과 누렇게 변색된 신문 갈피 사이에 끼워 둔 200만 달러 상당의 5달러짜리 지폐로 꽉 찬 오두막집에서 죽어 발견되는 미친 늙은 괴짜와 같은 부류가 되었다는 소문. 핏발 선 눈동자와 경련하는 손가락을 가진 이 지역 마약 중독자와 미숙한 강도들의 관심 대상이 되고 싶은 생각은 추호도 없다.

나는 은행에서 돌아오는 길에 시청 옆을 산책했다. 그것은 이탈리아식 종탑이 딸린 플로렌스풍 2색조의 벽돌 건물인데, 페인트칠을 다시 해야 하는 깃대와 솜에 있었던 야전포가 있다. 체이스 가에서 위임한 청동 동상 두 개도 있다. 애들리아 할머니가 위임한 오른쪽 동상은 미국 혁명전쟁 당시 현재 미국 뉴욕 주에 위치한 포트 타이콘드로가에서 벌어진 마지막 결정적 전투**에 참전한 전쟁 유공자인 파크먼 대령의 동상이다. 때때로 장소를

---

* '가로되, 가이사의 것이니이다. 이에 가라사대, 그런즉 가이사의 것은 가이사에게, 하나님의 것은 하나님께 바치라 하시니.'(신약 성경 「마태복음」 22장 21절)라는 성경 구절에서 인용한 것.

** 포트 타이콘드로가는 18세기에 프랑스 군대가 뉴욕 주 샹플랭 호수에 세운 요새이다.

혼동한 독일인 혹은 영국인 심지어는 미국인이 읍내를 돌아다니면서 포트 타이콘드로가 전장을 찾는 모습을 볼 수 있다. "잘못 오셨군요, 생각해 보니, 나라도 틀렸군요. 옆에 있는 나라를 찾아가세요." 사람들은 그들에게 말한다.

파크먼 대령은 전장에서 도망쳐서 국경을 건너와 우리 고장에 이름을 지어 줌으로써 공교롭게도 자신이 패배한 전투를 기념하게 만들었다.(어쩌면 그것은 그리 이상한 일이 아닐 수도 있다. 많은 사람들은 자신의 상처에 대해 박물관 관리자와 같은 흥미를 보인다.) 그는 말에 걸터앉아 칼을 휘두르며 바로 옆의 피튜니아 꽃밭으로 질주할 듯한 모습을 하고 있다. 단련된 눈과 뾰족한 턱수염을 가진 험상궂은 남자, 모든 조각가들이 상상하는 모든 기병대 지도자의 모습. 어느 누구도 파크먼 대령이 어떻게 생겼는지 알지 못한다. 그의 사진이나 초상화는 전해지는 것이 없고, 이 동상은 1885년에 이르러서야 세워졌기 때문이다. 그러나 이제 그는 이 동상처럼 생겼다. 예술의 횡포란 이런 것이다.

피튜니아 꽃밭이 있는 풀밭의 왼쪽에는 역시 가공의 인물상이 있다. 지친 병사 동상이다. 셔츠의 첫 단추 세 개는 풀려 있고, 마치 참수인의 도끼에 내맡긴 것처럼 목을 구부리고, 구겨진 군복과 기울어진 군모를 착용하고 고장 난 로스 라이플총에 몸을 기대고 있다. 영원히 젊고, 영원히 지친 모습으로, 그는 전쟁 기념비의 가장 위쪽을 장식하고 있다. 그의 피부는 햇빛 아래서 녹색으로 빛나며, 비둘기의 똥이 눈물처럼 그의 얼굴에서 흘러내린다.

지친 병사는 우리 아버지가 기획한 것이었다. 조각가는 온타리오 예술인 단체의 전쟁 기념관 위원회 의장을 맡은 프랜시스 로링이 강력하게 추천한 칼리스타 피츠시먼스였다. 읍에서는 피츠시먼스 양에 대해 약간의 반대가 있었지만(여자는 이 주제를 다루기에 적합하지 않다고 여겼던 것이다.) 아버지는 후원자가 될 사람들의 모임에서 강압적으로 밀어부쳤다. 로링 양 역시 여자가 아닌가? 아버지는 물었다. 그에 대해 몇몇 무례한 반응이 불거져 나왔는데, "당신이 어떻게 아는가?" 정도가 가장 점잖은 말이었다. 사적인 자리에서 아버지는 피리 부는 사람에게 돈을 지불하는 사람이 선율을 결정할 수 있는 거라고, 그리고 나머지 사람들은 너무나 구두쇠라서 돈을 더 내지 않을 것이라면 시키는 대로 굴복하는 게 나을 거라고 말했다.

칼리스타 피츠시먼스 양은 그냥 여자일 뿐만 아니라, 스물여덟 살의 젊은 나이에 붉은 머리칼을 가지고 있었다. 그녀는 제안된 도안에 대해 아버지와 상의하기 위해 아빌리온으로 자주 오기 시작했다. 이러한 회의는 서재에서 있곤 했는데, 처음에는 문이 열려 있었으나 얼마 후에는 닫힌 채로 진행되었다. 그녀는 손님방 중 하나에 묵었는데, 처음에는 두 번째로 좋은 곳에, 조금후에는 가장 좋은 방에 머무르게 되었다. 머지않아 그녀는 거의 매 주말을 그곳에서 지내게 되었고, 그 방은 "그녀의" 방으로 알려지게 되었다.

아버지는 좀 더 행복해 보였다. 분명 그는 술을 덜 마셨다. 그는 뜰 안을 치우도록, 아니 적어도 남부끄럽지 않을 정도는 되게끔 시켰다. 진입로에는 자갈을 다시 깔고, 워터 닉시 호를 사포질하고 페인트칠하고 수리하도록 했다. 때로 토론토에 사는 칼리스타의 예술가 친구들을 초청하여 격식 없는 주말 파티를 열기도 했다. 지금은 무명이 되어 버린 이 예술가들은 턱시도는 물론 양복조차 입지 않고 브이넥 스웨터를 입고 왔다. 그들은 잔디밭 위에서 되는 대로 만든 음식을 먹고, 예술의 세심한 문제들에 대해 토론하고, 담배 피우고, 술 마시고, 논쟁했다. 여자 예술가들은 욕실에서 타월을 너무 많이 사용했다. 분명 제대로 된 욕조를 본 적이 없기 때문에 그런 것이라고 리니는 주장했다. 또한 그들은 지저분한 손톱을 가지고 있었고, 그걸 깨물곤 했다.

접대 파티가 없을 때면 아버지와 칼리스타는 리니가 마지못해 싸 준 음식 바구니를 가지고 세단이 아닌 로드스터*를 타고 피크닉을 가곤 했다. 또는 뱃놀이를 하기도 했다. 칼리스타는 코코 샤넬처럼 바지를 입고 주머니에 손을 집어넣었고, 아버지의 오래된 크루넥 스웨터**를 입었다. 때로 그들은 윈저***까지 드라이브를 나갔으며, 칵테일을 팔고 굉장한 피아노 연주와 요란한 춤판이 벌어지는 가로변 선술집에 들리곤 했다. 그런 선술집은 시카고와 디트로이트에서 온 주류 밀수업자들과 연계된 갱단이 캐나다의 준법적 양조 업자들과 거래하기 위해 빈번히 들리는 곳이었다.(그 당시 미국에서는 금주법이 시행되고 있었다. 술은 매우 비싼 물처럼 국경을 가로질러 흘렀고, 손가락 끝이 잘리고 호주머니가 텅 빈 시체들이 디트로이트 강으로 던져져 결국 이리 호 물가에 다다르곤 했다. 그러면 누가 매장 비용을 댈 것인가를 두고 논쟁이 벌어졌다.) 아버지와 칼리스타는 하룻밤에 걸쳐, 혹은 여러 날에 걸쳐 이런 여행을 했다. 한번은 나이아가라 폭포로 여행을 갔

---

* 두세 명이 탈 수 있는 좌석과 큰 트렁크, 접이식 보조 의자가 있으며, 지붕을 자유롭게 접을 수 있는 자동차.

** 깃이 없이 목을 둥글게 판 스웨터.

*** 캐나다 동남부 온타리오 주에 있는 공업 도시로, 강 건너편에 있는 미국의 디트로이트와 다리로 이어져 있다.

고, 리니는 그것을 무척 부러워했다. 그리고 또 한번은 버펄로로 갔다. 버펄로에는 기차를 타고 갔다.

우리는 구체적인 묘사를 아끼지 않는 칼리스타에게 이런 세세한 이야기를 들었다. 아버지에게 "원기를 북돋우는 일"이 필요했으며, 그 원기를 북돋우는 일이 그에게 유익했다고 칼리스타는 말했다. 아버지는 좀 더 즐거운 시간을 보내야 하며 사람들과 더 어울려야 한다고 했다. 아버지와 자신은 "좋은 친구"라고 말했다. 우리를 "어린이들"이라고 부르는 것을 좋아했으며, 우리가 그녀를 "칼리"라고 불러도 좋다고 말했다.

(로라는 아버지가 선술집에서 춤을 추었는지 알고 싶어 했다. 부상당한 다리로 춤을 추는 모습을 상상하기란 어려운 일이었다. 칼리스타는 아버지가 춤을 추지 않았지만 보는 것을 즐겼다고 말했다. 그건 별로 믿기지 않는 말이었다. 자신이 할 수 없을 때 다른 사람들이 춤추는 것을 보는 것은 절대로 즐거운 일이 아니기 때문이다.)

나는 칼리스타에게 외경심을 느꼈다. 그녀는 예술가였고, 남자처럼 권위적인 조언을 줄 수 있었고, 남자처럼 성큼성큼 걷고 악수를 했으며, 작고 검은 궐련 물부리에 담배를 피웠고, 코코 샤넬에 대해 알았기 때문이다. 그녀는 귀를 뚫었고, 붉은 머리칼을(헤나로 염색한 것이었음을 이제 나는 알게 되었다.) 스카프로 감싸고 다녔다. 그녀는 대담한 소용돌이무늬가 찍힌, 흐르는 듯한 긴 옷을 입었다. 푸크시아, 헬리오트로프, 그리고 사프란,* 이것이 사용된 색깔의 이름이었다. 그녀는 이와 같은 디자인이 파리에서 온 것이며, 벨라루스 망명자들에게 영감을 받은 것이라고

---

* 각각 적자색, 엷은 자주색, 선황색이다.

말했다. 그녀는 그들이 어떤 사람들인지 설명해 주었다. 그녀는 많은 것을 설명해 주었다.

"그가 놀아나는 여자 중 한 사람이에요. 그 대열에 한 명 더 끼는 것뿐이죠. 그 대열이란 게 벌써 팔 길이만큼이나 길다는 걸 하느님도 알고 있는데. 그래도 자신이 판 거나 다름없는 무덤 속에 누운 그분의 시체가 아직 식지도 않은 마당에 그런 여자를 같은 지붕 아래로 데려오지 않는 예의 정도는 있어야 하지 않겠어요." 리니는 힐코트 부인에게 말했다.

"놀아나는 여자가 뭐예요?" 로라는 물었다.

"네 일에나 신경 써." 리니가 말했다. 로라와 내가 부엌에 있는데도 계속 말을 한다는 것은 리니가 화가 났다는 신호였다. (이후 나는 놀아나는 여자가 무엇인지 로라에게 말해 주었다. 그것은 껌을 씹는 여자를 지칭하는 것이었다. 하지만 칼리 피츠시먼스는 껌을 씹지 않았다.)

"아이들은 귀가 밝아요." 힐코트 부인은 리니에게 주의를 주듯 말했다. 그러나 리니는 계속했다.

"그녀의 그 희한한 복장으로 말할 것 같으면, 차라리 속옷 바람으로 교회에 가는 게 나을 정도죠. 빛에 대고 비쳐 보면 해와 달, 별, 그리고 그 사이에 있는 모든 걸 볼 수 있다니까요. 그렇다고 그 여자가 보여 줄 게 많은 것도 아니에요. 플래퍼*거든요. 소

---

* 1920년대 등장한 새로운 여성상을 가리키는 용어다. 플래퍼는 파격적 의상, 진한 화장, 음주, 분방한 성생활 등 전통적 여성상에 어긋나는 행동을 통해 당대 사회 규범을 조롱하고 여성의 역할을 재규정했다. 플래퍼의 사전적 의미는 '펄럭이는 것', '퍼덕이는 것'으로, 어린 새가 나는 것을 배우기 위해 날개를 퍼덕이는 모습에 젊은 여자를 연결지어 사용하게 된 것이다.

녀처럼 납작하다고요."

"나는 도저히 그런 용기를 못 낼 것 같은데." 힐코트 부인은 말했다.

"그건 용기가 아니죠. 그녀는 쥐꼬리만큼들도 신경을 안 써요.(리니는 흥분하면 문법적 실수를 저질렀다.) 또 하나 잊은 게 있어요. 물어보신다면 말이죠. 그녀는 거의 제정신이 아니에요. 그녀는 수련 연못에 나체로 수영을 하러 갔어요. 그 모든 개구리와 금붕어와 함께 말이죠. 타월 하나와 신이 이브에게 준 그것만 가지고 잔디밭을 가로질러 돌아오는 길에 나와 마주쳤죠. 그냥 고개를 끄덕이며 미소만 짓더군요. 눈 하나 깜짝하지 않고요." 리니는 말했다.

"나도 그에 관해 들은 바가 있어요. 그저 험담이라고만 생각했죠. 억지로 꾸며 댄 얘기처럼 들렸거든요." 힐코트 부인은 말했다.

"그 여자는 돈을 보고 사귀는 황금광이에요. 그저 그가 낚시 미늘을 물기만 기다렸다가 그를 빈털터리로 만들어 버릴 거예요." 리니는 말했다.

"황금광이 뭐예요? 미늘이 뭐예요?"

플래퍼라는 말을 들으며 나는 빨랫줄에 걸려 바람 속에서 흐느적거리는 젖은 세탁물을 떠올렸다. 칼리스타 피츠시먼스는 그것과 비슷한 구석이 전혀 없었다.

전쟁 기념비를 둘러싸고 언쟁이 벌어졌는데, 그건 아버지와 칼리스타 피츠시먼스에 관한 풍문 때문만은 아니었다. 읍의 몇몇 사람들은 지친 병사 동상이 지나치게 의기소침하고 단정치 못하게 보인다고 생각했다. 단추가 풀어진 셔츠에 반대했던 것이다. 그들은 두 개의 읍이 떨어진 곳에 있는 승리의 여신상처럼 좀 더 의기양양해 보이는 무엇을 원했다. 그 승리의 여신상은 천사의 날개를 달고 바람에 날리는 긴 옷을 입고 있었고, 빵을 굽는 포크처럼 보이는 갈퀴 세 개가 달린 기구를 들고 있었다. 그들은 또한 '자진하여 최고의 희생을 한 이들을 위하여'라는 문구를 전면에 새기기를 원했다.

아버지는 지친 병사 동상을 철회하려 하지 않았다. 지친 병사가 머리는 말할 것도 없고 두 손과 두 다리를 온전히 가지고 있는 것을 다행으로 여겨야 한다고, 만일 그들이 조심하지 않는다면 자신은 노골적인 사실주의를 견지하여 그가 한창때 엄청나게 많이 밟아 보았던, 썩어 가는 신체 부위로 이루어진 동상을 세울 것이라고 아버지는 말했다. 새김 문장으로 말하자면, 희생은 자진하여 한 것이 아니라고 주장했다. 죽은 이들은 앞으로 다가올 '왕국'으로 자기 목숨을 날려 보낼 의도가 전혀 없었던 것이다. 아버지 자신은 "우리가 잊지 않도록"*이라는 문구를 선호했다. 우리의 망각에 책임을 부여하는 문구. 그는 너무 많은 빌어먹을 사람들이 빌어먹게 너무 잘 잊어버린다고 말했다. 아버지가 공공연히 욕을 하는 것은 드문 일이었기 때문에 그것은 상당한 파장을 일으켰다. 물론 아버지가 원하는 대로 되었다. 그가 돈을 대고 있었기 때문이다.

---

* 영국의 시인이자 소설가인 키플링(1865~1936)의 시 「퇴장(Recessional)」의 후렴구. 키플링이 계관시인으로서 1897년 빅토리아 여왕의 즉위 60주년을 기념하기 위해 지은 「퇴장」은 대영 제국에 대한 자부심과 제국의 몰락 가능성에 대한 불안을 동시에 담고 있다.

상공 회의소는 전사자들의 명부와 전투 이름을 새긴 네 개의 청동 현판에 마지못해 돈을 대 주었다. 그들은 자신들의 이름을 아랫부분에 새기고 싶어 했지만, 아버지는 그들에게 수치심을 불러일으켜 그렇게 하지 못하도록 했다. 전쟁 기념비는 죽은 이들을 위한 것이며, 살아남은 자들을 위한 것이 아니고 이득을 얻은 자들을 위한 것은 더욱더 아니라고 그들에게 말한 것이다. 이런 식의 언사 때문에 아버지는 일부 사람들에게 미움을 받았다.

기념비는 1928년 11월, 영령(英靈) 기념일*에 모습을 드러냈다. 차가운 가랑비가 내리고 있었지만 많은 사람들이 모여들었다. 지친 병사는 아빌리온에 사용된 돌과 같이 강의 마모된 돌로 쌓아 올린 사면 피라미드 위에 세워졌고, 청동 현판 테두리에는 단풍잎과 얽힌 백합과 양귀비 장식이 있었다. 그에 대해서도 약간의 논란이 있었다. 칼리 피츠시먼스는 시든 꽃과 잎사귀로 된 그 도안이 구식이고 진부하다고 말했다. 그녀는 당시 예술가들에게 있어 최악의 모욕인 "빅토리아풍"이라는 표현을 썼다. 그녀는 보다 뚜렷한 것, 보다 현대적인 것을 원했다. 그러나 이 고장 사람들은 그런 것을 좋아했고, 때로는 타협이 필요한 법이라고 아버지는 말했다.

기념식에서 백파이프가 연주되었다.("그건 실내보다는 실외에서 듣는 게 더 낫지." 하고 리니는 말했다.) 그런 후 장로교 목사가 설교를 했다. 그는 "자진하여 최고의 희생을 한 이들"에 대해 말했다. 그것은 절차를 아버지 마음대로 할 수 없다는 것, 돈으로

---

* 모잠비크를 제외한 모든 영연방 국가에서 전사한 군인 및 민간인을 기리는 날. 1차 세계대전 정전 협정일인 11월 11일에 지킨다.

모든 것을 살 수 없다는 것, 그리고 아버지가 반대했음에도 결국 그 문구를 사용했다는 것을 보여 주기 위한 일종의 야유였다. 그런 다음 몇몇의 연설과 기도가 이어졌다. 읍에 있는 모든 종류의 교회 목사님들이 모두 소개되었기 때문에 수많은 연설과 수많은 기도가 있었다. 조직 위원회에는 가톨릭 신자가 없었지만, 가톨릭 신부마저 한마디를 할 수 있는 기회가 주어졌다. 가톨릭 전사자들도 개신교 전사자들처럼 죽은 건 마찬가지라는 이유로 아버지가 밀어붙였던 것이다.

리니는 그것도 하나의 관점이 될 수 있겠다고 말했다.

"또 다른 관점은 뭔데요?" 로라는 물었다.

아버지가 첫 화환을 놓았다. 로라와 나는 손을 잡고 바라보았다. 리니는 울었다. 왕립 캐나다 연대는 런던*에 있는 울즈리 병영에서 대표를 파견했으며, M. K. 그린 소령이 헌화했다. 그런 후 온갖 사람들이 화환을 헌정했다. 몇몇을 들자면 재향 군인회, 종친회, 로터리 클럽, 오드펠로스**, 오렌지 오더***, 나이츠 오브 콜럼버스****, 상공 회의소, 그리고 I.O.D.E.***** 등이 있었고, 아들 셋을 잃은 윌머 설리번 부인이 전사자 어머니를 대표하여 마지

---

* 캐나다 온타리오 주의 소도시.
** 18세기 중반에 영국에서 창립된 비밀 공제 조합.
*** 1795년 북부 아일랜드와 스코틀랜드에 기반을 두고 조직되어 연방과 연합국 전체에 지부를 가지고 있는 신교도 비밀 결사.
**** 1882년에 미국 뉴헤이번에서 결성된 로마 가톨릭의 우애 공제 조합. 가톨릭 남자 신자들과 그 가족들에게 재정적 지원을 해 준다.
***** 1900년 보어 전쟁 당시 공공 봉사와 애국심을 증진하기 위하여 몬트리올에서 조직된 캐나다 여성 자원 봉사 단체 'Imperial Order Daughters of the Empire'의 머리글자.

막으로 화환을 놓았다. 「내 곁에 있어 주오」라는 노래가 공연되었고, 스카우트 밴드 소속의 나팔수가 약간 떨면서 「마지막 주둔지」를 연주했다. 이어 이 분간 묵념이 진행되었고 민방위 군이 소총 일제 사격을 했다. 그 후 '기상나팔'이 울렸다.

아버지는 고개를 숙인 채, 그러나 눈에 보이게 전율하면서 서 있었다. 그것이 슬픔 때문이었는지 분노 때문이었는지 알 수 없는 일이다. 그는 외투 아래 군복을 입고 있었고, 가죽 장갑을 낀 손으로 지팡이에 몸을 의지하고 있었다.

칼리 피츠시먼스도 참석했지만, 뒤쪽에 머물러 있었다. 이것은 예술가가 앞으로 나서서 인사를 할 만한 종류의 행사가 아니라고 그녀는 우리에게 말했다. 그녀는 단정한 검은 코트, 긴 옷이 아닌 보통 치마, 그리고 얼굴을 거의 다 가려 주는 모자를 쓰고 있었다. 그러나 여느 때와 마찬가지로 사람들은 그녀에 대해 수군거렸다.

행사 후 리니는 가랑비 속에서 몸이 얼은 로라와 나를 위해 부엌에서 코코아를 만들어 주었다. 힐코트 부인 역시 그런 제안은 기꺼이 받아들이겠다고 말하며 한 잔을 받았다.

"왜 그걸 기념비라고 부르는 거죠?" 로라는 물었다.

"죽은 사람들을 기억하기 위해서 세운 것이기 때문이지." 리니는 말했다.

"왜요? 무엇 때문에요? 그들은 그걸 좋아하나요?" 로라는 물었다.

"그들을 위해서라기보다는 우리를 위한 거지. 나이가 더 들면 이해하게 될 거다." 리니는 말했다. 로라는 언제나 그런 대답을 들었고, 그런 말을 무시했다. 바로 지금 이해하고 싶었던 것이다. 그녀는 코코아 잔을 다 비웠다.

"더 마셔도 되나요? 최고의 희생이 뭐예요?"

"병사들은 우리들을 위해 자신들의 목숨을 바쳤단다. 네 눈이 네 위보다 더 큰 건 아니겠지. 만들어 주면 다 마셔야 해."

"왜 자신들의 목숨을 바쳤죠? 그들이 원해서 한 일인가요?"

"아니, 하지만 아무튼 그렇게 했어. 그렇기 때문에 그게 희생인 거지. 자, 그 얘긴 그만하자. 코코아 여기 있다." 리니는 말했다.

"그들은 하느님께 목숨을 바친 거란다. 하느님이 그걸 원했기 때문이지. 예수님과 마찬가지야. 그는 우리의 모든 죄를 위해 죽었지." 침례교 신자이자 그 방면에서 최고 권위자라고 자부하는 힐코트 부인이 말했다.

일주일 후 로라와 나는 협곡 아래 있는 루브토 강 옆길을 따라 걷고 있었다. 그날은 안개가 짙었다. 안개는 강으로부터 올라와 공기 중에서 탈지유처럼 소용돌이치고 덤불의 헐벗은 가지에서 뚝뚝 떨어졌다. 길 위의 돌들은 미끄러웠다.

갑자기 로라가 강에 빠졌다. 다행히도 우리가 주류 바로 옆을 지나던 것이 아니었기 때문에 그녀는 휩쓸려 가지 않았다. 나는 비명을 지르며 하류로 뛰어가 그녀의 코트 자락을 붙잡았다. 옷이 흠뻑 젖지 않았는데도 그녀는 꽤 무거웠고, 나 역시 물에 빠질 뻔했다. 나는 가까스로 평평한 암층이 있는 곳으로 그녀를 끌어낸 다음 건져 냈다. 그녀는 젖은 양처럼 젖어 있었고 나 역시 상당히 젖어 있었다. 그런 후 나는 그녀를 흔들었다. 그러자 그녀는 몸을 떨며 울기 시작했다.

"너 일부러 그런 거지! 내가 봤어! 물에 빠져 죽을 수도 있었 잖아!" 나는 말했다. 로라는 눈물을 삼키며 흐느꼈다. 나는 그 녀를 끌어안았다. "왜 그랬니?"

"하느님이 엄마를 다시 살리게 하려고." 그녀는 울부짖었다.

"하느님은 네가 죽는 걸 원치 않아. 그렇게 되면 하느님이 진노할 거야! 하느님이 엄마가 살아 있기를 원한다면 네가 물에 빠져 자살하지 않더라도 어떻게 해서든 그렇게 해 줄 거야." 로라가 이런 상태에 있을 때는 이런 식으로 말을 할 수 밖에 없었다. 그녀가 신에 대해 모르는 무엇인가를 알고 있는 척해야 했던 것이다.

그녀는 손등으로 코를 닦았다. "언니가 어떻게 알아?"

"왜냐하면, 봐, 하느님은 내가 너를 구하도록 했잖니! 알겠어? 하느님이 네가 죽기를 바랐다면 나 역시 물에 빠졌을 거야. 우리 둘 다 죽었을 거라고! 자, 이리 와, 몸을 말려야 해. 리니에게 말하지 않을게. 사고라고 말해 줄게. 네가 미끄러졌다고 말할게. 하지만 다시는 그런 짓 하지 마. 알았지?"

로라는 아무 말도 하지 않았지만 내가 이끄는 대로 순순히 집으로 따라왔다. 경악에 가득 찬 혀 차는 소리, 당황 그리고 꾸중. 그리고 로라를 위한 소고기 국과 따뜻한 목욕물과 뜨거운 물병. 다들 그녀의 명성 자자한 서투른 행동 때문에 그 사고가 일어난 것이라고 생각했고, 그녀에게 제대로 보고 다니라는 주의를 주었다. 아버지는 나에게 "잘했다."라고 말했다. 만일 내가 로라를 잃었다면 아버지가 무슨 말을 했을지 궁금했다. 리니는 우리 둘을 합치면 그래도 다른 사람 절반 정도의 이성이 있으니 그나마 다행이라고, 그런데 무엇보다도 그 아래서, 그것도 안개

속에서 우리가 무엇을 하고 있었는지 모르겠다고 말했다. 내가 좀 더 알아서 처신을 했어야 했다고 그녀는 말했다.

그날 밤, 나는 팔로 내 몸을 감싸고 자신을 꼭 끌어안은 채 오랜 시간 동안 깨어 있었다. 내 발은 돌처럼 차가웠고 이는 덜덜 떨리고 있었다. 루브토 강의 얼음처럼 차가운 검은 물속에 빠진 로라의 영상을 마음속에서 지워 버릴 수 없었다. 소용돌이치는 바람 속에서 그녀의 머리카락이 흐트러지던 모습, 그녀의 젖은 얼굴이 은빛으로 번득이던 모습, 내가 그녀의 코트를 움켜쥐었을 때 나를 노려보던 모습을. 그녀를 계속 붙들고 있기가 너무나 힘겨웠던 것을. 그녀를 거의 놓아 버릴 뻔했던 것을.

바이올런스 선생

로라와 나는 학교에 다니는 대신 여러 번에 걸쳐 교체된 여러 남녀 가정교사와 공부를 했다. 우리는 가정교사가 필요하다고 생각하지 않았고, 그들이 낙담하게 만들기 위해 온갖 노력을 다 했다. 담청색 눈으로 그들을 빤히 쳐다보기도 했고, 귀머거리이거나 바보인 척하기도 했다. 절대로 그들의 눈을 바라보지 않고 이마만 응시하기도 했다. 그들을 없애 버리기까지 생각보다 시간이 오래 걸리는 경우가 많았다. 그들은 대체로 우리들의 행동을 상당 부분 참아 주었다. 그들은 인생에서 험한 일을 겪어 보았고 급료가 필요했던 것이다. 우리가 그들 개개인에게 무슨 감정이 있었던 것은 아니었다. 그저 그들에게 괴롭힘을 당하고 싶지 않았을 뿐이다.

가정교사들과 함께 있을 때가 아니라면 우리는 아빌리온 집 안이나 경내에 머물러야 했다. 그러나 우리를 규제할 사람이 누가 있었겠는가? 가정교사들은 우리의 비밀 통로를 몰랐기 때문에 피하기 쉬웠고, 리니는 그녀 자신도 자주 지적했듯이 우리를 매 순간 쫓아다닐 수 없었다. 세상이 범죄자와 무정부주의자, 아편 파이프와 꼰 줄 같은 가는 콧수염, 긴 손톱을 가진 사악한 동양인들, 그리고 마약 중독자와 아버지 돈을 갈취하기 위해 우리를 유괴하려고 기다리는 백인 노예 매매업자들로 가득 차 있다는 리니의 굳은 믿음에도 아랑곳하지 않고, 우리는 할 수 있을 때마다 아빌리온에서 몰래 빠져 나와 읍내를 돌아다녔다.

리니의 많은 남자 형제들 중 한 명은 싸구려 잡지에 관련된 일을 하고 있었다. 잡화점에서 살 수 있는 저속하고 시시한 잡지, 그리고 불법적으로만 구할 수 있는 하급 잡지였다. 그가 맡은 일은 무엇이었는가? '배급.' 리니는 그렇게 불렀다. 이제 생각해 보니 국내로 밀수입하는 일이었을 것 같다. 어쨌든 그는 이따금 여분 잡지를 리니에게 주었고, 리니는 우리가 그것을 보지 못하도록 숨겨 놓았지만 우리는 머잖아 그것을 손에 넣곤 했다. 잡지 일부는 연애에 관한 것이었다. 그리고 리니는 그런 것을 탐독했지만 우리에게는 별 쓸모가 없었다. 우리가 좋아했던 것(아니, 내가 좋아했고 로라는 나 때문에 덩달아 좋아하게 되었던 것)은 다른 나라, 혹은 다른 행성에 관한 이야기들이었다. 여성들이 빛나는 천으로 만들어진 아주 짧은 치마를 입고 있고 모든 것이 번쩍이는 미래로부터 온 우주선. 식물들이 말을 할 수 있고 거대한 눈과 엄니를 가진 괴물들이 거니는 소행성. 토파즈 눈과 젖빛 피부를 가지고 있고 얇은 천으로 된 바지와 사슬로 연결된 두 개의 깔때기 같은 작은 금속 브래지어를 한 나긋나긋한 소녀들이 사는, 과거라는 시간의 나라들. 스파이크가 빽빽하게 박힌 날개 달린 헬멧을 쓴 거친 복장의 영웅들.

리니는 이런 것들을 실없는 이야기라고 했다. "지구와 비슷한 면이 전혀 없잖니." 그러나 나는 바로 그 점이 마음에 들었다.

범죄자들과 백인 노예 매매업자들은 총기가 범람하고 피로 범벅이 된 표지가 있는 추리소설 잡지에 나왔다. 이런 이야기에서는 큰 재산을 물려받기로 되어 있는 커다란 눈의 상속녀가 (필요 이상으로 빈번하게) 에테르로 의식을 잃게 되거나 빨랫줄로 묶여 요트의 객실에 갇히거나 교회의 지하실 혹은 성의 축축한 지하실에 내버려졌다. 로라와 나는 그런 남자들이 존재한다고 믿었지만 그들이 많이 두렵지는 않았다. 어떤 일이 벌어질지 알고 있었기 때문이다. 그들은 크고 검은 전동차를 갖고 있으며 외투와 장갑과 검은 중절모를 착용하게 마련이었다. 그리고 우리는 그들을 즉시 알아보고 달아날 수 있었을 것이다.

그러나 그런 사람은 한 번도 보지 못했다. 우리가 마주친 유일한 적대 세력은 공장 노동자들의 아이들이었다. 우리를 건드려서는 안 된다는 것을 모르는 어린아이들이었다. 그들은 조용히, 혹은 궁금해하면서, 혹은 욕을 하면서 두셋씩 무리를 지어 따라왔다. 때로 돌을 던지기도 했지만 우리를 맞추지는 못했다. 머리 위에 절벽이 있는 루브토 강 옆의 좁은 길을 지나갈 때(무언가 머리 위에 떨어질 수도 있었다.) 또는 뒷골목을 지날 때(그곳을 피해야 한다는 것을 알게 되었다.) 그들에게 공격당할 가능성이 가장 높았다.

우리는 이리 스트리트를 따라 걸으며 가게의 진열창을 살펴보았다. 싸구려 잡화상이 우리가 가장 좋아하는 곳이었다. 또는 초등학교의 사슬 고리 담장 사이를 들여다보곤 했다. 그곳은 일반 아이들, 그러니까 노동자의 아이들을 위한 학교로서, 재가 깔린 운동장과 '소년'과 '소녀'가 새김으로 표시된 높은 출입구가 있었다. 쉬는 시간이 되면, 고함 소리가 많이 들려왔고, 아이들은 지저분해 보였다. 특히 싸우고 난 후나 재에 뒹군 후에는 더욱더 그랬다. 우리는 학교에 다니지 않아도 된다는 사실에 감사했다.(정말로 감사했던가? 아니면, 다른 한편으로 소외감을 느꼈던가? 아마 둘 다였을 것이다.)

이런 산책을 나갈 때 우리는 모자를 썼다. 그것이 일종의 방어 장치라고, 그것이 어떤 면에서 우리를 눈에 보이지 않는 존재로 만들어 줄 것이라고 생각했던 것이다. 숙녀는 모자 없이 외출하지 않는 법이라고 리니는 말했다. 그녀는 장갑에 대해서도 언급했지만, 우리는 그건 신경 쓰지 않았다. 그 시절을 돌이켜볼 때 기억나는 것은 밀짚모자다. 옅은 지푸라기색이 아닌 짙은 색깔의 모자. 그리고 6월의 축축한 열기, 꽃가루로 나른해진 공기. 푸르게 번쩍이던 하늘. 게으름과 서성임.

그 모든 것을 다시 가질 수 있기를 나는 얼마나 간절히 바라는지. 그 무의미한 오후. 그 지루함, 목적 없음, 형체가 갖춰지지 않은 가능성들. 그리고 어떤 의미에서는 그것들을 다시 가지게 되었다. 단, 지금은 그다음에 일어날 일이 별로 없다.

그 즈음 있었던 가정교사는 다른 이들보다 더 오래 근무했다. 그녀는 예전에는 좀 더 잘 살았다는 것을 보여 주는 빛 바랜 캐시미어 카디건 차림에 쥐색 머리를 둥그렇게 뭉쳐 고정한 마흔살의 여자였다. 그녀의 이름은 고어럼 선생이었다. 바이올렛 고어럼 선생. 나는 그녀 몰래 바이올런스* 선생이라는 별명을 붙여 주었다. 정말 그녀에게 걸맞지 않는 뜻밖의 이름이라고 생각했기 때문이었다. 그리고 그 이후로 그녀를 볼 때마다 킥킥거리곤 했다. 그럼에도 그 별명은 그녀에게 계속 붙어 다녔다. 나는 그 이름을 로라에게 가르쳐 주었고, 그 후에는 리니도 당연히 알게 되었다. 리니는 우리가 고어럼 선생을 이런 식으로 놀리는 것은 나쁜 짓이라고 말했다. 그 가련한 여자는 몰락했으며 우리의 동정을 받아 마땅하다고, 왜냐하면 그녀는 노처녀이기 때문이라고 리니는 말했다. 그게 뭐예요? 남편이 없는 여자. 고어럼 양은 독신이라는 은사의 삶을 살아가도록 운명 지어졌다며 리니는 약간의 경멸을 내비치면서 말했다.

"하지만 리니도 남편이 없잖아요." 로라는 말했다.

"그런 다른 거야. 나는 앞에 대고 코를 풀 정도의 가치가 있는 남자도 아직까지 만난 적이 없지만, 내 몫을 거절한 적은 있어. 청혼을 받은 적이 있다고." 리니는 말했다.

"어쩌면 바이올런스 양도 그랬을지도 모르죠." 나는 그저 반박을 하기 위해 이렇게 말했다. 나는 그럴 나이가 되어 가고 있었다.

"아니, 그렇지 않아." 리니는 말했다.

"어떻게 알아요?" 로라는 물었다.

"얼굴을 보면 알아. 어쨌든, 혹시라도 청혼을 받았더라면 남자가 머리가 세 개 있고 꼬리가 달린 사람이었다고 하더라도 그 여자는 뱀처럼 빨리 낚아챘을 거야."

바이올런스 선생은 우리가 좋아하는 것들을 하도록 허용했기 때문에 우리와 잘 지낼 수 있었다. 그녀는 우리를 통제할 수

---

* 바이올런스(violence)는 '격렬함', '폭력'이라는 뜻이다.

있는 강제성이 자신에게 없다는 것을 애초에 깨달았고, 현명하게도 그렇게 하려는 시도도 하지 않았다. 아침이면 우리는 한때 할아버지의 것이었고 이제는 아버지의 소유인 도서실에서 공부를 했고, 바이올런스 선생은 우리를 자유롭게 내버려 두었다. 책장은 두툼한 가죽으로 제본이 되어 있고 희미한 금색 글자가 박힌 책들로 가득 차 있었다. 그리고 나는 벤저민 할아버지가 그 책들을 정말로 읽었을까 하는 의구심이 들었다. 그것은 할아버지가 읽어야 한다고 애들리아 할머니가 생각한 책들이었을 뿐이다.

나는 관심을 끄는 책을 고르곤 했다 — 찰스 디킨스의 『두 도시 이야기』*, 매콜리**의 역사 이야기, 삽화가 포함된 『멕시코 정복』과 『페루 정복』.*** 시도 읽었다. 그리고 바이올런스 선생은 때때로 나에게 시를 소리 내어 읽도록 시켰다. 그렇게 함으로써 건성으로라도 시를 가르치려고 시도를 했던 것이다. "제너두에서 쿠빌라이 칸은/ 장엄한 환락의 궁을 명했다."**** "플랜더스 들판에 양귀비가 피네, 열 지어 서 있는 십자가 사이로."*****

"뚝뚝 끊어서 읽지 마. 모든 행이 자연스럽게 흘러야 한단다, 얘야. 네가 분수라고 가정해 봐." 바이올런스 선생은 말했다. 비

---

* 빅토리아 시대의 영국 소설가 디킨스(1812~1870)가 1859년에 발표한 소설로, 프랑스혁명 시기 런던과 파리를 무대로 하여 쓴 역사 소설이다.
** 1800~1859. 영국의 역사가이자 정치가로, 식민지 인도의 법 개혁에 힘썼다. 저서로 『영국사』 따위가 있다.
*** 19세기의 고전적인 미국 역사가 윌리엄 H. 프레스콧(1796~1859)의 저작.
**** 영국의 낭만주의 시인이자 평론가인 새뮤얼 콜리지(1772~1834)의 시 「쿠빌라이 칸(Kubla Khan)」의 첫 행.
***** 「플랜더스 평원에서」의 한 대목.

록 땅딸막하고 우아한 구석이 없는 사람이었지만 그녀는 고상함에 대한 기준이 상당이 높았으며, 우리에게 많은 것들을 가정해 보라고 했다. 꽃 피는 나무, 나비, 부드러운 바람. 더러운 무릎을 하고서 손가락을 코에 쑤셔 박고 있는 작은 소녀들을 제외한 모든 것. 그녀는 개인 위생 문제에 관해 무척 까다로웠다.

"색연필을 씹지 마라, 애야. 너는 설치류가 아니야. 봐, 입이 온통 녹색이잖니. 이에 좋지 않아." 바이올런스 선생은 말했다.

나는 헨리 워즈워스 롱펠로가 지은 『에반젤린』*을 읽었다. 그리고 엘리자베스 배럿 브라우닝의 『포르투갈 여인으로부터 온 소네트』**를 읽었다. "내가 그대를 어떻게 사랑하는지요? 차례로 그 방법을 세어 보겠습니다." 바이올런스 선생은 "아름다워." 하며 한숨을 쉬었다. 엘리자베스 배럿 브라우닝이 나오면 그녀는 우울한 기질답게 감정을 과장되게 쏟아 내곤 했다. 또한 모호크 인디언 공주인 E. 폴린 존슨***에 대해서도 마찬가지였다.

그리고 오, 강은 이제 더 빠르게 흐르네.

소용돌이는 내 활 주변을 맴도네.

빙글빙글 돌아라!

---

* 역사, 구전 이야기가 담긴 시를 많이 쓴 미국 시인 롱펠로(1807~1882)가 1847년에 발표한 목가풍의 장편 시. 대장장이의 아들과 에반젤린의 비극적 사랑을 노래하였다.

** 영국 빅토리아 시대에 당대 정치와 여성 문제에 관한 강한 주장이 담긴 시를 쓴 시인 엘리자베스 브라우닝(1806~1861)의 대표작. 역시 시인인 남편 로버트 브라우닝과 결혼하기까지 그에게 보내는 연서 같은 시들이 수록되어 있다.

*** 1862~1913. 캐나다 시인. 원주민 추장 아버지와 영국인 어머니 사이에서 태어났으며, '모호크 인디언 공주'라는 이름으로 캐나다, 영국, 미국을 순회했다.

잔물결은 어떻게

위험하게 도는 많은 연못 속에서 소용돌이치는지!*

"감동적이구나, 얘야." 바이올런스 선생은 말했다.

혹은 나는 알프레드 테니슨 경의 시를 읽었는데, 바이올런스 선생의 의견에 따르면 그의 위엄은 신 다음으로 가는 것이라고 했다.

가장 검은 이끼로 꽃밭은

한결같이 두껍게 덮여 있었다.

녹슨 못이 배를 박공벽에 달아 둔

매듭에서 떨어졌다…….

그녀는 오직 이렇게 말했다. "내 인생은 황량하네,

그는 오지 않는다."

그녀는 말했다, "나는 지쳤네, 지쳤네,

차라리 죽기를 바라네!"**

"이 여자는 왜 그걸 바라는 거죠?" 평소에는 내 낭송에 별다른 관심을 보이지 않는 로라가 물었다.

"사랑 때문이란다, 얘야. 무한한 사랑이지. 하지만 보상을 받지 못한 사랑이었어." 바이올런스 선생은 말했다.

"왜요?"

바이올런스 선생은 한숨을 쉬었다. "이건 시야, 얘야. 테니슨

---

* 폴린 존슨의 시 「내 노가 부르는 노래(The Song My Paddle Sings)」 한 대목.
** 테니슨의 시 「마리아나(Mariana)」의 첫 연.

경이 이것을 썼고, 아마도 그가 가장 잘 알고 있었겠지. 시란 이유를 논하지 않는 거야. '아름다움은 진실이고 진실은 아름다움이다 —— 그것이 그대들이 지상에서 알고 있는 모든 것이고, 그대들이 알아야 할 모든 것이다.'*"

로라는 경멸의 눈초리로 그녀를 바라보고는, 색칠하기를 계속했다. 나는 책장을 넘겼다. 나는 이미 시 전체를 대강 훑어보았고, 그 안에서 다른 어떤 사건도 일어나지 않는다는 것을 알고 있었다.

> 부서져라, 부서져라, 부서져라,
> 그대의 차가운 회색 돌 위에, 오, 바다여!
> 그리고 나의 혀가 내 안에 일어나는
> 생각을 표현할 수 있기를 바라네.**

"아름답구나, 얘야." 바이올런스 선생은 말했다. 그녀는 무한한 사랑을 좋아했다. 하지만 절망적인 애수 또한 그에 못지않게 좋아했다.

코담배 색깔의 가죽으로 장정된 얇은 책이 있었다. 그것은 애들리아 할머니 것이었다. 에드워드 피츠제럴드의 『오마르 하이얌의 루바이야트』였다.(사실 에드워드 피츠제럴드는 그 책을 쓰지 않았다. 그런데도 그는 그 책의 저자라고 불린다. 그것을 어떻게 설명할 것인가? 나는 설명하려고 애쓰지도 않았다.) 바이올런스 양은 시

---

* 영국의 낭만주의 시인 존 키츠(1795~1821)가 쓴 「그리스 항아리에 바치는 송가(Ode on a Grecian Urn)」의 마지막 부분.
** 첫 행과 제목(Break, Break, Break)이 동일한 테니슨의 시.

를 어떻게 낭송해야 하는지 보여 주기 위해 때로 이 책을 읽어 주기도 했다.

나뭇가지 밑의 시집,
포도주 한 주전자, 빵 한 덩어리 — 그리고 그대
내 곁, 황야에서 노래를 부르는 —
오, 황야는 족히 낙원이었네!

그녀는 누군가 가슴을 친 것처럼 "오"를 헐떡거리며 뱉어 냈다. "그대" 역시 마찬가지였다. 나는 피크닉에 대해 엄청나게 야단법석을 떤다고 생각했다. 그리고 그들이 빵에 무엇을 얹었는지 궁금해했다. "물론 이건 진짜 포도주가 아니란다, 얘야. 성찬식을 가리키는 거지." 바이올런스 양은 말했다.

몇몇의 날개 단 천사가 너무 늦기 전에
아직 펼쳐지지 않은 운명의 두루마리를 붙잡기만 한다면,
그리고 엄격한 기록자가 다른 방법으로
기록하거나 완전히 지워 버리도록 할 수 있다면!

아, 사랑이여! 당신과 내가 그와 함께 공모하여
이 유감스러운 전체 계획을 움켜쥘 수 있다면,
우리는 이것을 파편으로 산산이 부수지 않겠는가 — 그런 후
이것을 가슴의 욕망에 보다 가깝게 재성형하지 않겠는가!

"정말 옳은 말이야." 바이올런스 선생은 한숨을 쉬며 말했다.

하긴 그녀는 온갖 것을 두고 한숨을 쉬었다. 그녀는 아빌리온의 삶과 매우 잘 어울렸다. 아빌리온의 한물간 빅토리아 시대식 웅대함에, 미학적 쇠락의 분위기에, 사라진 우아함에, 병약한 회한에. 그녀의 태도, 그리고 그녀의 바랜 캐시미어마저 벽지와 잘 어울렸다.

로라는 책을 별로 읽지 않았다. 대신 그림을 베끼거나, 여행과 역사에 관한 두껍고 학구적인 책에 있는 흑백 삽화를 색연필로 색칠했다.(바이올런스 선생은 아무도 알아차리지 못하리라 생각하며 로라가 그렇게 하도록 내버려 두었다.) 로라는 어떤 색깔이 필요한지에 대해 괴상하지만 매우 명확한 생각을 가지고 있었다. 그녀는 나무를 파란색이나 빨간색으로 칠하고 하늘을 분홍색이나 녹색으로 칠했다. 만일 그녀가 좋아하지 않는 인물의 그림이 있으면 이목구비를 지워 버리기 위해 얼굴을 자주색이나 진회색으로 칠했다.

그녀는 이집트에 관한 책에 나온 피라미드를 그리는 것을 좋아했고, 이집트 우상들을 색칠하는 것을 좋아했다. 날개 달린 사자의 몸에 독수리 혹은 사람의 머리가 달린 아시리아*의 동상 또한. 그것은 헨리 레이어드 경**의 책에서 나온 것이었다. 그

---

* 셈계 아시리아인이 아시아 남서부의 티그리스 강과 유프라테스 강 유역에 세운 고대 왕국. 수도는 니네베로, 이곳은 기원전 7세기에 궁전, 신전, 도서관 따위가 있는 대도시로 번성하였으나, 기원전 612년에 메디아와 바빌로니아의 연합군에 의하여 폐허가 되었다.

** 1817~1894. 영국의 고고학자이자 작가, 외교관. 중동 지방 고고학 원정을 바탕으로 『니네베와 그 유적(Nineveh and Its Remains)』(1849), 『니네베와 바빌론의 폐허에서 발견한 것(Discoveries in the Ruins of Nineveh and Babylon)』(1853)이라는 저작을 남겼다.

는 니네베의 폐허에서 그 동상들을 발견해서 영국으로 수송한 사람이다. 그것은 「에스겔서」*에 묘사된 천사들을 그린 것이라고 했다. 바이올런스 선생은 이 그림이 그다지 좋은 것이라고 생각하지 않았다. 동상은 이교도적이었고, 피에 굶주린 것처럼 보였던 것이다. 그러나 로라는 그만두지 않았다. 그녀는 비판을 받으면 책 위로 몸을 더 깊이 숙이고 색칠을 했다. 마치 자신의 삶이 그것에 달려 있는 것처럼.

"등을 곧게 펴 봐, 얘야. 네 척추가 태양을 향해 자라는 나무라고 가정해 봐." 바이올런스 선생은 말했다. 그러나 로라는 이런 가정에 관심이 없었다.

"나는 나무가 되고 싶지 않아요." 그녀는 대답했다.

"곱사등이가 되는 것보다는 나무가 낫단다, 얘야. 그리고 자세에 신경을 쓰지 않는다면 곱사등이가 되고 말 거야." 바이올런스 선생은 한숨을 쉬며 말했다.

바이올런스 선생은 창가에 앉아 공공 도서관에서 빌려온 낭만적 소설을 읽으며 많은 시간을 보냈다. 그녀는 압형(押型)으로 무늬를 낸 애들리아 할머니의 가죽 스크랩북을 한 장씩 넘기며 보는 것 또한 좋아했다. 고상한 돋을새김 문양이 새겨진 초대장을 조심스럽게 풀로 붙인 것, 신문사 사무실에 인쇄된 메뉴, 그리고 행사 후 신문 기사 스크랩(자선 티 파티, 랜턴 슬라이드로 설명하는 자기 개선 강연), 파리, 그리스, 심지어 인디아로 여행한 강

---

* 구약 성경의 3대 예언서 중 하나. 선지자 에스겔이 예루살렘의 함락과 구세주의 출현, 이스라엘의 회복과 평화 따위의 내용을 기록한 것이다.

하고 우호적인 사람들, 스베덴보리 신봉자*, 페이비언 협회원**, 채식주의자, 자기 개선 방법의 다양한 장려자, 때때로 등장하는 아프리카, 사하라, 혹은 뉴기니로 간 선교사들과 같은 정말 희귀한 사람들. 그들은 원주민들이 마법을 사용하는 것, 혹은 정교한 나무 가면으로 자신의 여자들을 감추는 것, 혹은 붉은 페인트와 개오지 조개껍데기로 선조들의 해골을 장식하는 것에 대해 묘사했다. 이제는 소멸되어 버린 사치스럽고 야심적이며 치열한 삶에 대한, 누렇게 바래 가는 종이로 된 증거들. 바이올런스 선생은 마치 그것을 기억하듯 부드러운 대리 만족의 미소를 지으며 꼼꼼하게 들여다보았다.

그녀는 금색과 은색의 금속 별 한 묶음을 갖고 있었고, 그것을 우리가 완성한 과제에 붙여 주었다. 때로는 우리와 함께 야생화를 모으러 나가기도 했다. 우리는 꽃을 압지 두 장 사이에 넣고 누른 다음 두꺼운 책을 올려 두었다. 우리는 결국 그녀를 좋아하게 되었지만, 그녀가 떠났을 때 눈물은 흘리지 않았다. 그러나 그녀는 울었다. 모든 일에서 그랬듯이 몹시 감상적인 모습으로, 우아하지 않게.

나는 열세 살이 되었다. 내가 성숙해지는 것이 내 과실이 아니었음에도 아버지는 내가 잘못이라도 저지른 것처럼 언짢아했다. 아버지는 내 자세, 말투, 전반적인 행동거지에 관심을 갖

---

* 18세기 스웨덴의 신학자, 과학자, 철학자인 스베덴보리(1688~1772)의 신학을 따르는 사람. 스베덴보리는 전통적 교리를 떠나 심령술에 전념하며 독특한 신비주의적, 영적 신학을 강조했다.
** 사회주의 사상에 대한 연구, 토론, 출판에 관련된 지적 운동을 위해 1884년에 결성된 페이비언 협의회의 회원.

기 시작했다. 옷차림은 수수하고 검소해야 했다. 하얀 블라우스와 짙은 주름치마, 그리고 교회 갈 때 입는 짙은 벨벳 드레스. 제복같이 보이는 옷들, 선원 복장은 아니지만 그렇게 보이는 옷들. 어깨는 곧게 펴야 하고, 구부정한 자세는 용납되지 않았다. 대자로 눕는 것도, 껌을 씹는 것도, 조바심을 내는 것도, 재잘거리는 것도 금지되었다. 아버지가 요구한 것은 군대의 기준이었다. 깔끔함, 순종, 침묵, 그리고 눈에 드러나는 성적인 면을 감출 것. 비록 직접 언급된 적은 없었지만, 성적인 면은 초기에 싹을 잘라 버려야 한다는 것이 묵계였다. 아버지는 너무 오랫동안 나를 방치해 두었다. 이제 나를 길들일 때가 왔던 것이다.

로라 역시 어느 정도 이런 단속을 받았지만, 그녀는 아직 적정 나이에 이르지 않았다.(적정 나이가 무엇이었는가? 물론 사춘기다. 지금은 그것을 확실히 알고 있지만, 그 당시에는 혼란스럽기만 했다. 내가 무슨 범죄를 저질렀는가? 왜 어느 괴상한 개화 학교의 수용자인 양 취급을 받아야 하는가?)

"당신은 아이들을 너무 심하게 다루는군요. 얘들은 소년이 아니에요." 칼리스타가 말했다.

"불행하게도 말이지." 아버지는 말했다.

내가 끔찍한 질병을 가지고 있다는 것을 발견한 날, 나는 칼리스타에게 찾아갔다. 다리 사이에서 피가 흘러나오고 있었던 것이다. 분명 나는 죽어 가고 있었다! 칼리스타는 웃음을 터뜨렸다. 그런 다음 그녀는 설명을 해 주었다. "이건 좀 귀찮은 일일 뿐이야." 그녀가 말했다. 그녀는 이것을 "친구" 혹은 "손님"이라고 불러야 한다고 말했다. 리니는 보다 장로교적인 생각을 갖고 있었다. "이건 저주란다." 그녀는 말했다. 인생을 좀 더 괴롭게 만들기 위해 신이 특별히 예비해 둔 것이라고까지는 말하지 않았다. 그저 자연스럽게 일어나는 일이라고 말했을 뿐이다. 피를 처리하기 위해서는 헝겊 조각을 잘라 내 써야 했다.(그녀는 "피"라고 말하고 않고 "지저분한 것"이라고 했다.) 그녀는 생리통을 가라앉히기 위해 상한 양배추 냄새 같은 맛이 나는 카모마일 차를 만들어 주고, 뜨거운 물이 든 병을 주었다. 그 어떤 것도 도움이 되지 않았다.

로라는 내 침대보 위에 번진 피 얼룩을 발견하고 울기 시작했다. 내가 죽어 간다고 생각한 것이다. 나도 어머니처럼 그녀에게 먼저 말하지 않고 죽을 거라고 하며 흐느꼈다. 내가 고양이같이 생긴 회색 아기를 가진 후 죽을 것이라고.

나는 그녀에게 바보같이 굴지 말라고 말했다. 아기와 피는 아무 상관이 없는 거라고 말했다.(칼리스타는 그 대목까지는 말해 주지 않았다. 분명 이런 종류의 정보를 한꺼번에 너무 많이 알려 주면 내 심리 상태에 해로울 것이라고 판단했기 때문일 것이다.)

"언젠가 네게도 이런 일이 일어날 거야. 내 나이가 되면. 이건 여자아이들에게 일어나는 일이야." 나는 로라에게 말했다.

로라는 격분했다. 그녀는 그것을 절대 믿지 않았다. 다른 모든 일과 마찬가지로, 자신의 경우에는 예외일 것이라고 그녀는 확신하고 있었다.

그 당시 사진관에서 찍었던 로라와 나의 사진이 여기 있다. 나는 늘 입던 검은 벨벳 드레스를 입고 있다. 내 나이에 입기에는 너무 어린 스타일이다. '가슴'이 확연히 나와 있다. 로라도 똑

같은 드레스를 입고 내 옆에 앉아 있다. 우리는 무릎까지 오는 하얀 양말을 신고 있으며, 에나멜가죽으로 된 메리 제인 구두를 신고 있다. 지시받은 대로 무릎 부근에서 품위 있게, 오른쪽 다리를 왼쪽 다리 위로 올려서 꼬고 있다. 나는 팔로 로라를 감싸고 있다. 머뭇거리듯, 팔을 그렇게 하라고 명령을 받은 것처럼. 로라는 무릎 위에 손을 포개고 있다. 색이 옅은 머리를 앞가르마를 타서 뒤쪽으로 단단히 끌어당겨 묶었다. 우리들은 미소를 짓고 있다. 착하게 미소를 지어 보라는 지시를 받았을 때 아이들이 흔히 그러듯 겁먹은 모습으로. 착한 것과 미소 짓는 것이 동일한 것이라도 되는 듯한 지시. 그것은 꾸중을 듣게 될 것이라는 위협 때문에 억지로 지은 미소다. 아버지의 꾸중과 위협이었을 것이다. 우리는 꾸중과 위협을 두려워했지만 그것을 피할 방법은 알지 못했다.

오비디우스의 『변신 이야기』

　아버지는 우리의 교육이 방치되어 왔다고 판단했고, 그것은 사실상 정확한 판단이었다. 아버지는 우리가 프랑스어뿐만 아니라 수학과 라틴어 역시 배우기를 바랐다. 그것이 우리의 지나치게 공상적인 기질을 교정하기 위한 강도 높은 정신적 훈련이 될 것이라고 생각했던 것이다. 지리 역시 상당한 긴장감을 더해 줄 수 있을 것이었다. 바이올런스 선생이 재직하는 동안 그녀를 만난 적이 거의 없었으면서도, 아버지는 그녀와 그녀의 느슨하고 무기력한 장밋빛 수업 방식이 폐지되어야 한다고 명했다. 우리가 양상추라도 되는 것처럼 너덜너덜하고 주름지고 변색한 가장자리를 잘라 내고 단순하고 온전한 중심부만 보존하기를 바랐다. 우리가 어떤 것을 왜 좋아하는지 아버지는 이해하지 못했다. 우리가 어떻게 해서든 유사 소년으로 변모되기를 아버지는 바랐다. 하긴, 무엇을 기대할 수 있겠는가? 아버지에게는 여자 형제가 없었던 것이다.

아버지는 바이올런스 선생 대신 어스카인 씨를 선생으로 고용했다. 그는 한때 영국의 남학교에서 교편을 잡고 있었으나, 갑자기 건강상의 이유로 캐나다로 전출되었다고 했다. 우리가 보기에는 전혀 아픈 것 같지 않았다. 예를 들어 한 번도 기침을 한 적도 없었다. 그는 옹골차 보였고, 트위드 옷으로 몸을 감싸고 다녔으며, 서른에서 서른다섯 살 정도였고, 붉은 기가 도는 머리와 통통하고 촉촉한 붉은 입, 작은 염소수염과 신랄한 조롱과 고약한 성격을 지니고 있었고, 축축한 세탁물 바구니 바닥 같은 냄새를 풍겼다.

태만함과 그의 이마를 응시하는 것으로는 그를 제거해 버릴 수 없다는 것이 곧 확실해졌다. 첫 번째로 그는 우리가 무엇을 알고 있는지 측정하기 위해 시험을 보았다. 우리는 아는 것이 별로 없었다. 시험 결과에 나타난 것보다는 좀 더 많이 알고 있었지만. 그런 다음 그는 아버지에게 우리가 곤충 혹은 마르모트의 두뇌를 갖고 있다고 말했다. 우리는 한심한 상태에 놓여 있으며, 백치가 아닌 것이 놀랍다고 말했다. 우리는 정신적 나태함에 빠졌다고, 그런 상태에 머물도록 허용되었다고 그는 책망하듯 덧붙였다. 다행히도, 아직 너무 늦은 것은 아니라고 했다. 그렇다면 어스카인 선생이 우리가 제정신을 차리도록 단련을 시켜야 할 것이라고 아버지는 말했다.

그는 우리에게 이렇게 말했다. 게으름, 오만함, 게으름 피우고 공상하는 경향, 그리고 부주의한 감상성은 삶이라는 심각한 문제에서 우리를 낙오자로 만들 뿐이다. 어느 누구도 우리가 천재이기를 기대하지 않고, 혹시 우리가 천재라 하더라도 이로울 것은 없겠지만, 심지어 소녀들에게도 최소한이라는 것이 있는 법이다 — 우리가 강제로라도 정신을 차리고 새로 시작하지 않는다면 우리는 바보같이 우리와 결혼하는 남자들에게 귀찮은 존재밖에 되지 못할 것이다.

그는 학교용 연습 공책을 많이 주문했다. 가로줄이 있고 얄팍한 판지 표지가 있는 싸구려 공책이었다. 지우개가 달린 평범한 연필도 주문했다. 그것은 마술 지팡이이며, 그의 도움으로 그 마술 지팡이를 통해 우리 자신을 변모시킬 수 있을 것이라고 그는 말했다.

그는 아니꼬운 웃음을 띠며 "도움"이라는 단어를 말했다.

그는 고어럼 선생의 금속 별들을 버렸다.

그는 도서실이 우리를 산만하게 만든다고 말했다. 그는 학교 책상 두 개를 요청해서 받은 다음 그것을 빈 방에 들여놓았다. 그가 다른 가구와 침대를 치워 버렸기 때문에 텅 빈 방만 남아 있었다. 문은 열쇠로 잠가 두었고, 그가 열쇠를 가지고 있었다. 이제 우리는 소매를 걷어 올리고 공부에 착수할 수 있게 된 것이다.

어스카인 선생의 방법은 단도직입적이었다. 그는 머리를 잡아당기고 귀를 비틀었다. 우리 손가락이 놓인 책상 옆을 자로 내려쳤고, 때로는 손가락을 치기도 했다. 격노했을 때는 머리 뒤를 손바닥으로 때리기도 했고, 마지막 수단으로 우리에게 책을 던지거나 우리 다리 뒤쪽을 때리기도 했다. 그의 비아냥거림은 사람을 위축시켰다. 적어도 내게는 그랬다. 로라는 그가 진담을 하는 것이라고 믿을 때가 많았고, 그 때문에 그는 더 화를 냈다. 그는 눈물에도 꿈쩍하지 않았다. 사실 그것을 즐겼던 것 같다.

그가 늘 이런 것은 아니었다. 때로는 한 주 동안 사태가 평온하게 진행되기도 했다. 그는 인내심을 보여 주기도 했고, 심지어 일종의 서툰 친절을 베풀기도 했다. 그러다 갑자기 폭발하듯 화를 냈고, 미친 듯이 날뛰곤 했다. 그가 무엇을 할 것인지, 혹은 언제 어떤 일을 할 것인지 알 수 없다는 것이 가장 힘든 점이었다.

아버지에게 불평을 할 수도 없었다. 결국 어스카인 선생은 아버지의 지시를 받아 일하고 있는 것이 아닌가? 그의 말로는 그랬다. 그러나 우리는 당연히 리니에게만은 불평을 늘어놓았다. 그녀는 격분했다. 그녀는 말했다. 나는 그런 취급을 받기에 너무 나이가 많고 로라는 너무 소심하다. 그리고 우리 둘은 모두 — 아니, 도대체 그는 자신이 무엇이라고 생각하는 것인가? 시궁창에서 자란 주제에 점잔 빼는 태도를 보이다니. 어쩔 수 없이 이곳에 오게 된 다른 모든 영국인들처럼 으스댈 수 있다고 생각하면서 말이다. 그리고 만약 그가 한 달에 한 번만이라도 목욕을 한다면 리니는 자기 셔츠를 먹어 보일 것이다. 로라가 손바닥에 난 매 자국을 리니에게 보여 주자 그녀는 어스카인 선생에게 따지고 들었다. 하지만 그녀는 자기 일이나 신경 쓰라는 말만 들었다. 어스카인 선생은 그녀야말로 우리들을 응석받이로 만드는 장본인이라고 말했다. 그녀는 우리에게 지나치게 관대하고 우리를 어린애 취급하여 응석받이로 만들고 있으며(그것은 명백한 일이었다.) 이제 그녀가 망쳐 놓은 것을 고쳐 놓는 것이 그가 할 일이라는 것이었다.

로라는 어스카인 선생이 떠나지 않는다면 그녀 자신이 떠나겠다고 말했다. 그녀는 도망가 버릴 것이다. 창문에서 뛰어내릴 것이다.

"그러지 마라, 우리 아기. 우리, 생각의 모자를 써 보자. 그 사람이 제멋대로 하지 못하도록 지휘봉을 빼앗아 버리는 거야!"

"그에게는 지휘봉이 없어요."로라는 흐느꼈다.

칼리스타 피츠시먼스가 도움을 줄 수도 있었겠지만, 그녀는 상황을 제대로 파악하고 있었다. 우리는 그녀의 아이가 아니라 아버지의 자녀인 것이다. 아버지는 어떤 행동을 취할 것인지 결정을 했고, 그녀가 참견하는 것은 책략상의 실수가 될 터였다. 이것은 '소브 키 푀'*에 해당하는 경우였다. 어스카인 선생의 노력 덕분에 이제 나는 이 표현을 번역할 수 있게 되었다.

어스카인 선생의 수학에 대한 개념은 매우 단순했다. 우리는 가계부를 결산할 줄 알아야 하며, 그것은 덧셈과 뺄셈, 그리고 복식 부기를 하는 것을 의미했다.

프랑스어에 대한 그의 개념은 저명한 저자들의 간결한 금언을 바탕으로 한 동사 형태와 『페드라』**에 국한되어 있었다. "시 젠네스 사베, 시 비에이예스 푸베 — 에스티엔."*** "세 드 쿠와 재 르 플뤼 드 푀르 크 라 푀르 — 몽테뉴."**** "르 쾨르 아 세 레종 크 라 레종 느 코네 프왕 — 파스칼."***** "리스트와르, 세트 비에이유

---

* Sauve qui peut. '할 수 있는 자가 구하라.' 즉, '재주껏 도망쳐라.'라는 의미의 프랑스어 구절.

** 프랑스 고전주의의 어머니라 불리는 시인이자 극작가 라신(1639~1699)이 고대 그리스의 비극 시인 에우리피데스의 「히폴리투스」를 재창조한 작품.

*** "젊은이가 알 수 있다면, 늙은이가 할 수 있다면.(Si jeunesse savait, si vieillesse pouvait.)" 앙리 에스티엔(1531~1598)의 『시초(Les Prémices)』에서 인용한 구절.

**** "내가 가장 두려워하는 것은 두려움이다.(C'est de quoi j'ai le plus de peur que la peur.)" 몽테뉴(1533~1592)의 『수상록(Essais)』에서 인용한 구절.

***** "심정은 이성이 모르는 자신의 논리를 가지고 있다.(Le coeur a ses raisons que la raison ne connaît point.)" 파스칼(1623~1662)의 『팡세 (Pensées)』에서 인용한 구절.

담 에그잘테 에 망퇴즈 — 기 드 모파상."*"일 느 포 파 투셰 오 지돌: 라 도뤼르 엉 레스트 오 맹 — 플로베르."**"디유 세 패 톰; 스와. 르 디아블 세 패 팜므 — 빅토르 위고."*** 그리고 등등.

그가 생각하는 지리학이란 유럽의 수도들이었다. 라틴어에 대한 그의 개념은 카이사르가 골족(族)을 정복하고 루비콘을 정복하는 것이었다. "알레아 약타 에스트."**** 그리고 그다음에는 베르길리우스의 『아이네이스』(그는 디도가 자살하는 부분을 좋아했다.) 혹은 오비디우스의 『변신 이야기』에서 신들이 다양한 젊은 여자들에게 불쾌한 짓을 하는 부분으로 넘어갔다. 커다란 하얀 황소가 에우로페를 강간하는 것, 백조가 레다를 강간하는 것, 금 소나기가 다나에를 강간하는 것. 그는 예의 조롱하는 듯한 미소를 지으며 우리가 적어도 이런 이야기에는 관심을 가질 것이라고 말했다. 그 말은 맞았다. 변화를 주기 위해 그는 라틴어로 된 일종의 냉소적인 연애시를 번역하도록 시켰다. 「오디 에트 아모」*****류의 시. 우리의 미래상이라고 그가 못 박아 둔 그런 부류

---

* "역사, 수선스럽고 거짓말쟁이인 그 노파.(L'histoire, cette vieille dame exaltée et menteuse.)" 모파상(1850~1893)의 여행 기록문 『강에서(Sur l'eau)』에서 인용한 구절.

** "우상에는 손을 대는 것이 아니다. 거기에 칠해 놓은 금박이 손에 묻어나는 것이다.(Il ne faut pas toucher aux idoles: la dorure en reste aux mains.)" 플로베르(1821~1880)의 『마담 보바리(Madam Bovary)』에서 인용한 구절.

*** "신은 스스로를 남자로 만들었다. 그렇다. 악마는 스스로를 여자로 만들었다.(Dieu s'est fait homme; soit. Le diable s'est fait femme.)" 위고(1820~1885)의 희곡 『뤼 블라(Ruy Blas)』에서 인용한 구절.

**** '주사위는 던져졌다.(Alea iacta est.)' 율리우스 카이사르가 기원전 49년 1월 10일에 루비콘 강을 건너면서 했다고 전해지는 말.

***** '증오한다, 그리고 사랑한다.(Odi et amo.)' 고대 로마의 서정 시인 가이

의 여자들에 대해 시인들이 험담을 늘어놓은 것을 두고 우리가 씨름하는 것을 보며 그는 즐거워했다.

"라피오, 라페레, 라푸이, 랍툼.(Rapio, rapere, rapui, raptum.)" 어스카인 선생은 말했다. "'붙잡고 채어 가다.' 영어 단어 '랩처(rapture)*' 역시 같은 어원에서 온 것이다. 숙여." 자로 '딱' 때리는 소리.

우리는 공부했다. 복수심에서 열심히 공부했다. 어스카인 선생에게 어떤 핑계거리도 주지 않으려고 노력했다. 그는 무엇보다 우리를 괴롭히고 싶어 했다. 가능한 한 그가 그런 즐거움을 누리지 못하도록 해야 했다. 우리가 그에게서 정말로 배운 것은 부정행위를 하는 방법이었다. 수학은 그러기가 힘들었다. 그러나 우리는 늦은 오후 할아버지의 도서실에 있는 몇 권의 책(작은 활자와 복잡한 단어로 된 저명한 빅토리아 시대 사람들의 오래된 번역본)에서 오비디우스 번역을 베끼면서 몇 시간씩 보내곤 했다. 책을 보며 무슨 뜻인지 알아낸 후 보다 단순한 다른 단어로 대치하고, 직접 한 것처럼 보이기 위해 몇 가지 실수를 덧붙였다. 하지만 우리가 무엇을 하든 간에, 어스카인 선생은 붉은 색연필로 우리가 한 번역을 그어 버리고 여백에 심한 비평을 써 놓았다. 우리는 라틴어는 별로 배우지 못했지만 위조하는 방법은 많이 배웠다. 얼굴에 풀을 먹인 것처럼 무표정하고 굳은 얼굴을 하는 것 또한 배웠다. 어스카인 선생에게는 눈에 보이는 어떤 방식으로 반응하지 않는 것이 최선이었다. 특히 움찔하지 않는 것이 중요했다.

우스 발레리우스 카툴루스(BC 84~?BC 54)의 시.
* '큰 기쁨', '황홀경', '환희'라는 뜻. '납치', '유괴'라는 옛 뜻도 있다.

한동안 로라는 어스카인 선생에게 기민하게 반응했다. 그러나 육체적 고통을 가하는 것으로는 그녀를 강하게 단속할 수 없었다. 그가 소리를 칠 때조차도 로라는 집중하지 않았다. 그의 영향력에는 한계가 있었다. 그녀는 장미 봉오리와 리본 문양 벽지를 바라보거나 창밖을 내다보곤 했다. 그녀는 눈 깜짝할 사이에 자신의 존재를 지워 버리는 능력을 계발했다. 한순간 상대방에게 집중을 하고 있다가도 바로 다음 순간 다른 곳으로 가 버리는 것이다. 혹은 상대방을 다른 곳으로 보내 버리는 것이라고도 할 수 있을 것이다. 마치 보이지 않는 마법 지팡이를 휘두르듯이 쫓아 버리는 것이다. 사라져 버린 것은 로라가 아닌 상대방인 것처럼.

어스카인 선생은 이런 식으로 자기 존재가 부정되는 것을 견디지 못했다. 그는 자주 로라를 움켜잡은 채 흔들곤 했다. 정신을 차리게 하기 위해서라고 말했다. "너는 잠자는 숲 속의 공주가 아냐." 그는 고함치곤 했다. 때로는 로라를 벽 쪽으로 던져 버리기도 했고, 손으로 그녀의 목을 조르면서 흔들어 대기도 했다. 그가 흔들어 댈 때면 그녀는 눈을 감고 흐느적거렸고, 그러면 그는 더욱더 격노했다. 처음에는 내가 끼어들려고 해 봤지만, 아무 소용이 없었다. 그가 트위드로 감싼, 고약한 냄새 풍기는 팔을 한 번 내저으면 나는 그냥 나가 떨어져 버렸다.

"그의 화를 돋우지 마." 나는 로라에게 말했다.

"내가 그의 화를 돋우든 그렇지 않든 그건 아무 상관이 없어. 어쨌든 그는 화가 난 게 아니거든. 그저 내 블라우스를 만지고 싶어 하는 것뿐이야." 로라는 말했다.

"그러는 걸 본 적이 없는데. 왜 그런 짓을 하지?" 나는 말했다.

"언니가 보지 않을 때 그래. 아니면 내 치마 밑을 만지지. 그는 팬티를 좋아해." 로라는 말했다. 너무나 침착하게 말했기 때문에 나는 그녀가 거짓말을 하고 있거나 오해를 한 것이라고 생각했다. 어스카인 선생의 손을, 그 의도를 오해한 것이라고. 그녀가 묘사한 것은 정말 믿을 수 없는 것이다. 성인 남자가 하거나 관심을 가질 만한 일이라고 생각되지 않았던 것이다. 로라는 그저 어린 소녀에 불과하지 않은가?

"리니에게 말해야 하지 않을까?" 나는 우유부단하게 물었다.

"내 말을 믿지 않을지도 몰라. 언니도 안 믿잖아." 로라는 말했다.

그러나 리니는 로라를 믿었다. 아니, 믿기로 작정했다. 그리고 그것으로 어스카인 선생은 끝장났다. 리니는 그와 단판 승부를 벌이는 그런 어리석을 짓은 하지 않았다. 그는 그저 로라가 더러운 거짓말을 하고 있다고 비난했을 것이고, 그런 후에는 사태가 더 나빠졌을 것이다. 나흘 후 리니는 몇 장의 밀매매 사진을 들고 단추 공장에 있는 아버지의 사무실로 당당하게 걸어 들어갔다. 오늘날 같으면 사람들이 눈썹 한 번 까딱하고 말 사진들이었지만, 그 당시에는 추문을 불러일으킬 만한 것이었다. 까만 스타킹을 신고 푸딩 모양의 젖가슴을 거대한 브래지어에 쏟아 내고 있는 여자들, 아무것도 입지 않고 몸을 비틀며 다리를 벌리고 있는 동일한 여자들. 그녀는 어스카인 선생의 방을 쓸다가 그의 침대 밑에서 그 사진들을 발견했다고 말했으며, 이런 남자에게 체이스 대위의 딸들을 맡겨도 된다고 생각하느냐고 물었다.

그 장면을 목격한 사람들 가운데는 몇몇의 공장 노동자들과 아버지의 변호사, 그리고 우연히도, 리니의 미래의 남편인 론 힝크스가 있었다. 붉게 상기된 보조개가 들어간 뺨, 보복하는 복수의 여신처럼 불타오르는 눈, 검은 달팽이 모양으로 풀린 머리를 한 채, 커다란 가슴과 덥수룩한 하부의 벌거벗은 여자들을 움켜잡고 휘두르며 나타난 리니의 모습은 그가 감당하기에 너무 벅찬 것이었다. 그는 정신적으로 그녀 앞에 무릎을 꿇었고, 그날로부터 그녀를 향한 그의 추구가 시작되었다. 그리고 결국 성공했다. 하지만 그건 또 다른 얘기다.

만일 포트 타이콘드로가가 용납하지 않는 단 한 가지가 있다면, 그것은 순수한 어린이의 선생들 손에 이런 식의 오점이 묻는 일일 것이라고 아버지의 변호사는 조언하듯 말했다. 아버지는 이런 사건 이후에도 어스카인 선생을 집에 계속 둔다면 끔찍한 사람으로 취급받게 되리라는 것을 깨달았다.

(나는 리니가 잡지 배포 사업을 하며 이런 유의 일을 감쪽같이 처리할 수 있는 오빠에게서 직접 이 사진들을 구했을 것이라고 오랫동안 추측해 왔다. 이 사진에 관한 한 어스카인 선생은 결백했을 것이다. 혹시 사진을 갖고 있다 했더라도 그의 취향은 커다란 브래지어가 아니라 어린아이들 쪽이었을 것이다. 그러나 그 시점에서 리니에게 정당한 취급을 기대할 수는 없는 일이었다.)

어스카인 선생은 자신의 결백을 주장하며 떠났다. 분개하는 동시에 좌절한 채. 로라는 자신의 기도가 응답을 받았다고 말했다. 그녀는 어스카인 선생이 우리 집에서 쫓겨나기를 기도했으며 신이 자신의 기도를 들었다고 말했다. 리니가 더러운 사진 같은 것을 가지고 신의 뜻을 이룬 것이라고 그녀는 말했다. 나는 신이 그것에 대해 어떻게 생각하는지 궁금했다. 만일 그가 존재한다면 말이다. 나는 신의 존재에 대해 점점 더 회의적인 마음이 들었다.

반면에 로라는 어스카인 선생이 재직하는 동안 종교를 진지하게 받아들였다. 여전히 신을 두려워했지만, 성미 급하고 예측 불가능한 독재자 둘 중 하나를 택해야 하는 상황이 되자 그녀는 더 크고 더 멀리 있는 존재를 택했던 것이다.

일단 선택하고 나자, 그녀는 다른 모든 일에서 그러했듯이 그 것을 극단적으로 밀고 나갔다. "나는 수녀가 될 거야." 부엌 식탁에서 점심 샌드위치를 먹는 동안 그녀는 차분하게 선언했다.

"그건 안 될걸. 그들은 너를 받아들이지 않을 거야. 너는 가톨릭 신자가 아니잖니." 리니가 말했다.

"신자가 되면 되죠. 가입하면 돼요." 로라가 말했다.

"글쎄, 너는 머리를 잘라야 할걸. 수녀들은 베일 아래로 달걀 같은 대머리를 하고 있다고."

리니는 약삭빠르게 대처했다. 로라는 거기에 대해서는 몰랐다. 로라에게 허영심이 하나 있다면 그것은 머리칼에 관한 것이었다. "왜 그렇게 하는 거죠?" 로라는 물었다.

"수녀들은 하느님이 그러기를 원한다고 생각하지. 그분이 자신들의 머리카락을 바치기를 원한다고 말이야. 그건 그들이 얼마나 무식한가를 보여 주는 거야. 하느님이 그걸 가지고 도대체 뭘 하겠니? 그런 사고방식이라니! 그 모든 머리카락!" 리니는 말했다.

"그 머리카락으로 뭘 하나요? 일단 자른 다음 말이에요." 로라는 물었다.

리니는 짤깍하는 소리를 내며 콩을 까고 있었다. 짤깍, 짤깍,

짤깍. "부유한 마나님들을 위한 가발을 만들지." 그녀는 말했다. 그녀는 조금도 머뭇거리지 않고 말했다. 그러나 아기가 빵 반죽으로 만들어진다는 그녀의 이야기처럼 이것 역시 악의 없는 거짓말이라는 것을 나는 알고 있었다.

"속물적인 부자 여편네들. 네 아름다운 머리칼이 다른 누군가의 뚱뚱하고 더러운 머리 위에 얹혀서 돌아다니는 것을 원하지는 않겠지."

로라는 수녀가 되겠다는 생각을 포기했다. 아니, 적어도 그렇게 보였다. 하지만 그다음에 그녀가 무엇에 빠져들게 될지 누가 알겠는가? 로라는 종교적 성향이 강한 사람이었다. 그녀는 스스로를 내보이고, 위탁하고, 내주며, 마음대로 하도록 두었다. 조금이라도 회의적인 태도를 가졌더라면 자신을 지키는 데 도움이 되었을 것이다.

어스카인 선생과 씨름하는 동안 몇 년이 흘렀다. 말하자면 몇 년이 낭비된 것이다. "낭비되었다."라고 말해서는 안 되겠지만. 그에게서 많은 것들을 배웠기 때문이다. 그 모든 것이 그가 가르치려고 의도한 것은 아니었지만 말이다. 거짓말과 속임수 외에, 은근히 무례하게 구는 법과 말없이 저항하는 법을 배웠다. 복수는 때를 기다리다 상대가 예상치 못한 순간에 하는 것이 최고라는 것을 배웠으며, 들키지 않는 법을 배웠다.

그러는 동안 세계 대공황이 시작되었다. 주식 폭락 사태가 일어났을 때 아버지는 큰 액수의 돈을 잃은 것은 아니었지만 어느 정도 손해를 봤다. 그리고 손실한계에 다다랐다. 줄어든 수요에 맞추어 공장 문을 닫았어야 했다. 그와 비슷한 입장에 있던 사람들이 했던 것처럼 은행에 돈을 예치했어야 했다. 그것이 현명한 행동이었을 것이다. 하지만 아버지는 그렇게 하지 않았다. 도저히 그렇게 할 수 없었다. 자기 직원들을 쫓아낼 수가 없었던 것이다. 아버지는 그들에게, 자기가 고용한 남자들에게 동맹의 빚을 지고 있었다. 그중 일부가 여자이기는 했지만.

아빌리온에 빈곤이 깃들기 시작했다. 겨울에는 침실에 한기가 돌았고, 침대보는 올이 보일 정도로 낡았다. 리니는 닳은 중간 부분을 잘라 내고 양 가를 붙여 꿰매었다. 상당수의 방이 폐쇄되었고, 하인들 대부분은 해고되었다. 이젠 정원사가 없었기 때문에 잡초가 무성해졌다. 집안일을 꾸려 가기 위해서는, 이 불행한 상황을 타개하기 위해서는 우리의 협조가 필요하다고 아버지는 말했다. 아버지는 우리가 라틴어와 수학을 무척 싫어하니 리니를 도와 집안일을 할 수 있을 것이라고 말했다. 우리는 돈을 절약하는 법을 배울 수 있을 것이다. 그 말이 실제 생활에서 의미하는 바는, 저녁으로는 콩이나 소금에 절인 대구 혹은 토끼 고기를 먹고, 우리 스타킹을 손수 짜깁는 것이었다.

로라는 토끼 고기를 먹지 않았다. 마치 껍질을 벗긴 아기처럼 보인다고 했다. 그런 건 식인종이나 먹는 거라고 말했다.

자신의 이익을 챙기기에는 아버지가 너무 선량한 사람이라고 리니는 말했다. 또한 그는 너무 자만심이 강하다고도 말했다. 자신이 패배했다는 것을 인정할 줄 알아야 하는 법이다. 그녀는 일이 결과적으로 어떻게 진행될지 모르겠지만, 파멸과 파산으로 끝맺음할 가능성이 가장 높다고 말했다.

나는 이제 열여섯 살이 되었다. 비록 변변치 못했지만, 내 정규 교육은 끝을 맺게 되었다. 나는 빈둥거리며 시간을 보내고 있었다. 하지만 무엇을 위해서 시간을 보내는 것인가? 이제 나는 무엇이 될 것인가?

리니는 뚜렷하게 원하는 바가 있었다. 그녀는 사교계의 행사가 실려 있는 《메이페어》 잡지와 결혼, 자선 무도회, 화려한 휴가 등이 실린 신문의 사교계 소식란을 즐겨 읽었다. 그녀는 저명 인사들, 유람선, 좋은 호텔의 이름을 외웠다. 나도 제대로 단장을 하고 데뷔를 해야 한다고 그녀는 말했다. 중요한 사교계의 어머니들을 만나기 위한 다과회, 환영회와 상류 사회의 소풍, 결혼 적령기의 젊은 남성들이 초대된 정식 무도회. 아빌리온은 지난날처럼 잘 차려 입은 사람들로 가득 찰 것이다. 현악 사중주단이 초빙되고 잔디밭에는 횃불이 켜질 것이다. 우리 가족은 적어도 딸들에게 그런 것을 제공해 주는 가족들 정도의 수준은 된다. 그 정도의 수준, 혹은 더 나을 수도 있다. 아버지는 그것을 위해 돈을 어느 정도 모아 두었어야 했다. 어머니가 살아 있었더라면 모든 것이 제대로 되었을 것이라고 리니는 말했다.

내게는 그 말이 별로 신빙성 있게 들리지 않았다. 어머니에 대해 들은 바에 미루어 보면, 어머니는 내가 속기처럼 실용적이고도 지루한 것들을 배우기 위해 앨마 레이디 칼리지* 같은 훌륭하고도 지루한 학교에 다녀야 한다고 주장했을 것이다. 그러나 데뷔는 허영으로 간주했을 것이다. 어머니 자신은 데뷔 같은 것은 하지 않았다.

애들리아 할머니는 어머니와 달랐고, 시간상으로도 많이 떨

---

* 1877년 캐나다 온타리오 주 세인트토머스에 설립된 여학교.

어져 있는 인물이었기 때문에 이상화의 대상이 될 수 있었다. 할머니는 나를 위해 많이 애썼을 것이다. 계획이나 비용 같은 것을 아끼지 않았을 것이다. 나는 도서실을 서성거리며 아직도 벽에 걸려 있는 할머니의 사진을 자세히 살펴보았다. 1900년에 그려진 유화 초상화. 초상화 속에서 할머니는 스핑크스와 같은 미소를 짓고 있으며, 목이 깊이 파인, 말린 붉은 장미색 드레스를 입고서, 마치 마술사의 커튼 뒤에서 나온 팔과 같이 갑자기 튀어나온 것 같은 목을 드러내고 있다. 차양 넓은 모자를 쓴 모습, 혹은 타조 깃털을 꽂은 모습, 혹은 이브닝드레스를 입고 머리 장식관을 쓰고 하얀 새끼 염소 가죽 장갑을 끼고, 혼자서, 혹은 이제 잊힌 여러 고위 인사들과 함께 찍은 도금 액자 속의 흑백 사진들. 할머니는 나를 앉혀 놓고 필요 적절한 조언을 해 주었을 것이다. 어떻게 옷을 입고, 무슨 말을 하고, 모든 상황에서 어떻게 행동해야 하는가에 대해. 어떻게 하면 웃음거리로 전락하지 않을 것인가에 대해. 까딱하면 웃음거리가 되기 십상이라는 것을 나는 이미 알고 있었다. 리니는 사교계 면을 열심히 뒤져 보고 있었지만 그런 것에 대해 잘 알지 못했다.

단추 공장 피크닉

노동절* 주말이 다가오고 지나갔다. 강 소용돌이의 역류에 플라스틱 컵과 떠다니는 병과 조금씩 쭈그러드는 풍선의 파편을 남겨 놓은 채. 이제 9월이 명백히 모습을 드러내고 있다. 태양은 비록 정오에는 여전히 뜨겁지만, 매일 아침마다 안개를 뒤로 끌며 조금씩 더 늦게 뜨고, 서늘한 저녁이면 귀뚜라미가 귀뚤귀뚤 하며 운다. 얼마 전에 정원에 뿌리를 내린 야생 과꽃이 무리를 지어 자라고 있다. 작고 하얀 것들, 하늘색의 덤불 같은 것들, 초록빛 가지를 가진 것들, 짙은 자주색 꽃들. 예전, 막연한 지식으로 정원을 가꾸던 때는 그것들을 잡초라고 부르며 제거해 버렸다. 이제는 그런 것을 구분하지 않는다.

이제 햇빛의 강렬함이 좀 누그러졌기 때문에 산책하기에 더 좋다. 관광객 수가 줄어들었고, 아직 남아 있는 관광객들은 적어

---

* 캐나다의 노동절은 9월의 첫 월요일이다.

도 몸을 제대로 가리고 다닌다. 거대한 반바지와 불룩한 여름 드레스도 사라졌고, 삶은 듯한 붉은 다리도 사라졌다.

오늘은 캠프장을 향해 길을 나섰다. 그랬지만, 반 정도 갔을 때 마이라가 차를 타고 와서 태워 주겠다고 제안했다. 그리고 부끄럽게도 나는 그 제안을 받아들였다. 숨이 가빴고, 그곳이 너무 멀다는 것을 이미 알아차렸던 것이다. 마이라는 내가 어떤 곳에 왜 가는지 알고 싶어 했다. 그녀는 리니로부터 양몰이 근성을 물려받은 것 같다. 나는 어디로 가는지 말해 주었다. 왜 가느냐는 질문에 그저 옛날을 기억하기 위해 그곳을 다시 보고 싶을 뿐이라고 말했다. 그곳은 너무 위험하다고 그녀는 말했다. 덤불 속에 무엇이 잠복하고 있을지 알 수 없다는 것이다. 그녀는 공원 벤치 가운데 쉽게 보이는 곳에 앉아서 자신을 기다리겠다는 약속을 하라고 나를 채근했다. 한 시간 후에 데리러 오겠다고 했다.

나 자신이 편지가 되어 버린 것 같은 느낌이 점점 더 강하게 든다. 이곳에 예치되고 저곳에서 수합되는, 그러나 수신자가 없는 편지.

캠프장에는 별 볼 것이 없다. 그것은 길과 조그 강 사이에 펼쳐진 1~2에이커 정도의 땅인데, 나무와 왜소한 관목 덤불숲이 있고, 봄에는 가운데 있는 습지 지역에서 생긴 모기들이 날아다닌다. 백로들이 그곳에서 먹이를 찾는다. 거친 양철 위에 막대기를 긁는 것처럼 거슬리는 그들의 울음소리가 이따금씩 들려온다. 이따금 몇몇의 새 관찰자들이 우수에 잠긴 듯한 모습으로 그곳을 들쑤시고 다닌다. 마치 잃어버린 무엇을 찾는 것처럼.

그늘진 곳에는 은빛으로 번득이는 담뱃갑, 그리고 엷은 색의 수축된 덩이줄기같이 보이는 버려진 콘돔, 그리고 비로 너덜너덜해져 버려진 사각형 크리넥스가 있다. 개와 고양이들이 영역을 표시하고, 열정적인 연인들이 나무들 사이로 숨어든다. 이제는 다른 갈 곳이 많아져 연인들의 수가 이전보다 줄어들었지만. 여름에는 술 취한 사람들이 밀집한 관목 숲 아래서 잠을 자고, 십 대 아이들은 때때로 담배를 피우고 코로 마약을 들이마시러 간다. 양초 동강이, 불에 탄 숟가락, 그리고 유기된 괴상한 바늘이 발견되었다. 모두 마이라가 해 준 얘기다. 그녀는 이것이 수치스러운 일이라고 생각한다. 그녀는 양초 동강이와 숟가락이 무엇에 쓰는 것인지 알고 있다. 그것은 '마약 비품'이다. 악은 도처에 있는 것 같다. "에트 인 아르카디아 에고."*

　일이십 년 전 이 장소를 재정비하고자 하는 시도가 있었다. 표지판이 세워졌다 — 파크먼 대령 공원. 멍청한 이름이다. 그리고 소박한 소풍용 탁자 세 개와 플라스틱 휴지통과 이동 화장실 몇 개가 설치되었다. 이 모든 것이 읍 밖에서 온 손님들의 편의를 위한 것이라고 했지만, 그 사람들은 맥주를 퍼 마시고 강의 경치를 잘 감상할 수 있는 곳에 쓰레기를 마구 버려 놓는 것을 더 좋아했다. 이내 호전적인 청년들 몇몇이 표지판을 엽총 사격 연습을 하는 데 사용하기 시작했다. 그리고 탁자와 화장실은 주립 정부가 철거했다.(예산과 관련된 일이었다.) 그리고 휴지통은 한 번도 비워진 적이 없었다. 그저 너구리들이 자주 들락거렸을 뿐이다. 그래서 그들은 휴지통도 없애 버렸고, 이제 그 장소는 원

---

* "나는 아르카디아에도 있었다.(Et in Arcadia ego.)" 베르길리우스의 『목가(The Eclogue)』에서 의인화된 죽음이 하는 말로, 죽음의 편재성 및 불가피함을 나타낸다.

래 상태로 돌아갔다.

이곳이 캠프장이라고 불리는 이유는 서커스를 할 때처럼 큰 텐트를 세우고 열정적 출장 목사를 초빙하는 종교적 캠프 집회가 열렸기 때문이다. 그 당시 이곳은 관리가 보다 잘 이루어졌고, 적어도 더 많은 사람들이 이용했다. 장돌림들이 간이 점포와 탈것을 세우고 조랑말과 당나귀를 매어 놓고 작은 장을 열기도 했고, 시가 행렬들이 흩어져 피크닉을 하기 전에 여기서 모이기도 했다. 이곳은 온갖 종류의 야외 활동을 위한 모임 장소였던 것이다.

체이스와 아들들 노동절 축하 행사가 열린 것도 이곳이었다. 정식 명칭은 그랬지만 사람들은 단순히 단추 공장 피크닉이라고 불렀다. 그 행사는 열성적인 수사와 행군 음악대와 직접 만든 현수막이 등장하는 가운데 언제나 공식적 월요일 노동절 전주 토요일에 열렸다. 풍선과 회전목마, 그리고 자루 경주, 숟가락에 달걀 담아 달리기, 당근을 배턴 삼아 하는 릴레이 경주처럼 무해하고 어리석은 게임이 있었다. 이발소 사중창단은 썩 괜찮게 노래를 불렀다. 스카우트 나팔대는 한두 곡을 연주하며 행진했다. 아동단은 권투장과 같이 높은 단을 댄 나무 무대에서 하일랜드 플링*과 아일랜드 스텝 댄스** 공연을 했고, 태엽식 축음기에서는 음악이 흘러나왔다. 최고 의상 애완동물 경연 대회가 있었고, 아기 선발 대회도 있었다. 음식은 옥수수, 감자 샐러드, 핫도그였다. 여성들의 보조 단체는 이런저런 것을 후원하기 위해 빵, 과자류 판매대를 열고 파이와 쿠키와 케이크, 그리고 잼

---

* 몸짓이 많고 다채로운 스코틀랜드의 일인무.
** 상체를 꼿꼿이 세우고 차렷 자세로 추는 아일랜드 전통 춤.

과 처트니와 피클을 팔았다. 각각의 상품에는 이름이 달린 꼬리표가 붙어 있었다. 로다의 차우차우*, 펄의 자두 콤포트**.

사람들은 희롱거리며 난장판을 벌였다. 레모네이드보다 더 강한 것은 팔지 않았지만, 남자들은 플라스크와 마취제가 든 술을 가져왔다. 그리고 어스름이 되면 나무 사이에서 난투극을 벌이는 소리, 고함 소리와 거친 웃음소리가 흘러나왔고, 남자들이나 청년들이 옷을 입은 채로, 혹은 바지를 벗은 채로 강에 던져질 때마다 강변에서 물이 튀는 소리가 들려왔다. 캠프장 주변에서는 조그 강 수위가 상당히 얕아지기 때문에 빠져 죽는 사람은 거의 없었다. 밤이 되면 불꽃놀이가 벌어졌다. 이 피크닉이 한창 잘 진행되던 시기에는, 아니, 내가 그렇게 기억하는 시기에는, 바이올린 연주가 곁들여진 스퀘어 댄스***도 있었다. 그러나 내가 지금 회고하고 있는 1934년에는 그런 식의 과도한 축제 판은 사라졌다.

오후 3시쯤이 되면 아버지가 스텝 댄스 무대에서 연설을 했다. 언제나 짧은 연설이었지만, 나이가 지긋한 남자들은 열심히 귀를 기울였다. 여자들 역시 열심히 들었다. 그들 자신이 공장에서 일했거나 공장에서 일하는 사람과 결혼했기 때문이다. 경기가 점점 더 나빠지자 젊은 남자들도 연설에 귀를 기울이기 시작했고, 심지어 여름 드레스를 입고 팔을 반쯤 드러낸 소녀들까지도 그랬다. 연설 내용은 별 것 없었지만 행간을 읽을 수 있는 것

---

* 중국식 김치, 혹은 고추에 절인 피클.
** 설탕에 절이거나 조린 과일.
*** 미국의 대표적인 포크 댄스로, 여덟 사람이 두 사람씩 짝을 지어 마주 서서 사각을 이루면서 춘다.

이었다. "기뻐해야 할 이유"는 좋은 것이었고, "낙관의 근거"는 나쁜 것이었다.

그해 날씨는 오랫동안 그래왔던 것처럼 덥고 건조했다. 평소처럼 풍선이 많지 않았고, 회전목마도 없었다. 옥수수는 너무 오래되어서 옥수수 알이 손가락 관절처럼 주름져 있었다. 레모네이드는 밍밍했고, 핫도그는 빨리 바닥났다. 그래도 체이스 산업에서 해고된 사람은 아무도 없었다. 아직까지는. 감산(減産)은 되었지만 해고는 없었다.

아버지는 '낙관의 근거'를 네 번 말했지만, '기뻐해야 할 이유'는 단 한 번도 말하지 않았다. 사람들의 얼굴에 걱정스러운 빛이 어리기 시작했다.

어린 시절 로라와 나는 이 피크닉을 즐겼다. 이제는 좋아하지 않지만 의무적으로 참석해야 했다. 얼굴을 비쳐야 했던 것이다. 어릴 때부터 그렇게 해야 한다고 교육을 받았다. 어머니는 기분이 어떻든 간에 늘 참석하곤 했다.

리니는 어머니가 죽고 우리를 돌보는 역할을 이어받은 다음부터 이날을 위해 우리의 의상에 세심한 주의를 기울였다. 지나치게 격의 없는 차림도 허용되지 않았다. 마치 우리가 읍내 사람들을 업신여겨 그들이 우리를 어떻게 생각하는지 전혀 신경 쓰지 않는 것처럼 보이기 때문이었다. 그러나 지나치게 차려입어서도 안 되었다. 과시하는 것이 되었던 것이다. 비록 선택 범위는 더 이상 그리 넓지 않았지만, 이제 우리는 스스로 옷을 고를 수 있는 나이가 되었다.(나는 열여덟 살이 되었고, 로라는 열네 살 반이었다.) 지나치게 화려하게 입는 것은 우리 집에서 언제나 금지된 일이었다. 그리고 비록 리니가 "좋은 것들"이라고 부르는 옷들이 있기는 했지만, 최근 들어서는 사치함의 정의가 무척 협소해져 무엇이든 새로운 것을 의미하게 되었다. 우리 둘은 지난해 여름에 입었던 푸른 던들* 치마와 하얀 블라우스를 피크닉 옷으로 입었다. 로라는 내가 세 계절 전에 썼던 모자를 썼다. 나는 작년에 썼던 모자에 리본을 바꾸어 달았다.

로라는 별로 개의치 않는 것 같았다. 하지만 나는 기분이 언짢았다. 그렇게 말하자 로라는 내가 세속적이라고 말했다.

우리는 연설을 들었다.(아니, 나는 연설을 들었다. 로라는 눈을 크게 뜨고 머리를 한쪽으로 주의 깊게 기울여 듣는 것 같은 자세를 취하고 있었다. 하지만 정말로 무엇을 듣고 있는 것인지는 분간할 수 없었다.) 아버지는 연설 전에 술을 한잔했다 하더라도 언제나 잘해 냈다. 그러나 이번에는 원고를 보며 더듬거렸다. 아버지는 타자를 친 종이를 성한 눈 가까이 가져갔다가 멀리 내밀었다. 마치 원고가 자신이 주문하지 않은 어떤 물건의 청구서라도 되는 듯 혼란스러운 표정이었다. 예전 아버지는 옷을 세련되게 입고 다녔다. 이후 아버지의 차림은 세련되지만 낡은 것이 되었고, 그날은 허름한 것에 가깝게 보였다. 머리는 귀 주변이 들쭉날쭉해서 다듬어야 할 것 같았다. 아버지는 걱정에 찌들어 보였고, 마치 구석에 몰린 노상강도처럼 광포하게 보이기까지 했다.

의무적인 박수 외에는 별 다른 반응이 없었던 연설이 끝난 후, 몇몇 남자들은 친밀한 사람끼리 모여 낮은 목소리로 얘기를 나누었다. 다른 이들은 나무 밑에 재킷이나 담요를 펼쳐 놓고 앉거나, 손수건을 얼굴 위에 펼쳐 덮고 선잠을 잤다. 그렇게 하는

---

* 허리나 상의는 꽉 조이고 치마폭은 아주 넓은 치마나 원피스.

것은 남자들뿐이었다. 여자들은 깨어서 주위를 살피고 있었다. 어머니들은 어린 아이들을 강으로 데려가 모래투성이의 작은 강가에서 첨벙거리며 놀도록 했다. 그 옆으로 약간 떨어진 곳에서는 먼지 날리는 배구 경기가 시작되었다. 관객 무리는 술에 취한 채 경기를 관람했다.

나는 빵, 과자 판매를 하고 있는 리니를 도와주러 갔다. 무엇을 원조하기 위한 판매였던가? 기억이 나지 않는다. 어쨌든 나는 그 일을 매년 돕고 있었다. 마땅히 그래야 했던 것이다. 로라에게도 함께 와야 한다고 말했지만, 그녀는 마치 내 말을 듣지 못한 것처럼 행동하며, 펄럭이는 모자챙을 잡고 모자를 대롱거리며 걸어가 버렸다.

나는 그녀가 가도록 내버려 두었다. 그녀를 지켜보는 것이 내 의무였다. 리니는 나 때문에 잠을 설치며 걱정하는 일이 없었지만, 로라에 대해서는 그녀가 지나칠 정도로 속을 잘 털어놓고, 낯선 이들에게 너무나 밀착한다고 생각했다. 백인 노예 매매업자들이 언제나 주위를 서성거리고 있는데, 로라는 그들의 입맛에 맞는 표적이라는 것이다. 그녀는 이상한 차 안에 들어갈 것이고, 익숙하지 않은 문을 열 것이며, 잘못된 길을 건널 것이다. 그렇게 되면 그것으로 끝장날 것이다. 왜냐하면 그녀는 다른 사람들처럼 경계를 두지 않기 때문이다. 그리고 그녀는 경고를 이해하지 못하기 때문에 주의를 주는 것도 아무런 소용이 없었다. 그녀가 규율을 무시하는 것은 아니었다. 그냥 잊어버리는 것이었다.

나의 감시를 좋아하지 않는 않는 로라를 지켜보는 일에 나는 싫증이 났다. 그녀의 과실에 대해, 그녀가 규율을 따르지 못한 것에 대해 책임지는 것에 싫증이 났다. 한마디로 책임을 진다는 것에 싫증난 것이다. 유럽으로, 뉴욕으로, 심지어 몬트리올로라도 떠나고 싶었다. 나이트클럽으로, 야회(夜會)로, 리니의 사교계 잡지에 나오는 온갖 흥미로운 곳으로. 그러나 나는 집에 있어야 했다. "집에 있어야 한다." "집에서 필요한 존재야." 그것은 마치 사형 선고처럼 들렸다. 아니, 더 끔찍하게도 장송곡으로 들렸다. 나는 싸구려 구매객을 위한 흔해 빠진 단추와 방한용 속옷의 자랑스러운 보루로서 포트 타이콘드로가에 처박혀 있었다. 나는 이곳에 정체되어 있고, 내게는 어떤 일도 일어나지 않을 것이며, 바이올런스 양처럼 동정받고 조롱받는 노처녀가 되고 말 것이다. 내 두려움의 기저에 존재하는 것은 바로 이것이었다. 나는 다른 곳으로 가고 싶었지만 어떻게 가야 할지 방법을 알지 못했다. 이따금 백인 노예 매매업자들에게 납치되고 싶어 하는 자신을 발견할 때가 있었다. 비록 그들의 존재를 믿지 않았지만 말이다. 적어도 그것은 지금과는 다른 삶인 것이다.

빵, 과자 판매대에는 차양이 둘러져 있고, 파리가 앉지 못하도록 티 타월, 혹은 파라핀 종잇조각으로 음식을 덮어 놓았다. 리니는 파이를 기부했다. 파이를 만드는 것은 그녀가 끝까지 숙련하지 못한 제과 기술이었다. 그녀가 만든 파이는 풀같이 제대로 익히지 않은 충전물에 베이지색 다시마, 혹은 거대한 질긴 버섯처럼 잘 씹히지 않지만 유연한 껍질로 이루어져 있었다. 경기가 좋던 시절에는 그 파이도 상당히 잘 팔렸다. 그것이 행사용 물품이지 제대로 된 음식이 아니라는 것을 사람들이 이해했던 것이다. 그러나 오늘은 원활하게 팔려 나가지 않았다. 돈이 제대로 돌지 않았고, 사람들은 돈을 지불한 대가로 실제로 먹을 수 있는 무엇을 원했던 것이다.

내가 판매대 뒤쪽에 서 있는 동안 리니는 낮은 목소리로 최근 뉴스를 전해 주었다. 해가 중천에 훤하게 떠 있는 동안 네 남자가 이미 강 속으로 던져졌으며, 전적으로 재미로 그런 것은 아니라고 했다. 정치와 관련된 논쟁이 벌어졌다고 리니는 말했다. 사람들의 언성이 높아졌다. 매해 벌어지곤 하던 강가에서의 장난 외에 난투극도 벌어졌다. 엘우드 머리가 두들겨 맞아 쓰러졌다. 그는 두 세대에 걸친 머리 집안의 신문을 물려받은 주간지 편집장이었다. 그는 기사 대부분을 집필했고, 사진도 찍었다. 다행히도 물속에 처박히지는 않았다. 그랬더라면 카메라가 망가졌을 것이다. 리니가 우연히 알게 된 바에 따르면 카메라는 중고품이라 하더라도 상당한 가격이라고 했다. 그는 코피를 흘렸고, 이제 레모네이드 한 컵을 들고 나무 아래 앉아 있었다. 두 여자가 물에 적신 손수건을 들고 그의 주변에서 수선을 떨고 있었다. 내가 서 있는 곳에서 그가 보였다.

이런 싸움질이 정치와 관련된 것이었던가? 리니는 몰랐다. 그러나 사람들은 엘우드 머리가 자신들의 이야기를 듣는 것을 싫어했다. 경기가 좋던 시절 엘우드 머리는 바보 취급을 당했고, 리니의 표현에 따르면 "계집 같은 남자"였다. 그는 결혼을 하지 않았는데, 그 나이에도 미혼이라는 것은 무언가를 의미하는 것이다. 하지만 사교계 행사를 위한 이름들을 빠뜨리지 않고 철자를 틀리지 않게 적어 넣기만 하면, 사람들은 그를 어느 정도 용인해 주고 심지어 인정해 주기까지 했다. 하지만 이제는 형편이 좋은 때가 아니었고, 엘우드 머리는 지나칠 정도로 참견하기를 좋아했다. 사람들은 자신에 관한 시시콜콜한 일들이 모두 기록되는 것을 원치 않는 법이라고 리니는 말했다. 제정신이 박힌 사람이라면 그런 것을 원하지 않을 것이다.

나는 피크닉을 하고 있는 노동자들 사이로 절뚝이며 걸어가는 아버지의 모습을 보았다. 아버지는 이런저런 사람들에게 예의 그 무뚝뚝한 모습으로 고개를 끄덕이고 있었다. 아버지는 고개를 끄덕일 때 머리를 앞쪽이 아닌 뒤쪽으로 기울이는 것처럼 보였다. 검은 안대가 양쪽을 두리번거렸다. 먼 곳에서 보면 아버지 머리에 구멍이 난 것처럼 보였다. 수염은 입 위에 비스듬하게 돋아난 하나의 검은 엄니처럼 굽어 있었고, 미소 비슷한 것을 지을 때마다 이따금씩 단단히 죄였다. 손은 호주머니 속에 감추어져 있었다.

아버지 옆에는 젊은 남자 하나가 있었다. 그는 아버지보다 조금 더 컸는데, 아버지와는 달리 소리를 내지도 않았고 걸을 때 몸이 기울어지지도 않았다. '매끈하다'라는 단어가 떠올랐다. 그는 말쑥한 파나마모자를 썼고, 너무나 산뜻하고 깨끗해서 빛을 발하는 것처럼 보이는 마직 양복을 입고 있었다. 분명 외지에서 온 사람이었다.

"아버지와 함께 있는 사람이 누구죠?" 나는 리니에게 물었다.

리니는 보지 않는 척하며 보더니 짧게 웃었다. "로열 클래식 씨가 실제로 납시었네. 정말 뻔뻔하군."

"그 사람일 거라고 생각했어요." 나는 말했다.

로열 클래식 씨는 토론토에 있는 로열 클래식 니트웨어의 리처드 그리픈 씨였다. 우리 노동자들, 즉 아버지의 노동자들은 그 회사를 조롱하듯이 로열 클래식 똥웨어라고 불렀다. 그리픈 씨는 아버지의 주요한 경쟁자일 뿐만 아니라 일종의 적이었기 때문이다. 그는 언론에서, 아버지가 실업자들에 대해, 구제 사업에 대해, 좌경 인물들에 대해 대체적으로 너무 관대하다고 공격했다. 노조에 대해서도 그렇다고 말했는데, 포트 타이콘드로가에는 노조가 없었고 아버지가 노조를 회의적으로 생각한다는 것은 누구나 다 알고 있는 사실이었기 때문에 그 비판은 근거가 없었다. 그런데 이제 어떤 이유에서인지 아버지는 리처드 그리폰 씨를 피크닉 후 아빌리온에서의 저녁 식사에, 그것도 상당히 급히 초대했던 것이다. 초대는 겨우 나흘 전에 이루어진 것이었다.

리니는 그리폰 씨가 느닷없이 들이닥쳤다고 느꼈다. 모든 사람이 알고 있듯이 친구보다는 적을 위해 더 많은 치장을 해야 하는 법이다. 그리고 그런 행사를 준비하는 데 있어 나흘이란 충분한 기간이 아니었다. 특히 애들리아 할머니가 죽은 후 아빌리온에서 격조 있는 식사가 이루어진 적이 없다는 것을 생각해 보면 더욱 그러했다. 물론 칼리스타 피츠시먼스가 이따금 주말을 보내기 위해 친구들을 데려오기는 했지만, 그건 다른 문제였다. 그들은 예술가들에 불과했고 무엇을 대접받든 감사히 여겼던 것이다. 때때로 그들은 밤에 부엌에서 찬장을 뒤져 남은 음식으로 샌드위치를 만들다 발각되기도 했다. 리니는 그들을 "구멍 빠진 독"이라고 불렀다.

"어쨌든 그는 신흥 부자라고 할 수 있지." 리니는 리처드 그리폰을 훑어보며 경멸적으로 말했다. "저 고급 바지 좀 봐." 그녀는 아버지를 비판하는 사람들을 용서하지 않았다. 물론 그녀 자신은 제외하고 말이다. 그리고 출세해서 자신들의 수준, 그러니까 그녀가 생각하는 그들의 수준 이상으로 행동하는 사람들을 경멸했다. 그리폰 가 사람들이 흙먼지처럼 평범한 사람들이라는 것, 아니, 적어도 그들의 할아버지가 그런 수준이었다는 것은 잘 알려진 사실이었다. 리니는 그가 유태인을 속여 사업을 확보했다고 모호한 어조로 말했다.(그녀는 그것이 일종의 성취라고 생각하는 것인가?) 그러나 정확히 그가 그것을 어떻게 이루었는지에 대해서 리니는 말하지 못했다.(똑바로 말하자면, 그리폰 가의 이런 오점은 리니가 고안해 낸 것일 수도 있다. 때로 그녀는 자신이 생각하기에 적합하다고 생각되는 이력을 사람들에게 붙여 주곤 했다.)

아버지와 그리폰 씨 뒤로는 리처드 그리폰의 아내처럼 보이는 여자가 칼리 피츠시먼스와 함께 걷고 있었다. 젊고, 마르고, 세련되고, 아주 얇은 오렌지 색조의 모슬린을 묽은 토마토 수프에서 흘러나오는 김처럼 뒤로 늘어뜨린 여자. 그녀의 차양 넓은 모자는 녹색이었고, 높은 굽의 슬링백 구두와 목에 두른 가느다란 스카프도 마찬가지였다. 피크닉 차림으로는 지나치게 성장(盛裝)한 모습이었다. 내가 보는 동안 그녀는 걸음을 멈추고 서서 한쪽 발을 들더니 밑창에 무엇이 묻었나 싶어 어깨 너머로 살피고 있었다. 나는 무언가 묻어 있기를 바랐다. 그래도, 저런 아름다운 옷을 가질 수 있다면, 요즘 우리가 빈한하게 입고 다니는 정숙하고 촌스럽고 누추한 옷 대신 저런 사악한 신흥 부자의 돈으로 산 옷을 가질 수 있다면 얼마나 좋을까 하는 생각이 들었다.

"로라는 어디 있지?" 리니는 갑자기 놀라며 물었다.

"모르겠어요." 나는 대답했다. 나는 리니에게 딱딱거리며 대꾸하는 버릇을 갖게 되었다. 특히 그녀가 나를 좌지우지하려고 할 때는 더욱 그랬다. "리니는 우리 어머니가 아니잖아요."라는 말이 리니의 기를 죽이는 데 가장 효과적인 대답이었다.

"로라에게서 눈을 떼지 말았어야지. 여기에는 어느 누구든 올 수 있는 거잖니." 리니는 말했다. "어느 누구"라는 것은 그녀가 지닌 공포의 근원 중 하나였다. '어느 누가' 침입할지, 도둑질할지, 학대할지 알 수 없는 일인 것이다.

나는 로라가 나무 아래 풀밭 위에 앉아서 젊은 남자 ─ 소년이 아닌 남자 ─ 와 이야기하고 있는 것을 발견했다. 그는 짙은 피부에 연한 색 모자를 쓰고 있었다. 그의 옷차림은 뭐라 규정하기 애매한 것이었다 ─ 공장 노동자는 아니었지만, 그렇다고 해서 다른 무엇도 아니었다. 명확하게 말할 수 있는 차림이 아니었다. 넥타이는 매지 않았다. 하기야 지금은 피크닉 중이니까. 언저리가 약간 해진 푸른 셔츠. 즉흥적 차림, 프롤레타리아적 방식. 하지만 많은 젊은 남자들, 많은 대학생들이 그런 식으로 옷을 입었다. 겨울이 되면 그들은 가로 줄무늬가 있는 손뜨개 조끼를 입었다.

"언니, 안녕. 어디 갔던 거야? 이쪽은 제 언니 아이리스예요. 이쪽은 알렉스야."

"성함이 어떻게 되시는지……?" 나는 물었다. 로라는 어떻게 이토록 빨리 친근하게 이름을 부르는 단계로 나아갈 수 있는 것일까?

"알렉스 토머스입니다." 젊은 남자는 말했다. 그는 정중했지만 신중했다. 그는 재빨리 일어서서 손을 내밀었고, 나는 그 손을 잡았다. 이내 나는 그들 옆에 앉았다. 로라를 보호하기 위해서는 그것이 가장 좋은 방법일 것 같았다.

"외지에서 오셨나요, 토머스 씨?"

"네. 여기 있는 사람들을 방문하는 중이죠." 그는 리니가 "좋은" 청년이라고 부르는 사람, 즉 "가난하지 않은" 사람 같았다. 하지만 부유한 것 같지도 않았다.

"칼리의 친구야. 칼리는 방금 전까지 여기 있었어. 우리를 소개시켜 줬지. 그녀와 같은 기차를 타고 왔대." 그녀는 다소 수다스럽게 설명했다.

"리처드 그리폰 씨를 만났니? 아버지와 함께 있던데. 저녁 식사에 초대받은 사람 말이야." 나는 말했다.

"리처드 그리폰, 노동 착취 공장 거물 말인가요?" 젊은이가 물었다.

"알렉스 토머스 씨는 고대 이집트에 대해 잘 알고 있어. 상형 문자에 대해 이야기해 주던 참이었어." 로라는 말했다. 그녀가 누군가를 그런 식으로 바라보는 것을 나는 본적이 없었다. 놀란 표정, 감탄하는 표정? 말로 표현하기 힘든 표정이었다.

"흥미롭게 들리는군." 나는 말했다. "흥미롭게"라는 말을 하는 내 목소리에는 비웃음이 담겨 있었다. 이 알렉스 토머스라는 사람에게 로라는 아직 열네 살밖에 되지 않았다는 것을 어떤 식으로든 알려 주어야 했지만, 로라의 화를 돋우지 않으면서 그렇게 할 방법을 생각해 낼 수가 없었다.

알렉스 토머스는 셔츠 주머니에서 담뱃갑을 꺼냈다. 크레이븐 에이 상표였던 것이 기억난다. 그는 담배를 한 대 꺼냈다. 그가 기성품 담배를 피운다는 사실에 나는 약간 놀랐다. 그가 입고 있는 셔츠와 어울리지 않았던 것이다. 포장 담배는 사치품이었다. 공장 노동자들은 직접 담배를 말아 피웠다. 일부는 한 손으로 말기도 했다.

"고마워요. 한 대 하죠." 나는 말했다. 나는 담배를 피워 본 적이 별로 없었다. 그것도 피아노 위에 놓인 은제 상자에서 몰래 좀도둑질한 것을 피워 봤을 뿐이다. 그는 내가 바란 대로 나를 빤히 쳐다보더니 담뱃갑을 내밀었다. 그는 엄지손가락으로 성냥불을 켜서 내가 불을 붙이도록 들고 있었다.

"그렇게 하지 마요. 그러다 당신 자신을 불태워 버리겠어요." 로라는 말했다.

엘우드 머리가 다시 멀쩡하고 말쑥한 모습으로 우리 앞에 나타났다. 그의 셔츠 앞쪽은 아직 축축했고, 젖은 손수건을 든 여자들이 피를 닦아 내려고 애쓰던 부분에는 분홍색 얼룩이 묻어 있었다. 콧구멍 안쪽에는 검붉은 색으로 둥글게 테두리가 져 있었다.

"머리 씨 안녕하세요. 괜찮으신가요?" 로라는 말했다.

"몇몇 청년들이 지나치게 흥분했어요." 엘우드 머리는 마치 무슨 상 탄 것을 수줍게 밝히는 듯한 투로 말했다. "모두 즐겁게 노느라 그랬죠. 저, 사진 한 장?" 그러더니 플래시 카메라를 가지고 우리 사진을 찍었다. 신문에 낼 사진을 찍을 때마다 그는 "저, 사진 한 장?"이라고 말했지만 대답을 기다리는 법은 없었다. 알렉스는 얼굴을 가리는 것처럼 손을 쳐들었다.

"물론 저는 이 아름다운 아가씨 두 분을 알고 있죠. 그런데 당신의 이름은?" 엘우드 머리는 말했다.

리니가 갑자기 그곳에 나타났다. 모자를 비스듬하게 쓰고 얼굴은 붉게 상기되었고 숨을 몰아쉬고 있었다. "너희 아버지가 너희를 계속 찾고 계셨어." 그녀는 말했다.

나는 그것이 사실이 아니라는 것을 알고 있었다. 그렇지만 로라와 나는 나무 그늘에서 일어나 치마를 털고 그녀와 함께 가야 했다. 떼 지어 몰려가는 새끼 오리처럼.

알렉스 토머스는 우리에게 손을 흔들며 작별 인사를 했다. 그 모습은 냉소적으로 느껴졌다. 아니, 적어도 나는 그렇게 느꼈다.

"좀 더 현명하게 행동할 수 없니? 세상에, 누군지도 모르는 사람과 잔디밭에 퍼질러 앉아 있다니. 그리고 맙소사, 아이리스, 담배 당장 버려. 너는 매춘부가 아니야. 아버지가 너를 보시면 어쩌려고 그러니?" 리니는 말했다.

"아버지는 굴뚝처럼 담배를 많이 피우시는걸요." 나는 의도적으로 무례하게 대꾸했다.

"그거하곤 다르지." 리니는 말했다.

"토머스 씨. 알렉스 토머스 씨예요. 그는 신학생이에요. 적어도 최근까지는 그랬어요." 로라는 신중하게 덧붙였다. "신앙을 잃었대요. 양심상 공부를 계속 할 수 없었다고 하네요."

알렉스 토머스의 양심은 분명 로라를 크게 감명시켰지만, 리니는 그에 전혀 꿈쩍하지 않았다. "그럼 지금은 뭘 하고 있는데? 분명 수상쩍은 일을 하고 있을 거야. 아니라면 내가 성을 갈겠어. 교활하게 생긴 사람이야." 리니는 말했다.

"그 사람이 뭐가 잘못됐는데요?" 나는 리니에게 말했다. 나도 그 사람이 마음에 들지는 않았다. 하지만 그는 발언의 기회도 없이 판단당하고 있었던 것이다.

"그 사람에게 제대로 된 점이 뭐가 있느냐고 묻는 게 더 적합할 거다. 사람들이 다 보는 잔디밭 위에서 뒹굴다니." 리니는 말했다. 그녀는 로라보다는 나에게 말하고 있었다. "그래도 치마로 제대로 감싸고 있긴 했구나." 남자와 함께 있을 때 여자는 양 무릎으로 동전을 들 수 있을 정도가 되어야 한다고 리니는 말했다.

그녀는 사람들이, 즉 남자들이 우리들의 무릎 위쪽 다리를 볼까 봐 두려워했다. 그렇게 되도록 내버려 두는 여자들에 대해 리니는 이렇게 말했다. "커튼이 올라갔네. 구경거리는 어디 있지?" 혹은 "간판을 내거는 게 낫겠군." 혹은 보다 혹독하게 이렇게 말했다. "자청하고 있군. 원하는 걸 맛보게 될 거야." 가장 심한 경우 이렇게 말하기도 했다. "머지않아 사고 치겠군."

"우린 뒹굴지 않았어요. 언덕이 없었는걸요." 로라는 말했다.

"그랬거나 말거나, 내가 무슨 말을 하는지 알잖니." 리니는 말했다.

"아무것도 하지 않았어요. 그냥 얘기만 했어요." 나는 말했다.

"그건 중요한 게 아니야. 사람들이 너희를 볼 수 있었잖니." 리니는 말했다.

"다음에 아무것도 안 하고 있을 때는 덤불 속에 숨도록 할게요." 나는 말했다.

"그러나저러나 그 사람은 누구니?" 리니는 말했다. 보통 그녀는 나의 직접적인 도전을 그냥 무시해 버렸다. 그것에 대해 그녀가 할 수 있는 게 아무것도 없었기 때문이다. '그 사람은 누구인가'라는 질문은 '그의 부모는 누구인가'라는 뜻이다.

"그는 고아예요. 고아원에서 입양되었어요. 장로교 목사와 부인이 그를 입양했대요." 로라는 말했다. 그녀는 알렉스 토머스로부터 이런 정보를 짧은 시간 안에 알아낸 것 같았다. 그것은 그녀의 재능 중 하나였다. 그것을 재능이라고 부를 수 있다면 말이다. 사적인 질문을 하는 것은 무례한 짓이라고 교육받아 왔지만, 그녀는 그런 것에 대해 상대방이 수치심이나 분노 때문에 대답을 멈출 수밖에 없을 때까지 계속해서 물어보곤 했다.

"고아라고! 정말 별 볼 일 없는 사람이로군!" 리니는 말했다.

"고아라는 게 뭐가 문제죠?" 나는 말했다. 리니가 왜 그렇게 생각하는지 나는 알고 있었다. 그런 이들은 자신의 아버지가 누구인지 알지 못하며, 그렇기 때문에 믿을 만한 사람이 못 되는 것이다. 물론 그렇다고 해서 그들이 완전히 타락한 사람이라는 것은 아니지만 말이다. "도랑에서 태어난 사람"이라고 리니는 부르곤 했다. "도랑에서 태어나서, 남의 집 계단에 버려진 사람."

"그들은 신뢰할 수 없는 사람들이야. 교묘하게 뚫고 들어오지. 어디에서 선을 그어야 하는지 모른다고." 리니는 말한다.

"아무튼, 나는 그를 저녁 만찬에 초대했어요." 로라는 말했다.

"정말 장한 일을 했구나." 리니는 말했다.

빵을 나눠 주는 사람

울타리의 맞은편, 정원의 뒤쪽에 야생 자두나무가 있다. 그 나무는 늙고 비틀어졌으며, 가지에는 검은 옹이로 마디가 져 있다. 월터는 그것을 베어 버려야 한다고 말하지만, 나는 엄밀히 말해서 그것이 내 나무가 아니라는 사실을 지적해 왔다. 어찌 되었건, 나는 그 나무에 대해 애정을 가지고 있다. 요청하거나 돌보지 않아도 매년 봄마다 꽃을 피워 낸다. 늦여름이 되면 내 정원에 자두를 떨어뜨려 놓는다. 먼지 같은 꽃송이가 붙은 작은 타원형의 푸른색 열매. 그런 관대함이라니. 오늘 아침 나는 바람에 떨어진 열매를, 다람쥐와 너구리와 술 취한 말벌들이 내게 남겨 놓은 몇 개를 주워서 으깨진 과육의 즙을 피처럼 턱에 흘려 가며 게걸스럽게 먹었다. 마이라가 참치 캐서롤을 다시 가져올 때까지 나는 턱에 자국이 남아 있다는 것을 몰랐다. "맙소사, 누구랑 싸운 거예요?" 그녀는 새처럼 숨 가쁜 웃음소리를 내며 말했다.

나는 노동절 저녁 만찬을 세세하게 다 기억한다. 그것은 우리 모두가 같은 방에 함께 있었던 유일한 때였다.

캠프장에서는 떠들썩한 잔치가 계속되고 있었지만, 가까이 다가가 보고 싶은 그런 광경은 아니었다. 비밀스럽게 펼쳐진 싸구려 술판이 거나하게 돌아가고 있었던 것이다. 로라와 나는 리니의 저녁 만찬 준비를 돕기 위해 일찍 떠났다.

이 준비는 며칠 동안 계속되었다. 저녁 만찬에 대해 통고를 받은 직후부터 리니는 자신의 유일한 요리책인 패니 메리트 파머*의 『보스턴 요리 학교 요리책』을 꺼내 들었다. 사실 그 책은 그녀의 책이 아니었다. 그것은 애들리아 할머니의 것이었고, 할머니는 열두 코스 정찬을 계획할 때마다 그 책을(물론 다른 다양한 책들과 더불어) 들여다보았다. 리니는 그 책을 물려받았다. 모든 것이 자기 머릿속에 들어 있다는 이유로 일상적인 요리를 할 때 사용하지는 않지만. 그러나 이번에는 특별한 요리를 해야 했다.

할머니를 낭만화하던 때, 나는 이 요리책을 읽었다. 아니, 적어도 들여다보기는 했다.(이제는 그 책을 보지 않는다. 할머니가 나를 좌절시켰으리라는 것을 나는 알고 있었기 때문이다. 리니와 아버지가 그러했듯이. 그리고 어머니가 죽지 않았더라면 어머니 역시 나를 좌절시켰을 것이다. 모든 어른들의 인생 목표는 나를 방해하는 것이었다. 그들은 그 외의 다른 일에는 신경 쓰지 않았다.)

요리책은 현실적인 겨자색의 소박한 표지가 있었고, 내용 역시 소박했다. 패니 메리트 파머는 단호할 정도로 실용적이었다.

---

* 1857~1915. 미국의 요리 연구가. 뒤에 언급되는 그녀의 요리책(1896년 출간)은 주먹구구식이던 예전 요리책의 관행을 탈피해 과학적인 요리 방법과 정확한 분량을 사용한 것으로 유명하다.

간단명료한 뉴잉글랜드식의 틀에 박힌 내용. 그녀는 독자가 아무것도 모른다고 가정하고 첫 단계부터 시작했다. "음료란 모든 종류의 마실 것을 의미한다. 물은 자연이 인간에게 제공한 음료다. 모든 음료는 높은 비율의 물을 함유하고 있으며, 그러므로 그 용도를 고찰해 볼 필요가 있다. 1.갈증 해소 2.순환 계통에 수분 공급 3.체온 조절 4.수분 제거 보조 5.영양분 공급 6.신경 계통과 다양한 장기 자극 7.약용." 그 외 등등.

맛과 즐거움은 그녀의 목록에 포함되지 않았다. 그런데 책 앞쪽에는 러스킨의 기이한 인용구가 있었다.

요리법은 메데이아*와 키르케**와 헬렌***과 시바 여왕****의 지식을 의미한다. 이것은 모든 초본(草本)과 과일과 향유와 향신료에 대한 지식, 들판과 작은 숲에서 나는 약이 되는 것과 감미로운 것, 육류에 든 짭짤한 것에 대한 지식을 의미한다. 이것은 신중함과 창의성, 자발성과 기구 준비를 의미한다. 이것은 당신 할머니의 절약 정신과 현대 화학의 과학을 의미한다. 이것은 실험을 하면서도 낭비는 하지 않는 것을 의미한다. 이것은 영국적인 철

---

* 그리스 신화에 나오는 콜키스 왕의 딸이자 마법사. 금 양털을 취하러 자기 나라에 온 이아손을 사랑하여 그를 도와준 후 함께 도망하였는데, 이아손이 그라우케와 결혼하려 하자 이아손과의 사이에서 난 아들과 그라우케를 죽이고 아테네로 도망간다.

** 호메로스의 『오디세이』에 등장하는 아름다운 마녀. 헬리오스의 딸로, 인간에게 마주(魔酒)를 먹이고 요술 지팡이로 때려 돼지로 만들었다고 한다.

*** 트로이 전쟁의 원인이 된 미녀.

**** 솔로몬 왕의 지혜를 시험해 보기 위해 그를 찾았던 여왕.(구약 성경 「열왕기상」 10장 1~13절 참조.) '시바'는 영어로 '매력적인 미녀'라는 뜻도 있다.

저항과 프랑스적이고 아라비아적인 환대를 의미한다. 요컨대 이 것은 당신이 완벽하게 언제나 숙녀여야 한다는 것, 빵을 나눠 주는 사람이 되어야 한다는 것을 의미한다.*

트로이의 헬렌이 소매를 팔꿈치까지 걷어 올리고 뺨에 밀가루를 묻힌 채 앞치마를 입고 있는 모습은 상상하기 힘들었다. 그리고 키르케와 메데이아에 대해 내가 아는 바로는, 그들이 요리해 낸 것은 법정 상속인을 독살하거나 남자들을 돼지로 바꾸기 위한 마법의 약뿐이었다. 시바 여왕으로 말하자면, 토스트 한 조각이나 만들어 봤을지 의심스러웠다. 러스킨이 어디서 숙녀들과 요리법에 관한 독특한 견해를 얻었는지 궁금했다. 그럼에도 이 이미지는 우리 할머니 세대의 많은 중산층 여성들에게 큰 호소력을 가졌을 것이다. 그들은 몸가짐이 침착하고 접근하기 어렵고 심지어 제왕적이기도 하지만 신비롭고 치명적일 수도 있는 조리법을 가지고 있었고, 남자들의 가장 자극적인 열정을 불러일으킬 수 있었다. 뿐만 아니라 완벽하게 그리고 언제나 숙녀가, 빵을 나눠 주는 사람이 될 수 있었던 것이다. 자애로운 선물을 나눠 주는 자.

이런 종류의 일들을 심각하게 받아들인 사람이 있었던가? 할머니는 그랬다. 할머니의 초상화를 바라보기만 해도 그것을 알 수 있었다. 카나리아를 잡아먹은 고양이 같은 미소, 축 처진 눈꺼풀. 할머니는 자신이 무엇이라고 생각했을까? 시바의 여왕? 물론이다.

---

* 영국 빅토리아 시대 미술 평론가이자 사회 사상가인 존 러스킨(1819~1900)이 쓴 『티끌의 경제학(The Ethics of the Dust)』에서 인용한 글.

우리가 피크닉에서 돌아왔을 때 리니는 부엌에서 서두르며 일을 하고 있었다. 그녀는 트로이의 헬렌과 별로 닮은 구석이 없었다. 미리 준비를 해 놓았음에도 허둥거리고 짜증을 냈다. 그녀는 땀으로 젖어 있었고, 머리는 제멋대로 흘러내렸다. 우리는 그저 대접받는 대로 먹어야 한다고, 우리가 무엇을 기대할 수 있겠느냐고, 암퇘지 귀로 비단 지갑을 만들어 내는 것을 포함한 기적을 일어나게 할 수는 없는 것 아니겠느냐고 리니는 말했다. 게다가 시간도 없는데 이 알렉스라는 인간을 위해 여분의 식사를 마련해야 하는 것이다. 그가 자신을 무엇이라고 부르는지 모르겠지만. 생김새로 보건대 "뻔뻔스러운 알렉스"가 맞을 것이다.

"자기 이름으로 부르죠. 다른 사람과 마찬가지로요." 로라는 말했다.

"그는 다른 사람들과 달라. 한눈에 알아볼 수 있지. 혼혈 인디언이거나, 그게 아니라면 집시일 거야. 분명 우리들과는 출신 배경이 달라."

로라는 아무 말도 하지 않았다. 그녀가 자기 행동을 뉘우치거나 하는 일은 별로 없었지만 충동적으로 알렉스 토머스를 초대한 것에 대해서는 약간 후회를 하는 것 같았다. 그렇지만 그녀 자신이 지적한 것처럼 초대를 취소할 수는 없는 일이었다. 그것은 단순한 무례함을 넘어서는 행동이 될 것이다. 초대받은 사람은 누가 되었든지 초대되어야 하는 것이다.

아버지 역시 그것을 알고 있었다. 비록 몹시 언짢아하기는 했지만. 로라는 성급하게 일을 저지르고 주최자로서 아버지의 위치를 침해한 것이다. 그리고 아버지도 모르는 사이에 마치 그가 선한 왕 웬슬라스*라도 되는 것처럼 모든 고아와 부랑자와 불운한 괴짜들을 자신의 만찬 식탁으로 초대했던 것이다. 아버지는 그녀가 성인같이 굴려는 이러한 충동을 억제해야 한다고 말했다. 아버지는 빈민 구호소를 운영하는 것이 아닌 것이다.

칼리 피츠시먼스는 아버지의 화를 풀어 주려고 노력했다. 그녀는 알렉스가 가난한 부랑아가 아니라며 아버지를 안심시켰다. 그 젊은이가 딱히 어떤 직업이 없는 것은 사실이지만, 일종의 수입원을 가진 것으로 보이고, 어찌 되었건 어느 누구에게도 사기를 친 적은 없는 것 같았다. 수입원이 도대체 무엇이란 말인가? 아버지는 물었다. 칼리는 전혀 모른다고 했다. 알렉스는 그 문제에 관해서는 입을 다물었던 것이다. 아마도 은행을 털었을 것이라고 아버지는 신랄하게 비꼬며 말했다. 칼리는 절대 아니라고 말했다. 어쨌든, 그녀의 친구들 몇몇이 알렉스를 알고 있었다. 그들도 그와 별 다를 바 없다고 아버지는 말했다. 그 즈음 아버지는 예술가들을 못마땅하게 여기고 있었다. 지나치게 많은 예술가들이 마르크스주의와 노동자들을 옹호했고, 농민들을 착취한다고 아버지를 비난했던 것이다.

"알렉스는 괜찮아요. 그냥 평범한 젊은이에 불과해요. 그냥 놀러 온 거예요. 친구일 뿐이죠." 칼리는 말했다. 그녀는 아버지가 잘못된 생각, 즉 알렉스 토머스가 아버지와 경쟁할 만한 그녀의 남자 친구라는 생각을 하지 않기를 바랐다.

---

* 「선한 왕 웬슬라스(Good King Wenceslas)」는 미국의 캐럴인데, 보헤미아의 대공 웬슬라스(바츨라프의 영어식 이름, 907~935)가 스데반 축일에 가난한 농부에게 자비를 베풀었다는 내용이다. 웬슬라스는 10세기에 정치적으로 극심하게 불안하던 보헤미아를 평화롭고 안정되게 통치한 성군으로 알려져 있다.

"뭘 도와 드릴까요?" 로라가 부엌에서 말했다.

"옥에 티를 내는 짓은 정말 다시 하고 싶지 않아. 그냥 방해하지 말고 아무것도 쓰러뜨리지만 말아 줘. 아이리스는 나를 도와도 돼. 적어도 그 애는 손이 무디지는 않으니까." 리니는 자신을 돕도록 허용하는 것이 호의를 베푸는 것이라고 생각했다. 그녀는 아직도 로라에 대해 화가 난 상태였기 때문에 그녀를 끼워주지 않은 것이다. 그러나 이런 식의 벌은 로라에게 먹혀 들어가지 않았다. 그녀는 밀짚모자를 들고 풀밭을 돌아다니기 위해 밖으로 나갔다.

내가 맡은 일의 일부는 식탁 위에 꽃을 배열하는 것과 좌석을 배치하는 일이었다. 나는 꽃 장식을 하기 위해 정원 가장자리에서 백일초를 꺾었다. 매년 이맘때쯤 그곳에 피어나는 것 거의 전부를 꺾었다. 좌석 배치는 알렉스 토머스를 내 곁에 앉히고 칼리를 맞은편에 앉힌 다음 로라는 맨 끝에 앉도록 해 두었다. 그렇게 하면 그를 소외시킬 수 있을 것이라고 나는 생각했다. 아니, 적어도 로라에게서는 떨어뜨려 놓을 수 있으리라고 생각했다.

로라와 나는 제대로 된 만찬용 드레스가 없었다. 드레스가 있긴 했다. 어린 시절부터 갖고 있던 평범한 짙은 푸른색 벨벳 드레스. 단을 내리고 닳은 자락 선을 감추기 위해 검은 리본을 꿰매 붙인 것이었다. 한때는 하얀 레이스 칼라가 달려 있었고, 로라의 드레스에는 여전히 달려 있다. 나는 목선을 더 깊게 파기위해 레이스를 떼어 버렸다. 이 드레스는 내게 너무 꽉 맞았다. 생각해 보니 로라의 것 역시 마찬가지였다. 일반적인 기준으로볼 때 로라는 이런 저녁 만찬에 참석하기에 어렸다. 하지만 그녀 혼자 방에 앉아 있도록 만드는 것은 너무 매정한 일이며, 특히 그녀가 손님 중 한 사람을 직접 초대한 상황에서는 더욱 그렇다고 칼리가 말했다. 아버지도 그 말이 맞는 것 같다고 말했다. 어쨌든 이제 로라가 잡초처럼 갑자기 많이 컸기 때문에 내 나이 정도로 보인다고 아버지는 말했다. 내 나이 정도가 몇 살일 것이라고 생각했는지는 알 수 없었다. 아버지는 우리 생일을 챙기는 일이 없었던 것이다.

손님들은 약속한 시간에 응접실에서 이 만찬을 위해 고용된 리니의 미혼 사촌이 대접하는 셰리주를 마시며 사교 모임을 가졌다. 로라와 나는 셰리주나 만찬에 나오는 포도주를 마시는 것이 허락되지 않았다. 로라는 이런 금지 사항에 대해 상관하지 않는 것 같았으나 나는 분개했다. 이 문제에 있어 리니도 아버지와 같은 입장이었다. 아닌 게 아니라, 그녀는 완전 금주주의자였다. "술에 입을 대는 자는 내 입술에 입을 대지 못하리라." 포도주 잔에 약간 남은 술을 개수대에 버리며 그녀는 이렇게 말하곤 했다.(하지만 그녀의 발언은 빗나갔다. 이 저녁 만찬 후 일 년도 채 못되어 그녀는 당대의 유명한 술꾼이었던 론 힝크스와 결혼했다. 마이라, 네가 이 글을 읽고 있다면 알아 두어라. 리니가 그를 지역 사회의 중심 지주로 다듬어 놓기 전 너희 아버지는 유명한 술고래였단다.)

리니의 사촌은 리니보다 나이가 많았고 딱할 정도로 행색이 초라했다. 그녀는 검은 드레스와 하얀 앞치마를 둘렀다. 그것만큼은 제대로 된 차림이었지만, 스타킹은 갈색에다 늘어졌고, 손은 더러웠다. 그녀는 낮 동안 식료품점에서 일하는데, 그녀가 맡은 일 중 하나는 감자를 자루에 담는 것이었다. 그렇게 묻은 때는 씻어 내기 힘든 법이다.

리니는 얇게 자른 올리브와 완숙 달걀, 그리고 작은 피클로 된 카나페를 만들었고, 치즈 페이스트리 볼도 구웠는데 그것은 생각만큼 잘되지 않았다. 그것은 애들리아 할머니의 가장 좋은 대형 접시에 담겨 있었다. 검붉은 작약과 금색 잎사귀와 줄기 문양이 있는 독일산 수공예 도자기였다. 접시 위에는 장식용 깔개가 있었고 짭조름한 견과류가 중심부에 놓여 있고 털이 곤두선 것처럼 이쑤시개가 박힌 카나페가 꽃잎처럼 주변에 배열되어 있었다. 리니의 사촌은 손님들에게 음식을 무뚝뚝하게, 심지어는 위협적으로 내밀었다. 마치 권총 강도 흉내라도 내듯이.

"이건 상당히 썩은 것 같은데." 아버지는 빈정대는 투로 말했다. 나는 그것이 분노를 감춘 목소리라는 것을 알게 되었다. "사양하는 게 낫겠군. 안 그랬다간 나중에 배탈이 나겠어." 칼리는 웃음을 터뜨렸다. 그러나 위니프리드 그리폰 프라이어는 우아하게 치즈 볼을 집어 들고서 여자들이 립스틱이 지워지지 않게 하려고 하는 식으로 입술을 깔때기처럼 앞으로 내밀고 입에 집어넣은 후 "흥미로운" 맛이라고 말했다. 사촌이 칵테일용 냅킨을 준비하는 것을 잊었기 때문에 위니프리드는 손가락에 기름을 묻힌 채 있어야 했다. 나는 그녀가 손가락을 핥는지, 자신의 드레스로 닦는지, 아니면 우리 소파에 문지르는지 알고 싶어 살펴보았다. 그러나 때를 잘못 맞춰 눈을 돌리는 바람에 보지 못했다. 내 짐작으로는 소파에 문지른 것 같았다.

위니프리드는 (내 생각과는 달리) 리처드 그리폰의 아내가 아니라 동생이었다.(그녀는 기혼자였던가, 미망인이었던가, 아니면 이혼녀였던가? 분명하지 않았다. 그녀는 자신의 성이 아닌 이름을 부인이라는 호칭과 함께 썼다. 그것은 예전 남편인 프라이어 씨에게 어떤 나쁜 일이 있었다는 것을 암시하는 것이었다. 그가 정말로 '예전' 남편이라면 말이다. 그는 언급되는 일이 거의 없었고 나타나지도 않았다. 돈이 많고 "여행 중"이라고 했다. 이후, 위니프리드와 내가 더 이상 서로 말을 하지 않는 사이가 되었을 때 나는 이 프라이어 씨라는 사람에 대해 혼자서 이야기를 지어내곤 했다. 위니프리드가 그를 박제해서 좀약을 가득 채운 판지 상자 속에 보관해 두었다는 각본, 그녀가 운전사와 선정적인 놀음을 즐기기 위해 그를 지하실에 가두어 두었다는 각본. 선정적인 놀음은 사실과 그리 동떨어진 것이 아니었을 수도 있다. 그러나 위니프리드가 그 방면으로 어떤 짓을 했건 간에 언제나 조심스럽게 했을 것이다. 그녀는 자신의 흔적을 감추었을 것이다. 그렇게 하는 것이 일종의 미덕이었을 것이다.)

그날 밤 위니프리드는 검은 드레스를 입고 있었다. 재단은 간결했지만 엄청나게 우아했고, 세 겹 진주 목걸이 때문에 더욱 돈보였다. 귀걸이는 역시 진주로 된 작은 포도송이 모양이었고 금줄기와 잎사귀가 달려 있었다. 칼리 피츠시먼스는 그와 반대로 두드러질 정도로 수수한 차림이었다. 근래 이 년여 동안 그녀는 푸크시아와 샤프란 색의 늘어진 옷, 대담한 러시아 망명자 디자인, 심지어 담배 용기까지 제쳐 두었다. 이제 낮에는 바지와 브이넥 스웨터, 그리고 소매를 걷어 올린 셔츠를 입고 다녔다. 머리도 잘랐고, 이름을 칼리라고 줄여 불렀다.

그녀는 죽은 병사들을 위한 기념비 만드는 일을 포기했다. 더이상 수요가 없었던 것이다. 이제는 노동자와 농민 들, 방수복을 입은 어민들, 인디언 덫 사냥꾼, 앞치마를 두른 어머니가 엉덩이 옆에 아기를 걸쳐 안고 손으로 햇빛을 가리며 해를 바라보는 모습을 얕은 돋을새김으로 형상화하는 작업을 했다. 그런 작품을 주문할 수 있을 정도의 고객은 보험 회사와 은행이 유일했다. 자신들이 시대와 발맞추어 가고 있다는 것을 보여 주기 위해 그 것을 건물 외벽에 붙여 놓고 싶어 했을 것이다. 그런 뻔뻔스러운 자본주의자에게 고용되는 것은 실망스러운 일이지만, 중요한 것은 메시지이며, 적어도 거리에서 은행이나 그 외의 건물을 지나다니는 사람들은 작품을 무료로 볼 수 있을 것이라고 칼리는 말했다. 그녀는 그것이 인민을 위한 작품이라고 말했다.

아버지가 자신을 도와줄 수 있을 것이라고, 은행 관련 작업을 더 수주하도록 도와줄 수 있을 것이라고 그녀는 믿었다. 그러나 아버지는 자신과 은행이 더 이상 짝짜꿍이하는 관계가 아니라고 딱딱하게 말했다.

이 저녁 만찬 때 그녀는 청소기 색깔의 저지 드레스를 입었다. 그녀는 색상 명이 "토프"라고 우리에게 말해 주었다. 그것은 '두더지'를 의미하는 프랑스어였다. 그것을 다른 사람이 입었다면 소매와 벨트가 달린 늘어진 자루처럼 보였을 것이다. 그러나 칼리가 입고 있으니 첨단으로 보였다. 패션이나 세련됨의 첨단이 아니라(이 드레스는 패션 같은 것은 주목할 만한 가치조차 없는 것이라고 암시하고 있었다.) 간과하기 쉽지만 날카로운 무엇의 첨단. 예를 들면 얼음 깨는 송곳처럼 살인 도구로 쓰일 수 있는 흔한 부엌 도구 같은 것. 비유적으로 말하자면 이것은 침묵하는 대중 가운데서 치켜든 주먹과 같은 드레스였다.

아버지는 다리미질이 안 된 턱시도를 입고 있었다. 리처드 그리펀은 매끈하게 다려진 것을 입고 있었다. 알렉스 토머스는 날씨에 걸맞지 않게 무거워 보이는 갈색 재킷과 회색 플란넬 바지를 입고 푸른 바탕에 붉은 점무늬가 있는 넥타이를 매고 있었다.

셔츠는 흰색이었는데 칼라가 지나치게 넓었다. 빌려 입은 옷처럼 보였다. 하긴, 그는 저녁 만찬에 초대받을 줄 몰랐던 것이다.

"참 매력적인 집이군요. 너무, 너무나 잘 보존되었어요! 얼마나 멋진 스테인드글라스인지! 정말 세기말 풍이에요. 박물관에 사는 기분이겠군요." 위니프리드 그리폰은 식당으로 들어가면서 가식적인 미소를 지으며 말했다.

그녀의 말은 '구식'이라는 뜻이었다. 나는 모멸감을 느꼈다. 나는 항상 그 유리창이 상당히 멋있다고 생각해 왔다. 그러나 위니프리드의 판단이야말로 바깥세상의 판단이라는 것을 나는 깨달았다. 그런 일들에 대해 잘 알고 있고 선고를 내리는 세상, 내가 합류하고 싶어 안달하던 바로 그 세상. 이제 그런 곳에 내가 얼마나 부적합한지 깨달았다. 얼마나 촌스러운지, 얼마나 조야한지.

"이것은 특정한 시대의 최고급 전형이라 할 수 있죠. 창틀 작업 역시 수준 높은 것이에요." 리처드는 말했다. 현학적이고 생색내는 어조였음에도 나는 그에게 고마움을 느꼈다. 그가 재산 목록을 만드는 중이라는 생각은 하지 못했다. 그는 집안이 몰락 위기에 놓인 것을 알아보는 눈을 가지고 있었다. 우리가 경매감이라는 것을, 아니, 앞으로 그렇게 될 것임을 알고 있었던 것이다.

"'박물관'이라니, 먼지투성이라는 뜻인가요? 아마도 '유행에 뒤떨어졌다.'라는 뜻이겠지요." 알렉스가 말했다.

아버지는 얼굴을 찡그렸다. 위니프리드는 꼴좋게도 얼굴을 붉혔다.

"당신보다 약한 사람을 골려서는 안 돼요." 칼리는 흐뭇함이 묻어나는 낮은 목소리로 말했다.

"왜 안 되죠? 모든 사람이 그렇게 하는데." 알렉스는 말했다.

리니는 당시 우리 형편으로 감당할 수 있는 한도 내에서 전체 메뉴를 다 차렸다. 하지만 그녀는 능력 이상으로 하려고 너무 욕심을 부렸다. 목 비스크*, 페르슈 아 라 프로방샬**, 치킨 아 라 프로비당스***. 한 코스에서 다음 코스로, 해일 혹은 운명처럼 계속해서 순서가 이어졌다. 비스크에서는 싸구려 맛이 났고, 밀가루 맛이 나는 닭고기는 너무 거칠게 다루어서 오그라들었고 질겼다. 그렇게 많은 사람들이 한 방에 모여서 그처럼 신중하고 기운차게 음식을 씹고 있는 모습은 보기에 그다지 고상한 일이 아니었다. 먹는다고 하기보다는 저작 작용을 하고 있다고 하는 것이 더 적합했을 것이다.

위니프리드 프라이어는 마치 도미노 놀이를 하듯이 음식을 접시 위에 늘어놓고 있었다. 나는 그녀에게 분노를 느꼈다. 나는 모든 것을, 심지어 뼈까지 다 먹어 치우겠다고 결심했다. 리니를 실망시키고 싶지 않았던 것이다. 예전에는 그녀가 이런 수모를 당한 적이 한 번도 없다는 사실이 떠올랐다. 느닷없이 붙잡혀 꼼짝 없이 조롱거리로 전락하고, 그럼으로써 우리까지 같은 처지로 몰아넣게 되는 이런 수모를. 예전에는 전문 요리사를 고용했던 것이다.

내 옆에 앉은 알렉스 토머스 역시 의무를 다하고 있었다. 그는 마치 인생이 달려 있기라도 한 것처럼 먹어 대고 있었다. 닭

* 토마토에 우유, 향료를 섞어 끓인 수프.
** 농어를 구운 다음 스튜 같은 소스를 얹은 요리.
*** 찐 닭 위에 소스를 부은 요리.

고기가 그의 칼 아래서 삐걱거리는 소리를 냈다.(그렇다고 해서 리니가 그런 헌신을 두고 그에게 감사했던 것은 아니다. 그녀는 누가 무엇을 먹고 있었는지 주시하고 있었다. "저 알렉스 뭐시기 하는 작자는 정말 식욕이 좋군. 마치 지하실에 갇혀 굶었던 것 같아." 리니는 이렇게 말했다.)

그런 상황 속에서 대화는 드문드문 진행되었다. 그러나 치즈가 나온 후 모든 대화가 잠시 중단되었다.(체다 치즈는 숙성이 덜되어 너무 탱탱했고, 크림치즈는 지나치게 발효되었으며, 푸른 치즈는 너무 강했다.) 그 동안 우리는 한숨을 돌리고 상황을 살피고 주위를 둘러보았다.

아버지는 푸른 외눈을 알렉스 토머스에게 돌리고, 나름대로 친근한 어조로 말했다. "그래, 젊은이, 우리의 아름다운 도시로 오게 된 이유가 뭔가?" 아버지는 재미없는 빅토리아 시대 연극에 나오는 가부장처럼 보였다. 나는 시선을 떨어뜨리고 식탁을 쳐다보았다.

"친구를 방문하러 왔습니다, 어르신." 알렉스는 비교적 공손하게 말했다.(리니는 나중에 그의 공손함에 대한 자신의 견해를 늘어놓았다. 즉, 고아들은 고아원에서 좋은 행실을 하도록 매로써 길들여지기 때문에 예의범절이 바르다는 것이다. 오직 고아만이 그토록 자신만만할 수 있는 법이다. 그러나 그러한 침착한 태도는 복수심에 불타는 본성을 감추고 있다. 그들은 속으로 모든 사람을 비웃고 있다. 물론 그들은 복수심에 가득 차 있을 것이다. 그들이 어떻게 버려졌는지를 생각해 본다면 말이다. 대부분의 무정부주의자와 유괴범 들은 고아다.)

"자네가 성직자가 될 준비를 하고 있다고 내 딸이 그러더군." 아버지는 말했다.(로라나 나는 그런 말을 한 적이 없었다. 아마도 리니였을 것이다. 그리고 아마도, 어쩌면 고의적으로, 그녀는 약간 잘못 이해했던 것 같다.)

"그럴 생각이었습니다, 어르신. 그러나 포기해야 했습니다. 견해를 달리하게 되었기 때문입니다."

"그리고 지금은?" 구체적인 대답에 익숙해져 있던 아버지는 물었다.

"그럭저럭 궁여지책으로 지내고 있습니다." 알렉스가 말했다. 그는 자신을 낮춰 보이기 위해 미소를 지었다.

"삶이 고달프겠군요." 리처드가 중얼거렸고 위니프리드는 웃음을 터뜨렸다. 그가 그런 식의 기지를 갖고 있으리라고 생각하지 않았기 때문에 나는 좀 놀랐다.

"신문 기자라는 뜻일 거예요. 우리들 가운데 스파이가 있다니!" 그녀는 말했다.

알렉스는 다시 미소를 지었고, 아무 말도 하지 않았다. 아버지는 얼굴을 찡그렸다. 신문 기자란 해충과 같은 존재라고 아버지는 생각하고 있었다. 그들은 거짓말을 할 뿐만 아니라 다른 이들의 불행을 먹고 산다는 것이다. 아버지는 그들을 "시체 파리"라고 불렀다. 엘우드 머리에 대해서는 그 집안을 알고 있기 때문에 예외로 취급했다. 아버지가 엘우드를 칭하는 가장 심한 말은 "허튼 소리꾼" 정도였다.

그런 후 대화의 방향은 그 당시 주로 그랬듯이 정치와 경제 같은 일반 시사 문제로 전환되었다. 상황이 점점 더 나빠지고 있다는 것이 아버지의 의견이었다. 리처드는 곧 모퉁이를 돌게 될 것이라는 견해를 표시했다. 위니프리드는 어떻게 생각해야 할지 알 수 없지만 무엇보다도 계속 강하게 눌러서 단속을 계속할 수 있기를 바란다고 말했다.

"뭘 누른다는 거예요?" 지금까지 아무 말도 하지 않던 로라가 물었다. 마치 의자가 말한 것 같았다.

"사회적 불안의 가능성을 말이다." 로라가 앞으로 입을 다물고 있어야 한다는 것을 암시하는 듯 질책하는 어조로 아버지가 대답했다.

그럴 수 있을 것 같지 않다고 알렉스는 말했다. 이제 막 캠프에서 다녀온 길이라고 그가 말했다.

"캠프라니? 무슨 캠프?" 아버지는 어리둥절해하며 물었다.

"구제 캠프 말입니다, 어르신. 실업자들을 위한 베닛의 노동캠프*죠. 하루 열 시간 노동에 쥐꼬리만 한 돈밖에 벌지 못합니다. 동지들은 그것을 별로 달가워하지 않습니다. 점점 동요되고 있는 것 같습니다." 알렉스는 말했다.

"거지들이 까다롭게 굴 수는 없는 일이오. 그래도 기차를 타고 여기저기 다니며 직업을 찾아다니는 것보다는 낫잖소. 알찬 세끼 식사도 얻어먹을 수 있소. 그건 가족이 딸린 노동자 한 사람이 벌 수 있는 것보다 많은 거요. 음식도 그다지 나쁘지 않다고 들었소. 그들이 감사하게 생각할 것 같지만, 그런 부류의 인간들은 결코 그렇지 않지." 리처드는 말했다.

"그들은 어떤 특정한 부류가 아닙니다." 알렉스가 말했다.

"맙소사, 탁상공론만 하는 좌파로군." 리처드가 말했다. 알렉스는 접시를 내려다보았다.

---

* 대공황 당시 베닛 정부가 실업 문제 해결책으로 세운 캠프. 독신의 무주거 실업자들에게 음식과 옷가지, 숙소를 제공하고 여러 가지 사업에 그들의 노동력을 저렴하게 이용했다.

"만일 그가 탁상공론 좌파라면 나도 마찬가지예요. 하지만 반드시 좌파가 되어야만 이런 걸 알아차릴 수 있는 것은……." 칼리가 말했다.

"그곳에서 도대체 뭘 하고 있었던 거요?" 아버지는 그녀의 말을 자르며 물었다.(아버지와 칼리는 요즘 들어 말다툼을 상당히 자주 했다. 칼리는 아버지가 노동조합 운동을 포용하기를 원했다. 아버지는 칼리가 둘과 둘을 더해 다섯을 만들기를 원한다고 말했다.)

바로 그때 '봉브 글라세'*가 들어왔다. 당시 우리에겐 전기냉장고가 있었고(공황 이전에 산 것이었다.) 리니는 비록 냉동 칸을 못미더워했지만, 그날 만찬을 준비하는 데 유용하게 사용했다. 봉브는 축구공같이 생겼고, 밝은 녹색에 부싯돌처럼 단단했다. 우리는 한동안 그것을 바라보았다.

커피가 대접되는 동안 캠프장에서는 불꽃놀이가 시작되었다. 우리는 모두 선창으로 나가 구경했다. 아름다운 광경이었다. 불꽃놀이뿐만 아니라 조그 강에 비친 반사광도 볼 수 있었던 것이다. 붉고 노랗고 푸른 분수가 공중으로 폭포처럼 쏟아졌다. 폭발하는 별들, 국화, 빛으로 만들어진 버드나무.

"중국인들이 화약을 만들었지만, 그것을 총기에 사용하지는 않았지요. 불꽃놀이에만 사용했어요. 하지만 저는 불꽃놀이를 진심으로 즐길 수는 없네요. 맹렬한 대포와 너무 흡사하거든요." 알렉스는 말했다.

"당신은 평화주의자인가요?" 내가 물었다. 그는 그런 부류의

* 둥그런 폭탄 모양으로 생긴 아이스크림. '봉브(bombe)'는 프랑스어로 폭탄을 의미한다.

사람인 것 같았다. 만일 그렇다고 대답하면 그에게 동의하지 않을 작정이었다. 그의 관심을 끌고 싶었던 것이다. 그는 대부분 로라에게 말하고 있었다.

"평화주의자는 아니에요. 하지만 부모님 두 분 모두 전쟁에서 돌아가셨죠. 아니, 내가 그렇게 추정하는 거지요."

이제 고아 얘기를 듣게 되겠군, 나는 생각했다. 리니에게 고아에 대해 그토록 험담을 들어 봤으니 이번엔 좀 괜찮은 얘기를 듣게 되었으면.

"확실히 모르나요?" 로라가 물었다.

"네. 화재가 나서 무너진 집의 불탄 돌무더기 위에서 제가 발견되었다고 하더군요. 집에 있던 다른 사람들은 죽었지요. 저는 빨래 통이나 큰 냄비, 뭐 그런 금속 용기 아래 숨어 있었던 것 같아요."

"그 일이 어디서 일어난 거죠? 당신은 누가 발견한 거예요?" 로라가 속삭였다.

"확실하지는 않아요. 관계자들도 잘 모르더군요. 프랑스나 독일은 아니었고, 그 동쪽에 있는 작은 나라들 중 하나였을 거예요. 아마도 저는 여러 사람의 손의 거쳐 이런저런 방법을 통해 적십자에 넘겨지게 되었던 것 같아요." 알렉스는 말했다.

"기억이 나나요?" 나는 물었다.

"기억난다고 할 수는 없죠. 이름 따위의 자세한 사항들이 그 과정에서 누락되었고, 그런 후 저는 선교사들에게 맡겨졌어요. 그들은 모든 사항을 고려해 볼 때 과거를 잊는 것이 최선이라고 생각했죠. 그들은 소규모의 장로교 교인들이었어요. 우리는 머릿니를 없애기 위해 머리를 다 밀어야 했어요. 갑자기 털이 없어졌을 때의 느낌이 기억나요. 얼마나 서늘하던지. 그 시점부터 기억이 나요."

나는 그를 좀 더 좋아하게 되긴 했지만, 부끄러움을 무릅쓰고 고백하건대 그 이야기를 그다지 믿지 않았다. 너무 멜로드라마적인 요소가 많았다. 불운과 행운을 포함한 우연적 요소가 너무 많았던 것이다. 우연을 믿기에는 당시 나는 너무 어렸다. 그리고 만일 그가 로라를 감동시키려고 시도한 것이라면(그랬던가?) 그 이상 좋은 방법은 없었을 것이다.

"자신이 정말로 누군지 모른다니, 정말 끔찍하겠군요." 나는 말했다.

"저도 예전엔 그렇게 생각했죠. 하지만 '진정한 나'란 통상적인 의미에서의 자신이 정말로 누구인지 알 필요가 없는 사람이라는 생각을 하게 되었어요. 어쨌거나, 진정한 나라는 것이 무슨 의미죠? 가정 배경 뭐 그런 건가요? 대부분의 사람들은 그것을 자신의 속물근성이나 실패에 대한 변명으로 사용하죠. 나는 그런 변명의 유혹에서 자유로울 뿐이에요. 내겐 딸린 게 아무 것도 없어요. 그 어떤 것도 저를 붙들어 맬 수 없어요." 알렉스가 말했다. 그는 다른 말도 했지만, 하늘에서 불꽃이 터졌고 나는 그의 말을 들을 수 없었다. 하지만 로라는 들었다. 그녀는 심각한 표정으로 고개를 끄덕였다.

(그는 무슨 말을 했던가? 나는 나중에 알게 되었다. 그는 이렇게 말했다. "적어도 향수병을 앓는 일은 결코 없지요.")

민들레 같은 빛이 위에서 터졌다. 우리는 모두 위를 바라보았다. 그렇게 하지 않을 수 없었다. 그런 때에는. 입을 벌린 채 서서 바라보지 않을 수 없었다.

그것이 시작이었던가? 그날 밤, 아빌리온의 선창에서, 불꽃놀이가 하늘을 빛으로 채우고 있었을 때? 알 수 없는 일이다. 시작이란 갑작스럽게, 하지만 알지 못하는 사이에 다가온다. 그것은 옆으로 살그머니 다가와 그림자 속에 숨어 들키지 않고 기다린다. 그러다가, 이후에, 갑자기 일어선다.

수공 채색

야생 기러기가 고장 난 경첩처럼 끽끽 울며 남쪽으로 날아간다. 강변을 따라 옻나무 초가 흐릿한 붉은색으로 타고 있다. 지금은 10월 첫 주다. 좀약 사이에서 끄집어낸 양모 옷의 계절. 밤안개와 이슬과 미끄러운 현관 계단, 그리고 늦은 전성기를 맞이한 민달팽이의 계절. 마지막으로 몸을 날리는 금어초의 계절. 예전에는 존재하지 않았으나 이제는 도처에 있는 장식용 주름 무늬 분홍 자주색 양배추의 계절.

장례식의 꽃인 국화의 계절. 하얀색 국화. 죽은 사람들은 그 꽃에 싫증이 날 것이다.

아침은 상쾌하고 신선했다. 나는 앞뜰에서 노란색과 분홍색 금어초 작은 한 다발을 꺾어 하얀 사면체 단에 서서 생각에 잠겨 있는 두 천사를 위해 가족 묘소에 헌화하려고 공동묘지로 향했다. '그들에게는 뭔가 색다른 것이겠지.' 나는 생각했다. 일단 그곳에 다다르자 나는 작은 의식을 거행했다. 기념비 둘러보기, 이름 읽기. 조용히 하고 있다고 생각하는데도, 이따금 기도 서를 읽는 예수회 수사처럼 중얼거리는 내 목소리를 듣게 될 때 도 있다.

죽은 이들의 이름을 부르는 것은 그들을 다시 살아나게 하는 것이라고 고대 이집트인들은 말했다. 그런 일이 항상 바람직한 것은 아니다.

기념비 주변을 다 돌았을 때 나는 어떤 소녀, 그러니까 젊은 여자 하나가 무덤 앞에, 즉 로라의 자리 앞에 무릎을 꿇고 있는 것을 발견했다. 그녀는 머리를 숙이고 있었고, 검은 옷을 입고 있었다. 검은 진 바지, 검은 티셔츠와 재킷, 요즘 사람들이 핸드 백 대신 들고 다니는 작은 검은 배낭 같은 것. 사브리나의 머리 칼과 같은 검고 긴 머리. 나는 심장이 갑자기 뛰는 것을 느끼며 생각했다. 사브리나가 돌아왔구나. 인도에서, 혹은 그녀가 있던 어떤 곳으로부터. 사전 통지도 하지 않고 돌아왔다. 나에 대한 생각을 바꾼 것이다. 나를 놀래 주려고 했는데 내가 그것을 망 쳐 버린 것이다.

그러나 자세히 살펴보고는 그 여자가 낯선 사람임을 깨달았 다. 분명 공부에 지친 대학원생일 것이다. 처음에는 그녀가 기도 를 하고 있는 줄 알았다. 그러나 아니었다. 그녀는 꽃을 놓고 있 었다. 하얀 카네이션 단 한 송이. 줄기는 은박지에 싸여 있었다. 그녀가 일어섰을 때 나는 그녀가 울고 있는 것을 보았다.

로라는 사람을 감동시킨다. 나는 그렇게 하지 못한다.

단추 공장 피크닉 후 《헤럴드 앤드 배너》지에는 평상시와 다 름없는 기사가 실렸다. 가장 예쁜 아기 경연 대회에서 어떤 아기가 일등을 했는가, 최고의 개 상은 누가 탔는가. 그리고 아버지가 연설에서 한 말을 요약해 놓은 것. 엘우드 머리가 모든 것에 낙관적 전망으로 포장해 놓았기 때문에 연설은 여느 때와 다를 바 없이 보였다. 사진도 있었다. 검은 물결레 형상의 우승 개, 바늘꽂이처럼 통통한 일등 아기가 주름 장식 모자를 쓴 모습. 스텝 댄서들이 판지로 된 거대한 토끼풀을 들고 있는 모습. 연단에 올라가 있는 아버지의 모습. 그 사진은 별로 잘 나오지 않았다. 아버지가 입을 반쯤 벌리고 있어서 하품을 하고 있는 것처럼 보였다.

그중에는 우리 둘과 함께 찍은 알렉스 토머스의 사진도 있었다. 나는 그의 왼쪽에, 로라는 오른쪽에 마치 북엔드처럼 앉아 있었다. 우리 둘 다 그를 바라보며 미소를 짓고 있었다. 그도 미소를 짓고 있었으나, 마치 암흑가 범죄자들이 체포되었을 때 플래시 전구 앞에서 자기 모습을 감추기 위해 하듯이 손을 앞으로 내밀고 있었다. 그러나 얼굴을 반만 겨우 가렸다. 사진 설명은 다음과 같았다. "체이스 양과 로라 체이스 양이 외지 방문객을 환대하고 있다."

엘우드 머리는 그날 오후 우리의 소재를 파악해서 알렉스의 이름을 알아내는 데 실패했다. 그리고 우리 집으로 전화를 했을 때는 리니가 받았다. 그녀는 우리 이름이 천하에 누군지도 모르는 작자와 함께 들먹여져서는 안 된다며 그의 이름을 말해 주지 않았다. 그렇지만 엘우드 머리는 사진을 실었고, 리니는 우리만큼이나 모욕감을 느꼈다. 우리의 다리가 드러나지 않았음에도 리니는 그것이 품위 없는 사진이라고 생각했다. 리니는 우리 둘 다 실연한 거위처럼 멍청한 추파를 얼굴에 흘리고 있었다고 생각했다. 입을 그런 식으로 벌리고 있느니 차라리 침을 질질 흘리는 것이 나았을 것이다. 우리는 스스로를 한심한 구경거리로 전락시켰다. 인디언, 더 끔찍하게는 유태인처럼 생겼고, 셔츠를 그런 식으로 걷어 올렸으며, 더구나 공산주의자이기까지 한 젊은 악한을 황홀하게 바라본다고 읍내의 모든 사람들이 뒤에서 우리를 비웃을 것이다.

"엘우드 머리라는 녀석은 매를 맞아야 해. 자신이 상당히 재치 있다고 생각하는 거야." 리니는 말했다. 아버지가 사진을 보지 못하도록 리니는 신문을 찢어서 불쏘시개 상자에 쑤셔 넣었다. 하지만 아버지는 공장에서 보았을 것이다. 그런데도 아무런 말도 하지 않았다.

로라는 엘우드 머리를 찾아갔다. 그녀는 그를 비난하거나 리니가 그에 대해 한 말을 반복하지도 않았다. 대신 그와 같이 사진사가 되고 싶다고 말했다. 아니, 그녀는 그런 거짓말은 하지 않았을 것이다. 그가 그렇다고 추정했을 뿐이다. 그녀가 실제로 말한 것은 음화를 가지고 사진을 어떻게 인화하는지 배우고 싶다는 것이었다. 그것이 문자 그대로의 사실이었다.

엘우드 머리는 아빌리온과 같은 상류층에서 이런 호감의 표시를 보여 주는 것에 우쭐해 했고(그는 장난치는 것을 좋아하기는 하지만 굉장한 속물이었다.) 자신이 일주일에 세 번씩 오후에 암실 작업 하는 것을 그녀가 도울 수 있는 기회를 주기로 했다. 그녀는 그가 부업으로 찍은 결혼사진이나 아이들 졸업 사진 등의 인물 사진을 인화하는 하는 것을 볼 수 있었다. 비록 뒷방에서 몇몇 사람들이 활자를 놓고 몇몇 사람들이 신문 기사를 작성했지만, 엘우드는 사진 인화를 비롯한 주간 신문에 관련된 다른 모든 일들을 직접 도맡아 했다.

그는 어쩌면 그녀에게 수공 채색 기술도 가르쳐 줄 수도 있을 것이라고 말했다. 그것은 새로운 기법이었다. 사람들은 오래된 흑백 사진에 선명한 색채를 더해서 더 생생하게 만들어 달라고 사진을 가져왔다. 사진에서 가장 어두운 부분을 붓으로 탈색한 후, 분홍색의 바탕 색조를 만들기 위해 세피아 토너로 작업을 했다. 그다음 채색 작업을 하는 것이다. 작은 튜브와 병에 담긴 안료를 작은 붓으로 세심하게 칠한 후, 남은 물감은 꼼꼼하게 씻어 내야 했다. 잘 조화시킬 수 있는 안목과 능력이 필요했다. 그래야 뺨은 동그란 연지 자국처럼, 살은 베이지색 천처럼 보이도록 만드는 실수를 피할 수 있는 것이다. 좋은 시력과 안정된 손이 필요했다. 이것은 예술이라고, 이런 말을 직접 해도 될지 모르겠지만, 그 기술을 숙달한 것이 무척 자랑스럽다고 엘우드는 말했다. 그는 일종의 광고 수단으로 수공 채색 사진 모음 회전대를 신문사 사무실 창문의 한구석에 놓아두었다. "당신의 추억을 한 단계 끌어올리십시오." 손으로 직접 써서 만들어 그 옆에 놓아둔 광고 문구였다.

가장 흔한 주제는 이제 한물간 1차 세계대전 군복을 입은 젊은 남자들 사진이었다. 신부와 신랑 사진 역시 마찬가지였다. 졸업 사진, 첫 영성체, 엄숙한 가족사진, 세례 복장을 한 아기, 정식 무도회 드레스를 입은 소녀들, 파티 복장을 한 아이들, 고양이와 개 사진. 거북이와 마코 앵무새 같은 특이한 애완동물도 가끔씩 있었고, 드물게는 밀랍과 같은 얼굴을 하고 주름 잡힌 천에 둘러싸여 관 속에 누운 아기 사진도 있었다.

색채는 하얀 종이에 칠하는 것처럼 선명하게 나오는 법이 없었다. 마치 엷은 천을 통해 보는 것처럼 흐릿하게 보였다. 그렇기 때문에 채색 기술은 사람들을 사실적으로 보이도록 하기보다는 오히려 초현실적으로 만들어 주었다. 현실성이라는 것이 아무런 의미가 없는 기이한 반쪽 나라의 국민들. 화려하지만 소리를 낼 수 없는 존재들.

로라는 엘우드 머리와 자신이 함께 무엇을 하는지 내게 말해 주었다. 리니에게도 말했다. 나는 리니가 소란을 일으키며 반대할 것이라고 생각했다. 격에 맞지 않는, 혹은 천박하고 체면을 손상하는 행동을 한다는 잔소리를 할 것이라고. 암실에서, 어린 소녀와 남자가 불 꺼진 곳에서 무슨 일을 하고 있는지 누가 알겠는가? 그러나 리니는 엘우드가 로라를 고용해서 돈을 주는 것이 아니라 그녀를 가르치고 있으며, 그 두 가지는 상당히 다르다는 견해를 펼쳤다. 그녀는 고용된 조수와 같은 위치에 놓이게 되는 것이다. 로라가 그와 암실에 함께 있는 것에 대해서는 엘우드가 너무나 여성적인 남자기 때문에 어느 누구도 나쁘게 생각하지 않을 것이라고 말했다. 아마도 리니는 로라가 신이 아닌 다른 것에 관심을 보이고 있다는 사실에 비밀스럽게 안도했던 것 같다.

로라는 정말로 사진 채색에 관심을 가지게 되었는데, 여느 때와 마찬가지로 극단으로 흘렀다. 그녀는 엘우드의 수공 채색 재료를 훔쳐 집으로 가져왔다. 나는 우연히 그것을 발견하게 되었다. 도서실에서 두서없이 이런저런 책을 읽고 있던 도중, 벤저민 할아버지가 각각 다른 수상과 찍은 사진이 사진틀 속에 놓여 있는 것을 보게 되었다. 존 스패로 톰슨 경의 얼굴은 이제 엷은 담자색이었고, 매켄지 보월 경은 고약한 녹색, 찰스 터퍼는 연한 오렌지색이었다. 벤저민 할아버지의 수염과 구레나룻은 밝은 심홍색이었다.

그날 밤 로라가 그것을 하고 있는 현장을 목격하게 되었다. 그녀의 화장대 위에 작은 튜브와 가느다란 붓이 놓여 있었다. 그리고 벨벳 드레스와 메리 제인 구두 차림을 한 로라와 나의 사진도 있었다. 로라는 사진을 틀에서 꺼내 나를 연푸른색으로 칠하고 있었다. "로라, 도대체 뭘 하고 있는 거니? 왜 사진에 색칠을 해 대는 거지? 도서실에 있는 것들 말이야. 아버지가 무척 화내실 거야." 나는 말했다.

"그냥 연습을 해 본 거야. 어쨌든, 그 남자들은 손질이 좀 필요했어. 더 나아 보이는걸." 로라는 말했다.

"기괴해 보여. 아니면 아주 아프거나. 얼굴이 녹색이거나 담자색인 사람은 없어!"

로라는 태연자약하게 말했다. "그건 그들의 영혼의 색깔이야. 그들이 가졌어야 하는 색깔이라고."

"너 크게 혼나게 될 거다! 누가 그런 짓을 했는지 모두 알게 될 거야."

"아무도 그 사진 안 봐. 상관도 안 한다고." 그녀는 말했다.

"글쎄, 애들리아 할머니에게는 손을 안 대는 게 좋을걸. 돌아가신 작은아버지들도! 아버지에게 벌을 받게 될 거야!" 나는 말했다.

"그분들이 영광스러운 상태에 있다는 것을 나타내기 위해 금색으로 칠하고 싶었는데 금색이 없었어. 할머니 말고 작은아버지들 말이야. 할머니는 강철 같은 회색으로 하겠어." 로라는 말했다.

"그렇게 하기만 해 봐! 아버지는 영광 같은 건 믿지 않으셔. 그리고 도둑질한 걸로 몰리기 전에 그 안료를 갖다 두는 게 좋을 거야."

"그렇게 많이 쓰지 않았어. 어쨌든, 난 엘우드에게 잼 한 병을 가져다줬어. 이건 공정한 거래야." 로라는 말했다.

"리니의 잼이겠지, 냉장 저장실에서 꺼낸. 리니에게 물어봤어? 리니가 잼이 몇 병인지 세어 보는 거 너도 알지." 나는 우리 둘의 사진을 주워 들었다. "나는 왜 푸른색이야?"

"언니는 자고 있으니까." 로라는 말했다.

로라가 훔친 것은 채색 도구만이 아니었다. 로라가 맡은 업무 가운데 한 가지 일은 서류 정리였다. 엘우드는 사무실과 암실을 매우 깔끔하게 유지하는 것을 좋아했다. 원판을 글라신지(紙) 봉투에 넣은 후 사진을 찍은 날짜 순서대로 정리해 두었기 때문에, 로라가 피크닉 사진을 찾아내는 것은 쉬운 일이었다. 엘우드가 외지로 나가고 로라가 사무실을 맡아 보던 어느 날, 그녀는 그 원판으로 흑백 사진을 두 장 인화했다. 그녀는 나중까지 어느 누구에게도, 심지어 나에게도 이것에 대해 아무 말도 하지 않았다. 일단 인화를 한 후 그녀는 원판을 핸드백 안에 슬쩍 집어넣고 집으로 가져왔다. 그녀는 그것을 도둑질이라 여기지 않았다. 일단 엘우드는 우리의 허락을 받지 않고 사진을 찍음으로써 우리의 모습을 훔쳤고, 로라는 실제로는 그의 것이 아니었던 것을 가져온 것일 뿐이라고 생각했다.

일단 의도한 바를 성취하자 로라는 엘우드 머리의 사무실에 가는 것을 그만두었다. 그녀는 그에게 이유도 설명하지 않았고,

통지도 하지 않았다. 나는 그녀의 행동거지가 옳지 못하다고 느꼈고, 실제로 그랬다. 엘우드는 무시당했다고 느꼈다. 그는 리니를 통해 로라가 아픈지 알아내려고 시도했다. 그러나 리니는 그저 로라가 사진에 대해 마음을 바꾼 모양이라고 말했을 따름이었다. 그 아이는 늘 뭔가 수많은 생각을 한다고, 그녀는 항상 기발한 발상을 갖고 있고, 이제는 다른 데로 관심사를 돌린 모양이라고 말했다.

그것은 엘우드의 호기심을 불러일으켰다. 그는 평상시 참견해 대던 것보다 한층 더 관심을 가지고 로라를 주시하기 시작했다. 엄밀히 말해서 감시하는 것이라고 부를 수는 없었다. 덤불 뒤에 잠복해 있거나 하는 것은 아니었던 것이다. 그저 더 유심히 관찰했을 뿐이다.(하지만 그는 도둑맞은 원판에 대해 아직까지 알아내지 못했다. 로라가 그런 숨은 의도를 가지고 자신을 찾아왔으리라는 생각은 전혀 하지 못했던 것이다. 솔직한 눈길, 무표정하게 보일 정도로 크게 뜬 눈, 순수하고 둥근 이마 덕분에 그녀의 이중성을 의심하는 사람은 거의 없었다.)

엘우드는 처음에는 별달리 눈에 띄는 것을 발견할 수 없었다. 로라가 중심가를 걸어가는 모습, 주일학교에서 다섯 살짜리 아이들을 가르치기 위해 교회로 가는 모습 등이 목격되었다. 주중 사흘은 아침마다 철도 역 옆에 세워진 연합 교회 소속 무료 급식소에서 봉사 활동을 했다. 그곳에서의 임무는 기차를 타고 직업을 찾아다니는 굶주리고 더러운 남자와 소년 들에게 양배추 수프를 나누어 주는 일이었다. 가치 있는 일이었지만 읍의 모든 사람들이 그 활동을 호의적으로 보는 것은 아니었다. 일부 사람들은 이 남자들이 선동적인 음모자들이거나, 더 나쁘게는 공산주의자들일 것이라고 생각했다. 다른 이들은 자기가 먹을 것은 스스로 일해서 벌어먹어야 하기 때문에 무료 식사를 나누어 주지 말아야 한다고 생각했다. "일을 찾아라." 하고 외치는 고함 소리가 들려오기도 했다.(물론 뜨내기 노동자들이 더 조용하기는 했지만, 모욕적 언동은 결코 일방적인 것이 아니었다. 물론 그들은 로라, 그리고 그녀처럼 교회에 소속된 선행자들을 증오했다. 물론 그들은 자신들이 느끼는 바를 표현하는 특유의 방법을 갖고 있었다. 농담, 비웃음, 밀치기, 음침한 추파. 감사를 강요받는 것처럼 부담이 되는 것은 없는 법이다.)

그 남자들이 포트 타이콘드로가에 남고자 하는 것 같은 괘씸한 생각을 하지 못하도록 지역 경찰들이 곁에서 지키고 있었다. 그들은 억지로 끌려 다른 곳으로 이동되었다. 하지만 그들이 기차역에서 유개 화차에 그냥 뛰어들어 타는 것은 허용되지 않았다. 철도 회사에서 그런 행동을 용납하지 않았기 때문이다. 난투와 주먹싸움이 일어났고, 엘우드 머리가 신문 기사에 썼듯이 야경 방망이가 아낌없이 사용되었다.

그래서 그 남자들은 무거운 발걸음을 끌고 철도 선로를 따라 걸어 내려가 더 아래쪽에서 기차에 올라타려고 시도했다. 그러나 그때쯤이면 기차에 속도가 더 붙었기 때문에 올라타는 것이 훨씬 더 어려웠다. 여러 차례 사고가 일어났고, 사망 사건도 있었다. 열여섯 살도 채 되지 않은 소년이 바퀴 아래로 떨어져 몸이 사실상 반으로 잘렸던 것이다.(그 사건 이후 로라는 사흘 동안 방에 틀어박혀 아무것도 먹지 않았다. 그녀는 이 소년에게 수프 한 대접을 나누어 주었다.) 엘우드 머리는 사설에 재난은 유감스러운 것이지만 철도 선로의 결함이 아니며, 우리 읍의 결함은 더더욱 아니라고 썼다. 무모한 위험을 무릅쓰면서 무슨 일이 일어나기를 기대하는 것인가?

　로라는 교회의 수프 만드는 냄비에 넣을 뼈를 달라고 리니에게 애걸했다. 리니는 자신은 뼈로 만들어진 사람이 아니라고 말했다. 뼈는 나무에서 자라지 않는다고, 뼈는 리니 자신을 위해, 그러니까 아빌리온을 위해, 우리를 위해 써야 하는 것이라고, 한 푼을 아끼면 한 푼을 번 것이고, 이 힘든 기간 동안 아버지가 한 푼이라도 더 필요로 하는 것을 로라는 보지 못했느냐고 리니가 말했다. 하지만 그녀는 로라의 청을 계속해서 거절할 수 없어서 뼈 한두 개, 혹은 세 개를 건네주곤 했다. 로라는 뼈를 만지는 것은 물론이고 심지어 보는 것조차 싫어했다. 그녀는 그런 면에서 결벽증이 유난했다. 그래서 리니는 로라를 위해 뼈를 포장해 주었다. "여기 있다. 그 부랑아들은 우리 집과 가정을 다 벗겨 먹어 버리고 말 거야. 양파도 넣었다." 리니는 한숨을 쉬곤 했다. 그녀는 로라가 무료 급식소에서 일하지 말아야 한다고 생각했다. 로라같이 어린 소녀에게는 너무 거친 곳이었다.

　"그들을 부랑아라고 부르는 것은 잘못된 일이에요. 모든 사람들이 그들을 외면해요. 그들은 그저 일자리를 찾고 있을 뿐이에요. 그들이 원하는 것은 일자리뿐이라고요." 로라는 말했다.

　"그렇겠지." 리니는 회의적이고 부아가 치미는 듯한 목소리로 말했다. 나에게는 은밀히 이렇게 말했다. "로라는 너희 어머니를 찍어 놓은 듯 닮았어."

　나는 로라와 함께 무료 급식소에 가지 않았다. 그녀가 같이 가자고 청한 적도 없었거니와, 어쨌든 그럴 시간도 없었다. 아버지는 이제 내가 단추 공장의 안팎 사정을 알아야 하며, 그것이 내 의무라는 생각을 하게 되었다. '포트 드 미유.'* 내가 체이스와 아들들 회사에서 아들 노릇을 해야 하며, 공장 일을 혼자 처리하려면 나는 손에 흙을 묻히고 실무에 뛰어들어야 했다.

내게 사업 능력이 없다는 것을 알고 있었지만, 반발하기에는 너무 겁이 많았다. 나는 매일 아침 아버지와 함께 공장에 갔다. (아버지 표현에 따르면) 실제 세상에게 일이 어떻게 돌아가는지 배우기 위해서였다. 아버지는 만일 내가 아들이었다면, 장교는 자신이 할 수 없는 일을 사병들이 하기를 기대해서는 안 된다는 군대식 유추를 들며, 조립 작업대에서 일을 시작하도록 시켰을 것이다. 내가 딸이었기 때문에 목록을 만들고 선적 계산서 — 원자재가 들어오고 최종 생산물이 나가고 하는 — 를 비교, 대조하는 일을 시켰다.

나는 업무에 서툴렀다. 어느 정도 의도적이기도 했다. 일하는 것이 지루했고, 또 겁이 나기도 했던 것이다. 매일 아침 수녀회 복장 같은 치마와 블라우스를 입고 아버지의 발치를 개처럼 따라서 공장에 도착하면 줄지어 서 있는 노동자들을 지나쳐야 했다. 여자들은 나를 경멸했고 남자들은 나를 빤히 쳐다보았다. 그들이 뒤에서 나에 대한 농담을 한다는 것을 나는 알고 있었다. 내 행동거지에 대한 농담(여자들), 그리고 내 몸에 대한 농담(남자들). 그것은 그들 나름대로의 복수 방법이었다. 그들의 입장이었다면 나 역시 그들처럼 했을 것이라는 생각에 한편으로는 그들을 비난하지 않았지만, 그래도 모욕당하고 있다는 느낌은

* Faute de mieux. 프랑스어로 '더 나은 것의 결여'라는 뜻. 관용적으로 '달리 좋은 수가 없으므로', '부득이'라는 의미로 쓰인다.

어쩔 수 없었다.

라-디-다. 자신이 시바의 여왕이라 생각하네.

한번 놀아 주면 저년의 야코가 팍 죽을 텐데.

아버지는 이런 것들을 전혀 알아차리지 못했다. 아니, 알아차리지 않기로 작정했다.

어느 날 오후 엘우드 머리가 우쭐하게 가슴을 펴고는 불쾌한 소식을 전달해 주는 사람들이 취하는 예의 거만한 자세를 하고 리니의 뒷문으로 찾아왔다. 나는 리니가 병조림 만드는 것을 돕고 있었다. 때는 9월 하순이었고, 우리는 부엌 정원에서 거둬들인 마지막 토마토 수확을 처리하고 있었다. 리니는 언제나 검소했지만, 이즈음에 들어서는 낭비를 죄로 여길 정도로 절약했다. 그녀는 끈이 가늘어지고 있다는 것을 알아차렸을 것이다. 자신과 자신의 직업을 이어 주는 여분의 돈이라는 끈.

우리가 알아야 할 사실이 있다고, 알아 두는 것이 우리에게 좋을 것이라고 엘우드 머리는 말했다. 리니는 그를, 그의 우쭐해하는 태도를 쳐다보더니, 안으로 들어오라고 했다. 심지어 차까지 대접했다. 그런 후 그녀는 끓는 물에서 마지막 병조림 단지를 집게로 들어 올리고 마개를 채울 때까지 기다려 달라고 부탁했다. 그러고 나서 앉았다.

소식이란 바로 이것이었다. 로라 체이스 양이 젊은 남자, 즉 단추 공장 피크닉에서 함께 사진을 찍었던 바로 그 남자와 함께 읍내를 돌아다니는 것이 목격되었다.(라고 엘우드는 말했다.) 그들은 첫 번째로 무료 급식소 주변에서, 그리고, 이후에는 공원 벤치에서 (그것도 여러 번) 담배를 피우는 것이 발견되었다. 그 남자만 담배를 피웠던 것일 수도 있다. 로라도 담배를 피웠는지에 대해서는 확신할 수 없다고 그는 입맛을 다시며 말했다. 그들이 통상적인 연애 장소인 시청 옆 전쟁 기념비 옆 주빌리 다리에서 난간 위로 몸을 굽히고 급류를 내려다보고 있는 것도 발견되었다. 심지어는 캠프장 주변에서 언뜻 보이기도 했는데, 그것은 의심스러운 행동의 거의 확실한 징후, 혹은 그 전주곡이라 할 수 있다. 하지만 엘우드 자신이 직접 본 것이 아니기 때문에 그것이 사실이라고 단언할 수는 없다.

어쨌든 그는 우리가 알아야 할 것이라고 생각했다. 그 남자는 성인이고 로라 양은 겨우 열네 살 아닌가? 그가 그녀를 그런 식으로 이용하다니 참으로 유감스러운 일이다. 그는 우드척*처럼 독선적인 모습으로 사악한 즐거움으로 눈을 빛내며, 의자에 몸을 기대고 앉아서 분하다는 듯 머리를 흔들었다.

리니는 노발대발했다. 그녀는 자신이 모르는 쑥덕공론이 도는 것을 싫어했다. 그녀는 틀에 박힌 공손한 말을 했다. "우리에게 알려 줘서 고마워요. 제때 꿰맨 한 땀이 나중의 아홉 땀을 덜어 주는 법이죠." 로라의 명예를 보호하기 위해 이렇게 말한 것이다. 아직까지는 사전에 미리 차단할 수 없었던 어떤 사건도 일어나지 않았다는 의미였다.

"내가 뭐라고 했니. 그 사람은 수치심이란 걸 몰라." 리니는 엘우드 머리가 떠난 후 말했다. 물론 그녀는 엘우드가 아니라 알렉스 토머스에 대해 말한 것이다.

로라에게 직접 물어보자 그녀는 캠프장 건을 제외하고는 아

---

* 북미산(産) 마멋.

무엇도 부인하지 않았다. 공원 벤치와 그 외의 것에 대해서, 맞는 말이라고, 그곳에 앉기는 했지만 그리 오래 있지는 않았다고 말했다. 게다가 리니가 왜 그렇게 안달하는지 그녀는 이해하지 못했다. 알렉스 토머스는 하찮은 애인도 아니고(리니가 사용한 표현이었다.) 빈둥거리는 건달도 아니었다.(이 역시 리니의 표현이었다.) 그녀는 일생에 단 한 번도 담배를 피운 적이 없다고 말했다. "희롱거린 것"에 대해 말하자면(역시 리니의 표현이었다.) 로라는 정말 역겹다고 말했다. 도대체 자신이 어떻게 했기에 그런 저급한 의심을 불러일으켰단 말인가? 로라는 정말 이해할 수 없다고 했다.

로라라는 존재로 살아가는 것은 음치로 살아가는 것과 비슷하다고 나는 생각했다. 음악이 연주되면 어떤 소리를 듣게 되지만, 여느 사람들과는 다른 식으로 듣는 것이다.

로라에 따르면, 목격된 때마다 자신과 알렉스 토머스는 심각한 토론을 하고 있었다고 한다. 무엇에 관해서? 신에 관해서. 알렉스 토머스는 신앙을 잃었고 로라는 그가 신앙을 되찾도록 도와주려고 했던 것이다. 그건 상당히 힘든 일이었다. 그가 매우 냉소적이었기 때문이다. 아마 '회의적'이라는 의미였을 것이다. 그는 ─ 인간의, 인류의 ─ 새로운 시대란 이승이 아닌 현세이며, 자신은 그것에 모든 것을 걸겠다고 말했다. 그는 영혼이란 없다고 단언했으며 죽은 후 어떤 일이 일어날 것인지 전혀 상관하지 않는다고 했다. 그렇지만, 아무리 힘들어 보이는 일이라 하더라도 그녀는 끊임없이 노력하고자 했다.

나는 입에 손을 대고 기침하는 시늉을 했다. 드러내 놓고 웃을 수는 없었다. 나는 로라가 어스카인 선생에 대해 그런 식의 고결한 표현을 쓰는 것을 자주 보았다. 그리고 그녀가 바로 그때와 같은 일을 하고 있는 것이라 생각했다. 눈속임하기. 손을 엉덩이에 얹고, 다리를 벌리고, 입을 벌리고 있는 리니는 막다른 골목에 몰린 암탉같이 보였다.

"내가 알고 싶은 건 그가 왜 아직도 이 읍에 있느냐는 거야. 그냥 방문 중인 걸로 알고 있었는데." 리니는 말했다.

"아, 여기서 볼일이 있대요. 하지만 그는 자기가 원하는 곳 어디에나 있을 수 있어요. 여긴 노예 국가가 아니잖아요. 물론 임금을 받는 노예를 제외하고 말이죠." 로라는 부드럽게 말했다. 나는 전향시키려는 시도가 전적으로 일방으로 이루어진 것이 아니라는 사실을 짐작할 수 있었다. 알렉스 토머스도 자신의 의견을 피력하고 있었던 것이다. 이런 식으로 일이 진행된다면 작은 볼셰비키주의자가 한 사람 탄생될 것 같았다.

"그는 너무 나이가 많지 않니?" 나는 말했다.

로라는 내가 감히 참견한 것에 대해 적의 어린 눈길로 쳐다보았다. 뭘 하기에 너무 나이가 많다는 것인가? "영혼에는 나이가 없어." 그녀는 말했다.

"사람들이 뭐라고 하잖니." 리니가 말했다. 그것은 언제나 리니의 결정적인 논거였다. "그건 그 사람들 문제예요." 로라는 말했다. 그녀의 목소리에는 거만한 성마름이 묻어 있었다. 타인들이란 그녀가 져야 할 십자가였다.

리니와 나는 모두 망연자실했다. 어떻게 해야 할 것인가? 아버지에게 이를 수도 있었다. 그러면 아버지는 로라가 알렉스 토머스를 만나는 것을 금했을 것이다. 그러나 로라는 위험에 처한 영혼을 그대로 둔 채 복종하지는 않았을 것이다. 아버지에게 이르는 것은 더 많은 문제를 야기할 것이라고 우리는 판단했다. 그리고, 사실 따져보면, 실제로 무슨 일이 일어났단 말인가? 실질적으로 지적할 만한 일은 아무것도 없었다.(그 당시 이 문제에 관한 한 리니와 나는 마음을 터놓는 의논 상대였다. 우리는 이마를 맞대고 의논했다.)

날이 지날수록 로라가 나를 놀리고 있다는 느낌이 들었다. 구체적인 방법은 지적할 수 없었지만. 그녀가 작정하고 거짓말을 하고 있다는 생각은 들지 않았지만, 그렇다고 해서 전적인 진실을 말해 주는 것 같지도 않았다. 언젠가 나는 그녀가 알렉스 토머스와 깊은 대화에 빠져 전쟁 기념비를 지나쳐 걸어가는 것을, 다른 한 번은 주빌리 다리에서, 또 다른 때에는 베티네 간이식당 바깥에서 한가롭게 어슬렁거리는 것을 보았다. 나를 포함한 다른 사람들이 고개를 돌려 바라보는 것도 개의치 않고. 그것은 대담한 도전이었다.

"로라가 정신을 차리도록 말을 좀 해 봐." 리니는 내게 말했다. 하지만 나는 그녀가 정신을 차리도록 말을 할 수 없었다. 아니, 그녀에게 말을 하는 것 자체가 점점 더 어려워졌다. 말을 한다 하더라도 그녀가 귀를 기울였던가? 마치 하얀 압지에 대고 말하는 느낌이었다. 말이 내 입에서 새어 나와 하늘에서 내리는 눈발의 벽 속으로 사라지듯 그녀의 얼굴 뒤로 사라져 버렸다.

나는 단추 공장에서 일하지 않을 때면(날이 갈수록 그것은 더욱더 공연한 일로 느껴졌다. 심지어 아버지도 그렇게 생각하는 것 같았다.) 혼자 돌아다니기 시작했다. 마치 어디 갈 곳이 있는 것처럼 강변을 따라 걷기도 했고, 누군가를 기다리는 것처럼 주빌리 다리 위에 서서 검은 물살을 바라보며 그곳에 몸을 던진 여자들의 이야기를 떠올리기도 했다. 그들은 사랑 때문에 그랬을 것이다. 사랑이란 그런 식으로 영향을 미쳤다. 그것은 슬그머니 다가와서 알아차리기도 전에 우리를 사로잡아 버렸다. 그렇게 되면 그에 대처할 방법이 전혀 없었다. 일단 사랑에 빠지게 되면 그것에 여지없이 휩쓸려 버렸던 것이다. 적어도 책에는 그렇게 나와 있었다.

혹은 중심가를 따라 걸으며 상가 진열창에 전시되어 있는 것을 열중하며 바라보기도 했다. 양말과 신발, 모자와 장갑, 드라이버와 스패너. 비주 극장 밖에 있는 유리 틀 속의 영화 포스터에 나온 배우들을 살펴보며 현재 내 모습, 혹은 머리를 한쪽 눈 위로 빗어 내리고 제대로 된 옷을 입었을 경우의 내 모습과 그들을 비교해 보기도 했다. 극장 안으로 들어가는 것은 허용되지 않았다. 나는 결혼할 때까지 영화관에 들어가지 않았다. 리니는 젊은 여자들이 혼자 비주 극장에 가는 것은 스스로의 가치를 떨어뜨리는 일이라고 말했다. 그곳으로 가는 남자들은 먹이를 찾아 헤매고 있었던 것이다. 더러운 마음을 가진 남자들. 그들은 여자의 옆자리에 앉아서 파리 잡이 끈끈이 같은 손으로 그녀들을 만져 대고, 눈 깜짝할 사이에 덮쳐 버렸다.

리니의 묘사 속에서 소녀 혹은 여자는 언제나 수동적이지만, 정글짐처럼 잡을 곳이 많이 달린 존재였다. 불가사의하게도 그 여자에게는 소리를 지르거나 움직일 수 있는 능력이 없었다. 충격, 혹은 분노, 혹은 부끄러움으로 그녀는 꼼짝달싹 못하고 마비되어 버렸다. 구조될 길은 전혀 없었다.

냉장 저장실

살을 에는 듯한 냉기, 하늘 높이 떠 바람에 날리는 구름. 멋진 집들 앞문에는 마른 옥수수 다발이 걸려 있다. 현관에는 잭오랜턴*이 미소를 띤 채 밤을 지새우고 있다. 이제부터 일주일 후면 사탕에 정신이 팔린 아이들이 발레리나와 강시와 외계인과 해골과 집시 점쟁이와 죽은 록 스타로 변장하고 거리로 쏟아져 나올 것이다. 그리고 언제나 그랬듯이 나는 불을 끄고 집에 없는 척할 것이다. 그들을 싫어해서가 아니라 일종의 자기 방어로 그렇게 하는 것이다. 이 꼬마 녀석들 중 어느 누가 혹시 사라지게 될 경우, 그들을 안으로 끌어들여 먹어 버렸다는 의혹을 사기 싫기 때문이다.

나는 작은 오렌지색 양초와 검은 도자기 고양이와 새틴 박쥐, 그리고 말린 사과로 된 머리가 달린 장식용 마녀 인형을 파는

---

* 핼러윈에 상징적으로 집 앞에 놓아두는 호박 초롱.

데 한창인 마이라에게 이런 말을 했다. 그녀는 웃음을 터뜨렸다. 내가 농담을 하고 있다고 생각한 것이다.

어제 나는 나태한 하루를 보냈다. 심장이 죄는 것처럼 아파서 소파를 거의 뜰 수 없었다. 하지만 오늘 아침 약을 먹고 난 뒤에는 이상할 정도로 힘이 넘쳤다. 나는 도넛 가게까지 상당히 기운차게 걸었다. 그곳 화장실 벽을 살펴보았다. 새로운 낙서가 적혀 있었다. "좋은 말을 할 수 없다면 아무 말도 하지 말라." 그다음에는 이렇게 쓰여 있었다. "좋은 것을 뺄 수 없다면 아무것도 빼지 말라." 이 나라에서 언론의 자유가 여전히 잘 보장되고 있다는 것을 볼 수 있다는 건 좋은 일이다.

그런 다음 커피와 초콜릿이 발린 도넛을 사서 가게 앞에 벤치를 내놓은 곳으로 나갔다. 벤치는 편리하게도 휴지통 옆에 놓여 있었다.

아직 따스한 햇살이 비치는 가운데 그곳에 앉아 거북이처럼 햇볕을 쬐었다. 사람들이 옆을 스쳐 지나갔다 ── 유모차를 끄는 뚱뚱한 두 여자, 못대가리처럼 생긴 은빛 징이 박힌 검은 가죽 코트를 입은 보다 젊고 날씬한 여자, 그리고 코에 징을 박은 여자, 방풍 점퍼를 입은 세 명의 늙은 괴짜들. 그들은 나를 빤히 쳐다보는 것 같았다. 내가 아직도 그렇게 악명이 높은 것인가, 아니면 그저 망상증에 시달리는 것인가? 어쩌면 나 혼자 그냥 소리 내어 혼잣말을 하고 있던 것인지도 모른다. 알 수 없는 일이다. 주의를 기울이지 않으면 목소리가 공기처럼 나에게서 술술 새어 나오는 것일까? 위축된 속삭임, 바스락거리는 겨울의 덩굴나무, 마른 풀잎 사이에서 쉬익 하고 나는 가을바람 소리.

사람들이 뭐라 하든 무슨 상관이야. 나는 혼잣말을 했다. 내 말을 듣고 싶으면 얼마든지 들으라지.

누가 상관한담, 누가 신경 쓰느냔 말이야. 사춘기의 영원한 대꾸. 물론, 나는 상관했다. 사람들이 어떻게 생각하는지에 대해 신경을 썼다. 언제나 그랬다. 로라와 달리, 나는 내 신념에 대한 용기가 없었다.

개가 다가왔다. 나는 도넛 반쪽을 주었다. "실컷 즐기시게." 나는 개에게 말했다. 누군가가 엿듣고 있는 것을 발견할 때마다 리니가 하던 말이었다.

10월, 그러니까 1934년의 10월 내내, 단추 공장에서 무슨 일이 일어나고 있는지에 대한 소문이 무성했다. 외부 선동자들이 배회하고 있다는 풍문이 돌았다. 그들이 소요를 일으키고 있으며 특히 젊고 성급한 사람들을 선동하고 있다는 것이다. 집단 계약, 노동자들의 권리, 노동조합에 대한 소문이 들려왔다. 노동조합은 분명 불법이었다. 아니, 노동조합원만 고용하는 회사의 노조는 아니었던가? 제대로 아는 사람은 아무도 없는 것 같았다. 여하튼 그들에게서는 독기가 풍겼다.

소요를 일으키는 사람들은 불한당이나 고용된 범죄자들이었다.(힐코트 부인이 그렇게 말했다.) 그들은 단순히 외지에서 온 것이 아니라 외국에서 온 선동자들이었다. 그것은 더 무서운 일이었다. 콧수염을 기른 키가 작고 피부가 검은 남자들. 그들은 피로 서명을 하고 죽을 때까지 충성하기로 맹세하며 폭동을 일으키고 절대로 포기하는 법이 없으며, 폭탄을 장착하고 밤에 슬그머니 들어와 우리가 자는 동안 목을 베어 버렸다.(리니가 그렇게 말했다.) 그들은 그런 식으로 활동했다. 이 비정한 볼셰비키주의자들, 그리고 노동조합 결성자들. 그들은 결국 다 같은 놈들이었다.(엘우드 머리가 그렇게 말했다.) 그들은 자유연애와 가족의 붕괴를 원했고, (몇 푼 안 되더라도) 돈을 가진 자들, 혹은 시계, 혹은 결혼반지라도 가진 자들은 모두 총살해 버리고 싶어 했다. 이런 일이 러시아에서 일어났다. 소문에 의하면 그랬다.

아버지의 공장이 난관에 봉착했다는 소문도 돌았다.

외부 선동자와 공장이 처한 어려움에 대한 두 가지 소문은 모두 공식적으로 부인되었다. 사람들은 두 가지 소문을 모두 믿었다.

9월에 아버지는 몇몇 노동자들을 해고했다. 그들은 젊은 사람들이었는데, 그나마 독신은 생활을 꾸려 가기가 더 쉽다는 것이 아버지의 지론이었다. 그리고 남아 있는 노동자들에게 근무 시간 축소를 받아들여 달라고 부탁했다. 공장을 총 가동할 만큼 거래가 충분하지 않다고 아버지는 설명했다. 고객들은 단추를 사지 않았다. 아니, 적어도 체이스와 아들들 공장에서 만드는 종류의 단추는 사지 않았다. 이런 단추로 이익을 내기 위해서는 큰 물량에 의존해야 했다. 사람들은 싸고 실용적인 속옷도 사지 않았다. 사는 대신 수선을 하고 임시변통으로 살았다. 물론 이 나라의 모든 사람들이 직업을 잃은 것은 아니지만, 직업이 있는 사람도 계속 일할 수 있을 것인지에 대해 확신할 수 없었다. 당연히 그들은 돈을 쓰기보다는 저축했다. 그들을 비난할 수는 없는 일이었다. 누구라도 그렇게 행동했을 것이다.

많은 다리와 많은 척추와 머리 그리고 숫자 영으로 된 무자비한 눈을 가진 산수 계산이 정황 파악에 개입하기 시작했다. 2 더하기 2는 4라는 것이 그 메시지였다. 하지만 2와 2가 없다면 어떻게 할 것인가? 그렇다면 덧셈이 되지 않을 것이다. 그리고 덧셈이 되지 않으면 덧셈이 되도록 만들 방도가 없었다. 나는 재고 장부에서 적자를 흑자로 만들 수 없었다. 그것 때문에 끔찍한 근심에 사로잡혔다. 그것이 내 잘못인 것 같았다. 밤에 눈을 감으면 단추 공장의 정방형 떡갈나무 책상 위에 놓아둔 장부의 숫자가 앞에 펼쳐졌다. 수많은 기계 애벌레 같은 붉은 숫자 행렬이 남아 있는 돈을 먹어 치우는 광경. 생산하는 데 든 돈보다 적은 돈을 받고 제품을 팔 때면(체이스와 아들들에서는 이런 일이 한동안 계속되고 있었다.) 숫자들이 그렇게 행동했다. 그것은 사랑도, 정의도, 자비도 없는 나쁜 행동이었다. 하지만 무엇을 기대할 수 있었겠는가? 숫자는 숫자일 따름이었다. 이 문제에 있어 그것들에게는 다른 선택의 여지가 없었다.

12월의 첫 주, 아버지는 공장 폐쇄를 선언했다. 일시적인 것이라고 아버지는 말했다. 일시적인 것이기를 바랐던 것이다. 아버지는 재편성을 위한 철수와 비용 삭감에 대해 말했다. 그는 이해와 인내를 부탁했으며, 모여든 노동자들은 경계에 가득 찬 침묵으로 대응했다. 선언 이후 아버지는 아빌리온으로 돌아가 작은 탑에 은둔한 채 인사불성이 될 때까지 술을 마셨다. 물건들, 유리로 된 것들이 그곳에서 깨지고 있었다. 물론 술병이었을 것이다. 로라와 나는 내 방, 내 침대에 손을 꼭 붙들고 앉아서 저 위, 우리 머리 바로 위에서 분노와 슬픔이 실내에 내리는 뇌우처럼 날뛰는 소리를 들었다. 아버지가 그런 식으로 크게 소동을 부린 것은 정말 오랜만이었다.

아마도 아버지는 직원들을 실망시켰다고 느꼈을 것이다. 자신이 실패했다고, 자신의 어떤 노력도 충분하지 않았다고 느꼈을 것이다.

"아버지를 위해 기도할 거야." 로라는 말했다.

"하느님이 상관이나 한대? 정말 눈 하나 깜짝 안 할걸. 만약 하느님이란 존재가 있다면 말이야." 나는 말했다.

"알 수 없는 일이야. 그 후가 되기까지는." 로라가 말했다.

무엇 후란 말인가? 나는 잘 알고 있었다. 우리는 전에도 이런 대화를 한 적이 있었다. "우리가 죽은 후."

아버지의 선언이 있은 지 며칠 뒤 노동조합은 그 세력을 드러냈다. 핵심 조직원 집단이 이미 존재하고 있었고, 이제 그들은 모든 사람들이 합류하기를 바랐다. 문이 잠긴 단추 공장 바깥에서 회의가 열렸고 모든 노동자들이 가입을 권유받았다. 아버지가 공장을 다시 열 때면 비용을 최대한 깎을 것이고 그들은 굶주림을 면하지 못할 정도의 임금을 받게 될 것이라고 했다. 그도 다른 사업가들과 똑같은 사람이라서 이런 어려운 때를 위해 은행에 돈을 쌓아 두고는, 사람들이 진압되고 완전히 굴복할 때까지 수수방관하다가 노동자들을 착취해 자기 배를 불릴 기회를 붙잡을 것이다. 그와 그의 커다란 집과 고급 취향의 딸들. 대중의 땀의 대가로 사는 천박한 기생충들.

리니는 소위 조직책이라고 하는 사람들이 외지인이라는 사실이 드러났다고 말했다. 우리가 부엌 탁자에 앉아 있을 때면 그녀는 이런 이야기를 모두 해 주었다.(아버지가 식탁에서 식사를 하지 않았기 때문에 우리 역시 식탁을 더 이상 사용하지 않았다. 아버지는 작은 탑에 틀어박혀 지냈다. 리니가 음식을 쟁반에 담아 올라갔다.) 우리가 이런 일과 아무 상관이 없다는 것을 모든 사람들이 알고 있는데 우리 둘을 이런 지경으로 만들어 놓다니, 그 난폭한 자들은 예의범절이 무엇인지도 모른다고 리니는 말했다. 그녀는 우리에게 아무것에도 신경 쓰지 말라고 했지만, 그게 말처럼 쉬운 일은 아니었다.

아직까지 아버지에게 충직한 사람들이 있었다. 우리가 들은 바에 따르며, 회의 당시 의견 차이가 있었고, 언성이 높아졌고, 난투극이 벌어졌다고 했다. 분노가 솟구쳐 나왔다. 어떤 사람이 머리를 맞아 뇌진탕으로 병원에 실려 갔다. 파업자 중 한 사람이었는데(그들은 이제 스스로를 파업자라고 불렀다.) 그가 부상당한 것은 파업자 자신들 탓이라는 비난이 일었다. 일단 그런 혼란을 일으키고 나면 그것이 어디서 끝 맺음을 하게 될지 아무도 모르는 노릇이기 때문이었다.

아예 시작하지 않는 것이 더 나은 법이다. 입을 다물고 있는 것이 낫다. 훨씬 더 낫다.

칼리 피츠시먼스가 아버지를 만나러 왔다. 그녀는 아버지에 대해 많이 걱정하고 있다고 말했다. 그가 몰락해 가는 것 같아 걱정된다고 말했다. 그녀가 말한 것은 "도덕적"으로 그렇다는 뜻이었다. 그는 어떻게 자신의 노동자들을 이토록 거만하게, 그리고 인색하게 다룰 수 있단 말인가? 아버지는 그녀에게 현실을 직시하라고 말했고, 그녀를 욥의 위로자*라고 불렀다. 그는 또한 이렇게 말했다. "누가 당신한테 이렇게 하라고 했소, 당신의 좌파 친구가?" 그녀는 자발적으로, 사랑하기 때문에 온 것이라고 말했다. 비록 아버지가 자본가이지만 언제나 기품 있는 사람이

---

* 위로하는 체하면서 오히려 괴로움을 더 주는 사람을 이르는 말.(구약 성경 「욥기」 16장 2절 참조.)

었는데, 이제는 비정한 부호가 돼 버린 것 같다고 했다. 파산한 사람은 부호가 될 수 없다고 아버지가 말했다. 그녀는 아버지의 재산을 현금화하면 될 것이라고 말했고, 아버지는 자신의 재산이 원하는 사람들에게 언제나 공짜로 내밀어 주는 그녀의 엉덩이만큼도 가치가 없다고 응수했다. 아버지도 공짜로 내밀어 주는 것을 내치지 않았다고 그녀가 말했다. 아버지는 맞는 말이라고, 하지만 감춰진 가격이 너무 비쌌다고 대답했다. 처음에는 그녀의 예술가 친구들을 집으로 불러들이는 비용, 그다음에는 그의 피, 그리고 이제는 그의 영혼. 그녀는 아버지를 부르주아 반동이라고 불렀다. 아버지는 그녀를 시체 파리라고 불렀다. 그 대목에 이르러서는 그들은 서로 고함을 지르고 있었다. 이내 문이 쾅 닫히는 소리가 들렸고 차가 자갈길을 미끄러지듯 떠났고, 그것으로 끝이 났다.

리니가 기뻐했던가, 슬퍼했던가? 그녀는 슬퍼했다. 비록 칼리를 좋아하지 않았지만 그녀에게 익숙해져 있었던 것이다. 그리고 한때 칼리의 존재는 아버지에게 위안을 주었다. 누가 그녀를 대신할 것인가? 다른 놀아나는 여자. 이미 알고 있는 악마가 더 나은 법이다.

그다음 주에 체이스와 아들들 노동자들과의 연대를 보여 주기 위한 총파업이 통고되었다. 모든 가게와 사업장은 문을 닫아야 한다는 명령이 내려왔다. 모든 공공 편의 사업이 중단되어야 했다. 전화, 우편배달. 우유도, 빵도, 얼음도 없었다.(누가 그런 명령을 내린 것인가? 그것을 실제로 발표하는 사람이 명령을 내리는 것이라고 생각하는 사람은 아무도 없었다. 모턴 혹은 모건, 그런 비슷한 이름을 가진 그 사람은 자신이 바로 우리 고장 출신인 현지인이라고 주장했으며 한때 사람들은 그렇게 믿었다. 하지만, 그가 이곳 사람이 아니라는 것, 적어도 내면은 그렇지 않다는 것이 확실해졌다. 그런 식으로 행동하는 사람이 현지인일 리가 없었다. 그러나저러나, 그의 할아버지는 누구였던가?)

그러니까 그 사람은 아니었다. 그는 배후에서 조종하는 두뇌 역할이 아니었다고 리니는 말했다. 애초부터 그는 두뇌 같은 것도 없었기 때문이다. 어두운 세력이 움직이고 있었다.

로라는 알렉스 토머스에 대해 걱정했다. 그녀는 그가 어떤 식으로 그 일에 연루되었다고 말했다. 그가 그렇다는 것을 그녀는 알고 있었다. 자기의 신념을 따르자면 그렇게 할 수밖에 없었다.

바로 그날 이른 오후, 리처드 그리폰이 차를 타고 다른 차 두 대를 대동한 채 아빌리온에 도착했다. 크고 매끈하고 몸체가 낮은 차였다. 모두 다섯 남자가 왔는데, 네 명은 매우 건장했고 검은 코트에 회색 중절모 차림을 하고 있었다. 리처드 그리폰과 남자 한 명이 아버지와 함께 서재로 들어갔다. 남자 두 명은 집의 앞문과 뒷문에 서 있었고, 나머지 두 명은 비싼 차를 타고 어디론가 가 버렸다. 로라와 나는 로라의 침실 창문에서 차들이 오가는 것을 보았다. 우리는 방해하지 말라는 지시를 받았다. 그것은 소리를 내지 말라는 뜻이기도 했다. 리니에게 무슨 일이 일어나고 있는 것인지 묻자 그녀는 걱정스러운 표정을 지었다. 그리고 자신도 잘 모르기는 마찬가지이지만, 사건의 추이에 귀를 기울이고 있다고 말했다.

리처드 그리폰은 저녁 식사 때까지 머무르지 않았다. 그가 떠나자, 차 두 대가 그와 함께 떠나갔다. 세 번째 차가 뒤에 남았고, 커다란 세 남자도 함께 남았다. 그들은 차고 위에 있는 예전 운전사의 숙소에 조용히 머물렀다.

그들은 형사들이라고 리니가 말했다. 틀림없이 그랬을 것이다. 그렇기 때문에 그들은 늘 코트 차림이었던 것이다. 코트로 겨드랑이 아래에 차고 있는 총을 가리고 있었다. 총은 회전식 연발총이었다. 그녀는 다양한 잡지에서 이런 것에 대해 읽었다. 그들은 우리를 보호하기 위해 그곳에 머무는 것이며, 만일 이 세 남자 외에 수상한 사람이 밤에 정원에서 서성이는 것을 보게 되면 소리를 질러야 한다고 리니는 말했다.

다음날 도시의 중심가에서 폭동이 일어났다. 폭동 가담자들 중 다수는 우리가 이전에 한 번도 본 적이 없는 사람들이었다. 본 적이 있다 하더라고 기억할 수 없는 이들이었다. 누가 방랑자를 기억하겠는가? 그러나 그들 일부는 방랑자가 아니라 위장한 국제적 선동자들이었다. 그들은 계속해서 염탐을 해 오고 있었던 것이다. 그들이 어찌 이곳에 그렇게 빨리 올 수 있었는가? 기차 위쪽에 숨어 타고 온 것이라고들 했다. 그런 사람들은 그런 식으로 돌아다녔다.

폭동은 시청 밖에서 열린 집회에서 시작되었다. 먼저 깡패와 회사 악당이 언급된 연설이 있었다. 그런 다음 그들은 실크해트를 쓰고 엽궐련을 피우고 있는(아버지는 한 번도 그렇게 한 적이 없었다.) 아버지의 모습이 그려진 판지를 태우며 크게 환호를 질렀다. 주름 장식이 달린 분홍색 드레스를 입은 누더기 인형 두 개를 등유에 적신 후 불 속으로 던졌다. 그 인형은 우리들, 즉 로라와 나를 의미하는 것이라고 리니가 말했다. 그것들이 화끈한 작은 인형이라는 농담이 들려왔다.(로라가 알렉스와 시내를 걸어 다닌 것도 언급되었다.) 리니는 소식을 전해 준 사람이 론 힝크스였다고 말했다. 리니가 그 사실을 알아야 한다고 생각했던 것이다. 그는 현재 대중의 감정이 고조된 상태고 어떤 일이 일어날지 모르기 때문에 우리 둘은 시내 중심가로 가면 안 된다고 말했다. 안전한 아빌리온에 머물러야 한다고 했다. 인형 건은 지독하게 고약한 일이라고 하며, 그런 걸 생각해 낸 사람이 누구든지 간에 자기가 손봐 주겠다고 말했다.

문을 닫지 않은 중심가의 상점과 사업장은 창문이 깨지는 수모를 당했다. 곧이어 문을 닫은 상점의 창문도 깨졌다. 그 후, 노략질이 일어났고, 사태는 걷잡을 수 없이 흘러갔다. 신문사가 습격을 당했고 사무실이 파손되었다. 엘우드 머리는 구타를 당했고 뒤편 인쇄소에 있는 기계는 완전히 부서졌다. 그의 암실은 파손을 면했지만 카메라는 망가졌다. 그에게는 무척 한탄스러운 사건이었다. 이후 우리는 그 모든 이야기를 여러 번 반복해서 들었다.

그날 밤 단추 공장에 불이 났다. 불길이 아래층 창문 밖으로 널름거렸다. 내 방에서 불을 볼 수는 없었지만, 소방차가 왱왱거리며 구조하러 가는 소리는 들을 수 있었다. 물론 나는 불안하고 겁이 났다. 그렇지만 이 모든 사태에 어느 정도 흥분이 되었다는 것을 고백하지 않을 수 없다. 소방차 소리와 같은 방향에서 들려오는 아득한 고함 소리에 귀를 기울이고 있을 때, 나는 누군가 뒤 계단으로 올라오는 소리를 들었다. 리니일 것이라고 생각했는데 아니었다. 그것은 로라였다. 그녀는 야외용 코트를 입고 있었다.

"어디 갔었니? 여기 꼼짝 말고 있어야 해. 네가 그렇게 돌아다니지 않아도 아버지는 걱정거리가 많단 말이야." 나는 말했다.

"그냥 온실에 있었어. 기도하고 있었거든. 조용한 장소가 필요했어." 로라는 말했다.

화재 보고서에 의하면 불은 간신히 진화되었지만 건물에는 엄청난 손상이 갔다고 했다. 이내 힐코트 부인이 숨을 헐떡이며 깨끗한 세탁물을 든 채로 도착했고, 경비원을 지나 안으로 들어오도록 허락을 받았다. 그것은 방화 사건이라고 그녀는 말했다. 가솔린 한 통이 발견되었던 것이다. 야간 경비원이 바닥에 죽은 채 쓰러져 있었다. 그는 머리에 타박상을 입었다.

두 사람이 달아나는 것이 목격되었다. 그들이 누구인지 식별되었는가? 확정적인 것은 아니지만 그중 한 사람이 로라의 남자라는 소문이 돌고 있었다. 그는 로라의 남자가 아니고, 로라에게는 남자가 없으며, 그는 그저 아는 사람일 뿐이라고 리니가 말했다. 힐코트 부인은 어쨌든, 그가 무엇이든 간에, 단추 공장을 불태우고 가련한 앨 데이비슨의 머리를 때려 쥐처럼 죽여 버린 가장 유력한 용의자라고 말하며, 무엇이 자기 신상에 이로운지 그가 안다면 이 도시에서 사라지는 것이 좋을 것이라고 했다.

저녁 식사 때 로라는 배가 고프지 않다고 했다. 당장은 아무것도 먹을 수 없으니 나중에 먹도록 쟁반에 먹을 것을 챙겨 가겠다고 말했다. 나는 그녀가 그것을 들고 뒤 계단을 통해 올라가는 것을 바라보았다. 토끼 고기, 호박, 삶은 감자, 모든 것이 2인분이었다. 보통 그녀는 식사를 일종의 초조함 — 다른 사람들이 대화를 나누는 동안 저녁 식탁에서 손으로 꼼지락거리기 — 또는은 식기 광내기 같은 억지 의무로 여겼다. 일종의 지루한 생계일과. 그녀가 언제부터 갑자기 음식에 대해 저렇게 긍정적인 태도를 가지게 되었는지 의아했다.

다음날, 왕립 캐나다 연대가 치안을 회복하기 위해 도착했다. 그것은 전쟁 시 아버지가 속했던 연대였다. 이 군인들이 같은 편 사람들(아버지 자신의 사람들, 아니, 아버지 편이라고 생각했던 이들) 과 대적하는 광경을 바라보며 아버지는 무척 괴로워했다. 그들 이 더 이상 자신의 견해를 공유하지 않는다는 사실을 알아차리 는 것은 그리 어려운 일이 아니었다. 그러나 그것 역시 그는 힘겨 워했다. 그렇다면 그들은 단지 아버지가 가진 돈 때문에 그를 사 랑했던 것인가? 그런 것 같았다.

왕립 캐나다 연대가 사태를 수습한 뒤 기마경찰대가 도착했 다. 경찰 세 사람이 우리 집 정문 밖에 나타났다. 그들은 공손하 게 문을 두드리고 나서 현관에 서 있었다. 그들의 빛나는 장화 는 밀랍을 바른 세공 마루와 맞닿아 삐걱거리는 소리를 냈고, 빳빳한 모자는 손에 들려 있었다. 그들은 로라와 이야기를 하고 싶어 했다.

"언니, 나랑 같이 가 줘. 혼자는 그들을 만날 수 없어." 호출이 되자 로라는 속삭였다. 그녀는 너무 어려 보였고, 너무 창백해 보였다.

우리 둘은 거실에서 낡은 축음기 옆 긴 의자에 함께 앉았다. 기마경찰이 의자에 앉았다. 그들은 내가 생각하던 기마경찰과 달랐다. 나이가 너무 많고 허리 부위가 너무 굵었다. 그들 중 한 사람은 젊었지만 그는 담당 경찰관이 아니었다. 가운데 있는 사 람이 말을 했다. 힘든 시기에 우리를 귀찮게 해서 미안하지만, 시급한 문제가 있다고 했다. 그들은 알렉스 토머스에 대해 이야 기하고 싶어 했다. 그 남자가 잘 알려진 과격분자에 급진적 인물이며, 구호 캠프에서 선동과 소요 문제를 일으켰다는 것을 로라는 알고 있었는가?

자기가 아는 바에 의하면 그는 사람들에게 읽기를 가르쳤을 뿐이라고 로라가 말했다.

기마경찰은 그렇게 볼 수도 있겠다고 말했다. 만일 그가 결백하다면 당연히 숨길 것이 아무것도 없을 것이고, 요청을 받을 시 출두할 것이다, 로라도 동의하지 않는가? 요즘 그가 어디 숨어 있겠는가?

로라는 말할 수 없다고 대답했다.

질문은 다른 식으로 반복되었다. 이 남자는 혐의를 받고 있다. 아버지의 공장에 불을 지르고 성실한 직원을 죽였을지도 모르는 범인을 찾는 데 돕고 싶지 않은가? 그러니까 만일 증인의 말을 믿을 수 있다면 말이다.

나는 도망가는 사람이 누구였던 간에 그의 등만 보였을 것이고, 게다가 날이 어두웠기 때문에 증인의 말은 믿을 것이 못 된다고 말했다.

"로라 양?" 기마경찰은 나를 무시하며 말했다.

로라는 할 수 있다 하더라도 아무 말도 하지 않겠다고 했다. 유죄가 증명되기 전까지는 결백한 것이라고 그녀는 말했다. 또한 한 사람을 사자에게 던져 버리는 것은 그녀의 기독교적 원칙에 어긋나는 것이라고 말했다. 죽은 경비원에 대해서는 동정을 느끼지만, 그것은 알렉스 토머스의 잘못이 아니라고, 왜냐하면 알렉스 토머스는 그런 일을 절대 하지 않았을 것이기 때문이라고 말했다. 그러나 더 이상 아무 말도 하지 않겠다고 했다.

그녀는 내 손목 부근을 꼭 쥐고 있었다. 나는 기차선로가 흔들리듯 그녀가 떠는 것을 느낄 수 있었다.

책임자 기마경찰은 사법 업무를 방해하는 것에 대해 무슨 말을 했다.

사태가 그 정도에 이르렀을 때, 나는 로라는 겨우 열다섯 살이며 어른들이 하듯 책임을 질 수는 없다고 말했다. 그녀가 말한 것은 당연히 기밀에 속하는 것이며, 만일 그것이 이 방 밖으로 새어나가게 된다면, 예를 들어 신문 같은 것에 실리게 된다면, 아버지가 누구에게 그에 대한 감사를 표해야 할지는 명백한 일일 거라고 나는 말했다.

기마경찰대는 미소를 짓더니 일어서서 떠났다. 그들은 예의 바르게 행동하며 우리를 안심시켰다. 이런 식으로 조사를 진행하는 것이 부적절하다는 것을 알아차렸던 것인지도 모른다. 비록 줄타기 하듯 위태로운 상황에 놓여 있지만, 아버지에게는 아직 친구들이 있었던 것이다.

"좋아. 네가 그 남자를 이 집에 숨겨 놓고 있다는 걸 알고 있어. 어딘지 말하는 게 좋을 거야." 일단 그들이 떠나고 나자 나는 로라에게 말했다.

"냉장 저장실에 숨겼어." 아랫입술을 떨며 그녀가 말했다.

"냉장 저장실! 그런 얼토당토않은 곳에! 왜 거기 숨겼니?" 나는 말했다.

"비상시에 먹을 게 충분하도록." 로라는 대답하더니 울음을 터뜨렸다. 나는 그녀를 안아 주었고, 그녀는 내 어깨에 기대어 코를 훌쩍였다.

"먹을 게 충분하도록? 충분한 잼과 젤리와 피클 말이야? 정말, 로라, 넌 정말 당할 수가 없구나." 그러고 나서 우리는 웃기 시작했다. 그리고 웃음을 그치고 로라가 눈물을 닦은 뒤 내가 말했다. "그곳에서 그를 꺼내야 해. 리니가 잼이나 뭐 다른 걸 가지러 내려갔다가 실수로 그 남자와 마주치면 어떡하니? 심장 마비에 걸릴 거야."

우리는 조금 더 웃었다. 우리는 신경이 바짝 곤두서 있었다. 다락방이 더 나을 것이라고 나는 말했다. 아무도 그곳에 올라가지 않았기 때문이다. 내가 모두 처리하겠다고 말했다. 로라는 자러 가야 했다. 무거운 긴장감에 눌려 완전히 지쳐 버렸던 것이다. 그녀는 지친 아이처럼 한숨을 약간 쉬더니 내가 제안한 대로 했다. 그녀는 알고 있다는 사실이 주는 엄청난 무게를 끔찍한 여행 가방같이 짊어진 채 신경이 곤두선 상태로 지내 왔다. 그리고 이제 그것을 넘겨주었으므로 편안히 잠을 잘 수 있게 된 것이다.

나는 이렇게 하는 것이 그녀를 위한 것이라고 믿고 있었던가? 늘 그래왔듯 그녀를 돕고, 돌보기 위해 하는 것이라고?

그랬다. 나는 그렇게 믿고 있었다.

나는 리니가 부엌에서 물러나 잠자리에 들기를 기다렸다. 그런 후 지하 저장실 계단으로 내려갔다. 차가움, 어두움, 거미줄로 가득한 축축함의 냄새 속으로. 석탄 저장실 문과 잠긴 포도주 저장실 문을 지났다. 냉장 저장실의 문에는 빗장이 걸려 있었다. 나는 문을 두드리고 빗장을 올린 후 들어갔다. 허둥지둥 움직이는 소리가 들렸다. 물론 그곳은 어두웠다. 복도에서 들어오는 빛밖에 없었다. 사과통 위에는 로라의 저녁 식사 흔적이 남아 있었다. 토끼 고기 뼈. 무슨 원시적 제단처럼 보였다.

처음에는 그를 보지 못했다. 그는 사과 통 뒤에 있었다. 이내 나는 그를 알아보았다. 무릎, 발. "괜찮아요. 나뿐이에요." 나는 속삭였다.

"아, 헌신적인 언니로군." 그는 보통 목소리로 말했다.

"쉬잇." 나는 말했다. 전등 스위치는 전구에 달린 사슬이었다. 그것을 잡아당기자 불이 켜졌다. 알렉스 토머스는 긴장을 풀고 통 뒤에서 기어 나왔다. 바지가 끌러진 상태에서 붙잡힌 사람처럼, 눈을 깜박이며 수줍게 굽실거렸다.

"당신은 부끄러운 줄 알아야 해요." 나는 말했다.

"나를 쫓아내거나 적합한 권력 기관에 넘기려고 온 거로군요." 그는 미소를 지으며 말했다.

"바보 같은 소리 마요. 당신이 여기서 발견되는 것은 나도 당연히 원하지 않아요. 아버지는 추문을 견디지 못하실 거예요."

"자본가의 딸이 공산주의 살인자를 돕다? 젤리 단지 사이에서 사랑의 보금자리가 발견되다? 이런 종류의 추문?"

나는 그에게 인상을 찌푸렸다. 이것은 농담할 문제가 아닌 것이다.

"안심해요. 로라와 나는 아무 관계도 아니에요. 그녀는 좋은 아이지만 성자가 되기 위해 수련 중인 사람이고, 나는 유괴범이 아니에요." 이제 그는 일어서서 먼지를 털고 있었다.

"그럼 로라가 왜 당신을 숨겨 주는 거죠?" 나는 물었다.

"원칙의 문제죠. 일단 내가 부탁을 했으니 그녀는 들어줄 수밖에 없어요. 나는 그녀가 정한 적합한 범주에 들어가거든요."

"무슨 범주죠?"

"'이들 중에서 가장 보잘것없는 사람'이라는 거겠죠. 예수의 말*을 인용한다면." 그가 말했다. 그 말은 상당히 냉소적으로 들렸다. 그는 곧이어 로라를 만난 것이 일종의 우연이었다고 말했다. 그는 온실에서 그녀를 만났다. 그는 거기서 무엇을 하고 있었는가? 물론 숨어 있었다. 또한 나에게 이야기를 하고 싶었다고 했다.

"나에게? 도대체 왜 나에게?"

"당신이라면 무엇을 해야 할지 알 것이라고 생각했지요. 당신은 실무에 강한 타입으로 보였거든요. 당신의 동생은 덜……."

"로라가 상당히 잘 처리한 것 같은데요." 나는 퉁명스럽게 말했다. 다른 사람들이 로라를 비판하는 것을 듣고 싶지 않았다. 그녀의 막연함, 단순함, 무능함. 로라에 대한 비판은 오직 나만이 할 수 있는 것이었다. "정문에 서 있는 사람들을 통과하는 걸 로라가 어떻게 도와줬나요? 집 안으로 들어오도록 말이에요. 코트를 입은 사람들." 나는 말했다.

"코트를 입은 사람들도 때로는 오줌을 갈겨야 하니까." 그는 말했다.

상스러운 말투에 나는 당황했다. 저녁 만찬 때 그가 보여 주었던 공손함과 대립되는 것이었다. 하지만 아마도 이것은 리니가 예상했던 고아 특유의 조롱을 단적으로 보여 주는 것일지도 모른다고 나는 생각했다. 나는 그것을 무시하기로 결심했다. "당신이 불을 지르지 않았다는 거죠. 믿겠어요." 나는 말했다. 비아냥거리는 말이었는데 그는 그런 식으로 받아들이지 않았다.

"나는 그렇게 바보가 아니에요. 아무 이유도 없이 불을 지르

---

* "내가 진실로 너희에게 이르노니 너희가 여기 내 형제 중에 지극히 작은 자 하나에게 한 것이 곧 내게 한 것이니라 하시고."(신약 성경 「마태복음」 25장 40절)

지는 않아요." 그는 말했다.

"모든 사람들이 당신이 했다고 생각하고 있어요."

"하지만 나는 하지 않았어요. 하지만 그런 식으로 생각하는 게 특정 인물들에게는 아주 편리하니까요."

"어떤 특정 인물들이요? 왜요?" 나는 이번에는 그를 다그치지 않았다. 어리둥절했을 뿐이다.

"머리를 써 봐요." 그는 말했다. 그러나 그는 더 이상 아무 말도 하지 않았다.

다락방

나는 정전에 대비해 부엌에 모아 둔 양초 중 하나를 들고 촛불을 켠 후 알렉스 토머스를 저장실에서 데리고 나와 부엌을 지나서 뒤 층계로 올라갔다. 그리고 더 좁은 계단을 통해 다락방에 다다른 후 빈 트렁크 세 개 뒤에 그를 데려다 놓았다. 위쪽에 있는 삼나무 서랍장에 낡은 퀼트가 보관되어 있었는데, 나는 그것을 꺼내 잠자리를 만들었다.

"아무도 오지 않을 거예요. 혹시 누가 온다면 퀼트 아래에 숨으세요. 걸어 다니지는 마세요. 발자국 소리가 들릴 수도 있으니. 불도 켜지 마요."(냉장 저장소처럼 다락방에는 잡아당기는 사슬이 달린 전구가 하나 있었다.) "아침에 먹을 걸 가져다줄게요." 나는 이 약속을 어떻게 지킬 수 있을지 대책도 없으면서 덧붙였다.

나는 아래층으로 내려갔다가 요강을 들고 다시 올라갔다. 그리고 그것을 말없이 내려놓았다. 이것은 유괴범에 대한 리니의 이야기를 들으며 내가 항상 걱정하던 대목이었다. 편의 시설은 어떻게 되어 있는가? 지하실에 갇히는 것과 한구석에 치마를 들쳐 올리고 쪼그려 앉아야 하는 신세로 전락하는 것은 별개의 일인 것이다.

알렉스 토머스는 고개를 끄덕이며 말했다. "좋았어. 당신은 내 공범자나 마찬가지예요. 당신이 실무에 적합하다는 걸 알고 있었어요."

아침에 로라와 나는 그녀의 침실에서 낮은 목소리로 회의를 했다. 우리의 토론 주제는 음식과 음료수를 구하는 것, 조심해야 할 필요성, 그리고 요강을 비우는 일이었다. 우리 중 한 사람이 책을 읽는 척하면서 문을 열어 놓은 채 내 방에서 망을 보기로 했다. 그곳에서는 다락방으로 이어지는 계단을 볼 수 있었다. 다른 한 사람은 운반 작업을 할 것이다. 우리는 돌아가면서 이일을 하기로 했다. 큰 장애물은 리니였다. 우리가 너무 수상쩍게 행동하면 그녀는 분명히 눈치를 챌 것이었기 때문이다.

발각되면 어떻게 할 것인지에 대해서는 계획을 짜지 않았다. 그런 계획은 결코 짜지 않았다. 모든 것이 즉흥적이었다.

알렉스 토머스의 첫 아침 식사는 우리의 토스트 가장자리였다. 보통 우리는 잔소리를 들을 때까지 빵 가장자리를 먹지 않았다. 리니는 항상 "굶주리는 아르메니아 사람들을 기억하라."라고 얘기하곤 했다. 그러나 이번에는 리니가 돌아보았을 때 가장자리가 이미 사라졌다. 실제로는 로라의 감색 치마 주머니 속에 들어 있었다.

"알렉스 토머스는 굶주린 아르메니아 사람일 거야." 나는 계단을 서둘러 올라가며 속삭였다. 하지만 로라는 그 말이 재미있다고 생각하지 않았다. 사실이 그렇다고 생각한 것이다.

우리는 아침과 저녁마다 다락방으로 올라갔다. 식료품 찬장을 뒤져 남은 음식을 구했다. 익히지 않은 당근, 베이컨 껍질, 반쯤 먹은 완숙 달걀, 버터와 잼을 발라 반으로 접은 빵 조각을 몰래 훔쳤다. 한번은 대담하게 프리카세*로 요리한 닭다리를 훔쳤다. 물, 우유, 차가운 커피 또한. 우리는 빈 접시를 가져가 안전해질 때까지 침대 아래 모아 두었다가 부엌 찬장에 되돌려 놓기 전에 침실 개수대에서 씻었다.(이 일은 내가 했다. 로라는 너무 서툴렀다.) 좋은 도자기는 쓰지 않았다. 만일 깨지기라도 하면 어떻게 할 것인가? 매일 쓰는 접시도 눈에 띄었을 것이다. 리니가 계속 주목하고 있었던 것이다. 그래서 우리는 식기를 사용하는 데 무척 주의를 기울였다.

리니가 우리를 수상쩍게 여겼던가? 그랬을 것이다. 우리가 무언가에 열중하고 있을 때 그녀는 대부분 그것을 알아차리곤 했다. 그러나 그 무언가가 정확히 무엇인지 모르는 것이 더 현명할 때가 언제인지 또한 알았다. 우리가 들켰을 경우에 그녀 자신은 아무것도 몰랐다고 말할 준비가 되어 있었을 것이다. 한번은 우리에게 건포도를 훔치지 말라고 말했다. 우리가 구멍 난 독처럼 먹어 댄다고, 우리 다리가 왜 갑자기 그토록 홀쭉해졌느냐고 물었다. 그리고 사라져 버린 호박 파이 4분의 1쪽을 두고 짜증을 내기도 했다. 로라는 자신이 먹었다고 했다. 갑자기 배가 고팠다고 말했다.

"껍질까지 모두 먹었단 말이니?" 리니는 날카롭게 물었다. 로라는 리니가 만든 파이 껍질은 절대 먹지 않았다. 어느 누구도

---

* 닭고기, 양고기, 송아지 고기 등을 잘게 썰어 버터에 살짝 구운 다음 야채와 함께 끓여 화이트소스를 얹어 먹는 요리.

먹지 않았다. 알렉스 토머스 역시 먹지 않았다.

"새 모이로 주었어요." 로라가 말했다. 그럴싸한 대답이었다. 아마도 그녀는 나중에 그렇게 했을 것이다.

알렉스 토머스는 처음에는 우리의 노력을 고마워했다. 그는 우리가 좋은 친구들이며, 우리가 아니었다면 자신의 계획은 수포로 돌아갔을 것이라고 말했다. 그러더니 이제는 담배를 원했다. 담배를 피우고 싶어 죽을 지경이었다. 우리는 피아노 위에 놓인 은제 상자에서 몇 대를 가져다주면서, 하루에 한 대만 피우라고 경고했다. 담배 연기가 발각될 수도 있었던 것이다.(그는 이런 제한을 무시했다.)

곧이어 그는 다락방 생활에서 가장 안 좋은 점은 청결하게 지낼 수 없는 점이라고 말했다. 자신의 입이 마치 배수로처럼 느껴진다고 했다. 우리는 은을 청소하는 데 사용되는 리니의 낡은 칫솔을 훔쳐서 할 수 있는 최대한으로 깨끗하게 씻은 다음 그에게 주었다. 어느 날 우리는 세숫대야와 타월, 그리고 따뜻한 물이 담긴 주전자를 가져다주었다. 나중에 그는 밑에 아무도 없는 때를 기다렸다가 더러운 물을 다락방 창문 밖으로 버렸다. 당시 비가 내리고 있었기 때문에 땅은 이미 젖어 있어서 물이 튄 자국이 눈이 띄지 않았다. 조금 뒤 기회가 좋은 때를 타서 그가 제대로 씻을 수 있도록 다락방 계단을 내려와 우리가 쓰는 목욕탕으로 들어가도록 해 주었다.(리니를 돕기 위해 이 목욕탕 청소를 우리가 하겠다고 그녀에게 말했다. 리니는 이렇게 말했다. "놀라움은 끝이 없구나.")

알렉스 토머스가 목욕을 하는 동안 로라는 자신의 침실에, 나는 내 침실에 앉아 각각 목욕탕 문을 지키고 있었다. 나는 목욕탕 안에서 무슨 일이 진행되고 있는지 생각하지 않으려고 애썼다. 옷을 다 벗은 그의 영상은 곤혹스러운 것이었다. 어떤 의미에서는 생각조차 할 수 없는 것이었다.

알렉스 토머스는 신문 사설에 특집 기사로 다루어졌다. 우리 지역 신문뿐만이 아니었다. 기사에는 이렇게 쓰여 있었다. 그는 냉혈적 광신에서 살인을 저지른 최악의 방화범이며 살인자다. 그는 노동자층에 침투하여 분쟁의 씨앗을 뿌리기 위해 포트 타이콘드로가로 왔으며, 총파업과 폭동에서 목격할 수 있었던 바와 같이 목적 달성에 성공했다. 그는 대학 교육이 지닌 해악을 보여 주는 표본이었다. 그는 매우 영리하며, 사실 그 영리함이 오히려 해악으로 작용했다. 그의 지성은 나쁜 동료와 해로운 책 때문에 왜곡되었다. 장로교 목사인 그의 양아버지는 알렉스의 영혼을 위해 매일 밤 기도했지만, 이들은 독사의 세대라고 말한 것으로 전해졌다. 그가 전쟁의 끔찍함으로부터 어린 알렉스를 구해 낸 부분도 지나치지 않았다. 알렉스는 불에서 꺼낸 그슬린 나무*이며, 집안에 낯선 이를 들이는 것은 언제나 위험 부담이 있기 마련이라고 그는 말했다. 그런 불탄 나뭇조각은 빼내지 않고 그대로 두는 것이 낫다는 것을 암시하고 있었다.

이밖에도 경찰은 알렉스 지명 수배 사진을 인쇄해서 우체국과 다른 공공장소에 붙여 놓았다. 다행히도 사진은 그다지 선명하지 않았다. 알렉스가 손을 앞으로 내밀고 있어서 부분적으로 얼굴을 가리고 있었다. 그것은 엘우드 머리가 단추 공장 피크닉에서 우리 셋을 찍은 사진이었다.(당연히 양옆의 로라와 나는 잘려

---

* "여호와께서 사단에게 이르시되 사단이 여호와가 너를 책망하노라 예루살렘을 택한 여호와가 너를 책망하노라 이는 불에서 꺼낸 그슬린 나무가 아니냐 하실 때에."(구약 성경 「스가랴서」 3장 2절에서 인용한 것.)

나갔다.) 엘우드 머리는 원판에서 더 좋은 사진을 뺄 수 있다고 말했으나, 그가 원판을 찾으러 갔을 때는 이미 사라지고 없었다. 그것은 그다지 놀라운 일이 아니었다. 신문사 사무실이 파손되었을 때 상당수의 물건이 훼손되었던 것이다.

우리는 알렉스에게 신문 기사를 오려 낸 것과 로라가 전신주에서 훔쳐 온 지명 수배 포스터 한 장을 가져다주었다. 그는 침울한 환멸의 표정을 한 채 자신에 대한 기사를 읽었다. "저들은 쟁반에 내 머리를 담아 오길 원하는군."* 그는 말했다.

며칠 후 그는 우리에게 필기 용지를 가져다줄 수 있느냐고 물었다. 어스카인 선생이 남겨 놓은 학교용 연습 공책이 수북이 쌓여 있었다. 우리는 그것과 연필을 가져다주었다.

"그가 뭘 쓰고 있는 것 같아?" 로라는 물었다. 우리는 짐작할 수 없었다. 감옥수의 일기, 자기 자신에 대한 변호? 어쩌면 자신을 구해 줄 수 있는 사람에게 쓰는 편지였을지도. 하지만 그는 우편물을 부쳐 달라는 부탁을 하지 않았다. 그러니까 편지는 아니었던 것이다.

알렉스 토머스를 돌보는 동안 로라와 나는 이전보다 더 가까워졌다. 그는 우리의 양심에 가책이 되는 비밀인 동시에 고결한 사업이기도 했다. 우리가 마침내 함께 나누게 된. 우리는 도둑들 가운데 쓰러진 사람을 도랑에서 구해 낸 두 명의 작은 선한 사마리아인이었다. 우리는 마리아와 마르다였다.** 비록 예수를 섬

---

* 살로메가 춤으로 헤롯 왕의 환심을 사고, 세례 요한의 머리를 은 쟁반에 담아 달라고 왕에게 요구했던 일화를 인유한 것.(구약 성경 「마태복음」 13장 1절~12절 참조.)

** 예수를 추종한 자매.(신약 성경 「요한복음」 11장 참조.)

기는 것은 아니었지만. 로라조차도 그가 예수와 같다고 생각하지는 않았다. 하지만 우리 각각이 이 두 인물 중에서 어떤 역을 맡았다고 그녀가 여기는지는 명백했다. 나는 뒷전에서 집안일을 하느라 바쁜 마르다였고, 그녀는 알렉스의 발치에서 순전히 헌신하는 마리아였다.(남자들은 어떤 것을 선호하는가? 베이컨과 달걀, 아니면 숭배? 그가 얼마나 배가 고픈가에 따라 어떤 때는 전자를, 다른 때는 후자를 더 좋아하는 법이다.)

로라는 마치 신전에 바치는 헌납물이라도 되는 것처럼 음식 부스러기를 들고 다락방 계단을 올라갔다. 그리고 성해함(聖骸函)인 것처럼, 혹은 가물거리는 소중한 촛불인 것처럼 요강을 들고 내려왔다.

밤에 알렉스 토머스가 먹고 썼고 난 후 우리는 그에 대해 이야기를 나누었다. 그날 그가 어떻게 보였는지, 그가 너무 말랐는지, 기침을 했는지에 대해 얘기했다. 우리는 그가 아프지 않기를 바랐다. 그가 무엇을 필요로 할지, 다음날 그를 위해 무엇을 훔쳐야 할지에 대해. 그런 다음 우리는 각자의 침대로 기어 올라갔다. 로라는 어땠는지 모르겠지만, 나는 그가 다락방에서 내 바로 위에 있다고 상상하곤 했다. 그 역시 곰팡이 나는 퀼트 이부자리에서 이리 저리 몸을 돌리며 잠들려고 노력하고 있을 것이다. 그런 다음 그는 잠에 빠질 것이다. 그런 다음 꿈을 꿀 것이다. 전쟁과 화재에 대한 꿈, 붕괴되는 읍, 파편들이 흩어져 있는 것에 대한 꿈.

이런 꿈들이 어떤 시점에서 추격과 도망에 관한 꿈으로 바뀌었는지 모르겠다. 어떤 시점부터 내가 이런 꿈속에서 그와 합류하였는지, 그래서 어스름 무렵 그와 손을 잡고 불타는 건물을 빠져 나와 밭고랑이 진 12월의 벌판, 이제 서리가 내리기 시작한 그루터기 가득한 땅을 가로질러 어두운 선처럼 보이는 먼 숲을 향해 달리곤 했는지, 나는 모른다.

하지만 이것은 실제로는 그의 꿈이 아니었다. 나도 그것은 알고 있었다. 그것은 나의 꿈이었다. 불에 타 땅에 흩어져 버린 파편은 아빌리온이었다. 좋은 도자기, 장미 꽃잎 무늬의 세브르 단지, 피아노 위의 은제 담배 상자. 피아노, 식당의 스테인드글라스 창문, 피처럼 붉은 컵, 이졸데의 금이 간 하프. 내가 언제나 뒤에 두고 도망가 버리고 싶던 모든 것들. 하지만 그것이 파괴되기를 원했던 것은 아니었다. 나는 집을 떠나고 싶었지만 그것이 그 자리에, 나를 기다리며, 변하지 않고 서 있기를 바랐다. 원할 때면 다시 돌아올 수 있도록.

어느 날, 로라가 외출했을 때 ─ 이제는 더 이상 위험하지 않았다. 코트를 입은 남자들과 기마경찰들도 떠났고, 거리에는 질서가 다시 확립되었다. ─ 나는 혼자 다락방에 가 보기로 했다. 그에게 줄 것이 있었다. 크리스마스 푸딩 재료 중에서 훔친, 주머니 가득한 커런트와 말린 무화과였다. 나는 낌새를 살폈다. 리니는 걱정할 필요 없이 힐코트 부인과 부엌에서 이야기를 나누고 있었다. 나는 다락방 문으로 가서 노크를 했다. 당시 우리는 문을 한 번 두드린 후 빠르게 세 번을 연달아 두드리는 특별한 노크 방법을 갖고 있었다. 그런 다음 좁은 다락방 계단을 올라갔다.

알렉스 토머스는 작고 긴 창문 옆에 쭈그리고 앉아서 약간의 햇빛을 즐기고 있었다. 그는 내 노크 소리를 듣지 못했던 것이다.

내 쪽으로 등을 돌리고 있었고 퀼트를 어깨에 두르고 있었다. 글을 쓰고 있는 것 같았다. 담배 냄새가 났다. 그랬다. 그는 담배를 피우고 있었다. 담배를 들고 있는 손이 보였다. 나는 퀼트에 그렇게 가까운 곳에서 담배를 피우면 안 된다고 생각했다.

내가 여기 있다는 것을 어떻게 알려야 할지 몰랐다. "나 여기 있어요." 나는 말했다.

그는 벌떡 일어나더니 담배를 떨어뜨렸다. 그것은 퀼트 위에 떨어졌다. 나는 놀라서 숨이 멎는 것 같았다. 당장 무릎을 꿇고 앉아서 불을 껐다. 이제는 익숙해진 아빌리온이 불에 타는 광경이 떠올랐던 것이다. "괜찮아요." 그는 말했다. 그 역시 무릎을 꿇고 있었고, 우리 둘은 함께 남아 있는 불씨를 찾고 있었다. 그 다음 순간, 우리는 마룻바닥에 누워 있었고, 그는 나를 붙잡고 내 입에 키스를 하고 있었다.

전혀 예상하지 못한 일이었다.

예상하고 있었던가? 갑작스럽게 일어난 일이었던가, 아니면 손길, 눈길 같은 전초전이 있었던가? 그를 흥분시킬 어떤 일을 내가 했던가? 내가 기억하는 한에서는 없었다. 그러나 내가 기억하는 것이 실제로 일어난 일과 같던가?

이제는 그렇다. 내가 유일한 생존자인 것이다.

어쨌든, 그것은 극장에 있는 남자에 대해 리니가 말했던 것과 똑같았다. 단, 내가 느낀 것이 분노가 아니라는 점을 제외하고. 하지만 그 나머지는 옳았다. 나는 고정되어 움직일 수 없었고 도움을 청할 수도 없었다. 내 뼈들은 녹는 밀랍으로 변해 버렸다. 내가 스스로를 일으키고 몸을 빼내 도망치기 전 그는 내 단추를 거의 풀어 놓았다.

나는 아무 말 없이 행동했다. 다락방 계단을 서둘러 내려오면서, 머리를 뒤로 쓸어 넘기고 블라우스를 집어넣는 동안, 등 뒤에서 그가 나를 비웃고 있을 거라는 느낌이 들었다.

만일 그런 일이 다시 일어나도록 내버려 둔다면 어떻게 될지 나는 알 수 없었다. 그것이 무엇이든 간에 치명적인 일이 될 터였다. 적어도 내게는. 내가 위험을 자청한 꼴이 될 것이고, 그 결과를 감수해야 하는 것이다. 나는 끔찍한 재난을 불러오게 될 것이다. 다시는 알렉스 토머스와 다락방에 단 둘이 있을 수 없었고, 그 이유를 로라에게 털어놓을 수도 없었다. 그녀가 너무 상처를 받을 것 같았다. 그녀는 절대로 이해할 수 없었을 것이다.(또 다른 가능성이 있었다. 그가 로라에게 비슷한 종류의 일을 범했을 수도 있다. 하지만, 아니, 나는 그렇다고 믿을 수 없었다. 그녀는 그런 일을 결코 허용하지 않았을 것이다. 그랬을 것인가?)

"그가 읍을 빠져나가도록 해야 해. 이런 생활을 계속할 수는 없어. 사람들이 분명히 알아차릴 거야." 나는 로라에게 말했다.

"아직은 안 돼. 그들은 아직도 기차선로를 주시하고 있어." 로라가 말했다. 그녀는 이런 일에 대해 잘 알 수 있는 입장이었다. 아직까지 교회 무료 급식소에서 일하고 있었던 것이다.

"그러면 이 읍의 다른 어떤 곳에." 나는 말했다.

"어디? 아무 데도 갈 곳이 없어. 그리고 여기가 가장 좋은 장소야. 이곳이야 말로 그들이 절대로 탐색하지 않을 곳이라고."

알렉스 토머스는 눈 속에 갇히고 싶지 않다고 말했다. 겨울을 다락방에서 보내게 된다면 미쳐 버릴 것이라고 말했다. 감금 생활로 머리가 이상해질 것이라고 말했다. 기차선로를 따라 몇 마일을 걸어가다가 화물 열차에 올라타겠다고 말했다. 그렇게 하기 쉬운 높은 경사면이 있었던 것이다. 만일 토론토까지 갈 수 있다면 은둔 생활을 할 수 있을 것이라고 말했다. 그곳에는 그의 친구들이 있으며, 친구들의 친구들도 있었다. 그런 다음 어떻게 해서든 미국으로 건너갈 수 있을 것이다. 그곳에서는 더 안전할 것이다. 그가 신문에서 읽은 바에 따르면 당국에서는 그가 이미 미국에 있을지도 모른다고 추측하고 있다는 것이다. 분명 이제는 포트 타이콘드로가에서 그를 추적하지 않았다.

1월 첫 주가 되었을 때 우리는 그가 떠나도 좋을 만큼 안전하다고 판단했다. 우리는 그를 위해 휴대품 보관소에서 아버지의 낡은 코트를 훔치고 빵과 치즈와 사과로 된 점심을 싸서 그를 떠나보냈다.(나중에 아버지는 그 코트가 없는 것을 알아챘고, 로라는 방랑자에게 줘 버렸다고 말했다. 부분적으로는 맞는 말이었다. 그 행동이 그녀의 성격과 너무나 잘 맞는 것이었기 때문에 아버지는 더 이상 추궁하지 않고 그저 투덜대기만 했다.)

그가 떠나던 날 밤, 우리는 뒷문으로 알렉스를 내보냈다. 그는 우리에게 신세를 많이 졌다고 말했다. 잊지 않겠다고 말했다. 그는 우리들을 하나씩 안아 주었다. 두 사람 모두 비슷하게 오빠같이 안아 주었다. 분명히 그는 우리와 관계를 끊고 싶어 했다. 밤이라는 사실만 제외하면 이상하게도 그가 진학하기 위해 떠나는 것같이 느껴졌다. 이후 우리는 어머니들처럼 울었다. 한편으로는 그가 떠났다는 사실에, 그가 우리의 손에서 멀어졌다는 사실에 안도가 되기도 했다. 하지만 그것 역시 어머니들의 심정과 같은 것이다.

그는 우리가 준 싸구려 연습 공책 한 권을 남겨 놓았다. 물론 우리는 그가 거기에 무엇을 적었는지 보기 위해 즉시 펼쳐 보았다. 우리는 무엇을 바라고 있었던가? 영원한 감사를 표현하는 작별 인사 쪽지? 우리에 대한 다정한 감정? 그런 종류의 것들.

우리는 다음과 같은 것을 발견했다.

앤코라인	나크로드
베럴	오닉조어
카치닐	포피리얼
다이어마이트	콰츠제퍼
이보노트	린트
풀고	사피리온
글러츠	트리스톡
호츠	울린스
이리디스	보버
조신스	워타나이트
칼킬	지노어
라자리스	요룰라
말라촌트	자이크론

"보석 이름인가?" 로라가 말했다.

"아니, 그런 것 같지 않아." 나는 말했다.

"외국어야?"

나도 몰랐다. 그 목록이 암호처럼 수상쩍게 보인다고 생각했다. 아마도 알렉스 토머스는 (결국) 다른 사람들이 비난하던 바로 그런 사람이었는지도 모른다. 일종의 스파이 같은 것.

"이걸 없애 버려야 할 것 같아." 나는 말했다.

"내가 할게. 내 벽난로에서 태워 버릴게." 로라가 말했다. 그녀는 그것을 접어서 주머니 속에 집어넣었다.

알렉스 토머스가 떠난 지 일주일 후 로라가 내 방에 왔다. "언니가 이걸 간직해야 할 것 같아." 그녀는 말했다. 그것은 엘우드 머리가 피크닉에서 찍은 우리 세 사람의 사진이었다. 그러나 그녀는 자신을 잘라 버렸다. 오직 손만 남아 있었다. 그것까지 잘라 버리면 가장자리가 울퉁불퉁해졌던 것이다. 자신의 잘린 손을 제외하고 사진의 다른 부분에는 채색을 하지 않았다. 손은 아주 옅은 노란색으로 칠해져 있었다.

"맙소사, 로라! 이걸 어디서 구했니?" 나는 말했다.

"인화를 했어. 엘우드 머리의 사무실에서 일할 때. 원판도 가지고 있어." 로라는 말했다.

나는 화를 내야 할지 놀라야 할지 분간을 할 수 없었다. 사진을 그런 식으로 자르는 것은 매우 이상한 일이었다. 로라의 연노란색 손이 알렉스를 향하여 백열광으로 빛나는 게처럼 풀밭을 가로질러 놓여있는 것을 보면서 나는 등골이 오싹해지는 것을 느꼈다. "도대체 왜 이런 짓을 했니?"

"언니가 이걸 기억하고 싶어 하기 때문이지." 그녀는 말했다. 그것은 너무나 대담한 대답이라서 나는 흠칫 숨을 멈추었다. 그녀는 나를 똑바로 쳐다보았다. 다른 사람이 그랬다면 도전으로 여겨졌을 것이다. 하지만 이것은 로라였다. 그녀의 어조는 부루퉁하지도, 질투심이 배어 있지도 않았다. 그녀의 입장에서는 단순히 사실을 말하고 있었을 뿐이다.

"괜찮아. 내 걸로 한 장 보관해 두었어."

"그리고 그 사진에는 내가 없니?"

"응. 언니는 없어. 언니 손만 있어." 그녀가 말했다. 이것은 내가 들은 그녀의 말 가운데서 알렉스 토머스에 대한 사랑의 고백에 가장 근접한 것이었다. 그러니까 그녀의 죽음 전날을 제외하고 말이다. 그렇다고 해서 그녀가 '사랑'이라는 말을 사용했던 것은 아니었다. 그때조차도.

나는 이 절단된 사진을 버렸어야 했다. 그러나 그러지 않았다.

모든 일들이 익숙하고 단조로운 질서로 되돌아갔다. 로라와 나는 우리끼리 암묵적 동의에 의해 더 이상 알렉스 토머스에 대해 언급하지 않았다. 쌍방에 말할 수 없는 것들이 너무나 많았던 것이다. 나는 처음에는 다락방으로 올라가 보곤 했다. 그곳에서는 여전히 희미한 담배 냄새가 풍겼다. 그러나 어느 정도 시간이 흐른 후 그것을 그만두었다. 아무런 소용이 없었던 것이다.

우리는 가능한 한 일상생활로 바쁘게 보내려고 노력했다. 이제는 돈도 조금 더 풍족해졌다. 아버지가 드디어 불탄 공장 건물에 대한 보험 회사 돈을 타 냈기 때문이었다. 충분하지는 않았지만, 그래도 아버지 말을 인용하자면 숨 쉴 여유는 갖게 되었던 것이다.

임페리얼 룸

계절은 다음 장으로 넘어가고 있고, 지구는 빛으로부터 더 멀리 회전하고 있다. 길가의 덤불 아래에는 여름의 종이 쓰레기가 눈을 예고하듯 뒹굴고 있다. 공기는 이제 다가오는 중앙난방식 겨울이라는 사하라 사막에 우리를 대비시키며 건조해지고 있다. 벌써부터 엄지손가락 끝이 갈라지고 얼굴은 더 말라 가고 있다. 만일 내가 거울 속에서 내 피부를 볼 수 있다면, 만일 더 가까이, 혹은 더 멀리 다가설 수 있다면, 깊은 주름 사이로 난 잔주름으로 십자 무늬가 새겨진 것을 볼 수 있을 것이다. 마치 조각 세공품처럼.

어젯밤 나는 다리가 털로 뒤덮이는 꿈을 꾸었다. 털이 약간 난 것이 아니라 엄청나게 많이 난 꿈. 검은 털이 눈앞에서 다발과 덩굴처럼 솟아나와 동물 가죽처럼 허벅지에 퍼졌다. 꿈속에서 겨울이 오고 있었고, 그래서 겨울잠을 자려고 했다. 먼저 털을 기르고 그다음 동굴 속으로 기어 들어가 잠을 자는 것이다.

이 모든 일은 마치 이전에 해 보았던 것처럼 자연스럽게 느껴졌다. 이내 나는, 꿈속임에도, 내가 털이 많았던 적이 없었다는 점과, 이제 다리에는 어린 도롱뇽처럼 털이 하나도 없다는 점을 기억했다. 그래서 비록 내 몸에 붙어 있는 것처럼 보이지만 그 다리가 내 것일 리가 없다고 생각했다. 게다가 다리에는 아무런 감각도 없었다. 그것은 다른 것, 혹은 다른 사람의 다리였다. 내가 해야 할 일은 손으로 다리를 따라가 그것이, 혹은 그 사람이 누구인지 알아내는 것이었다.

그 공포감 때문에 깨어났다. 아니, 그렇다고 생각했다. 나는 리처드가 돌아온 꿈을 꾸었다. 그가 침대에서 내 옆에 누워 숨 쉬는 소리를 들었다. 그러나 그곳에는 아무도 없었다.

나는 현실 속으로 깨어났다. 내 다리는 아직 잠들어 있었다. 몸을 꼰 채 잠들어 있었던 것이다. 손을 더듬어 침대 옆 전등을 켜고 힘겹게 시계를 들여다보았다. 새벽 2시였다. 마치 계속 달리고 있었던 것처럼 심장이 고통스럽게 망치질하고 있었다. 옛사람들 말이 맞구나, 나는 생각했다. 악몽 때문에 죽을 수도 있는 것이다.

나는 서두르며 게처럼 옆으로 종이 위를 가로지른다. 이제 이것은 나와 내 심장 사이의 느린 경주다. 나는 그곳에 먼저 다다르고 싶다. 그곳이 어디인가? 끝, 혹은 '끝.' 이것 아니면 저것이다. 둘 다 일종의 목적지다.

1935년의 1월과 2월. 한겨울. 눈이 내렸고, 숨이 하얗게 얼어붙었다. 화덕이 타고, 연기가 올라가고 라디에이터는 탕탕 소리를 냈다. 차들이 길에서 미끄러져 도랑 속으로 빠졌다. 운전자들은 도움 받기를 단념하고 엔진을 계속 가동하다가 질식사했다. 죽은 노숙자들이 공원 벤치와 버려진 창고에서 마네킹처럼 딱딱하게 굳은 채 발견되었다. 빈곤에 대한 진열장 광고를 위해 포즈를 취하는 것처럼. 강철처럼 굳은 땅에 무덤을 팔 수 없어서 매장되지 못한 시체들은 성마른 장의사들의 부속 건물에서 차례를 기다렸다. 시궁쥐들이 번성했다. 직장을 구할 수 없거나 집세를 낼 수 없는 아이가 딸린 어머니들은 짐 가방과 함께 눈 속으로 쫓겨났다. 아이들은 루브토 강의 얼어붙은 물방아용 저수지에서 스케이트를 탔다. 두 아이가 얼음 사이로 빠졌고, 아이 하나가 빠져 죽었다. 수도관이 얼어붙고 터졌다.

로라와 나는 점점 더 멀어졌다. 그녀를 보기조차 힘들었다. 그녀는 연합 교회의 구호 모금 운동을 돕고 있었다. 아니, 그녀가 말하기로는 그랬다. 리니는 다음 달이 되면 일주일에 사흘만 우리 집에서 일하게 될 것이라고 말했다. 발이 아프기 때문이라고 했다. 우리 가족에게 더 이상 그녀를 상근으로 고용할 만한 돈이 없다는 사실을 덮으려고 하는 말이었다. 하지만 나는 그것을 알고 있었다. 얼굴에 코가 있다는 것처럼 너무나 뻔한 사실이었던 것이다. 기차 사고 다음날 아침 같은 아버지 얼굴의 코. 아버지는 요즘 들어 작은 탑에서 오랜 시간을 보냈다.

단추 공장은 텅 비었고, 내부는 까맣게 타고 산산이 부서졌다. 수리를 할 돈이 없었다. 보험 회사는 방화를 둘러싼 석연치 않은 상황을 언급하며 돈 지불을 주저하고 있었다. 표면적으로 보이는 것이 전부가 아니라고 사람들이 수군대기 시작했다. 일부 사람들은 아버지 자신이 불을 질렀을지도 모른다는 중상모략까지 했다. 다른 두 공장도 여전히 닫혀 있었다. 아버지는 공장을 다시 열기 위해 머리를 쥐어짜고 있었다. 그는 사업차 토론 토를 더 자주 방문했다. 때로는 나를 데려가기도 했는데, 그럴 때마다 우리는 당시 최고의 호텔이던 로열 요크 호텔에 묵었다. 그렇고 그런 일에 관심을 가진 모든 회사 사장들, 의사들 그리고 변호사들이 자신들의 정부(情婦)를 숨겨 두고 일주일간 지속되는 술잔치를 벌이던 곳이었다. 하지만 그 당시 나는 그런 것에 대해 전혀 알지 못했다.

누가 우리 여행 경비를 댔던가? 아마도 매 여행마다 만났던 리처드가 아니었을까? 아버지는 그와 함께 사업을 추진하고 있었다. 그는 협소해진 이 분야에서 유일하게 남은 사람이었다. 사업은 공장 매각에 관한 것이었고, 상당히 복잡했다. 이전에도 팔려고 시도를 했었지만, 아버지가 내건 조건으로는 사려는 사람이 아무도 없었다. 아버지는 이익을 약간만 남기고 팔려고 했고, 경영권을 유지하기를 원했다. 자금 투입을 원했고, 직원들이 다시 직업을 가질 수 있도록 공장을 다시 열기 바랐다. 그는 직원들을 "나의 부하들"이라고 불렀다. 마치 그들이 아직도 군대에 있고 아버지가 아직도 그들을 지휘하는 함장인 것처럼. 그는 자신의 손해액을 삭감하고 그들을 제거해 버리는 것을 원치 않았다. 모든 사람들이 알고 있듯이 함장은 배와 함께 침몰해야 하는 것이다. 아니, 그래야 한다고 예전에는 생각했다. 요즘 사람들은 상관하지 않는다. 그들은 현금을 확보하고 손을 뗀 후 플로리다로 이주해 버린다.

아버지는 "메모를 하도록" 나를 대동하는 것이라고 말했지만, 나는 한 번도 메모를 한 적이 없었다. 아버지를 '정신적으로 지지해 줄' 누군가가 필요해서 나를 데려가는 것이라고 믿었다.

분명 아버지는 그것이 필요했다. 아버지는 무척 여위었고 끊임없이 손을 떨었다. 이름을 쓰는 것조차 힘겨워했다.

로라는 이런 여행에 함께 오지 않았다. 그녀가 있을 필요가 없었던 것이다. 그녀는 뒤에 남아 사흘 지난 빵과 묽은 수프를 나누어 주었다. 자기 자신은 음식을 먹을 자격이 없다는 듯이 자주 끼니를 걸렀다.

"예수님도 드셨단다. 그분은 온갖 종류의 음식을 드셨지. 음식 양을 줄이지 않으셨어." 리니가 말했다.

"네, 하지만 나는 예수님이 아니에요." 로라가 말했다.

"참나, 그 애가 그 정도 정신은 있으니 다행이로구나." 리니는 내게 투덜거렸다. 그녀는 3분의 2가량 남아 있는 로라의 저녁을 국물용 냄비에 쓸어 넣었다. 음식을 버리는 것은 죄이자 수치였던 것이다. 아무것도 내버리지 않았다는 것은 그 당시 리니의 가장 큰 자랑거리였다.

아버지는 더 이상 운전사를 두지 않았고 더 이상 자신의 운전 실력을 믿지 않았다. 아버지와 나는 기차로 토론토에 가서 유니언 역에 도착한 후 길을 건너 호텔로 갔다. 사업 실무가 진행되는 동안 나는 오후에 여가를 즐기기로 되어 있었지만, 대부분의 경우 그냥 내 방에 앉아 있었다. 이 도시가 두려웠고 실제보다 몇 살 더 어려 보이게 만드는 초라한 옷이 부끄러웠던 것이다. 나는《레이디스 홈 저널》이나《콜리어스》,《메이페어》같은 잡지를 읽곤 했다. 주로 연애담과 관련된 단편 소설을 읽었다. 캐서롤*이나 코바

---

* 오븐에 넣어서 천천히 익혀 만드는, 찌개나 찜과 비슷한 요리.

늘뜨기 문양에는 아무 흥미를 느끼지 못했다. 그렇지만 미용 비법에는 주목하곤 했다. 광고도 읽었다. 양면 신축 섬유가 달린 라텍스 파운데이션 의류를 입으면 브리지 게임*을 더 잘할 수 있게 된다고 했다. 굴뚝처럼 담배를 피워 댄다 하더라도 아무 상관이 없다. 스퍼즈를 계속 사용하면 입안을 아주 깨끗하게 유지할 수 있는 것이다. 라벡스라고 불리는 것은 나방에 대한 걱정을 덜어 줄 것이다. 아름다운 베이의 호수 지역에 있는 빅윈 여관에서는 매 순간 흥분으로 가득 차 있을 것이며, 호숫가에서 몸을 날씬하게 만드는 음악적 운동을 할 수 있을 것이다.

하루 동안의 사업 실무가 끝나고 나면 아버지, 리처드, 그리고 나 이렇게 세 명은 식당에서 식사를 하곤 했다. 이때마다 나는 아무 말도 하지 않았다. 무슨 할 말이 있었겠는가? 대화의 주제는 경제와 정치, 대공황, 유럽의 상황, 세계 공산당의 걱정스러운 확산이었다. 리처드는 히틀러가 경제적인 면에서 분명히 독일을 하나로 뭉치게 만들었다는 의견을 갖고 있었다. 무솔리니에 대해서는 전문적이지 못한 딜레탕트에 불과하다면서 그다지 높게 평가하지 않았다. 리처드는 이탈리아 사람들이 (극비로) 개발 중인 가열한 우유 단백질로 만들어진 새로운 섬유에 투자 제안을 받았다. 하지만 이 섬유가 젖으면 치즈 냄새가 끔찍하게 나기 때문에 북미 대륙의 숙녀들은 받아들이지 않을 것이라고 리처드는 말했다. 비록 젖으면 주름이 생기기는 하지만 그는 레이온을 고수할 것이고, 동향을 살피고 있다가 전도유망한 상품을 골라낼 것이다. 실크를 사장시키고 면 또한 상당 부분 대체할 수

---

* 트럼프 카드로 하는 게임의 일종.

있는 무엇, 어떤 합성 섬유가 개발될 것이다. 숙녀들이 원하는 것은 다림질 할 필요가 없는 것, 빨랫줄에 걸어 두면 주름 없이 마르는 그런 상품이다. 다리를 내보이지 않도록 튼튼하면서도 얇은 스타킹 또한. 그렇지 않은가? 그는 내게 미소를 지으며 물었다. 그는 여자들에 관련된 것에 대해서는 내게 동의를 구하곤 했다.

나는 고개를 끄덕였다. 나는 언제나 고개를 끄덕였다. 귀 기울여 듣는 일은 절대 없었다. 이런 대화는 지루했을 뿐만 아니라 고통스러운 것이었기 때문이다. 아버지가 동감하지 않을 것 같은 의견에 동의하는 것을 보면 가슴이 아팠다.

리처드는 자신의 집에서 저녁을 대접하고 싶었지만, 자신이 미혼이기 때문에 소홀한 응대가 될 수밖에 없었을 것이라고 말했다. 그는 생기 없는 아파트에 살고 있고, 수도승이나 다름없다고 말했다. "아내 없이 삶이 무슨 의미가 있겠습니까?"* 그는 미소 지으며 말했다. 그것은 인용구처럼 들렸다. 아마도 그랬을 것이다.

리처드는 로열 요크 호텔의 임페리얼 룸에서 내게 청혼했다. 그는 아버지와 함께 나를 점심 식사에 초대했다. 그렇지만 떠나기 바로 직전, 엘리베이터를 향해 호텔 복도를 걷고 있을 때, 아버지는 참석할 수 없다고 말했다. 나 혼자 가야 한다고 했다.

그것은 당연히 그들 두 사람이 미리 계획한 것이었다.

"리처드가 네게 무언가 부탁할 거다." 아버지는 사과하는 듯

---

* 아일랜드의 시인 알프레드 퍼시벌 그레이브스(1846~1931)가 작사한 아일랜드 노래 제목.

한 어조로 말했다.

"아?" 나는 말했다. 아마 다림질에 관련된 무엇일 것 같았지만 나는 별 상관하지 않았다. 내 입장에서 보자면 리처드는 어른이었다. 그는 서른다섯 살이고 나는 열여덟 살이었다. 내가 흥미를 가질 만한 대상에서 저만치 떨어져 있었던 것이다.

"아마도 네게 청혼을 할 것 같구나." 아버지가 말했다.

그때 우리는 로비에 있었다. 나는 주저앉았다. "아." 나는 말했다. 한동안 너무나 명백하게 펼쳐져 있던 일들을 이제야 갑자기 보게 된 것이다. 누군가 장난을 쳤을 때처럼 웃고 싶었다. 내 배가 사라져 버린 것 같은 느낌도 들었다. 그러나 내 목소리는 여전히 침착했다. "어떻게 할까요?"

"나는 이미 동의했다. 그러니까 네 결정에 달린 거다. 많은 것이 여기에 달려 있단다." 아버지는 말했다.

"많은 것이라고요?"

아버지는 말했다.

"네 미래를 고려해야 했다. 그러니까 나에게 어떤 일이 일어날 경우 말이야. 특히 로라의 미래를." 내가 리처드와 결혼하지 않으면 우리 수중에 돈이 남지 않을 것이라는 뜻이었다. 또한 우리 둘, 그러니까 나와 특히 로라는 스스로를 부양할 수 없을 것이라는 뜻이기도 했다. "공장도 고려해 봐야 했단다. 사업을 고려해야 했다. 건질 수 있을지도 모르지만 은행가들이 내 뒤를 쫓고 있어. 이제 바짝 따라왔지. 더 이상 기다리지 않을 거다." 아버지는 지팡이에 기대어 서서 카펫을 내려다보고 있었다. 그리고 나는 아버지가 얼마나 수치스러워하는지 볼 수 있었다. 얼마나 기진맥진했는지를. "모든 것이 수포로 돌아가도록 하고 싶지는 않았다. 네 할아버지, 그리고…… 오십 년, 육십 년에 걸친 힘겨운 노력, 그 모든 것이 그냥 내동댕이쳐지도록 하고 싶지는 않았어."

"아, 알겠어요." 나는 궁지에 몰렸다. 내가 어떤 대안을 제안할 수 있는 것이 아니었다.

"그들은 아빌리온도 가져갈 거다. 그걸 팔 거다."

"그래요?"

"완전히 저당 잡혔단다."

"아."

"어느 정도의 결심이 필요할 거다. 어느 정도의 용기가. 입술을 꽉 물고 결연히 맞서는 태도 같은 것."

나는 아무 말도 하지 않았다.

"하지만 당연히 네가 어떤 결정을 할 것인지는 네 재량이다." 아버지가 말했다.

나는 아무 말도 하지 않았다.

"네가 죽을 정도로 싫은 것을 하지는 않기 바란다." 성한 눈으로 내 뒤쪽을 바라보며 마치 굉장한 중요한 물체가 시야에 들어온 것처럼 약간 찌푸리면서 아버지는 말했다. 내 뒤에는 벽밖에 없었다.

나는 아무 말도 하지 않았다.

"좋다. 그럼 된 거다." 아버지는 안심한 것처럼 보였다. "그 사람, 그리픈 씨는 상식적 판단력이 뛰어난 사람이야. 속을 보면 건전한 사람일 것이라고 믿는다."

"그렇겠죠. 아주 건전한 사람일 거예요." 나는 말했다.

"너를 잘 돌봐 줄 거다. 물론 로라도 마찬가지고."

"그럼요. 물론 로라도 마찬가지고요." 나는 가까스로 말했다.

"그러면 얼굴을 들어라."

나는 아버지를 원망하는가? 아니다. 이제는 아니다. 무엇이든 나중에 돌이켜 생각해 보면 더 명확히 볼 수 있는 법이다. 그러나 아버지는 타당하다고 간주되었던 것 ─ 그 당시 그렇게 간주되던 행동 ─ 을 했을 뿐이다. 그가 최상이라고 생각했던 것을.

리처드는 신호를 받은 것처럼 우리에게 다가왔고, 두 남자는 악수를 했다. 그는 내 손을 잡더니 잠시 지그시 눌렀다. 그다음은 팔짱을 낄 차례였다. 그 당시 남자들은 여자들을 그런 식으로 인도했다. 팔짱을 끼고. 나는 팔을 내맡긴 채 그에게 인도되어 임페리얼 룸으로 들어갔다. 더 가볍고 흥겨운 분위기의 베네치아 카페를 원했지만 이미 예약이 다 찬 상태였다고 리처드는 말했다.

지금까지 이런 것을 기억하는 것이 이상하지만, 로열 요크 호텔은 당시 토론토에서 가장 높은 건물이었고, 임페리얼 룸은 가장 큰 식당이었다. 리처드는 커다란 것을 좋아했다. 그 방에는 열을 지어 서 있는 커다란 사각 기둥들, 바둑판무늬의 천장, 끝부분에 장식 술이 달리고 한 줄로 배치된 샹들리에가 있었다. 응결된 부유함. 그것은 질기고, 육중하고, 비만하게 느껴졌다. 어딘가 혈관 같은 줄무늬가 전체에 퍼진 듯한 느낌. 반암(斑岩)이라는 단어가 떠올랐다. 그런 것은 어디에도 없었지만.

때는 정오였고, 평상시보다 더 밝아서 마음이 안정이 되지 않는 그런 겨울날이었다. 하얀 햇빛은 무거운 커튼 사이로 날카롭게 떨어졌다. 커튼은 아마 적갈색이었던 것 같고, 분명히 벨벳 천이었다. 보통 호텔 식당에서 나는 증기 보온대로 익힌 채소 냄새와 미지근한 생선 냄새 아래로 뜨거운 금속과 옷 타는 냄새가 흘러나왔다. 리처드가 예약한 자리는 거슬리는 대낮 빛이 미치지 않는 침침한 구석에 있었다. 꽃병에는 붉은 장미 봉오리가 꽂혀 있었다. 나는 리처드가 어떻게 일에 착수할 것인지 궁금해하며 장미 너머로 그를 빤히 바라보았다. 내 손을 잡고 지그시 누르며 망설이다가 말을 더듬을 것인가? 그럴 것 같지 않았다.

그가 무작정 싫은 것은 아니었다. 나는 그를 좋아하지 않았다. 그에 대해 별로 생각해 본 적이 없었기 때문에 그에 대한 특별한 생각이 없었다. 때때로 그의 옷차림이 세련되었다고 생각하기는 했지만. 그는 가끔 오만할 때도 있었지만, 못생겼다고 할 만한 사람은 절대 아니었다. 아마도 매우 유망한 신랑감이었을 것이다. 나는 약간 현기증을 느꼈다. 어떻게 해야 할지 여전히 결정을 내리지 못한 상태였다.

웨이터가 다가왔다. 리처드가 주문을 했다. 그러더니 그는 시계를 들여다보았다. 그런 후 무슨 이야기를 했다. 나는 그가 말하는 것을 거의 듣지 못했다. 그는 미소를 지었다. 그는 작고 검은 벨벳으로 둘러싸인 상자를 꺼내서 열었다. 그 안에는 반짝이는 빛의 파편 하나가 들어 있었다.

그날 밤 나는 호텔의 거대한 침대 위에 몸을 웅크린 채 덜덜 떨며 누워 있었다. 발은 얼음처럼 차가웠다. 나는 무릎을 바짝 당겨 끌어안고, 베개 위에 머리를 옆으로 하고 누웠다. 내 앞에는 무한대로부터 펼쳐진 풀 먹인 하얀 침대보가 북극의 쓰레기처럼 놓여 있었다. 그것을 횡단하여 길을 되찾고 따뜻한 곳으로 돌아가는 일이 불가능하리라는 것을 나는 알고 있었다. 방향을 잃었다는 것을 알고 있었다. 미아가 되었다는 것을 알고 있었다. 나는 몇 년 후 어떤 대담한 팀에 의해 발견될 것이다. 가던 길에서 넘어져 지푸라기를 움켜쥔 것처럼 한 팔을 활짝 펼치고 있고 얼굴은 바싹 마르고 손가락은 늑대에게 물어뜯긴 상태로.

내가 경험하고 있던 것은 두려움이었다. 그러나 리처드 자체에 대한 두려움은 아니었다. 마치 로열 요크 호텔의 조명된 반구형 천장이 비틀려 열리고, 번쩍이는 장식이 달린 하늘의 공허한 표면 위 어딘가에 위치한 사악한 존재가 나를 내려다보는 듯한 느낌이었다. 그것은 무표정하고 빈정대는 듯한 탐조등 같은 눈으로 내려다보고 있는 신이었다. 그는 나를 관찰하고 있었다. 나의 곤경을 관찰하고 있었다. 내가 그에 대한 신앙을 갖는 데 실패한 것을 관찰하고 있었다. 내 방에는 바닥이 없었다. 나는 허공에 매달려 있었고 이제 막 떨어지기 직전이었다. 내 추락은 끝이 없었다. 아래쪽으로 끝없이.

그러나 그런 끔찍한 기분은 아침의 청명한 햇빛이 비치면 대부분 사라져 버린다. 젊을 때는.

아르카디아 코트

창밖, 어두워진 안뜰에는 눈이 내린다. 유리창에 가볍게 닿는 저 소리. 아직 11월밖에 되지 않았기 때문에 다 녹아 버리겠지만, 그래도 맛보기는 되는 셈이다. 눈 오는 것에 왜 이렇게 흥분하는지 나도 모르겠다. 나는 앞으로 무엇이 다가올지 알고 있다. 진창, 어두움, 독감, 검은 얼음, 바람, 장화에 묻은 소금 자국. 그렇지만 일말의 기대감이 있다. 전투에 대비한 긴장감. 우리는 밖으로 나가서 겨울 속으로 들어가 그것을 대면한 후 다시 실내로 후퇴함으로써 그것을 격퇴할 수 있다. 그래도 나는 이 집에 벽난로가 있었으면 좋겠다.

내가 리처드와 함께 살았던 집에는 벽난로가 있었다. 네 개나 있었다. 내 기억에 따르면 우리 침실에 하나가 있었다. 육체를 핥는 불길.

나는 스웨터 소매를 내리고 소맷부리로 손을 덮는다. 예전에 청과물 상인 같은 사람들이 추운 곳에서 일할 때 끼던 손가락

없는 장갑처럼. 여태까지는 따스한 가을이었다. 하지만 경계를 늦춰서는 안 된다. 난로 수리를 받아야 한다. 플란넬 잠옷을 꺼내야 한다. 통조림 오븐 구이 콩과 양초, 성냥을 마련해야 한다. 지난해 겨울에 닥쳤던 착빙성 악천후 같은 것이 내리면 모든 것이 폐쇄될 것이고, 그렇게 되면 전기도 끊어지고, 변기는 작동하지 않을 것이고, 눈 녹인 물 외에는 마실 물도 없을 것이다.

정원에는 죽은 잎사귀와 부러지기 쉬운 줄기와 좀처럼 죽지 않는 국화 몇 송이 외에는 아무것도 없다. 태양의 고도가 낮아지고 있다. 날이 일찍 어두워진다. 나는 집 안, 부엌 탁자에 앉아 이것을 쓰고 있다. 급류 소리가 그립다. 때로는 잎이 다 진 가지 사이로 부는 바람 소리가 들려온다. 그것은 급류 소리와 상당히 비슷하지만 덜 믿음직스럽다.

약혼한 지 일주일 후 나는 리처드의 여동생인 위니프리드 그리픈 프라이어와 점심 식사를 하러 가야 했다. 초대장은 그녀가 보낸 것이었지만, 내가 그곳에 가도록 조처한 진짜 배후 인물은 리처드였던 것처럼 느껴졌다. 어쩌면 내가 틀린 것일 수도 있다. 위니프리드는 배후에서 많은 것을 조종했으며, 이 경우에는 리처드를 조종한 것일 수도 있다. 그 두 사람이 함께 했을 가능성이 가장 높았다.

점심 식사는 아르카디아 코트에서 있었다. 그곳은 퀸 스트리트에 있는 심슨스 백화점 맨 위층에 있는 숙녀들의 점심 식사 식당이었다. 라일락 색과 은색이 주조를 이루는 '비잔틴' 양식 설계에(그것은 아치 길과 화분에 심은 종려나무가 있다는 뜻이었다.) 조명 설비와 의자를 놓는 곳은 유선형 형태로 된 높고 넓은 장소였다. 그 둘레에는 반층 높은 곳에 연철 난간이 설치된 발코니가 있었다. 그것은 남자들, 사업하는 남자들을 위한 것이었다. 그들은 그곳에 앉아서 마치 새장 속인 양 깃털을 두르고 재잘거리는 여자들을 내려다볼 수 있었다.

나는 가장 좋은 주간 의상을 입었다. 그런 특별한 때 입을 만한 유일한 옷이었다. 주름치마가 달린 감색 정장, 목에 리본이 달린 하얀 블라우스, 맥고모자같이 생긴 감색 모자. 이 옷을 입으면 여학생 또는 구세군 운동원처럼 보였다. 내 신발에 대해서는 말도 꺼내지 않겠다. 아직까지도 그걸 생각하면 풀이 죽는다. 나는 면장갑을 낀 주먹 안으로 새 약혼반지를 감추었다. 내 옷차림에 그런 반지를 끼면 모조 다이아몬드나 훔친 것으로 보일 것이라는 사실을 알고 있었던 것이다.

호텔 지배인은 내가 잘못된 장소에라도 와 있다는 듯한 눈길로 쳐다보았다. 혹은 잘못된 입구에. 나는 직업을 구하러 온 것이 아닌가? 나는 정말 초라하게 보였고, 숙녀 전용 점심 식사를 하기에는 너무 어렸다. 그러나 내가 위니프리드의 이름을 대자 대접이 달라졌다. 위니프리드는 아르카디아 코트에 완전히 살고 있었기 때문이다.("완전히 살고 있다."라는 것은 그녀 자신의 표현이었다.)

위니프리드가 미리 와서 미색 탁자에 앉아 있었기 때문에, 적어도 잘 차려입은 여자들이 나를 응시하며 내가 어떻게 들어왔는지 의아해하는 가운데 혼자서 얼음 넣은 물을 마시며 기다릴 필요는 없었다. 그녀는 내가 기억하던 것보다 키가 컸고, 날씬했다. 혹은 가냘프다고 할 수도 있을 것이다. 어느 정도는 파운데이션 의류 덕분이기는 했지만. 그녀는 녹색 앙상블을 입고 있었다. 파스텔 색조 녹색이 아니라 선명한 녹색, 거의 타오르는 듯한 색깔이었다.(이십 년 후 유행하게 된 클로로필 추잉검 색깔, 바로 그것이었다.) 녹색 악어가죽 신발을 옷에 맞춰 신고 있었다. 그것은 수련 잎사귀처럼 번들거리고 질기고 축축해 보였다. 그리고 나는 그렇게 세련되고 특이한 신발은 한 번도 본적이 없다고 생각했다. 모자 역시 같은 색이었다. 그녀의 머리 위에 유독한 케이크처럼 안정되게 얹혀 있는 녹색 천으로 된 둥근 소용돌이.

바로 그때 절대로 하지 말아야 할 천박한 행동이라고 배워 온 바로 그것을 그녀가 하고 있었다. 공공장소에서 콤팩트에 달린 거울로 자신의 얼굴을 보고 있었던 것이다. 더 고약한 것은 코에 분까지 바르고 있었다는 점이다. 그녀가 이런 저속한 짓을 하는 것을 내가 목격했다는 사실을 알리고 싶지 않아 망설이는 동안, 그녀는 콤팩트를 탁 하고 닫더니 마치 아무것도 아니라는 듯이 악어 핸드백에 집어넣었다. 그런 후 목을 길게 빼고 분을 바른 얼굴을 돌려 마치 전조등처럼 하얗게 번쩍이며 주위를 둘러보았다. 이내 그녀는 나를 보았고 미소를 지었다. 그러더니 나른하게 손을 내밀며 인사했다. 그녀는 은팔찌를 하고 있었는데, 나는 그것을 보는 순간 탐이 났다.

"나를 프레디라고 불러 줘. 내 친구들 모두 그렇게 하거든. 우리 좋은 친구가 되었으면 해." 내가 앉은 뒤 그녀는 말했다. 당시 위니프리드 같은 여자들이 젊은이들처럼 들리는 짧게 줄인 이름을 쓰는 것이 유행이었다. 빌리, 보비, 윌리, 찰리. 나는 그런 이름이 없었기 때문에 따로 이름을 댈 수가 없었다.

"오, 그게 반지야? 정말 아름답지, 그렇지 않아? 오빠가 고를 때 내가 도와줬어. 오빠는 내가 쇼핑을 대신 해 주는 걸 좋아하거든. 쇼핑이라는 거, 남자들한테 정말 골칫거리야. 안 그래? 오빠는 에메랄드가 어떨까 생각하고 있었지만, 정말 다이아몬드만 한 것은 없지. 그렇지?" 그녀는 말했다.

그 말을 하는 동안, 그녀는 흥미와 어떤 차가운 즐거움을 머금고 내가 이 사실, 즉 내 약혼반지가 작은 심부름감으로 전락하는 것을 어떻게 받아들이는지 살펴보았다. 그녀의 눈은 명석해 보였고, 눈꺼풀에 바른 녹색 아이섀도 때문에 이상할 정도로 커 보였다. 펜슬로 그린 눈썹은 부드럽게 굴곡이 진 선 모양이 되도록 족집게로 뽑은 것이었다. 이런 눈썹 모양 때문에 그녀의 얼굴에는 지루한 표정, 그리고 당시 영화배우들이 개발한 의구심 어린 놀란 표정이 동시에 서려 있었다. 위니프리드가 그렇게 놀란 적이 있었을 것이라고는 생각되지 않지만. 그녀의 립스틱은 최근에 새로 출시된 짙은 분홍색이 도는 오렌지색이었다. 그 색의 정식 명칭이 '새우색'이라는 것을 석간 잡지에서 읽었다. 윗입술 양쪽이 큐피드 활 꼭짓점처럼 그려진 입술도 눈썹처럼 영화적인 느낌이 났다. 목소리는 소위 위스키 목소리였다. 거의 굵다고까지 할 수 있을 정도로 낮으면서, 고양이의 혀처럼 거칠고 골이 진 덮개가 씌워진 듯한 목소리. 가죽으로 만들어진 벨벳 같은.

(나는 그녀가 카드놀이를 즐긴다는 사실을 나중에 알게 되었다. 포커가 아닌 브리지. 허세를 부려 남을 속이는 데 능한 그녀는 포커를 잘했을 것이다. 그렇지만 그것은 지나치게 위험 요소가 많고 도박성이 강했다. 그녀는 아는 만큼만 입찰하고 싶어 했다. 골프도 쳤지만 그것은 주로 사교계 교제를 위한 것이었다. 자신이 자부하는 것처럼 골프를 잘 치는 것은 아니었다. 테니스는 그녀에게 너무 격렬한 운동이었다. 땀 흘리는 모습을 남에게 보여 주기 싫어했을 것이다. 그녀는 '뱃놀이'

도 했다. 그녀에게 있어 그것은 모자를 쓰고 마실 것을 들고 범선 안에 놓인 쿠션 위에 앉아 있는 것을 의미하는 것이었다.)

위니프리드는 내게 무엇을 먹고 싶은지 물었다. 나는 아무것이나 괜찮다고 말했다. 그녀는 나를 "자기"라고 부르면서 월도프 샐러드*가 정말 훌륭하다고 말했다. 나는 그게 좋겠다고 말했다.

그녀를 "프레디"라고 부를 용기가 도저히 나지 않을 것 같았다. 지나치게 친근하고 심지어 불경하게 들리기도 했다. 아무리 그래도 그녀는 서른, 적어도 스물아홉 살은 된 어른이었던 것이다. 리처드보다 예닐곱 살 어렸지만 그들은 막역한 사이였다. "오빠와 나는 정말 좋은 친구야." 그녀는 내게 비밀을 털어놓듯 말했다. 이후에도 거듭해서 그렇게 말했다. 물론 그것은 협박이었다. 그녀가 편안하고 신뢰하는 듯한 어조로 내게 건넨 대부분의 말들과 마찬가지로. 그것은 자신이 나보다 선점한 권리와 내가 언감생심 이해할 수 없는 헌신적 애정을 갖고 있을 뿐만 아니라, 내가 혹시라도 리처드를 거역할 경우 그 두 사람을 함께 염두에 두어야 한다는 뜻이었다.

그녀는 자신이 리처드를 위해 사교 모임, 칵테일파티와 만찬 같은 행사를 준비한다고 말했다. 그는 미혼이고, "우리 여자들이 그런 일을 하는 것"이라고 말했다.(그리고 그 이후 수년 동안 계속해서 그렇게 말했다.) 그런 다음 리처드가 드디어 나같이 젊은 좋은 여자와 정착하기로 해서 자기는 기쁠 따름이라고 말했다. 이전에도 결혼이 거의 성사될 뻔한 적이 몇 번 있었다고 했다. 이전에 얽혀 들었던 연애 사건들.(위니프리드는 리처드와 관계가 있

---

* 깍둑썰기를 한 사과, 셀러리, 호두를 마요네즈에 버무린 샐러드.

었던 여자들에 대해 항상 이런 식으로 말했다. 얽혀 드는 것. 마치 그물, 거미줄, 덫 같은 것. 혹은 실수로 신발에 걸리게 되는, 땅에 널린 끈끈한 줄 같은 것에 불과한 것처럼.)

다행히도 리처드는 이런 관계에서 벗어났다. 그렇다고 해서 여자들이 그를 쫓아다니지 않은 것은 아니었다. 그들은 "떼를 지어" 그를 쫓아다녔다, 라고 위니프리드는 위스키 목소리를 낮추며 말했다. 리처드가 다 뜯겨 나간 옷을 걸치고 잘 다듬은 머리는 산발을 한 채 공포에 질려 도망치고, 으르렁거리는 여자들 한 무리가 그의 뒤를 쫓는 영상을 나는 떠올려 보았다. 하지만 나는 그런 영상을 믿을 수 없었다. 리처드가 뛰거나 서두르거나 혹은 두려워하는 모습조차 상상할 수 없었다. 위기에 처한 그의 모습을 상상할 수 없었다.

나는 어떤 쪽으로 분류되는지 잘 몰라서 고개를 끄덕이며 미소를 지었다. 나 역시 그를 옭아매는 성가신 여자 중 하나인가? 아마도 그럴 것이다. 그러나 겉으로는, 리처드가 높은 내적 가치를 지니고 있으며 내가 그것에 맞추어 살기 위해서는 몸가짐을 조심해야 한다는 것을 이해하게 된 척했다. "하지만 자기가 잘할 걸로 믿어. 자긴 너무나 '젊잖아.'" 위니프리드는 미소를 지으며 말했다. 그녀는 나의 젊음이 내가 발휘할 통제력에 걸림돌이 되리라는 사실을 염두에 두고 있었던 것이다. 그녀 자신은 통제하려는 욕망을 포기할 의도가 전혀 없었다.

주문한 월도프 샐러드가 나왔다. 위니프리드는 내가 칼과 포크를 드는 모습을 지켜보았다. 적어도 손으로 먹지 않는군, 그녀의 표정은 이렇게 말하는 듯했다. 그러더니 한숨을 내쉬었다. 이제 생각해 보니 나라는 존재는 그녀의 손에 맡겨진 힘든 과업이었던 것이다. 분명 그녀는 내가 무뚝뚝하거나 쌀쌀맞다고 생각했을 것이다. 나는 수다를 떨지도 않았고, 너무 무식했고, 너무 '촌스러웠다.' 어쩌면 그녀의 한숨은 예측의 한숨이었는지도 모른다. 예측된 업무에 대한 한숨. 나는 모양이 다듬어지지 않은 한 덩이의 진흙이었고, 이제 그녀는 소매를 걷어 붙이고 내 형태를 다듬어야 했던 것이다.

곧바로 착수하는 것이 가장 좋은 법이다. 그녀는 즉시 시작했다. 그녀가 사용한 방법은 단서와 암시를 던져 주는 것이었다.(곤봉이라는 또 다른 방법도 갖고 있었지만 그날 점심에는 사용하지 않았다.) 그녀는 나의 할머니를 알고 있다고, 아니, 적어도 할머니에 "대해" 알고 있다고 말했다. 몬트리올의 몬트포트 가의 여자들은 언제나 고상함으로 명성이 높았지만, 애들리아 몬트포트는 내가 태어나기 전에 이미 작고했다고 그녀는 말했다. 비록 내가 명문가 출신이지만 결국 우리는 밑바닥에서부터 시작했다는 것을 그녀는 이런 식으로 말했던 것이다.

그녀는 그중 내 차림새는 가장 간단한 문제라는 뜻을 내비쳤다. 옷은 당연히 언제나 살 수 있다. 하지만 나는 효과적으로 옷을 입을 줄 알아야 한다. "그게 자기 피부인 것처럼 말이지." 그녀는 말했다. 길고 곧은 머리를 뒤로 단단히 넘겨 핀으로 묶은 내 머리 모양은 절대 용납될 수 없는 것이다. 가위와 콜드 웨이브 파마로 손을 봐야 한다. 그다음에는 손톱 차례다. 지나치게 노골적이어서는 안 된다. 나는 노골적인 것을 하기에는 너무 어리다. "당신도 매력적일 수 있어. 그렇고말고. 약간만 노력하면 말이야." 위니프리드는 말했다.

나는 비굴하게 분개하며 들었다. 내가 매력적이지 않다는 사실은 알고 있었다. 로라와 나 둘 다 매력적이지 않았다. 우리는 매력적이기에는 너무 과묵했고, 때로는 너무 직설적이었다. 매력적으로 보이기 위한 방법을 한 번도 배운 적이 없었다. 리니가 우리를 지나치게 받아 주었기 때문이었다. 그녀는 '우리의 있는 모습 그대로'라면 모든 사람에게 충분하다고 생각했다. 다른 사람들에게 과시하고 알랑거리고 구슬리고 추파를 던지며 아첨해야 할 필요는 없는 것이다. 아버지는 매력이 어떤 면에서 유용한지 알고 있었던 것 같지만, 우리에게는 전혀 그런 것을 가르치지 않았다. 그는 우리가 소년들처럼 되기를 원했고, 이제 우리는 그렇게 된 것이다. 소년들에게는 매력적이어야 한다고 가르치지 않는 법이다. 그렇게 하면 그들은 엇나갔다는 평판을 듣게 되는 것이다.

위니프리드는 조롱하는 듯한 미소를 지으며 내가 먹는 것을 보고 있었다. 벌써부터 나는 그녀의 머릿속에서 일련의 형용사가 된 것이다. 그녀가 친구들인 빌리와 보비와 찰리에게 들려줄 우스운 일련의 일화. "생활 보호 대상자처럼 옷을 입었어. 계속 굶은 것처럼 먹더라. 그리고 그 신발이라니!"

"자, 이제 우리는 머리를 맞대고 의논해야 해." 그녀는 샐러드를 한 번 뒤적이더니 말했다. 위니프리드는 식사를 다 끝내는 법이 없었다.

나는 그녀가 무슨 말을 하는 것인지 알아차리지 못했다. 그녀는 작게 다시 한 번 한숨을 내쉬었다. "결혼식 계획을 짜야지. 시간이 별로 없어. 세인트 사이먼 사도 교회, 그다음 리셉션으로는 로열 요크 호텔의 볼룸, 중앙 연회실로 할 작정인데." 그녀는 말했다.

나는 나 자신이 무슨 소포처럼 리처드에게 넘겨질 것이라고 생각했던 것 같다. 그런데, 그게 아니라 의식을 치러야 했던 것이다. 그것도 하나가 아닌 여러 개의 의식을. 칵테일파티, 티 파티, 신부 샤워, 신문에 공고할 사진 찍기. 리니가 말해 주었던 어머니의 결혼식과 같을 것이다. 단, 어떤 면에서 더 구식이고 빠진 부분들도 있었다. 젊은 남자가 내 발치에 무릎을 꿇는 낭만적 전주곡은 어디로 갔는가? 낙담의 물결이 무릎부터 얼굴까지 치밀어 오르는 것을 느낄 수 있었다. 위니프리드는 그것을 보았지만 나를 안심시켜 주기 위한 어떤 행동도 하지 않았다. 그녀는 내가 안심하기를 원하지 않았다.

"걱정하기 마, 자기." 그녀는 가망이 거의 없다는 듯한 어조로 말하며 내 팔을 쓰다듬었다. "내가 다 알아서 할게." 내게서 의지력이 새어 나가는 것을 느낄 수 있었다. 내 행동에 대한 그나마 얼마 남지 않았던 통제력이.(정말로! 이제 나는 생각한다. 정말로 그녀는 일종의 매음굴 안주인이었다. 정말로 포주였다.)

"맙소사, 시간 좀 봐." 그녀는 말했다. 그녀는 쏟아부은 금속 리본처럼 흐르는 듯한 은시계를 차고 있었다. 거기에는 숫자 대신 점이 찍혀 있었다. "급히 가 봐야 해. 웨이터가 차를 가져다줄 거야. 그리고 자기가 원한다면 플랑*이나 뭐 그런 것도. 젊은 여자들은 달은 음식을 좋아하잖아. 아니, 달다구리한 음식이던가?** 그녀는 웃으며 일어서서 내게 새우색 입맞춤을 했다. 뺨이 아닌 이마 위에. 그것은 나를 주제에 맞는 자리에 못 박아 두는

---

* 커스터드, 치즈, 과일 등을 넣은 파이.
** 위니프리드는 'sweet tooth(단것을 좋아함.)'라는 단어를 'sweet tooths'와 'sweet teeth'로 잘못 말하고 있다.

행위였다. 내가 아이에 불과한 존재라는 것을 명확히 해 두는 행동.

나는 그녀가 간단한 목례와 계산된 듯한 작은 손 인사를 하며 파스텔 색조로 물결치는 아르카디아 코트의 공간을 미끄러지듯 빠져나가는 것을 보았다. 공기가 그녀 앞에서 긴 풀처럼 갈라졌다. 그녀의 다리는 엉덩이가 아닌 허리에 곧바로 붙은 것처럼 보였다. 너덜거리는 부위가 전혀 없었다. 내 신체의 일부, 허리띠 옆 위쪽과 스타킹 위쪽의 살이 부어오르는 듯한 느낌이었다. 나도 저런 걸음을 모방할 수 있기를 간절히 바랐다. 저토록 부드럽고 날씬하고 확고한 걸음.

나는 아빌리온이 아닌 로즈데일에 있는 위니프리드 소유의 반목재 가짜 튜더 양식 건물에서 결혼했다. 대부분의 하객들이 토론토에서 왔기 때문에 그것이 더 편리할 것 같았다. 위니프리드가 당연하게 여기는 그런 식의 결혼식을 감당할 능력이 없었던 아버지 역시 난처한 입장을 모면할 수 있었다.

아버지는 옷을 살 만한 여유도 없었다. 위니프리드가 그런 일을 도맡아 했다. 내 짐, 그러니까 새로 산 여러 개의 짐 가방에는 테니스 스커트와 수영복, 그리고 무도 드레스 여러 벌이 들어 있었다. 비록 나는 테니스를 치지 않고, 수영을 할 줄 모르고, 어떻게 춤을 추는지 몰랐지만. 내가 어디서 그런 소양을 익힐 수 있었겠는가? 아빌리온에서는 불가능했다. 리니가 물에 들어가지 못하게 했기 때문에 수영조차 할 수 없었다. 그러나 위니프리드는 이런 옷이 있어야 한다고 주장했다. 내가 아무리 못하는 것이라 하더라도 적합한 복장을 갖추어야 하며, 그런 나의 모자람을 직접 인정해서는 안 된다는 것이다. "머리가 아프다고 해. 그건 언제나 무던한 변명이니까." 그녀는 말했다.

그녀는 다른 많은 것들에 대해서도 말해 주었다. "지루하다는 표를 내도 괜찮아. 두려워하고 있다는 것만 내보이지 마. 사람들은 상어처럼 그 냄새를 맡고 자기를 이용하려 들 거야. 탁자의 언저리를 보는 건 괜찮아. 눈꺼풀이 약간 내려가거든. 하지만 바닥을 봐서는 안 돼. 그러면 목이 약해 보여. 똑바로 서지 마. 너는 군인이 아니야. 절대로 '움츠려서는' 안 돼. 만약 누군가가 모욕적인 발언을 하거든 '실례지만?' 하고 말해. 못 들은 척하면서 말이야. 십중팔구 그걸 반복해서 말할 만큼 뻔뻔하지는 않을 거야. 웨이터에게 큰 소리로 말하지 마. 상스러우니까. 그들이 몸을 숙이도록 만들어야지. 그게 그들이 할 일이야. 장갑이나 머리카락으로 손장난하지 마. 언제나 지금 하고 있는 것보다 더 나은 일이 있다는 인상을 풍기되, 초조하게 굴어서는 안 돼. 뭔가 석연치 않을 때는 화장실로 가되, 천천히 가야 해. 우아함은 무관심에서 나오는 법이지." 그녀의 설교는 이런 식이었다. 비록 그녀가 싫지만 이런 가르침이 내 인생에서 상당히 가치가 있었다는 것은 인정한다.

결혼 전날 밤 나는 위니프리드의 가장 좋은 침실 중 하나에서 묵었다. "아름답게 치장하도록 해 봐." 위니프리드는 명랑하게 말했다. 내가 아름답지 않다는 암시였다. 그녀는 내게 콜드크림과 면장갑을 주었다. 나는 크림을 바르고 그 위에 장갑을 껴야 했다. 이런 요법을 쓰면 손이 익히지 않은 베이컨의 지방 조직처럼 하얗고 부드럽게 된다고 했다. 나는 방에 딸린 목욕탕에 서서 물이 자기 욕조에 시끄럽게 떨어지는 소리를 들으며 거울 속의 내 얼굴을 뚫어지게 바라보고 있었다. 내 모습은 뚜렷한 형체 없이 지워져 버린 것 같았다. 오랫동안 사용한 타원형 비누 혹은 이우는 달처럼.

로라가 자기 침실에서 연결된 문을 통해 목욕탕으로 들어와 서는 뚜껑이 닫힌 변기 위에 앉았다. 그녀는 내가 있는 곳에 들어올 때 절대로 노크하는 법이 없었다. 그녀는 예전 내 것이었던 평범한 하얀 면 잠옷을 입고 있었고, 머리를 뒤로 모아 묶고 있었다. 밀 색깔의 굽이치는 머리가 한쪽 어깨 위에 드리워져 있었다. 그리고 맨발이었다.

"네 슬리퍼는 어디 있니?" 나는 물었다. 그녀는 우울한 표정을 짓고 있었다. 그 표정과 하얀 가운과 맨발 때문에 고해자처럼 보였다. 옛날 그림에서 볼 수 있는, 사형장에 끌려가는 이단자. 그녀는 손가락으로 둥근 빈 공간을 만들며 양손을 앞으로 깍지 껴 모으고 있었다. 마치 불 켠 양초를 들고 있어야 했다는 듯이.

"잃어버렸어." 그녀는 키 때문에 옷을 잘 차려 입으면 나이보다 성숙해 보였지만, 지금은 더 어려 보였다. 열두 살 정도로 보였고 아기 같은 냄새를 풍겼다. 샴푸 때문이었다. 가격이 더 싸다는 이유로 그녀는 아기용 샴푸를 사용했다. 작고 쓸데없는 것에 돈을 아꼈던 것이다. 그녀는 목욕탕을 둘러보더니 타일이 깔린 바닥을 내려다보았다. "언니가 결혼하지 않았으면 좋겠어." 그녀는 말했다.

"네가 말 안 해도 알고 있어." 나는 말했다. 리셉션, 드레스 맞춤, 리허설 등의 모든 절차를 거치는 내내 그녀는 시무룩했다. 리처드에게는 별로 호의적이지 않았고, 위니프리드에게는 고용된 시녀처럼 무조건적으로 복종했다. 나에게는 화가 난 것처럼 대했다. 마치 이 결혼이 잘해 봤자 사악한 변덕에 불과한 것이고 최악의 경우 그녀 자신을 저버리는 행위인 양. 처음에는 그녀가 나를 부러워하는 것이라고 생각했다. 그러나 그런 것은 아니었다. "왜 결혼해서는 안 돼지?"

"언니는 너무 어려." 그녀는 말했다.

"어머니도 열여덟 살이셨어. 그리고 나는 거의 열아홉 살이 다 됐어."

"하지만 어머니는 사랑하는 사람이랑 결혼하신 거잖아. 어머니가 원하신 거였어."

"내가 그렇지 않다는 걸 네가 어떻게 알아?" 나는 화가 나서 말했다.

그 말에 그녀는 잠시 멈췄다. "억지로 원할 수는 없는 거야." 그녀는 나를 올려다보며 말했다. 그녀의 눈은 젖어 있었고 붉게 물들어 있었다. 울고 있었던 것이다. 나는 짜증이 났다. 그녀는 무슨 권리로 우는 것인가? 울 사람이 있다면 그건 바로 나였다.

"내가 원하는지 여부는 중요한 게 아니야. 이게 유일한 현명한 방법이야. 우리는 돈이 없어. 그거 몰랐니? 거리로 내쫓기고 싶어?" 나는 가혹하게 말했다.

"우리는 일을 구할 수 있어." 그녀는 말했다. 내 오드콜로뉴가 그녀 옆 창턱에 놓여 있었다. 그녀는 멍한 상태에서 자신에게 그걸 뿌려 댔다. 그것은 리처드가 선물한 겔랑의 리우 향수*였다.(위니프리드는 자신이 고른 것이라고 내게 알려 줬다. "남자들은 향

---

* 프랑스 화장품 회사인 겔랑에서 1929년 출시한 향수. 푸치니의 오페라 「투란도트」에 등장하는 여자 노예 이름을 따서 '리우'라고 이름 붙였다.

수 판매대에서 너무 혼란스러워 하잖니. 안 그래? 향에 취해 버리는 모양이야.")

"바보같이 굴지 마. 우리가 무슨 일을 하겠니? 그걸 깨뜨리기만 해 봐. 가만두지 않을 테니."

"아, 할 수 있는 일은 많아. 웨이트리스가 될 수도 있지." 그녀는 오드콜로뉴를 내려놓으며 막연하게 말했다.

"그걸로는 먹고 살 수 없어. 웨이트리스가 돈을 얼마나 조금 버는데. 팁을 얻기 위해 굽실거려야 해. 그들은 모두 편평발을 갖고 있다고. 너는 물건 값도 제대로 모르잖아." 나는 말했다. 새에게 산수를 설명하는 기분이었다. "공장은 문을 닫았어. 아빌리온은 망해 가고 있어. 그들이 팔아 버릴 거란 말이야. 은행에서는 우리를 꼼짝 못하게 만들려고 혈안이 되어 있고. 아버지를 보지 못했니? 아버지를 제대로 보기는 했어? 완전히 노인같이 보이시잖니."

"그럼 언니가 이렇게 하는 게 아버지를 위한 거구나. 그것도 일종의 해명이 되겠지. 용감한 행동이라고 할 수 있겠네."

"내가 옳다고 생각하는 일을 하는 거야." 나는 말했다. 나는 고결한 사람이 된 듯한 느낌이 들었다. 그와 동시에 너무 심한 취급을 받고 있다는 생각에 거의 울 뻔했다. 그러나 그렇게 하면 완전히 지게 되는 것이다.

"이건 옳지 않아. 정말 옳지 않아. 언니는 이걸 파기할 수 있어. 아직 너무 늦지 않았어. 오늘 밤 쪽지를 남기고 도망가 버리는 거야. 나도 같이 갈게." 그녀는 말했다.

"그만 졸라, 로라. 내가 무슨 일을 하고 있는지 나도 알 만큼 나이가 들었어."

"하지만 언니는 그 사람이 언니를 '건드리도록' 허락해야 해. 그건 그냥 입맞춤만 하는 게 아니야. 언니는 그 사람이……."

"내 걱정은 하지 마. 혼자 있게 해 줘. 나도 멀쩡히 눈을 뜨고 있어." 나는 말했다.

"몽유병 환자처럼 말이지." 그녀는 말했다. 그녀는 내 땀띠분 용기를 집어 들고 뚜껑을 열더니 쿵쿵거리며 냄새를 맡았다. 그리고 결국 한 움큼을 바닥에 떨어뜨려 놓았다. "그래도 어쨌든 언니는 좋은 옷은 입게 되겠네." 그녀는 말했다.

그녀를 한 대 때려 주고 싶었다. 좋은 옷을 입게 되리라는 희망은 나의 비밀스러운 위안이었던 것이다.

로라가 하얀 분 자국을 남겨 놓고 나간 뒤 나는 침대 모서리에 앉아서 열려 있는 내 여행용 짐 가방을 응시했다. 그것은 최신식 가방이었다. 겉은 연노란색이고 안쪽은 짙은 푸른색이었다. 접합부는 강철로 되어 있고, 못 머리는 단단한 금속 별처럼 빛났다. 신혼여행을 위한 모든 것으로 단정하게 채워 넣었지만, 내게는 그것이 공허의 어둠으로 가득 차 있는 것처럼 보였다. 텅 빈 공간.

저것이 내 혼수, 트루소로구나, 나는 생각했다. 갑자기 그것이 위협적인 단어로 느껴졌다. 너무나 낯설고 최종적인 단어. '동여매다'라는 동사*처럼 들렸다. 익히지 않은 칠면조에 꼬챙이와 줄을 가지고 해 대는 행위.

---

* '가금류를 요리하기 전에 날개와 다리를 실이나 꼬챙이로 고정하다'라는 뜻을 가진 단어 트러스(truss)는 '혼수'를 의미하는 트루소(trousseau)와 발음이 비슷하다.

칫솔*, 나는 생각했다. 그게 필요할 거야. 나는 그 자리에 꼼짝하지 않고 앉아 있었다.

혼수를 의미하는 '트루소'는 '트렁크'를 의미하는 프랑스어에서 기원한 것이다. 트루소. 그것이 의미하는 것은 그저 그뿐이다. 짐 가방 속에 집어넣는 것. 그러니까 그것에 대해 심란해할 이유가 전혀 없었다. 그냥 짐을 의미하는 것이니까. 내가 가져가는 것, 짐을 꾸려가는 것을 의미할 뿐이다.

** 칫솔(toothbrush) 역시 트러스, 트루소에서 연상된 것.

탱고

여기 결혼사진이 있다.

사선으로 재단된 하얀 공단 드레스를 입은 젊은 여자. 옷감은 매끈하고 옷자락은 엎질러진 당밀처럼 발 주위에 둥글게 펼쳐져 있다. 그녀가 선 자세, 엉덩이의 위치, 발이 놓인 곳을 보면 어딘지 모르게 멀대처럼 느껴진다. 마치 척추가 지나치게 곧아서 이 드레스에는 맞지 않는 것처럼. 그런 드레스를 입기 위해서는 어깨를 움츠려야 한다. 구부린 몸, 비뚤어진 곡선, 일종의 결핵성 혹 같은 것을 갖고 있어야 한다.

베일은 머리 양쪽으로 똑바로 내려와 있고, 그 너비만큼 이마에 내려와 있어서 눈에 지나치게 어두운 그림자를 드리우고 있다. 치아가 드러나지 않는 미소. 묵주 같은 작은 백장미 화관. 하얀 장갑을 끼고 팔꿈치를 바깥쪽으로 좀 많이 벌리고 있는 팔에는 분홍색과 흰색의 더 큰 장미들과 덩굴 식물이 섞여 폭포처럼 내려오는 꽃다발이 들려 있다. "묵주", "폭포", 이것은 신문 기사에서 사용된 용어였다. 수녀, 그리고 신선하고 위험한 물을 환기시키는 단어들. "아름다운 신부." 이것이 기사 제목이었다. 그 당시에는 그런 것이 기사화되었다. 그토록 많은 돈이 들어간 그녀의 예식에 아름다움이란 필수였다.

(내가 '그녀'라고 쓰는 것은 진정한 의미에서 내가 거기에 참석했다는 기억이 없기 때문이다. 나와 사진 속의 여자는 더 이상 같은 사람이 아니다. 나는 그녀의 결말, 그녀가 한때 경솔하게 살았던 삶의 결과물이다. 반면 그녀는, 만일 그녀가 존재한다고 말할 수 있다면, 나의 기억만으로 구성되어 있다. 그녀보다 내가 더 잘 볼 수 있다. 대부분의 경우 나는 그녀를 선명하게 볼 수 있다. 그러나 그녀가 앞을 내다볼 만큼 현명했다 하더라도 나를 볼 수는 없을 것이다.)

리처드는 당시의 때와 장소에 비추어 보았을 때 멋진 모습으로 내 옆에 서 있다. 즉, 비교적 젊고, 못생기지 않았으며 부유하다는 뜻이다. 견실해 보이지만 동시에 우스꽝스럽게 보이기도 한다. 한쪽 눈썹은 치켜 올라가고, 아랫입술은 약간 앞으로 나오고, 입은 마치 비밀스럽고 모호한 농담을 들은 것처럼 희미한 미소를 짓고 있다. 단춧구멍에는 카네이션이 꽂혀 있고, 머리칼은 당시 사람들이 그랬듯 빛나는 목욕용 고무 모자처럼 뒤로 빗어 넘겨 찐득거리는 무언가로 머리에 딱 붙여 놓았다. 그럼에도 잘생긴 사람이다. 그건 인정해야겠다. 세련된 사람, 멋쟁이.

자세를 취하고 찍은 단체 사진도 몇 장 있다. 정장을 하고 배경에 무질서하게 서 있는 신랑 들러리들. 결혼뿐만 아니라 장례식이나 급사장 복장으로도 무방할 차림들. 앞쪽에는 깨끗하고 환하게 빛나는 신부 들러리들이 거품처럼 넘치는 꽃들로 된 부케를 들고 서 있다. 로라는 이 모든 사진을 다 망쳐 놓았다. 어느 사진에서 그녀는 단호하게 인상을 찌푸리고 있고, 다른 사진에서는 머리를 움직였는지 창에 부딪힌 비둘기처럼 얼굴이 흐릿하게 나왔다. 세 번째 사진에서는 손가락을 깨물며 가책을 느끼는 듯한 표정으로 옆을 바라보고 있다. 금고에 손을 대고 있다가 놀란 것처럼. 네 번째 사진은 필름 자체에 결함이 있었던 것 같다. 얼룩진 빛 특수 효과 같은 것이 그녀의 위쪽이 아닌 아래쪽에서 비추어 있어서 마치 밤에 불이 켜진 수영장 가장자리에 서 있는 것처럼 보인다.

결혼식이 끝난 후 리니는 단정한 푸른색 옷과 깃털을 달고 그곳에 서 있었다. 그녀는 나를 꼭 안아 주며 말했다. "네 어머니가 여기 계셨더라면." 그게 무슨 뜻이었을까? 박수를 치기 위해, 아니면 결혼식을 저지하기 위해? 리니의 어조로 미루어 본다면 양쪽 다였을 것이다. 그리고 그녀는 울었다. 그러나 나는 울지 않았다. 사람들은 행복한 결말을 보고 울 때와 같은 이유로 결혼식에서 운다. 확실한 것이 못 된다는 것을 이미 알고 있는 그 무엇인가를 결사적으로 믿고 싶어 하기 때문이다. 그러나 나는 이미 그런 유치함을 벗어났다. 나는 환멸의 황량한 공기를 호흡하고 있었다. 아니, 그렇다고 생각했다.

물론 샴페인이 대접되었을 것이다. 분명 그랬을 것이다. 위니프리드가 그것을 빠뜨렸을 리가 없다. 다른 사람들은 음식을 먹었다. 연설이 있었다. 그에 대해서는 아무것도 기억나지 않는다. 우리는 춤을 추었던가? 그랬을 것이다. 나는 춤을 어떻게 추는지 몰랐지만 무대에 나가 서 있었다. 그러니까 비틀거리며 넘어지는 광경이 연출되었을 것이다.

그런 다음 나는 여행을 떠나기 위한 복장으로 바꿔 입었다.

그것은 연녹색의 가벼운 봄 모직으로 된 투피스 정장이었고, 같은 색깔의 점잖은 모자가 있었다. 상당한 가격이라고 위니프리드는 말했다. 나는 출발을 하기 위해 계단에 침착하게 서서(무슨 계단이었던가? 그것은 기억 속에서 사라져 버렸다.) 로라를 향해 부케를 던졌다. 그녀는 부케를 받지 않았다. 그녀는 조가비 분홍색 옷을 입고 서서, 나를 차갑게 쳐다보며 마치 자신을 제어하듯 손을 앞에 모아 쥐고 있었다. 그리고 신부 들러리 중 한 사람, 그리픈 사촌인가 하는 여자가 부케를 잡고 그것이 무슨 음식이라도 되는 것처럼 탐욕스럽게 달아나 버렸다.

그 즈음 아버지는 이미 자취를 감추었다. 차라리 그 편이 나았다. 마지막으로 보았을 때 아버지는 술을 많이 마셔 몸을 제대로 가누지 못하는 상태였다. 아마 완전히 취하기 위해 가 버렸을 것이다.

그런 다음 리처드는 내 팔짱을 끼고 나를 차 쪽으로 인도했다. 어느 누구도 우리의 목적지를 모르는 것으로 되어 있었다. 이 고장을 벗어난 곳이리라 여겨지는 어떤 곳. 고립된 낭만적인 여관. 사실 우리는 주변 구획을 돌아 이제 막 결혼 피로연이 있었던 로열 요크 호텔의 옆 출입문으로 들어가서 엘리베이터 안으로 숨어들어 갔다. 다음 날 뉴욕으로 가는 기차를 탈 것이고 유니언 역이 길 바로 건너에 있는데 다른 곳으로 갈 필요가 뭐가 있겠느냐고 리처드는 말했다.

첫날밤, 아니 첫날 오후에 대해서는(해는 아직 지지 않았고, 리처드가 커튼을 치지 않았기 때문에 방은 흔히 말하듯 장밋빛에 물들어 있었다.) 간략하게 이야기하겠다. 나는 어떤 일이 벌어질지 알지 못했다. 내 유일한 정보원은 리니였고, 그녀는 무슨 일이 일어나든지 간에 그것은 불쾌하고 아마도 고통스러울 것이라고 가르쳐 주었다. 그리고 그 말은 옳았다. 또한 이 불쾌한 사건 내지 감각은 모든 여자들, 모든 결혼한 여자들이 겪는 평범한 것이므로 법석을 떨어서는 안 된다고 넌지시 알려 주었다. 그녀는 "미소를 지으며 견뎌라." 하고 말했다. 피가 날 것이라고 말했고, 정말로 그랬다.(그러나 왜 그런지에 대해서는 말하지 않았다. 그 부분은 전혀 예기치 않은 것이었다.)

그러나 나의 불감, 혐오감, 심지어 고통이라고도 할 수 있는 것을 내 남편이 정상적인 것으로 여기고 심지어 바람직한 것으로 받아들인다는 사실은 알지 못했다. 리처드는 만일 여자가 성적 쾌락을 경험하지 않았다면 그것이 더 좋다고, 그러면 그것을 찾아 다른 곳으로 정도를 이탈할 가능성이 적을 것이라고 생각하는 그런 남자였다. 아마도 그 당시에는 그런 태도가 일반적이었던 것 같다. 어쩌면 아닐 수도 있다. 나로서는 알 길이 없다.

리처드는 적당할 것이라고 생각해 둔 때에 샴페인 한 병이 배달되도록 준비해 두었다. 그리고 저녁 식사 역시 마찬가지였다. 웨이터가 하얀 마직 탁자보가 덮인 이동용 탁자 위에 모든 것을 차리고 있는 동안 나는 욕실로 비틀거리며 들어가 문을 잠갔다. 나는 위니프리드가 이런 때에 적절한 것이라고 생각해 둔 옷을 입고 있었다. 그것은 연어 분홍색 공단에 거미줄 회색의 섬세한 레이스 장식이 달린 잠옷이었다. 나는 목욕 수건으로 몸을 씻다가 수건을 어떻게 할 것인가를 두고 고민했다. 코피를 흘린 것처럼 붉은색이 너무나 선명했다. 결국 나는 그것을 휴지통 속에 집어넣고, 그것이 우연히 그곳에 떨어졌다고 호텔 여급이 생각하기 바랐다.

그런 다음 나는 리우 향수를 뿌렸다. 향은 약하고 희미했다. 이것이 오페라에 나오는 한 소녀 이름을 딴 것이라는 사실을 그때는 알고 있었다. 자신이 사랑하는 남자를 배반하기보다는 스스로 목숨을 끊고, 그 남자는 다른 사람을 사랑하게 되는 운명에 처하는 노예 소녀. 오페라에서는 사건이 그런 식으로 진행되었다. 향수 냄새가 상서로운 것이라고 생각되지는 않았다. 그러나 나는 내게서 이상한 체취가 날까 봐 걱정이 되었다. 나는 정말로 이상한 냄새를 풍겼다. 리처드가 풍기던 그 이상한 냄새가 이제 내게서 났다. 내가 너무 소리를 많이 낸 것이 아니기를 바랐다. 부득이한 헐떡임, 급격히 들이쉬는 숨. 마치 차가운 물속에 뛰어드는 것처럼.

저녁은 샐러드를 곁들인 스테이크였다. 나는 샐러드를 거의 다 먹었다. 그 당시 호텔의 모든 양상추는 똑같은 맛이 났다. 연녹색 물 같은 맛이었다. 서리 맛이었다.

다음날 뉴욕으로 향하는 기차 여행은 평온하게 지나갔다. 리처드는 신문을, 나는 잡지를 읽었다. 우리가 나눈 대화는 결혼 전의 그것과 다를 바가 없었다.(그것을 대화라고 불러야 할지 망설여진다. 나는 말을 많이 하지 않았다. 미소를 짓고 동의하며 귀 기울여 듣지 않았다.)

우리는 뉴욕에서 내가 이름을 잊어버린 리처드의 지인인 한 커플과 식당에서 저녁 식사를 했다. 의심할 바 없이 그들은 신흥 부자였다. 신흥 부자라는 사실을 날카롭게 외치고 있다는 느낌이 들 정도였다. 그들이 입고 있는 옷은 마치 온몸에 풀을 바른 후 100달러 지폐 위에 구른 것처럼 보였다. 그들이 어떻게 해서 이렇게 많은 돈을 벌었는지 궁금했다. 뭔가 수상쩍은 냄새가 났다.

그들은 리처드를 그다지 잘 알지 못했고 알고 싶어 하지도 않았다. 그들은 리처드에게 무언가 불분명한 신세를 지고 있었던 것이다. 그것이 전부였다. 그들은 그를 두려워했으며, 그런대로 공손하게 대했다. 담뱃불 붙이는 모습을 관찰하면서 그런 사실을 추측하게 되었다. 누가 누구를 위해, 얼마나 빨리 불을 대 주는가를 보면서. 리처드는 그들의 공손한 태도를 즐겼다. 그는 다른 사람이 자신의 담뱃불을, 그리고 나아가서는 내 담뱃불을 붙여 주는 것을 즐겼다.

리처드가 그들과 외식을 함께 한 이유가 몇몇의 아첨꾼들에게 둘러싸여 있는 것을 좋아하기 때문만이 아니라 나와 단 둘이서 시간을 보내고 싶지 않기 때문이라는 것을 나는 깨달았다. 그를 비난할 수는 없는 일이었다. 나는 딱히 할 말이 없었던 것이다. 그렇지만 그는 다른 사람들과 함께 있을 때면 내게 세심한 배려를 해 주고, 부드럽게 코트를 어깨에 걸쳐 주고, 작고 자상한 관심을 보여 주었으며, 언제나 내 몸의 어디엔가 가볍게 손을 대고 있었다. 때때로 그는 누가 자신을 부러워하고 있는지 보기 위해 방을 둘러보며 다른 남자들을 살펴보았다.(물론 나중에 생각해 보니 그런 것이었다. 그때 나는 아무것도 알아차리지 못했다.)

식당은 매우 비싸고 또 현대적인 곳이었다. 그런 곳에는 한 번도 가 본 적이 없었다. 그곳의 모든 것은 그냥 빛나는 것이 아니라 번쩍거렸다. 표백한 나무와 황동 장식물과 날카로운 유리가 도처에 있었고, 합판을 많이 사용했다. 예술적으로 양식화된 여자들의 황동 혹은 강철 동상. 그것은 사탕처럼 부드러워 보였다. 눈썹만 있고 눈은 없는 얼굴, 유선형의 궁둥이, 생략된 발, 그리고 몸통 속으로 녹아 든 팔. 하얀 대리석 구형. 현창(舷窓)같이 생긴 둥근 거울. 모든 테이블 위에는 가는 강철 꽃병에 칼라 한 송이가 꽂혀 있었다.

리처드의 친구는 리처드보다 나이가 많았고, 여자는 남자보다 나이가 많아 보였다. 그 여자는 봄인데도 흰색 밍크를 걸치고 있었다. 드레스 역시 흰색이었는데, 고대 그리스, 보다 정확히 말하자면 사모트라케의 날개 달린 승리의 여신*에게서 영감을 받은 것이라고 그녀는 길게 설명을 늘어놓았다. 이 드레스의 주름은 가슴 아랫부분에서 금색 줄로 묶여 있었고, 가슴 사이에서는 십자 무늬로 교차되어 있었다. 만일 내가 저렇게 느슨하고 처진 가슴을 갖고 있다면 저런 드레스는 절대 입지 않을 것이라고 생각했다. 목둘레선 위로 보이는 피부는 주근깨투성이였고, 주름이 많았다. 팔 역시 마찬가지였다. 그녀의 남편은 그녀가 이야기하는 동안, 두 손으로 주먹을 모아 쥐고 고정된 희미한 미소를 지으며 조용히 앉아 있었다. 그는 교활하게 식탁보를 내려다보았다. 그러니까, 이런 것이 결혼이구나. 나는 생각했다. 이런 권태, 이런 경련, 그리고 분으로 뒤덮인 코 옆의 땀구멍을 함께 나누는 것.

"리처드는 우리에게 당신이 이토록 젊을 거라고 경고하지 않았어요." 그 여자는 말했다.

그녀의 남편이 말했다. "곧 익숙해질 거야." 그리고 그의 부인

---

* 기원전 190년경에 제작된 조각상으로, 사모트라케 섬에서 발견되었고 현재 파리 루브르 박물관에서 소장하고 있다.

은 웃었다.

나는 "경고"라는 단어에 대해 곰곰이 생각해 보았다. 내가 그렇게 위험한 사람이었던가? 지금 생각해 보니 양떼들처럼 위험했던 것 같다. 양들은 너무 멍청해서 스스로를 위험에 몰아넣고, 절벽에서 꼼짝달싹 못 하는 상황에 처하거나 늑대에게 한쪽으로 몰리곤 한다. 그리고 그것들을 구출하기 위해서는 양치기가 목이 부러질 위험을 감수해야 한다.

뉴욕에서 이틀 내지 사흘을 보낸 후 곧 우리는 '베렌제리아'호*를 타고 유럽으로 향했다. 리처드는 그것이 중요한 인물들이 모두 타는 배라고 말했다. 연중 시기를 고려해 볼 때 바다가 그리 험한 것은 아니었으나 나는 개처럼 뱃멀미를 앓았다.(왜 이 대목에 개가 등장하는가? 개는 그것에 대해 어쩔 도리가 없는 것처럼 보이기 때문이다. 나 역시 마찬가지였다.)

그들은 내게 대야와 설탕만 넣고 우유는 넣지 않은 차가운 연한 차를 가져다주었다. 리처드는 샴페인이 가장 좋은 약이므로 그것을 마셔야 한다고 말했지만 나는 위험을 감수하고 싶지 않았다. 그는 어느 정도 이해심을 보여 주었다. 그러나, 비록 내가 아파서 안 됐다고 말하기는 했지만, 어느 정도 짜증을 내기도 했다. 나는 그의 저녁 시간을 망치고 싶지 않으며, 나가서 다른 사람들과 교제해야 한다고 말했고, 그는 내가 말한 대로 했다. 아파서 좋은 점은 리처드가 나와 동침하고자 하는 의향을 전혀 보이지 않았다는 것이다. 섹스는 많은 것들과 잘 어울릴 수 있지

---

* 1913년 독일 함부르크에서 조선된 대서양 횡단선.

만 구토는 그중에 포함되지 않는 것이다.

다음 날 아침, 리처드는 아침 식사 시간에 얼굴을 내비치려는 노력을 해야 한다고 말했다. 바른 태도를 가지면 병을 반쯤 이길 수 있다는 것이다. 나는 탁자에 앉아서 빵을 깨작거리고 물을 마셨다. 그리고 음식이 조리되는 냄새를 맡지 않으려고 애썼다. 실체가 없고 무기력하고 얇은 팬케이크 같은 피부를 가진 존재가 된 느낌이었다. 공기 빠진 풍선처럼. 리처드는 간간이 나를 돌봐 주었다. 그러나 그는 많은 사람들을 알고 있었고, 아니, 아는 것 같았고, 사람들은 그를 알고 있었다. 그는 일어서서 악수를 하고 다시 앉았다. 때로는 나를 소개했고 때로는 하지 않았다. 그러나 자신이 알고 싶어 하는 사람을 그가 다 알고 있는 것은 아니었다. 나와 대화 상대들에게 제대로 시선을 주지 않고 항상 그들 머리 너머로 주위를 두리번거리는 그의 모습에서 그것을 분명히 알아차릴 수 있었다.

낮에는 조금씩 나아졌다. 진저에일이 속을 진정시키는 데 도움이 되었다. 저녁은 먹지 않았지만 식당에 앉아 있긴 했다. 밤에는 카바레가 열렸다. 나는 위니프리드가 그런 행사를 위해 골라 준 드레스를 입었다. 비둘기색 드레스에 얇은 자색 시폰 망토. 그 의상에 맞춰 신을 수 있는 발가락이 드러나는 얇은 자색의 굽 높은 샌들이 있었다. 그런 하이힐을 신는 것에 아직도 익숙해지지 않았다. 나는 조금씩 건들거렸다. 리처드는 바다 공기가 내게 잘 맞았던 모양이라고 말했다. 혈색이 딱 적당하다고, 여학생 같이 엷게 상기되어 있다고 그는 말했다. 내가 감탄할 정도로 아름답게 보인다고 말했다. 그는 예약해 둔 탁자로 나를 데려가서 나와 자신을 위해 마티니를 한 잔씩 주문했다. 마티니를 마시면 당장 나을 거라고 그는 말했다.

　나는 마티니를 조금 마셨고, 그 후 리처드는 내 옆에서 사라졌다. 푸른 스포트라이트가 비친 곳에는 가수가 한 명 서 있었다. 그녀는 물결치는 검은 머리를 한쪽 눈 위로 덮어 내렸고, 커다란 물고기 비늘 같은 반짝 장식이 가득 달린 검은색 통 모양 드레스를 입고 있었다. 드레스는 그녀의 탄탄하지만 튀어나온 엉덩이에 밀착되어 있었고 꼰 실과 같은 것에 매달려 있었다. 나는 완전히 매혹된 채 그녀를 바라보았다. 나는 카바레에도, 심지어 나이트클럽에도 가 본 적이 없었다. 그녀는 어깨를 흔들며 외설적인 신음 소리 같은 목소리로 「험악한 날씨」라는 노래를 불렀다. 그녀 몸의 전면이 반 정도 노출되어 있었다.

　사람들은 탁자 앞에 앉아 그녀를 바라보고 노래를 들으며 그녀에 대한 의견을 늘어놓았다. 그들은 자유롭게 그녀를 좋아하거나 싫어했고, 자유롭게 그녀에게 유혹되거나 유혹되지 않았고, 자유롭게 그녀의 공연, 드레스, 그리고 엉덩이를 인정하거나 불인정했다. 그러나 그녀는 자유롭지 않았다. 그녀는 노래 부르고 흔들어 대는 일을 해야만 했다. 그녀가 이런 일을 한 대가로 돈을 받는지, 이것이 그럴 만한 가치가 있는 일인지 궁금해졌다. 가난하다면 가치 있게 여길 것이라고 나는 결론을 내렸다. 그 이후로 '스포트라이트 아래'라는 표현은 굴욕의 정확한 형태를 지칭하는 것으로 내게 인식되었다. '스포트라이트'라는 것은 할 수 있다면 분명 피해야 할 무엇이었다.

　가수가 물러간 후 하얀 피아노를 아주 빠르게 치는 남자가 등장했고, 그다음에는 전문 무용수 한 쌍이 등장했다. 탱고 콤비였다. 그들은 가수처럼 검은 옷을 입고 있었다. 머리는 이제 환한 녹색으로 바뀐 스포트라이트 아래서 에나멜가죽처럼 빛났다. 여자는 구불거리도록 만 검은 머리 한 타래를 이마 위에 딱 붙였고, 커다란 붉은 꽃 한 송이를 귀 뒤에 꽂고 있었다. 드레스는 허벅지 중간부터 갈라진 것을 제외하면 스타킹 같았다. 음악은 술 취한 것처럼 비틀거리고 절뚝거렸다. 마치 세 다리로 흔들거리며 걷는 네 다리 동물처럼. 머리를 숙이고 돌진하는 절름거리는 황소.

춤에 대해 말하자면, 그것은 춤이라기보다는 전투 같았다. 무용수들의 얼굴은 굳어 있었고 냉담해 보였다. 그들은 물어뜯을 기회를 엿보면서 번득이듯 서로를 응시했다. 그것이 일종의 연극이라는 것, 그리고 노련한 공연이라는 것을 나는 알고 있었다. 그럼에도 그들은 부상당한 것처럼 보였다.

사흘째가 되었다. 이른 오후 나는 신선한 공기를 마시기 위해 갑판 위를 걸었다. 리처드는 나와 동행하지 않았다. 무슨 중요한 전보를 기다리는 중이라고 그는 말했다. 그는 이미 전보를 아주 많이 받았다. 은으로 된 종이칼로 봉투를 개봉하고 내용을 읽고는 찢어 버리거나 늘 잠가 두는 서류 가방에 쑤셔 넣었다.

그가 나와 함께 갑판 위에 있었으면 하고 특별히 바란 것은 아니었지만, 그래도 외로운 느낌이 들었다. 외로웠고, 그래서 무시당한 느낌이 들었고, 무시당했기 때문에 실패했다는 느낌이 들었다. 바람맞은 것처럼, 버림받은 것처럼. 실연을 당한 것처럼. 크림색 마직 옷을 입은 영국인 한 무리가 나를 바라보았다. 적대적인 눈길은 아니었다. 온화하고 초연하고 약간 호기심이 어린 듯한 눈길. 어느 누구도 영국인들 같은 시선을 가질 수는 없을 것이다. 구겨지고 더러워진 느낌, 별 볼 일 없는 사람이 된 느낌이었다.

하늘은 음산했다. 구름은 어두운 회색이었고, 마치 꽉 찬 매트리스에서 비어져 나온 속처럼 덩어리 모양으로 쳐져 있었다. 조금씩 가랑비가 내리고 있었다. 나는 모자를 쓰지 않았다. 바람에 날아가 버릴까 봐 걱정되었던 것이다. 턱 밑에서 동여맨 실크 스카프밖에 없었다. 나는 난간에 서서 그 너머 아래로 석판색 파도가 계속 구르는 모습을, 배가 지나간 하얀 흔적이 짧은 의미 없는 메시지를 끼적거리는 것을 보았다. 숨겨진 불운의 단서처럼. 찢어진 시폰 자락. 굴뚝에서 나온 검댕이 내 위에 불어 내렸다. 내 머리가 풀려 내려 젖은 상태로 뺨에 달라붙었다.

이게 바다로구나, 나는 생각했다. 생각했던 것처럼 깊어 보이지 않았다. 바다에 대해 읽었던 것, 시 혹은 다른 것들을 기억해 보려고 노력했으나 아무것도 생각해 낼 수 없었다. "부서져라, 부서져라, 부서져라." 어떤 작품은 이렇게 시작되었다. 거기에는 차가운 회색 돌이 나왔다. "오, 바다여."

나는 배 밖으로 무언가를 던지고 싶었다. 그렇게 해야 할 것만 같았다. 결국 나는 구리 동전을 하나 던졌다. 그러나 소원은 빌지 않았다.

6부

눈먼 암살자

하운즈투스* 정장

그는 열쇠를 돌린다. 요행히 이것은 빗장 자물쇠다. 이번에는 운이 좋다. 아파트 전체를 빌린 것이다. 좁은 부엌 조리대가 딸린 큰 방 하나로 된 원룸 형식의 아파트. 그렇지만 발톱 모양 다리가 달린 욕조와 분홍색 타월이 있는 화장실도 있다. 호사스러운 부속품. 이 아파트는 장례식 때문에 잠시 출타중인 친구의 친구의 여자 친구 것이다. 나흘간의 안전함, 혹은 그에 대한 환상.

커튼은 침대 덮개와 짝을 이루고 있다. 돌기가 있는 무거운 실크 소재의 선홍색 커튼이 성기고 얇은 속 커튼 위에 드리워져 있다. 그는 창문에서 약간 물러서서 밖을 내다본다. 노란색으로 물들어 가는 잎사귀 사이로 보이는 풍경은 앨런 가든**이다. 술 주정뱅이 또는 노숙자 두어 명이 나무 아래 곯아떨어져 있다. 그

---

* 새 발 격자무늬. 짐승의 이빨 자국 같다고 해서 붙여진 이름으로, 특히 상의나 정장용 천에 쓰인다.

** 토론토에 있는 공원.

중 한 사람은 신문지로 얼굴을 가리고 있다. 그도 그렇게 잠을 잔 적이 있다. 숨결로 축축해진 신문지는 빈곤의 냄새, 패배의 냄새, 개털이 묻고 곰팡이가 핀 가구 덮개 냄새를 풍긴다. 풀밭 위에는 어젯밤 행사 뒤에 남은 판지 표지판과 구겨진 종이가 흩어져 있다. 집회가 열렸던 것이다. 자신들의 신조를 실천하기 위해 열심히 노력하고 대중에게 끊임없이 호소하는 동지들. 해도 나지 않는데 건초를 만들려고 노력하는 그들. 이제 우울한 표정의 남자 두 명이 끝에 철이 달린 막대와 누런 삼베 자루를 들고 그것을 청소하고 있다. 적어도 불쌍한 녀석들에게 일거리는 되는 것이다.

그녀는 공원을 사선으로 가로질러 걸어올 것이다. 멈춰 서서 보고 있는 사람은 없는지 너무 눈에 띄게 주위를 둘러볼 것이다. 다 둘러보고 날 즈음이면 누군가가 그녀를 보고 있을 것이다.

흰색과 금색으로 된 여자 취향의 책상 위에는 모양과 크기가 빵 반 덩어리와 비슷한 라디오가 있다. 그는 라디오를 켠다. 멕시코 트리오, 단단하고, 부드럽고, 농밀하게 뒤얽힌 한 줄기 액체 같은 목소리. 그가 가야 할 곳은 바로 그곳, 멕시코다. 데킬라를 마시라. 타락하라. 한층 더 타락하라. 무법자가 되라. 그는 책상 위에 휴대용 타자기를 놓고 뚜껑을 열고 종이를 말아 넣는다. 탄산지가 거의 바닥나고 있다. 그녀가 오기 전에 몇 장 쓸 수 있을 것이다, 그녀가 온다면 말이다. 그녀는 때로 방해를 받거나 저지당하기도 한다. 그녀는 그렇다고 주장한다.

그는 그녀를 호화로운 욕조 속에 들여 넣고 비누 거품으로 뒤덮고 싶다. 분홍색 거품 속의 돼지들처럼 그녀와 뒹굴고 싶다. 아마도 그는 그렇게 할 것이다.

그가 쓰고 있는 것은 하나의 착상, 혹은 착상에 대한 착상이다. 이것은 지구를 탐사하기 위해 우주선을 보내는 외계 종족에 관한 것이다. 그들은 고등 조직의 수정으로 된 존재들이며, 안경, 유리창, 베네치아식 서진(書鎭), 포도주 잔, 다이아몬드 반지 같은 것으로 미루어 볼 때 자신들과 비슷하다고 추정되는 지구의 존재들과 소통을 하고자 노력한다. 그 시도는 실패로 돌아간다. 그들은 자신들의 행성에 보고서를 보낸다. "이 행성은 한때 번성했으나 이제 현존하지 않는 문명의 많은 유물을 간직하고 있다. 그 문명은 수준이 높았던 것 같다. 어떤 재난 때문에 지적 생명체가 소멸되었는지는 알 수 없다. 현재 이 행성은 다양한 녹색의 끈끈하고 가느다란 물체들과 기이하게 생긴 수많은 반고체 진흙 소구체의 온상이 되고 있다. 이런 물질은 행성을 뒤덮고 있는 가볍고 투명한 액체의 비정상적인 흐름으로 인해 사방팔방으로 굴러떨어진다. 이것들이 내는 날카로운 비명과 울려 퍼지는 신음 소리는 마찰성 진동 때문이며, 언어로 착각해서는 안 된다."

그러나 이것은 이야기가 아니다. 외계인들이 침공하여 황폐화하고, 어떤 여자가 몸에 꽉 끼는 옷을 벗어 던지고 나오지 않으면 이야기가 될 수 없다. 그러나 침공은 앞서 기술한 것과 어긋나는 것이 될 것이다. 만일 수정 존재들이 지구에 생명체가 없다고 생각했다면 왜 굳이 그곳에 착륙하려고 하겠는가? 고고학적 이유 때문에, 표본을 구하기 위해. 갑자기 뉴욕 마천루의 유리창 수천 장이 외계의 진공 기기에 빨려 들어간다. 은행장 수천 명 역시 빨려 나와 비명을 지르며 죽는다. 그 정도는 괜찮을 것이다.

아니다. 아직도 이야기라고 할 수는 없다. 그는 팔릴 만한 것을 써야 한다. 결국 판매에 절대로 실패하지 않는, 죽은 여자들이 피를 갈망하는 이야기로 되돌아간다. 이번에는 그들에게 자주색 머리칼을 부여하고 아른의 열두 개의 달의 유독한 연보라색 광선 아래서 그들을 움직일 것이다. 가장 좋은 방법은 젊은 남자들이 생각해 낼 법한 표지 삽화를 묘사한 후 거기서부터 전개해 나가는 것이다.

그는 이 여자들에게 싫증이 났다. 그들의 독니, 유연함, 단단하지만 잘 익은 그레이프프루트 반쪽 같은 가슴, 게걸스러움에 싫증이 났다. 그들의 붉은 발톱, 살무사 같은 눈에 싫증났다. 그들의 머리를 후려갈기는 것에 싫증났다. 윌이니 버트니 네드니 하는 짧막한 이름을 가진 영웅들에 싫증났다. 그들의 광선총, 금속성의 꽉 끼는 옷에 싫증났다. 10센트짜리 스릴. 그래도 빨리 써 낸다면 밥벌이는 될 수 있다. 그리고 빌어먹는 사람이 입맛대로 가려 댈 수는 없는 법이다.

돈이 또 부족하다. 그녀가 그의 이름이 아닌 사서함 번호가 적힌 수표를 가져왔으면 하고 바란다. 그가 배서를 하면 그녀가 대신 현금으로 바꿔 줄 것이다. 그녀의 이름으로 그녀가 다니는 은행에서 하는 거라면 아무런 문제가 없을 것이다. 그녀가 우표를 가져왔으면 좋겠다고 생각한다. 담배도 더 가져왔으면 좋겠다. 세 개비밖에 남지 않았다.

그는 천천히 걷는다. 바닥이 삐걱거린다. 경재(硬材) 바닥인데, 라디에이터가 새는 곳에는 얼룩이 졌다. 이 아파트 건물은 평판이 좋은 독신 사무가들을 위해 전쟁 전에 세운 것이다. 그때는 보다 괜찮은 곳이었다. 스팀 난방, 끊김 없이 나오는 뜨거운 물, 타일을 깐 복도. 모든 것이 최신식이었다. 이제는 한물갔다. 몇 년 전 치기만만하던 시절, 그는 이곳에 살던 여자 하나와 알고 지냈다. 그의 기억에 따르면 그녀는 간호사였다. 침대 옆 탁자 서랍 속에 든 콘돔. 그녀는 2구 버너를 가지고 있었고, 때때로 그를 위해 아침 식사를 만들어 주기도 했다. 베이컨과 달걀, 버터가 잔뜩 든 팬케이크와 단풍나무 시럽. 그는 손가락에 묻은 시럽을 빨아 먹었다. 그곳에는 이전 세입자가 남기고 간 사슴 머리 박제가 걸려 있었다. 그녀는 그 뿔에 스타킹을 걸어 말렸다.

그들은 토요일 오후, 화요일 저녁, 그리고 그녀가 쉴 때면 언제든지, 스카치위스키, 진, 보드카 등 거기 있는 온갖 술을 마시며 시간을 보냈다. 그녀는 먼저 취하는 것을 좋아했고, 영화 보러 가는 것이나 춤추러 가는 것을 싫어했다. 낭만적인 것이나 낭만을 가장하는 것을 싫어했다. 사실 그 편이 더 나았다. 그녀가 그에게 유일하게 원한 것은 정력이었다. 그녀는 담요를 끌고 와 목욕탕 바닥에 까는 것을 좋아했다. 등 아래로 느껴지는 타일의 딱딱함도 좋아했다. 그것은 그의 무릎이나 팔꿈치에 무척 무리가 가는 일이었다. 그러나 당시 그는 딴 곳에 관심이 팔려 있어 그 사실을 알아차리지 못했다. 그녀는 스포트라이트를 받는 것처럼 신음 소리는 내며 머리를 뒤흔들고 눈을 부라렸다. 언젠가 그는 그녀와 커다란 벽장 안에서 서서 한 적이 있었다. 주일용 크레이프, 양모 카디건과 풀오버 세트 사이에서 좀약 냄새를 맡으며 하는 무릎이 후들거릴 정도의 한판. 그녀는 쾌락으로 흐느꼈다. 그를 저버린 뒤 그녀는 변호사와 결혼했다. 빈틈없는 한 쌍, 순백의 결혼식. 그는 별 다른 앙심 없이 신문에서 결혼 기사를 읽었다. "잘됐군. 나쁜 년도 가끔 이기는 법이야." 그는 생각했다.

철없던 젊은 나날. 무명의 날들, 어리석은 오후들, 성급하고 속되고 빨리 지나가 버렸으며, 이전이나 이후에도 갈망을 불러 일으키지 않았고, 말을 할 필요도, 지불해야 할 것도 없었던 시간. 그가 혼란스러운 일에 말려들기 전의 나날들.

그는 시계를 본 후 창밖을 다시 내다본다. 여기 그녀가 공원을 사선으로 가로질러 성큼성큼 걸어오고 있다. 오늘은 챙이 넓은 모자와 벨트를 졸라 맨 하운즈투스 정장 차림을 하고, 핸드백을 팔 아래 움켜잡고, 주름치마를 펄럭이며, 마치 뒷발로 걷는 것에 결코 익숙해질 수 없다는 듯 기이하게 물결치는 듯한 발걸음으로 오고 있다. 하이힐 때문에 그런 것일 수도 있다. 그것을 신고 어떻게 균형을 맞추는지 그는 종종 궁금해한다. 이제 그녀는 신호를 받은 것처럼 멈춰 선다. 마치 혼란스러운 꿈에서 깨어난 것처럼 그녀 특유의 당황한 눈빛으로 주위를 둘러본다. 그러자 종이를 줍는 두 남자가 그녀를 쳐다본다. "뭔가를 잃어버리셨나요, 아가씨?" 그러나 그녀는 계속 걸어와 길을 건넌다. 나뭇잎 사이로 그녀의 모습이 일부 보인다. 아마 집의 호수를 찾고 있을 것이다. 이제 그녀는 앞 층계에 올라선다. 초인종이 울린다. 그는 단추를 누르고 담뱃불을 눌러 끄고 책상 조명을 끄고 문자물쇠를 연다.

안녕. 너무 숨이 차요. 엘리베이터가 올 때까지 기다리지 않았어요. 그녀는 문을 밀어 닫고 거기에 등을 대고 선다.

아무도 당신을 따라오지 않았어. 내가 당신을 보고 있었거든. 담배 있어?

그리고 당신 수표, 그리고 스카치위스키 5분의 1병, 최상급이에요. 구색이 맞는 우리 바에서 훔쳐 왔어요. 우리한테 구색이 제법 맞는 바가 있다고 말했던가요?

그녀는 스스럼없이 행동하려고 노력한다. 경망스럽기까지 하다. 그녀는 그렇게 하는 데 능숙하지 않다. 그녀는 가만히 멈춰서 그가 무엇을 원하는지 보려고 기다린다. 그녀는 절대로 먼저 행동을 취하지 않는다. 속마음을 드러내기 싫어하는 것이다.

당신은 착한 여자야. 그는 그녀에게 다가가 안는다.

내가 착한 여자예요? 때로는 내가 심부름을 하는 총잡이의 정부가 된 느낌이에요.

당신은 총잡이의 정부가 아니야. 나는 총이 없거든. 당신은 영화를 너무 많이 봤어.

많이 봤다고 할 수 없죠. 그녀는 그의 목 옆에 대고 말한다. 그는 머리를 잘라야 할 것 같다. 부드러운 엉겅퀴 같은 털. 그녀는 그의 셔츠 단추 네 개를 풀고 셔츠 아래로 손을 집어넣는다. 그의 육체는 너무나 농축되어 있다. 너무나 농밀하다. 결이 좋고 까맣게 탄. 그녀는 그런 나무로 깎아 낸 담배 재떨이를 본 적이 있다.

눈먼 암살자

붉은 양단(洋緞)

정말 좋았어요, 하고 그녀는 말한다. 목욕하는 거 정말 좋았어요. 당신이 분홍색 타월을 쓰는 걸 한 번도 상상해 본 적이 없어요. 보통 때와 비교하면 상당히 호화롭군요.

유혹이 사방에 숨어 있지, 하고 그는 말한다. 환락가가 손짓하고 있어. 이 방 주인이 아마추어 매춘부일 거라고 단언하지. 그렇게 생각하지 않아?

그는 그녀를 분홍색 타월로 감싼 다음 축축하고 미끄러운 채로 침대로 안고 왔다. 이제 그들은 우둘투둘한 진홍색 비단 침대 덮개, 새틴 침대보를 덮고 그녀가 가져온 스카치위스키를 마시고 있다. 이것은 최고급 혼합주다. 훈연 향이 나고 강하면서도 토피 사탕처럼 부드럽게 넘어간다. 그녀는 관능적으로 기지개를 펴면서 누가 이 침대보를 세탁할 것인지 잠시 궁금해한다.

그녀는 이 가지각색의 방들에서 위반을 하고 있다는 기분을 결코 떨쳐 버리지 못한다. 그곳에 일상적으로 사는 사람들의 사적 경계선을 침범했다는 기분. 그녀는 벽장과 옷장 서랍을 뒤져 보고 싶다. 훔치기 위해서가 아니라 그냥 보기 위해서. 다른 사람들이 어떻게 사는지 보기 위해. 실제 사람들. 그녀보다 더 실제적인 사람들. 그에게도 똑같이 하고 싶다. 단, 그에게는 벽장이, 옷장 서랍이, 그의 소유라고 할 만한 것이 없다. 발견될 것도, 그를 밀고할 것도 없다. 오직 그가 항상 잠가 두는 닳아 빠진 푸른 여행용 가방뿐이다. 그것은 보통 침대 아래 있다.

그의 주머니에서는 별다른 정보를 찾을 수 없다. 그녀는 주머니를 몇 번 뒤져 보았다.(염탐한 것은 아니었다. 그저 어떤 물건이 있고 그것이 무엇이며 어디에 있는지 알고 싶었을 뿐이다.) 하얀 테가 둘러진 파란색 손수건, 거스름 잔돈, 파라핀 종이에 싼 담배꽁초 두 개. 아마도 아껴 둔 것 같았다. 오래된 잭나이프. 한번은 단추 두 개가 발견되었다. 그녀는 셔츠에서 떨어진 것이리라고 추측했다. 달아 주겠다는 제안은 하지 않았다. 그러면 자신이 몰래 살피고 있었다는 사실을 그가 알게 되는 것이다. 그녀는 그가 자신을 믿을 만한 사람으로 생각하기를 바란다.

남의 이름으로 된 운전 면허증. 출생증명서도 마찬가지였다. 다른 이름들. 그녀는 촘촘한 빗으로 그를 훑어 보고 싶다. 그를 샅샅이 뒤지고 거꾸로 들어 보고 싶다. 그를 비워 보고 싶다.

그는 라디오 크루너*처럼 기름진 목소리로 부드럽게 노래를 부른다.

연기로 가득 찬 방, 악마의 달, 그리고 당신—

---

* 중저음의 부드럽고 편안한 목소리로 조용한 사랑 노래를 부르는 남자 가수를 총칭하는 말.

나는 키스를 훔쳤고, 당신은 진실하겠다고 약속했지 —

나는 당신 드레스 아래로 내 손을 밀어 넣었네.

당신은 내 귀를 물었고, 우리는 마구 어질러 놓았네.

이제 새벽이고, 당신은 가 버렸지.

그리고 나는 우울해.

그녀는 웃음을 터뜨린다. 어디서 배운 거예요?

이건 내 매춘부 노래야. 이 방과 잘 어울리지.

그녀는 진짜 매춘부가 아니에요. 아마추어도 아니죠. 돈도 받지 않을걸요. 아마 다른 방법으로 보수를 받을 거예요.

아주 많은 초콜릿. 그거면 되겠어?

한 트럭 정도는 돼야 해요, 그녀는 말한다. 나는 비싼 편이에요. 침대 덮개는 진짜 실크네요. 색깔이 마음에 들어요 — 지나치게 화려하지만 상당히 예뻐요. 혈색을 돋보이게 하죠, 분홍색 촛불 색조처럼 말이에요. 좀 더 지어냈나요?

더 뭘 말이야?

내 이야기 말이에요.

당신의 이야기?

그래요. 나를 위한 거 아닌가요?

아, 그래. 그는 말한다. 물론이지. 다른 것은 아무것도 생각하지 않아. 밤에도 잠을 못 자.

거짓말쟁이. 싫증 났어요?

당신을 기쁘게 하는 거라면 싫증이 나지 않지.

맙소사, 이렇게 친절하시다니. 분홍색 타월을 좀 더 자주 써야겠어요. 이제 곧 내 유리 슬리퍼에 키스를 하겠는걸요. 하지만 어쨌든 계속해 봐요.

어디까지 했더라?

종이 울렸어요. 목이 베였죠. 문이 열리는 중이었어요.

아. 맞아. 그럼.

그는 말한다, 우리가 이야기해 왔던 소녀는 문이 열리는 소리를 들었어. 그녀는 벽에 기대서서 하룻밤의 침대 위에 놓인 붉은 양단을 잡아당겨 몸에 단단히 감고 있어. 양단에서는 짭짤한 냄새가 나. 만조 때의 소금 습지처럼. 그녀를 앞서간 사람들의 말라붙은 공포. 누군가가 들어왔어. 무거운 물체가 바닥에 끌리는 소리가 나고 있어. 문이 다시 닫혔어. 방 안은 칠흑처럼 어두워. 왜 램프도, 초도 없는 걸까?

그녀는 자신을 보호하기 위해 앞으로 손을 뻗쳐. 그리고 다른 손이 자신의 왼손을 붙들어 잡는 것을 느끼지 ─ 부드럽게, 강압적이지 않게. 마치 질문을 받는 것 같아.

그녀는 말을 할 수 없어. "나는 말을 할 수 없어요."라는 말조차 할 수 없어.

눈먼 암살자는 여자의 베일을 바닥에 떨어뜨리지. 그는 소녀의 손을 잡고서 그녀 옆 침대에 앉아. 여전히 그녀를 죽일 생각이지만, 그건 나중에도 할 수 있으니까. 그는 이런 감금된 소녀들에 대해, 삶의 마지막 날까지 모든 사람으로부터 감추어진 이들에 대해 들어 본 적이 있어. 그는 그녀에 대해 호기심을 갖고 있어. 어쨌건 그녀는 일종의 선물이고, 그것도 온전히 그만을 위한 것이잖아. 그런 선물을 거절하는 것은 신의 얼굴에 침을 뱉는 것이나 마찬가지일 거야. 재빨리 움직여 일을 끝낸 다음 사라져야 한다는 것을 그는 알고 있어. 하지만 아직도 시간이 많이 남아 있어. 그는 사람들이 그녀에게 발라 놓은 향내를 맡을 수 있어. 결혼하지 않고 죽은 젊은 여자들의 상여 냄새. 낭비된 감미로움.

그가 무엇을 망쳐 놓는 것은 아니야. 아니, 적어도 이미 구매되고 돈거래가 끝난 것을 타락시키는 것은 아니지. 부정한 지하 세계의 우두머리가 이미 왔다가 간 것 같거든. 그는 녹슨 쇠사슬 갑옷을 입고 있었을까? 아마 그랬을 거야. 무거운 쇠 열쇠처럼 쩔꺽거리며 그녀 안으로 들어가 그녀의 육체 속에서 자신을 틀고 그녀를 억지로 열었겠지. 그는 그 느낌을 너무 잘 기억하고 있어. 다른 일은 몰라도 그것만은 하지 않을 거야.

그는 그녀의 손을 자신의 입 쪽으로 들어 입술을 가져다 대지. 정말 입맞춤이라기보다는 존경과 경의의 표시라고 할 수 있어. 자비롭고 가장 뛰어난 분이시여, 그는 이렇게 말하기 시작해. 그건 거지가 돈을 기부해 줄 만한 사람에게 통상적으로 말을 건네는 수법이야. 당신의 뛰어난 아름다움이 저를 이곳까지 불러 왔습니다. 비록 이곳에 있는 것만으로도 제 목숨을 내놓아야 하지만. 제 눈으로 당신을 볼 수는 없습니다. 저는 눈이 멀었기 때문입니다. 제 손으로 당신을 볼 수 있도록 해 주시겠습니까? 마지막 친절이 될 것입니다. 그리고 아마도 당신을 위한 것이기도 할 것입니다.

노예 생활과 매춘 생활을 공으로 한 건 아니었어. 어떻게 아첨을 떨고 그럴싸하게 거짓말하고 환심을 사는지를 배웠거든. 그는 손가락을 그녀의 턱에 놓고 그녀가 망설이다가 이내 고개를 끄덕일 때까지 기다리지. 그는 그녀가 무슨 생각을 하고 있는지

들을 수 있어 ─ '내일이면 나는 죽을 것이다.' 그는 자신이 이 곳에 와 있는 진짜 이유를 그녀가 짐작하고 있는지 궁금해하고 있어.

이제까지 이루어진 최고의 업적 몇 가지는 막다른 골목에 다다른 이들, 시간이 남지 않은 이들, '무기력함'이라는 것이 무슨 의미인지 아는 사람들이 이루어 놓은 거야. 그들은 위험과 이익에 대한 계산을 할 필요가 없고, 미래에 대해 생각하지 않으며, 현재라는 시점에 못 박혀 있거든. 절벽 너머로 내던져지면 떨어지거나 날아야 해. 어떤 희망을 부여잡게 되지. 아무리 가망성 없는 것이라도, 아무리 (이렇게 과도한 단어를 써도 된다면) 기적적이라 하더라도. 기적적이라는 것은 '모든 가능성에 반하여'라는 뜻이지.

그리고 오늘 밤이 바로 그런 시점이야.

눈먼 암살자는 천천히 그녀를 만지기 시작해. 한 손으로만. 오른손, 능숙한 손, 칼을 쓰는 손이지. 그의 손은 그녀의 얼굴을 지나 목으로 내려가며 쓰다듬고 있어. 그런 다음 그는 왼손, 서투른 손을 들어 양손으로 부드럽게 어루만지지. 마치 약하디약한 타래, 비단 타래를 집어 들듯이. 그건 마치 물로 애무를 받는 것과 같아. 그녀는 몸을 떨고 있어. 하지만 이전처럼 두려움 때문에 그런 게 아니야. 어느 정도 시간이 흐른 후 그녀는 붉은 양단을 몸에서 떨어뜨리고 그의 손을 잡아 인도하지.

촉감은 시각, 말에 선행하는 거야. 그것은 첫 언어이자 마지막 언어며, 언제나 진실을 말해 주지.

이렇게 해서 말하지 못하는 소녀와 볼 수 없는 남자가 사랑에 빠지게 되었어.

당신은 나를 놀래는군요, 하고 그녀는 말한다.

내가? 그는 말한다. 왜? 당신을 놀래는 것을 좋아하기는 하지만. 그는 담뱃불을 켜고 그녀에게 한 개비를 내민다. 그녀는 거절의 의미로 머리를 가로젓는다. 그는 담배를 지나치게 많이 피운다. 신경이 곤두서서 그럴 것이다. 손은 떨지 않지만.

그들이 사랑에 빠졌다고 말했기 때문이죠, 하고 그녀는 말한다. 당신은 종종 그런 개념을 비웃었잖아요. 사실적이지 않고, 속이 부패한 부르주아적 미신이라고 하면서. 진저리나는 감상, 솔직한 육체성에 대한 과장된 빅토리아 시대적 변명이라고. 스스로에게 관대해지는 건가요?

나를 비난하지 마. 역사를 비난하라고. 그는 미소를 지으며 말한다. 그런 일은 일어나게 마련이지. 사랑에 빠지는 것은 계속 기록되어 왔어. 아니, 적어도 그런 단어들은. 어쨌든, 나는 그가 거짓말하고 있는 거라고 말했어.

그런 식으로 옴질옴질 빠져나가지 말아요. 거짓말은 시작할 때뿐이었어요. 그런 다음 바꿨잖아요.

맞는 말이야. 그렇지만 그걸 좀 더 냉정하게 바라보는 방법도 있지.

뭘 바라본다는 거예요?

이 사랑에 빠지는 사업 말이야.

언제부터 이게 사업이 된 거죠? 그녀는 화가 나서 말한다.

그는 미소를 짓는다. 그게 거슬려? 너무 상업적이라서? 당신의 양심에 걸린다, 이건가? 하지만 거래는 언제나 존재하잖아, 안 그래?

아니요. 안 그래요. 언제나 그런 건 아니죠.

그가 손에 잡히는 것을 닥치는 대로 움켜쥐었다고 할 수도 있겠지. 왜 그러지 않겠어? 그는 양심의 거리낌도 없어. 그의 인생은 끔찍한 생존 경쟁으로 가득 차 있고 항상 그래 왔어. 혹은 그들은 둘 다 어렸고 그래서 현명하게 대처하지 못했다고 말할 수도 있겠지. 젊은이들은 습관적으로 정욕을 사랑이라고 착각하지. 그들은 온갖 종류의 이상주의로 가득 차 있어. 그리고 그가 나중에 그녀를 죽이지 않았다고 말하지 않았어. 내가 지적했듯이 그는 자기 이익에만 관심을 가진 사람이었어.

그러니까 당신은 꽁무니를 빼는 거군요, 하고 그녀는 말한다. 뒷걸음치고 있군요, 당신은 겁쟁이예요. 끝장날 때까지 가보지 않을 거라고요. 당신은 놀아나는 계집이 섹스를 다루듯 사랑을 취급하고 있어요.

그는 웃음을 터뜨린다. 놀란 듯한 웃음. 천박한 언어 때문인가? 그는 당황했는가? 그녀가 결국 해낸 것인가? 말조심해요, 아가씨.

왜요? 당신은 조심하지 않잖아요.

나는 나쁜 본보기야. 그냥 그들이 자신들의 감정을 마음껏 탐닉했다고 해 두지. 그걸 감정이라고 부르고 싶다면 말이야. 그들은 자신들의 감정 속을 뒹굴 수 있었지. 그 순간을 누리고, 양쪽 끝에서 시를 거침없이 뿜어내고, 양초를 태우고, 잔을 비우고, 달을 향해 아우성치고. 시간이 얼마 남지 않았어. 그들에게는 잃을 것이 아무것도 없었지.

그는 그랬겠죠. 아니, 분명히 그는 자신이 그렇다고 생각했을 거예요.

그럼 좋아. '그녀는' 잃을 것이 아무것도 없었어. 그는 구름 같은 연기를 불어 버린다.

나와는 달리 말이죠, 하고 그녀는 말한다. 그 말을 하고 싶은 거죠.

당신과는 달리, 내 사랑, 하고 그는 말한다. 나처럼. 나야말로 아무것도 잃을 것이 없는 사람이야.

그녀는 말한다. 하지만 당신은 나를 가졌잖아요. 나는 아무것도 아닌 존재가 아니에요.

《토론토 스타》, 1935년 8월 28일

상류사회 여학생 안전하게 발견되다
스타지 특보

경찰은 어제 15세의 상류사회 여학생 로라 체이스 수색을 종료했다. 체이스 양은 일주일간 실종되었으며, 친지인 E. 뉴턴-도브스 부부와 함께 머스코카에 있는 그들의 여름 별장에 안전하게 머무르고 있다는 것이 발견되었다. 저명한 실업가이자 체이스 양의 언니와 결혼한 리처드 E. 그리폰 씨는 가족을 대표하여 전화로 기자들에게 말했다. "제 아내와 저는 매우 안도하고 있습니다. 발송이 지연된 편지 때문에 빚어진 단순한 혼동이었습니다. 체이스 양은 휴가 계획을 세웠고, 그것을 우리가 알고 있으리라 생각했습니다. 주인 부부 역시 마찬가지였습니다. 그들은 휴가 동안 신문을 읽지 않습니다. 그렇지 않았다면 이런 혼란이 야기되지 않았을 것입니다. 도시로 돌아와 상황을 알아차리게 되자 그들은 즉시 우리에게 전화를 했습니다."

체이스 양이 가출을 하였고 서니사이드 비치 놀이동산에서 이상한 상황에 처한 적이 있다는 소문에 대해 질문을 받자, 그리폰 씨는 누가 그런 악성 거짓말을 만들어 낸 것인지 모르겠지만 반드시 찾아내겠다고 말했다. 그는 이와 같이 말했다. "누구에게나 일어날 수 있는 평범한 오해였습니다. 제 아내와 저는 그녀가 안전하다는 사실에 감사하며, 경찰과 신문, 그리고 걱정해 주신 모든 분들께 그간의 도움에 대해 감사드립니다." 체이스 양은 유명세 때문에 불안해한 것으로 알려졌으며 인터뷰를 거부했다.

비록 장기적 피해가 간 것은 아니지만, 우편 전달 체계의 결함으로 인해 야기된 심각한 문제는 이 사건이 처음이 아니다. 시민들은 절대적으로 의지할 수 있는 서비스를 받아야 한다. 정부 관리들은 이 점을 기억해야 할 것이다.

눈먼 암살자

거리 소요(逍遙)

그녀는 길을 따라 걷는다. 자신이 거리를 쏘다니는 부류의 여자로 보이기를 바라면서. 아니, 바로 이 거리를 걸어 다닐 만한 여자. 하지만 그렇게 보이지 않는다. 옷차림이 잘못 되었고, 걸맞지 않는 모자를 썼고, 걸맞지 않는 코트를 입었다. 그녀는 머리에 뒤집어쓴 스카프 끝을 턱 아래로 묶고 소매가 닳은 자루 같은 코트를 입었어야 했다. 우중충하고 검소하게 보였어야 했다.

이곳의 집들은 촘촘히 붙어 있다. 한때 하인들의 숙소였던, 열 지어 서 있는 집들. 그러나 이제는 하인들의 수가 줄어들었고 부자들은 다른 방안을 마련했다. 위쪽으로 두 개, 그리고 아래쪽으로 두 개씩 박힌 검댕 묻은 벽돌, 뒤쪽에 설치된 옥외 변소. 어떤 곳에는 조그만 앞쪽 풀밭에 채소 정원 흔적이 남아 있다. 까맣게 된 토마토 덩굴, 줄이 달린 나무 말뚝. 정원에서는 식물이 잘 자라지 않았을 것이다. 언제나 그늘이 지고 흙은 재투성이였을 것이다. 그러나 심지어 이곳에서도 가을 나무는 무성했다.

이제 남은 나뭇잎들은 노란색과 주황색과 주홍색, 그리고 신선한 간처럼 짙은 빨간색으로 물들어 있다.

집 안쪽에서는 고함치는 소리, 개 짖는 소리, 덜그럭거리는 소리 또는 문이 쾅 닫히는 소리가 들려온다. 억눌린 분노 때문에 목소리를 높이는 여자, 아이들의 반항적인 외침. 비좁은 현관에는 남자들이 나무 의자에 앉아 손을 무릎에서 늘어뜨리고 있다. 직장에서 쫓겨났지만 집과 가정에서는 아직 쫓겨나지 않은 이들. 그들의 시선, 찌푸림이 그녀를 따르고 있다. 그녀의 손목과 목 부분에 붙은 털 장식, 도마뱀 핸드백을 적의를 가지고 살펴보면서. 그들은 집세를 충당하기 위해 지하층과 외딴 구석에 처박힌 하숙인일 수도 있다.

여자들은 머리를 숙이고 어깨는 구부리고 갈색 종이 짐을 들고서 빨리 걸어간다. 분명 결혼한 여자들일 것이다. '뭉근하다'라는 말이 떠오른다. 그들은 정육점에서 뼈를 찾아 다녔을 것이다. 무른 양배추와 함께 상에 올릴 싸구려 고기를 안고 가고 있을 것이다. 그녀는 어깨를 너무 뒤로 젖혔고, 턱은 너무 쳐들고 있으며, 그들과 달리 지친 얼굴이 아니다. 그들이 그녀를 똑바로 바라볼 수 있을 만큼 머리를 들 때면, 그들의 시선은 불쾌함으로 가득 차 있다. 그들은 그녀가 창녀라고 생각할 것이다. 저 여자는 저런 신발을 신고 여기서 무얼 하고 있는 것인가? 자신이 어울리는 물보다 한참 격이 낮은 이곳에서.

그가 말했던 대로 이 한구석에 술집이 있다. 맥주 주점. 밖에는 남자들이 무리를 지어 모여 있다. 그녀가 지나갈 때 아무도 말을 걸지 않고 그저 덤불 속에서 내다보듯 바라볼 뿐이다. 그러나 그들의 투덜거림, 목 안에서 마구 섞인 증오와 정욕이 배의

항적(航跡)처럼 따라오는 것을 그녀는 들을 수 있다. 어쩌면 그녀를 교회 봉사자나 다른 유의 거만한 선행자로 착각했을지도 모른다. 깨끗이 닦아 낸 손가락으로 자신들의 삶을 쑤셔 대고 질문을 하고 식탁에서 긁어모은 것을 가지고 생색내며 도와주는 이. 그러나 그녀는 그런 일을 하는 사람치고 너무 잘 차려입었다.

그녀는 택시를 잡아타고 세 구간 떨어진 곳으로 가서 돈을 지불하고 내린다. 그곳은 교통량이 더 많다. 사람들 입에 오르내리지 않는 것이 가장 좋다. 이 주변에서 누가 택시를 타겠는가? 하지만 어쨌거나 그녀는 이미 사람들 입에 오르내린다. 다른 코트가 필요하다. 자선 기부 장터 같은 곳에서 구해서 여행용 가방에 욱여넣어야 한다. 호텔 식당에 들어가 옷 보관소에 자기 코트를 벗어 놓은 후 화장실로 살그머니 들어가 옷을 갈아입을 수 있을 것이다. 머리를 아무렇게나 치켜 올리고 립스틱을 지울 것이다. 다른 여자가 되어 나타나는 것이다.

아니다. 그렇게는 할 수 없을 것이다. 일단 여행용 가방이 걸린다. 집에서 그걸 가지고 나오는 것도 문제다. "어딜 그렇게 서둘러 가는 거지?"

그래서 결국 그녀는 가면 없는 가면 추리극처럼 행동할 수밖에 없다. 그녀 자신의 얼굴, 그것의 간계에만 의존할 수밖에. 이제까지 그녀는 충분히 연습을 해 왔다. 상냥하게, 냉정하게, 무표정하게 보이기. 양쪽 눈썹 치올리기. 이중간첩의 순진하고 투명한 눈길. 깨끗한 물과 같은 얼굴. 중요한 것은 거짓말을 하는 것이 아니라 그것의 필요성을 피하는 것이다. 바보 같은 질문을 사전에 차단하는 것.

그렇지만 약간의 위험 요소가 있다. 그의 상황도 마찬가지다. 그는 이전보다 더 위험해졌다고 말했다. 거리에서 한 번 목격을 당했다고 했다. 누군가가 알아본 것이다. 아마도 '붉은 군단'*에 속한 앞잡이였을 것이다. 그는 붐비는 맥주 주점을 가로질러 뒷문으로 도망쳤다.

그녀는 이런 종류의 위험이 존재한다는 것을 믿어야 할지 판단할 수 없다. 불룩한 검은 양복을 입고 깃을 세운 남자들, 배회하는 차들. "우리와 함께 갑시다. 당신을 태우고 가겠소." 텅 빈 방과 거슬리는 불빛. 너무 연극적이다. 혹은 안개가 낀 흑백 화면에서나 볼 수 있을 법한 장면. 다른 나라, 다른 언어로 일어나는 일. 이곳에서 벌어지는 것이라면 그녀에게는 일어나지 않을 일.

만일 붙잡히게 되면 그녀는 그를 부인할 것이다. 수탉이 한 번도 울기 전에.** 그러리라는 것을 그녀는 알고 있다. 분명하게, 침착하게. 어쨌든 그녀는 풀려날 것이고, 그녀가 관련된 것은 경박한 장난 혹은 반항적 놀음으로 비춰질 것이며, 결과적으로 야기될 모든 혼란은 다 은폐될 것이다. 물론 개인적으로 그에 대한 대가를 치러야 할 것이다. 하지만 무엇으로 치를 것인가? 그녀는 이미 파멸된 상태다. 돌에서 피를 짜낼 수는 없는 법이다. 그녀는 스스로를 감금하고 문을 닫아 버릴 것이다. 미쳐 버릴 것이다. 영원히.

---

* 미국의 경찰 첩보단. 1920~1930년대에는 공산주의자와 노동조합 주도자들을 잡아들이는 것이 주 임무였다. 캐나다에서는 1930년대에 창설되었다.
** 베드로가 예수의 예언대로 수탉이 울기 전에, 즉 동이 트기도 전에 자신은 예수를 모른다고 세 번 부인한 사건(「마태복음」 26장 69~75절)에 빗대어 말하는 것이다.

최근 들어 그녀는 누군가가 자신을 감시하고 있다는 느낌을 받아 왔다. 주위를 살펴볼 때면 언제나 아무도 없지만. 그녀는 좀 더 신중하게 행동한다. 할 수 있는 한 최대로 신중하게. 두려워하는 것인가? 그렇다. 대부분의 경우에는. 그러나 그녀의 두려움은 중요한 것이 아니다. 아니, 그것은 중요하다. 그것은 그녀가 그와 함께 느끼는 쾌락의 강도를 높여 준다. 또한 그것을 무사히 해냈다는 기분 또한.

진정한 위험은 그녀 자신에게서 비롯되는 것이다. 그녀가 무엇을 허용할 것인지, 어느 정도까지 꺼리지 않고 할 것인지에 따라서. 그러나 허용하는 것과 꺼리지 않는 것은 그것과 아무 상관이 없다. 그렇다면 그녀가 어디로 떠밀릴 것인지, 어디로 인도될 것인지에 따라. 그녀는 스스로의 동기를 점검해 보지 않았다. 동기 같은 것은 없을지도 모른다. 욕망은 동기가 아니다. 자신에게는 아무 선택권이 없는 것처럼 보인다. 그런 극단적인 쾌락은 굴욕이기도 하다. 그것은 수치스러운 끈을 목에 매고 끌려가는 것과 같다. 그녀는 자신에게 자유가 없다는 사실을 증오한다. 그래서 그녀는 재회의 간격을 늘이고 그와의 만남을 제한한다. 그를 바람맞히고, 왜 자신이 나올 수 없었는지에 대해 작은 거짓말을 늘어놓는다. 공원 벽의 분필 표시를 보지 못했다거나 메시지를 받지 못했다는 식의. 존재하지 않는 드레스 가게의 주소, 허구의 오랜 친구가 서명한 엽서, 잘못 걸려 온 전화.

그러나 결국 그녀는 돌아온다. 거부해 봐야 소용없는 것이다. 기억 상실을 위해, 망각하기 위해 그에게로 간다. 그녀는 자신을 저버리고 지워 버린다. 자기 몸의 어둠 속으로 들어가 스스로의 이름을 잊어버린다. 희생 제물이 되는 것, 그녀가 원하는 것은 바로 그것이다. 잠시뿐이라 하더라도. 경계 없이 존재하는 것.

그렇지만 그녀는 처음에는 생각하지 못했던 일들에 대해 궁금해하기 시작한다. 그는 어떻게 세탁을 하는가? 한번은 라디에이터 위에 양말이 널려 있었는데 그녀가 쳐다보는 것을 보고는 급히 걷어서 보이지 않게 치워 버렸다. 그녀가 오기 전에 그는 청소를 한다. 아니, 적어도 비질은 한 번 한다. 그는 어디서 식사를 하는가? 그는 같은 장소에 너무 자주 모습을 드러내고 싶지 않다고 말했다. 계속 이동해야 한다. 한 식당, 싸구려 식당에서, 다른 싸구려 식당으로. 이런 단어들도 그의 입을 통해 발회되면 천박한 매력을 갖게 된다. 어떤 날에는 평소보다 더 예민해져서 머리를 계속 숙이고 있고 밖으로 나가지 않는다. 이 방 저 방에 사과 속이 굴러다닌다. 바닥에는 빵 부스러기가 떨어져 있다.

그는 어디서 사과와 빵을 구하는가? 그런 세부 사항에 대해 그는 이상할 정도로 말을 아낀다. 그녀가 없는 곳에서 그의 삶이 어떻게 흘러가는지에 대해서. 어쩌면 너무 많은 것을 알게 되면 그녀가 자신을 경시하게 되리라고 생각하는 것일 수도 있다. 너무 많은 누추한 항목들. 아마도 그의 생각이 옳을 것이다.(내밀한 순간에 갑자기 놀라는 모습이 담긴 미술관의 그 모든 여자 그림들. 잠자는 정령. 수산나와 노인들.* 주석 욕조에 한 발을 담그고 있는 목욕하는 여자 ── 르누아르, 아니, 드가였던가?** 그 두 사람 모두다.

---

* 구약 성경의 「다니엘서」 13장에 나오는 이야기로, 구에르치노(1591~1666), 루벤스(1577~1640) 등 여러 화가들이 그림의 주제로 삼았다.
** 프랑스 인상주의 화가 드가(1834~1917)와 르누아르(1841~1919)는 만년에 목욕하는 여인의 모습을 다양하게 화폭에 담았다.

그리고 두 여자 모두 통통하다. 디아나*와 그녀를 따르는 처녀들, 사냥꾼의 염탐하는 눈을 그들이 발견하기 직전. '개수대에서 양말 신는 남자'라는 제목의 그림은 없다.)

로맨스는 어느 정도 거리가 떨어져 있을 때 발생한다. 로맨스는 이슬로 흐려진 창을 통해 우리를 들여다본다. 로맨스는 잡다한 일을 제외하는 것을 의미한다. 삶이 투덜거리고 훌쩍이는 대목에서 로맨스는 그저 한숨만 쉴 뿐이다. 그녀는 그 이상의 것을 원하는 것인가? 그의 더 많은 부분을? 모든 것을 보고 싶어 하는 것인가?

위험은 너무 가까이서 보고 너무 많은 것을 보는 것에서 비롯된다. 그를 보잘것없는 존재로 만들어 버리는 것에서, 그리고 그와 함께 그녀도 또한 그렇게 되는 것에서. 그런 다음 그 모든 것이 사용되어 버린 후 공허한 상태에서 깨어나게 될 것이다. 모든 것이 끝장날 것이다. 그녀에게는 아무것도 남지 않을 것이다. 그녀는 그를 '여의게' 될 것이다.

예스러운 단어.

그는 그녀를 마중 나오지 않았다, 이번에는. 그는 나오지 않는 편이 낫겠다고 말했다. 그녀 혼자서 길을 찾아가야 한다. 그녀의 장갑 손바닥 부분에는 정사각형 모양으로 접힌 종이가 쥐여 있다. 불가해한 방향 설명이 쓰여 있는 종이. 그러나 그녀는 그것을 들여다볼 필요가 없다. 어둠 속의 라듐 나침반처럼 그것이 희미하게 빛을 내는 것을 피부로 느낄 수 있다.

---

* 로마 신화에 나오는 사냥, 다산(多産), 순결, 달의 여신.

그녀는 그가 자신의 모습을 상상하는 것을 상상해 본다. 거리를 따라 걸어오는 모습, 이제 더 가까이, 이제 곧 도착할 모습을 상상하는 것. 그는 초조해하는가? 신경이 곤두섰는가? 기다릴 수 없는 지경인가? 그도 그녀와 같은가? 그는 자신이 무관심하다는 것을 넌지시 드러내는 것을 즐긴다. 그녀가 오든지 오지 않든지 상관하지 않는다고. 그러나 그것은 그가 하는 여러 연기 중 하나일 뿐이다. 예를 들자면, 그는 더 이상 기성품 담배를 피우지 않는다. 그걸 감당할 돈이 없다. 하루에 세 번씩 선정적으로 생긴 분홍색 고무 기구를 꺼내 직접 담배를 만다. 그것을 면도날로 절단한 뒤 크레이븐 에이 상표 담뱃갑 속에 채워 넣는다. 그의 작은 속임수, 혹은 허영 중의 하나. 그가 그런 허영을 필요로 한다는 사실에 그녀는 깜짝 놀란다.

그녀는 때로 그에게 담배를 가져다준다. 담배 한 움큼. 선물. 부유함. 그녀는 유리 커피 탁자 위에 놓인 은제 담배 상자에서 그것을 훔친 다음 핸드백 속에 밀어 넣는다. 그러나 매번 그렇게 하는 것은 아니다. 그를 조바심하게 만드는 것이 가장 좋다. 그를 굶주리게 하는 것이.

그는 포식한 후 담배를 피우며 드러눕는다. 그녀는 고백을 원할 때 자신이 먼저 받으려 한다. 우선 그것을 확실히 해야 하는 것이다. 창녀가 아무리 하찮은 금액이라도 돈을 먼저 받듯이. "당신이 그리웠어." 그는 이렇게 말할지도 모른다. 혹은 "당신을 끊임없이 원해."라고 할 수도 있다. 눈을 감고 자제하기 위해 이를 악물고서. 그가 자신의 목에 입술을 대고 하는 말을 들을 수 있다.

나중에, 그녀는 원하는 것을 낚아야 한다.

무슨 말 좀 해 봐요.

무슨 말?

당신이 하고 싶은 아무 말이나.

무슨 말을 듣고 싶은지 말해 봐.

내가 말한 다음 당신이 하면 당신 말을 믿을 수 없을 거예요.

그럼 행간을 파악해.

하지만 행이 없는걸요. 당신이 아무 말도 안 했잖아요.

그러면 그는 노래를 부를 것이다.

오, 당신은 거시기를 넣고, 거시기를 꺼내네,

그리고 굴뚝에서 연기는 그대로 나네 —

이건 어때? 그는 말할 것이다.

당신은 정말 치사한 사람이에요.

그렇지 않다고 말한 적 한 번도 없어.

그들이 이야기를 수단으로 삼는 것은 어쩌면 당연한 일이다.

그녀는 신발 수선 가게에서 왼쪽으로 방향을 바꾼 다음 한 구간을 지나고 그다음 집 두 채를 지난다. 그다음 작은 아파트 건물이 나타난다. 익셀시어.* 분명 헨리 워즈워스 롱펠로의 시 제목에서 따온 이름일 것이다. 기이한 도안이 그려진 깃발, 정상에 오르기 위해 모든 세속적 관심사를 희생하는 기사. 무엇의

---

* 익셀시어(excelsior)는 라틴어 격언으로 '보다 더 높이', '계속해서 앞으로'라는 뜻이다. 롱펠로가 쓴 동명의 시는 어떤 젊은이가 '익셀시어'라는 푯말이 붙은 마을을 지나며 모든 경고를 무시하고 정상을 향해 가는 이야기이다.

정상? 부르주아 경건주의 안락의자의 정상. 이 순간, 이곳에서, 그 이름은 얼마나 우스꽝스러운지.

익셀시어는 붉은 벽돌로 된 3층 건물이다. 각 층에는 창문이 네 개씩 있고, 연철 발코니가 있는데, 사실 그것은 발코니라기보다는 장식 돌림띠처럼 보이고 의자를 놓을 공간도 없다. 한때는 인근 주택보다 한층 격 높은 곳이었으나, 이제는 변방에서 허덕거리는 곳이다. 잿빛으로 변색된 행주가 패배한 연대의 깃발처럼 걸려 있다.

그녀는 건물을 지나 다음 모퉁이에서 길을 건넌다. 그곳에 멈춰서 신발에 무엇이 걸린 것처럼 아래를 내려다본다. 아래를, 그다음에는 뒤쪽을. 뒤에서 따라오는 사람은 아무도 없다. 천천히 지나가는 차도 없다. 실로 짠 가방을 부력 조절용 모래주머니처럼 양손에 들고 앞 계단을 힘겹게 올라가는 살찐 여자. 보도를 따라 지저분한 개 한 마리를 쫓는 남루한 옷차림의 두 소년. 베란다에서 신문 앞에 몸을 웅크리고 있는 사기꾼 세 명을 제외하면 남자는 아무도 없다.

그런 다음 그녀는 왔던 길을 되돌아간다. 익셀시어에 다다르자 그 옆 작은 골목길로 쑥 들어가 뛰지 않으려고 노력하며 재빨리 걷는다. 아스팔트는 고르지 않고 구두 굽은 너무 높다. 이곳에서 발목이 삐면 안 된다. 이제 그녀는 더 노출된 느낌이다, 번쩍이는 빛 속에 붙잡힌 느낌, 여기에는 창문이 없는데도. 심장 박동이 빨라지고 다리는 비단으로 만들어진 것처럼 허약하게 느껴진다. 공포가 그녀를 사로잡는다. 왜?

그는 여기 없을 거야, 하고 그녀의 머릿속을 울리는 낮은 목소리가 말한다. 괴로워하는 낮은 목소리, 슬퍼하는 비둘기처럼 애처로운 속삭임. 그는 가 버렸다. 체포된 것이다. 다시는 그를 보지 못할 것이다. 다시는. 그녀는 울음을 터뜨릴 것만 같다.

그렇게 겁을 먹다니, 바보 같으니. 그렇지만 어느 정도 현실성이 있는 것은 사실이다. 그는 그녀보다 더 쉽게 사라져 버릴 수 있다. 그녀는 주소가 고정된 사람이고, 그는 언제든 그녀를 어디서 찾을 수 있는지 알고 있다.

그녀는 잠시 멈추었다가 손목을 들고 향수를 뿌린 모피에서 나는, 위안을 주는 냄새를 들이마신다. 뒤쪽으로 난 금속 문이 있다. 편의 업무용 문이다. 그녀는 가볍게 문을 두드린다.

눈먼 암살자

관리인

문이 열린다. 그는 거기 있다. 감사함을 느낄 겨를도 없이 그가 그녀를 안으로 잡아당긴다. 그들은 뒤 층계참에 서 있다. 위쪽 어딘가 창에서 들어오는 빛을 제외하고는 어둡다. 그는 손으로 그녀의 얼굴을 감싸고 입맞춤을 한다. 사포 같은 그의 턱. 그는 떨고 있다. 그러나 성적 흥분 때문은 아니다. 아니, 그것 때문만은 아니다.

그녀는 몸을 뺀다. 당신은 산적 같아 보여요. 그녀는 산적을 본 적이 없다. 오페라에서 봤던 산적을 생각하는 것이다. 「카르멘」에 나오는 밀수꾼. 코르크 먹으로 잔뜩 분장을 한.

미안해. 급히 도망가야 했어. 잘못된 경보일 수도 있지. 하여간 몇 가지 물품을 남겨 둘 수밖에 없었어. 그는 말한다.

면도날 같은 거요?

그것도 그중 하나지. 이리 와. 저 아래야.

계단은 협소하다. 페인트칠이 되지 않은 나무, 난간으로 세워

놓은 가로 5센티미터에 세로 10센티미터 크기의 판자. 계단 아래쪽에는 시멘트 바닥이 있다. 석탄 분진 냄새, 동굴의 축축한 돌 같은 찌르는 듯한 지하실 냄새.

여기야. 관리인 방이지.

하지만 당신은 관리인이 아니잖아요. 그녀는 조금 웃으며 말한다. 그런가요?

지금은 그래. 적어도 집주인은 그렇게 생각하지. 내가 화덕에 불을 땠는지, 하지만 너무 많이 때지는 않았는지 확인하러 아침에 두어 번 들려. 그는 세입자들이 따뜻하게 지내기를 원치 않아. 너무 비싸거든. 미지근한 정도면 좋다는 거지. 이건 침대치고 변변찮은 거야.

이건 침대예요, 하고 그녀는 말한다. 문을 잠가요.

잠기지 않아, 하고 그는 말한다.

작은 창문이 있고 기둥이 그것을 가로지르고 있다. 커튼의 잔여물. 녹 빛깔의 햇빛이 창을 통해 들어온다. 그들은 문손잡이에 의자를 기대 놓았다. 가로대가 거의 다 없어져 이미 반쯤 불쏘시개가 되어 버린 의자. 방벽으로 쓰기엔 시원찮은 것. 그들은 곰팡이가 핀 담요를 덮고 코트를 그 위에 겹쳐 놓는다. 침대보는 생각하기 조차 역겨운 것이다. 그녀는 그의 갈빗대를 느끼며 그 사이를 쓰다듬는다.

뭘 먹으며 지내요?

귀찮게 하지 마.

당신은 너무 말랐어요. 먹을 걸 좀 가져올 수도 있는데.

하지만 당신한테 기댈 수는 없잖아. 안 그래? 당신이 나타나

길 기다리다가 굶어 죽을 수도 있지. 걱정 마. 곧 여기서 벗어날 거야.

어디서 말이에요? 이 방, 아니면 이 도시, 혹은…….

나도 몰라. 조르지 마.

관심이 있어서 그러는 것뿐이에요. 걱정이 되요. 나는…….

그만해.

뭐 그렇다면, 하고 그녀는 말한다. 이제 자이크론 이야기를 다시 해야겠네요. 내가 가기를 바라는 게 아니라면.

아니야. 조금만 있어. 미안해, 그 동안 긴장하면서 지내서 그래. 어떤 부분이었더라? 잊어버렸어.

그는 그녀의 목을 벨 것인지 영원히 사랑할 것인지 판단하는 중이었어요.

맞아. 그렇지. 흔히 맞닥뜨리게 되는 상황이지.

그는 그녀의 목을 벨 것인지 영원히 사랑할 것인지 판단하는 중이야. 바로 그때, 실명으로 가지게 된 예민한 청력으로 그는 문지르고 갈아 대는 금속성 소리를 감지하지. 사슬고리가 서로 맞닿아 삐걱거리는 소리, 족쇄가 움직이는 소리. 그것은 복도를 따라 점점 가까워지고 있어. 돈을 주고 방문 권리를 산 지하 세계의 우두머리가 아직 방문하지 않았다는 것을 그는 깨닫지. 소녀가 어떤 상태였는지를 보아 이미 알 수 있었어. 더럽혀지지 않은 순수한 상태라고 할 수 있는 것.

이제 어떻게 할 것인가? 그는 문 뒤나 침대 아래 슬쩍 숨어 버리고 그녀를 운명에 내맡겨 버린 다음 다시 나타나 청부받은 일을 마칠 수도 있어. 하지만 지금 상황이 이런지라 그는 그렇게 하기를 주저하고 있어. 아니면 일이 한창 잘 진행되어서 그 조신이 외부 세계 소리를 들을 수 없는 상태가 될 때까지 기다렸다가 가만히 빠져 나오는 방법도 있지. 그렇지만 그렇게 하면 암살자 집단, 그러니까 길드 같은 거라고 부를 수도 있겠군, 그것의 명성이 더럽혀질 거야.

그는 소녀를 팔로 안고, 조용히 해야 한다는 의미로 그녀의 손을 그녀의 입 위에 갖다 대. 그런 다음 그는 그녀를 침대에서 데려와 문 뒤에 숨겨 두지. 미리 예정된 대로 자물쇠가 열려 있는지 확인하고. 그 남자는 보초병이 없으리라 생각할 거야. 여대제사장과 거래할 때 그곳에 아무도 없어야 한다고 명시했거든. 신전의 보초는 그가 오는 소리를 들으면 그 자리를 피하기로 되어 있었어.

눈먼 암살자는 죽은 보초병을 침대 아래서 끌어내서 침대 덮개 위에 눕혀 놓고 목이 베인 부분을 스카프로 감추지. 그녀는 아직 온기가 남아 있고, 피는 더 이상 흐르지 않아. 그 사내가 환한 촛불을 갖고 온다면 재수 없이 드러나겠지만, 그렇지 않다면 밤에는 모든 고양이가 회색으로 보이는 법이니까. 신전의 처녀들은 가만히 있도록 훈련받았어. 그 남자도 통상적으로 투구와 면갑이 딸린 신의 복장이 거치적거려서 다른 여자, 게다가 죽은 여자를 범하고 있다는 사실을 알아내려면 좀 시간이 걸릴 거야.

눈먼 암살자는 양단 침대 커튼을 끌어당겨 거의 닫아 놓고, 소녀가 있는 곳으로 가. 둘은 문에 최대한 바짝 붙어서 서지.

무거운 문이 삐걱거리는 소리를 내며 열려. 소녀는 바닥을 가로질러 점점 다가오는 빛을 바라보고 있어. 지하 세계의 우두머리는 잘 볼 수 없는 게 분명해. 무언가에 부딪히고는 욕설을 내뱉지. 그는 이제 침대 커튼을 더듬어 열고 있어. 내 예쁜이, 어디 있니? 그는 말하지. 그녀가 대답하지 않는다고 해서 그가 놀라지는 않아. 편리하게도 말을 못 한다는 것을 알고 있으니까.

눈먼 암살자는 문 뒤에서 조금씩 나오기 시작하고, 소녀 역시 따라 나오지. 이 망할 것을 어떻게 벗지? 지하 세계의 우두머리는 중얼거리고 있어. 그들 둘은 문 주위를 기어서 손을 잡고 복도로 나가지. 어른들의 눈을 피하는 어린아이들처럼.

그들 뒤에서는 분노 또는 공포의 비명 소리가 들려오고 있어. 눈먼 암살자는 한 손으로 벽을 짚고 달리기 시작해. 그는 벽의 돌출 촛대에서 횃불을 잡아 빼서 불이 꺼지기를 바라며 뒤로 던져 버려.

그는 신전의 안팎을 촉감과 냄새로 잘 알고 있어. 그런 것을 아는 것이 그의 임무거든. 도시 역시 같은 방법으로 파악하고 있어. 그는 미로 속의 쥐처럼 도시를 달릴 수 있어. 출입구와 터널과 은신처와 막다른 길, 상인방(上引枋), 배수구와 도랑을 알고 있지, 심지어 대부분의 암호까지도. 어떤 벽을 기어오를 수 있는지, 벽에 디딜 구멍이 어디 있는지도 알고 있어. 이제 그는 도망자들의 후원자인 부서진 신의 얕은 돋을새김이 있는 대리석 벽을 밀어젖히고, 어둠 속으로 들어가지. 소녀가 비틀거리며 걷는 모양새로 미루어 이곳이 어둡다는 것을 짐작할 수 있어. 그리고 그녀를 데리고 가면 제 속도를 낼 수 없을 거라는 생각이 처음으로 떠올랐어. 그녀의 볼 수 있는 능력이 방해가 되는 거야.

벽의 다른 편에서 발자국 소리가 요란하게 지나가고 있어. 그는 속삭이지. 내 옷을 붙잡아요. 그리고, 아무 말도 하지 마요,

하고 불필요하게 덧붙이지. 그들은 여대제사장과 그 무리들이 신전에 여신을 만나거나 고해하거나 기도하러 온 사람들의 귀중한 많은 비밀들을 엿들을 수 있는 숨겨진 터널 망에 있어. 하지만 그들은 최대한 빨리 이곳을 빠져 나가야 해. 이곳은 여대제사장이 제일 먼저 수색해야겠다고 생각할 만한 곳이거든. 처음 그들이 들어온 외벽의 느슨한 돌을 통해서 나갈 수도 없어. 가짜 지하 세계의 우두머리는 살인 계획을 짜고 시간과 장소를 명시했기 때문에 그것에 대해 알고 있을 거야. 그리고 지금쯤이면 눈먼 암살자의 배반을 알아차렸을 거야.

두꺼운 바위 벽을 통해 둔중한 청동 종소리가 들려오고 있어. 그는 발을 통해 소리의 진동을 느낄 수 있어.

그는 소녀를 데리고 이 벽에서 저 벽으로 움직이다가, 가파르고 좁은 계단으로 내려가지. 그녀는 두려움으로 훌쩍이고 있어. 혀가 잘렸다고 해서 눈물을 흘리지 못하는 것은 아니거든. 안됐군. 그는 생각하지. 미리 소재를 파악해 둔, 사용이 중지된 수로를 더듬어 찾아내. 그런 다음 그녀를 그곳으로 들어 올리고 손을 내밀어 잡을 수 있도록 해 준 뒤, 자신도 그녀 옆으로 올라가지. 이제 그들은 벌레처럼 기어가야 해. 냄새는 유쾌하지 않지만 오래된 냄새니까. 이제는 먼지가 된 응고한 인간의 부산물.

이제 신선한 공기를 맡을 수 있어. 그는 횃불 연기 냄새가 나지 않는지 코를 킁킁거리지.

별이 떠 있나요? 그는 그녀에게 묻고, 그녀는 고개를 끄덕여. 그럼 구름이 없군. 상황이 나쁜데. 다섯 달 중 두 개가 빛나고 있을 거고, 곧 세 개가 더 떠오를 거야. 매달 이때쯤이면 그렇다는 것을 그는 알고 있지. 두 개의 달은 밤새도록 보일 것이고 대낮에 해가 비치는 동안에는 백색광을 발할 거야.

신전에서는 그들이 도망친 이야기가 널리 퍼지는 것을 원하지 않아. 신전의 위신이 깎이고, 폭동이 일어날 수도 있거든. 다른 소녀가 희생 제물로 끌려가게 될 거야. 베일을 쓰고 있으면 누가 알아차리겠어? 그렇지만 많은 이들이 조용히 그러나 무자비하게 그들을 수색할 거야.

은신 굴에 숨을 수도 있지만 조만간 음식과 물을 구하기 위해 그곳에서 나와야 해. 혼자라면 어떻게 해 볼 수 있겠지만 둘은 힘들어.

그는 언제든 그녀를 내팽개칠 수 있어. 아니면 칼로 찌르고 우물 안에 던져 버릴 수도 있지.

아니, 그는 그럴 수 없어.

필요하면 언제든 암살자의 소굴로 갈 수도 있어. 소문을 교환하고 노획품을 나누고 자신들의 위업을 자랑하기 위해 맡은 일이 없을 때면 그들 모두가 가는 곳이지. 그곳은 대담하게도 중앙 왕궁의 판결실 바로 아래 있어. 카펫으로 벽을 두른 동굴. 암살자들이 어렸을 때 강제로 만들었고, 또 그때부터 도둑질해 온 카펫. 카펫을 만져 보면 알 수 있어. 종종 그 위에 앉아서 꿈을 자아내는 '프링' 초(草) 담배를 피우고, 문양과 화려한 색깔을 손가락으로 더듬으며, 시력이 온전했을 때 이 색들이 어떻게 보였는지 떠올리곤 하지.

그렇지만 오직 눈먼 암살자들만이 이 동굴에 들어갈 수 있어. 그들은 배타적인 집단을 형성하고 있고, 낯선 이들은 약탈품으로만 반입될 수 있어. 게다가 그는 살인하도록 청부받은 사람을 살려 둠으로써 자신의 소명을 배반했지. 그들 암살자들은 전문가들이야. 그들은 계약을 완수하는 데 자부심을 갖고 있고, 행동 법규를 위반하는 것을 용납하지 않아. 그들은 무자비하게 그를 죽일 것이고 이내 그녀도 죽여 버릴 거야.

그들을 쫓기 위해 아마 그의 동료 한 사람이 고용될 거야. 도둑을 잡기 위해 도둑을 풀어놓는 격이지. 그러면, 조만간, 그들은 죽을 수밖에 없어. 그녀의 향수 냄새만으로도 꼬리가 잡히고 말 거야. 그들은 그녀 온몸 전체에 향수를 뿌려 댔거든.

그는 그녀를 사키얼-논 밖으로 데려나가야 해. 도시 밖으로, 익숙한 지역 밖으로. 그건 위험한 일이지만 여기 남아 있는 것만큼 위험하지는 않을 거야. 어쩌면 항구까지 가서 배에 탈 수 있을지도 몰라. 그렇지만 성문을 어떻게 몰래 빠져나가지? 여덟 개의 성문 모두 잠겨 있고 보초가 서 있어. 그것이 밤의 관례거든. 그의 손가락과 발가락은 도마뱀처럼 단단하게 표면을 움켜쥘 수 있기 때문에 혼자라면 벽을 올라갈 수 있을 거야. 그렇지만 그녀와 함께라면 실패하게 될 거야.

또 다른 방법이 있어. 발자국 소리 하나하나에 귀를 기울이면서 저 아래쪽, 도시에서 바다에 가장 가까운 곳을 향하여 그녀를 인도해 가는 거야. 사키얼-논의 모든 수원지와 샘은 한 운하로 모이고, 이 운하는 궁형으로 된 지하 수로를 통해 도시 성벽 아래로 물을 빼내지. 수위가 남자의 머리가 잠길 만큼 높고 물살이 거세기 때문에 아무도 그런 방법으로 도시 안으로 들어오려는 시도를 하지 않아. 하지만 나가는 것은?

흐르는 물은 향내를 옅게 만들지.

그는 수영을 할 수 있어. 그것은 암살자들이 배워야 하는 기술 중의 하나야. 소녀가 수영을 못할 것이라 그는 짐작하고 있고, 그 짐작은 맞아. 그는 그녀에게 옷을 모두 벗어서 뭉치로 만들라고 말해. 그런 다음 그는 신전의 긴 옷을 벗어 버리고 자신의 옷을 그녀의 옷과 함께 뭉쳐 놓지. 자신의 어깨에 천으로 매듭을 지은 다음 그녀의 손목에 두르고 만일 매듭이 풀어져도 그를 놓아서는 안 된다고, 무슨 일이 있어도 안 된다고 그녀에게 말하지. 궁형으로 된 수로에 다다르면 그녀는 숨을 멈추어야 해.

'나이어크' 새가 움직이고 있어. 그들의 첫 지저귐이 들려와. 이제 곧 날이 밝아올 거야. 세 거리 떨어진 곳에서 누군가가 오고 있어. 꾸준히, 침착하게, 수색을 하는 것처럼. 그는 소녀를 반쯤은 끌고 반쯤은 밀면서 차가운 물속으로 데려가지. 그녀는 숨을 헐떡이지만 하라는 대로 해. 그들은 떠내려가고 있어. 그는 물의 주류를 느끼면서 물이 궁형 수로로 들어오는 곳에서 세차게 흐르는 소리와 콸콸거리는 소리에 귀를 기울여. 너무 서두르면 숨이 찰 것이고 너무 지체하면 돌에 머리가 부딪히게 되지. 이내 그는 잠수해.

물은 혼탁하고 아무런 형태가 없어서 그 안에 손을 그대로 집어넣을 수도 있지. 하지만 물 때문에 죽을 수도 있어. 그런 것의 힘이란 밀어붙일 때, 그 여세에 있는 거지. 그것이 무엇과 그리고 얼마나 빠르게 충돌하느냐에 따라. 같은 예를 든다면'—아, 그건 신경 쓰지 마.

길고 괴로운 여정이 계속되고 있어. 허파가 터져 나가고 팔이 무기력해지는 것 같다고 그는 생각하지. 그녀가 자기 뒤에서 질질 끌려오는 듯한 느낌이 들어서, 혹시 익사한 것은 아닌지 궁금해하고 있어. 적어도 물의 흐름은 그들이 가는 방향과 같아. 몸이 수로 벽에 스치고 있어. 무언가 찢어지는 느낌. 옷인가, 아니면 살?

궁형 수로 입구의 다른 편에서 그들은 수면으로 떠오르지. 그녀는 기침을 하고, 그는 나직하게 웃어. 그는 물 위에서 그녀의 머리를 잡고 자신의 등 위에 기대도록 해. 그런 상태로 그들은 한동안 운하를 따라 떠내려가지. 이제 꽤 멀리 왔고 꽤 안전하다고 판단될 때 그는 상륙해서 그녀를 경사진 돌 제방 위로 끌어올려. 그는 감으로 나무 그늘이 있는 곳을 찾지. 완전히 지쳤지만 또한 우쭐한 기분이기도 해. 통증이 동반되는 이상한 기쁨으로 가득 차 있지. 그가 그녀를 구해 낸 거야. 그의 생애 처음으로 자비를 베푼 거야. 그가 선택한 길로부터 그렇게 이탈한 것이 어떤 결과를 가져올지 누가 알겠어?

이 주변에 누가 있나요? 그는 말해. 그녀는 잠시 멈추고 돌아보더니 아니라는 표시로 고개를 저어. 동물은? 역시 아니라는 대답. 그는 옷을 나무 가지에 걸어 두지. 그런 다음 농황색과 연보라색과 심홍색 달의 이울어 가는 빛 속에서 그녀를 비단처럼 끌어안고 그녀 안으로 빠져들어. 그녀는 멜론처럼 차갑고, 신선한 생선처럼 희미한 짠맛이 나.

그들은 서로의 팔을 베고 누워 깊이 잠들어 있어. 그때 도시 진입로를 탐색하기 위해 황폐함의 종족이 미리 보낸 정찰병 세 사람이 그들을 발견하지. 정찰병들은 그들을 마구 깨운 다음, 비록 완전한 것과는 거리가 멀지만 그들의 언어를 할 줄 아는 한 정찰병을 통해서 질문을 해. 이 소년은 눈이 멀었다. 그 사람은 다른 정찰병에게 말하지. 그리고 이 소녀는 벙어리야. 세 정찰병은 그들을 보며 놀라지. 그들은 어떻게 여기까지 왔는가? 분명 도시에서 나온 것은 아닐 것이다. 모든 성문은 닫혀 있다. 하늘에서 떨어진 것처럼 보인다.

대답은 분명해. 그들이 신의 전령이라는 거지. 정찰병들은 그들이 물기가 마른 옷을 입도록 정중히 허락한 후, 자신들의 말에 태우고 환희의 시종에게 보이기 위해 데려가. 정찰병들은 자신들이 한 일에 대해 무척 기뻐하고, 눈먼 암살자는 현명하게도 아무 말도 하지 않지. 그는 이런 종족에 대해서, 그리고 신의 전령에 대한 그들의 기이한 믿음에 대해서 희미하게나마 들어 본 적이 있어. 그런 전령들은 모호한 형태로 메시지를 전한다고 들었기 때문에 그는 이제까지 들어 본 적이 있는 모든 수수께끼와 역설과 난문을 기억해 내려고 애쓰지. 내리막길은 오르막길이다. 새벽에는 네 발로, 정오에는 두 발로, 저녁에는 세 발로 움직이는 것이 무엇인가? 먹는 사람에게서 고기가 나오고 강한 사람에게서 부드러움이 나왔다. 검은색과 흰색으로 되어 있고 모든 곳에서 읽히는 것은 무엇인가?

그건 자이크론 사람들과 거리가 멀어요. 그들에게는 신문이 없었어요.

맞는 말이야. 그 부분은 지워. 이건 어때? 신보다 강하고 악마보다 더 사악한 것. 가난한 자들은 가지고 있고 부유한 자들은 결여하고 있으며, 먹으면 죽는 것은?

새로운 건데요.

맞춰 봐.

포기할래요.

무(無).

그녀는 이해하느라 잠시 멈춘다. 무. 그렇군요, 하고 그녀는 말한다. 그거면 되겠네요.

말을 타고 가는 내내 눈먼 암살자는 한쪽 팔로 소녀를 감싸고 있어. 그녀를 어떻게 보호할 것인가? 그에게는 한 가지 방안이 있어. 즉흥적이고 자포자기하는 심정으로 고안한 것이지만, 그래도 효과는 있을 거야. 자신들은 정말로 신의 전령이지만 다른 부류라고 그는 말할 거야. 무적의 존재로부터 메시지를 받는 것은 자신이지만 오직 그녀만이 통역을 할 수 있다고. 손으로, 손가락으로 신호를 보내서 그렇게 하는 거라고. 그 수화를 읽는 방법은 오직 그만이 알고 있어. 그들이 나쁜 생각을 품을 경우를 대비해서, 어떤 남자도 벙어리 소녀를 부적절하게, 아니 어떤 방법으로든 만져서는 안 된다고 말할 거야. 물론 자기 자신은 제외하고. 그렇게 되면 그녀가 능력을 상실하게 된다고.

그들이 이 말을 믿는 한 확실한 계획이 될 거야. 그녀가 이해가 빠르고 임기응변에 능하기를 그는 바라고 있어. 그녀가 수화를 아는지 궁금해하면서.

오늘은 여기까지 하지, 하고 그는 말한다. 창문을 열어야 해.

하지만 너무 추운걸요.

나는 춥지 않아. 이곳은 벽장 속 같아. 숨이 막힌다고.

그녀는 그의 이마를 짚어 본다. 당신 무슨 병에 걸린 것 같아요. 내가 약국에 가서…….

아냐. 나는 절대 아프지 않아.

도대체 뭐예요? 뭐가 잘못된 거죠? 당신은 걱정하고 있군요.

걱정하는 게 아니야. 나는 절대 걱정 안 해. 그렇지만 지금 일어나고 있는 일을 신뢰할 수가 없어. 내 친구들을 믿을 수 없어.

소위 내 친구라는 작자들.

왜요? 그들이 무얼 하고 있는데요?

다 개자식들이야, 하고 그는 말한다. 그래서 문제야.

《메이페어》, 1936년 2월호

토론토 정오 한담

—요크

1월 중순 로열 요크 호텔은 도심 기아 보육원을 돕기 위해 열린 절기 세 번째의 자선 가장 무도회에서 이국적으로 차려 입은 무도회 손님들로 넘쳐났다. 지난해에 있었던 「사마르칸트의 티무르」*라는 장대한 순수 미술 무도회를 상기시키는 이번 해의 주제는 '재너두'**였고, 세 개의 화려한 무도회장은 월리스 위난트 씨의 숙련된 감독 하에 감탄하지 않을 수 없는 탁월함을 지닌 '장엄한 쾌락의 궁전'으로 변모되었다. 그곳에서 쿠빌라이 칸과 그의 현란한 측근자들은 어전 회의를 열었다. 동쪽 왕국의 외국 군주들과 그들의 수행원단 — 하렘의 여자들, 시종들, 춤추는 소녀들과 노예들, 그리고 덜시머***를 든 처녀들, 상인들, 고급 창녀들, 회교 고행승, 모든 나라의 군인들, 많은 거지들 —은 중앙의 '얼음의 동굴'에 있는 반짝이는 수정 꽃 띠 장식 아래서, 위에서 비추는 스포트라이트에 의해 바쿠스 축제의 자주색으로 물든 호화로운 '신성한 강, 알프' 분수 주변을 명랑하게 빙

---

* 14세기 후반 몽골 제국의 사한국 중 차가타이한국의 지배를 받던 소부족 출신 티무르가 사마르칸트에 도읍을 정하고 티무르 제국을 세운 이야기.
** 쿠빌라이 칸이 별궁을 세운 땅 이름에서 유래한 것으로, 도원경이나 도원향을 의미한다.
*** 타현 악기의 하나. 사다리꼴 상자에 쳐진 금속 현을 두 개의 막대기로 두드려 연주한다. 중근동에서 유럽으로 전해져 피아노의 전신이 되었다.

빙 돌았다.

무도 역시 꽃으로 가득한 두 개의 인접한 정원 정자에서 활발하게 진행되었다. 각 무도장의 재즈 오케스트라는 '심포니와 노래'를 계속 연주했다. 모든 것이 감미로운 화음이었기 때문에 우리는 '전쟁을 예고하는 조상의 목소리'는 듣지 못했다. 이것은 모두 무도회의 주도자이자 라지스탄의 공주로 분해 주홍색과 금색의 복장으로 황홀한 아름다움을 뽐낸 위니프리드 그리픈 프라이어 부인의 확고한 지도 덕분이었다. 또한 리셉션 위원회에는 녹색과 금색 옷을 입은 아비시니아의 처녀로 분장한 리처드 체이스 그리픈 부인, 중국풍의 붉은 옷을 입은 올리버 맥도넬 부인, 그리고 심홍색 복장의 여자 술탄이 되어 사람들을 감탄하게 한 휴 N. 힐러트 부인이 있었다.

눈먼 암살자

얼음 위의 외계인

이제 그는 또 다른 장소, 교차로 부근의 셋방에 머물고 있다. 철물점 위에 있는 곳이다. 가게 창 안쪽에는 스패너와 경첩이 드문드문 전시되어 있다. 가게는 장사가 잘되지 않는다. 이 주변에서 잘되고 있는 것은 아무것도 없다. 모래가 공중에 날리고 구겨진 종이가 땅 위에 뒹군다. 보도는 아무도 눈을 치우지 않아 얼음으로 다져져 위험한 상태다.

약간 떨어진 곳에서 기차가 구슬픈 소리를 내며 궤도를 바꾼다. 경적 소리가 먼 곳까지 길게 끌린다. 그 소리는 결코 '안녕하세요.'라고 말하지 않고 언제나 '안녕히 계세요.'라고 말한다. 기차에 올라탈 수도 있을 것이다. 그러나 그건 운을 건 모험이다. 그들은 순시를 돈다. 언제인지 결코 알 수 없는 일이지만. 어쨌든 현실을 보자면 지금 그는 그녀 때문에 이 장소에 붙박여 있다. 비록 기차처럼 그녀도 정시에 오는 법이 없고 언제나 떠나 버리지만.

이 방은 층계참 두 개를 올라간 곳에 있다. 고무 발판이 부착되어 있는 뒤 층계. 고무는 낡아 빠졌지만 적어도 독립된 출입구다. 벽의 맞은편, 아기가 있는 젊은 부부를 가외로 친다면 말이다. 그들도 같은 계단을 쓰지만 마주치는 경우는 거의 없다. 그들이 무척 빨리 일어나기 때문이다. 그러나 그가 일하려고 애쓰는 한밤중에는 그들의 소리를 들을 수 있다. 그들은 마치 내일이 없는 것처럼 격렬히 해 대고, 그들의 침대는 쥐처럼 끽끽대는 소리를 낸다. 그것 때문에 그는 미칠 것 같다. 고함을 질러 대는 꼬마가 하나 있으면 이제 그만할 것이라고 생각하겠지만, 그렇지 않다. 그들은 열광적으로 해 댄다. 적어도 빨리 해치우기는 한다.

그는 때로 벽에 귀를 대고 듣기도 한다. 폭풍우가 현창에 부딪히는 소리 같군, 그는 생각한다. 밤이 되면 모든 암소들은 암소들에 불과하다.

그는 두어 번 그 여자와 마주친 적이 있다. 그녀는 러시아 노파처럼 두툼한 옷을 입고 목도리를 둘렀고, 꾸러미와 아기 유모차를 가지고 고투하고 있었다. 그들은 유모차를 아래층 층계참에 보관해 둔다. 유모차는 그곳에서 검은 입을 벌리고 어떤 이질적인 죽음의 덫처럼 기다리고 있다. 그는 그녀가 유모차 끄는 것을 한 번 도와준 적이 있고, 그녀는 미소를 지었다. 은밀한 미소. 그녀의 작은 치아 주변에는 탈지유처럼 푸른 기가 돌았다. "밤에 제 타자기 소리가 거슬리시나요?" 그는 대담하게 물었다. 그 시각에 자신이 깨어 있으며, 소리를 엿들을 수 있다는 것을 암시하면서. "아니요. 전혀 안 들려요." 멍한 눈길. 어린 암소처럼 멍청한. 눈 아래 드리워진 검은 그림자, 코에서 입가까지 아래쪽으로 새겨진 주름. 그들의 밤 행위가 그녀가 원해서 이루어지는 것인지 그는 의구심이 든다. 일례를 들자면, 너무 빠르다. 그 남편은 은행 강도처럼 들어갔다 나간다. 그녀는 '힘겹다'라고 몸 전체에 써 붙이고 다니는 듯하다. 그녀는 아마도 천장을 응시하며 바닥에 걸레질하는 것에 대해 생각하고 있을 것이다.

그의 방은 커다란 방을 반으로 나눠서 만든 것이다. 그렇기 때문에 벽이 그렇게 허술한 것이다. 그곳은 좁고 춥다. 창틀 주변에는 약한 바람이 들어오고, 라디에이터는 철꺽거리고 물이 새지만 온기는 내지 않는다. 변소는 싸늘한 한구석에 숨겨져 있다. 변기를 유독한 주황색으로 물들이는 오래된 오줌과 철, 아연으로 된 샤워실과 오래되어 때가 묻은 고무 샤워 커튼. 샤워 시설은 한쪽 벽을 타고 올라가는 검은 호스에 구멍이 뚫린 둥근 금속 머리가 달린 것이다. 그것에서 똑똑 떨어지는 물은 마녀의 젖꼭지처럼 차갑다. 머피 침대*. 미숙하게 설치되어 그것을 밑으로 내릴 때면 허리가 끊어질 것 같다. 가구용 못으로 한데 고정되어 있고 노란색으로 페인트칠을 한 지 상당히 오래된 합판 조리대. 1구 레인지. 초라함이 검댕처럼 모든 것을 뒤덮고 있다.

그가 머물렀을 수도 있는 다른 장소에 비하면 이곳은 궁전이다.

그는 동료들을 떨쳐 버렸다. 주소도 남기지 않고 그들에게서 도망쳤다. 그가 부탁했던 여권 하나, 아니, 두 개를 만드는 데 그렇게 시간이 많이 걸릴 수는 없었을 것이다. 그들이 자신을 일종

---

* 장 속에 접어 넣을 수 있는 침대.

의 보험으로 식료품 저장고에 보관해 둔다는 느낌이 들었다. 만일 그들에게 더 소중한 누군가가 붙잡힌다면 그와 교환할 수 있는 것이다. 어쩌면 그들은 상황에 관계없이 그를 넘길 생각을 하고 있었는지도 모른다. 그는 귀여운 희생양이 될 것이다. 그는 일종의 소모품이고, 그들의 생각에 적합한 사람이 절대 아니다. 오랜 시간을 함께 보내지 못한, 혹은 그들 속도에 맞추지 못한 여행 동료. 그들은 그의 변변치 못한 박학다식함을 싫어했다. 그의 회의적인 태도도 싫어했다. 그들은 그것을 경솔함이라고 착각했다. "스미스가 틀렸다고 해서 그게 존스가 옳다는 걸 의미하지는 않아." 언제가 그는 말한 적이 있다. 분명 그들은 이 말을 나중에 전거(典據)로 쓰기 위해 적어 놓았을 것이다. 그들은 작은 목록을 가지고 있었다.

어쩌면 자신들의 희생자, 사코와 반체티*가 한 사람으로 결합된 그들 자신만의 인물을 원한 것인지도 모른다. 그가 빨개질 때까지 목매달려 죽임을 당하고, 극악무도한 얼굴이라고 모든 신문에 게재된 후에, 그들은 그의 결백함을 보여 주는 증거를 내보일 것이다. 도덕적 비분강개에 몇 점을 더하기 위해. "이 사회 체제가 어떤 일을 했는지 보라! 분명한 살인이다! 정의는 없다!" 그들, 그 동료라는 작자들은 이런 식으로 생각한다. 체스 게임처럼. 그는 담보로 잡힌 희생양이 될 것이다.

---

* 1920년 미국 매사추세츠 주에서 일어난 살인 사건의 용의자로 지목되어 유죄 판결을 받고 사형당한 피콜라 사코와 바르톨로메오 반체티. 이들이 실제 살인범이어서가 아니라 급진주의자이자 무정부주의자라서 그런 판결을 받았다는 여론의 거센 항의가 있었다. 사형이 집행된 후 그들의 결백함이 증명되었다.

그는 창가로 가서 밖을 내다본다. 지붕 재료의 색조에 물들어 갈색을 띤 엄니 같은 고드름이 바깥 유리창에 늘어져 있다. 그는 그녀의 이름을, 그것을 둘러싼 짜릿한 느낌을 생각한다. 푸른 네온 같은 성적 신호음. 그녀는 어디 있는가? 택시는 타지 않을 것이다. 적어도 바로 이곳까지 타고 오지는 않을 것이다. 그런 바보 같은 짓은 하지 않는다. 그는 그녀가 구체화되어 나타나기를 바라며 전차 정거장을 응시한다. 다리를 슬쩍 드러내며 내리는 모습, 높은 굽 부츠, 최고급 플러시*. "죽마를 탄 깔치." 다른 남자가 그녀에 대해 이렇게 말하면 그 개자식을 갈겨 버릴 거면서 왜 자기 자신은 이런 식으로 생각하는가?

그녀는 모피 코트를 입고 있을 것이다. 그는 그것 때문에 그녀를 경멸할 것이고, 계속 입고 있으라고 부탁할 것이다. 머리끝부터 발끝까지 모피로 휘감으라고.

지난번 그녀를 만났을 때 그녀의 허벅지 위에 멍이 들어 있었다. 멍들게 만든 것이 자신이었다면 하고 그는 바랐다. "이게 뭐야?" "차에 부딪혔어요." 그녀가 거짓말을 할 때마다 그는 알아차린다. 아니, 그만의 생각일 수도 있다. 자신이 안다고 생각하는 것은 덫이 될 수도 있다. 어느 전직 교수가 그에게 다이아몬드처럼 단단한 지성을 가지고 있다고 언젠가 말한 적이 있고, 당시 그는 무척 우쭐했다. 이제 그는 다이아몬드의 본성에 대해 고찰해 본다. 비록 날카롭고 반짝이고 유리를 자르는 데 유용하기는 하지만, 반사된 빛으로만 빛날 뿐이다. 어둠 속에서는 아무 소용이 없다.

---

* 벨벳과 비슷하나 길고 보드라운 보풀이 있는 비단 또는 무명 옷감.

그녀는 왜 계속 오는 것일까? 그는 그녀가 하고 있는 은밀한 게임 같은 것인가? 그것뿐인가? 그는 무엇이든 그녀가 돈을 지불하도록 만들지는 않을 것이다. 그는 돈으로 매수되지 않을 것이다. 그녀는 그에게서 사랑 이야기를 듣고 싶어 한다. 여자들은, 아니, 삶으로부터 아직 무언가를 기대하는 그녀 같은 부류의 여자들은 그렇다. 하지만 거기에는 분명히 다른 측면이 있을 것이다. 복수나 처벌을 하고자 하는 소망. 여자들은 특이한 방법으로 상대에게 상처를 입힌다. 스스로에게 대신 상처를 입히는 것이다. 또는 남자가 자신의 상처를 한동안 인지하지 못하도록 교묘하게 가해하기도 한다. 오랜 시간이 지난 후에야 그는 자신이 상처를 받아 왔다는 사실을 깨닫는다. 그런 후에 소스라치게 놀란다. 그녀의 그런 눈, 그 순수한 목선에도 불구하고, 그는 때때로 그녀에게서 복잡하고 오염된 무언가를 어렴풋이 감지한다.

그녀가 없는 데서 그녀를 그려 보는 일은 하지 않는 게 낫다. 그녀가 실제로 여기 나타날 때까지 기다리는 게 낫다. 그런 다음 그녀가 어떻게 하는지 보며 고안해 낼 수 있을 것이다.

그에게는 벼룩시장에서 산 유서 깊은 브리지 탁자와 접는 의자가 있다. 그는 타자기 앞에 앉아서 손가락에 입김을 불고 종이를 말아 넣는다.

스위스 알프스(혹은 로키 산맥, 그게 더 낫다. 아니면 그린란드, 그건 훨씬 더 좋다.)에 위치한 빙하 속에서 몇몇의 탐험가들은 흐르는 투명한 얼음 속에 파묻힌 우주선을 발견했다. 그것은 작은 비행선처럼 생겼지만 끝부분은 오크라 꼬투리처럼 뾰족하다. 으스스한 빛이 얼음을 뚫고 번쩍이며 흘러나온다. 무슨 빛깔이 좋을까? 녹색이 최고다. 약간 노란 기가 도는. 압생트*처럼.

탐험가들은 얼음을 녹인다. 뭘로 녹이지? 마침 갖고 있던 용접 토치? 인근의 나무로 지핀 큰 불? 나무가 있다면 로키 산맥으로 장소를 옮기는 게 낫겠군. 그린란드에는 나무가 없으니까. 아마 확대경처럼 태양빛을 모아 주는 거대한 수정을 쓸 수 있을 거야. 그가 잠시 활동했던 보이스카우트에서 불을 피울 때 이 방법을 사용하라고 가르쳤다. 노래 부르는 것과 손도끼를 좋아하던, 구슬픈 분홍색 얼굴의 명랑한 스카우트 지도자. 그의 눈에 띄지 않는 곳에서 그들은 맨팔을 향해 돋보기를 들고 누가 더 오래 견디나 시합을 했다. 같은 방법으로 소나무 잎과 화장지 조각에 불을 놓기도 했다.

아니야, 거대한 수정은 너무 불가능한 설정이야.

얼음은 서서히 녹는다. 엄격한 스코틀랜드 사람인 엑스(X)는 그래 봐야 좋은 결과가 나올 리 없을 테니 건드리지 말라고 그들에게 경고한다. 그러나 잉글랜드의 과학자인 와이(Y)는 인류 지식의 축적에 보태야 한다고 말한다. 반면, 미국인인 제트(Z)는 이걸로 백만장자가 될 수 있을 것이라고 말한다. 금발에 몽둥이로 맞은 듯 부풀어 오른 입술을 가진 여자인 비(B)는 이것이 정말 너무나 가슴 설레는 일이라고 말한다. 그녀는 러시아 사람이며 프리섹스가 신념이다. 엑스, 와이, 그리고 제트는 아직까지 그녀의 신념을 시험해 보지 않았다. 그러나 그들 모두 해 보고 싶어한다. 와이는 무의식적으로, 엑스는 죄의식을 느끼면서, 그리고 제트는 노골적으로.

---

* 쓴 쑥으로 맛을 낸 독한 술.

그는 언제나 처음에는 머리글자로 자기 인물들을 지칭한 후 나중에 이름을 채워 넣는다. 때로는 전화번호부를, 때로는 비문을 참조하기도 한다. 여자는 언제나 비다. 그것은 그의 기분에 따라 '믿을 수 없는 사람(Beyond Belief)' 또는 '새 머리(Big Bird)' 혹은 '커다란 가슴(Big Boobs)'을 의미한다. 물론 '금발 미녀(Beautiful Blonde)'를 의미하기도 한다.

비는 다른 텐트에서 자며 장갑을 자주 잃어버린다. 그리고 명령을 어기고 밤에 돌아다니곤 한다. 그녀는 달의 아름다움에 대해, 그리고 늑대 울음소리의 화성(和聲)적 특질에 대해 의견을 늘어놓는다. 썰매 끄는 개들에게 친근하게 이름을 불러 주고 러시아식 어린애 말투로 말을 건넨다. 그리고 (공식적으로는 과학적 유물주의를 주장하면서도) 개들에게 영혼이 있다고 주장한다. 만일 음식이 바닥나서 개를 먹어야 할 경우가 닥친다면 그녀의 그런 생각 때문에 문제가 발생할 거라고 엑스는 특유의 스코틀랜드적인 비관적 태도로 말한다.

빛을 발하는 꼬투리 모양의 구조가 얼음에서 분리된다. 그러나 탐험가들이 그것의 소재(인간에게 알려지지 않은 얇은 금속 합금)를 연구할 시간은 몇 분밖에 없다. 그것은 곧 증발되어 버릴 것이다. 아몬드 냄새를 남기고서. 아니, 파촐리* 냄새, 아니, 탄설탕 냄새, 아니면 황, 청산가리 냄새.

남자인 것이 분명한 인간 모양의 어떤 존재가 눈앞에 나타난다. 그는 공작새의 녹청색에 딱정벌레 날개처럼 광택이 흐르는, 몸에 꽉 끼는 옷을 입고 있다. 아니야. 이건 너무 요정 같아. 가

---

* 인도산 꿀풀과의 상록 관목.

스 불꽃의 녹청색에 물에 엎질러진 가솔린 같은 광택이 흐르는 꽉 끼는 옷. 그는 꼬투리 속에 형성된 얼음에 여전히 파묻혀 있다. 그는 연녹색 피부, 약간 뾰족한 귀, 가늘게 새긴 듯한 입술, 그리고 부릅뜬 큰 눈을 가지고 있다. 부엉이처럼 동공이 대부분이다. 진녹색 머리칼은 위쪽이 두드러지게 뾰족한 두개골 위에 굵은 고리처럼 놓여 있다.

믿을 수 없군. 외계로부터 온 존재. 그가 얼마나 오랫동안 여기 누워 있었는지 누가 알겠는가? 수십 년? 수백 년? 수천 년?

분명 그는 죽었다.

이제 무엇을 해야 할까? 그들은 그를 덮고 있는 얼음 덩어리를 들어 올리고 나서 회의를 한다.(엑스는 이제 이곳을 떠나 권위 기관에 알려야 한다고 말한다. 와이는 현장에서 그를 해부하고 싶어 하지만, 우주선처럼 증발해 버릴지 모른다는 의견에 부딪힌다. 제트는 그를 썰매에 태워 문명 세계로 데리고 나간 뒤 드라이아이스로 포장해서 가장 값을 높이 부르는 입찰자에게 팔자고 전폭적으로 주장한다. 썰매 끄는 개들이 유해한 흥미를 갖게 되었으며 낑낑거리기 시작했다고 비가 말하지만, 과장되고 러시아 억양이 섞인 여성적 말투 때문에 아무도 그녀의 말에 주의를 기울이지 않는다.) 이제 날이 어두워지고 북극광이 이상하게 빛나기 시작한다. 마침내 그들은 비의 텐트에 그를 집어넣기로 결정한다. 비는 다른 세 남자들과 함께 다른 텐트에서 자야 한다. 그것은 촛불 아래서 관음증을 충족할 좋은 기회를 제공해 줄 것이다. 비는 고산 등산복과 침낭을 멋지게 채울 만한 몸매를 갖고 있다. 밤에는 돌아가면서 네 시간씩 보초를 설 것이다. 아침이 되면 최종 결정을 하기 위해 제비뽑기를 할 것이다.

엑스와 와이, 그리고 제트가 보초를 서는 동안에는 모든 일이 순조롭게 흘러간다. 이내 비의 차례가 된다. 기괴한 기분, 무언가가 잘못될 것 같은 예감이 든다고 그녀가 말하지만, 그녀는 언제나 그런 식으로 말하기 때문에 그녀의 말은 무시되고 만다. 제트가 그녀를 깨우고, 그녀가 기지개를 펴고 침낭에서 힘들게 기어 나와 두툼한 야외복으로 꿈틀꿈틀 갈아입는 동안 그는 성적 충동을 가지고 비를 바라본다. 그녀는 그 얼어붙은 존재가 있는 텐트 속에 자리를 잡는다. 흔들거리는 촛불 때문에 슬슬 졸음이 오기 시작한다. 그녀는 녹색 남자가 낭만적인 상황에서는 어떻게 행동할까 궁금해한다. 그는 비록 마르기는 했지만 매력적인 눈썹을 가지고 있다. 그녀는 꾸벅이며 졸기 시작한다.

얼음 속에 갇힌 그 생명체는 처음에는 약하게, 곧 좀 더 강하게 빛을 발하기 시작한다. 텐트 바닥에 물이 소리 없이 흐른다. 이제 얼음은 다 녹았다. 그는 앉았더니 이내 일어선다. 아무 소리 없이 잠든 여자에게 다가간다. 진녹색 머리칼이 곤두서기 시작한다. 한 가닥, 한 가닥씩, 이내 촉수 — 이제는 그렇게 보인다. — 한 고리, 한 고리씩. 촉수 하나가 여자의 목을, 다른 하나는 풍부한 가슴을 옥죄고, 또 다른 하나는 입을 꽉 막는다. 그녀는 악몽에서 깨어나듯 잠에서 깬다. 그러나 이것은 악몽이 아니다. 외계인의 얼굴은 그녀의 얼굴 가까이 있고, 그의 차가운 촉수는 무자비하게 그녀를 움켜쥐고 있다. 그는 전에 없던 열망과 욕망, 순전한 벌거벗은 욕구를 가지고 그녀를 바라본다. 어떤 인간 남자도 그렇게 강렬하게 그녀를 바라본 적이 없었다. 그녀는 잠시 저항하다가 이내 그의 포옹에 몸을 내맡긴다.

별다른 선택권이 있는 것도 아니지만.

독니를 드러내며 녹색 입이 열린다. 이가 그녀에게로 다가온다. 그는 그녀를 너무나 사랑하기 때문에 자기와 동화하고자 한다. 영원히 자신의 일부로 만들려고 하는 것이다. 그와 그녀는 하나가 될 것이다. 그녀는 아무 말 없이 그것을 이해한다. 이 남자는 많은 능력들 중에서도 텔레파시 소통 능력을 가졌기 때문이다. 그래요, 하고 그녀는 한숨 쉬듯 말한다.

그는 담배를 한 개비 더 만다. 그 남자가 비를 이런 식으로 먹고 마시도록 할 것인가? 아니면 썰매 끄는 개들이 그녀의 상태를 살피다가 사슬을 끊고 캔버스 천을 찢고 들어가 그 사내를 촉수 하나씩 하나씩 발겨 버릴 것인가? 다른 남자들 중 한 사람이(그는 냉정한 잉글랜드 과학자인 와이를 선호한다.) 그녀를 구하러 올 것인가? 그다음에 싸움이 일어날 것인가? 그것이 좋겠다. "바보 같은 녀석! 네게 모든 걸 가르쳐 줄 수 있었는데!" 외계인은 죽기 직전 와이에게 텔레파시로 신호를 보낸다. 그의 피는 인간과 다른 색이다. 주황색이 좋겠다.

아니면 녹색 남자가 정맥 체액을 비와 교환해서 그녀가 그와 같은 존재가 되게 할 수도 있을 것이다. 완벽해진 녹색 판본의 그녀. 그러면 그런 존재가 둘이 될 것이고, 그들은 다른 사람들을 뭉그러뜨리고 개들의 머리를 잡아 뜯고 세계를 정복하러 나설 것이다. 부유하고 독재적인 도시들은 파괴되어야 하고, 고결한 빈민들은 자유롭게 될 것이다. "우리는 주님의 도리깨다." 그들은 알릴 것이다. 이제 그들은 죽음의 광선을 소유하게 될 것이다. 그것은 우주인의 지식과 인근의 철물점에서 훔쳐 온 스패너와 경첩을 결합해 만든 것이다. 그러니 누가 따지겠는가?

혹은 우주인은 비의 피를 전혀 마시지 않는다. 그는 그 자신을 그녀에게 투입하는 것이다! 그의 몸은 포도처럼 말라비틀어 질 것이고, 그의 건조하고 주름진 피부는 안개로 변해 버릴 것이 다. 그리고 아침이 되면 그는 흔적도 없이 사라질 것이다. 세 남 자는 졸린 듯 눈을 비비고 있는 비에게 다가올 것이다. "무슨 일 이 일어났는지 모르겠어요." 그녀는 말할 것이다. 그리고 그녀가 정말로 모르기 때문에 그들은 그 말을 믿을 것이다. "어쩌면 우 리 모두 환각 상태에 있었는지도 모르지. 북극, 북극광 때문이 야. 그것은 뇌를 혼란시키거든. 추위로 사람의 피를 끈끈하게 만 든다고." 그들은 말할 것이다. 비의 눈 속에 있는 초(超)지적 우 주인의 녹색 광선을 그들은 알아차리지 못할 것이다. 비의 눈은 원래 녹색이기 때문이다. 그렇지만 개들은 알아차릴 것이다. 그 들은 변화를 냄새 맡을 것이다. 귀를 젖히고 으르렁거릴 것이고, 구슬프게 짖을 것이다. 그들은 더 이상 그녀와 친구가 되지 않을 것이다. "개들이 왜 이래?"

너무나 많은 방향으로 갈 수 있다.

투쟁, 고투, 구조. 외계인의 죽음. 그 과정에서 옷이 찢겨 나갈 것이다. 언제나 그렇다.

그는 왜 이런 쓰레기를 써내는가? 필요하기 때문이다. 그렇게 하지 않으면 빈털터리가 되고 말 것이고, 이 시점에서 다른 일자 리를 찾으려 든다면 신중하지 못하게 자신을 노출하게 될 것이 다. 또한 능력이 되기 때문에 쓰는 것이기도 하다. 그는 재능이 있다. 모든 사람이 재능을 가진 것은 아니다. 많은 사람이 시도 했고, 많은 사람이 실패했다. 한때 그는 더 큰 야망이 있었다. 더 진지한 야망. 사람의 삶을 정말 있는 그대로 써내는 것. 밑바닥까지 내려가는 것, 굶어 죽을 수준의 임금과 빵과 육즙 방울과 추악한 음녀(淫女)의 얼굴을 한 싸구려 창녀와 얼굴에 발길질을 당하고 도랑에 구토를 하는 수준까지. 체제, 조직이 작동하는 방식, 그것이 조금이라도 생명력이 남아 있는 한 우리를 계속 살려 두는 방식, 그것이 우리를 어떻게 소모해 버리고, 기계의 부품 혹은 술주정뱅이로 만들어 버리고, 이런저런 방법으로 쓰레기 속에 우리를 거꾸로 처박아 버리는지를 폭로하는 것.

그러나 보통 노동자들은 이런 것을 읽지 않을 것이다. 그의 동료들이 본성적으로 고결하다고 믿는 노동자들은. 이런 사람들이 원하는 것은 그가 써내는 것들이다. 싸게 살 수 있는 것, 싸구려 치고 괜찮은 것, 빠르게 진행되는 사건, 게다가 자주 등장하는 젖꼭지와 궁둥이. 젖꼭지와 궁둥이라는 단어를 실제로 인쇄할 수 있는 것은 아니지만. 싸구려 저질 잡지는 의외로 고상한 체한다. 가슴과 아랫부분이라는 것 정도가 그들이 허용하는 한계다. 피와 총알, 내장과 비명과 뒤틀림, 그러나 전면 누드는 안 된다. 어떤 '언어'도 안 된다. 어쩌면 그것은 고상함이 아닐지도 모른다. 어쩌면 그들은 그저 문 닫게 되는 것을 두려워하는 것뿐일지도 모른다.

그는 담뱃불을 붙이고, 서성거리고, 창밖을 내다본다. 재 때문에 눈이 더러워졌다. 전차가 삐걱거리는 소리를 내며 지나간다. 그는 고개를 돌리고, 서성거린다. 그의 머릿속에 튼 언어의 둥지.

그는 시계를 들여다본다. 그녀는 또 늦었다. 그녀는 오지 않을 것이다.

(2권에서 계속)

세계문학전집 **260**

눈먼 암살자 1

1판 1쇄 펴냄 2010년 12월 24일
1판 14쇄 펴냄 2022년 8월 8일

지은이 마거릿 애트우드
옮긴이 차은정
발행인 박근섭, 박상준
펴낸곳 (주)민음사

출판등록 1966. 5. 19. (제 16-490호)
서울특별시 강남구 도산대로1길 62(신사동) 강남출판문화센터 5층 (우편번호 06027)
대표전화 02-515-2000 팩시밀리 02-515-2007
www.minumsa.com

ISBN 978-89-374-6260-3 04800
ISBN 978-89-374-6000-5 (세트)

* 잘못 만들어진 책은 구입처에서 교환해 드립니다.

세계문학전집 목록

세계문학전집은 계속 간행됩니다.